Knaur

Über den Autor:

Nobuko Albery wurde in Ashiya geboren. Mit 18 Jahren verließ sie Japan und studierte an der New York University Theaterwissenschaften und Sprechkunst. 1963 übernahm sie die Überseevertretung von Toho, der größten japanischen Theater- und Filmorganisation. Beim Spoleto-Festival trat sie zwei Sommer lang als Schauspielerin auf. Nobuko Albery lebt heute mit ihrem Mann, dem Engländer Sir Donald Albery, in Südfrankreich.

Nobuko Albery

Das Haus Kanzē

Roman

Aus dem Englischen
von Gisela Stege

Knaur

Die amerikanische Originalausgabe erschien unter dem Titel
The House of Kanzē
bei Simon and Schuster, New York

Besuchen Sie uns im Internet:
www.droemer-knaur.de

Vollständige Taschenbuchausgabe März 2000
Droemersche Verlagsanstalt Th. Knaur Nachf., München
Dieser Titel erschien bereits unter der Bandnummer 3008
Copyright © 1985 by Zeami Holding Inc.
Copyright © 1988, 2000 der deutschsprachigen Ausgabe
bei Droemersche Verlagsanstalt Th. Knaur Nachf., München
Umschlaggestaltung: Agentur Zero, München
Umschlagabbildung: Quick Shot
Druck und Bindung: Ebner Ulm
Printed in Germany
ISBN 3-426-61655-6

2 4 5 3 1

Für
Dame Ninette de Valois
und
Dame Margot Fonteyn
in tiefer Bewunderung und Zuneigung

DANKSAGUNG

Auf Grund der großen Entfernung von meinem Heimat-
land gestalteten sich die Recherchen zu diesem Roman
äußerst schwierig, aber sie wurden mir sehr erleichtert
durch meinen Onkel Tadao Yagi, einen gelehrten Bücher-
menschen, der zahlreiche Schriften über das Nō-Theater
und die Ashikaga-Shōgune für mich aufstöberte und mir
zuschickte, sowie Herrn Kunio Watanabe, einen Kabuki-
Experten und fleißigen Produzenten von Stücken für das
Toho-Theater. Letzterer hat für mich, als ich im März 1984
wieder in Japan war, mit den Professoren Noboru Miyata
von der Tsukuba-Universität, Kiyoshi Hirai von der Kogyo-
Universität in Tokio, Shimpei Matsuoka von der Tokio-
Universität und Keiichiro Tsuchiya von der Meiji-Universi-
tät ein fünf Stunden dauerndes Marathon-Seminar organisiert. Diesem höchst anregenden Abend verdanke ich eine
Menge wertvoller Hintergrundinformationen über das Alltagsleben jener Zeit. Ihnen allen gilt mein herzlicher Dank.
Zutiefst dankbar bin ich überdies Frau Yoshie Aihara, meiner Geschichtslehrerin an der High School des Kobe-Colle-
ges, die mir brieflich half, historische Daten zu klären, und
Mademoiselle Keiko Omoto vom Musée Guimet, Paris, die
mir geduldig half, in der ausgezeichneten Bibliothek des
Instituts Bücher und Bilder über die betreffende Ära heraus-
zusuchen.
Vor allem aber schulde ich unsagbar tiefen Dank meinem
Ehemann Donald, dessen Unterstützung, konstruktive Kritik und Vorschläge für mich unendlich wertvoll und inspi-
rierend waren.

Ein Personenverzeichnis, Begriffserklärungen und weitere
Anmerkungen befinden sich im Anhang dieses Buches.

KAPITEL

1 Den Bruchteil einer Sekunde lang lauschte Fujiwaka auf den Lärm vor dem Haus: Draußen brüllten und johlten Dorfkinder.

»Was soll dieser primitive, dümmliche Ausdruck? Rechter Fuß über den linken, du Idiot!«

Eine lederumwickelte Peitsche zischte am Knie des kleinen Jungen vorbei. Der Vater, ein hochgewachsener, drahtiger, gutaussehender Mann Mitte dreißig, schlich mit finster zusammengezogenen Brauen, den geschmeidigen Rücken und den Spann der Füße gekrümmt wie eine Katze, in drohenden Kreisen um seinen Sohn.

»Bitte, Meister, denkt an sein Alter!« Auf den Knien rutschte Ogame vorwärts, hob die Peitsche auf und reichte sie Meister Kiyotsugu ehrerbietig zurück. Ogame war der *kyogen*-Spieler, der Komiker bei der Farce, die als lustige Entspannung für das Publikum zwischen zwei Sarugaku-Nō-Stücke eingeschoben wurde. Er konnte die Menschen, wie viele in der Provinz Yamato glaubten, ganz einfach von einem Fuchsdämon befreien, indem er bewirkte, daß dieser vor Lachen herausgekugelt kam, und war Fujiwakas Tutor und Kindermädchen. Er war es, der den Jungen lesen und schreiben gelehrt hatte, denn er war, vom Meister abgesehen, das einzige Mitglied der Truppe, das des Lesens und Schreibens mächtig war. Die übrigen Mitglieder, die in einer Reihe entlang der abblätternden Lehmstrohwände des Raumes saßen, duckten sich tiefer über ihre Arbeit, die aus der Pflege ihrer Musikinstrumente und Kostüme bestand. Insgeheim verglichen sie die Wutausbrüche des Meisters mit den Ausbrüchen des Fudschisan und fürchteten sie auch ebenso. Es kam durchaus vor, daß Kiyotsugu in einer Woche ein Dutzend Peitschen zerbrach.

»Sein Alter? Wäre er ein Tiger, hätte er schon im Alter von einem Monat den Mut, ein Reh zu reißen; wäre er ein rückgratloser, kleiner Wurm, könnte er schon am Tag nach seiner Geburt kriechen! Lieber hätte ich gar keinen Sohn, als daß er die Ohren vor einem bißchen Lärm draußen nicht

verschließen und sich statt dessen auf seine Lektion konzentrieren kann. Noch einmal diese Drehung, Fujiwaka:
rechten Fuß über... und nun die Hüften: nimm die Hüften
tief herunter, schraub dich beim Drehen in den Boden
hinein. Nicht tief genug – paß auf!«

Um seinen Worten Nachdruck zu verleihen, stieß Kiyotsugu den Sechsjährigen mit dem Peitschengriff ganz leicht
gegen die Schulter. Der Kleine tat ein paar ungraziöse Stol-
perschritte; mit Tränen in den Augen, doch krampfhaft
seinen schmutzigen Kinderfächer umklammernd, gelang es
ihm, das Gleichgewicht wiederzufinden. Und schon stand
er wieder aufrecht, während ihm heiße Tränen aus den
Augen strömten, deren Blick gehorsam auf seinen Vater und
Meister gerichtet war.

»Bevor ich ihn zu Euch brachte, Meister, hatte er eine lange
Flötenstunde bei Meisho, bei der er sich die kleine Lunge
aus dem Hals geblasen hat. Nach meiner bescheidenen
Meinung hat er heute sehr fleißig gearbeitet. Komm,
komm, hör auf zu schniefen und deine Tränen zu schluk-
ken, kleiner Meister!«

Seine Rolle als Kindermädchen geschickt übertreibend,
watschelte Ogame zwischen Vater und Sohn hin und her.

»Du verwöhnst meinen Sohn viel zu sehr, Ogame. Na
schön, lassen wir ihn spielen gehen.« Kiyotsugu kehrte zu
dem Platz zurück, an dem er seinen Fächer liegengelassen
hatte, und ließ sich mit kerzengeradem Rücken nieder.
Fujiwaka eilte mit kurzen, hastigen Schritten zur Mitte des
knarrenden, unebenen Holzfußbodens, kniete nieder, legte
den Fächer parallel vor seine Knie und verneigte sich vor
dem Vater und dem Fächer, dem Symbol seiner Kunst, bis er
mit der vor Erregung heißen Stirn das polierte Holz berührte. Dann schoß er zu Ogame hinüber, der das Kind schnell
aus dem kahlen, weiten Zimmer führte, das im Haus Kanzē
mit einem ganz speziellen Vibrato in der Stimme »der
Bühnenraum« genannt wurde. Belustigt sah Kiyotsugu seinem Sohn nach und klatschte dann rasch in beide Hände:
ein dreifacher, ein kurzer, trockener, scharfer Knall.
Sofort hob Meisho die Flöte an die Lippen; Ippen setzte sich
auf einem niedrigen Schemel hinter die große Trommel und

kratzte sich mit den Schlegeln ausgiebig die Stirn; Fuzen stützte die Handtrommel auf sein linkes Knie, während er mit den schwieligen Fingerspitzen das Stierfell des Instruments streichelte; und Jumon setzte sich die kleine Trommel auf die rechte Schulter, um das zarte Fohlenfell mit Speichel zu befeuchten. Der pickelige junge Hachi eilte umher und drängte jene, die noch mit einem Maskenmacher über die Rechnung stritten oder Brennholz fürs Küchenfeuer machten, zur Eile. Die Hauptprobe würde jeden Moment beginnen.

Ogame hatte kaum die Schnüre seiner Strohsandalen, der Zori, gebunden, als Fujiwaka bereits zum Haus hinaussprang. Das erste, was er sah, war ein Dorfjunge in blauer Steppweste, der triumphierend auf *seinen* – Fujiwakas – Bambusstelzen einherstolzierte und von einem dichten Knäuel anderer Dorfjungen beschützt wurde, während die Kinder der Kanzē-Truppe in stummem, finsterem Protest verharrten.

Kogame, Ogames fünfjähriger Sohn, dem Fujiwaka die Stelzen anvertraut hatte, war völlig verzweifelt, als er Fujiwaka kommen sah.

»Ich konnte nicht... Sie haben mich zu Boden geworfen, Fuji-chan, und sie mir einfach weggerissen... Ich konnte mich nicht...«

»Das sind *meine*! Meine neuen Stelzen!« schrie Fujiwaka. »Ogame hat sie für *mich* gemacht.«

In der plötzlich entstehenden Stille entdeckte Fujiwaka beunruhigt, daß alle Gesichter ihm zugewandt waren. Er schluckte.

»Fuji-chan!« Kumao, fünfzehn Jahre alt und damit das erwachsenste Kind der Truppe, kam herübergeeilt und packte Fujiwaka am Ärmel. »Schrei doch nicht so!«

»Sie gehören dir nicht, und ich will sie wiederhaben!« krähte Fujiwaka und reckte dabei den Hals wie ein Hahn, der den frühen Morgen begrüßt.

»Hört diesen Sohn des tanzenden Bettlers!« höhnte der Junge mit der blauen Steppweste, während er, einen Meter größer als dieser, auf Fujiwaka zuhüpfte. »*Meine* Stelzen, Ogame hat sie für *mich* gemacht, eh? Was glaubst du eigentlich, wer du bist? Die sind viel zu schade für einen wie dich. Ich wette sogar, Ogame hat sie gestohlen. Mein Vater sagt, solche wie ihr sind nicht besser als Diebe, Bettler, Mörder, Aussätzige und Fellhändler, und wenn ihr nicht Leibeigene des Kofuku-Tempels wärt, würde er morgen euer Haus niederbrennen. *Meine* Stelzen! Hab mich gern, du Haufen Dreck!«

Der Rüpel erhob sich wie ein vom Wind getragener Drache über die Schauspielerkinder, die sich in einem dichten, angstvollen Trüppchen hinter Fujiwaka drängten. Zitternd und am ganzen Körper plötzlich eiskalt, sprang Fujiwaka vor und packte die Stelzen. Bevor die Dorfjungen Zeit hatten, sich auf ihn zu stürzen, wurde Fujiwaka von Kumao und anderen Kanzē-Jungen zurückgerissen, leider jedoch nicht schnell genug: Ein wenig mühsam das Gleichgewicht wahrend, hob der Junge in der blauen Steppweste einen Fuß von der Stelze und trat Fujiwaka mitten ins Gesicht. »Laß los, du Unberührbarer! Da, friß meine Scheiße!«

Die Jungen beugten sich dicht gedrängt über den sich auf dem Boden krümmenden Fujiwaka, aus dessen rechtem Nasenloch langsam das Blut sickerte, und boten dem Speichel sowie den endlosen Beleidigungen der Dorfjungen ihren Rücken. Kumao aber hielt Fujiwaka vorsichtshalber den Mund zu, damit er nichts mehr erwidern konnte.

»Macht nichts, kleiner Meister; ich werde dir ein neues Paar machen, genauso schön wie die anderen«, versprach Ogame, der einen alten, mit einem Kräuteraufguß getränkten Baumwollfetzen gegen die schwellende Beule an Fujiwakas Schläfe drückte. Da es im Haus viel zu voll war, hatte Ogame den Jungen in den schmalen Durchgang vor dem Zimmer des Meisters unter dem baufälligen, tiefhängenden Dachvorsprung geführt, wohin die Strahlen der Nachmittagssonne, so tief sie auch stehen mochte, nie weit genug vordrangen, um den dumpfigen, modrigen Geruch zu vertreiben, der hier stets herrschte. Auch die Holzpfähle, auf denen der Boden dreißig Zentimeter über der Erde ruhte, konnten gegen die ewige Feuchtigkeit des Yamato-Beckens nichts ausrichten.

»Was heißt das – Unberührbarer?« erkundigte sich Fujiwa-ka, der sich im Nest von Ogames gekreuzten Beinen – seiner Zuflucht, solange er denken konnte – sicher und warm fühlte.

»Wahrlich, dies ist eine Endzeitwelt. Man stelle sich vor, ein Junge in deinem Alter, und stellt mir eine solche Frage!« seufzte der *kyogen*-Spieler. Ogame, eichelrund und mit siebenunddreißig Jahren schon kahl, weil er sich, wie er behauptete, zu viele Sorgen um Gegenwart und Zukunft gemacht hatte, war als Waise in einem Kloster aufgewach-sen und benutzte voll Stolz die esoterischen Ausdrücke, die er bei den Mönchen aufgeschnappt hatte.

»Was ist eine Endzeitwelt?« Fujiwaka war stets auf neue Wörter neugierig, die er sammelte und hortete wie privile-giertere Kinder seines Alters Spielsachen und Süßigkeiten.

»Zweitausend Jahre nach Shakamunis Tod begann die Welt, wie wir sie jetzt kennen, in üblen Verfall zu geraten, einen Zustand, den die Gelehrten die Endzeitwelt nennen, und in der i wir uns nun schon seit über dreihundert Jahren befin-den. Ich sage dir, kleiner Meister, das Ende ist nicht mehr weit.« Ogame rollte seine vorstehenden Goldfischaugen und senkte die Stimme. »Sieh dich doch um! Dann wirst du schon merken, was ich meine. Keiner beachtet mehr Bud-dhas Lehren; die Sünden vervielfachen sich ohne Reue; die Bösen paradieren auf den Hauptstraßen; Söhne töten ihre Väter, Diener ihre Herren; Mönche marodieren und werden zu Geldverleihern; Hungersnot, Seuchen, Erdbeben, Flut-wellen und Feuer um Feuer, und nichts hält die mächtigen Kriegsherrn davon ab, Krieg zu führen, fruchtbare Felder mit Blut zu tränken und noch mehr Bäume zu fällen, noch mehr Steine zu brechen, um noch mehr Festungen bauen zu können. Und was haben wir davon? Noch mehr Über-schwemmungen und noch mehr Kriege. Mehr Reis für die Heere bedeutet mehr Steuern. Kannst du es den armen Bauern verdenken, daß sie ihre Reisfelder verlassen und Räuber werden oder als Bettler in die Städte gehen? Wenn sie ein bißchen Grips haben, rasieren sie sich den Schädel, ziehen tuschegeschwärzte Kutten an und nennen sich Mön-che. Du fragst, warum man uns Unberührbare nennt, eh?

Ich werd's dir sagen. Der so unendlich gnadenreiche Buddha wies uns – dich, mich, deinen Vater, Toyo, Raiden, uns alle – den Weg der Kunst. Aber ist das denn nicht ein schöner Weg, kannst du mich mit Recht fragen. Möglicherweise nicht. Viele behaupten, Schauspieler seien die Niedrigsten der Niedrigen unter den Lebewesen. Aber vergiß nicht, daß Buddha uns diesen Weg gewiesen hat, und wir Schauspieler leben im Dienst der Götter. Gäbe es uns nicht – wer würde ihre Worte singen und tanzen? Wer würde die Götter um Regen und reiche Ernte, um Erleuchtung und Vergebung anflehen? Wir pflanzen keinen Reis, wir handeln nicht, wir laufen nicht mit Schwertern Amok, aber wir zeigen den anderen Menschen Buddhas Gnade. Wir sagen ihnen: ›Weinet nicht, das Leben hier ist nicht so wichtig. Wichtig ist nur dasjenige, das nach diesem kommt.‹ Daher können wir natürlich nicht wie andere Menschen sein. Wir, die bescheidensten Parasiten der Tempel und Schreine, werden zwar als Unberührbare, Bettler und Kotmaden bezeichnet, müßten jedoch zu den ersten unter den heiligen Reihern und Pfirsichblüten zählen, die in den Himmel des Seligen Friedens eingelassen werden, denn indem wir singen und tanzen, machen wir Tausende von elenden Seelen glücklich. Kein Wunder, daß viele andere uns für seltsam und gefährlich halten und uns nicht zu berühren wagen!«

Trunken von seinen eigenen blumigen Worten blieb Ogame eine Zeitlang ebenso stumm wie sein faszinierter kleiner Zuhörer.

»Aber ehrlich, Meister Fujiwaka, wer könnte es dieser Welt verübeln, daß sie auf dem Kopf steht, ihren eigenen Schwanz verschlingt wie eine Schlange, wo uns zwei Sonnen über dem Kopf stehen? Ist doch ganz natürlich, daß unvorstellbare Dinge geschehen: Vor einigen Jahren grollten mitten in der Nacht die Hügel rings um Kyoto, und das Geräusch galoppierender Pferde am Himmel dauerte eine ganze Stunde. Ohne einen Windhauch schossen Feuerkugeln in Form von Herzen umher und fielen auf den Kiyomizu-Schrein. Nicht lange, und wir werden im Januarschnee Zikaden zirpen hören oder den Mond in unseren Brunnen stürzen sehen. ›Gib acht, wo du hintrittst, tolpatschiger

Mond; du hast mein Brunnenseil zerrissen!‹ Ich wette mit dir, daß es noch so weit kommen wird.«

Fujiwaka lachte fröhlich. Das Kind hatte eine so köstliche Art zu lachen – als schüttelten Engel einen Sack voll Kristallperlen –, daß Ogame ihm lächelnd und mit geschlossenen Augen erst eine Weile lauschte.

»Zwei Sonnen am Himmel« war der allgemein gebräuchliche Ausdruck für die Zeit, die in Japan als Ära des Südlichen und des Nördlichen Hofes bekannt war, und die politische Anomalität zweier regierender Kaiser dauerte zur Zeit von Fujiwakas Geburt bereits über dreißig Jahre. 1336 hatte sich Takauji von Ashikaga, ein ehrgeiziger Kriegsherr, die Unzufriedenheit der Kriegerklasse gegen den autokratischen und reaktionären Kaiser Godaigo zunutze gemacht, Seine Kaiserliche Majestät aus der Hauptstadt verjagt, Godaigos jungen Cousin als neuen Kaiser eingesetzt und, indem er sich selbst zum Shōgun erklärte, das Ashikaga-Shōgunat gegründet, das zweihundertvierzig Jahre dauern sollte.

Kaiser Godaigo, der es für sein göttliches Recht hielt, ebenso passioniert zu regieren, wie er den Emporkömmling von Shōgun und seinen Marionettenkaiser verabscheute, behauptete weiterhin, sein Hof, der inzwischen äußerst unbequem in den Bergen südlich von Kyoto residierte, sei der einzig legitimierte, der als einziger die Drei Göttlichen Dinge besitze, die als höchste Symbole des geheiligten und unangreifbaren Rechts, über Japan zu herrschen, in ununterbrochener Folge sechsundneunzig kaiserliche Generationen hindurch von einem zum anderen weitergereicht worden waren.

Seit jener Zeit war das Land durch unablässige Kämpfe zwischen dem Nördlichen und dem Südlichen Hof zerrissen und ausgeblutet, wobei der Nördliche von der bewaffneten Macht der Ashikaga-Shōgune gestützt wurde, während der Südliche ein Sammelbecken für eine Anzahl Aristokraten, Mönche und Krieger war, denen die Machtergreifung Ashikagas aus den verschiedensten Gründen nicht paßte.

»Aber, Ogame, bevor das Ende der Welt zu uns kommt, möchte ich nach Kyoto gehen und dort spielen«, wandte Fujiwaka ein, nachdem er lange mit konzentrierter Miene nachgedacht hatte. Er befürchtete, zu spät auf diese Welt gekommen zu sein, um es noch bis in die Hauptstadt Kyoto zu schaffen. »O Buddha und ihr acht Millionen und achtzig-tausend Götter!« betete Fujiwaka mit geschlossenen Augen laut, während er mit beiden Fäusten auf Ogames Ober-schenkel hämmerte. »Bitte, macht mich zu einem guten Schauspieler! Ich möchte, daß jeder, der mich sieht, lächelt und seufzt, ohne zu wissen, warum. Ja, daß er dadurch schöner und glücklicher wird und länger lebt. Und dann, danach, möchte ich, daß geflügelte Göttinnen herunterge-flogen kommen und zu mir sagen: ›Fujiwaka, keiner spielt so gut wie du – außer deinem Vater. Deswegen werden wir euch beide jetzt in die Hauptstadt bringen.‹«

»Ach ja, die Hauptstadt, kleiner Meister...« seufzte Ogame sehnsüchtig, und beide hoben den Blick und spähten über den bemoosten Dachvorsprung hinaus.

Nach Kyoto, wo die geflügelten Göttinnen in Fujiwakas Vorstellung lebten, hatte sein Vater, den er anbetete, bisher noch nie mit seiner Truppe kommen dürfen, und schon gar nicht war er dorthin befohlen worden. Diese Tatsache be-klagte ein jedes Mitglied seiner Truppe so sehr, als hätte er ein Bein verloren.

Unter dem allmächtigen Einfluß des Kofuku-Tempels in Nara, Japans Hauptstadt bis 794 und nunmehr Hauptstadt der Provinz Yamato, gab es außer der Kanzē-Truppe noch drei weitere Sarugaku-Ensembles: die Komparu-, die Ho-sho- und die Kongo-Truppe. Allen war es zur Pflicht ge-macht worden, sowohl für ihren Patronatstempel und den Kasuga-Schrein als auch für die Nebentempel, die weit in der Provinz Yamato verstreut waren, zu spielen. Allgemein als die vier Yamato-Sarugaku-Schulen bekannt, waren sie doch nur kleine Provinzensembles, die es gerade so eben schafften, mit Hilfe einer mageren und zähneknirschend gewährten Unterstützung von der Hand in den Mund zu leben. Da sie keine Gelegenheit hatten, vor den Kennern der Hauptstadt zu spielen, blieb ihnen gar nichts anderes übrig, als sich mit der Einstufung als »Dengaku des armen Man-nes« abzufinden.

Dengaku, wörtlich »Musik der Reisfelder«, hatte seine Wurzeln in dem primitiven, doch mitreißend komischen und akrobatischen Tanz mit Musik, der zur Zeit des Pflanzens und Erntens aufgeführt wurde und die Bauern zu härterer Arbeit antreiben sollte, indem man sie bei Kräften und guter Laune hielt.

Sarugaku hingegen war stets die »Musik der Götter« gewesen, entwickelt aus religiösen Riten, mit gesungenen, gemimten und getanzten segenbringenden oder didaktischen Botschaften. Trotz ihrer unterschiedlichen Wurzeln in fernster Vergangenheit haben Dengaku und Sarugaku einander beeinflußt und befruchtet. Beide waren immer die heißgeliebte Unterhaltung der hart arbeitenden, einfältigen und gottesfürchtig-einfachen Bevölkerung von Städten und Dörfern gewesen, während die Kaiser und der Adel, die »über den Wolken« lebten, diese einheimischen Formen des Musiktheaters verachteten und ihre Gunst ausschließlich den archaischen, aus China in ihren sogenannten »Neunfältig Verbotenen Bezirk« importierten Hofmusikstücken und Tänzen schenkten. Da Dengaku und Sarugaku einander ebenbürtig waren, wäre die Situation statisch geblieben, hätten nicht die Krieger die Macht im Lande usurpiert, jene »Bauern und haarigen Affen aus dem Hinterland«, die von den Aristokraten, da diese die blühende Hauptstadt Kyoto nicht gern verließen, auf ihren riesigen Besitzungen in fernen Provinzen als Wachen, Steuereinnehmer und persönliche Miliz eingesetzt worden waren, um die ständigen Grenzstreitigkeiten auszufechten und die Landbevölkerung zu unterdrücken.

Nachdem er dem geschwächten und zunehmend verschuldeten Hof und den abwesenden, aristokratischen Grundherren immer mehr Macht abgewonnen hatte, errichtete Takauji von Ashikaga, der aus dem Sumpfgebiet im Osten kam, seine Samurai-Herrschaft Anfang des vierzehnten Jahrhunderts schließlich in Kyoto. Um zu verhindern, daß seine säbelrasselnden Daimyō-Vasallen, diese Krieger, die sich bis zu Feudalherren einzelner Provinzen emporgekämpft hatten, in ihren fernen, wilden Gegenden Verschwörungen gegen ihn ausheckten, befahl ihnen der erste

Ashikaga-Shōgun, in der Hauptstadt Wohnung zu nehmen. Ein Daimyō, der die Hauptstadt ohne persönliche Genehmigung des Shōguns verließ, wurde umgehend zum Rebellen erklärt. Und wenn ein Daimyō sich *mit* der persönlichen Genehmigung des Shōgun aus der Hauptstadt entfernte, mußte er an seiner Statt seinen Erben als Ehrengeisel zurücklassen. Dies veranlaßte eine neue und zahlreiche Schicht von Samurais, nach Möglichkeiten zu suchen, sich in der fremden Großstadt zu amüsieren, und die reicheren Daimyōs wetteiferten miteinander beim Bau prächtiger Villen mit geräumigen Hallen, wo sie die Vielfalt der in der Hauptstadt gebotenen Zerstreuungen genießen konnten.

Es war nur natürlich, daß sich diese Krieger, denen die am Hof gebotene Unterhaltung unerträglich langweilig vorkam, weit mehr von dem sie unmittelbarer ansprechenden und spektakuläreren Dengaku-Theater angezogen fühlten als vom Sarugaku. Dank der fanatischen Unterstützung durch die beiden ersten Ashikaga-Shōgune war Dengaku sehr schnell zum Lieblingsamüsement der neuen Machthaber und infolgedessen in der ganzen Stadt zur großen Mode geworden: Eine Vorstellung auf einer Sandbank des ausgetrockneten Kamo im Jahre 1359 war so stark besucht, daß die Gerüste der Logen und Tribünen zusammenbrachen und es Hunderte von Toten und Verletzten gab.

Als der zehnjährige Yoshimitsu die Nachfolge seines Vaters antrat und der dritte Ashikaga-Shōgun wurde, ermunterte ihn sein weitblickender Kanzler Hosokawa, das Dengaku-Theater auch weiterhin zu fördern, um die Unabhängigkeit des Shōgunats vom Kaiser und dessen Hof in den Augen der Öffentlichkeit zu betonen.

Dem Beispiel des Shōgun und seines Kanzlers folgend, überboten sich nicht nur die Daimyōs und Krieger, sondern sogar die ehemals hochnäsigen Aristokraten darin, die verschiedenen Dengaku-Truppen zu unterstützen, denn inzwischen konnten die Aristokraten auf ihren entlegenen Besitzungen ohne die Militärhilfe des Shōgunats keine Steuern mehr erheben, und nicht selten waren es die Vasallen des Shōgun, die das Geld oder den zustehenden Tribut an Reis einsteckten, der den edlen Grundherren zustand, da diese nunmehr so vornehm und verweichlicht waren, daß sie nicht einmal mehr im Traum daran dachten, ihre Besitzungen aufzusuchen, geschweige denn sie persönlich zu verwalten.

Kein Wunder also, daß die stolzen Dengaku-Schauspieler in der Hauptstadt mit Ehren und Luxus überhäuft wurden, während die Sarugaku-Truppe der Kanzē in einem obskuren Dorf der Provinz Yamato in Armut und Elend dahinvegetierte. Sogar bis in das winzige Dorf Yuzaki war die Nachricht gedrungen, daß der junge Shōgun auf den Rat Kanzler Hosokawas hin Kiami, den Hauptdarsteller der größten Dengaku-Truppe, zum Künstlergefährten gemacht hatte – ein Titel, der Künstler von außerordentlichem Verdienst kennzeichnete, die sorgfältig ausgesucht wurden und im persönlichen Dienst des Shōguns standen. Dem Schauspieler folgte nunmehr auf den Straßen von Kyoto stets ein Diener mit einem kleinen, damastbezogenen Kissen, auf dem ein juwelenbesetztes Schwert, das Geschenk eines reichen Daimyōs, ruhte. Ein Schwert zu besitzen, war einem minderen Unterhaltungskünstler natürlich streng untersagt. Auf Grund seines Ruhmes jedoch und der Protektion, die ihm die Höchsten im Land gewährten, ließ man Kiami, der als Findelkind vor dem Zelt eines Wanderjongleurs aufgelesen worden und zeitlebens Analphabet geblieben war, diese illegale Provokation durchgehen.

Sehnsüchtig erklärte Kiyotsugu seiner Truppe immer wieder: »Es gibt die Zeit des Männlichen, da nichts fehlschlagen kann und ein Erfolg nach dem anderen kommt; und es gibt die Zeit des Weiblichen, da auch die übermenschlichsten Anstrengungen nicht Früchte tragen, sondern in Schmach und Schande verrotten. Das ist das Gesetz des Universums. Also, Kopf hoch! Seid unbesorgt, gebt nicht auf, sitzt die Zeit des Weiblichen aus, und eines Tages, vielleicht schon bald, wird die des Männlichen kommen...«

Er selbst jedoch war weit davon entfernt, stillzuhalten und abzuwarten, bis die Zeit des Weiblichen vorüber war. O nein, er wollte mit Pauken und Trompeten aus ihr ausbrechen. Sein kampflustiger, offener und ehrlicher Charakter

manifestierte sich in seiner hohen, freien Stirn, den winkel-
förmigen Brauen, der geraden Nase mit den geschwungenen
Flügeln und den großen, durchdringenden Augen mit der
ausgeprägten Lidfalte. Er war groß, mindestens ein Meter
achtzig, was damals bei Menschen seiner Klasse selten war,
und er besaß ein festes, gutes Knochengerüst mit Hüften
und einer Wirbelsäule, die gut zu einem Reiter gepaßt
hätten. Die Menschen fragten sich, wie er es anstellte, eine
Frauenrolle so schwebend und körperlos wie ein Geist zu
spielen, denn wenn er einen Dämon darstellte, schien er als
dräuende Masse auf die doppelte Größe zu wachsen, und
viele schworen, die mit Metall besetzten Augen seiner
Maske hätten tatsächlich gerollt.

Als der alte Schauspieler Toyodayu seinen Kollegen Kiyotsugu als einen Samurai beschrieb, der einen Fächer statt
einem Schwert benütze, traf er tatsächlich nicht weit dane-
ben. Kiyotsugu war ein Kämpfer, ein Schöpfender, der seinen künstlerischen Weg als eine lange, bergauf führende
Straße sah, an der unendlich viele Hinterhalte und Ausein-
andersetzungen auf Leben und Tod lauerten. Dieses Gefühl,
ständig kämpfen zu müssen, entzündete in ihm tausend
Flammen kreativer Kraft, bewirkte aber auch, daß er seinen
Schülern gegenüber maßlos streng und anspruchsvoll war.
»Härteste Disziplin und ein demütiges Herz«, lautete sein
Motto für die Truppe, und er warf jeden, der bewußt gegen
seine Kanzē-Regel verstieß – auch Trinken, fleischliche
Genüsse und Glücksspiele waren verboten –, kurzerhand
hinaus.

»Eine unverschämte Anmaßung für einen Schauspieler!«
Als sein Stiefbruder, der Meister der Hosho, der allen drei
Lastern zugetan war, von Kiyotsugus Geboten hörte,
schnalzte er verwundert mit der Zunge. »Was glaubt er
wohl, wer wir sind? Heilige? Eunuchen?« Von da an versuchte er beharrlich, den Flötisten Meisho, einen Gewohn-
heitstrinker und notorischen Schürzenjäger, zu überreden,
die Kanzē-Truppe zu verlassen und sich den Hosho anzuschließen.

Meisho jedoch hätte weit eher seine Flöte zerbrochen und
den Rest seines Lebens in trunkenem Dämmerzustand ver-

bracht, als Kiyotsugu im Stich zu lassen. »Für keinen anderen auf der Welt würde ich freiwillig bis zum Anbruch der Nacht auf den Wein verzichten«, erklärte er, der in so frühem Alter begonnen hatte, viel zuviel sauren, ungewärmten Wein zu trinken, daß seine Nase bereits mit dreißig rot und grobporig geworden war.

Kumazen, der *waki*-Spieler, also einer jener Darsteller, die keine Masken tragen und ausschließlich Nebenrollen spielen, war schon bei Kiyotsugu, seit jener die Sarugaku-Truppe seines Adoptivvaters in der Provinz Iga verlassen hatte. Er war ein unbotmäßiger, stachliger Nordländer, der nichts lieber tat, als Kiyotsugu zu widersprechen und seine Fragen mit mürrischen Gegenfragen zu beantworten. Manche nannten Kumazen »Verschlungener Nabel«, weil sie seinen widerborstigen Charakter der schwierigen Entbindung seiner Mutter zuschrieben. Aber er war ein brillanter *waki*, der Kiyotsugu als *shite* assistierte. *Shite*-Spieler dürfen nur Hauptrollen spielen, die Truppe leiten und anderen *shites* als Assistent und Ersatzmann dienen. Hätte Kiyotsugu das Leben von Kumazen erbeten, hätte dieser nur erwidert: »Warum bittet Ihr mich, Meister? Nehmt es; es gehört Euch. Tz, tz – er *bittet* darum, ist das zu fassen?«

Angesichts der einunddreißig Männer, Frauen und Kinder, die ihr schweres Leben mit einer so unerschütterlichen Treue und Ergebenheit für ihren Meister trugen, empfand Kiyotsugu jedes kleinste Zeichen für die Armut und Bedeutungslosigkeit seiner Truppe als einen schmerzhaften Hinweis auf sein Versagen. Er konnte kaum ein qualvolles Zögern überwinden, wenn seine Frau Tamana ihm zum Beispiel, was selten genug vorkam, das einzige Stück Salzfisch im ganzen Haus servierte. Es dauerte lange, bis sie ihn überreden konnte, den Fisch zu essen, und das auch nur, weil sie erklärte, daß einunddreißig andere Menschen von seiner Gesundheit und Arbeit abhängig seien, und daß sie gehört habe, wie Kumazen mit seiner Frau Suzume schalt: »Komm bloß nicht an und beschwer' dich über leere Mägen, Lumpen und Löcher, Ratten und Läuse! Haben es unsere Kinder nicht all dem zu verdanken, daß sie gegen Erkältungen und Epidemien gefeit sind? Wie kannst du es wagen,

Frau, dich zu beklagen, wo sich unser Meister, ein von Buddha gesegnetes Genie wie kein zweites, Tag und Nacht bis zur Erschöpfung bemüht, uns in die Hauptstadt zu bringen! Mit etwas mehr Geduld und harter Arbeit werden wir schon noch dorthin kommen. Warte nur ab! Du wirst schon sehen.«

Und niemand hätte Kiyotsugu vorwerfen können, er habe sich nicht bis zum Äußersten bemüht. Sein Bekenntnis lautete: »Ein Meisterschauspieler, der es nicht fertigbringt, passende Stücke für seine Truppe zu schreiben, ist ein Duellant ohne Klinge«, und er selbst adaptierte nicht nur alte Schauspiele anonymer Autoren, sondern schrieb außerdem eine Vielzahl neuer Stücke, für die er Musik und Choreographie verfaßte, und bei denen er auch Regie führte. In einer Gesellschaftsklasse von Menschen, die im allgemeinen Analphabeten waren, bildete Kiyotsugu eine Ausnahme: Er marschierte mit Freuden einen Tag und eine Nacht hindurch, um einen gelehrten Eremiten aufzusuchen oder kostenlos bei einem Privatbankett aufzutreten, wenn man ihm hinterher gestattete, seltene Bücher zu studieren, die aus China importiert waren oder alte Gedichte enthielten, die er später in seinen Erzählungen und Dichtungen verarbeiten konnte. Er scheute überdies keine Mühe, um die Aufführungen seiner Rivalen, Dengaku- oder Sarugaku-Stücke, auszuspionieren, und stibitzte anderen schamlos Handlungen und Personen, um sie dann später selbst zu verbessern. Umgekehrt war es ihm völlig gleichgültig, wenn die Sarugaku-Kollegen seine Stücke hemmungslos kopierten und aufführten. Jedesmal, wenn der alte Toyo-dayu schalt, der Meister sei viel zu großzügig, lachte er nur. »Was kümmert's mich, Toyo? Bis die mein letztes Stück einstudiert haben, habe ich längst ein zehnmal besseres geschrieben.«

Es war nicht nur die Arroganz eines außergewöhnlich begabten und produktiven Künstlers, die ihn dergleichen sagen ließ, sondern die zunehmende Unzufriedenheit mit dem gegenwärtigen Zustand der traditionellen Sarugaku-Aufführungen. Er war der Ansicht, Tanz und Musik müßten eng und logisch mit der Handlung verbunden sein.

»Wenn das Schauspiel der Knochen ist, müssen Tanz und Musik Haut und Fleisch sein.« Er plante Stücke mit größerer dramatischer Spannung, in denen er Personen und Sujets aus dem Alltagsleben verwenden wollte, statt immer nur Götter und Dämonen aus der mythologischen Vergangenheit. Doch das war leichter gesagt als getan. Gesegnet mit einem unbarmherzig perfekten Gehör, war es ihm nur allzu bewußt, daß die Sarugaku-Musik mit ihren üppigen, süßen Melodien und dem langatmigen Gegurre, so treffend sie auch ein gewünschtes Ambiente schuf, viel zu schwach war, um eine dramatische Spannung aufzubauen oder einen Tanz zum fesselnden Höhepunkt zu treiben.

»Ich kriege Sodbrennen von den zu weich gekochten Nudeln unserer Sarugaku-Musik. Sie ist so schlaff, so unendlich schlapp. Ich gestehe, daß ich bald einschlafe, wenn ich immer nur Dämonen, Götter und wieder Dämonen spiele.« Viele Nächte lang überlegte und arbeitete er und verbrannte dabei mehr Rapsöl, als es der Haushalt sich eigentlich leisten konnte. Doch da das Jahreshonorar, das ihm der Tempel zahlte, bestenfalls ein Hungerlohn war, fühlte er sich als Meister der Truppe gleichzeitig verpflichtet, seine getreuen Männer und Frauen am Leben zu erhalten, indem er sein Provinzpublikum zur saft- und kraftlosen Musik weiterhin mit Dämonen fütterte.

Zwischen ihren offiziellen Engagements in der Provinz Yamato gingen die erwachsenen Mitglieder der Truppe mit Kumao, dem Kinderschauspieler, der fünf Jahre älter war als Fujiwaka, zu Fuß auf Tournee. Handkarren hinter sich herziehend, erbaten sie die Genehmigung, an Festtagen in Provinzschreinen und -tempeln spielen zu dürfen, und wenn sich derartige Gelegenheiten nicht ergaben, spielten sie, wo immer es sich machen ließ: am Ufer ausgetrockneter Flüsse, vor dem gekachelten Tor eines örtlichen Würdenträgers oder ganz einfach auf einer Wegkreuzung. Wenn sie von einer solchen Tournee zurückkehrten, die sie, tapfer die häufig unerträglichen Umstände unterwegs ignorierend, liebevoll »die Schlammtour« nannten, berichtete Kumao, der unter einer dicken Schicht von Staub alt und grau wirkte, den anderen Kindern stolz von seinen Abenteuern:

»In Uji bezahlten ein paar Zuschauer ihren Eintritt mit Azukibohnen. Hachi machte draußen, hinter einer Steinlaterne, in einer Kohlenpfanne ein Feuer, und alle, die nicht auf der Bühne standen, bewachten die Bohnen, die in einem zugedeckten Topf kochten. Am Abend bereitete dann Hachi, sobald wir außerhalb der Ortsgrenzen einen verlassenen Schrein des Fuchsgottes fanden, eine köstliche Süßbohnenpaste. Nachdem Vater mir einen Teil von seiner Portion und der Meister mir ebenfalls die gute Hälfte der seinen abgegeben hatten, aß ich, bis ich mich so voll fühlte wie niemals zuvor. Dann aber erwachte ich mitten in der Nacht mit schrecklichen, aber wirklich fürchterlichen Zahnschmerzen in der rechten Backe. Ich schrie laut los und wachte auf. Und nun ratet mal, was das wohl war! Eine Maus! Nein, eine Ratte. Hätte sogar ein Wiesel sein können! Sie war gekommen, um die Reste der Pastete abzuknabbern, die noch auf meinen Wangen klebten. Das nächste Mal werde ich mir das Gesicht waschen, wenn wir wieder in einem von diesen alten, verlassenen Schreinen nächtigen, das kann ich euch sagen!«

Die Kinder, denen vor Neid auf Kumaos Festmahl das Wasser im Mund zusammengelaufen war, brachen in fröhliches Gelächter darüber aus, daß der gierige Schlingel eine angemessene Strafe erhalten hatte. Ja, im Gegensatz zu dem trostlosen, beengten und enervierenden Leben im Dorf Yuzaki, wo die Schauspielerkinder gezwungen waren, den Dorfrüpeln wie Duckmäuser aus dem Weg zu gehen, erschien ihnen die Schlammtour wie ein offener, freier Raum, wo sie sich vielleicht sogar kerzengerade aufrichten und den Kopf ein wenig höher tragen konnten, ohne sofort verhöhnt zu werden: »Was, ein Sarugaku-Affe stolziert auf der Dorfstraße einher wie ein Shōgun?«

Die Ehefrauen und Töchter der Truppe, die in Yuzaki zurückblieben, arbeiteten ebenfalls mit großem Fleiß: Sie nähten Kimonos für die Dörflerinnen und flochten aus Schilf und Stroh Matten, Sandalen, Körbe, Hüte und Umhänge. Selbst Tamana, die Frau des Meisters, die sich nur langsam von zwei Totgeburten erholte, gesellte sich zu den anderen Frauen und saß oft noch auf dem harten Holzboden des Bühnenraums, wenn die Glocken des nahen Jozen-Klosters schon lange Mitternacht geschlagen hatten. In solchen Nächten ließ Tamana die Shōji, die Schiebetüren, offen, die den Bühnenraum vom Familienzimmer des Meisters trennten – dem einzigen Privatzimmer im Haus, tagsüber als Wohn-Eßzimmer und in der Nacht als Schlafzimmer benutzt –, wo Fujiwaka auf seiner Matte zu Füßen der Eltern schlief. Während er auf der dünnen, abgeschabten Matte lag, konnte er zusehen, wie seine Mutter mit den langen, ungebändigten Strohbüscheln hantierte, die auf dem Fußboden raschelten und zitterten und einen würzigen Geruch nach der Sonne und dem Wind des vergangenen Sommers verbreiteten. Doch in der abgestandenen Feuchte des modrigen, alten Hauses verlor sich dieser Duft sehr schnell wieder.

Im schwachen Schein einer Rapsöllampe sah er, daß ihre Wimpern lange Schatten auf ihre blassen, schmalen Wangen warfen. Von Zeit zu Zeit blickte sie zu ihm herüber und erwiderte den aufmerksamen, an einen Hund erinnernden Blick des Kindes mit scheuem Lächeln. Im Herbst ihres vierunddreißigsten Lebensjahres wirkten ihre Augen durch die feinen Fältchen beim Lächeln trauriger. Wenn ich erwachsen bin und eine Göttin spiele, werde ich mir eine Maske schnitzen lassen, die aussieht wie Mutter, wenn sie mir zulächelt. Ein Lächeln, bei dem ich weinen und ihre Verzeihung erflehen möchte, dachte Fujiwaka.

»Kann ich dir helfen, Mutter?«

»Nein, Fujiwaka, du bist zu jung. Schlaf nur«, antwortete Tamana mit ihrer lieblichen, fröhlichen Stimme, mit der sie früher bei den Marionettenaufführungen ihres Vaters gesungen hatte.

Abend für Abend hörte Tamana ihren Sohn sein gewohntes Gebet murmeln, mit dem er Buddha und alle Götter anflehte, ihm für den nächsten Morgen Gesundheit und heile Glieder zu bescheren, damit er seine Lektion nicht versäume. Selbst als eine Biene ihn ins Augenlid gestochen hatte, so daß dieses anschwoll und er nichts sehen konnte, weigerte er sich, die Lektion zu versäumen, und behauptete: »Vater hat mich gelehrt, meine Augen in meine

Hüften zu versenken; auch ohne zu sehen, weiß ich genau, wo ich auf der Bühne stehe.«

Der Junge hatte gehört, wie der Vater die älteren Schauspieler zurechtwies, die, wenn sie durch die beiden winzigen Augenschlitze in den Holzmasken kaum etwas sehen konnten, leicht dazu neigten, ängstliche Trippelschritte zu machen, sobald sie das Gefühl hatten, daß sie sich dem Bühnenrand näherten.

»Ein Schauspieler, der nicht den Mut hat zu riskieren, daß er von der Bühne fällt, wird es nicht weit bringen.«

Von da an bat Fujiwaka Ogame jedesmal, wenn er Gelegenheit hatte, auf einer richtigen, erhöhten Bühne zu proben, die zu einem Tempel oder einem Schrein gehörte, ihm mit einem dicken Schal die Augen zu verbinden und ihn auf der Bühne umherlaufen zu lassen. Kein einziges Mal fiel der Junge von der Bühne in die ausgebreiteten Arme von Ogame oder Hachi, und das trotz der enormen Geschwindigkeit, mit der er um die Ecken schoß und in den Bühnenvordergrund eilte – eine Kunst, die später sein Publikum bis zur letzten Vorstellung seiner langen Laufbahn begeistern sollte.

Neben seiner Ausbildung als *shite* machte Fujiwaka unter Meishos fachkundiger Aufsicht große Fortschritte sowohl im Flötenspiel als auch in der Atemtechnik, die es ihm ermöglichte, eine für einen so kleinen Jungen bemerkenswert lange Phrasierung zu erreichen; seine glockenklare Kinderstimme strömte mit einem scheinbar unerschöpflichen Luftvorrat aus der kleinen Brust.

Als Fujiwaka acht Jahre alt wurde, mußte sogar sein strengster Kritiker Kiyotsugu zugeben, daß der Sohn nicht nur ein außergewöhnliches Talent besaß, sondern darüber hinaus eine angeborene Grazie und Haltung, die man selbst mit dem Segen der acht Millionen und achtzigtausend Götter nicht in einem einzigen Menschen zu finden hätte hoffen können. Zum erstenmal ließ Kiyotsugu Fujiwaka in einem Schrein der Provinz Iga die Rolle einer kleinen Prinzessin spielen. In Kostüm und Perücke, jedoch ohne Maske, weil man meinte, daß er in so jungen Jahren noch nicht von irdischen Leidenschaften gezeichnet sei, war er so ganz und gar eine Prinzessin und so bewegend überzeugend in ihrem Kummer, daß das Publikum, als Kiyotsugu sich dem Kind als Dämon drohend näherte, einstimmig protestierend aufschrie.

Kiyotsugu, ein Perfektionist mit einem überwältigenden Potential an Arbeitskraft, war eher unbeeindruckt von der Zielstrebigkeit seines Sohnes, die für alle anderen in keinem Verhältnis zum Alter des Jungen stand. Als Ogame einwandte, daß es vielleicht ein bißchen früh für Fujiwaka sei, das Spielen der Handtrommel zu erlernen, gab Kiyotsugu trocken zurück: »Als ich acht war, übte ich mich neben allem, was Fujiwaka jetzt lernt, auch in Akrobatik und mußte jeden Morgen einen Becher unverdünnten Essig trinken, weil man glaubte, das mache die Knochen geschmeidiger. Ich vermochte tatsächlich mit einer langen, nachschleppenden Löwenperücke zehn Saltos hintereinander zu schlagen. Man kann nie etwas zu früh lernen, und nichts davon ist je umsonst.«

Kiyotsugu ging noch weiter: Nach seiner Meinung gab es für das, was ein Schauspieler lernen mußte, keine Grenzen. Ohne der scheinheiligen Warnungen der Älteren in seiner Truppe zu achten, erlaubte er es dem Achtjährigen, sich unter die bunte Schar durchreisender Unterhaltungskünstler zu mischen, denen er und Tamana Zuflucht vor Regen und Kälte gewährten, weil sie nicht das Herz hatten, sie ihnen zu verweigern. Bereitwillig überließen sie den Wanderkünstlern die »Gestampfte Erde«, einen weiten, kahlen Raum unter einem durchhängenden Strohdach hinter der Küche. Dort hatte man die Reihen der Kostümkörbe, landwirtschaftlichen Geräte und Kisten mit den verschiedensten Utensilien für die Tourneen geschickt gegen den scharfen Biß der vorherrschenden Nordostwinde aufgebaut, die zu allen Jahreszeiten um das Haus pfiffen. Im japanischen Mittelalter, als das Reisen von einer Provinz in die andere mit endlosen Formalitäten für die Erlangung von Bescheinigungen und Paßgebühren verbunden war, genossen die umherziehenden Unberührbaren weitgehende Bewegungsfreiheit, weil man sie im Gegensatz zu normalen achtbaren Bürgern des Zählens nicht für würdig erachtete. Da diese

Unterhaltungskünstler unablässig im Lande umherreisten, hörten sie oft als erste, was neu und was los war. Kiyotsugu wies seinen Sohn an, diesen Wanderartisten, die noch verächtlicher behandelt wurden als die Sarugaku-Schauspieler, alle neuen Tricks und Schritte abzugucken.

An einem Spätnachmittag im Monsunmonat Juni färbte sich nach zweitägigem Landregen der bleigraue Himmel schwarz, und kurz darauf begann ein Wolkenbruch. Kogame und Kumaya, die sich nach der langen Regenzeit tödlich langweilten, alarmierten sofort Fujiwaka, als sie sahen, daß ein Bildgeschichtenerzähler, eine Gruppe von Sumo-Ringern und ein blinder Wahrsager mit seiner jungen Tochter in die Gestampfte Erde geführt wurden.

Die drei Freunde lauschten gespannt dem Geschichtenerzähler, der sehr lebendig das Hochwasser des Yodo schilderte, den er gerade überquert hatte, als eine Truppe von Tänzerinnen und Musikerinnen eintraf. Sie wurde angeführt von einer hinreißend attraktiven Frau, die einige Jahre jünger als Tamana war, ein fröhliches, sorgloses Lachen hören ließ, und der der Schalk aus den dunklen Augen blitzte. Für Fujiwaka, der an die dezenten Farbtöne der Mutter gewöhnt war, zeugten sowohl ihr Kimono, den sie dreist hochgeschlagen und in ihren Gürtel gesteckt hatte, als auch ihr Unterkimono – beide vom schweren Regen völlig durchnäßt, so daß sie eng an ihren gerundeten Hüften und Schenkeln klebten – von einem sehr schlechten Geschmack.

Als diese junge Frau sich als Omina, die *kusē*-Tänzerin, vorstellte, begannen alle in der Gestampften Erde zu strahlen: Oh, also das war Omina, ausgebildet von Hyakuman, der einer Legende zufolge als Bodhisattva gestorben war, weil er so vielen Menschen so viel Freude und Trost geschenkt hatte. Während anerkennendes Gemurmel die Runde machte, warf Omina ihren durchnäßten Strohumhang ab, schüttelte einen dichten Schopf glänzend schwarzer Haare aus und musterte die sie umgebenden Gesichter mit einem kecken, fast impertinenten Lächeln.

»So viel Regen. Mir wächst schon fast Schimmel auf den Augenlidern. Tanz uns was vor, Omina!« rief jemand aus dem naßkalten Halbdunkel.

»Zeig mal, was du von Hyakuman gelernt hast, Mädchen!« unterstützten die dreistgewordenen Sumo-Ringer lärmend die Forderung.

Ominas Musikerinnen, junge Mädchen, die genauso auffallend gekleidet und frisiert waren wie sie und ihre Tänzerinnen – der einzige Unterschied war der Kopfschmuck der Tänzerinnen in Gestalt eines Halbmonds –, erzeugten nun etwas, das in Fujiwakas Ohren wie lauter durchdringende Hilfeschreie klang. Trommeln, Glocken und Blasinstrumente reagierten alle auf einmal mit einem atemlosen, unregelmäßigen und absolut chaotischen Rhythmus, als spiele jede, wie sie wolle. Die Musik, die sie hervorbrachten, besaß eine unkontrollierte, zupackende Energie, wie Fujiwaka sie noch nie gehört hatte. Er spürte, daß seine Haut sich spannte wie nasses Leder.

In diesen aufrüttelnden Tumult sprang Omina wie ein entfesseltes wildes Tier mit so hoch erhobenen Armen, daß ihre weiten Kimonoärmel bis zu den Achselhöhlen hochrutschten und schamlos die weiße Innenseite der Oberarme entblößten. Ihre Schritte waren einmal erwartungsvoll, dann wieder flink und die Musik anspornend. Ihre Füße stampften und wirbelten in rasendem Tempo wie Sesam, der auf heißem Feuer geröstet wird. Dabei bewahrten ihr Oberkörper und ihre Wirbelsäule jedoch die stille Ruhe eines Vogels in einem langen, ruhigen Gleitflug.

Der Raum, bis dahin vom trostlosen, bleiernen Licht erfüllt, das widerwillig durch die schweren Regenwolken drang, erwachte zum Leben, wurde zu einem Meer wogender, klatschender, warmer Körper. Fujiwaka konnte nicht stillsitzen; zitternd reagierten seine trainierten Muskeln auf den Ansturm der Musik. Er wiegte den Körper und klatschte in die kleinen Hände. Und dann fiel sein Blick auf ein Gesicht drüben auf der anderen Seite des Raums. Sein Vater. Er unterdrückte einen Aufschrei und musterte das so völlig verwandelte Antlitz: Der halboffene Mund war seitlich verzogen, und Fujiwaka spürte, daß Kiyotsugu kaum atmete; die starren Augen brannten mit einer Intensität, wie sie dem Hunger oder dem Haß oder der Mordgier eigen ist. Noch nie hatte er das Gesicht des Vaters so nackt gesehen, so gierig, so von Leidenschaft verzehrt. Dann und wann zuckte Kiyotsugu zusammen und wand sich deutlich, als hätte Omina ihm einen Schlag versetzt oder Übelkeit in ihm erregt.

So war es denn auch Omina, die Kiyotsugus hingerissener Qual ein Ende machte. Als sie den Meister der Kanzē-Truppe hinter den Zuschauern entdeckte, fiel sie auf einmal auf die Knie. Sie atmete heftig keuchend, strich ein paar lose, nasse Haarsträhnen aus ihrem Gesicht und senkte den Kopf Vergebung heischend und zutiefst verlegen.

»Ich wußte nicht, daß Ihr hier seid, Meister Kanzē. Bitte verzeiht mir, wenn ich Eure Augen mit meinem vulgären Straßengehopse gekränkt habe – obwohl ich gestehen muß, daß mir die Art, wie ich tanze, sehr gut gefällt.« Mit einem frechen, zufriedenen Lächeln nickte sie vor sich hin.

»Das sollte sie auch, und mir gefällt sie ebenfalls«, gab Kiyotsugu zurück, als sei er in Gedanken tausend Meilen weit entfernt, und dann brach er plötzlich ohne jeden ersichtlichen Grund in lautes Lachen aus wie ein Kind, das soeben entdeckt hat, daß es schwimmen kann.

Aus dem Volk, aus seinem schweren Leben hervorgegangen, war die *kusē*-Musik, nachdem sie im Laufe der Zeit zahllose volkstümliche Traditionen in sich aufgenommen hatte, eine rhythmische Rechtfertigung der rauhen Überlebenskunst der einfachen Menschen. Wie das Unkraut, das zwischen den Steinen wächst, besaßen ihre Lieder eine Lebensfreude und Kraft, die weder Regen noch Feuer vernichten konnten und die Jahr um Jahr mit unverwüstlicher Vitalität wieder emporschoß.

Nachdem er so lange Zeit treu der Musik der Tempel und Götter gedient hatte, merkte Kiyotsugu, daß der *kusē*-Rhythmus sein Blut in die entgegengesetzte Richtung strömen ließ, und spürte intuitiv, daß er ihn in die Sarugaku-Musik einarbeiten konnte. Deren melodiöse Schönheit und ausdrucksvoll gedehnte Pausen würden den primitiven, hektischen Takt der unverfälschten *kusē*-Musik mildern.

Selbst wenn ich als Gefäß nicht groß genug bin, um diese Verschmelzung zu schaffen, laß es mich wenigstens versuchen! betete Kiyotsugu um Buddhas Segen. Er machte sich keine Illusionen: Es war eine unendlich schwere Aufgabe.

Als Kiyotsugu seiner Frau befahl, das Privatzimmer aufzuräumen, da er die *kusē*-Tänzerin dort empfangen wolle, glaubte Tamana, ihr Ehemann sei entweder betrunken oder habe den Verstand verloren. Als Tochter eines herumziehenden Puppenspielers hatte sie sich allen Angehörigen dieses unsicheren Gewerbes gegenüber, die in Not oder Schwierigkeiten geraten waren, immer großzügig gezeigt. Als anständige Ehefrau und Mutter jedoch konnte sie die schamlose Art, mit der sich diese Straßentänzerin wie eine Kurtisane kleidete, frisierte und mit berauschenden Düften umgab, nicht billigen.

Sie verlieh ihrer Mißbilligung durch übertriebene Höflichkeit Ausdruck und bat für die gesprungenen Tassen und das Fehlen von Süßigkeiten im Haus um Verzeihung. Dann stellte sie den Topf mit Tee aus gerösteter Gerste auf die rohen Bodenbretter zwischen ihren Mann und Omina, die nun ihrerseits mit unterwürfiger Nervosität von ihrem strohgeflochtenen Polster glitt und sich einige Male so tief verneigte, daß ihre nassen Haare über den Boden fegten.

»Herrin, o bitte, seid nicht...«

Dieses »Herrin« aus dem Mund der berühmten Tänzerin besänftigte Tamana sofort, und sie beruhigte sich sogar so weit, daß sie die Frau mit dem pompösen Titel »Omina-san« ansprach.

Kiyotsugu ignorierte die einfältigen Höflichkeitsfloskeln der Frauen und kam zur Sache: »Wollt Ihr mir einen großen Gefallen tun, Omina-dono? Dann lehrt mich Eure *kusē*-Musik.«

Nach einer fassungslosen Pause, in der Omina mit Mühe den ehrenden Ausdruck »dono« verarbeitete, der normalerweise nur zwischen ebenbürtigen und geachteten Kollegen üblich war, schlug sie sich mit überheblicher Sorglosigkeit an die Brust.

»Aber ja, Meister der Kanzē-Truppe, mit größtem Vergnügen! Nein, nein, das macht überhaupt keine Mühe. Es ist mir eine Ehre, Euch zu unterrichten, Meister Kanzē. Denkt bitte nicht an eine Bezahlung oder daran, was meine Truppe nicht verdienen wird. Wir haben den Monsunmonat. Wie viele trockene Tage gibt es da schon, an denen wir auf der Straße tanzen können?«

Sie blieb während des ganzen Regenmonats in Yuzaki, um Kiyotsugu, seinen Musikern und älteren Ensemblemitgliedern Unterricht zu erteilen. An den wenigen trockenen Tagen schickte sie ihre Truppe in die nahen Ortschaften, wo die Mädchen auftraten, und händigte die gesamten Einnahmen Tamana aus. »Nur zu, Herrin, gönnen wir uns was Gutes: Bohnen, Stockfisch und ein paar Süßigkeiten für die Kleinen, eh?«

Sie war schlicht, großzügig und zuvorkommend. Die Kinder beteten sie an; die Erwachsenen akzeptierten sie als eine von ihnen. Wie so viele Frauen, die für ihre amourösen Exzesse bekannt sind, verwandelte sie sich in Gesellschaft von ehrbaren Ehefrauen und Müttern in eine eifrige, bereitwillige Helferin, Freundin und Gefährtin, die sehr darauf bedacht war, allen gefällig zu sein. Sobald sie nicht mit Kiyotsugu arbeitete, half sie den Frauen kochen, fegen, aufwischen, Wasser holen und sogar die Kleider der Kinder flicken, und ihren Tänzerinnen und Musikerinnen befahl sie, ihrem Beispiel zu folgen. Man stelle sich das vor: Das alles tat Omina, unbestreitbar die Beste auf ihrem Gebiet, eine Frau, die, wie es hieß, viele reiche und mächtige Männer mit Geld und Gunst überschüttet hatten, und für die Nanami, der Lieblingskünstler des Shōgun, geschrieben und komponiert hatte!

Am Tag vor ihrer Abreise verkaufte die impulsive, großzügige Omina einem durchziehenden Händler ihre Kette aus dunkelorangefarbenen Perlen, die weder aus China noch aus Indien, sondern aus einem noch ferneren Land stammte, und kaufte von dem Geld mehr als genug Speisen und Wein für die Kanzē-Leute und ihre eigene Truppe. Sie und Meisho tranken weit weniger als Kiyotsugu, doch wurden beide schnell trunken und hochrot im Gesicht, während der bleiche und müde Kiyotsugu vollkommen nüchtern und ruhig blieb. Tamana, die weder besonders viel trank noch aß, seufzte den ganzen Abend schwer und schenkte Omina ein Nadelkissen, das mit ihren eigenen Haaren gefüllt war, die sie nach jeder Wäsche gesammelt hatte.

Omina ihrerseits versprach, der Herrin aus jedem Ort, den sie besuchte, einen Brief zu schicken, und setzte mit einem trockenen, ironischen Auflachen hinzu: »Das heißt, wenn ich jemanden finde, der schreiben kann.«

Dann schaute sie mit Augen, die in trunkener Hemmungslosigkeit noch sinnlicher und herausfordernder wirkten, jeden einzelnen im Zimmer an und wiegte sich von links nach rechts.

»Hört zu!« sagte sie. »Ich möchte allen Kanzē-Schülern etwas sagen. Euer Meister hier haßt Schmeicheleien. Aber das macht nichts, morgen bin ich nicht mehr da, und was ich sage, ist die reine Wahrheit, Buddah möge mein Zeuge sein. Ich habe Kiami gehört, den die ganze Hauptstadt vom jungen Shōgun bis zum letzten Waffelverkäufer als Gott der Musik verehrt; ich habe Icchu über die Bühne fliegen und hoch oben im Dach verschwinden sehen; ich bin weit genug herumgekommen, um alle Großen der Provinzen zu kennen, wie zum Beispiel den berühmten Inuo in Omi. Doch wenn ihr mich fragt, auf wessen Schultern die Zukunft eurer Kunst ruht, dann schwöre ich auf dem Grab meiner Mutter, daß es die Schultern eures Meisters sind. An eurer Stelle würde ich lieber für ihn hungern und sterben, als es mir unter einem Kiami dieser Welt leicht machen. So, jetzt hab' ich es gesagt. Und Ihr, Herrin, müßt in Eurem letzten Leben ganz zweifellos ein Bodhisattva gewesen sein, daß Ihr sowohl Kiyotsugu-dono als auch den kleinen Fujiwaka verdient habt.«

Omina brach in heftiges Schluchzen aus und nickte dann ein. Da dies bei ihr jedoch immer der Fall war, wenn sie betrunken war, deckten ihre Tänzerinnen sie liebevoll zu, und legten sich ebenfalls schlafen.

Als Omina am folgenden Morgen mit ihrer Truppe aufbrach, begleiteten alle Kanzē-Frauen und die Kinder die scheidenden Freunde und winkten ihnen nach, bis sie zu unkenntlichen Punkten auf der staubigen Sommerstraße geschrumpft waren.

Während im Haus ohne das fröhliche Durcheinander der *kusē*-Tänzerinnen wieder die vertraute Modrigkeit einzog, rief Kiyotsugu seine Männer in den Bühnenraum.

»Ich möchte euch alle um einen sehr großen Gefallen bitten – eigentlich sollte ich sagen: um ein großes Opfer. Hier kniee ich, Kiyotsugu von der Kanzē-Truppe, vor euch und bitte euch alle, so mit mir zusammenzuarbeiten, wie ich es euch vorschlage, und die Entbehrungen zu ertragen, die meine Entscheidung mit sich bringt. Ich möchte nicht auf Tournee gehen, bis wir die neue Musik voll beherrschen und ich mindestens fünf neue Stücke geschrieben habe, in denen sie verwendet wird. Ich fühle die Musik in mir; ich kann sie fast hören. Bis wir sie aber in Tönen und Rhythmen ausdrücken können, bis jeder von euch sie singen und dazu tanzen kann, werden wir Monate, Jahreszeiten, vielleicht ein ganzes Jahr brauchen. Wollt ihr es mit mir zusammen versuchen? Wollt ihr mir helfen?«

Kiyotsugu war ein reizbarer, unbeugsamer Tyrann, dessen Stolz und Integrität, von denen seine ganze Arbeit gekennzeichnet war, den Mitarbeitern das Leben schwer und oft fast unerträglich machten. Es gab Zeiten, da sie sehnsüchtig seufzten: »Wären wir doch beim Meister der Hosho, diesem umgänglichen, jovialen, trinkfreudigen Stiefbruder unseres Meisters...« Doch jetzt beugte Kiyotsugu den stolzen Rükken vor ihnen und bat sie, mit ihm gemeinsam zu kämpfen. Jeder einzelne von ihnen spürte, wie sich sein Magen vor Bewegung hob: Das Leben war hart, ganz gleich, wie man es lebte, also konnte man es auch für diesen Mann, mit diesem Mann zusammen ertragen.

Von Toyodayu und Raiden bis zu Hachi neigten sie mit einem gutturalen Ton der Zustimmung den Kopf und schworen Kiyotsugu Gehorsam.

In jenem Sommer schien selbst die berüchtigte Hitze des Yamato-Beckens zu zögern, unter die tiefhängenden Dachkanten der Kanzē vorzudringen. Vom frühen Morgen bis spät in die Nacht gab es kaum einmal lange genug Ruhe, um die Zikaden und Grillen zu hören. Da die Einnahmen drastisch reduziert waren, maßen die Frauen gewissenhaft jeden Schöpflöffel dünner Grütze, verbrannten weniger Rapsöl und besserten an der Kleidung die alten Stopfstellen immer wieder aus. Jeder, selbst die kleinsten Kinder, lauschte aufmerksam auf des Meisters Stimme, die aus dem Bühnenraum zu ihnen drang: Ist er seiner neuen Musik heute nähergekommen? Wird er sie jemals tatsächlich finden?

Da Tamana augenblicklich mit einer frugalen Mahlzeit am Tag auszukommen schien, durfte Fujiwaka seine Schale mit dünner Grütze aus Hirse und Weizen zu Mittag allein im Zimmer seiner Eltern essen. Früher hatte er es gehaßt, allein, ohne die anderen Kinder, essen zu müssen, nun aber war es ein Privileg, denn er saß nur wenige Meter von dort entfernt, wo der Vater seinen einsamen Kampf ausfocht. Damit in seinem winzigen Schädel auch nicht das geringste Geräusch entstand, kaute er besonders langsam auf den zähen Fasern der eingelegten Steckrüben herum und konzentrierte seine ganze Aufmerksamkeit auf jeden Laut, der durch die welligen, vergilbten Shōji zu ihm drang. Er hörte, wie der Vater den Takt zählte, den lahmen Chor antrieb, ermunterte, beschwatzte, und wie er allzuoft in tiefster Verzweiflung aufstöhnte.

Da Kiyotsugu darauf bestand, die Musik in den tanzenden Menschenkörpern zu hören und zu sehen und die gesteigerte, gemeinsame Wirkung von Stimmen und Instrumenten zu koordinieren, mußte er natürlich von Anfang an mit der gesamten Truppe arbeiten. Es war eine zeitraubende und hinsichtlich der Arbeitskraft kostspielige Art, etwas zu entwickeln, das in diesem frühen Stadium nichts weiter war als ein schwaches Licht, das ausschließlich in seiner eigenen Vorstellung schimmerte.

»Könnt ihr nicht hören? Könnt ihr nicht hören? Handtrommler, ihr müßt den Tänzern Zeit lassen, Atem zu holen und sich zu strecken! Und du, Ippen, was ist mit dir los? Du haust einfach so monoton auf die große Trommel wie Regentropfen.«

»Aber Meister«, keuchte Ippen, der sich mit seinem Schlegel den Schweiß von der Stirn kratzte, »habt Ihr mir nicht gerade erst gesagt, ich soll den üblichen Achtertakt einhalten und mich vom Chor nicht ablenken lassen? Ich begreife nicht…«

»Ich habe dich nicht gebeten, zu begreifen! Was heißt überhaupt *begreifen*? Warum mußt du begreifen, während ich von dir doch nur verlange, daß du zuhörst, du Idiot, zuhörst und fühlst? Wenn du's nicht fühlst, rasier dir den Kopf und geh auf dem Markt betteln! Das ist ein besserer Lebensunterhalt. Du klebst zu oft wie eine nasse Unterhose am hängenden Hintern des Chors. Folge deinem eigenen Achtertakt, aber atme den *kusē*-Rhythmus! Stell dir zwei Karpfen vor, die in dieselbe Richtung schwimmen und einander umspielen, doch niemals gegeneinander und aneinander geraten.«

»Ich glaube nicht, daß es uns jemals gelingt, diese *kusē*-Musik zu zähmen und in unseren alten Sarugaku-Stil einzupassen«, meldete sich eine verdrießliche Stimme – nicht aus dem Kreis der wortscheuen Musiker, sondern aus dem Chor. Es konnte kein anderer sein als Kumazen, der als *waki*-Spieler zwar hier nichts zu suchen, sich aber freiwillig erboten hatte, Meister Kiyotsugus neuen Stil zu erlernen.

»Kann durchaus sein, Kuma, daß es unmöglich ist«, antwortete Kiyotsugu einlenkend. Kumazen gegenüber legte er stets besonders viel Geduld an den Tag.

»Ich habe nicht gesagt, daß es unmöglich ist, Meister«, gab Kumazen, der Verschlungene Nabel, zurück.

»Doch, das hast du. Aber wir wollen doch nicht vergessen, Kuma, daß wir ein bißchen einfallsreicher sind als deine Spechte und Nachtigallen. Wir haben sie lange genug ertragen, immer dieselben alten sieben-, fünf- und zwölfsilbigen Zeilen in immer demselben alten Achtertakt! Höchste Zeit, daß wir aus den eingefahrenen Furchen herauskommen. In der *kusē*-Musik stecken der Teufel und das Höllenfeuer, und wir müssen sie benutzen, um unsere müde Göttin Sarugaku aufzuwecken. Wir *müssen*! Ich fürchte mich nicht vor einem Fehlschlag; ich bin bereit, alles zu wagen.«

»Wer hat gesagt, daß ich mich fürchte? Selbstverständlich bin ich bereit, alles zu wagen. Ihr tut, als ob ich…«

»Also wißt Ihr, Kuma, Meister, und ihr alle hier…« Toyodayu, der stets ein Vermittler war, machte seine schmalen Schultern, die wie ein zusammengeklappter Regenschirm wirkten, noch schmaler und reckte seinen langen, sehnigen Hals aus dem schäbigen Kragen. »Wenn wir auf eine Bühne in Kyoto kommen wollen, bevor uns der letzte Zahn ausfällt und uns die Hände zu zittern beginnen, müssen wir mit dem Gegacker aufhören und endlich arbeiten. Sonst geht es nicht. Also weiter, Meister. Ja, Kuma? Wollen wir, wir alle?«

Toyodayu strahlte sie an, bis seine Augenschlitze in den Falten seines verwitterten Gesichts verschwanden.

»Ja, gut. Also von vorn!« Kiyotsugu war schneller als alle anderen auf den Füßen und bog ungeduldig seine Bambuspeitsche. Und so ging es unbarmherzig weiter; einem Zentimeter Fortschritt folgten nur allzuoft zwei Zentimeter Verzweiflung.

KAPITEL

2 In der Buddha-verlassenen Endzeitwelt wurden die Menschen, wie Ogame häufig bemerkte, krankhaft abergläubisch und sahen überall böse Vorzeichen. Tempel und Schreine wurden reicher und mächtiger und lebten vom Herzblut Millionen angstvoller Menschen, die – schon während ihrer Lebenszeit, aber auch anläßlich ihres Todes – freudig von ihren Besitztümern opferten, vom einfachen Strauß Wiesenblumen bis zum Großgrundbesitz in der Provinz. Und von allen Tempeln im Land war der Kofuku-Tempel wohl der wohlhabendste und einflußreichste.

Ihm gehörten Besitzungen nicht nur in der fruchtbaren Provinz Yamato, sondern im ganzen Land. Die Privilegien und Immunitäten, die Generationen schlauer Priester dem Hof abgeschwatzt hatten, waren üppig, und ihre sanktionierten Ausschweifungen und ihre Arroganz kannten keine Grenzen, denn sie wurden von einem unermeßlich großen Corps bewaffneter Mönche beschützt, das zum größten Teil aus Söldnertruppen von Aussteigern und Unangepaßten aller Schichten der Gesellschaft bestand.

Sowohl der Hof als auch das Shōgunat hatten sich als unfähig erwiesen, diese bewaffnete religiöse Macht einzudämmen: Wann immer ein starkes Kontingent von Kofuku-Mönchen durch die Straßen von Kyoto stürmte – den Kopf mit grauer Gaze verhüllt, kriegerische Rüstungen unter den priesterlichen, mit Tusche gefärbten Gewändern, Schwerter, Lanzen und Gebetsperlen in unverhohlen drohenden Gebärden schwingend und unverschämte Forderungen brüllend –, beeilte sich der Shōgun, dem der Wert dieser von Buddha gesegneten Milizen in Kriegszeiten oder bei Grenzkämpfen nur allzugut bekannt war, im allgemeinen sehr, dem Kaiser zu raten, er möge ihren Forderungen weitgehend stattgeben.

Die Bewohner von Kyoto verriegelten ihre Haustüren und drängten sich flüsternd in den Hinterzimmern zusammen. Ein Sprichwort hieß: »Sobald man einen bewaffneten Mönch erwähnt, hört sogar ein Säugling auf zu schreien.«

Das Jozen, eines der Haupt-Kofukuklöster, das neben Theologie studierenden und meditierenden Mönchen über einen großen Anteil an Bewaffneten verfügte, lag unmittelbar außerhalb des Dorfes Yuzaki. Daijo, der oberste Abt des Klosters, war durch eine lange Narbe entstellt, die sich vom Augenwinkel bis zum Kinn hinabzog, und allein die Erwähnung seines Namens bewirkte, daß jene, deren Lebensunterhalt vom Kofuku-Tempel abhing, den Atem anhielten und erschauerten. Bevor er der Welt entsagte und sich für die Tonsur entschied, war er einer der sowohl von seinen Feinden als auch von seinen Untergebenen am meisten gefürchteten und verabscheuten Ashikaga-Generale gewesen.

Fujiwaka war neun, als er bei der alljährlichen Erntedankaufführung im Kasuga-Schrein in einem hellen mauve- und grünfarbenen Kostüm den weder weiblichen noch männlichen Glyziniengeist spielte, alterslos und undefinierbar. Neben dem gigantischen, von Kiyotsugu gespielten Dämon wirkte die winzige Gestalt des Knaben so rein und dennoch so verführerisch, daß man sah, wie dem obersten Abt der Speichel aus den Mundwinkeln troff. Unverzüglich schickte er einen Boten zum Haus der Schauspieler.

»Betrachte diesen Befehl als eine Ehre. Laß den Knaben gründlich waschen, gib ihm saubere Kleider und schicke ihn noch vor der Stunde des Vogels – also gegen sechs Uhr abends – zum Kloster.«

Kiyotsugu holte tief Luft und hielt sie sehr lange an; sein Blick war starr auf die kleine, weiche Hand seines Sohnes gerichtet, die nicht größer war als ein Ahornblatt. Dann begann er ruhig, beinahe würdevoll zu sprechen, denn er fürchtete, sonst nicht sagen zu können, was er sagen mußte. Welchem Vater, ob König oder Unberührbarer, fällt es leicht, seinen neunjährigen Sohn auf die Vergewaltigung durch einen alten Mönch vorzubereiten? Jedes Wort, das er zu Fujiwaka sprach, war mit dem Blut der eigenen Demütigung belastet.

»Ich hatte wider alle Vernunft gehofft, daß mein Sohn

verschont bleiben werde... Aber vergiß nicht, wir sind Künstler. Wenn unser Patronatstempel von uns einen Dienst verlangt, können wir ihn nicht verweigern; wir müssen ihn leisten, ohne Rücksicht darauf, um was für einen Dienst es sich handelt. An den Schmerz wirst du dich gewöhnen. Das mußte ich auch; das mußte Toyo auch; und Raiden vermutlich ebenfalls. Bleib demütig im Herzen, und im Körper entspannt; alles andere vergiß. Schenk den Menschen Vergnügen, verlange keins für dich: Das ist das Karma unseres Berufs.«

Als Fujiwaka das Zimmer verließ, fand er die Mutter tief in die Ecke des Korridors gedrückt, wo sie, das Gesicht in den Ärmeln vergraben, bitterlich weinte. Doch als sie ihn hörte, sprang sie auf und führte ihn in die Küche, wo Ogame allein neben einem großen Holzzuber voll Wasser aus dem Brunnen hockte. Mit zusammengebissenen Zähnen, als hätte sie Zahnweh, und ohne Fujiwaka in die Augen zu sehen, kleidete Tamana ihn aus und schrubbte ihn von Kopf bis Fuß mit einem fest ausgewrungenen nassen Tuch. Als Ogame ihr ein sauberes, doch stark geflicktes Untergewand reichte und Fujiwaka ihr den Rücken zukehrte, sah sie, daß sie die Schultern des Jungen so kräftig gerieben hatte, daß sie ganz rot waren, und dabei waren sie doch so schmächtig, daß eine jede in ihre hohle Hand paßte. Von schwerem Schluchzen geschüttelt, ließ sie bedrückt den Kopf auf die Brust sinken. Ogame übernahm die Aufgabe, den Jungen anzukleiden, anschließend kämmte und band er ihm das Haar. Als er dann schließlich die Papierlaterne in der einen und Fujiwakas Hand in der anderen hielt, wich Tamana, die sich den Saum ihres Ärmels in den Mund stopfte, verzweifelt einen Schritt zurück.

»Wir müssen jetzt gehen«, sagte Ogame mit einer würdevollen Verneigung vor der Frau seines Meisters, die nur ein kleines, kurzes Nicken zustande brachte.

Diesmal war Ogame zu keiner seiner üblichen humorvollen Bemerkungen fähig. Grimmig und stur, mit gebeugtem Rücken, verlangsamte er seinen zielstrebigen, schnellen Schritt erst, als sie die breite, von Zypressen gesäumte Hauptstraße erreichten, die zum Klostertor führte. Dort ließ Fujiwaka Ogames Hand los und wandte sich noch einmal zum Haus zurück. Es war bereits dunkel, und nur eine schmale Mondsichel hing am blauschwarzen, stürmischen Novemberhimmel. Das Haus war hinter der bröckelnden Mauer aus Lehm und Stroh nur teilweise zu sehen, und da sie sehr mit Lampenöl sparen mußten, hockte es da wie ein augenloser, schwarzer Aasgeier.

»Warum waren Kogame und Kumao nicht da, als wir fortgingen? Wohin sind sie so spät noch spielen gegangen?« Das waren die ersten Worte, die Fujiwaka an diesem Abend sprach.

»Oh, diese Lümmel! Irgendwohin, kleiner Meister. Das sind doch bloß unnütze Kinder!«

Bin ich denn kein Kind mehr? Kein Lümmel mehr? fragte sich Fujiwaka immer wieder bei jedem Schritt, bis sie das riesige Eingangstor erreichten. Ogame brachte den Jungen zur Küchenpforte. Unter Verneigungen und ständig vor sich hinmurmelnd wie eine unentschlossene Fliege, näherte sich Ogame demütig einem Mönch niederen Ranges, der, ein schmutziges Tuch um die Stirn und vom heißen Dampf aus einem gigantischen Eisenkessel rot und verschwitzt, gerade etwas kochte.

»Wenn Ihr so freundlich sein würdet, mir zu gestatten, daß ich hier warte… nur für den Fall… für den Fall, daß mein junger Herr früher entlassen wird… Er ist schließlich erst neun… Das heißt, wenn ich darf…«

»Früher entlassen?« Der kleine, dicke Mönch wieherte vor höhnischem Lachen. »Bei diesem hübschen Gesicht und dem daunenzarten Hals wird dein kleiner tanzender Herr bestimmt nicht früh entlassen. Laß den Jungen hier; du hast deiner Pflicht genügt. Wenn du unbedingt warten willst, kannst du dich draußen vors Haupttor setzen. Und jetzt verschwinde!«

Im Speisesaal, in den Fujiwaka geschickt wurde, fand er sechs weitere Jungen, die Geschirr, Kissen und glühende Holzkohle hereintrugen. Sie waren zwischen sieben und vierzehn Jahre alt, vermutlich Waisen oder »ausgesetzte Mäuler«, die im Kloster gefüttert und untergebracht waren wie Wachhunde oder Falken. Eine primitive, unterentwikkelte Häßlichkeit strahlten sie aus, als sie nun den Neuankömmling mit feindseliger Neugier anstarrten, und Fujiwaka spürte ihre bösartigen Blicke wie heiße Eisen auf seinem Rücken.

Sie sind eifersüchtig auf mich, weil ich einen Vater habe, der mich etwas lehrt, und eine Mutter, die für mich wäscht und flickt, dachte er. Aber was soll ich nur hier, bei diesen Jungen? Auf einmal hätte Fujiwaka am liebsten geweint.

Als plötzlich ein lauter Gong ertönte, fielen die Jungen auf die Knie. Einer von ihnen knackte nervös mit den Fingergelenken. Gleich darauf kam aus den beiden gedeckten Gängen, die den Speisesaal mit den anderen Gebäuden verbanden, ein Geräusch, als donnerten einhundert Wagen über eine lose Holzbohlenbrücke. In zwei langen Reihen kamen, in dicke Schichten von Schwarz, Grau und Weiß gehüllt, die Mönche mit glänzend geschorenen Kugelköpfen herein und erschütterten mit ihrem schweren Tritt die Stehtabletts auf dem Boden, daß die Tassen und Eßschalen klirrten.

Sein Vater hatte lediglich gesagt: »Die Jozen-Mönche haben gerade ihre hunderttägige Kasteiung beendet«, dem Sohn aber nicht erklärt, was das mit dem Dienst zu tun hatte, den Fujiwaka hier leisten sollte. Allein die Zahl, das Gewicht und die Größe der Kriegermönche erfüllten den Jungen mit einem eiskalten Entsetzen, wie er es bisher noch niemals gekannt hatte.

Der eine, der mit seinen schlaffen, roten Lippen und einer langen, zerklüfteten Narbe auf einer Gesichtsseite am abstoßendsten wirkte, nahm auf einer langen Estrade Platz und winkte Fujiwaka, ihm Wein einzuschenken. Obwohl dem Jungen vor Angst und einem undefinierbaren Abscheu übel war und ihn sogar eine Schwäche ankam, zwang er seinen Körper in die Grundposition des Tanzes, die ihm der Vater eingepeitscht hatte. Er schritt, den Bauch eingezogen, die Analmuskeln fest zusammengekniffen, zwischen zwei Mauern dampfender, gieriger Männlichkeit hindurch, um sich neben die Estrade des Abtes zu setzen. Trotz seiner erst knapp neun Jahre war Fujiwaka bereits ein echter Schauspieler, bis ins Mark dazu gedrillt, die Augen seiner Zuschauer zu erfreuen; und so legte er unbewußt die Haltung und Grazie eines Profis an den Tag, die im Zusammenspiel mit seiner außergewöhnlichen Schönheit sogar die abgestumpfte Empfindsamkeit der Männer anrührte, die nur an ebenso zügellose wie unmenschliche Schlachten und religiöse Purgatorien gewöhnt waren. Als Daijo, wann immer er eine Hand nicht zum Essen oder Weintrinken benötigte, den kleinen Schauspieler betastete und mit seiner derbknochigen Hand ungeschickt und grob über die zarten Augenlider, Ohren, Lippen, über den Nacken, die Taille und die Hüfte des Jungen fuhr, spürte die Mehrzahl der Mönche, wie sich ihr Begehren regte und ihnen das Wasser im Mund zusammenlief. Ein paar jedoch, die wußten, wohin die Liebkosungen des Abtes für das Kind führen würden, fanden die Szene unerträglich. Sie schlangen hastig ihr Essen hinunter und machten sich dann davon – in ihre Zellen.

Nach der Beendigung der Mahlzeit wies Daijo die Klosterjungen an, die Stehtabletts fortzuräumen. Fujiwaka befahl er, »etwas Frühlingshaftes, Sinnliches« zu tanzen. Fujiwaka, der nicht begriff, was der Abt meinte, erhob sich unsicher. Er fand es unangenehm, daß Daijo ihm mit seinen feuchten Händen die Haare in Unordnung gebracht hatte, denn die Mutter hatte ihm stets erklärt: »Selbst in Lumpen werden dich die Menschen achten, solange deine Haare ordentlich frisiert sind.«

Zögernd begann er ein kurzes Stück zu singen und zu tanzen, das Omina ihn gelehrt hatte. Es handelte von einem Jungen, der auf einem Baum am Fluß sitzt und Fische fängt, indem er auf seiner Flöte spielt. Zahlreiche Mönche lachten schallend und protestierten gegen eine solche Märchenvorstellung. Da griff sich Daijo mit vor Zorn oder Ungeduld verzerrtem Gesicht den Jungen, setzte ihn sich mit einem Arm auf die Hüfte und schritt kurzerhand aus dem Saal. Den Mönchen überließ er es, mit den teiggesichtigen Jungen, die inzwischen die Tabletts alle fortgeräumt hatten, zu tun, was sie wollten.

Demütiges Herz, Körper entspannt, hat Vater zu mir gesagt, Körper ent... wiederholte Fujiwaka immer wieder in Gedanken, als Daijo schwer atmend die wunderschön bemalten Shōji hinter sich schloß und den Jungen auf eine duftende, neue Strohmatte in der Mitte des sauberen, kahlen Zimmers warf. Ich werde nichts sehen, ich werde nichts riechen, ich werde nichts hören, damit ich mich später an nichts erinnern muß und niemandem etwas zu erzählen habe. Weder Mutter noch Ogame werde ich etwas erzählen. Weder Kogame noch Kumao. Vater brauche ich nichts zu erzählen; er weiß Bescheid. Er weiß…

Mit fest zusammengekniffenen Augen und so stark knirschenden Zähnen, daß sie einen Funken hätten erzeugen können, wiederholte er, während seine kindliche Reinheit durch endlose obszöne akrobatische Kunststücke manipuliert, brutalisiert und verhöhnt wurde, auch weiterhin immer wieder: Vater mußte sich so beschmutzen lassen. Toyo auch. Raiden auch. Wir sind Schauspieler…

Fujiwaka war ein peinlich sauberes Kind. Als er nun so ganz und gar von ekelerregendem Schleim und dem Gestank animalischer Sekretion bedeckt war, fand er die Tatsache, daß er so über und über beschmutzt war, weit unterträglicher als seine Schmerzen und die Verletzungen. Während der ganzen Nacht war es weniger sein Stolz oder sein Pflichtgefühl den Eltern und der Truppe gegenüber, was ihn rettete, als schlicht und einfach die körperliche Disziplin seiner Kunst. Während Daijos widerlich stinkender, gieriger Körper seine winzigen Knochen fast in den Boden hineinpreßte und seine heißen Wangen so fest auf die kühle Strohmatte gedrückt wurden, daß seine dichten Wimpern die Seidenbänder streiften, öffnete Fujiwaka nur ein einziges Mal die schönen, schräg geschnittenen Augen. Er starrte auf das regelmäßige Webmuster des jungen, grünen Strohs und dachte sofort an seine Mutter, die, wenn der Vater auf Tournee war, im Schein einer schwachen Lampe bei ihrer Strohflechtarbeit saß.

»Kann ich dir helfen, Mutter?«

»Nein, Fujiwaka, du bist zu jung. Schlaf weiter…«

Da brannten ihm zum erstenmal Tränen in den Augen und in der Kehle. Ich bin nicht mehr zu jung. Ich bin alt genug, um zu helfen. Vater wird seine neuen Stücke beenden, und wir werden alle nach Kyoto gehen, um sie dort aufzuführen. Ogame hatte die ganze Nacht vor dem Tor gesessen. Als er

im Morgengrauen ein kleines Bündel menschlichen Keh-
richts unsicher auf sich zuwanken sah, sprang er auf und
erstickte dabei ein so furchtbares Aufstöhnen, daß es in ihn
zurückfuhr und ihm den ganzen Magen verbrannte. Das
verdreckte Porzellangesichtchen abwendend, drückte Fujiwaka Ogame einen Sack voll Sojabohnen und ein paar
Rollen Tuch in die Hände. Sein Haar war verfilzt und
schmutzig, und an seinem Hals sah Ogame blutrote Strie-
men wie lange Würmer entlangkriechen. Als Ogame Luft
holte, um irgend etwas zu sagen, blitzten die schwarzen
Augen des Jungen so wütend auf, daß Ogames Zunge ver-
steinerte. Fujiwakas Blick verriet, daß er sich nicht trösten
lassen wollte. Seine Augen baten den Freund flehentlich,
ihn nicht anzusehen, und das einzige, was ihn aufrecht
hielt, war nur noch sein Stolz. Fujiwaka ging, verbissen
bemüht, möglichst wenig von seinen Wunden und Schmerzen zu zeigen, ganz allein vor Ogame her, der ihm, von der
Last der Bohnen und des Tuchs tief gebeugt, schlurfenden
Schrittes folgte.

In dem Moment, als Fujiwaka von der zypressengesäumten
Hauptstraße abbog und das Haus direkt vor ihm lag, drang
in der grauen Morgenluft die Melodie einer einzelnen Flöte
an sein Ohr. Sofort erkannte er die unverwechselbare Stimme seines Flötenlehrers. Denn Meisho, der jedesmal, wenn
er einen Kater hatte, viel früher aufstand als nötig, spielte
die Flöte, um sich zu kurieren.

Sein Leben lang brachte es Fujiwaka nicht fertig, von seiner
Heimkehr an jenem frostigen Novembermorgen zu sprechen. Alles, was er über die Lippen brachte, war: »Meisho
hat mir einmal das Leben gerettet.« Zu tief bewegt, um auch
nur ein weiteres Wort zu sagen, hielt er den Atem an und
wartete, den Blick weit in die Ferne gerichtet, als versuche
er, bis der Schmerz vorüberging, Meishos Flöte zu hören.

Als Fujiwakas kleine Füße auf einmal stockten und wie an
die staubige Erde genagelt stehenblieben, blickte Ogame
beunruhigt auf. Er sah, wie sich des Jungen geschwollene
Lippen teilten, wie seine Augen blinkten, als erwache er aus
einer längeren Blindheit, und wie sich sein schmutziges,
bleiches Gesicht der Musik gleich einer Blume dem Regen

öffnete. Zu Ogame umgewandt, schien dieses Gesicht zu fragen: Hörst du das? Mit einer unendlich rührenden Kraft, und voller Triumph. Hörst du das?

»Meisho«, seufzte Ogame, während auch er mit gehobenem Kinn und halb geschlossenen Augen lauschte. »Er spielt deines Vaters ›Lied der westlichen Inseln‹.«

Zu seiner Verblüffung sah Ogame das Kind in einem Wirbel von mageren Armen und Beinen mit halsbrecherischem Tempo davonstürmen. Lächelnd schüttelte er den Kopf; dann begann er mit einem kurzen kyogen-Schrei hinter Fujiwaka her-, oder vielmehr in Richtung Meishos Flöten-musik loszutrotten, denn er konnte vor Tränen nichts mehr sehen: Er war lange genug des kleinen Meisters Kindermäd-chen gewesen, um zu verstehen, was in dessen Herz jetzt vorging.

Fujiwakas Dienst im Kloster wiederholte sich unmittelbar nach der hundert Tage langen Purifikationszeit der Mönche zwei Monate lang jede dritte Nacht, und dann an die zehn-mal im Monat bis zur nächsten Kasteiungsperiode. Sein Lohn waren Korn, Tuch und sogar etwas Reis, was alles trotz der Umstände, unter denen es erlangt wurde, von der Truppe außerordentlich hoch geschätzt wurde. Denn die Folgen von Kiyotsugus Entschluß, nicht auf die lukrativen Provinztourneen zu gehen, hatten sich im Haus Kanzē höchst unangenehm bemerkbar gemacht.

Wenn Fujiwaka frühmorgens aus dem Kloster zurückkehrte – zu einer Stunde, da sich das Geklapper und Stimmenge-wirr der erwachenden Haushaltsmitglieder zum Läuten der Tempelglocken und dem Gegacker von Enten und Hühnern im Hof gesellte –, wurde der Junge gewaschen und in einem fensterlosen, kleinen Raum, in dem wertvolle Masken und Kostüme aufbewahrt wurden, zu Bett gebracht. Tamana schlich sich in das dunkle Zimmer, um ihren kleinen Sohn, der unter der Schlafdecke lag, voll Zärtlichkeit zu strei-cheln. Alle im Haus bemühten sich, leise zu sein, schlossen die Fensterläden behutsam und ermahnten die kleineren Kinder, nur noch zu flüstern. Kogame und Kumao behandel-ten Fujiwaka wie einen Soldaten, der verwundet aus der Schlacht heimkehrt; sie machten Botengänge für ihn und bewahrten die letzte Dattelpflaume am Baum für ihn auf. An solchen Vormittagen war Kiyotsugu auch bereit, den Sohn länger schlafen zu lassen. Nach wenigen Stunden todesähnlich tiefen Schlafes jedoch kam Fujiwaka aus dem Maskenraum gekrochen, kleidete sich an und sah dem Vater bei der Arbeit zu. Wenn er dann selbst an die Reihe kam, lernte er so konzentriert, daß er fast schielte, und wenn man ihm einen schwierigen Schritt zeigte, probierte er ihn so unermüdlich, daß Kiyotsugu ihn bremsen mußte: »Paß auf, Fujiwaka, daß du die Bodenbretter nicht durchtrittst.«

In jenem Winter wurde Kiami von der Dengaku-Schule die hohe Ehre zuteil, mit allen Kostümen, die ihm von seinen zahlreichen aristokratischen Förderern geliehen wurden, im Houn-In in Nara aufzutreten. Kiyotsugu besuchte die Aufführung mit seinem Sohn. Als Kiama mit einer Hanfperücke und in einem herrlichen Damastgewand die Bühne betrat und mit einer Stimme zu singen begann, die so nach innen gerichtet war wie das Echo aus einer tiefen Höhle, merkte Kiyotsugu, wie sich sein Sohn straffte und größer wurde, und dann vollkommen reglos blieb, bis sich Kiami langsam von der Bühne zurückzog.

»Vater«, sagte er später, »als Kiami sang: ›Vor langer Zeit lebte ich in der großen Hauptstadt in Pracht‹ und uns so unmittelbar ansang, direkt von... hier! –« er suchte mit seiner gespreizten Kinderhand irgendwo zwischen Herz und Magen herum –, »da habe ich ihn verstanden. Ich werde es niemals vergessen. Er ist wirklich ein großer Künstler.«

Kiyotsugu betrachtete das kleine, angespannte Gesicht des Jungen mit einem langen Blick von der Seite und dachte: Ein außergewöhnlicher kleiner Schatz, den ich da habe. Nur eine Lerche kann die Nachtigall verstehen, eine Drossel niemals. Buddha sei gnädig und lasse mich lange genug leben, um ihn alles lehren zu können, was ich vermag.

KAPITEL

3 Als Kiyotsugu sicher war, die neue Musik im Griff zu haben, begann er allein für sich zu arbeiten, und sofort versank das ganze Haus in erwartungsvollem Schweigen. An den Abenden, da Fujiwaka sich nicht im Jozen befand, hörte er zu, wie der Vater seine Texte vor sich hinmurmelte, sie immer wieder bearbeitete und den Rhythmus der neuen Musik mit den Händen auf die Schenkel schlug.

Eines Abends, als Fujiwaka bei einem Tee-Zeremonien-Bad bediente, einer Modetorheit, der die hohen Kofuku-Priester häufig frönten, ließ sich der narbengesichtige Abt Daijo von Fujiwaka in seinem runden Holzbadezuber Gesellschaft leisten. Während er ihn liebkoste, fragte er den Jungen, was für eine Delikatesse ihm am liebsten sei.

Ohne jegliches Zögern antwortete Fujiwaka: »Tee aus China.«

Die Extravaganz dieser Bitte und der Eifer auf dem geröteten Kindergesicht entwaffneten den Abt so sehr, daß sich sein aufgequollenes, schwitzendes Gesicht zum Grinsen verzog und er zu jedermanns Erstaunen sagte: »Es sei. Gebt dem Jungen den besten Tee aus den Gärten der Ming-Kaiser!«

Als Fujiwaka keuchend vor Erregung nach Hause kam, trug er eine kleine Teebüchse so ehrfurchtsvoll in den Händen, als sei es eine Maske des großen Shakuzuru.

»Tee, Vater! Der beste Tee aus China! Ich habe gehört, er macht den Kopf klar und füllt ihn mit köstlichen Gedanken.«

Um seine Rührung zu verbergen, schloß Kiyotsugu die unausgeschlafenen, geröteten Augen und sagte nach einer kleinen Weile mit einem Lächeln, wie er es schon seit Monaten nicht mehr gezeigt hatte: »Ich hoffe, Fujiwaka, daß du schon bald nicht mehr ins Kloster zu gehen brauchst. Das erste meiner neuen Stücke ist fast fertig.«

Es dauerte noch einen weiteren Monat, bis er mit »Verzaubert in Saga«, dem ersten Meisterstück, für das er die neue Musik benutzte, wirklich zufrieden war. Seit jenem regnerischen Nachmittag im Juni, als Omina und ihre Truppe in

der Gestampften Erde getanzt hatten, waren über andert-
halb Jahre vergangen. Jetzt schmolz der Schnee auf dem
besonnten Hügelhang, und die ersten Knospen reckten an
den Pfirsichzweigen die pelzigen Köpfchen.

Kiyotsugu war mit den Vorbereitungen für eine ausgedehnte Tournee beschäftigt, die ihn bis in die unmittelbare Nähe
der Hauptstadt führen sollte – näher heran, als er es bisher
jemals gewagt hatte. Inzwischen probte er mit dem Tempo
und dem Schwung eines bergab rollenden Felsblocks, und
seine Truppe reagierte mit beflügeltem Eifer. Selbst die
Kinder wurden davon angesteckt: Da sie die Proben durch
schmale Risse in den Shōji belauschten oder beobachteten,
lernten sie die neuen Stücke auswendig. In jedem freien
Moment, ja sogar, wenn sie Schlange standen, um darauf zu
warten, daß sie Seil hüpfen oder sich am Brunnen die
schmutzigen Füße waschen durften, sangen und tanzten sie
Auszüge aus diesen Stücken.

Der Lenz kam in diesem Jahr früh ins Yamato-Becken; das
erkannte Kiyotsugu daran, wie feucht seine Handfläche
wurde, wenn sie sich beim Tanz um die Bambusstäbe des
Fächers schloß.

»Bald werden wir unterwegs sein – überall schlammige,
unebene, auftauende Erde«, seufzte Kiyotsugu einmal spät-
abends, als Tamana ihm beim Massieren die Daumen tief in
die drahtharten Muskeln des Nackens grub. »Ach, Tamana,
ich wünsche mir so sehr eine Bühne!«

»Zum Mitnehmen unterwegs?« fragte Tamana in einem
Ton, der irgendwo zwischen Kichern und ungläubigem
Staunen lag. Von etwas so Ausgefallenem hatte sie noch
niemals gehört: eine Bühne für die Schlammtour!

»Überall dorthin, wo wir haltmachen: zu den Flußufern,
den Marktplätzen, den Hauptstraßenkreuzungen, den Tempeln und Schreinen. Wir sind die jüngste und unbekannteste
Sarugaku-Truppe außerhalb der Yamato-Region; in den Provinzen ist es oft sehr schwierig für uns, die Genehmigung
für Aufführungen auf den Bühnen der Tempel oder Schreine
zu bekommen. Bei dem, was ich produziere, brauche ich
einen Platz für die Phantasie, der aus der übrigen Welt
herausgehoben ist. Nur eine ganz schlichte Plattform, um

zu betonen: Dies ist die ganz eigene Welt der Kanzē. Du kannst dir nicht vorstellen, wie anstrengend es ist, eine himmlische Jungfrau zu verkörpern, wenn du beim Tanz an einem unebenen Flußufer Staubwolken aufwirbelst oder unter deinen Füßen die Kiesel klappern.«

Kiyotsugu, der seinen eigenen lauten Klagen nachlauschte, war so erregt, ja fast erzürnt, daß er sich umdrehte und seine Frau anfunkelte, als sei es ihre Schuld, daß er nicht über so etwas Wunderbares wie Bretter unter seinen tanzenden Füßen verfügte.

Tamana konnte nicht mit ansehen, daß ihr Mann unglücklich oder zutiefst enttäuscht war, ohne sich irgendwie schuldig zu fühlen. Sie bedeckte ihren Mund mit der Hand und sah ihren Mann mit zuckenden Lidern um Verzeihung heischend und nachdenklich an. So musterten Ehemann und Ehefrau einander schweigend, bis Tamana Kiyotsugu sanft herumdrehte und die Massage seines Rückens wieder aufnahm.

Beinahe ein ganzer Monat verging. Die Abreise stand unmittelbar bevor. Als Kiyotsugu eines Nachmittags mit seinen Männern in der Gestampften Erde arbeitete, um ein hohes Gerüst aus Bambus herzustellen, das als bewegliche Kulisse eine Höhle darstellen sollte, in der ein Eremit hauste, kam plötzlich der junge Hachi hereingestürzt, das pickelige Gesicht vor Erregung glührot.

»M-M-Mei-Meister! Das muß ein Irrtum sein!«

»Was ist ein Irrtum? Beruhige dich und sprich verständlich!«

»Gerade sind zwei riesige Rollen Binsenmatten gebracht worden – auf einem Handkarren, von einem Mann, den ich noch nie gesehen habe. Er behauptet, sie seien für Euch, Meister. Er hat sie da draußen abgeladen und ist wieder fort.«

Und tatsächlich, an dem zerbröckelnden Zaun aus Lehm und Stroh lagen vor dem Haus, im Licht der sinkenden Sonne in hochmütigem, frischem Rosa-Gelb schimmernd, mehrere Rollen dicker Binsenmatten. Rasch löste Kiyotsugu die Hanfschnüre, mit denen die Rollen zugebunden waren, und ließ diese nebeneinander auf der Erde ausbreiten. Jede Rolle bestand aus drei erstklassigen Binsenmatten, die zusammengenäht und an den Kanten sauber mit schwarzem Leinenband eingefaßt waren.

Ganz benommen von der Größe, der Qualität und der unerwarteten Lieferung der Rollen, starrten jene, die dem Meister hinausgefolgt waren, die ausgebreiteten Matten offenen Mundes an.

Erst nach einer Weile erklang Kogames heisere Stimme, aber ganz sanft, fast wie bei einem innigen Wunsch: »Ist das nicht... eine Bühne?« Und gleich darauf schrie er wie von Sinnen: »Aber ja doch! Es *ist* eine Bühne! Eine transportable Bühne für unterwegs!«

Männer, Frauen, Kinder – alle warfen sie sich auf die Knie, um ein Stück dieser Reisebühne zu betasten. Die Kinder schleuderten ihre Sandalen fort oder reinigten sich die Füße rasch mit dem Saum ihrer Kleider und betraten die Matten zunächst sehr vorsichtig, um sodann wild kreischend auf ihnen herumzuhopsen; und ihre Eltern waren zu überwältigt, um sie von den sauberen, neuen Matten herunterzurufen. Fujiwaka, der zum erstenmal mit auf Tournee sollte, zeigte natürlich ein besitzergreifenderes, professionelleres Interesse: Er tanzte ein paar Schritte, dann trat er an die glatte, schwarze Leinenkante einer Matte und sang aus vollem Hals das neue Lied, das sein Vater für ihn geschrieben hatte, während Kumao und Kogame, die ebenfalls für die Reisetruppe ausgewählt worden waren, ihm auf dem Absatz folgten und jeder seinen eigenen Text herunterrasselte.

Niemand bemerkte, daß Kiyotsugu ins Haus schlüpfte. Er durchquerte die dunkle Küche und fand Tamana draußen am Brunnen, wo sie vor einem runden Holzzuber hockte. Sie trug ein weiß und indigo gemustertes Tuch um den Kopf, das sie im Nacken verknotet hatte. Als sie Kiyotsugus Schritte hörte, begann sie heftig die Wäsche im Zuber zu reiben. Kiyotsugu ging energisch auf sie zu und riß ihr mit einem Ruck das Tuch vom Kopf. Ihre am Hinterkopf mit einem vom Kostümnähen übriggebliebenen Stoffetzen zusammengebundenen Haare waren bis auf einen drei Zentimeter langen Rest abgeschnitten.

»Eine Hebamme im Dorf«, erklärte Tamana schließlich, »bekommt von einer Perückenmacherei in Nara Geld, wenn sie Frauen findet, die ihre Haare verkaufen. Anschließend bin ich zu Himi gegangen.«

So hieß der Sohn eines wohlhabenden Fellhändlers, der seit seiner frühen Jugend mit einer unheilbaren, vom Volksmund »verkümmerte Beine« genannten Krankheit geschlagen war. Der junge Mann, den Kiyotsugu ermutigt hatte, Masken zu schnitzen, besaß sowohl Talent als auch die verbissene Hingabe, die man häufig bei Behinderten findet, und obwohl er ein überzeugter Misanthrop war, betete er Kiyotsugu an, und Tamana brachte er tiefe Verehrung entgegen. Von Zeit zu Zeit schickte er seinen jungen Gehilfen nach Yuzaki, um Tamana zu bitten, ihn zu besuchen und sich ganz einfach zu ihm zu setzen und ihm bei der Arbeit zuzusehen. Der Vater des jungen Mannes, ein harmloser, doch ungehobelter Mann, neckte Tamana oft damit, daß sein Sohn sich bis über beide Ohren in sie verliebt habe.

»Himi hat den Rest bezahlt und alles arrangiert«, fuhr sie fort, ohne sich zu ihrem Mann umzudrehen oder die Hände ganz aus dem Zuber zu nehmen. »Er sagte, er habe gerade eine Maske mit dem Gesicht seiner verstorbenen Mutter geschnitzt; er wolle, daß du sie bekommst und eines Tages ein Stück für sie schreibst. Außerdem wünscht er dir viel Erfolg unterwegs.«

Tamana nahm ihre Hände aus dem Wasser, trocknete sie am Saum ihrer Schürze, wartete ab und lauschte. Als das Schweigen hinter ihr allzu bedrohlich wurde, drehte sie sich, immer noch in der Hocke, auf ihren federnden Fußballen um und bedeckte ihren Mund mit den nassen, eiskalten Händen.

Kiyotsugu stand da und preßte sich mit seiner großen Hand ihr Kopftuch gegen das Gesicht. Lange verhielt er vollkommen reglos. Dann senkte er plötzlich das Kinn auf die Brust und keuchte verbittert: »Warum betrachte ich dich als so selbstverständlich? Warum habe ich nicht eine Sekunde lang innegehalten, um Notiz von deinen Haaren zu nehmen? Wir teilen Nacht um Nacht eine Schlafmatte: Warum habe ich dich seit so langer Zeit nicht mehr berührt? Ich bin ein Ungeheuer, Tamana. Ich kann nur eines wirklich gut, aber das ist nicht, dich glücklich zu machen. Das Haar ist doch die Freude und der Stolz einer jeden Frau...«

Tamana war auf einen Wutausbruch gefaßt gewesen: Du, Frau, wie kannst du es wagen! Ich bin der Meister, ich bin dein Ehemann! Hältst du mich für einen so gemeinen, unfähigen Faulpelz, daß ich erst warten muß, daß meine Frau ihre Haare verkauft, um...? Sie war vollkommen verblüfft. Sie stand auf, ging zu ihm und begann wie ein gescholtenes Kind, sich mit hastigen, zirpenden Worten zu entschuldigen.

»Es tut uns sehr leid, Himi und mir, daß wir dir keine Holzbühne besorgen konnten – das übersteigt unsere Mittel bei weitem. Binsenmatten werden natürlich nicht so lange halten wie Holzbretter und nach ein paar Tourneen vermutlich zerreißen und verrotten; außerdem sind sie auf nassem Boden nicht zu gebrauchen... Aber, Mann –« Tamana schielte mit ansteckendem, strahlendem Lächeln zu ihm empor – »Binsenmatten kann man auf unebenem Boden auslegen, Holzbretter nicht.«

Mit einer unendlich liebevollen, drängenden Geste der Reue nahm Kiyotsugu seine Frau in die Arme und streichelte ihr gestutztes Haar, während ihm dicke Tränen über die Wangen rollten. Kiyotsugu liebte Tamana. Sie war seine Frau und die Mutter seines einzigen Sohnes, der ihm mehr bedeutete als nur ein Kind: Er war die Fortsetzung seiner selbst und seiner Kunst. In Fujiwaka sah er auch Tamana wieder, und so liebte er das Kind und die Mutter um so mehr. Trotzdem lag in der Liebe, die Kiyotsugu seiner Frau entgegenbrachte, stets eine Spur schlechtes Gewissen. Wenn er mit ihr schlief, verspürte er selbst jetzt noch, nach beinahe fünfzehn Ehejahren, leichte Gewissensbisse, als nutze er die eigene Frau auf irgendwie unfaire Weise aus. Sie war bei der körperlichen Liebe genauso selbstlos, dankbar und hingebungsvoll wie in allem anderen. Sie war, als Ehefrau, zufrieden und zufriedenstellend. Nur konnte er niemals so recht aufhören, sich Vorwürfe zu machen, als wäre er unfreundlich oder verletzend treulos zu ihr gewesen – was er, wie Buddha wußte, niemals gewesen war. Jedenfalls bisher nicht.

Da Kiyotsugu sämtliche vom Kofuku-Tempel angeordneten Aufführungen stets pflichtbewußt durchgeführt hatte, erhielt er ohne große Mühe die Genehmigung, mit seiner Truppe auf eine längere Tournee zu gehen. Die Tempelbehörden waren sich durchaus darüber im klaren, welch kleine Gage sie der Truppe bezahlten. Sobald nun die offizielle Genehmigung des Muttertempels vorlag, konnte das Jozen Kiyotsugu kaum daran hindern, seinen Sohn mitzunehmen. Daijo, der oberste Abt, erwies sich sogar als unerwartet großzügig: Er schickte Fujiwaka einen kleinen Weidenkorb mit Kleidung für die Reise, darunter einen Kimono aus feinem, auf einem der Kofuku-Güter gewebten Baumwollstoff.

Als der April kam, wurden die Bühnenmatten zusammengerollt und auf den robusten Handkarren geladen; und da inzwischen die Kostüme geflickt, die Masken repariert und frisch bemalt sowie die neuen Stücke der Truppe bis zur Perfektion geprobt waren, schwollen die Herzen aller Mitglieder der Truppe so sehr vor Hoffnung wie nie zuvor: Wird sich diesmal irgendwo, irgendwie ein Weg nach Kyoto für uns auftun?

Wie alle anderen Frauen, die einen Mann oder Sohn hatten, schlug auch Tamana am Morgen des Aufbruchs in ihrem besten Kimono, das kurze, doch volle Haar mit einem neuen Seidenband verknotet, vor dem Familienaltar feierlich Feuersteine über Kiyotsugus und Fujiwakas Kopf zusammen und betete für ihre Gesundheit und Sicherheit unterwegs. Nachdem sie Fujiwaka ein Bündel mit Kleidung zum Wechseln, Kräutermedizin, einem Holzkamm und etwas Salz zum Zähneputzen auf den Rücken geschnallt und ihm zwei Paar von ihr selbst geflochtene Zori um die Taille gebunden hatte, sah das Kind unter dem großen pilzförmigen Strohhut wie ein wandelnder Trödelhaufen aus.

Im ersten Licht der Morgensonne, das so bleich war, als sei es durch eine hauchdünne Scheibe Wassermelone gefiltert, machte sich die Truppe auf den Weg. Die vier Handkarren waren beladen mit den Bühnenmatten, mit Kostümkörben, mit zu geheimnisvollen Formen verschnürten Requisiten, Küchengeräten, Kohlenbecken und Tischlerwerkzeugen.

Die ersten paar Meilen marschierten die Reisenden dahin wie bei einem Picknickausflug. Die fröhliche Stimmung verflog jedoch sehr schnell, als die Sonne höher stieg und die Wege zerfurchter wurden. Unerträglich oft befahlen selbstbewußte Reisende, welche dieselbe Straße benutzten, den Schauspielern, ihnen Platz zu machen und sie vorbei zu lassen, stießen sie oft sogar von der Straße in die Reisfelder und manchmal nur allzu dicht an einen der unvermeidlichen Dungtümpel.

Als Nara mit seinen zahlreichen Tempeldächern und Türmen einen halben Tagesmarsch hinter ihnen lag, fanden Fujiwaka und der neben ihm trottende Kogame, daß ihre kleinen Bündel wie Steine auf dem Rücken drückten und sich die staubigen Füße schmerzhaft an dem geflochtenen Stroh der Zori wundrieben. Als die Straße das flache Nara-Becken hinter sich ließ und sich bergauf zu winden begann, schien die rote Abendsonne den müden Wanderern unter dem Rand ihrer Hüte hinweg in die Augen. Die Jungen blieben hinter den anderen zurück, obwohl sich Kumao, der sechzehn war und sich für erwachsen hielt, bereit erklärt hatte, sowohl Fujiwakas als auch Kogames Bündel zu tragen. Kiyotsugu hielt den mit den Kostümkörben beladenen Handkarren an und befahl den beiden Jungen, hinaufzuklettern. Mit dankbarem Aufseufzen stiegen sie hinauf und waren kurz darauf eingeschlafen, während Ogame und Kumao neben dem Karren einherschritten und achtgaben, daß die schlaffen Körper beim Dahinrumpeln nicht herunterrollten.

Es war bereits nach der Stunde des Ebers, also zehn Uhr abends, als die Truppe den Miwa-Schrein erreichte, wo sich schon jetzt zahlreiche Gruppen von fliegenden Händlern und Schauspielern niedergelassen hatten, um sich für das dreitägige Reispflanzfest die besten Plätze auf dem Gelände des Schreins zu sichern. Die Leute schliefen wie die Klötze neben ihren Schub- oder Handkarren oder kochten auf kleinen Kohlepfannen Wasser oder Grütze. Der Himmel war grob gefleckt mit dahinfliegenden Wolken, durch die ein Mond segelte, der so schmal und gekrümmt war wie ein kleiner Wurm in der schwarzen Frühlingserde. In den Kiefern und Zedern schrien die Eulen, und der Gebirgsbach, der

den Schreinbezirk umplätscherte, machte genauso viel Lärm wie der windbewegte Bambuswald, vor dem die Kanzē-Truppe beschlossen hatte, ihr Nachtlager aufzuschlagen. Falls das gute Wetter anhielt, wollte man am nächsten Morgen die schönen neuen Bühnenmatten ausrollen.
Nachdem Ogame Fujiwaka und Kogame befohlen hatte, sich in dem kalten Bach Gesicht, Hände und Füße zu waschen, waren die Jungen hellwach. Die schwarze Nacht mit den unheimlichen Geräuschen schüchterte sie so sehr ein, daß sie sich, als sie in dieser ersten Nacht auf der Schlammtour einzuschlafen versuchten, mit beiden Händen an Ogames Arme und Ärmel klammerten.

In Yamato, wo die Menschen von jeher in friedlicher Gemeinschaft mit Dämonen und Kobolden lebten, war Kiyotsugu stets am höchsten für seine bravourösen Dämonendarstellungen geschätzt worden. Auf dieser Tournee jedoch sah ihn das Publikum in leicht erkennbaren und verständlichen Menschenrollen, wie etwa als Krieger, als Witwe, als Kurtisane oder als Novize. Die Zuschauer identifizierten sich so sehr mit den Figuren, daß sie mit angehaltenem Atem lauschten und während Kiyotsugus Darbietungen völlig vergaßen, ihm zu applaudieren und ihn mit anerkennenden Zurufen anzufeuern. Zum Schluß freilich kannte ihre Begeisterung keine Grenzen, und wenn sie nach Hause gingen, summten sie die einschmeichelndsten von seinen Melodien vor sich hin. Viele Tage danach noch wippten sie mit dem Fuß im Rhythmus einer bestimmten *kusē*-Nummer, die ihnen besonders gefallen hatte, und drängten ihre Verwandten, Freunde oder Durchreisende, die in dieselbe Richtung zogen wie die Kanzē-Truppe, es sich auf keinen Fall entgehen zu lassen, Kiyotsugu von der Kanzē-Truppe in seinen neuen Stücken zu sehen. Um ihn von anderen Sarugaku-Schulen zu unterscheiden, deren Arbeit ihnen seit langem vertraut, ja vielleicht allzu vertraut war, nannten sie seinen neuen Stil das Kanzē-Nō-Theater.
Auf einem wimmelnden Marktplatz oder am Flußufer neben der Landestelle einer Fähre dauerte es nicht lange, bis

sich eine oft sechs oder sogar sieben Reihen zählende Zuschauermenge für das Kanzē-Nō versammelt hatte. So sehr gefesselt waren die Leute von dem, was die Darsteller zu bieten hatten, daß sie, wenn ein Jongleur mit Messern und brennenden Fackeln oder ein Wundermittelhändler auf die große Zuhörerschaft der Kanzē-Truppe eifersüchtig wurde und seine Stimme zu laut erhob – was nur allzuoft geschah –, daß sich die Leute dann erbost umwandten und über den Störenfried schimpften. In den Tempeln sah man die mit der Organisation der Feste beauftragten Priester hinter der Menschenmenge diskret applaudieren, und die Priesterinnen der Schreine kamen in ihrem weiten, rot-weißen Aufputz heraus, um sich die Kanzē-Aufführungen anzusehen, wann immer es keine zahlenden Kunden gab, die sie für ein getanztes Gebet entlohnten.

Von Mund zu Mund verbreitete sich der Ruhm der Truppe schnell und weit: Als sie in die Provinz Tamba kam und den Shinomura-Festplatz erreichte, wartete dort bereits das Schreiben einer einheimischen Kaufmannsgilde auf Kiyotsugu, in dem er gebeten wurde, im Landhaus eines Mitglieds eine Sondervorstellung zu geben.

Hachi, der bei den öffentlichen Auftritten das Eintrittsgeld kassierte, stöhnte glücklich unter dem Ansturm neugieriger Zuschauer: »Wirklich, es ist ein Wunder, Meister! Wenn ich sehe, wie viele Besucher auf mich zukommen, scheinen mir zusätzliche Arme aus den Schultern zu wachsen. Dann sitze ich da wie ein zehnarmiger Buddha und nehme nur noch ihre Münzen, ihren Reis, ihre Bohnen, ihr Salz oder was sie sonst noch bringen, entgegen.«

Nach jeder Vorstellung zählte Hachi laut die Einnahmen, und Ogame schrieb die jeweiligen Ergebnisse auf, die den Betrag und die Mengen, die sie gewöhnt waren, bei weitem überstiegen. Der größte Teil an nicht unmittelbar benötigtem Geld, Reis und Korn wurde den Frauen und Kindern regelmäßig nach Yuzaki heimgeschickt, wobei ein paar jüngere Mitglieder die neuesten Nachrichten von zu Hause sowie einen neuen Vorrat an Sandalen mitbrachten, die von der Truppe in beunruhigendem Tempo verschlissen wurden. Zum erstenmal in ihrem Leben erfuhren die drei jüngsten Teilnehmer der Tournee nicht nur, wie frischer Fisch mit Reis schmeckte, dem kein anderes Korn beigemischt war, sondern auch, was es für ein Gefühl war, satt zu sein. Nachdem die Einnahmen ihre frugalen Bedürfnisse unterwegs und zu Hause bei weitem überstiegen, faßte Kiyotsugu den kühnen Entschluß, zwei Ochsen und einen Karren zu kaufen, auf dem der schwere Teil ihrer Traglast befördert werden konnte. Den erschöpften jungen Mitgliedern, die abwechselnd die Handkarren gezogen und geschoben hatten, erschien dies wie eine göttliche Fügung. Nach langem Feilschen in den Dörfern, durch die sie kamen, tätigte Kiyotsugu endlich den Kauf, und von da an durften es sich Fujiwaka und Kogame an Regentagen oder nach Einbruch der Dunkelheit auf dem Ochsenkarren inmitten der sorgfältig zusammengerollten Binsenmatten bequem machen.

Um das zusätzliche Transportmittel voll auszunutzen, ließ Kiyotsugu ein paar Bambusstangen schneiden sowie drei gut gewachsene, junge Fichtenbäume am Wegrand ausgraben und in Holzzuber pflanzen. Von nun an wurden jedesmal, wenn sie im Freien spielten, sowohl die Binsenmattenbühne als auch der Platz, wo die Musiker und Sänger saßen, durch an die Bambusstangen geknotete Hanfseile abgeteilt. Und die drei Fichten standen in einer geraden Reihe entweder im rechten Winkel oder diagonal zur Bühne, um eine Art Auftrittsbrücke anzudeuten.

Es war eine rührende Imitation der großen Bühne des Kofuku-Tempels, doch Kiyotsugu war durchaus zufrieden und stolz auf diese Welt innerhalb der Welt, und als der Regenmonat Juni die Truppe zwang, Zuflucht in einem großen, verlassenen Tempel seiner Heimatprovinz Iga zu suchen, den sie mit Gruppen von ständig ankommenden und abreisenden Wanderkünstlern und Hausierern teilten, ließ Kiyotsugu das undichte Dach provisorisch reparieren, um das, was er als seine Kofuku-Bühne bezeichnete, aufbauen und die neuen Stücke proben zu können, die er unterwegs geschrieben hatte.

Als Omina von zwei Sumo-Ringern erfuhr, wo die Kanzē-Truppe vor dem Monsun untergekrochen war, machte sie mit ihren kusē-Tänzerinnen einen Umweg, um, wie sie es

schalkhaft ausdrückte: »Meister Kanzēs Kofuku-Bühne mit
ihren Fichten und Bambuspfeilern zu bewundern.« Er zeigte
ihr stolz die Ochsen, den Wagen und die Bodenmatten, die
sorgfältig sauber gehalten, häufig geflickt und regelmäßig
gelüftet wurden. Omina reagierte sehr herzlich auf Kiyotsugus kindliche Begeisterung über die neue Ausrüstung, und
als er ihr vorschlug, seine Bühne zu betreten und für ihn zu
tanzen, schlug sie sich errötend und mit ungläubigem Lid-
flattern auf die Brust.

»Was – ich auf Eurer Kofuku-Bühne? Ich, eine *kusē-mai-
mai*?« Wobei sie sich selbst mit diesem geringschätzigen
Ausdruck für eine Tänzerin bezeichnete.

Doch die ganze Kanzē-Truppe erklärte laut rufend ihr Einverständnis.

»Na gut!« Lachend zeigte Omina die schönen, großen Zähne. Mit dem Saum ihrer Ärmel säuberte sie sich die Füße,
dann sprang sie rasch auf die Binsenmattenbühne. Der alte
Meisho, der gestand, daß ihm der Wein in Ominas Gegenwart irgendwie schneller zu Kopf stieg, griff nach seiner
Flöte und spielte mit Ominas Musikerinnen zusammen.
Anschließend führten Kiyotsugu und seine Leute »Moto-
mezuka« auf, eines seiner jüngsten Stücke, das von Himis
wunderbarer Maske inspiriert war. Auch wenn Himi behauptete, sie im Gedenken seiner verstorbenen Mutter
geschaffen zu haben, sah die Maske doch Tamana unheimlich ähnlich. Hinter dieser Maske spielte Kiyotsugu die
Frau, die sich, von zwei Männern geliebt und unfähig zu
entscheiden, welchen sie wählen soll, schließlich um-
bringt. Am Ende der Aufführung waren alle *kusē*-Mädchen
in Tränen gebadet, als sei es ihre eigene tragische Liebesge-
schichte, die da erzählt worden war.

An diesem Abend trank Omina ein bißchen zuviel und
wiederholte weinend immer wieder: »Kiyotsugu-dono, mit
einem solchen Stück in Eurem Repertoire – warum ver-
zweifeln, warum sich Sorgen machen? Nach der Regenzeit
werdet Ihr ganz zweifellos in der Hauptstadt sein.«

Endlich hörte der Regen auf; die Felder leuchteten von
wildem Mohn, und die Nächte wurden von zahllosen Glühwürmchen erhellt.

»Hätte ich nur Talent zum Faulenzen«, seufzte Omina, als sie wegen des Staubs und Schlamms auf der Straße ihre Beinschützer anlegte, »ich würde ewig an einem Ort wie diesem bleiben, essen, was von den Feldern kommt, und im Licht der Glühwürmchen nähen.«

»Aber es wird nicht immer Frühsommer sein, und Ihr würdet Euch zu Tode langweilen, wenn Ihr nicht ständig unterwegs sein und tanzen könntet«, entgegnete Kiyotsugu und starrte auf Ominas großen Reisehut hinab, den er in den Händen hielt.

»Das stimmt«, gab Omina lachend zurück. »Arm geboren und unbedeutend, werde ich mein Leben lang von meinen Verpflichtungen zur Dankbarkeit anderen gegenüber getrieben. Hab' ich gesagt: ›Gut, Herr, ich werde wieder herkommen und an Eurem Ahnentag tanzen‹, dann werde ich auch hingehen, und wenn es mein Tod wäre. Vielleicht macht Buddha mich im nächsten Leben endlich einmal reich und undankbar.«

Nach dem geräuschvollen Abschied von Omina und ihren Mädchen, der alle Erwachsenen und Kinder gleichermaßen sehr betrübte, nahm Kiyotsugu die Ältesten beiseite, um flüsternd seine Zukunftspläne mit ihnen zu besprechen. Obwohl sie sich jetzt mit unbestreitbarem Erfolg bei der Aufführung seit Monaten in der Nähe der Hauptstadt aufhielten, hatten sie noch keine einzige Anfrage, geschweige denn Einladung von einem der Schreine, Tempel oder großen Häuser der Hauptstadt erhalten.

Kiyotsugu wollte kühn bis in die Vororte von Kyoto vorstoßen, die Ältesten jedoch überredeten ihren ungeduldigen Meister, in die kühleren Hügel oberhalb des Biwa-Sees zu ziehen, um dort rechtzeitig zu dem zwei Tage währenden Fest eines Schreins einzutreffen, der berühmt dafür war, daß er Reisende zu Land und zu Wasser beschützte. Denn anders als die herablassend abweisende Hauptstadt hatte der für das Fest verantwortliche Beamte des Schreins sie durch einen Postpferdehalter aus Iga, einen langjährigen Bewunderer Kiyotsugus, wissen lassen, die Kanzē-Truppe sei herzlich willkommen, sich die Bühne des Schreins mit einer einheimischen Sarugaku-Truppe zu teilen, die dem Schrein zwar schon lange diene, in den letzten Jahren jedoch auf beklagenswerte Weise nachgelassen habe.

Am Morgen nach ihrer Ankunft probte Fujiwaka mit seinem Vater auf der erhöhten Bühne, während Kogame, wie es seine Gewohnheit war, die Umgebung erforschen ging. Sobald Fujiwakas Probe beendet war, packte ihn Kogame beim Handgelenk und zog ihn davon.

»Komm mit, Fuji-chan, hier gibt es ein Ungeheuer. Wenn wir jetzt gleich hingehen, hat der Mann gesagt, läßt er es uns ohne Eintritt sehen.«

Das Wort »Ungeheuer« und der entsprechende Ausdruck auf Kogames Gesicht verhießen etwas wahrhaft Furchteinflößendes. Fujiwaka rannte hinter dem Freund her. Ein schmutziges, modriges Zelt, kaum höher als Fujiwaka, war auf dem Erdboden aufgeschlagen, und über dem niedrigen Eingang hing ein gemaltes Schild:

DAS SCHNECKENMÄDCHEN, EINE UNVERGESSLICHE LAUNE DER NATUR

EINE NIE DAGEWESENE MONSTROSITÄT

Neben dem Zelt tanzten drei junge Mädchen in fließenden Göttinnengewändern und Holzsandalen mit hohen Absätzen auf dem Seil. Zwei jonglierten dabei mit bemalten Bällen, die dritte mit einer brennenden Lampe in der Hand.

»Geht nicht dort hinein, das ist nur Schund! Bleibt hier bei uns, ihr reichen Jungen!« rief das Mädchen mit der Lampe, dessen kleines, blasses Gesicht völlig verkrampft war, so sehr konzentrierte sie sich auf ihre Füße und das Drahtseil. Kogame streckte dem Mädchen die Zunge heraus, umklammerte Fujiwakas Hand fester und zog ihn in das Zelt des Ungeheuers.

Drinnen war die Luft erstickend schwer, es war dunkel und stank nach billigem Wein.

»Wartet in der Ecke dort, bis ein paar zahlende Kunden kommen«, befahl eine barsche Stimme mit dem schweren Akzent des Nordlands.

In dem Licht, das durch die schmale, dreieckige Zeltöffnung hereinfiel, erkannte Fujiwaka einen runden, primitiv mit roten und weißen Streifen bemalten Zuber, unter dem zwei Räder befestigt waren. Er sah zwar, daß der Zuber nicht leer

war, konnte aber nicht genau ausmachen, was für ein Ungeheuer da drinnen lauerte. Die leuchtend rote Nase des
Mannes, der neben dem Zuber saß, war dagegen deutlich
erkennbar, und als sich Fujiwakas Augen an die Dunkelheit
gewöhnten, sah er einen schwammigen Mann mittleren
Alters, von dessen fast kahlem Kopf schmutzige Haarsträhnen herabhingen. Er hatte das aufgeschwemmte, schlaffe
Gesicht eines Säufers und schien an akutem Kater zu leiden. Während er auf einen Kunden wartete, stellte der Mann
den Sarugaku-Kindern Fragen nach den verschiedenen
Grenzen und Zollkontrollen, die sie passiert hatten, nach
den Gerüchten über Wegelagerer und Sklavenhändler und
über den jeweiligen Wohlstand der Ortschaften, in denen
die Truppe aufgetreten war. Die Jungen gaben ihm nach
Kinderart einsilbige Antworten, denn ihre gesamte Aufmerksamkeit konzentrierte sich auf das Wesen im Zuber.
Als schließlich zwei Reisende, tief über ihre Wanderstöcke
gebeugt, das Zelt betraten und anstandslos das Eintrittsgeld
bezahlten, um das Schneckenmädchen zu sehen, richteten
sich Fujiwaka und Kogame, deren Augen in Erwartung des
Schrecklichen vor Spannung glänzten, erwartungsvoll auf.
Der Mann entzündete eine funzlige Öllampe, zog eine Bam-
busflöte aus seinem schmutzigen Ärmel und spielte darauf
eine melancholische, lockende Melodie. Kurz darauf kamen zwei winzige weiße Hände aus dem Zuber hervorge-
krochen und strichen mit wellenförmigen Bewegungen
langsam über den Boden.
Der Zuber rollte vorwärts bis in den matten Lichtschein der
Lampe. Er bebte ein wenig, dann wuchsen aus ihm zwei
Fleischteile empor, die aussahen wie ein Paar abgekaute
Talgkerzen. Die winzigen Hände stießen sich immer wieder von der Erde ab, so daß sich der Zuber mitsamt diesen
senkrecht emporragenden, abstoßenden und undefinierbaren Fleischsäulen im Kreis drehte, bis sie auf einmal aus
dem Zuber herausschnellten und nach zwei Saltos auf dem
Fußboden landeten: Es waren Oberschenkelstummel, die
einen anomal kurzen Körper mit einem kleinen Mädchen-
kopf trugen, dem Haare und Augenbrauen abrasiert waren.
Die Augen waren nicht einfach geschlossen, sondern

auf jene vernichtende, grausame Art in sich gekehrt, an der man sofort Blinde erkennt. Voll aufgerichtet, hätte das Mädchen Fujiwaka nicht einmal bis zur Taille gereicht. Ihr Gesicht war normal, hätte sogar als ebenmäßig bezeichnet werden können, doch mit dem geschorenen Kopf und den fehlenden Brauen, den von der Blindheit ausgelöschten Augen und dem bizarren Kostüm aus einer eng anliegenden, fleischfarbenen Weste und einer Art Lendenschurz, um die Beinstümpfe nicht zu verdecken, bot die Unglückliche einen höchst grotesken und obszönen Anblick.

Als sie dann noch mit einer durchdringenden, schrillen Katzenstimme zu singen begann und ein paar mitleiderregende Versuche machte, zu tanzen, einmal auf ihren Stümpfen, dann wieder kopfüber auf den Händen, versetzte Fujiwaka Kogame einen Stoß. Die beiden nickten einander zu und stahlen sich schleunigst zum Zelt hinaus.

Draußen stießen sie erleichtert die faulige, feuchte Luft des Ungeheuer-Zeltes aus und atmeten in tiefen Zügen die Mittagshitze ein, während ihnen im grellen Licht, das auf den weißen Kies fiel, die Augen tränten. Ohne ein Wort zu sagen oder einander anzusehen, liefen sie, so schnell sie konnten, zur Truppe zurück. Fujiwaka fühlte sich, als hätte er den ganzen Bauch voll giftigem Fisch; daß das Schnekkenmädchen ebenso eine professionelle Schaustellerin war wie sein großer Vater, daß sie ihren verstümmelten Körper ebenso zur Schau stellte wie der Vater seine erlernte Kunst, erschreckte und demütigte ihn zutiefst.

»Es ist wahrlich eine Endzeitwelt, in der wir leben!« imitierte Fujiwaka Ogames Klischee und fühlte sich daraufhin ein wenig besser, blieb aber den ganzen Tag hindurch bedrückt und ohne Appetit. Später bei der Vorstellung spielte er mit so großem Eifer, daß Kiyotsugu seinem Sohn beim ersten gemeinsamen Abgang zuflüsterte: »Sei vorsichtig, Fujiwaka, wir spielen heute auf einer erhöhten Bühne. Wenn du runterfällst, wird kein Ogame dasein, der dich auffängt.«

Nach zwei Tagen außergewöhnlich ermutigender Reaktionen und guter Geschäfte begann die Kanzē-Truppe einzupacken, und da sie am nächsten Tag im Morgengrauen aufbrechen wollten, wies Ogame die beiden Kinder an, sich, sobald sie ihre Grütze gegessen hatten, im Bach zu waschen. Kogame jedoch, müde und faul, schlief mit den Eßstäbchen und der leeren Schale auf dem Schoß am Feuer ein. Also nahm Fujiwaka außer den eigenen auch noch Kogames Schale und Eßstäbchen mit und ging allein dorthin, wo das Quellwasser vom kühlen, bewachsenen Hügelhang herab- sprudelte und einen seichten Weiher bildete, bevor es in die Bäche gelangte, die durch den Schreinbezirk flossen. Er spülte zunächst die Schalen und Eßstäbchen, dann schrubb- te er sich mit einem abgenutzten Luffaschwamm und füllte seine Flasche für die Wegstrecke des nächsten Tages mit Wasser. Erst nachdem er sich wieder angekleidet und den Mund ausgespült hatte, entdeckte er, halb versteckt hinter einer Zeder, den Zuber mit den beiden kleinen Holzrädern. Erschrocken sprang Fujiwaka einen Schritt zurück und spürte, wie sich auf seinem Kopf Eiszapfen der Angst auf- richteten.

»Schöner Junge«, hörte er eine sanfte Stimme sagen. Winzi- ge Hände bewegten sich über den Boden, und der Zuber kam herangerollt. Zu Fujiwakas unendlicher Erleichterung hatte sich das Schneckenmädchen den Kopf verhüllt wie eine Nonne und eine schmierige, lose Jacke über die fleischfarbe- ne Weste und einen Teil ihrer verstümmelten Schenkel gezogen. Mit verblüffender Zielgenauigkeit steuerte das blinde Mädchen den Zuber auf Fujiwaka zu und machte nur wenige Schritte vor ihm halt. Wie versteinert war er stehen- geblieben.

»Schöner Junge«, sagte sie abermals mit einer Stimme, die vollkommen anders klang als der verrückte, tierische Sing- sang, den Fujiwaka am Tag zuvor gehört hatte. »Hab keine Angst! Sieh mich an: Was könnte ich dir schon tun? Ich bin erst dreizehn oder vierzehn. Du bist sehr schön, etwas Besonderes. Das weiß ich.«

»Woher? Du kannst doch nichts sehen!« Die Angst bewirk- te, daß Fujiwaka die Worte aggressiv herausschrie.

»An der Art, wie die Leute mit dir sprechen, erkenne ich, wie schön du bist. Sogar mein Vater, der Trunkenbold, den du gesehen hast, hatte eine ganz andere Stimme, als er mit dir sprach. Der andere Junge ist nichts Besonderes. Du schon.«

»Du hast eine so schöne Stimme und einen so lustigen Nordlandakzent, daß ich dir wirklich gern zuhöre. Warum nur mußtest du gestern so singen? Ich fand es gräßlich. Es war schauderhaft.«

Erstaunt stellte Fujiwaka fest, daß er mit diesem Mädchenungeheuer sprechen konnte, und zwar aufrichtig sprechen. Sie besaß die bittere Autorität eines Menschen, der restlos unglücklich und bar jeder Hoffnung ist. Irgendwie hätte er sich ihr gegenüber geschämt, wäre er sich wie ein Feigling vorgekommen, wenn er diesem armen Geschöpf nicht die Wahrheit gesagt hätte.

»Um meinen Lebensunterhalt zu verdienen, Kleiner«, antwortete sie lachend, und ihre farblosen, rissigen Lippen entblößten sehr schlechte Zähne. »Und womit verdienst du deinen Lebensunterhalt?«

»Wenn du so lachst, siehst du nicht aus wie eine Schnecke, und ich habe auch keine Angst vor dir.« Fujiwaka hockte sich vor ihren Zuber, legte Schalen und Eßstäbchen hin und musterte ihr kleines, blasses, junges – jawohl, sehr junges – Gesicht, das ihn an eine Maske erinnerte, bevor sie bemalt und mit Augenlöchern versehen wird. »Dann möchte ich nur noch weinen – um dich und um mich selbst.«

»Um dich auch? Aber wieso denn? Du hast doch alles.«

»Alles? Und nichts. Wir sind Schauspieler und völlig von anderen Menschen abhängig. Mein Vater hat sein Leben lang dafür gearbeitet, daß jemand uns sieht, der wichtig ist, und uns in die Hauptstadt holt.«

»Hat das denn bisher noch niemand getan?«

»Nein, niemand. Warst du schon mal dort, in Kyoto?«

»Nein. Mein Vater sagt, es gibt dort schon zu viele Krüppel, die noch viel gräßlicher und eindrucksvoller sind als ich.«

»Wurdest du so geboren?«

»Nein, ich bin in eine Fuchsfalle geraten. Ein Zeh, zwei Zehen, dann sind beide Beine verfault. Deshalb mußten sie abgeschnitten werden. Augen? In unserem Dorf wurden ständig kleine Kinder blind, wenn sie das Gehirnfieber

KAPITEL

7 Wie bisher an jedem Morgen wurde Fujiwaka, wenn er aus dem Tiefschlaf in einen halbwachen Dämmerzustand hinüberglitt, vorübergehend von einer starken Verwirrtheit heimgesucht, die fast an Panik grenzte.

Wo bin ich? Stehe ich noch in der Gunst des Großen Baums?

Dann jedoch erkannte er die persönliche Räuchermischung des Shōgun, denn seine Wange ruhte auf einem Zipfel des feinen Leinenärmels, der Yoshimitsu im Laufe der Nacht von der Schulter geglitten war.

O ja, er stand noch in der Gunst des Shōgun.

Beruhigt schloß Fujiwaka die Augen und betete für seine Eltern um ein langes Leben. Die unsichtbare, doch allgegenwärtige Präsenz so vieler Männer, die den Shōgun Tag und Nacht bedienten oder bewachten, wirkte einschüchternd auf Fujiwaka. Er lauschte Yoshimitsus lebhaftem, gleichmäßigem Atem und dem gebändigten Wasser, das draußen, vor den gitterförmigen Fensterläden, metronomisch genau in den Zierteich tropfte. Dann stahl er sich Zentimeter um Zentimeter von der niedrigen Schlafplattform herab. Kein Flöckchen Distelwolle hätte davontreiben können, ohne mehr zu stören als er.

»Bleib! Der Mond ist noch nicht untergegangen.«

Wie ein Fisch, der sich auf den Strand schnellt, rollte sich Yoshimitsu von seiner erhöhten Schlafstatt und streckte das rechte Bein aus, um den auf Zehenspitzen davonschleichenden Fujiwaka genau an dem Punkt zu Fall zu bringen, da er die Shōji erreichte, die das Privatzimmer des Shōgun vom Vorraum trennten. Ohne jedes Anzeichen von Überraschung, als tanze er eine bestimmte Figur, vollführte der Schauspielerjunge einen zierlichen Sprung, so daß er auf der anderen Seite von Yoshimitsus ausgestrecktem Bein landete. Dann ließ er sich behende auf die Knie fallen und verneigte sich, das Gesicht rosig wie ein frisch gepflückter Pfirsich, vor seinem Herrn.

»Ich wollte den Großen Baum nur weiterschlafen lassen.«

Yoshimitsu lachte und glitt vom frostig-kalten Fußboden

weinen zu müssen, stumm und sprachlos stehen. Er sah das verkrüppelte Mädchen mit einem strahlenden, traurigen Lächeln an. O ja, seit Ewigkeiten hieß es schon, die Blinden und die Krüppel trügen das Wesen Buddhas in sich und würden im nächsten Leben seiner besonderen Gnade teilhaftig, denn Buddha habe sie auserwählt, während des Lebens auf dieser Erde das Elend der ganzen Welt zu tragen. Wenn *sie* für uns betet, dachte Fujiwaka dankbar, könnte es wahr werden, daß wir in die Hauptstadt kommen.

»Es wird dunkel.« Fujiwaka erhob sich und nahm seine Schalen und Eßstäbchen. »Wir werden morgen sehr früh aufbrechen. Ich muß gehen.«

Den Talisman in beiden Händen, hob das Schneckenmädchen Fujiwaka das Gesicht entgegen, und was sie sagte, verblüffte ihn, denn es waren genau die Worte, die er selbst hatte aussprechen wollen.

»Sag nicht ›auf Wiedersehen‹! Ich will, daß ihr in die Hauptstadt kommt, dort bleibt und niemals wieder, wie ich, auf die Schlammtour müßt. Ich danke dir für den Talisman, schöner Junge. Und viel Glück!«

Fujiwaka ging, und er winkte ihr nicht zum Abschied zu, denn das hätte sie ja nicht sehen können. Nur ein einziges Mal drehte er sich noch um: Sie saß dort noch immer in derselben Haltung, mit emporgewandtem Gesicht, und in der zunehmenden Dunkelheit schienen ihre geschlossenen Lider zu schimmern wie zwei Lotusblüten.

immer der Leibwachen des Shōgun bewußt war, die unmittelbar hinter den Shōji lauerten, wand sich zwar keuchend, erduldete es jedoch fast lautlos.

»Bitte, denkt nicht schlecht von meinem Vater! Er ist bemüht, sich Eurer Gunst würdig zu erweisen. Als wir noch niemand waren, so erklärt er uns immer, gaben wir unser Bestes, klappten die Fächer zusammen, gingen nach Hause und schliefen friedlich; nun aber verlangt er von uns, daß wir mehr als unser Bestes geben. Deswegen ist er viel strenger geworden, und er stellt auch sehr viel höhere Anforderungen an uns.«

»Das sehe ich.« Yoshimitsu berührte Fujiwakas Oberarm, wo Kanamis fester, ungeduldiger Griff zwei dicke Quetschungen hinterlassen hatte, die jetzt noch rot waren.

»Dein Vater ist ein Genie, aber ein Kessel, der viel zu schnell überkocht. Zweifellos regt er sich über das von der Dengaku-Clique verbreitete Gerücht auf, er sei ausschließlich wegen des hübschen Lärvchens seines Sohnes zum Künstlergefährten ernannt worden. Er sollte über derartige Verleumdungen erhaben sein und aufhören, auf einem unschuldigen Opfer wie mir herumzuhacken.«

Fujiwaka lächelte, und angesichts seiner errötenden Wangen und scheu gesenkten Lider war es Yoshimitsu, als sehe er eine Päonie eins nach dem anderen ihre Blütenblätter öffnen. Er richtete sich auf und musterte den Knaben mit einem langen, ernsten Blick. Ein bezauberndes, wunderschönes Wesen, ganz zweifellos, dachte er. Doch wäre er nur das und nichts weiter, so wäre alles viel einfacher: Ich würde mich an ihm erfreuen, wie sich alle Männer an frischen, jungen Knaben erfreuen. Sobald er in den Stimmwechsel käme, würde ich mich ihm gegenüber wie ein Vater verhalten, ihm bei der Männlichkeitszeremonie die Haare abschneiden, ihn aus dem Nachtdienst entlassen und ihm eine Frau suchen – möglicherweise eine meiner von mir persönlich entjungferten Mätressen oder die Tochter eines reichen Kaufmanns aus Kyoto. Alles ginge sauber. Problemlos. Mit diesem jedoch, diesem unberührbaren Sarugaku… Wie viele Monate oder Jahreszeiten geht das nun schon? Es kommt mir vor wie eine Ewigkeit, sinnierte Yoshimitsu.

»Wenn du jetzt versagst, Vater, werde ich ebenfalls untergehen!«

Omina, die zu jener Zeit in der benachbarten Provinz Settsu unterwegs war, schickte Sango, der ihre Nachricht mündlich überbringen sollte: »Immer wieder höre ich von dem immensen Erfolg, den Ihr verzeichnet. Gewiß habt Ihr inzwischen eine Einladung in die Hauptstadt erhalten. Bitte, laßt es mich wissen, wann es so weit ist, denn ich bin fest entschlossen, zur selben Zeit dort zu sein.«

Jetzt brach Kiyotsugu zusammen: »Richte Omina-dono aus, Sango, daß Kiyotsugu von Kanzē möglicherweise doch nicht gut genug ist... Ich glaube nicht, daß wir diesmal nach Kyoto eingeladen werden...«

Dem ersten Taifun, der den Sommer vertrieb und den Herbst an den Himmel emporschob, folgte sehr bald ein zweiter, so daß Kiyotsugu in zahlreichen Nächten gezwungen war, für seine Schauspieler in bescheidenen Herbergen mehrere große, kahle Räume zu mieten. Weil er nicht schwer verdientes Geld durch weiteres fruchtloses Umherziehen vergeuden wollte, rang Kiyotsugu sich endlich zu dem Entschluß durch, mit seiner Truppe den Heimweg anzutreten.

Nachdem der Entschluß einmal gefaßt war, handelte er unverzüglich, trieb seine Männer und die Ochsen zur Eile an und erreichte den Schrein der Fuchsgottheit, ungefähr zwanzig Meilen vom Südtor von Kyoto entfernt, gerade noch rechtzeitig vor dem dort stattfindenden fünftägigen Fest, zu dem er, wie er wußte, die Genehmigung zum Auftreten erhalten würde.

Unmittelbar nach der zweiten Vorstellung erschien ein vornehmer, rundlicher Herr Mitte fünfzig, mit glänzendem, wie bei einem Priester kahl geschorenem Schädel, jedoch modisch und schlicht elegant gekleidet. Mit einem zierlichen Schwert bewaffnet, betrat er das Nebengebäude des Schreins, das der Truppe als Bühneneingang, Küche, Garderobe und Lagerraum diente und daher insgesamt den Anblick eines erschreckenden Durcheinanders von abgetretenen Sandalen, Kleidern, Kohlebecken, Küchengeräten und den üblichen Theaterrequisiten bot.

dieses unnatürlichen Schmerzes für eine so grenzenlose und sublimierende Lust? Und hinterher – worüber konnte ein Mann da mit einer Frau sprechen, und sei sie in ihrer unbegreiflichen Anatomie auch noch so erfreulich und für die Sicherung des Fortbestands der Familie unentbehrlich? Die Frauen besuchte Yoshimitsu in ihren Boudoirs, blieb aber nur selten die ganze Nacht, sondern kehrte in sein Gemach zurück und schlief allein, während er Fujiwaka im allgemeinen bis zur Morgentoilette bei sich behielt und ihm die begehrte Aufgabe übertrug, die Zipfel seiner Ärmel zu halten, wenn er sich vorbeugte, um sich in der mit Gold eingelegten Lackschale das Gesicht zu waschen.

Bei dem Schauspielerkind fand der junge Tyrann nicht nur eine angeborene Intelligenz und Charakterstärke, die der seinen ebenbürtig war, sondern auch ein hervorragendes Rohmaterial, das ihm das Vergnügen gestattete, es ganz nach seinem Geschmack zu erziehen und zu formen. Nach einem langen Tag, an dem er in der für das Kyoto-Becken typischen enervierenden Sommerhitze die Shōgunats-Verwaltung geleitet hatte, oder nach einem auf der Hirschjagd verbrachten Wintertag entließ Yoshimitsu nicht selten alle anderen außer Fujiwaka. Während der Junge hingestreckt an seiner Seite lag, erzählte ihm Yoshimitsu von seiner von Stammesfehden und Verrätereien überschatteten Jugend und seiner aufrichtigen Zuneigung zu seinem Kanzler Hosokawa – persönliche Dinge, die er nicht einmal seiner langjährigen Geliebten, der Dame Takahashi, anvertraut hatte.

Yoshimitsu war vier Jahre alt gewesen, als der Südliche Hof in einem bitterkalten Dezember mit den unzufriedenen Elementen innerhalb des Shōgunats konspirierte und einen Überraschungsangriff auf die Hauptstadt führte. Als Kyoto brannte, floh sein Vater, der damalige Shōgun, mit dem Nördlichen Kaiser nach Nordosten, während Yoshimitsu, sein einziger überlebender Sohn, in einem Holzkohlenkorb versteckt, aus der bedrängten Stadt geschmuggelt wurde. Sieben Monate später, als es Hosokawa, dem tüchtigsten Daimyō des Shōgun, gelungen war, die Südliche Armee ins Yoshino-Gebirge zurückzutreiben und die Hauptstadt wie-

Vollmonds nicht einzuschlafen! »Recht eindrucksvoll, was Ihr hier mit Eurer *kusē*-Musik erreicht habt. Man sagt mir nach, über ein besseres Gehör als die meisten Menschen und Hunde zu verfügen, doch niemals wäre ich auf die Idee gekommen, Sarugaku mit *kusē* zu verbinden. Das blieb Euch vorbehalten. In der Hauptstadt läßt man, wie Ihr wißt, jahrein, jahraus eine karge Diät von Dengaku über sich ergehen und wird dessen, gelinde gesagt, ein wenig müde«, erklärte er in vornehm gedehntem Tonfall und wußte natürlich, wie Kiyotsugus Entgegnung lauten würde.

»Haben wir eine Chance, wenn...?«

»Möglicherweise; aber vergeßt nicht, daß Dengaku schon seit sehr langer Zeit der Unterhaltungsstil der Hauptstadt ist, und daß es in Kyoto von außergewöhnlich begabten und gefeierten Künstlern wimmelt, die sich seit langem der Protektion des Shōgun erfreuen und mit allen Mitteln versuchen werden, sich diese auch zu erhalten. Ihr könnt Euch das Protestgeheul gegen die Erlaubnis, eine Sarugaku-Truppe nach Kyoto hineinzulassen, wahrscheinlich vorstellen, gar nicht zu reden davon, daß Eure Kompanie die jüngste und für die Einwohner dort am wenigsten bekannte der vier Yamato-Schulen ist. Ich kann Euch keine Versprechungen machen, aber ich will es für Euch versuchen.«

Eine schwere Wolke kostbaren, fremdländischen Parfüms hinter sich lassend, verließ Nanami die Garderobe, und Kiyotsugu folgte ihm den weißen Kiespfad entlang, der aus dem Schreinbezirk herausführte.

»Ach, fast hätte ich's vergessen: Würde es Euch Freude machen, die Verse, die ich vor kurzem für Omina geschrieben habe, zu vertonen?« erkundigte sich Nanami, als er seine wartende Sänfte erreichte.

»Nichts würde mir eine größere Freude sein«, erwiderte Kiyotsugu zuvorkommend.

»Gut. Hier sind sie. Ich werde sie wissen lassen, daß Ihr Euch dazu bereit erklärt habt. Sie wird sich freuen.« Geschickt bestieg Nanami die Sänfte. »Meister Kanzē, ich hoffe, wir werden uns bald wiedersehen.«

Vier Tage nach Nanamis Besuch erschien ein Priester als Bote des Daigo-Tempels in Fushimi, einer blühenden Ort-

chend, überredete der Kanzler den jungen Shōgun, Fürst Hinos Tochter zu ehelichen, die zwar sieben Jahre älter war als er, aber von untadeliger Herkunft, und die einen ausreichenden Anteil kaiserlichen Bluts in den Adern trug. Bald jedoch kursierten Gerüchte in der Hauptstadt, Yoshimitsu sei sogar am frühen Morgen der Hochzeitsnacht gesehen worden, wie er sich, eine Schulter entblößt, im Palastgarten im Bogenschießen übte, während Fujiwaka hinter ihm kniete und ihm die Pfeile reichte.

Es gab einige, die vermuteten, daß Yoshimitsu sich mit seiner Frau auf der einen und Fujiwaka auf der anderen Seite schlafen lege. Dieser Klatsch entsprach natürlich nicht ganz den Tatsachen, klang aber sehr überzeugend, da es inzwischen nicht mehr zu übersehen war, daß sich der junge Shōgun bis über beide Ohren in den Schauspielerjungen verliebt hatte.

»Wenn ich so völlig verrückt nach dir bin, wie all diese obszönen Pamphlete behaupten«, erklärte Yoshimitsu eines Nachts und fixierte Fujiwakas Profil mit seinem harten, durchdringenden Blick, der, wie viele seiner mächtigen Daimyōs insgeheim zugaben, sogar ihnen eiskalte Schauer über den Rücken jagte, »dann wahrscheinlich nur, weil ich argwöhne, daß du dich mir nie ganz hingeben wirst. Den größeren Teil von dir behältst du für dich.«

»Nicht für mich!« protestierte Fujiwaka und wollte Yoshimitsu ansehen, konnte unter dem eisernen Griff des Shōgun jedoch nicht den Hals drehen.

»Na schön – für deinen Weg, dein Nō, deine gleitenden Schritte. Du kannst mich nicht hinters Licht führen: Deine unersättliche Unterwerfung bei der Liebe ist eine Buße und Entschuldigung dafür, daß du es mir nie wirklich gestattest, bei dir die erste Stelle einzunehmen.«

Yoshimitsu drehte das Gesicht des Jungen zu sich herum. Fujiwaka blickte den Shōgun mit dem seltsam verunsichernden Ausdruck einer Nō-Maske an, jenem Ausdruck, der eher die Gefühle des Betrachters spiegelte als die des Trägers. Er wartete eine Sekunde, damit der Junge nachdrücklich versichern konnte, der Shōgun komme natürlich zuerst, in seinem Herzen sowohl als auch in körperlicher

Hinsicht – selbst wenn es nicht stimmte. Aber der kleine Bursche ließ nichts dergleichen verlauten. Ein Schauspieler, eine Null! ermahnte sich Yoshimitsu. Doch irgendwie fühlte er sich verwirrt, beunruhigt, lächerlich gemacht: er, der in der Politik und im Krieg so unbarmherzig und gerissen war, so hart Männern und Frauen gegenüber, die mit Freuden für ihn gestorben wären! Wie ein erregtes Pferd blähte Yoshimitsu die großen Ashikaga-Nasenflügel und funkelte den Jungen eine Zeitlang aufgebracht an, bis er, unfähig, seine Verwirrung, den verletzten Stolz zu beherrschen, mit der Hand den Hals des Jungen heftig nach unten drückte: eine Sichel, die einen Irisstengel niedermäht. Mit einer spiralförmigen Bewegung glitt Fujiwaka zu Boden und blieb mit geschlossenen Lidern regungslos liegen. Der Tag brach an, und durch das Gitterwerk der Fenster fielen zahlreiche quadratische Lichtflecken wie grob vergrößerte Schneeflocken ins Zimmer. Wachtposten husteten, und ihre Schritte knirschten auf dem feinen Kiesweg.

Yoshimitsu betrachtete den Jungen, der dalag wie ein verbotener Tempel, rein und undurchdringlich, und plötzlich hätte er am liebsten geweint. Er warf sich auf das kühle Fleisch des Jungen – aus keinem anderen Grund vielleicht, als um ihn um Verzeihung zu bitten.

Als Kiyotsugu dies hörte, kicherte er erfreut: das erste Zeichen von Vergnügen, das er auf dieser Tournee zeigte. Dann aber fuhr er mit ernsterer Miene fort: »Wenn die unsere Arbeit gut finden oder der Ansicht sind, sie komme beim Publikum allzu gut an, werden sie uns Schwierigkeiten machen. Überleg doch mal, wie einfach es für sie ist, die direkt beim Tempel angestellten Bühnenarbeiter zu bestechen! Kontrolliert also vor jeder Aufführung den Bühnenboden und achtet auf verrostete Nägel und Wachsflecken. Traut niemandem; nehmt nichts für selbstverständlich!«

Am siebten Tag war im Parterre, der Ebenen Erde, nicht einmal mehr Platz für eine Katze, und die Hitze der Begeisterung, die von den Zuschauern ausging, paßte zu dem Ende September überraschend zurückgekehrten Sommerwetter.

Kiyotsugu befand sich gerade mitten im *kusē*-Tanz, der Chor und die Instrumentalisten musizierten in starkem Crescendo, als plötzlich ein schriller Schrei die laue Luft des warmen Abends zerriß: »Feuer! Feuer!«

Bis Kumazen dem Meister auf der Bühne die Maske abgenommen hatte, konnte man schon sehen, wie die Flammen aus dem Holzgerüst am äußersten Rand der fächerförmig angelegten Logen emporschlugen. Die grellroten Feuerwogen breiteten sich blitzschnell aus, waren aber noch auf einen relativ kleinen Bereich beschränkt. Die Priester, die Wachdienst hatten, schlugen auf die Flammen ein und schafften es mit lobenswerter Geschicklichkeit, das Feuer trotz der Panik unter den Zuschauern umgehend zu löschen.

Die Schauspieler standen wie betäubt auf der Bühne und starrten ausdruckslos in verschiedene Richtungen. Der Gestank nach verbranntem Holz und Stroh biß ihnen in die Augen, und junge Lehrpriester schossen wie Krähen mit Wassereimern hin und her. Die Zuschauer, die noch wenige Augenblicke zuvor hingerissen im Rhythmus der Bühne geatmet hatten, waren im Handumdrehen verschwunden. Kein einziges Mitglied der Truppe wagte es, seinem Verdacht hörbar Ausdruck zu verleihen, innerlich aber sahen sie alle das wie mit frischer schwarzer Tusche gemalte Bild

74

gesehen, gehört und getan habe, wie sehr ich begünstigt werde, und wie verängstigt ich dennoch bin!

Die Gunst eines Fürsten ist für den, der sie genießt, nur selten eine reine Wonne. Würde er sie nie kennenlernen, er würde sich danach sehnen und seine rechte Hand dafür hergeben. Sobald er sie jedoch erhält und weiß, was sie bedeutet, ist er entsetzt über ihre Unbeständigkeit und Willkür; und doch wird er immer noch alles tun, sich sogar umbringen, um sie sich ewig zu erhalten.

Fujiwaka, der die entwürdigende Armut, den Hunger, die Demütigung seiner Herkunft und die Roheit der Jozen-Mönche kannte, wäre jedesmal am liebsten in den Mutter-leib zurückgekrochen und hätte geweint, wenn er sich die Folgen für sich selbst, die Eltern und die Kanzē-Nō-Truppe vorstellte, sollte er die Gunst des Shōgun verlieren. Inzwi-schen hatte er erkannt, daß es in Yoshimitsus Charakter eine starke Tendenz zur Intoleranz gegenüber der Schwäche und dem Versagen anderer gab. Wie ein Raubtier, das eine verwundbare Stelle wittert, zwang ihn seine Natur dazu, sofort die schärfsten Klauen hineinzuschlagen. Seine aben-teuerlustige und großzügige Veranlagung machte ihn, der seit dem Alter von elf Jahren Shōgun war und eine Vorliebe für Luxus, Pomp und exotische, originelle Dinge hatte, zu einem begeisterten, hingebungsvollen Schirmherrn der Künste jeglicher Art, ob sie nun aus China oder dem eigenen Land kamen, aristokratisch waren oder plebejisch. Freilich stets nur zum Schirmherrn der Erfolg- und Siegreichen. Hätte es Fujiwaka, den er in seiner Güte von ganz unten zu sich heraufgeholt hatte, in irgendeiner Weise versäumt, seinem übersteigerten und alles verschlingenden Ego zu schmeicheln, hätte Yoshimitsu es Fujiwaka verübelt, daß dieser sein glorreiches Bild dadurch herabwürdigte, und die Verfolgung des sündigen Künstlers würde genauso überwäl-tigend und prompt sein wie zuvor die Begeisterung seines Schirmherrn. Fujiwaka war sich sehr schmerzlich der Tat-sache bewußt, daß er »der Günstling des Großen Baumes« genannt wurde, denn diese Abhängigkeit war die Grundlage ihrer Verbindung und daher auch die seiner täglichen Angst. Außerdem konnte Fujiwaka nicht ignorieren, daß der Shō-

Kiyotsugu selbst preßte die Hände fest auf den mit heißer Asche bedeckten Boden und brach in heftiges Schluchzen aus – was die Angehörigen seiner Truppe noch nie zuvor bei ihm erlebt hatten. Und die Liebe, die stolze Ergebenheit, die dieser weinende Gigant, dieses Genie, ihr Meister in ihnen weckte, ließ ihre Brust vor Schmerz fast zerspringen. Auch Fujiwakas Herz wäre vor irrsinniger Freude zersprungen, hätten Ominas Arme ihn nicht so fest umfaßt, und wären von ihrem Kinn nicht heiße Tränen auf seinen Kopf gerollt.

Einmal ging Narikos Oberhofdame, die Yoshimitsu beim Auskleiden half, so weit, daß sie Fujiwakas »Flußwasserverschmutzung« erwähnte.

»Meine Dame«, zischte Yoshimitsu wie ein nasses Holzscheit im Feuer, »ich muß Euch daran erinnern, daß ich sehr oft das Vergnügen hatte, den Jungen mit meinen eigenen Händen zu waschen, und ich versichere Euch, daß er den saubersten, gesundesten Körper besitzt, der wohl in meinem Reich zu finden ist.« Damit entriß er ihr sein Gewand, legte es wieder an und verließ den Pavillon seiner Frau.

Was nun Yoshimitsus Mätressen anging, so demonstrierten sie ihre Mißbilligung der absurden Leidenschaft des Shōguns für den »kleinen Schmarotzer« etwas zurückhaltender, da sie damit rechneten, daß dieser »Parasit von einem hübschen Kind« die Gunst des Shōgun nur kurze Zeit für sich allein in Anspruch nehmen werde, bevor er aus dem Knabenalter herauswuchs. Dennoch waren ihre bösartigen Zungen ohne Unterlaß in Bewegung, und ihr Applaus, wenn Fujiwaka bei den Einladungen des Shōgun tanzte, war eine leere Geste, lautlos wie das Zusammenschlagen von zwei schlaffen Lilien. Nur die Dame Takahashi bewies ihre Eleganz und Intelligenz, denn sie erkannte sowohl die Natur von Yoshimitsus Verliebtheit als auch Fujiwakas natürliche Qualität: Sie, eine ehemalige Kurtisane und Tochter eines Gastwirts, äußerte sich zu jedermann wohlwollend über Fujiwaka und lud ihn zu ihren Spielen und Unterhaltungen ein. Als Fujiwaka eines Morgens, nachdem er lautlos das Zimmer des Shōgun verlassen hatte, feststellen mußte, daß auf geheimnisvolle Weise all seine Kleider aus dem Vorraum verschwunden waren, lief er zu Dame Takahashis Suite, wo er um einige Sachen für den Heimweg bat.

Die Eifersucht der Pagen, dieser Jungen, die alle höher geboren und gebildeter waren als Fujiwaka, auf den Unberührbaren war begreiflicherweise sehr heftig, und ihre ständigen Ränke machten Fujiwaka das Leben im Palast oft unerträglich. Angesichts der launischen, auf perverse Art grausamen Seite von Yoshimitsus Charakter befürchtete Fujiwaka, daß sie ihn eines Tages in ernsthafte Schwierigkeiten bringen würden. Und genauso geschah es.

von all der Demütigung und Verzweiflung, all dem innigen Flehen des Vaters, der seinen Sohn wie ein Stück Zuckerwerk hatte servieren müssen, damit er der fleischlichen, in Priestergewänder gehüllten Lust Genüge tun konnte.

»Habe ich recht gehört, du Meister eines Bettlerzirkus?« kam Daijos Stimme langgezogen und ungläubig.

»Ja, und zwar ein für allemal!«

Das Schweigen über Kiyotsugus gesenktem Kopf lastete schwer, während Daijo sowohl die Schmeichelei als auch die versteckten Andeutungen in Kiyotsugus Worten verarbeitete und nicht zuletzt die unerbittliche Entschlossenheit, die er im Ton des Sarugaku-Schauspielers entdeckt hatte.

»Ich sehe überhaupt keinen Grund, warum ich das tun sollte«, grollte Daijo.

»Selbstverständlich habt Ihr keinerlei Grund dazu. Ihr habt das ganze Recht und die gesamte überwältigende Macht sowie die notwendigen Mittel dazu, Fujiwaka *nicht* zu entlassen. Die einfachste, die natürlichste Antwort für Euch wäre ein Nein. Deswegen flehe ich Euch an, dieser Versuchung zu widerstehen. Habt Erbarmen mit einem Vater und seinem Sohn, deren einzige Stärke darin besteht, daß sie so abgrundtief machtlos sind!«

Kiyotsugu hatte das unbestimmte Gefühl, daß sein Pfeil nicht ins Leere getroffen hatte.

»Heb den Kopf!« befahl ihm Daijo. Kiyotsugu hob nicht nur den Kopf, sondern auch seinen Blick so trotzig, daß er spürte, wie seine Augenlider sich in die Brauen bohrten. Daijo war noch weit abstoßender, als er gedacht hatte, ein träger, lüsterner Fleischberg, in dessen Falten zwei harte, intelligente Augen glitzerten. Die beiden Männer starrten einander an.

»Hmm – ich habe mich oft gefragt, welchen Lenden der Junge entsprungen ist. Konnte nicht glauben, daß er nichts weiter sei als der Sohn eines Bettlers vom Flußufer. Ich werde dich bestimmt nicht verraten, aber gestehe: Bist du ein desertierter Samurai, der zum Schauspieler geworden ist?«

»Nein, eine von Schauspielern aufgezogene Waise.«

»Nein«, antwortete Kenyasha, und sein Hundeblick war undurchdringlich. »Eigentlich nicht. Es ist nicht so wichtig. Er hat keine Gäste. Er ist sehr müde. Ich werde dem Großen Baum ausrichten, daß du dich nicht wohl fühlst.«

Kaum war Fujiwaka jedoch wieder in einen fiebrigen Schlaf gefallen, da erschienen zwei Wachen des Shōgun zu Pferde vor dem Tor der Kanzē mit dem ausdrücklichen Befehl des Herrschers, daß Fujiwaka sofort zum Palast gebracht werde. Tamana kochte einen Tee, den sie Fujiwaka trinken ließ, während Ogame ihn ankleidete. Nachdem Fujiwaka mit zur Grimasse verzogenem Gesicht einen Schluck getrunken hatte, nahm ihm Tamana die Tasse aus der Hand und blies hinein, um die heiße Flüssigkeit abzukühlen; dabei beobachtete sie ihren Sohn mit aufmerksamem, besorgtem Blick. Fujiwaka erwiderte den Blick nicht weniger verzagt als sie. Während die Tasse mit dem Tee zwischen den beiden hin und her gereicht wurde, ließen Mutter und Sohn einander nicht aus den Augen. Als Fujiwaka dann, wie eine Mumie in Tamanas Steppjacke sowie einen dicken Regen-umhang aus Stroh gewickelt, von einem der durchnäßten Wachsoldaten aufs Pferd gehoben wurde, flüsterten Tamana und Ogame leise Gebete.

Zitternd vor Kälte und stark schwitzend betrat Fujiwaka die Privaträume des Shōgun. Wäre Yoshimitsu allein gewesen, hätte sich Fujiwaka auf die Knie geworfen und ihn um Verzeihung angefleht; die Gegenwart mehrerer, an der Wand aufgereihter Pagen und Kenyashas an der Seite des Shōguns ließ in ihm jedoch eine unerwartete Welle der Kraft aufsteigen, so daß er eine graziöse höfische Verneigung vollführen und Yoshimitsu mit heiserer, aber verständli-cher Stimme ansprechen konnte: »Nein, ich habe nicht gesagt, daß ich den Anlaß nicht für wichtig genug halte. Überhaupt nichts dergleichen. Das ist nicht der Grund, warum ich nicht mit Kenyasha-dono zum Palast kam. Ich bin sehr krank und habe hohes Fieber, Herr.«

»Willst du behaupten, daß Kenyasha ein Lügner ist und ich ein Narr?« kreischte Yoshimitsu, der geringelt wie eine Natter auf seinem jüngst in China erworbenen, häßlichen, quadratischen, rotlackierten Stuhl kauerte, den einen nack-

Daß es ihm von diesem Tag an gestattet war, nur noch zu tun, was er am allerliebsten tat, wozu er geboren war! Fujiwaka wagte es kaum zu glauben, daß eine so große Seligkeit möglich war und daß sie längere Zeit dauern konnte. Dann dachte er jedoch an das Schneckenmädchen, an ihre herzzerreißend fröhliche Stimme, ihre seltsam schimmernden Augenlider, und eine tiefe Dankbarkeit erfüllte ihn: Würde er nicht dank *ihrer* Gebete endlich in die Hauptstadt gelangen? Und standen hinter seinem und seines Vaters Erfolg nicht Zehntausende unerfüllter Gebete von Schauspielern auf der Schlammtour und Monstrositäten wie sie? Hellauf begeistert, zugleich aber von einer seltsamen Angst gequält, er könne eines Tages auch zu einer solchen Straßenkuriosität absinken, schwor er sich, von nun an noch fleißiger zu arbeiten, fleißiger denn je zuvor.

Jeden Morgen erwachte er viel zu früh und konnte es kaum erwarten, bis er mit der Arbeit beginnen durfte – nur Arbeit und kein Klosterdienst! Da er jedoch zu Füßen der Eltern schlief und wußte, daß sein Vater, der an den neuen Stücken für die Imakumano-Aufführung arbeitete, erst Stunden nach allen anderen Hausbewohnern schlafen gegangen war, und daß die Mutter stets flickend oder Steckrüben einlegend auf den Vater wartete, gab Fujiwaka sich die größte Mühe, ebenfalls noch einmal einzuschlafen. Aber es nützte alles nichts: Er konnte nicht verhindern, daß ihn seine Nase im Rhythmus einer neuen Melodie juckte und seine Zehen dazu wackelten. Ganz behutsam streckte er das Bein, bis er mit dem Fuß den Fuß des Vaters berührte, was nicht weiter schwierig war, denn der Vater war so groß, daß seine Beine stets unter der kurzen Decke hervorlugten. Während er aufmerksam auf den schweren, regelmäßigen Atem des Vaters lauschte, behielt Fujiwaka über die Zehen ganz leichten Kontakt mit dessen großem Fuß. Das Gesicht zu einem Lächeln verzogen, seufzte er tief auf und schloß die Augen, denn er war überzeugt, daß so vom überwältigenden Genie des Vaters auch ein wenig auf ihn übergehen werde.

Ehe er dann doch noch einmal einschlief, erinnerte er sich bedrückt an das, was die Mutter vor kurzem zu ihm gesagt hatte: »Du wächst so schnell, Fujiwaka, daß du schon bald allein im Maskenraum schlafen müssen wirst.«

Nun, da ich jede Nacht zu Hause schlafen darf, betete Fujiwaka inbrünstig, laß mich bitte immer zu Vaters und Mutters Füßen schlafen, Buddha!

Auch seine Freunde wuchsen heran, und zwar nicht weniger schnell als er. Toyojiro, Toyodayus Adoptivsohn, war zwölf, Hotan fünf; Kogame zehn, Kumao siebzehn und Kumaya zehn. Die Jungen der Truppe trennte kein Standesunterschied: Von ein paar Privilegien abgesehen – zum Beispiel, daß er die Mahlzeiten allein im Zimmer seiner Eltern einnehmen durfte und bei Ogame Lesen und Schreiben lernte –, war Fujiwaka in völlig ungezwungener Freundschaft mit seinen zukünftigen Untergebenen aufgewachsen. Sobald sie jedoch, jeder in seinem Fach, die Erwachsenenausbildung erhielten – Fujiwaka, Toyojiro und Hotan als *shitē*-Spieler, während Kogame eine eindrucksvolle Begabung als komischer *kyogen*-Tänzer bewies und Kumao sowohl als auch Kumaya von ihrem Vater mit großer Strenge in *waki*-Rollen unterwiesen wurden –, blieben sie zwar gute Freunde, doch die ungeschriebenen und daher nur um so rigoroseren Berufsgesetze legten sie auf verschiedene Ebenen fest und zwangen einen jeden, den Rang und die Pflichten des anderen im Theater zu respektieren, ohne daß man es ihnen groß hätte befehlen müssen.

Kogame bediente Fujiwaka bei den Proben, ohne dazu angehalten werden zu müssen, und er kümmerte sich nach jeder Lektion als pflichtbewußter Assistent um Fujiwakas Sokken und Fächer. Kumao hatte bereits auf der Bühne und im Privatleben die zurückhaltende, doch überaus würdevolle Art aller guten *waki*-Spieler angenommen, ließ den sechs Jahre jüngeren Fujiwaka immer zuerst durch eine Tür gehen und sprach niemals im Stehen mit ihm.

Hotan, ein *shitē*-Spieler, äußerte Fujiwaka gegenüber einmal eine drollige Bitte: »Fuji-chan, wenn ich einmal fast so gut bin wie du und dein *koken* sein darf, würdest du dann bitte eines Tages mitten in der Aufführung ohnmächtig werden, damit ich als Assistent deine Rolle weiterführen kann?«

Als sich hinter dem Wandschirm nichts rührte, richtete Yoshimitsu sich beunruhigt auf. Kenyasha hob den zerzausten Kopf. Wie unattraktiv geschwollen die Lider und Lippen dieses Knaben doch nach der Lust waren! Ärgerlich wandte der Shōgun den Blick ab. *Sein* Gesicht wirkte danach stets schmaler und bleicher...

»Fujiwaka?«

Immer noch keine Reaktion. Splitternackt sprang Yoshimitsu auf und lief hinter den Wandschirm. Als er Fujiwaka in der Haltung eines schutzsuchenden Tiers in den hintersten Winkel geduckt fand, nahm Yoshimitsu ihn sofort auf die Arme und küßte ihn heftig auf den Mund. Fujiwakas lange, gerade Wimpern, die Yoshimitsu so oft liebevoll zwischen die Lippen genommen hatte, bebten, lagen dann jedoch wieder still. Panik und tiefe Reue drohten Yoshimitsu fast zu ersticken. Er trug den Jungen in den Vorraum, befahl Kenyasha brüsk, sich anzuziehen, legte selbst aber erst die Kleider an, nachdem er die eigene Steppdecke und die eigene Schlafmatte in den Vorraum geholt und Fujiwaka behutsam hineingebettet hatte.

Der Arzt verbot Zugluft und Kälte. Sieben Tage lang ertrug Yoshimitsu geduldig die stickige, überhitzte Luft, sagte zahlreiche Vergnügungen und Unternehmungen ab, und wenn er den Palast verlassen mußte, bat er die Dame Takahashi, inzwischen bei Fujiwaka Wache zu halten. Diese vollendete Künstlerin in Sachen Takt, Zartgefühl und Überleben, die, obwohl sie schon bald vierzig wurde, eine unwiderstehliche Anziehungskraft ausübte, erfüllte ihre Aufgabe großartig. Wenn Yoshimitsu am Abend heimkehrte und den halb aufgerichteten Körper des kleinen Kranken zwischen die Schenkel nahm, um Fujiwaka liebevoll zu füttern, oder sich, den Kopf in die Hand gestützt, neben ihm ausstreckte, spielte die Dame Takahashi auf ihrer Biwa und sang dazu beruhigende Weisen.

Die Kunde, der Shōgun lasse dem Schauspielerjungen in seinen Privatgemächern seine persönliche Pflege angedeihen, machte schnell die Runde in der Hauptstadt, und erst

Sobald sie für ihre Tanzmädchen mehrere Vorstellungen in Nara arrangiert hatte, ließ sie sich mit dem getreuen Sango immer wieder einmal in Yuzaki blicken. Ihre Besuche wurden so ungeduldig erwartet wie einer der seltenen warmen Sommertage. Das lag nicht nur an den zuverlässigen und neuesten Nachrichten aus der Hauptstadt und den zahlreichen Süßigkeiten für die Kinder, sondern vor allem an der ansteckenden guten Laune und Energie, die sie mitbrachte. In ihrer entwaffnenden, entschlossenen Art befahl sie Tamana, sich auszuruhen, und stellte sich persönlich in die Küche, um die reichlichen Mahlzeiten zuzubereiten.

Sie drängte Kiyotsugu und Tamana, den Wein, den sie mitbrachte, mit ihr zu teilen, und sagte immer wieder: »Unsinn! Ein Mann, der behauptet, mit einem Schluck Wein im Schädel nicht schreiben zu können, ist kein Mann für mich, das kann ich Euch sagen! Und hört, Tamana, der Wein wird Euch viel besser bekommen als Eure scheußlichen Kräutertees. Ich bin eine Schlampe, aber nicht deshalb, weil ich trinke; Ihr seid eine Dame, aber nicht deshalb, weil Ihr nicht trinkt. Kommt, laßt uns Euer bezauberndes Kichern hören!«

Während Omina beim Trinken weinerlich wurde, begann Tamana nach ein paar Schlucken Wein zu kichern; und je mehr sie kicherte, desto bezaubernder und hilfloser verlegen wurde sie und kicherte nur um so mehr. Doch Kiyotsugu wußte stets, wann er eingreifen und Omina zurückhalten mußte.

»Mehr kann Tamana nicht vertragen. Sie ist von Euch hingerissen und würde alles tun, was Ihr sagt. Also hört auf, sie zu drängen, und zeigt uns statt dessen etwas von Eurer neuen Arbeit!«

Omina lachte mit schalkhafter Unbekümmertheit, sprang auf und begann, während ihre legendäre, schneeweiße Haut in den Farben des Sonnenuntergangs glühte, ihr jüngstes Werk, von Nanami geschrieben, von Kiyotsugu komponiert und von ihr selbst choreographiert – oder vielmehr improvisiert – zu singen und zu tanzen. In dem winzigen Zimmer des Meisters, behindert von Tablett, Kissen und den Knien von Kiyotsugu, Tamana und Fujiwaka, tanzte Omina, als

der die Aufsicht über den größten Hafen der Insel Kyushi führte, schenkte ihm einen Klotz Sandelholz aus Indien, der so groß war, daß man einhundert Fächer daraus herstellen konnte. Andere sandten mit Perlmutt eingelegte Säbel, seltene Delikatessen aus fernen Provinzen und sogar ein Schwert und einen Bogen, speziell für seine Körpermaße gefertigt. Jedesmal, wenn ein livrierter Bote mit Geschenken für ihren Sohn an der Haustür erschien, schlug Tamana, die diesem unerwarteten Ansturm von Überfluß und Pracht mißtraute und sich sogar vor ihm fürchtete, erschrocken die kleinen Hände vor den Mund.

»O nein, nicht schon wieder! Aber doch nicht *so* etwas! Er ist noch ein Kind, und überdies das Kind eines Schauspielers. Wenn das so weitergeht, wird der arme Junge im nächsten Leben dafür bestraft werden, daß er im jetzigen weit über dem ihm auf dieser Welt zustehenden Platz gelebt hat.«

Die Dienstboten im Haus hielten ihre Herrin für verrückt und lachten sie hinter ihrem Rücken aus.

»Es geht nicht anders, wir müssen das Geschenk annehmen, Tamana«, pflegte Kanami mit einem raschen, verächtlichen Blick auf das geöffnete Paket zu sagen. »Ob es nun kostbares Räucherwerk ist oder ein Tritt in den Hintern – wir Schauspieler haben keine Wahl, wir müssen demütig alles hinnehmen. Also bring's fort, Hachi!«

Nach dem Umzug in die Hauptstadt hatte Kanami begonnen, wann immer er konnte, ein oder zwei Stunden abzuzweigen, jeden anderen aus dem Bühnenraum zu schicken und, während Ogame draußen im Korridor saß, um neugierige Ohren abzuwehren, seinen Sohn und Erben die *hiden*, wörtlich übersetzt die »geheime Übertragung«, zu lehren. Da er versuchen mußte, dem Sohn den unbeschreiblichen Mythos und die ganze Tiefe seiner Kunst vor Augen zu führen, die zu ergründen er fünfundvierzig Jahre gebraucht hatte, und die er doch immer noch mehr mit dem Herzen erfaßte als durch noch so klare Worte, gestalteten sich seine Lektionen unendlich persönlich und intuitiv. Nur äußerst selten erklärte er die Dinge mit Worten allein, weil er den Zauber seiner Kunst nicht in den begrenzten Rahmen der

faszinieren, werdet Ihr auf ewig ein kleiner, an den Kofuku-Tempel gebundener Dorfschauspieler bleiben und niemals wieder eine Chance wie diese bekommen. Täuscht Euch nur ja nicht, der Shōgun ist ein begeisterter, großzügiger Schirmherr aller Kunstformen, aber ein furchteinflößender Kritiker und anspruchsvoller, verteufelt ungeduldiger Zuschauer. Seine Intoleranz allem Mittelmäßigen und Abgedroschenen gegenüber ist uns, seinen Gefährten, nur allzu schmerzlich bekannt. Ich habe oft genug erlebt, daß der Große Baum, nachdem die Aufführung kaum begonnen hatte, kurzerhand den Raum verließ. Sofern Ihr seine Aufmerksamkeit nicht vom allerersten Auftritt an fesselt, habt Ihr ihn für den gesamten Tag, womöglich sogar für Euer gesamtes Leben verloren. Deswegen wiederhole ich noch einmal, daß Ihr, Kiyotsugu-dono, auf dem Höhepunkt Eurer Laufbahn den Okina spielen solltet.« Und eher beiläufig fügte Nanami hinzu: »Wie wäre es übrigens, wenn Ihr in ›Okina‹ Fujiwaka als Maskenträger nehmt?«

Ereignisses dem Schrein des Iwashimizu Hachiman, des Kriegsgottes, einen Besuch in perfekt aristokratischem Stil abstatten: in einem üppig geschmückten Ochsenkarren mit der größten Anzahl von Reitern als Begleitung, die ihm in seinem neuen, erlauchten Rang auf Grund der strengen Hofetikette zustanden, dazu sechshundert prächtig uniformierte Wach- und Fußsoldaten vor und hinter dem Wagen. Der ganzen Welt, drängte Hosokawa den jungen Shōgun, müsse er beweisen, wie gut er die höfische Etikette und Kultur beherrschte.

»Zum Beispiel die *renga*-Gedichte. Es gibt keine bessere Möglichkeit, in die höchsten Kreise der Höflinge vorzudringen«, erklärte Hosokawa, für den – einmal Samurai, immer Samurai – elegante Kleider und der formelle Hut weniger natürlich waren als Helm und Rüstung, mit knappen, auf den Punkt treffenden Worten.

Im Gegensatz zu den traditionellen Gedichten aus Zeilen mit fünf-sieben-fünf-sieben-sieben Silben wurden die Gedichte der *renga*-Kette von einer Gruppe von Dichtern ganz unvorbereitet vorgetragen, indem jeder Teilnehmer entweder Zeilen mit fünf-sieben-fünf Silben oder Zeilen mit sieben-sieben Silben anfügte, bis die Kette die einhundertste Zeile erreichte. Bei Hofe war es seit langem der Brauch, in der Kochin-Nacht, die nach jeweils sechzig Tagen wiederkehrte, kein Auge zuzutun, da die abergläubischen Höflinge fest daran glaubten, daß jede Minute dieser Nacht, die sie mit Schlafen verbrachten, ihr Leben verkürzen werde. So war das *renga*-Gedichtspiel zu ihrem bevorzugten Zeitvertreib für diese langen Nächte geworden, bei manchen sogar zu einer richtigen Leidenschaft. Es war gesellig und unterhaltsam, konnte ironische und komische, jedoch auch genauso brennende und introspektive Gedichte wie die traditionellen hervorbringen, die ausschließlich in stiller Abgeschiedenheit entstanden.

Also gab Yoshimitsu in seinem Palast zahlreiche verschwenderische *renga*-Gedichtbankette, an denen auch gefeierte Hofdichter mit Freuden teilnahmen. Anfangs ließen sie sich über die unübertreffliche Qualität der Speisen und Weine und durch die Geschenke anlocken, die zum Schluß

teilt worden, der in seiner fruchtbaren Provinz am Binnenmeer durch Ackerbau, Bergbau, Fischfang, Salz- und Weinherstellung sowie durch Handelsschiffahrt ein kolossales Vermögen angehäuft hatte, und Herr Akamatsu wollte bestimmt nicht das Risiko eingehen, den Shōgun und die Ahnengötter des Schreins – in dieser Reihenfolge – zu beleidigen, indem er knauserte.

»Wenn ich nur mit Farben malen könnte, um Dir zu zeigen, auf was für einer großartigen Bühne wir hier auftreten werden! Für die vier Ecksäulen der Bühne hat Herr Akamatsu in seiner Provinz über hundertjährige Zedern schlagen und über Meer und Fluß heranschaffen lassen. Ich kann mir nicht vorstellen, wie diese gewaltigen Bäume an Land und den steilen Berg herauf gebracht worden sind«, schrieb Fujiwaka begeistert in seinem Brief an die Mutter.

Doch nicht Fujiwaka allein stand sprachlos vor dem Ausmaß der luxuriösen Ausstattung: Das Dach der Bühne, das sich in faszinierender Präzision vor dem blauen Himmel abzeichnete, war mit duftender Hinoki-Rinde gedeckt, und die Kanzē-Schauspieler bestaunten gebannt diese für sie schockierende Extravaganz.

Östlich und westlich der Bühne waren für die Verantwortlichen des Festes wie auch für die Schauspieler provisorische Konstruktionen aus Holzrahmen mit sich blähenden weißen Vorhängen errichtet worden; und die Passage, die den Garderobenraum mit der Auftrittsbrücke zur Bühne verband, war mit einem kostbaren lila Seidenstoff verhängt, auf den in Silber das Wappen der Akamatsu gemalt war.

Schneeweißer feiner Kies bedeckte den Boden rings um die Bühne. Kunstvoll in wirbelnden Wellenmustern geharkt, vermittelte er den Eindruck, ein klarer Bach trenne die Bühne von der Ebenen Erde, wo sich am Aufführungstag schon seit den frühen Morgenstunden die theaterbegeisterten Stadtbewohner sowie die rangniedrigen Samurais und Mönche drängten, die sich die teuren Logenplätze nicht leisten konnten.

»Sieh her, kleiner Meister – die da, in der Ebenen Erde, die können richtig Terror machen«, flüsterte Hachi, der sein Gesicht in den schmalen Spalt zwischen dem lila Seiden-

Zu jener Zeit sechzig Jahre alt, war Fürst Nijo ein Hort der höchsten und besten aristokratischen Tradition und Kultur, ein lebendes Lexikon der höfischen Etikette und dazu ein unvergleichlicher *renga*-Dichter, der bereits zwei kaiserliche Anthologien herausgegeben hatte. Mit seinem elegant geschnittenen, kahlen Kopf, den exquisit geschwärzten Zähnen und dem schönen, faltenlosen, weißgepuderten Gesicht war er die Verkörperung von Charme und Würde und darüber hinaus mit einer Zunge gesegnet, die sowohl Nektar als auch Gift verspritzen konnte, wenn er seine bemerkenswerten Formulierungen verfaßte. Der alte Fürst war so bezaubert von Fujiwaka, daß er sofort an seinen Freund, den obersten Abt des Todai-Tempels schrieb:

»Der Junge ist ein Wunder, direkt aus der ›Geschichte des Prinzen Genji‹. Ich, in meinem Alter, betrachte mich als eine alte, in der kalten Erde halb verfaulte Pflanze, doch wenn ich dieses Kind ansehe, regt sich etwas in mir, das ich längst vergessen glaubte, und verleiht mir ein so süßes, lebendiges Gefühl, daß es fast wie ein Schauer der Jugend ist. Dort, wo seine Brauen die Augen beschatten, dort ruhen, das schwöre ich, Träume, von denen wir gewöhnlichen Sterblichen niemals etwas erfahren werden. Der Junge ist genial, fröhlich und besitzt unbeschreiblich graziöse Manieren. In meinem ganzen Leben am Hof habe ich nach meiner Erinnerung niemanden erlebt, der mehr Takt und Scharfsinn besessen hätte. Außer seiner beruflichen Begabung ist es vor allem erstaunlich, mit welch klarem Verstand und welcher Geschwindigkeit er die Kettendichtung gelernt hat und sich nun mit mir messen kann, als sei er von Geburt an damit vertraut. Hätte der Große Baum ihn mir nicht geschickt, ich hätte es niemals für möglich gehalten, daß so ein Wesen existiert.«

Fürst Nijo, der sein ganzes Leben im Kreis der faden und verkümmerten Sprößlinge des Kaiserhauses innerhalb des Verbotenen Bezirks verbracht hatte, mochte gelinde übertrieben haben, doch seine Bewunderung für den jungen Unberührbaren war absolut aufrichtig. Von da an lud er Fujiwaka nämlich häufig zu seinen eigenen *renga*-Geselligkeiten ein, eine Ehre, der teilhaftig zu werden selbst die

Mächtigsten im Lande zu allen möglichen Mitteln griffen. Er ging sogar noch weiter und führte Fujiwaka in die Kunst des Blumensteckens, in die Teezeremonie und, was am wichtigsten für Fujiwakas Zukunft als Bühnenautor war, in die große Literatur der Heian-Periode ein, jener Phase vom neunten bis in das zwölfte Jahrhundert, in der die Macht des Kaisers noch absolut war und zahlreiche unübertreffliche literarische Meisterwerke wie die »Geschichte des Prinzen Genji«, die Anthologie »Das Kopfkissenbuch« und das »Altweibersommer-Tagebuch« entstanden waren.

Lacktassen und Reis herunter und brachte sie Kiyotsugu, der einen Schluck Wein trank und sich ein paar ungekochte Reiskörner zwischen die Lippen schob. Dann bewarf Toyodayu den Meister mit einer Handvoll Salz, um ihn zu reinigen. Während die anderen Schauspieler, die in dem Stück auftraten, dasselbe Ritual vollzogen, sah Kiyotsugu sich nach Fujiwaka um, und als sich ihre Blicke trafen, nickte der Vater ihm mit geschlossenen Augen zu. Sofort wurde der Sohn wesentlich ruhiger.

Mit Toyodayu zusammen betraten vier Musiker die Auftrittsbrücke; dann begab sich der Chor, von Raiden geführt, auf die Bühne und nahm lautlos seinen Platz ein. Jedesmal, wenn der fünffarbige Seidenvorhang an der Auftrittsbrücke von zwei jungen Schülern emporgezogen wurde, war die Woge allgemeiner Erwartung bis in den Garderobenbereich hinein zu spüren.

Schließlich kam der Augenblick für den Auftritt der Schauspieler. Der erste war Fujiwaka, als Maskenträger und Herold poetisch »Jener, der den Tau vom Weg entfernt« genannt. Als er unter dem flatternden Seidenvorhang hindurch die Brücke betrat, beugten sich die Zuschauer verwundert vor und verengten beim Anblick seiner überwältigenden Schönheit prüfend die Augen. Fujiwaka war nicht besonders groß und schien auch niemals die Statur des Vaters erreichen zu können; die Proportionen seines schlanken, geschmeidigen Körpers jedoch, die Art, wie er sich hielt und in der seine schmalen, schräggeschnittenen Augen das Neigen des Kopfes vorwegnahmen, verwandelten das Wasser im Mund der Zuschauer in Honig. Bis sich die Erregung sowohl in den Logen als auch in der Ebenen Erde gelegt hatte, blieb Fujiwaka mit einer für einen so jungen Knaben seltenen Kaltblütigkeit regungslos stehen, um gleich darauf ohne sichtbare Eile weiterzuschreiten.

Als dann nach der bezaubernden Miniatur Fujiwakas der Meister Kiyotsugu die Bühne betrat, dessen außergewöhnliche Größe durch die hochaufgerichtete Haltung und den stolz erhobenen Kopf auf eindrucksvolle Weise noch unterstrichen wurde, stöhnte das Publikum abermals auf. Kiyotsugu, der die freudige, aufnahmebereite Atmosphäre im

kung. »Keine Sorge, Hachi. Omina ist in der Gegend des Biwa-Sees auf Tournee. Wenn du sie benachrichtigst, wird sie bestimmt einen willigen jungen Mann mit geschickten Fingern und gutem Gehör für mich auftreiben. Dem werde ich beibringen, wie man die Trommeln für meine Zwecke anfertigt.«

Kanami gehörte zu jenen Menschen, die von Opposition und Feindseligkeit inspiriert und belebt werden. Er schrieb, komponierte und choreographierte eine gewaltige Anzahl von Stücken, probte mit seiner Truppe vom frühen Morgen an, erledigte pünktlich seine Aufgaben als Künstlergefährte im Palast des Shōgun, fand dazu noch Zeit, die vielen Verse, die Nanami für Omina schrieb, in Musik zu setzen, und versäumte es dennoch nie, seine traditionellen Pflichten gegenüber dem Kofuku-Tempel in der Provinz Yamato zu erfüllen, wo seine alten Sarugaku-Kollegen emsig von seinem unerhörten Erfolg in der Hauptstadt profitierten, indem sie all seine Arbeiten ohne Entgelt übernahmen und mit ihrer engen Verbindung zu dem landesweit bekannten Kanzē-Nō-Theater hausieren gingen.

Und wie es so oft der Fall ist, vergalten sie Kanami seine Großzügigkeit mit einer schmerzenden, bitteren, durch opportunistische Lobhudelei schlecht getarnten Eifersucht. Sie statteten dem geräumigen neuen Haus der Kanzē im ruhigen Wohnviertel der Hauptstadt regelmäßig Bettelbesuche ab. Kanami schenkte ihnen Abschriften seiner neuen Arbeiten, versorgte sie mit Speisen und Wein, setzte sich selbst aber nur höchstens eine halbe Stunde zu ihnen. Dann erhob er sich, blickte auf seine Gäste hinab, die es sich mit Krügen voll exzellentem Wein und Delikatessen aus Kyoto bequem gemacht hatten, und sagte zu ihnen: »Ihr müßt mich entschuldigen. Ich habe zu arbeiten.«

Gekränkt über diese kaum verhohlene Aufforderung, sich zu verabschieden, gaben sie ironisch zurück: »Arbeiten – um diese Nachtzeit? Könnt Ihr es Euch bei der huldvollen Protektion des Großen Baums denn nicht leisten, Euch zu entspannen und eine Weile bei Euren alten Freunden sitzen zu bleiben?«

»Ihre krasse Naivität und Kurzsichtigkeit erschrecken

Jugend ohne Maske, spielte mit einer ganz reizenden Perük-ke ein kleines Waisenmädchen. Obwohl er nur wenige Sätze zu sprechen hatte, gelang es ihm, die Leiden des armen Kindes, das sich verkaufte, um ein Gebet für die umherirrenden Seelen seiner verstorbenen Eltern bezahlen zu können, so darzustellen, daß selbst die Krieger, die inzwischen weitgehend berauscht waren, den Becher fallen ließen, um ihm zu applaudieren, während die Damen aus dem Gefolge des Shōgun ihr übliches Dekorum vergaßen und eifrig nach vorn rutschten, um einen besseren Blick auf dieses süße Schauspielerkind werfen zu können.

Über das *kyogen*-Divertissement, von Ogame erdacht und mit Kogame als unzerstörbarem, allgegenwärtigem Pilz so-wie Ogame als hektischem, verzweifeltem Mönch, wollten sich die Zuschauer ausschütten vor Lachen. »Wie unpas-send, daß Euer *kyogen*-Spieler lesen und schreiben kann«, hatten andere Sarugaku-Meister Kiyotsugu oft vorgewor-fen, denn *kyogen*-Farcen, die es, wie man allgemein fand, nicht wert waren, schriftlich niedergelegt zu werden, waren von jeher mündlich von einer Generation zur anderen wei-tergegeben worden. Kiyotsugu hatte Ogame immer wieder in Schutz genommen und erwidert: »Ohne Intelligenz kann man ein gutes Publikum nicht zum Lachen bringen. Außer-dem will ich nicht, daß meinen Nō-Stücken vulgäres Ge-wieher vorausgeht.« Kiyotsugu und Ogame wurden beide reichlich belohnt, denn die Connaisseure der Hauptstadt zollten der geschmackvollen Gegenüberstellung der Nō-Stücke mit den disziplinierten und dennoch atemberau-bend komischen *kyogen*-Spielen, die das Tagesprogramm ausmachten, sehr schnell höchste Anerkennung.

Sobald ihm nach der letzten Aufführung des Tages die Maske abgenommen wurde, warf Kiyotsugu durch den fünffarbigen Vorhang rasch einen Blick zur Shōgun-Loge hinüber. Sie war leer. Er spürte, wie die dicke Schweiß-schicht auf seinem Körper zu Eis erstarrte.

In diesem Beruf, der so ganz und gar vom Zufall und der Laune der Zuschauer abhing, war es nie sicher oder auch nur wahrscheinlich, daß etwas so verlief, wie man es erwartete, doch im Verlauf dieses Tages hatte sich sogar in seinen

gen, entging es Kanami jedoch nicht, daß ebenso viele Anwesende den Blick mit nur einer Andeutung von Kopfnicken abwandten. Auch war er nicht so dumm, als daß er übersehen hätte, daß Kiami, obwohl angeblich ein ungewöhnlich guter Mensch, mit Feuereifer häßliche Gerüchte über ihn und Fujiwaka verbreitete. Vor kurzem war Zomasu, Kiamis Enkel, der ein Jahr jünger war als Fujiwaka, mit des ehrgeizigen Daimyōs Shiba Gunst und Protektion ausgezeichnet worden. Außerdem hatten sich Yamana, Kyogoku, Doki und andere Daimyōs aus den obersten Rängen der Shōgunats-Hierarchie jüngst mit einigen wohlhabenden Tempeln in der Hauptstadt zusammengetan, die sich gegen Hosokawas harte Haltung im Hinblick auf ihre Geldverleihgeschäfte auflehnten. Sie alle unterstützten demonstrativ Kiami und Zomasu. Und da es in der Hauptstadt wohlbekannt war, daß der aufrechte Samurai-Kanzler ein entschiedener Bewunderer Kanamis war, konnte ihr Verhalten nur als Feindseligkeit gegen Hosokawa und als politischer Treueschwur Herrn Shiba gegenüber ausgelegt werden.

Die Familien Hosokawa und Shiba waren beide Blutsverwandte der Ashikaga, doch da der erste Shōgun gesetzlich verfügt hatte, daß während der Regierungszeit eines jeden Ashikaga-Shōguns ein Regent oder Kanzler nur aus den Mitgliedern dreier Familien – Hosokawa, Shiba oder Hatakeyama – gewählt werden dürfe, hatte sich die Rivalität zwischen den beiden Familien so zugespitzt, daß sie zuweilen zum Bruderkrieg ausartete.

Yoshimasa Shiba, unter dessen Charme und Bonhomie sich brennender Ehrgeiz und kalte Rücksichtslosigkeit verbargen, war zwanzig Jahre jünger als Hosokawa und wartete ungeduldig, doch hartnäckig auf den Sturz des Kanzlers, der so, wie die Dinge standen, nach seiner Meinung nicht mehr sehr weit entfernt sein konnte. Denn Hosokawa, ein vorausschauender Pragmatiker, der sich um seine persönliche Beliebtheit oder Gefährdung keinerlei Gedanken machte, war vor gar nicht langer Zeit mit dem Südlichen Hof in Verbindung getreten, um als ersten Schritt zur Vereinigung der beiden Höfe die Rückkehr der Drei Göttlichen Dinge in

die Dame Takahashi, eine ehemalige Kurtisane aus Kyoto, deren Schönheit, Lautenspiel auf der Biwa und Takt von Poeten, Pamphletisten und Malern unsterblich gemacht worden waren: eine erfahrene Künstlerin auf dem Gebiet der Liebe, die zwar über zehn Jahre älter war als der Shōgun, sich seine Gunst jedoch länger zu erhalten gewußt hatte als jede andere. Der Shōgun verweilte in distanziertem Schweigen, sah sich die Darbietungen des Tages an, trank mäßig und verschwand sofort nach Beendigung des letzten Stücks. Die diesmal noch wilderen Ovationen des Publikums ignorierte er.

Kiyotsugu wartete gespannt, und wieder erschien der Samurai: »Ihr sollt auch morgen, am letzten Tag, auftreten.«

Die Dengaku-Truppen, die ursprünglich für den zweiten und dritten Tag vorgesehen waren, packten ihre Sachen zusammen und erklärten, sie würden aus dem exzentrischen Verhalten des Shōgun nicht schlau, akzeptierten jedoch dankbar die großzügige, aus Reis und Wein bestehende Abfindung aus den privaten Vorräten des Feldherrn. Inzwischen aber summte es in ganz Kyoto vor erregter Neugier: »Wenn dem Großen Baum nicht gefallen hat, was er sah, hätte er die Nō-Stücke der Kanzēs nicht drei Tage hintereinander aufführen lassen. Laßt uns mit eigenen Augen sehen, was ihm daran so gut gefällt!«

Nach dem Programm des letzten Tages, an dem die Kanzē-Truppe auf Befehl Herrn Akamatsus zum zweitenmal »Jinen Koji« aufführte, erhob sich der Shōgun nicht, um seine Loge zu verlassen. Und die Bewohner von Kyoto waren erfahren genug, um daraufhin ebenfalls sitzen zu bleiben. Sie warteten und wurden für ihr Warten entsprechend belohnt, denn der Shōgun ließ Vater und Sohn tatsächlich in seine Loge kommen.

In dem spannungsgeladenen Schweigen, das sich über das tausendköpfige Publikum legte, konnte Fujiwaka das eigene Blut in den Ohren pochen hören, als er die Stirn feierlich auf den samtweichen roten Teppich senkte, dem ein Duft entströmte, so kostbar, wie er ihn niemals zuvor gerochen hatte.

»Kiyotsugu aus Yuzaki!« verkündete eine Stimme, die we-

dem Jungen schäkerte, als säßen sie geschützt hinter einem Wandschirm.

Ein Doyen der Aristokratie war so schockiert, daß er es wagte, das empörende Benehmen des Shōgun gegenüber einem Unberührbaren in der Öffentlichkeit schriftlich zu tadeln. Wenn der Shōgun selbst, so schäumte er, die Klassenschranken einzureißen beginne – wer werde dann die Ordnung und Sicherheit der Gesellschaft verteidigen?

Schließlich befand Kanzler Hosokawa, er müsse ernsthaft mit dem zweiundzwanzigjährigen Yoshimitsu sprechen, dessen Ehefrau ihm soeben eine Tochter geboren hatte: »Vielleicht ist es an der Zeit, für Fujiwaka die Männlichkeitszeremonie auszurichten. Er ist sechzehn, und die kritischen Stimmen darüber, daß er in seinem Alter noch die Stirnlocken eines Knaben trägt, werden zu laut, um sie länger zu ignorieren. Wie Ihr Euch wohl erinnern werdet, habt Ihr die Euren mit elf Jahren abgeschnitten.«

»Diese von Würmern zerfressenen Aristokraten können von mir aus sagen, was sie wollen: Ich werde keinen Mann aus Fujiwaka machen – noch nicht!« Trotzig warf Yoshimitsu den Kopf zurück, und seine fein geschnittenen Ashikaga-Nasenflügel blähten sich wie die Nüstern eines Vollbluthengstes. Auf seinem klobigen chinesischen Stuhl zwei bis drei Kopf höher sitzend als Hosokawa, der neben ihm auf dem Boden kniete, schäumte der junge Potentat über vor anmaßender Kraft und Selbstsicherheit, wobei seine frische Hautfarbe und seine lebhafte Art ganz zweifellos auf seine blasphemische Fleischesserei zurückzuführen waren.

Der Kanzler strich sich mit raschen Kreisbewegungen den rauhen Bart, der in letzter Zeit grau geworden war, und lächelte in dem beruhigenden Bewußtsein, daß er in Yoshimitsu einen Shōgun herangezogen hatte, der es sich leisten konnte, die Attacken einer Handvoll Aristokraten zu ignorieren, als seien es Mückenstiche auf dem Rücken eines Elefanten.

Nicht ohne selbstgefällige Genugtuung dachte Hosokawa: Du bist in Ordnung, mein Junge. Alles in allem ist das Ashikaga-Shōgunat noch niemals so sicher gewesen wie jetzt.

Nach meiner Meinung ist sie drei oder vier Höllen wert: Nur selten bin ich so fasziniert gewesen. Und wie Euch Nanami bestätigen kann, gehe ich mit Lobsprüchen überaus sparsam um.« Im selben energischen, ungeduldigen Ton fuhr er fort: »Ich bewillige Euch eine Gage im Wert von vierhundert *koku* Reis im Jahr« – ein *koku* Reis wog im Mittelalter annähernd 240 Pfund – »sowie ein Haus in der Hauptstadt, und ich werde Euch zum Künstlergefährten machen. Wie wollt Ihr Euch in dieser neuen Position nennen? Ich hätte da einen Vorschlag: Ihr nehmt das ›Kan‹ von Kanzē und nennt Euch ›Kanami‹, was sagt Ihr dazu? Was sämtliche praktischen Details betrifft, so solltet Ihr Euch an Nanami wenden.«

Ohne dem Schock und der Erschütterung, die er mit seinen spontanen Entschlüssen bei seiner Gefolgschaft, vor allem aber bei Vater und Sohn Kanzē ausgelöst hatte, auch nur die geringste Beachtung zu schenken, erhob er sich leicht wie eine Feder und wandte sich sofort zum Gehen. Dann machte er mit seinem hochgewachsenen Körper und den kräftigen Gliedern eine Vierteldrehung und blickte sich nach Fujiwaka um, der in diesem Moment von der Wendung der Dinge viel zu verblüfft war, um daran zu denken, daß er sich zu Boden werfen mußte, wenn der Herrscher den Raum verließ.

»Du da – wie alt bist du?« fragte der Shōgun mit einem knappen Lächeln auf den Lippen. Sprachlos starrte Fujiwaka den Shōgun an, der ihn mit seiner Nähe, dem nervösen Tick, der Adlernase mitsamt den weiten, bebenden Nüstern und den großen, durchdringenden Augen völlig einschüchterte.

»Fujiwaka!« flüsterte Kiyotsugu eindringlich, ohne den Kopf vom Boden zu heben.

»Zwölf. Ich bin zwölf«, antwortete Fujiwaka hastig mit lauter, weithin klingender Stimme. Als er sah, daß alle Anwesenden, selbst »Jene, die über den Wolken wohnen«, ihm freundlich zulächelten, errötete er und das hektische Blut pochte in seinen Ohrläppchen.

»Ich werde dir das Bogenschießen beibringen«, erklärte der Shōgun mit der Herablassung eines älteren Bruders, und setzte, als sein Blick beiläufig Kiyotsugus gesenkten Kopf streifte, trocken hinzu: »Ihr, Meister Kanami, werdet den Jungen, bis Ihr Euer neues Haus hier bezogen habt, bei mir in Kyoto lassen.«

Sofort erstarb auf vielen Gesichtern im Kreis um den Shōgun das nachsichtige Lächeln über den Schauspielerjungen. Die Dame Takahashi verkrampfte die parfümierten Hände in ihren Ärmeln, und die Pagen in ihrer schönen Livree warfen Fujiwaka forschende, stahlharte Blicke zu. An den Schläfen des Kanzlers Hosokawa erschienen dicke blaue Adern. Daß ein Shōgun einem Sarugaku-Kind eine derartige Gunst erwies! Aber der weise, alte Hosokawa, der ein Löwenjunges von einem Knaben erzogen hatte, bis daraus ein brüllender Junglöwe von einem Shōgun geworden war, wußte genau, wann er den Mund halten mußte. Er unterzog Fujiwaka unter den struppigen Augenbrauen hervor einer gründlichen Musterung: Hmm, der Junge besitzt tatsächlich Haltung und Mut. Würde einen guten Soldaten abgeben. Und dumm ist er auch nicht. Aber das wird nicht alles von Dauer sein – weder die Gunst noch die Jugend, noch die Schönheit...

Mit einem leichten Neigen des Kopfes winkte Shōgun Yoshimitsu das Schauspielerkind zu sich, und Fujiwaka rutschte mit gewinnendem Eifer bis zu den Füßen Yoshimitsus vor. Der warf seinen großen, weiten Ärmel über den Jungen und ließ ihn aufstehen. Fujiwaka reichte dem Shōgun nicht einmal bis zur Schulter. Die Menschen in der Ebenen Erde, die diese Szene, ohne hören zu können, was gesagt wurde, aufmerksam verfolgt hatten, stießen glückliche Seufzer aus, Ahs und Ohs der Bewunderung für das exquisite, nahezu himmlisch schöne Bild, das die beiden zusammen boten. Doch kaum waren die Seufzer auf ihren Lippen getrocknet, da hatte der Shōgun sich schon mitsamt dem Knaben ihren erdgebundenen, staunenden Blicken entzogen.

bekamen. Nichts Besonderes. Davor konnte ich genauso sehen und laufen und springen wie du, o ja!«

Lachend und gutmütig klatschte sie sich auf die Stümpfe, die unvollkommen und unproportioniert waren und gerade eben lang genug, um ihren Körper aufrechtzuhalten.

»Du bist so fröhlich; du klagst überhaupt nicht«, stellte Fujiwaka verwundert fest. »Aber wieso? Es ist doch lächerlich. Du bist ein Ungeheuer. Du müßtest traurig und zornig sein!«

»O ja, schöner Junge, das war ich auch. Ach, wenn du wüßtest!« Abermals lachte sie.

»Und du lachst!« Fujiwaka schluckte; er spürte einen Schmerz in der Halsgrube und gab sich die größte Mühe, nicht zu weinen. Noch nie hatte er sich so unsagbar traurig und elend gefühlt. Das Sonderbare aber war, daß er sich gleichzeitig glücklich fühlte, von einer fröhlichen Sorglosigkeit erfüllt. Wie sollte er das verstehen oder erklären? Sie war die gräßlichste aller Monstrositäten, und trotzdem saß sie da und beruhigte ihn, tröstete ihn: Ist ja schon gut, schöner Junge, so ist es eben.

»Du bist lächerlich«, wiederholte Fujiwaka tiefernst.

Das Schneckenmädchen legte den Kopf schief, um den Ton von Fujiwakas Stimme besser hören zu können. Dann stellte sie bescheiden und doch triumphierend fest: »Du magst mich!«

Fujiwaka war sich ganz und gar nicht sicher, ob er bestätigen wollte, daß er ein so gräßliches Wesen mochte, aber es stimmte: Er empfand dieser Schnecke gegenüber tatsächlich eine Zärtlichkeit, wie er sie niemals zuvor empfunden hatte.

»Ich möchte dir das hier schenken.« Unter seiner Kleidung zog Fujiwaka den Talisman hervor, den ihm die Mutter umgehängt hatte: ein kleines Stück Holz, auf das ein paar heilige Worte geschrieben waren. »Es ist vom Kasuga-Schrein in Nara.« Er hängte dem Schneckenmädchen den Talisman um den Hals.

»Ich werde ihn nie ablegen und niemals vergessen, dafür zu beten, daß du in die Hauptstadt kommst.«

Wieder blieb Fujiwaka, in der Halsgrube dieses Gefühl,

wieder aufs Fußende der Schlafplattform, während sein glänzender Nachtkimono, kaum etwas von seinem Körper bedeckend, in wirren Falten hinter ihm herschleifte. Der Dunst hatte das Mondlicht gedämpft: Ahorn und Pinien warfen sanft verwischte Schatten auf die Papierwände.

»Weiterschlafen? Du Idiot! Ich habe gelernt, mit weit offenen Ohren zu schlafen, um auf eventuelle Meuchelmörder zu lauschen. Ich hörte, wie du die Augen aufschlugst. Wie kannst du es wagen, mich so früh zu verlassen?«

»Ich darf nicht...« Flehend hob Fujiwaka den Blick seiner riesigen Augen. »Nun, da wir in einem neuen Haus wohnen, darf ich meine täglichen Lektionen nicht versäumen.«

»Tanzen und singen und trommeln – ich weiß.« Mit winderzeugender Geschwindigkeit rollte sich Yoshimitsu wieder zurück, bis er mit Fujiwaka zusammenstieß, und schlang seinen dunklen, harten rechten Arm um die schmalen Hüften des Jungen – den Arm, von dem er prahlte, daß er dank seiner Bogenschützenübungen um fünf Zentimeter länger sei als der linke. »Denk dir zur Abwechslung mal eine andere Ausrede aus! In diesem Moment rückt meine hungernde, fußlahme, übernächtigte Armee nach Norden vor, um ein Schloß, das mein Onkel erbaut hat, zu schleifen, meine Vettern zu ermorden, mit denen ich als Kind gespielt habe, und tapfere Samurais, Pferde, Frauen und Kinder bei lebendigem Leibe zu verbrennen. Da wagst du es, mich zu verlassen, um dich für ein paar neue Tanzschritte nach Hause zu stehlen? Ein Shōgun schläft niemals allein!«

»Wie der Große Baum ebensogut weiß wie ich, war es Buddhas Wille, daß ich in diesen Weg hineingeboren wurde; es wäre nicht recht, ihn zu vernachlässigen oder zu verlassen. Vater sagt, ich muß mein Leben genauso unbedingt auf jeden Schritt setzen, den ich lerne, wie ein guter Samurai das seine auf sein Schwert setzt.« Fujiwaka sagte es mit tiefer Bewegung; dann biß er sich vor Verlegenheit auf die Lippe, was Yoshimitsu unwiderstehlich bezaubernd fand.

»Altkluger Knirps! Hat Kanami dich gelehrt, jedesmal den Namen Buddhas ins Spiel zu bringen, wenn ich dir das Leben schwer mache?« Er kitzelte Fujiwaka unter dem Arm und quer über die zarten Rippen. Und Fujiwaka, der sich wie

KAPITEL

4 Der Sommer endete mit schweren Gewittern. Vier Monate war die Truppe jetzt unterwegs, und die Tatsache, daß ihre Erfolge auf der Tournee erstaunlicherweise nicht eine einzige Einladung in die Hauptstadt nach sich gezogen hatten, machte die übliche Erschöpfung gegen Ende der Schlammtour noch unerträglicher. Bedrückt sagte sich Kiyotsugu, daß er jetzt keinen Vorwand mehr dafür habe, nicht umgehend zu den herbstlichen Verpflichtungen im Patronatstempel nach Yuzaki zurückzukehren.

Habe ich mir zu große Hoffnungen gemacht? Zu früh zu hoch gegriffen? War es falsch, daran zu glauben, daß ich etwas wahrhaft Neues, Erregendes, Wertvolles geschaffen habe?

Kiyotsugu war ein Kämpfer, ein Optimist, voll Aggressivität und von seinem eigenen Talent überzeugt; um so schwerer war daher die Enttäuschung, unter der er litt. Wenn Fujiwaka den Vater beobachtete, spürte er die eigenen kleinen Schultern schrumpfen. Seit seinem Nachtdienst im Jozen hatte er intuitiv zu verstehen begonnen, was es hieß, einen eigenen »Weg« zu haben; dieses unerklärliche Gefühl, es halte ihn jemand bei der Hand und führe ihn sicher auch im Dunkeln; diese unerschütterliche Überzeugung, eine Mission zu haben, die ihn gegen viel schreckliches Elend dieser Welt immun machte. Wäre er ein gewöhnlicher Junge gewesen, ohne die Disziplin der Lektionen und den Meister, bei dem er Halt suchen konnte, wäre er in den Weiher hinter dem Kloster gesprungen, wie es schon mehrere Jungen vor ihm getan hatten. In seiner kindlichen, stark vereinfachenden, aber besessenen Art jedoch glaubte er fest daran, daß ihn der Weg seiner Kunst letztlich in die Hauptstadt führen würde, und daß er dann nie wieder zum Nachtdienst im Jozen antreten mußte. Daher war das, was er für seinen Vater empfand, wenn er sah, wie dieser vor Demütigung fast zerbrach, nicht einfach Mitleid oder Mitgefühl – nein, es war etwas weitaus Persönlicheres und Verzweifelteres: Es war der durchdringende Schrei äußerster Panik.

Als er Fujiwaka nach der Aufführung im Imakumano-Schrein mit in seinen Palast nahm, hatte er ihn zuerst im Dampfbad mit einem Kissen aus Reiskleie abschrubben und mit zahllosen Eimern heißen Wassers abspülen lassen. Dann, als er allein mit dem Jungen war, hatte er ihm brüsk befohlen: »Zieh dich aus! Zeig mir, ob du tatsächlich so aussiehst wie einer von uns. Einen wie dich, einen Saruga-ku-Jungen, hab' ich noch niemals kennengelernt.«

Unfaßbar schien das jetzt. Yoshimitsu fuhr fort, Fujiwaka zu betrachten, der mit der perfekten Haltung und angeborenen Würde einer chinesischen Katze dasaß. Dann legte er dem Jungen die großknochige Hand auf den nackten Rücken. Wie stets, war seine eigene Haut wärmer als die Fujiwakas. Er liebte diese mondkühle Frische von Fujiwakas Haut und dachte sofort an die vielen Ekstasen, die er bei ihrer Berührung genossen hatte. Eine neu erwachende Leidenschaft begann ihn zu erregen.

O ja, der Junge war superb in der Liebe, federleicht und biegsam, so sanft, geduldig und selbstlos, daß man beinah das eigene Gewicht vergaß, wenn man von einem Gipfel der Glückseligkeit zum anderen flog, und er war dennoch so zäh, so absolut unzerbrechlich! Dieses Kind glich im Erdulden und Erleiden einem zum Sterben entschlossenen Krieger. Obwohl er im anspruchsvoll aristokratischen und vornehm dekadenten Kokon von Kyoto aufgewachsen war, spürte der junge Shōgun im innersten Mark, daß er ein Samurai des Ostlandes war, wo Krieger auf sattellosen Pferden im wehenden Wind durch kalte Seen und dichte Wälder jagten. Als Mann des Krieges reagierte er weit stärker als andere auf die männliche Sexualität, die für ihn stets die sinnliche Unmittelbarkeit des Todes wachzurufen schien.

»In der Nacht vor einer Schlacht, die mit Sicherheit damit endet, daß mein Kopf auf dem Speer eines Feindes steckt, in so einer Nacht würde ich mir nichts anderes wünschen als dich und einen kräftigen Wein«, sagte er oft zu Fujiwaka.

Was könnte edler und hochherziger sein als die bereitwillige Unterwerfung eines Menschen unter einen anderen vom selben Geschlecht und von gleicher Kraft oder das Erleiden

»Ich heiße Nanami. Melde mich bei Kiyotsugu Kanzē!«
Hachi zögerte einen Moment und begaffte neugierig die merkwürdige Kombination von Schwert und geschorenem Schädel.

Ippen jedoch, der sich auf der Türschwelle die Bänder seiner Strohsandalen schnürte, fuhr sofort hoch. Er packte den jungen Mann bei der Schulter. »Du wartest hier! *Ich* werde dem Meister Bescheid sagen!«

Im Hinterzimmer war Kiyotsugu bis auf seinen weißen Lendenschurz völlig nackt, doch als er hörte, daß Nanami, ein berühmter Künstlergefährte des Shōguns, am Bühneneingang warte, warf er hastig die nächstbesten Kleider über und lief, dabei noch schnell seinen Gürtel bindend, in höchster Eile zur Tür hinaus.

Nanami erwiderte Kiyotsugus tiefe Verneigung mit einem freundlichen, belustigten Grinsen. »Omina hat mir einen Boten geschickt. Sie weiß, daß ich alljährlich um diese Zeit hier in die Gegend komme, um das Grab meines alten Protektors zu besuchen. Also habe ich einen kleinen Abstecher gemacht, um mir das anzusehen, was sie als Kanzē-Nō-Theater bezeichnete.«

Kiyotsugu, beinahe doppelt so groß wie Nanami, warf sich so heftig zur Erde, daß seine Knie mit einem trockenen, harten Geräusch auf dem provisorischen Holzboden aufschlugen.

»Und?«

»Nun, ich war gestern schon einmal hier.«

»Und?«

»Nicht schlecht«, antwortete Nanami mit einem vergnügten Funkeln in den Augen – dieser Mann, dem man nachsagte, er erfreue sich auf Grund seines unfehlbaren Geschmacks der Wertschätzung und des Vertrauens des Shōgun; dieser Mann, der als unehelicher Sohn eines Aristokraten geboren und in allen Zweigen der Kunst versiert war, ob nun chinesisch oder japanisch, ob Dichtkunst, Musik oder Malerei, ob Töpferei, ob Spiele mit Räucherwerk, Tee oder Blumen; dieser Mann, der in der Hauptstadt die Mode bestimmte und einstmals in einer Nacht dreihundert Verse verfaßt hatte, nur um beim Schein eines exquisit schönen

derzuerobern, ließ der Shōgun seinen Sohn sofort nachkommen.

Auf dem Rückweg in die Hauptstadt war der Knabe von der Schönheit der Biwa-Hügel am Binnenmeer so entzückt, daß er den ihn begleitenden Samurais befahl: »Mir gefällt diese Landschaft hier. Grabt sie aus und bringt sie zum Haus meines Vaters in Kyoto!«

Die vermutlich erfundene Anekdote wurde oft zitiert, als er mit elf Jahren Nachfolger seines Vaters wurde. Die Geschichte drückte weitgehend die allgemeine Sehnsucht nach einem Shōgun mit Weitblick aus, einem Shōgun, der den Menschen Frieden bringen konnte, bleibenden Frieden, und der vielleicht sogar der unerträglichen, verfluchten Ära der zwei Sonnen am Himmel ein Ende bereiten würde.

Auf dem Sterbebett hatte der Shōgun die Hand seines Sohnes in Hosokawas Hand gelegt wie eine Perle in eine rauhe Austernschale.

»Ich schenke Euch einen Sohn, Hosokawa«, hatte er gesagt. »Kümmert Euch um ihn!« Und dann, mit einem langen, letzten Blick auf seinen jungen Sohn: »Ehre Hosokawas Rat, als sei es der meine!«

Hosokawa, damals neununddreißig Jahre alt, hatte beabsichtigt, mit vierzig dieser flüchtigen Welt des Fleisches und der Sünden den Rücken zu kehren. Er, der sowohl dem ersten als auch dem zweiten Shōgun so treu gedient hatte, er hatte mehr Ehren, Reichtum und Macht angehäuft, als es für das nächste Leben seiner Seele gut war. Seinen Samurai-Grundsätzen entsprechend verzichtete er jedoch auf die Rettung der eigenen Seele und gelobte, die ihm noch verbleibenden Jahre dem Dienst für den jungen Shōgun zu widmen. Seitdem war das einzige auf dieser sich dauernd verändernden Endzeitwelt, das Yoshimitsu als beständig und solide zu schätzen gelernt hatte, Hosokawas uneingeschränkte Loyalität.

Als Yoshimitsu neunzehn wurde und alle großen Gelehrten der Astrologie im Land sich darin einig waren, daß die Omen günstig seien und die Konstellationen vielverspre-

schaft in unmittelbarer Nähe der Hauptstadt, mit dem mündlichen Befehl, die Kanzē-Truppe möge, da die offizielle Dengaku-Truppe des Tempels in den letzten Jahren stark nachgelassen habe, bei dem berühmten alljährlichen Tempelfest sieben Aufführungen bestreiten.

Am Morgen nach ihrer Ankunft in Fushimi, als Kiyotsugu und die Ältesten seiner Truppe, alle formell mit dunklen Hakama, den weiten Hosen, angetan, zur Verwaltung des Daigo-Tempels eilten, um die Formalitäten zu erledigen, starrten die Passanten und die Lehrpriester, die den Boden fegten, voll Staunen Kiyotsugu an, der auf Grund seiner außergewöhnlichen Größe, seines guten Aussehens und seiner geschmeidigen Gestalt einen faszinierenden Anblick bot. Die Mundpropaganda war der Ankunft von Kanzēs Nō-Truppe vorausgeeilt.

»Völlig anders als Dengaku, hab' ich gehört«, sagten die theaterbesessenen Bewohner der Außenbezirke. »Bei dieser Musik sollen sogar die Krüppel anfangen zu springen.«

»Die gegenwärtige Lage scheint günstig für uns zu sein. Ich hoffe, die Zeit des Weiblichen entläßt uns jetzt endlich aus ihren Fängen«, sagte Kiyotsugu mehr zu sich selbst als zu den anderen.

»Aber, Meister, vergessen wir nicht –« Kumazen zog kriegerisch die buschigen Brauen zusammen – »daß wir unseren Dengaku-Freunden hier ganz hübsch auf die Pelle rücken. Ich habe meine beiden Jungen angewiesen, sich unter die Leute zu mischen und mit Augen und Ohren auf die von den Dengaku-Anhängern bezahlten Zwischenrufer zu achten.«

»Außerdem hat das Publikum von Fushimi einen höchst unangenehmen Ruf«, ergänzte Raiden bedrückt. »Bei der geringsten Provokation johlen und zischen sie und bewerfen die Schauspieler mit ihren Sitzmatten und zerbrochenen Fächern.«

Kein Wunder also, daß alle Mitglieder der Truppe am ersten Tag ihres Auftretens das Gefühl hatten, die Luft, die sie atmeten, sei mit Nadeln gespickt. Nach dem üblichen Eröffnungsstück »Okina«, bei dem Toyodayu als Ältester die Titelrolle übernommen hatte, flüsterte der alte Schauspieler dem Meister, als sie sich in der Garderobe begegneten, hastig zu: »Entnervend, Kiyotsugu – totenstill und mit kritischer Spannung geladen, die Atmosphäre.«

»Aber das heißt wenigstens, daß die Leute neugierig sind und interessiert. Kein schlechtes Zeichen«, entgegnete Kiyotsugu in der Maske eines jungen Mädchens und betrat die Auftrittsbrücke. Als er die Bühne für einen schnellen Kostümwechsel wieder verließ, hatte er die Zuschauer – von einer jungen Mutter im Parterre mit ihrem Baby auf dem Rücken bis zu den kirchlichen und städtischen Würdenträgern in ihren Logen – bereits wie eine reife Frucht in seiner Hand.

Später, als sich der fünffarbige Vorhang vor Fujiwakas puppenzierlicher Gestalt öffnete, trat auf einmal staunendes Schweigen ein. Als er dann langsam auf die Bühne glitt, um mit unvergleichlicher Würde, Präsenz und Kunst zu tanzen, zu singen und zu sprechen, stieß das gesamte Publikum einen langgezogenen, gutturalen Seufzer aus.

Am Ende des ersten Tages wurde die Bühne mit donnerndem Applaus überschüttet. »Es ist mir egal, daß es kein Dengaku ist. Mir hat's gefallen!« Das war, kurz gefaßt, die Ansicht fast aller Zuschauer, die normalerweise alles verachteten, was nicht aus der Hauptstadt zu ihnen kam.

Am nächsten Tag, völlig taub für das unverkennbare Gesumm des Erfolgs, das in der Luft lag, zwang Kiyotsugu seine Truppe schon sehr früh zu noch weit härteren Proben als sonst. Er verbot Hachi sogar, ein Faß Wein anzuzapfen, das ihnen mit den besten Grüßen von der Seidenhändlergilde geschickt worden war.

»Noch haben wir nichts zu feiern. Außerdem – wer weiß denn, ob dieses Faß nicht von unseren Dengaku-Freunden kommt? So weit, so gut, aber vergeßt nicht, daß es Kyoto ist, das wir erobern müssen, und nicht Fushimi. Also los, noch einmal von vorn!«

Es war am fünften Tag, als Hachi dem Meister berichtete: »Ich bin ganz sicher, das dort ist die Dengaku-Truppe, parfümiert und ganz in Seide. Und der mit dem geschorenen Kopf und der vergoldeten Teedose am Gürtel, der eher wie ein geiler Einsiedler aussieht, das muß der berühmte Künstlergefährte Kiami sein.«

KAPITEL

8 »Jede Nacht hab' ich denselben Traum: Unser Haus mit dem Strohdach, mein Seidenumhang, die Kerze für meinen persönlichen Gebrauch und meine Schachtel mit den Süßigkeiten – alles ist auf einmal verschwunden. Ich schreie und schreie und wache auf. Bis ich mich vergewissert habe, daß die Dinge noch da sind, hab' ich so furchtbares Herzklopfen, daß ich keine Luft kriege«, gestand Kogame, inzwischen zwölf, den Freunden Fujiwaka, Kumao und Kumaya, als sie nebeneinander an der Wand des Korridors vor dem Bühnenraum saßen und auf ihren Probenauftritt warteten. Kumao, der momentan kaum ein Wort äußerte, da er sich im Stimmbruch befand, kicherte voll Unbehagen, sein jüngerer Bruder Kumaya jedoch starrte Kogame mit erstaunter und erleichterter Miene an.

»Du auch?« rief Kumaya. »Mir ergeht es genauso. Und zwar oft. Wenn ich bei der Lektion nicht gut bin, schreit Vater mich an: ›Wenn dies das Beste ist, was du zu geben hast, werde ich dich nach Yuzaki zurückschicken!‹ Dann träume ich jedesmal in der Nacht, daß ich wieder dort bin und die Dorfrüpel mir meine Getas und meine Süßbohnenbrötchen wegnehmen.«

»Das würden sie nicht wagen – jetzt nicht mehr!« lispelte der gefräßige Kogame, der seit dem Umzug in die Hauptstadt durch die vielen Süßigkeiten, die er verschlang, schon mehrere Zähne verloren hatte, obwohl er so mager blieb wie eine Bohnenstange.

»Aber natürlich, jetzt ist alles anders.« Kumaya nickte und glättete vorsichtig die Ärmelfalte seines neuen Kimonos. »Jeden Morgen, wenn ich hier eintreffe, kommen Meister Kanamis Diener heraus, verbeugen sich und helfen mir aus den Sandalen. Und ich werde dann so verlegen, daß ich nicht weiß, was ich machen soll.«

Fujiwaka errötete, wenn er seinen Freunden zuhörte, und strich sich immer wieder über die Hand. Wie dankbar bin ich, daß ich Haut, Haar und Schädel besitze, um mich dahinter zu verstecken; wenn sie nur wüßten, was ich alles

einer Dengaku-Verschwörung vor sich. Es war ein Zeitalter des Aberglaubens und der panischen Angst; nichts wäre leichter, als den Namen Kanzē mit einem unheilbringenden Brand zu besudeln.

Als Kiyotsugu den Kopf wandte und dabei dort, wo der Schweiß halb getrocknet war, einen stechenden Schmerz verspürte, sah er am Bühnenrand Nanami stehen. An seiner Seite befand sich Omina im Strohhut und mit einem großen Reisesack auf dem Rücken. Fujiwaka und Kogame riefen vor Freude laut ihren Namen und stürzten sich begeistert auf sie, während sie niederkniete und die Köpfe der beiden Jungen in ihren weiten Ärmeln barg.

Nanami trat vor. Dann sagte er leise: »Sprecht lieber nicht aus, was ihr alle denkt! Seid argwöhnisch und auf der Hut! Das genügt. Es gibt weit wichtigere Dinge, auf die ihr euer Augenmerk richten müßt.«

Kiyotsugu hielt den Atem an.

Omina flüsterte den Jungen zu: »Jetzt paßt gut auf!« Obwohl ihre Lippen, die Fujiwakas Ohrläppchen berührten, heiß waren, lief dem Jungen ein eiskalter Schauer über den Rücken.

»Ich komme heute als offizieller Bote der Verwaltung des Shōgun-Haushalts zu euch«, erklärte Nanami.

Jeder, der nicht bereits am Boden kauerte, kniete bei der Erwähnung des Shōgun sofort nieder und nahm die perfekte Demutshaltung ein.

»Es wird befohlen«, fuhr Nanami fort, indem er jedes einzelne Wort betonte, »daß die Kanzē-Truppe am siebten Tag des Monats Mai nächsten Jahres im Imakumano-Schrein von Kyoto die dreitägige Wohltätigkeitsvorstellung eröffnet. Am ersten Tag wird der Shōgun die Aufführung mit seiner erhabenen Gegenwart beehren. Der Kammerherr des Shōguns wird dem Kofuku-Tempel von dieser Ehre Mitteilung machen, und Ihr, Kiyotsugu-dono, seid angewiesen, mir vor dem Ende dieses Jahres Euer Programm und die Namen Eurer Schauspieler bekanntzugeben.«

Die Bedeutung der Tatsache, daß der Künstlergefährte des Shōgun Kiyotsugu mit dem ehrenvollen »dono« ansprach, entging den ehrfürchtig lauschenden Schauspielern nicht.

gun, der die vegetarische Kost der Buddhisten als schwächend verschmähte und trotz aller Tabus nicht nur Fisch und Geflügel, sondern auch das Fleisch von Hirschen und Wildschweinen verspeiste, die er auf der Jagd erlegte, über eine unbändige Kraft verfügte: Auch nach seiner Heirat vernachlässigte er weder seine Mätressen spürbar noch schränkte er die Zeit ein, die er mit Fujiwaka verbrachte.

Während Yoshimitsus Ehefrau Nariko, die geborene Prinzessin Hino, zu hoch »über den Wolken« wohnte, als daß man ihre wahren Gefühle erraten hätte, scheute ihr Haushalt, der zum größten Teil aus beschäftigungslosen und unverheirateten Verwandten bestand, auch nicht die niedrigsten Methoden, um zu erreichen, daß der Shōgun dem Schauspielerjungen seine Gunst entzog.

»Tag und Nacht denke ich an nichts anderes als an das Wohl der Ashikaga-Dynastie, daher erkühne ich mich...« So etwa kamen Narikos unverheiratete entfernte Cousine oder ihr Stiefonkel zu Yoshimitsu, um ihm zu berichten, sie hätten aus absolut zuverlässiger Quelle gehört, daß Fujiwaka an einer heimtückischen Pilzkrankheit leide, die zwar dem eigentlichen Krankheitsträger nicht schade, sich jedoch, einmal übertragen, als tödlich erweisen könne.

»Der Große Baum ist sich doch hoffentlich darüber im klaren, daß die Vagabunden, da sie Flußwasser trinken und sich darin waschen, mit Wurmparasiten verseucht sind.« Oder: »Da niemand aus der besseren Klasse einen Unberührbaren heiraten will, waren diese Unglückseligen gezwungen, immer nur untereinander zu heiraten, und wie ich hörte, erklärt sich aus dieser Inzucht der hohe Anteil von Geisteskrankheiten und Mißbildungen bei ihnen...«

Ausdruckslos hörte Yoshimitsu seinen aristokratischen Verwandten zu, die selbst die verschiedensten Grade der Mißbildung und Hinfälligkeit aufwiesen, und zwar gerade auf Grund einer jahrhundertelangen, intensiven Inzucht, und summte lautlos eine *kuse*-Melodie aus Kanamis letztem Werk vor sich hin, während er dachte: Bevor ich mich in einen fürstlichen Kadaver der Degeneration und Impotenz wie sie verwandle, werde ich lieber bei Fujiwaka im Bett Pilz, Würmer und Wahnsinn riskieren.

KAPITEL
5 Nach Yuzaki heimgekehrt, hatte Kiyotsugu kaum den Reisestaub von den Füßen geschüttelt, als er schon rasch zum Jozen eilte.

»Was? Bist du von Sinnen? Ein Sarugaku-Bettler verlangt den obersten Abt zu sprechen?« wurde Kiyotsugu von einem bewaffneten Mönch angeschrien, der auch noch versuchte, ihm einen Tritt in die Seite zu versetzen.

Kiyotsugu jedoch sprang rechtzeitig zurück und erwiderte heftig: »Jawohl! Kiyotsugu Kanzē ist gekommen, um Daijo, den obersten Abt, zu sprechen, denn ich glaube, es wird ihn interessieren, daß ich mit meiner Truppe die Ehre habe, im Mai im Imakumano-Schrein vor dem Shōgun aufzutreten!«

Als er den Namen des Shōgun erwähnte, wurde Kiyotsugu unverzüglich vor den obersten Abt geführt, wo sich der unberührbare Schauspieler der Länge nach auf den harten Holzboden des Korridors warf, während Daijo am äußersten Nordende des Raums auf seinem erhöhten Sitzplatz hockte.

»Stimmt das, was ich soeben gehört habe?« ertönte die barsche, aber näselnde Stimme.

»Ja, Herr, jedes Wort. Und ich bin hergekommen, um Euch hinsichtlich meines Sohnes Fujiwaka eine Bitte vorzutragen. Als professioneller Schauspieler und derselben Kunst ergebener Kollege bin ich über jeden Zweifel hinaus überzeugt, daß der Knabe ein von Buddhas bis jetzt noch verborgenen Wundern gesegnetes Werkzeug ist, das in der Hauptstadt, wie ich hoffe, mit Eurer überaus wertvollen Hilfe entdeckt werden wird, wenn er im nächsten Mai mit mir zusammen vor dem Shōgun auftritt. Eines Tages wird er dem Namen des Kofuku-Tempels Ehre machen und ihm beträchtlichen Ruhm einbringen. Da Ihr nun der erste wart, der etwas Außergewöhnliches in ihm sah, erkühne ich mich als sein Vater und Lehrer und flehe Euch an, ihn bitte mit Buddhas unendlicher Gnade aus seinem nächtlichen Dienst zu entlassen und ihm zu gestatten, sich ganz seiner Kunst, und ausschließlich ihr, zu widmen.«

Kiyotsugus Atem, der gegen die Bodenbretter schlug, bebte

Kenyasha, der fünfzehnjährige Sohn des Hauptmanns der Palastwache, war einer der ganz wenigen, die nicht drastisch in des Shōguns Gunst gesunken waren, als der Große Baum, wie es die Jungen ausdrückten, »den Hexenkünsten des tanzenden Bettlers erlegen« war. Denn Yoshimitsu hatte Kenyasha durchaus nicht wegen seiner Schönheit und künstlerischen Begabung geliebt; er rief ihn oft einfach »Hund!«, und tatsächlich erinnerte der Junge an die kurzbeinigen, kurzhalsigen, zähen, loyalen und furchtlosen Hunde des nordöstlichen Marschlands, aus dem die Ashikagas stammten. Ja, Kenyasha besaß sogar denselben unschuldigen, großäugig starrenden Blick, der von den Augen nur sehr wenig Weiß sehen ließ. Während sich die anderen Jungen in boshaften Streichen ergingen und Fujiwaka etwa eine Schlange in den Krug mit Waschwasser warfen oder seinen Kamm und sein Untergewand mit frischem Lack beschmierten, damit er einen schmerzhaften Hautausschlag bekam, beobachtete Kenyasha Fujiwaka zwar wie ein schlafender, doch immer aufmerksamer Wachhund, unternahm aber vorerst nichts gegen ihn. Und Fujiwaka war so naiv, dieses Fehlen jeder Aggression bei seinem älteren Kollegen als Zeichen von dessen Redlichkeit, wenn nicht sogar Güte auszulegen.

An einem kalten, regnerischen Abend im Februar erschien nun Kenyasha im Haus der Kanzē. Fujiwaka, der mit einer schlimmen Erkältung im Bett lag, zog sich die Steppjacke seiner Mutter über den Schlafkimono und ging, Stirn und Hals von einer dicken, glänzenden Schweißschicht bedeckt und mit Augen, die noch stärker schimmerten als sonst, in die Eingangshalle hinaus. »Wegen des starken Regens ist der Große Baum früher als sonst von der Wildschweinjagd zurückgekehrt und schickt mich, um dich zu fragen, ob du heute abend noch in den Palast kommen könntest.« Während Kenyasha dies sagte, richtete er den runden, dunklen, ausdruckslosen Blick auf Fujiwakas Scheitel, ohne das kranke Aussehen des Jungen zur Kenntnis zu nehmen.

»Ich bin nicht... Ich fühle mich ziemlich...« Fujiwaka leckte sich die pergamenttrockenen Lippen. »Ist es der Wunsch des Großen Baums, daß ich auf der Stelle komme?«

»Hmm.« Wenig überzeugt leckte sich Daijo die fleischige, schlaffe Unterlippe. Dann huschte ein schiefes, fast freundliches Lächeln über sein häßliches Gesicht. »Wenn alles verloren ist und der Tod sich einem Mann an die Nasenspitze hängt, stürzt er sich blindlings auf den Feind. Zuweilen erweist sich die Macht der Verzweiflung als stärker denn Schicksal oder Schwert. Ein gutes Beispiel dafür ist das, was du soeben getan hast. Würden wir beide mit Stahlklingen kämpfen, ich läge jetzt blutend zu deinen Füßen.« Unvermittelt klapperte Daijo heftig mit seinen Holzperlenketten. »Es sei! Dein Sohn hat mir seine erste Blüte geschenkt und mir gut gedient. Alles verändert sich, alles geht vorüber; in diesem Leben darf man sich an gar nichts klammern. Ich erteile ihm die Erlaubnis, sich wieder ganz seiner Berufung zu widmen. Es möge ihm wohl ergehen!«

Daijo schnippte mit den Fingern, und sofort schlossen die beiden Diener die Shoji, so daß Kiyotsugu nur noch die Tuschzeichnung auf ihnen anstarrte, die vier aus einem Bambushain hervorspringende Tiger zeigte.

Der triumphierende Vater konnte sich nicht erinnern, wann er zum letztenmal so schnell gelaufen war; bei seinen überhasteten Schritten zerriß er sogar die Schnüre seiner Zori. Tamana und Ogame, die auf halbem Weg zwischen dem Haus und dem Kloster gewartet hatten, sprangen auf, als sie sahen, daß Kiyotsugu ihnen barfuß entgegengeflogen kam.

»Fujiwaka ist frei! Ich habe die Genehmigung des obersten Abtes!«

Tamana genoß das breite Lächeln ihres Mannes, legte jedoch, noch immer ungläubig, beide Hände auf seine keuchende Brust.

»Nicht einmal eine Nacht pro Monat? Nie wieder muß er sich dorthin begeben?«

Ogames Gegenwart vergessend, drückte Kiyotsugu seine Frau mit einer festen, impulsiven Umarmung an sich. Aber die Ärmste erkundigte sich nochmals voll Bangen: »Nie mehr? Nie wieder? Heißt das nun endgültig, daß Fujiwaka...« Zu Hause angekommen, mußte man sie überreden, sich niederzulegen und einen von ihren kräftigenden Kräuteraufgüssen zu trinken.

ten Fuß auf den Sitz gestellt, den anderen wie eine Klaue um den Rand der Plattform gekrallt. Seine Nasenflügel weiteten sich; die Wut, vereint mit seinem Tick, ließ ihn stammeln; sein Haar, offen und zerzaust, glänzte nach einem ganzen, während des Wolkenbruchs in den Wäldern vergeudeten Tag naß. Kenyasha saß da, ein Bein vom Stuhl des Shōgun umklammernd, und starrte Fujiwaka so leer an, als seien seine Augen Löcher. »Der genaue Wortlaut interessiert mich nicht; der Sinn ist auch so klar genug. Du kümmerliches Nichts hast es nicht nur gewagt, den Befehl des Shōgun zu mißachten – zu ignorieren – ja, sogar ihm zu trotzen, sondern seinem Boten gegenüber darüber hinaus sogar angedeutet, du hättest dem Shōgun so sehr den Kopf verdreht, daß du nunmehr selbst entscheiden könntest, wann und wie du im Palast erscheinst.«

Yoshimitsu sprang vom Stuhl auf, packte eine hellgrüne Porzellanvase und warf sie nach Fujiwaka. Das Wasser bildete einen langgestreckten silbrigen Bogen; Blumen regneten auf Fujiwakas Kopf, Hals und Rücken herab; die Vase zerschellte an einem Pfeiler hinter ihm. Der unersetzliche Wert der koreanischen Vase, der Krach, die ersten Kamelien aus dem Garten, die rings um Fujiwaka herum auf dem Boden lagen – dies alles war nicht dazu geeignet, Yoshimitsus Zorn zu besänftigen. Nein, er war aufgebracht und rasend vor Wut und fühlte sich furchtbar elend. Wäre er eine Schlange gewesen, er hätte sich selbst vom Schwanz her verschlungen und wäre einfach von der Bildfläche verschwunden.

»Fujiwaka! Du hältst heute nacht in meinem Zimmer Wache. Komm, Kenyasha, du schläfst bei mir.« Yoshimitsu bedachte die aufgereihten Pagen mit einem zornesfunkelnden Blick und winkte den vier in dem gedeckten Gang vor dem Zimmer hockenden Wachen beiläufig zu. Sie alle zogen sich zurück.

Immer wieder hatte sich Yoshimitsu darüber geärgert, ja sogar aufgeregt, daß Fujiwaka nur selten vor Eifersucht oder Ekstase weinte oder laut aufschrie. Der Shōgun hatte die angeborene Schamhaftigkeit des Knaben, seine Scheu davor, selbst in den unkontrolliertesten Momenten Gefühle zu zeigen, niemals so recht begreifen können. Kenyasha, der Sohn eines Kriegers, brachte in dem Bewußtsein, zwei Zuhörer zu haben – den Shōgun und Fujiwaka – ganze Schlachtgesänge der Lust zu Gehör oder schluchzte in seliger Unterwerfung laut auf.

Fujiwaka, tief in die winzige Geheimkammer hinter dem Wandschirm im Zimmer des Shōgun gedrückt, zitterte vor Anstrengung, das Husten zu unterdrücken, so sehr, daß seine Zähne klapperten. Seine Brust fühlte sich an wie eine Honigwabe aus Lava. Die Grausamkeit der Bestrafung durch den Shōgun überraschte ihn keineswegs. Ihm, der kein Recht auf Exklusivität oder Beständigkeit hatte, stand es nicht zu, eifersüchtig zu sein, und der Fürst gab und nahm, wie es ihm gefiel – das verstand Fujiwaka durchaus. Aber wie dankbar war er doch dafür, daß seine körperliche Schwäche ihm half, die vollen, emotionalen Auswirkungen des Zorns Yoshimitsus zu mildern. Auch war es ein Segen, daß sein vom Fieber verwirrter Verstand nicht in der Lage war, über die möglichen Folgen seines Leichtsinns für den Vater und das Schicksal des Kanzē-Nō-Theaters nachzudenken. Und was Kenyashas Verrat betraf – sein Wort gegen das meine –, so konnte Fujiwaka keinem anderen als sich selbst die Schuld dafür anlasten, daß er so dumm gewesen war, Kenyashas Worten Glauben zu schenken.

Während Kenyashas und des Shōgun Stöhnen sich zu seligen Höhen steigerte, dachte Fujiwaka an das Dorf Yuzaki und seine Heimkehr vom Jozen an jenem frostigen Novembermorgen zurück und bemühte sich verzweifelt, noch einmal Meishos Flöte zu hören.

»Halt aus, Fujiwaka, halt aus! Du hast deinen Weg. Verliere niemals die Ehrfurcht des Anfängers. Versenk deine Augen in die Hüften. Rechter Fuß, Drehung nach links und...«

Yoshimitsu, der Frischluftfanatiker, der nur sehr selten krank war und auch bei anderen wenig für Gebrechen und Wehleidigkeit übrig hatte, kam schnell wieder zu Atem und rief, dreimal kräftig in die Hände klatschend: »Verschaff uns ein bißchen frische Luft! Öffne die Läden!« Obwohl ihm Fujiwakas Gegenwart den größten Teil der bitteren Lust dieser Nacht verschafft hatte, sagte er nicht: Öffne die Läden, Fujiwaka!

»Kommt gar nicht in Frage, du Dummkopf! Ich werde nie, niemals, sage ich dir, ohnmächtig werden. Nicht auf der Bühne!« protestierte Fujiwaka, während Kogame, Kumao und Kumaya, die, da sie auf geringere Rollen festgelegt waren, niemals als Ersatzmann für einen *shitē*-Spieler in Betracht kommen würden, mit entsprechender Hochachtung und Distanz zuhörten.

Umgekehrt übernahm Fujiwaka ganz selbstverständlich alle Pflichten seiner Position und begann die anderen Jungen im Lesen und Schreiben zu unterrichten. Da alle vorhandenen Mittel für die Vorbereitungen auf den Imakumano-Auftritt vor dem Shōgun draufgingen und Papier unendlich kostspielig war, unterrichtete er sie, indem er die Schriftzeichen mit Stöckchen in den Sand malte.

Nach Neujahr fing Kiyotsugu an, die Hälfte von allem, was er bisher geschaffen hatte, wieder zu verwerfen, selbst einige von den Stücken, für die man bereits mit den Proben begonnen hatte. Die Frauen nähten, bis ihnen die Finger bluteten. Einen großen Teil ihrer eigentlichen Arbeit übernahmen deshalb die Kinder, und Hachi lief mit den detaillierten, anspruchsvollen Instruktionen des Meisters meilenweit zu den verschiedensten Färbern. Tamana brachte Abschriften von Kiyotsugus neuen Stücken zu Himi, damit der verkrüppelte Schnitzer sich eine Vorstellung davon machen konnte, welche Masken für welche Rollen benötigt wurden. Von Kopf bis Fuß mit Holzspänen bedeckt, bat Himi Tamana, kein Wort über den Preis seiner Masken zu verlieren: »Zunächst wollen wir Kiyotsugu-dono einmal mit den besten Masken, die ich zustande bringe, in die Hauptstadt schicken. Alles andere können wir dann später besprechen.« Auch wollte er auf gar keinen Fall etwas davon hören, daß Tamana ihm auch nur einen Sen von dem Geld, das er ihr für die Binsenmatten geliehen hatte, zurückerstattete.

In jenem Winter zog Omina mit ihrer Truppe nicht wie in den anderen Jahren zur milden Küste des Binnenmeers hinab, sondern reiste zwischen Kyoto und Nara hin und her.

durch diese Gerüchte erfuhren Kanami und Tamana vom Gesundheitszustand und von der Genesung ihres Sohnes, der schließlich zu ihnen nach Hause gebracht wurde.

Als Tamana Fujiwaka sah, der blaß und abgezehrt war, brach sie in Tränen der Empörung aus und schalt, die egoistische Laune des Großen Baums habe ihren einzigen Sohn fast das Leben gekostet.

»Das Theater kann nicht ohne Zuschauer existieren«, sagte Kanami lakonisch. »Da dies unser Karma ist, müssen wir es tragen, und wenn es uns auch noch so schwerfällt.« Sanft legte er seinem Sohn die Hand auf die magere Schulter. Fujiwaka nickte. Weiterer Worte bedurfte es nicht zwischen ihnen.

Ogame, den alle als »den Voraussorgenden« bezeichneten, hatte sich für den Fall, daß die übermäßige Gunst des Großen Baums dem kleinen Meister zu Kopf gestiegen sei, einen Vorrat konfuzianischer Moralpredigten gegen Überheblichkeit und Faulheit zurechtgelegt, aber sie wurden nicht benötigt. Selbst wenn Fujiwaka erst in den frühen Morgenstunden aus dem Palast heimkehrte, arbeitete er mit eifriger Hingabe, voll Angst, auch nur eine Sekunde der Lektionen seines Vaters und der älteren Schauspieler zu versäumen. »Das Pferd ist willig; laß es nur laufen.« Mit breitem Grinsen hob Ogame die Schultern und machte sich daran, die kostbaren Räucherstäbchen zu mischen, die der Shōgun Fujiwaka in überaus großzügigen Mengen zu schenken pflegte. »So stark, daß mir die Augen tränen und schon vom Anfassen allein die Finger jucken«, berichtete Ogame voll Stolz seiner Frau. Darüber hinaus bereitete es ihm große Freude, dafür zu sorgen, daß die Frauen der Truppe seinem kleinen Meister aus den Ballen feinster Seide, die dieser von Yoshimitsu bekam, neue Kleider anfertigten.

Aber es war nicht nur der Shōgun, der den jungen Schauspielerjungen mit Geschenken überschüttete. Auch zahlreiche Daimyōs, Aristokraten und Geistliche, die sich Yoshimitsus Gunst erschleichen wollten, handelten dem alten Sprichwort gemäß: Wenn du einen Reiter töten willst, erschieße sein Pferd. Ein reicher Daimyō des Nordens schickte Fujiwaka eine prächtige kleine Sänfte. Ein anderer,

sei sie ein Adler, dem der gesamte Himmel zur Verfügung steht: frei, wild und dennoch mit vollendeter Körperbeherrschung.

Ohne genau zu wissen, was das Wort bedeutete, ahnte Fujiwaka auf Grund der intensiven Fröhlichkeit oder Traurigkeit, die ihre geräuschvollen, unberechenbaren Ankünfte und Abreisen in ihm hervorriefen, daß auch er von ihr verzaubert war. Doch übte Omina auf alle Menschen dieselbe Wirkung aus: auf Vater, Mutter, Kinder und Erwachsene, ja sogar auf die fünf Katzen, die immer gerade so hungrig gehalten wurden, daß sie die Ratten und Mäuse im Haus fingen, und für die Omina stets ihre Fischgräten aufhob. Nach jedem Abschied, der gewöhnlich am frühen Morgen stattfand, kam allen der Rest des Tages unerträglich lang vor. Fujiwaka hatte dann den Eindruck, die Peitsche des Vaters knalle grundlos jähzornig, und die Mutter sprach morgens, mittags und abends lange Gebete für Ominas Sicherheit unterwegs.

Auch Nanami tauchte immer wieder in Yuzaki auf und brachte ein paar Rollen Seide oder Brokatstreifen mit, zuweilen Geld und stets unbezahlbare Ratschläge.

»Kiyotsugu-dono«, begann Nanami eines Tages munter, »Ihr habt doch selbst gesagt, ein Schauspieler solle sich ein demütiges und offenes Herz bewahren, nicht wahr? Dann hört mir zu. Ich möchte vorschlagen, daß Ihr anläßlich der Eröffnung der Tage im Imakumano-Schrein bei der Aufführung von ›Okina‹ selbst die Hauptrolle übernehmt.«

»Was – ich?« Verdutzt starrte Kiyotsugu in Nanamis unerschütterlich lächelndes Gesicht. Es galt seit langem als selbstverständlich, daß in dem altehrwürdigen Stück »Okina« der älteste Schauspieler jeder Truppe, ohne Rücksicht auf seine Qualitäten – »je älter, desto näher bei den Göttern« –, die Hauptrolle spielte.

»Wenn ich jetzt mit unserer uralten Tradition breche und mit einundvierzig Jahren die Rolle selbst übernehme, würden mich die Kritiker in der Luft zerreißen.«

»Auf das, was diese verstaubten Holzköpfe sagen oder nicht sagen, kommt es nicht an. Wenn es Euch nicht gelingt, den Shōgun im Imakumano-Schrein auf den ersten Blick zu

Sprache fassen wollte. Doch wenn er es tat, griff er zum allersimpelsten Vokabular, so daß Fujiwaka im Grund vor allem dadurch lernte, daß er erriet, was ungesagt blieb. Zum Beispiel das »Auge anderer«: »Bestimmt dazu, ein Schatten und gänzlich ohne Substanz zu sein, bis wir von anderen auf der Bühne gesehen werden, müssen wir Schauspieler das besitzen, was ich ›das Auge anderer‹ nenne: das losgelöste Ich, das dich ständig von hinten, von der Seite und aus der Ferne beobachtet.«

Kanami, der fest daran glaubte, daß seine besten Werke viele Generationen von Shōgunen überleben würden, warnte Fujiwaka ernsthaft vor der Selbstzufriedenheit: »Wenn du vierzehn bist, werden sogar die anspruchsvollsten Kritiker deine zahlreichen Fehler wegen des zwingenden Charmes deiner Jugend entschuldigen und dich möglicherweise sogar als Wunderkind bezeichnen. Aber das ist nur eine flüchtige, gefährliche Gnade, nichts als die Blume des Augenblicks, die eine grausame Falle für die Laufbahn des Schauspielers sein kann. Streben solltest du nach der Blume der Ewigkeit. Ein Baum, der einmal die Blume der Ewigkeit getragen hat, wird immer das Herz des Zuschauers rühren. Wenn die Blume der Ewigkeit in dir Wurzel geschlagen hat, kann nichts und niemand, kein Schicksalsschlag dich vernichten, denn du stehst außerhalb der Zeit und Geschichte gewöhnlicher Sterblicher. Sie ist etwas Machtvolles, Wunderbares, unsere Kunst; sie kann den Menschen vieler Generationen Freude und Trost schenken. Deswegen sage ich dir, Fujiwaka, daß du arbeiten mußt – einfach, demütig und fleißig arbeiten.«

Außerhalb der Reichweite von des Vaters Peitsche begann in diesem Abschnitt von Fujiwakas Leben auch der kulturelle Einfluß des Shōguns eine wichtige Rolle für seine künstlerische Entwicklung zu spielen.

Nachdem er das Haus Ashikaga durch eine Ehe mit der Angehörigen einer der höchsten Adelsfamilien des Landes, den Hino, verbunden hatte, sicherte Kanzler Hosokawa dem jungen Shōgun beim Kaiser sofort den höchsten höfischen Rang, der je einem Bürgerlichen verliehen worden war. Auch schlug er vor, Yoshimitsu sollte zur Feier dieses

KAPITEL

6 Die sechsunddreißig Gipfel des Higashi-Gebirges, das Kyoto umringt, schimmerten wie ein Smaragddiadem; junge grüne Blätter reckten ihre ungeduldigen, zarten Finger, als versuchten sie den wolkenlosen Himmel zu erreichen, der durch den jubelnden Gesang einer Myriade von Vögeln noch strahlender wirkte.

Auf der Höhe des Imakumano-Schreins stand Fujiwaka auf den Zehenspitzen und spähte angestrengt in die Ferne, konnte aber nicht erkennen, wo die Hauptstadt aufhörte, die sich mit ihren über die niedrigen Wellen schwarzer, gebrannter Kacheln und strohgedeckter Dächer emporragenden zahllosen Tempeln und Feuerwachtürmen bis weit in den dunstigen Horizont erstreckte. Die Hauptstadt war viel größer und wunderbarer, als er es sich je hätte träumen lassen.

»Heute morgen hat Vater mich mitgenommen, damit ich mich vor der Bühne verneige«, hatte er seiner Mutter geschrieben, die aus gesundheitlichen und wirtschaftlichen Gründen in Yuzaki zurückgeblieben war. »Ich weiß nicht, warum, doch als ich die schönsten, glattesten Bretter berührte, die ich jemals gesehen habe, brach ich in Tränen aus. Ich habe Angst, Mutter. Ich hatte mich so sehr danach gesehnt, hierher zu kommen!«

Keine Kosten und Mühen waren gespart worden. Der Shōgun war, wie Takauji, sein Großvater, der Begründer des Ashikaga-Shōgunats, klug und rücksichtslos; auf äußerst geschickte Art »ehrte« er die wohlhabenderen und mächtigeren unter seinen Daimyōs – Männer, die eine potentielle Gefahr für das Shōgunat darstellten –, indem er ihnen den mühsamen und kostspieligen Auftrag erteilte, Wohltätigkeitsaufführungen zu finanzieren und zu organisieren. Die bei dieser speziellen Festlichkeit erzielten Einnahmen sollten zur Wiederherstellung des Schreindaches von Imakumano verwendet werden, das im vergangenen Herbst bei einem Taifun schwer beschädigt worden war. Das dreitägige Fest war dem berühmten Daimyō Herrn Akamatsu zuge-

des Abends verteilt wurden und die sich allein der Emporkömmling von Shōgun leisten konnte, später jedoch kamen
sie wegen der Freude und Spannung, die ihnen der Wettstreit mit den brillanten Plebejerdichtern bereitete, die Yoshimitsu klugerweise in Gestalt von Künstlergefährten um
sich versammelt hatte.

Der Shōgun lernte sehr schnell, sobald er jedoch das nötige
Wissen und Können erworben hatte, begann er sich zu
langweilen, machte kaum noch Anstrengungen, seine
Kunst zu vertiefen, sondern rettete sich recht eindrucksvoll
durch geschicktes Bluffen. Er spielte die Shō-Gitarre, tanzte
vor den hocharistokratischen Fürsten die höfischen Tänze,
schlug sich recht lobenswert beim *kemari*-Spiel, einem
harten Ballspiel, das ausschließlich innerhalb des kaiserlichen Hofes ausgeübt wurde, gegen die adligen Experten und
nahm an allen größeren Ritualen und Festen innerhalb des
Hofes teil, als sei er »über den Wolken« geboren.

Mehrere große Daimyōs des Ostens, die sich noch an die
unaussprechliche Mühsal erinnerten, die Yoshimitsus
Großvater hatte ertragen müssen, um das Ashikaga-Shōgunat zu errichten, waren beunruhigt und mißbilligten das,
was sie für das unkriegerische und überkultivierte Verhalten des dritten Shōgun hielten, und sie wiederholten immer
wieder den abgedroschenen Gemeinplatz: Was der Großvater aufbaut, bewahrt der Sohn, aber der Enkel wird es
zerstören.

Fujiwaka wurde inzwischen aus einem ganz anderen Grund
von Befürchtungen geplagt: »Wenn sich der Große Baum so
viel höfische Feinheiten aneignet, wird er mich dann nicht
bald für einen ungeschickten, lächerlichen Tölpel halten?«
Als sich eine günstige Gelegenheit ergab, bat er Yoshimitsu,
doch zu gestatten, daß er ebenfalls lernen dürfe, was der
Shōgun am Hof lernte. Und weit davon entfernt, über die
unerhörte Bitte des Flußuferbettlers empört zu sein wie alle
anderen, übernahm Yoshimitsu es höchstpersönlich, den
Knaben im Shō-Spielen, im *kemari* und in den höfischen
Tänzen zu unterrichten. Was die *renga*-Kettengedichte betraf, so schickte er Fujiwaka umgehend zu seinem eigenen
Lehrer, dem Fürsten Nijo.

stoff und dem Pfeiler der Auftrittsbrücke zwängte. »Und es ist richtig so, daß sie sich nur schwer zufriedenstellen lassen, denn ein ehrlicher Tischler oder Fächermacher muß für den Platz, eben breit genug, um seinen Hintern hineinzudrücken, den Lohn von etwa zwei ganzen Arbeitstagen bezahlen. Siehst du da drüben links von der Loge des Shōgun die leere Loge? Die ist für die Götter reserviert, welche die Ehrengäste dieser Festtage sind.«

»Hachi! Hast du noch immer nicht das Salz geholt? Und du, kleiner Meister, hast keine Zeit, hier lange das Publikum zu begaffen. Schnell, schnell, du mußt jetzt sofort eingenäht werden!« Ogame, bereits im Kostüm für »Okina«, auf das Kraniche und Pinien, die Symbole des langen Lebens, gemalt waren, scheuchte Fujiwaka in den Garderobenbereich zurück. In der Mitte des hektischen, doch seltsamerweise lautlosen Durcheinanders stand Kiyotsugu majestätisch in einem Gewand aus kostbarem Brokat mit weiten, quadratischen Ärmeln über einem schweren, *hakama*-geteilten Rock. Nach der siebentägigen Abstinenz, die er hatte einhalten müssen, um die heilige Rolle des Okina zu spielen, wirkte er hager. Die Schnüre des hohen Lackhuts schnitten ihm scharf in die Wangen, und seine Augen lagen tiefer in den Höhlen als sonst.

Omina hockte vor ihm auf den Knien; die Ärmel ihres Kimonos hatte sie zwanglos mit Hilfe eines abgewetzten Kreppbands hochgeschlagen. Mehrere Nadeln mit Faden steckten in ihrem Kragen, und eine Schere lugte aus dem Obi. Tamana hatte Omina gebeten, die Truppe nach Kyoto zu begleiten: »Ihr kennt die Menschen, die Straßen und das Leben in der Hauptstadt. Eure Gegenwart wäre weitaus wertvoller als die meine. Es ist kostspielig, in der Hauptstadt einen überflüssigen Menschen durchzufüttern, und außerdem weiß ich nicht, ob ich die Anstrengungen der Reise durchhalten würde.«

Geschickt nähte Omina die Falten von Kiyotsugus Übergewand fest, damit die Linie seines Kostüms während der Vorstellung nicht gebrochen wurde. Die Stirn fest gegen Kiyotsugus Magen gepreßt, biß sie mit scharfen Zähnen den Faden durch; dann rutschte sie ein paar Schritte zurück und musterte Kiyotsugus Erscheinung mit konzentriert zusammengekniffenen, kurzsichtigen Augen. Mit einem breiten, zufriedenen Lächeln nickte sie Kiyotsugu dann zu und widmete ihre Aufmerksamkeit Fujiwaka. Um die Spitze etwas einzufetten, kratzte sie sich mit der Nadel an der Kopfhaut, dann ergriff sie Fujiwakas Kragen und stieß die Nadel mit überraschender Kraft in die steife Seide. Als Reaktion auf Ominas kräftigen, exotischen Duft schloß Fujiwaka beide Augen, da hielt sie auf einmal inne und flüsterte ihm aufgeregt zu: »Hörst du? Vollkommene Stille in der Ebenen Erde. Die Aristokraten und Daimyōs kommen.«

Die Kanzē-Truppe, die niemals zuvor in Gegenwart eines so illustren Publikums gespielt hatte, hielt geschlossen den Atem an; einige Mitglieder sprachen vor dem kleinen Altar, der die Truppe überall begleitete, ihre Gebete.

Zuerst kamen stolz erhobenen Hauptes und in der hierarchischen Reihenfolge die Daimyōs, die ohne jede Scham ihre in kostbare Gewänder gekleideten Favoritinnen mitbrachten. Angesichts der vielfarbigen Pracht der prunkvoll aufgeputzten Damen vor den Tigerfellen und roten Teppichen, mit denen die Logen der Privilegierten geschmückt waren, seufzten die Zuschauer in der Ebenen Erde tief auf. Den Kriegsherren folgte eine Reihe bleicher Monde: die geschorenen Köpfe der Äbte aus den großen Tempeln und Klöstern der Hauptstadt. Danach erschienen die Aristokraten, vom Volk »Jene, die über den Wolken wohnen« genannt, und brauchten unendlich lange, bis sie schließlich Platz genommen hatten, denn die Etikette erforderte, selbst wenn sie sich außerhalb des Neunfach Verbotenen Bezirks befanden und Gäste des Shōgun waren, den sie heimlich »diesen Emporkömmling von Banditen« nannten, eine äußerlich umständliche Prozedur und Rangordnung.

Hachi kam so überhastet in den Garderobenraum gestürzt, daß die Bodenbretter unter seinen Schritten klapperten.

»Der Shōgun ist da!«

Kiyotsugu nickte Toyodayu zu, der heute die Ehre hatte, dem Meister als *koken* zu assistieren. Toyodayu trat an den Altar, nahm mit feierlicher Verbeugung einen Weinkrug,

KAPITEL

9 Nachdem Kanami nun endlich in der Hauptstadt war und das Aufsehen, die Ehren und den materiellen Lohn geerntet hatte, die der Erfolg mit sich bringt, fühlte er – ein Mann, der Zuschauer von der Qualität eines Fürsten Nijo hinter den parfümierten Ärmeln zum Weinen bringen und zugleich stundenlang Maurer und Seetanghändler fesseln konnte – fühlte Kanami sich verfolgt.

Kyoto war schon Jahrhunderte, bevor die ersten Krieger aus dem Osten gekommen waren, die Stadt der Kaiser gewesen, und zahlreiche Einwohner betrachteten die Shōgune daher als eine nur vorübergehende Erscheinung. Diesen Leuten paßte es nicht, daß man ihnen befahl, das Kanzē-Nō-Theater zu bewundern, nur weil es dem Shōgun gefiel. Auf Grund seiner fast hundertjährigen Vorherrschaft hatte das Dengaku-Theater seine Wurzeln tief in jeder Gesellschaftsschicht der Hauptstadt, so daß sich Kiami und Icchu, die beiden Dengaku-Führer, nach wie vor einer ungeheuren Beliebtheit erfreuten. Darüber hinaus ließ es sich eine Clique mächtiger Daimyōs diskret, aber beharrlich anmerken, daß sie das Dengaku-Theater bevorzugten. Ihr Anführer war Yoshimasa Shiba, der gegen Kanzler Hosokawas Bestreben, die gesamte Exekutiv- und Legislativmacht allein in der Hand des Shōgun zu konzentrieren, opponierte und auch die strenge, kompromißlose Persönlichkeit des Kanzlers verabscheute.

Eines Tages kam Hachi zutiefst enttäuscht von einem Besuch bei einem alten Trommelmacher zurück, der als der beste des Landes galt.

Der Alte hatte sich rundweg geweigert, Handtrommeln anzufertigen, die Kanamis Anforderungen entsprachen: »Tut mir leid, Junge. Ich habe mein Leben lang für die Dengaku-Meister gearbeitet und kann mir in meinem Alter nicht mehr die Mühe machen, die neue Art zu erlernen, die dein Herr schätzt.«

Kumazen und Ogame waren empört über diese unverschämte Provokation, Kanami aber schluckte die Krän-

Publikum richtig einschätzte, glitt gelassen ins Zentrum der Bühne, wo er ruhig die Maske aufsetzte, die Fujiwaka für ihn bereithielt. Nun zelebrierte er so nobel und gigantisch wie ein alter Eichenbaum jenen Tanz, der, wie es hieß, das Leben des Schauspielers trotz seines Mangels an spektakulärer Akrobatik nur dadurch, daß er eine vollkommene Aufmerksamkeit und Konzentration erforderte, spürbar verkürzte. Kiyotsugu spielte Okina, den greisen Gott, nicht mit wackligen Knien und zittriger Stimme. »Mit heiterem Herzen und verschwommenen Augen, aber weit blickend« – so interpretierte er den Okina. Durch seine angeborene Anziehungskraft und Männlichkeit, beide vom ehernen Griff der Disziplin gebändigt, gestaltete er den strengen, rituellen Tanz zu einer weit bewegenderen und weit besseren Darbietung als sonst üblich. Die Zuschauer, die bereits zahllose Male gesehen hatten, wie dürre, alte Männer den Okina tanzten, konnten nicht fassen, daß dies tatsächlich dasselbe Stück war. Nach Kiyotsugus Abgang gestaltete Ogame mit seinem unnachahmlichen Humor das Finale, schüttelte sein Glöckchen, verstreute Samenkörner und betete um eine reiche Ernte.

Noch ehe die Bühne leer war, begann das Publikum in der Ebenen Erde laut zu klatschen und in die Rufe: »Kanzē! Kanzē!« auszubrechen.

»Ist der Shōgun noch in seiner Loge?« erkundigte sich Fujiwaka, sobald sich Kumao daran machte, ihm das Kostüm und den Hut abzunehmen.

»Und ob. Einen Becher hat er getrunken, und erst einen weiteren verlangt, nachdem ›Okina‹ beendet war. Er ist noch da!«

Das Programm des ersten Tages umfaßte drei Nō-Schauspiele und zwei *kyogen*-Farcen. Im zweiten Nō, »Jinen Koji«, spielte Kiyotsugu die Titelrolle des Zen-Lehrpriesters in einer Maske mit jugendlichen Stirnlocken, und niemand hätte sich einreden lassen, daß er kein Jugendlicher von sechzehn Jahren war. Sein schlagfertiger Dialog – in der Umgangssprache jener Zeit – mit dem von Ogame in fast übermütiger Perfektion dargestellten Sklavenhändler schlug die Zuschauer in Bann. Fujiwaka, auf Grund seiner

mich«, berichtete Kanami Toyodayu und Raiden, wenn seine Gäste widerwillig das Haus verlassen hatten. »Heute begeistern wir unseren Schirmherrn und Kritiker, doch morgen schon mag er uns schal und abgedroschen finden, der Blume der Phantasie ermangelnd. Ich komme lieber heute ohne Schlaf aus, als morgen schlaflos mein verlorenes Glück zu beklagen.«

Sein Entschluß, die eigene Disziplin auch nicht um einen Bruchteil zu lockern, festigte sich noch, als etwas später endlich auch die Komparu-Truppe, die älteste und bekannteste der vier Sarugaku-Schulen aus der Provinz Yamato, den Befehl des Shōgun erhielt, in der Hauptstadt aufzutreten. Nach dem phänomenalen Erfolg der Kanzē waren die Einwohner von Kyoto natürlich besonders gespannt auf die Arbeit einer anderen Sarugaku-Truppe aus Yamato, und so war die dreitägige Wohltätigkeitsvorstellung am Ufer des Kamo ausnehmend gut besucht.

Der Meister der Komparu war aber noch keine zehn Minuten auf der Bühne, als die Zuschauer zu johlen und zu buhen begannen, und der Shōgun ärgerlich seine Loge verließ. Die Kanzē und Kiamis Dengaku-Truppe erhielten den Befehl, die restlichen zwei Tage auszufüllen, und die niedergeschmetterten Komparu wurden am selben Abend noch zur Hauptstadt hinausgejagt.

Im darauffolgenden Monat machte der ungeschlachte, doch gutmütige Meister Komparu anläßlich eines Bettelbesuchs bei den Kanzē eine überaus traurige Figur, als er, bei der Erinnerung an seinen Empfang in der Hauptstadt immer wieder aufkeuchend, behauptete: »Ein richtiges Dämonen- und Hexennest, dieses Kyoto! Und mir dreht sich der Kopf, Kanami-dono, wenn ich mir vorzustellen versuche, wie Ihr es geschafft habt, die Hauptstadt für Euch zu gewinnen.«

Kanami, gegenwärtig der Jüngste, der den Titel »ami« trug, zog mit seinem jugendlichen, guten Aussehen, das einen verblüffenden Kontrast zu seinem kahlgeschorenen Kopf bildete, jedesmal viel Aufmerksamkeit auf sich, wenn er den im Palast für die Künstlerfreunde reservierten Raum betrat. Während zahlreiche Gesichter mit freundlichem Lächeln aufleuchteten, um seine Aufmerksamkeit zu erre-

äußerst kritischen Verstand die zage Hoffnung auf ein anerkennendes oder ermutigendes Wort des Shōgun geschlichen...

Der Lärm des Publikums hatte sich schnell gelegt. Als Kiyotsugu sich die ausgedörrten Lippen leckte, verbreitete sich die schale Enttäuschung bis in seinen innersten Lebensnerv.

»Kiyotsugu-dono.« Hinter ihm stand Omina, der die abendliche Brise die Haare über die geröteten Wangen wehte. »Wenn Ihr gehört hättet, was ich in der Ebenen Erde gehört habe, würdet Ihr nicht hier stehen und ein Gesicht machen wie eine vom Sturm zerzauste Krähe. Die Liebe des Volkes währt länger als die wankende Gunst der Shōgune, das könnt Ihr mir glauben.«

»Ich will weder arrogant noch undankbar sein«, gab Kiyotsugu zurück, »aber Ihr wißt genauso wie ich, daß ich nicht wegen der Lorbeeren der Ebenen Erde hergekommen bin. Die habe ich anderswo auch schon geerntet... Könntet Ihr möglicherweise über Nanami-dono erfahren, was der Shōgun von uns hält?«

Omina nickte und eilte bereitwillig davon, Sango mit den Getas, den Holzsandalen, seiner Herrin im Schlepptau. Nur wenige Minuten später jedoch erschien plötzlich ein Samurai aus Daimyō Akamatsus Festverwaltung im Garderobenbereich.

»Auf die Knie, Kiyotsugu von Kanzē, und hört mir zu! Entgegen der ursprünglichen Order erhaltet Ihr hiermit den Befehl, am morgigen Tag ebenfalls aufzutreten.«

»Ist diese Programmänderung der persönliche Wunsch des Shōgun oder...«

»Ich bin nicht gekommen, um Eure Fragen zu beantworten. Ich wünsche, daß Ihr den Kopf tiefer neigt und tut, was man Euch befiehlt.«

Am zweiten Tag erschien der Shōgun mit einem größeren Gefolge, zu dem, wie Hachi von einem für die Versorgung der Gäste verantwortlichen Priester gehört hatte, eine Anzahl hochgestellter Aristokraten gehörte; von ihnen ließ sich der Shōgun in Musik und Dichtkunst des höfischen Stils unterrichten. Ebenfalls unübersehbar anwesend war

die Hauptstadt einzuleiten, der Symbole der kaiserlichen Macht, welche Sympathisanten des Südlichen Hofs über vierzig Jahre zuvor aus dem Verbotenen Bezirk geschmuggelt hatten. Solange sich die Drei Göttlichen Dinge im Besitz des Südlichen Hofs befanden, hatte der Nördliche Hof trotz seiner dem Shōgunat zu verdankenden materiellen und politischen Überlegenheit unter einem ideellen Nachteil zu leiden, und niemand war sich dieser Schwäche deutlicher bewußt als der alte Kanzler.

Hosokawas geheime Verhandlungen mit den Generälen des Südlichen Hofes, unter denen zahlreiche zweifelhafte Mittelsmänner waren, trugen ihm so manche Verleumdung und sogar argwöhnische Vermutungen und die Frage ein, wem denn nun seine Loyalität gelte. Während der Südliche Hof und seine Spione unablässig darauf hinarbeiteten, die labile Einigkeit der dem jungen Shōgun nahestehenden Daimyōs zu sprengen, mußte unter diesen Umständen alles, sogar die wahrhaftig unbedeutende Bühnenrivalität zwischen Dengaku und Sarugaku, politisch bis zum letzten ausgeschlachtet werden.

Im Sommer 1378, nahezu vier Jahre nach der Aufführung im Imakumano-Schrein, war Fujiwaka immer noch der Favorit des Shōgun – so sehr sogar, daß Yoshimitsu den sechzehnjährigen Schauspieler am Tag des Gion-Festes kühn mit in seine Loge nahm, um den ausgelassenen Zug der Festwagen an sich vorüberziehen zu lassen, bei deren Bau alle Bezirke der Hauptstadt miteinander gewetteifert hatten. Wie in jedem Jahr waren die zentralen Logen an der Vierten Straße mit den Mächtigsten, Heiligsten und Edelsten des Landes besetzt, und natürlich richteten sich alle Blicke auf die Loge des Shōgun. Der junge Autokrat jedoch schenkte den vielen strengen Blicken nicht die geringste Beachtung. Er gab Fujiwaka aus seinem eigenen Weinbecher zu trinken und ließ sich, von dem betäubenden Lärm, der Musik und den bunten Farben in den menschengefüllten Straßen unter ihm mehr mitgerissen als vom starken Wein, an diesem heißen Nachmittag sogar so weit gehen, daß er vor aller Augen mit

der distanziert noch vertraulich klang, jedoch von der vollen, festen Resonanz eines Mannes kündete, der weiß, daß jede seiner Äußerungen für die Öffentlichkeit von Interesse und Bedeutung ist. »Ihr habt mich drei Tage lang gut unterhalten, und ich wäre, offen gestanden, nur allzu gern noch einmal zu Euch gekommen.«

Während Kiyotsugu sich mit hörbar eingesogenem Atem bis zum Boden verneigte, konnte Fujiwaka es sich nicht verkneifen, die Augen eine Sekunde lang aufzuschlagen, um einen verstohlenen Blick auf den Shōgun zu werfen. Zu seinem Erstaunen sah er einen sehr jungen Mann vor sich – so jung, daß man ihn kaum als erwachsen bezeichnen konnte. Seine strengen, doch hübschen Züge und eine Haltung, so aufrecht, als trage er einen Pfeil quer über den breiten Schultern, machten ihn ganz und gar zum Kriegsfürsten, und er strahlte die Macht, Gefährlichkeit und Faszination seines erlauchten Standes aus. Eingeschüchtert vergrub Fujiwaka den Kopf wieder in dem duftenden roten Teppich.

Die Dame Takahashi glitt zu Boden, um dem Shōgun Wein einzuschenken. Mit weit zurückgeworfenem Kopf leerte er den Becher und krauste die Stirn, die in seinem ganzen Leben noch niemals Verlegenheit oder Selbstbeherrschung gekannt hatte. Er reichte der Dame Takahashi den Becher mit einer so unachtsam hastigen Geste zurück, daß ihr einige Tropfen Wein auf den Ärmel spritzten.

»Gebt dem Meister einen Becher!« befahl er ungeduldig, und dabei lief ein ganz leichtes, jedoch durchaus bemerkbares Zucken über die linke Hälfte seines glatten, ebenmäßigen Gesichts. Der Gewohnheit jener entsprechend, die nur selten nicht von einer größeren Zahl Menschen umgeben sind, begann er seine Ansprache, indem er zunächst den Namen jener Person nannte, an die er sich zu wenden wünschte.

»Kiyotsugu, Ihr seid ganz eindeutig kein Mann, der jahrein, jahraus den alten, breitgetretenen Furchen folgt oder müßig dasitzt und zusieht, wie andere Schulen gedeihen. Nehmen wir diese neue Musik: Nanami hat mir berichtet, daß Ihr die Hölle durchgemacht habt, um dergleichen zu komponieren.

KAPITEL

10

Als Yoshimitsu eines Abends von einer Hirschjagd heimkehrte und durch das Muromachi-Viertel von Kyoto kam, entdeckte er eine Ruine, die früher einmal ein prächtiges Herrenhaus gewesen sein mußte, jetzt aber bis auf die Grundmauern abgebrannt war. Auf dem ausgedehnten Areal, das nach vielen Jahren der Vernachlässigung vollkommen überwuchert war, standen noch zahlreiche schöne, alte Bäume, die ihre edlen Kronen hoch über das Gewirr des Unterholzes emporreckten. Wie viele andere Despoten war Yoshimitsu in Friedenszeiten von einer wahren Bauwut besessen und natürlich sofort hellauf begeistert. Als Mann sehr schneller, spontaner Entschlüsse verlangte er, daß etwas, sobald er es sich wünschte, möglichst rasch erledigt wurde, und so gelangte er innerhalb einer Woche nicht nur in den Besitz des verfallenen Palastes des alten Kaisers, der sich ins Kloster zurückgezogen hatte, sondern erwarb darüber hinaus auch das angrenzende Grundstück einer verarmten Adelsfamilie, insgesamt nahezu sechs Morgen Land.

Yoshimitsus Ehefrau Nariko, die sich nie ganz von den Komplikationen bei der Geburt ihrer Tochter erholt hatte, war kurz zuvor gestorben. Lohnt es sich, für ein Mädchen zu sterben, fragte sich Yoshimitsu und verfrachtete den Säugling mitsamt einer Amme und einem seinem Rang entsprechenden Gefolge von Gouvernanten und Hofdamen zu einem der am großzügigsten subventionierten Nonnenklöster in den Randbezirken der Hauptstadt, dessen Vorsteherin die Kleine eines Tages werden sollte.

Yoshimitsu, der weder der Erstgeborene noch überhaupt einem legalen Mutterleib entsprungen war, hatte das außergewöhnliche Glück gehabt, beim Tod seines Vaters der einzige überlebende Sohn zu sein. Die problemlose Thronfolge hatte, wie er sich sehr wohl bewußt war, das ansonsten ziemlich unsichere Ashikaga-Shōgunat sehr gestärkt. Yoshimitsus Großvater und Vater hatten es nicht geschafft, die persönlichen und höchst aggressiven Territorialambitionen ihrer Daimyōs und Provinzführer völlig unter Kontrolle zu bringen, und eine strittige Erbfolge hätte diesen selbstsüchtigen, opportunistischen Kriegern einen willkommenen Vorwand geliefert, um ihren eigenen Kandidaten mit Waffengewalt als den nächsten Shōgun zu inthronisieren. Daher schien es durchaus verständlich, daß Yoshimitsu entschlossener war, seine Kinder mit Ausnahme des ältesten Sohnes und Erben ins religiöse Abseits zu schicken.

Nachdem er sich die Frucht seiner ersten Ehe also erfolgreich aus Augen und Sinn geschafft hatte, nahm er Yasuko, die Nichte seiner verstorbenen Gattin, zur zweiten Frau und entwarf für sie und ihr Gefolge sowie die zunehmende Anzahl seiner Mätressen auf dem Grundstück seines neuen Palastes ein prächtiges, alleinstehendes Gebäude. Denn er beabsichtigte mit seinen zweiundzwanzig Jahren und auf dem Höhepunkt seiner Männlichkeit keineswegs, der neuen Ehefrau treu zu sein. Von Yasuko und Fujiwaka abgesehen, wechselte er von einer Schlafplattform zur anderen und wagte es sogar, eine der stolzesten Blumen des kaiserlichen Harems zu pflücken. Die Folge war, daß eine gewisse Dame Azuchi, Favoritin des Kaisers, eines Nachts mitten im Neunfältig Verbotenen Bezirk durch keinen geringeren als den Fuß Seiner Kaiserlichen Majestät von der gedeckten Galerie befördert und eilends in ein entlegenes Kloster verbannt wurde. Anschließend drohte der Kaiser, er werde Selbstmord durch Harakiri begehen, sofern dieser unverschämte Emporkömmling von einem Shōgun Seiner Kaiserlichen Majestät nicht schriftlich schwöre, daß es zu keiner Zeit zu jener verbotenen Liaison zwischen ihm und der Dame Azuchi gekommen sei, von der überall in der Hauptstadt gemunkelt wurde.

Yoshimitsu und Goenyu, der Nördliche Kaiser, waren altersmäßig nur sechs Monate auseinander, und obwohl die beiden jungen Männer eine aktive, brüderliche Rivalität pflegten, war sich ein jeder über die Nützlichkeit des anderen durchaus im klaren. Ohne die militärische, politische und wirtschaftliche Unterstützung des Shōgun wäre es Seiner Kaiserlichen Majestät schwergefallen, mit seinem unüberwindlichen Vetter, dem Südlichen Kaiser, fertig zu werden, der weiterhin auf seiner Legitimität bestand, und sei es auch nur aus dem einzigen Grund, daß er sich im Besitz der Drei Göttlichen Dinge befand, den Symbolen für das von Gott gegebene Recht, in Japan zu herrschen. Und Yoshimitsu seinerseits wäre in den Augen der gesamten Nation als tatsächlicher Herrscher nichts weiter gewesen als ein sehr schnell wieder untergehender Raßler mit Schwert und Rüstung, denn so hauchdünn die Autorität des Nördlichen Kaisers auch sein mochte, so repräsentierte er doch den geheiligten und unverletzlichen Fortbestand der Nation.

»Die Göttliche Person ist für mich ein paranoides Kind«, kicherte Yoshimitsu belustigt in sich hinein, brachte mit seinen kräftigen, kühnen Pinselstrichen jedoch sofort den verlangten Schwur zu Papier und ließ das Schreiben mit einer Anzahl seltener und kostbarer Geschenke im Kaiserpalast abliefern.

Während Kanzler Hosokawa sich den Kopf zerbrach, wie er das Geld auftreiben könne, um die extravaganten Pläne des Shōgun für den neuen Palast zu verwirklichen, engagierte Yoshimitsu ohne Rücksicht auf ihre Gesellschaftsklasse oder Preise die begabtesten Meister unter den Maurern, Zimmerleuten, Tischlern, Gärtnern und Holzschnitzern und holte zum Entsetzen der Bürgerschaft ganze Banden von Flußufervagabunden, die ihm einen Kanal vom Kamo zum neuen Palast graben sollten, um damit einen schön geformten See zu speisen, für den er persönlich eine schwimmende, gedeckte Galerie entwarf, deren graziöse Silhouette sich im klaren Wasser spiegeln sollte.

Nachdem sich die Bauarbeiten der Vollendung näherten, besaß Yoshimitsu tatsächlich die Stirn, dem kaiserlichen Vetter Fürst Konoē gegenüber anzudeuten, es würde ihm eine große Freude bereiten, einige der berühmten Hängekirschbäume aus dem Garten des Fürsten zum Geschenk zu erhalten. Und nachdem Fürst Konoē dieser unverschämten Bitte entsprochen hatte, war keine außergewöhnliche Sammlung von Bäumen, blühenden Sträuchern oder bizarren Steinen, wem immer sie auch gehören mochte, vor dem begehrlichen Blick des Shōgun mehr sicher.

Als der neue Muromachi-Palast endlich fertiggestellt war, bot er einen ganz anderen Anblick als der alte Palast des Shōgun, der rein zweckmäßig gehalten war und eher einem militärischen Hauptquartier glich. Was den neuen Palast so bemerkenswert machte, war nicht nur die Pracht der Gebäude selbst, sondern der immens weite Garten mit seinen seltenen, kostbaren Anpflanzungen, die so gehalten waren, daß während der gesamten vier Jahreszeiten stets etwas blühte, und die in ihrer Vielfalt, Fülle und Qualität so atemberaubend waren, daß die neue Residenz des Shōgun schon bald nur noch der »Blühende Palast« genannt wurde. Am elften Tag des dritten Monats, den alle prominenten Gelehrten der Astrologie einmütig als glückverheißend bezeichnet hatten, bezog Yoshimitsu in einer großen Prozession, deren Länge und Pracht alles überstieg, was die Einwohner von Kyoto jemals erlebt hatten, den neuen Palast. Der vergoldete Wagen des Shōgun war mit zwölf wunderschön geschmückten Ochsen bespannt, die man für diese festliche Gelegenheit von keiner anderen als der so sehr heimgesuchten Familie Konoē ausgeborgt hatte. Mehrere hundert Daimyōs, Beamte und Höflinge des Shōgunats folgten Yoshimitsu in prächtigen neuen Kleidern vom alten in den neuen Palast. Auch Kanami als Künstlergefährte des Shōgun und Fujiwaka gehörten auf ausdrückliches Verlangen Yoshimitsus zum Gefolge. Entlang dem Weg, den der Zug nahm, drängten sich die Neugierigen aus der Hauptstadt und ihrer Umgebung so dicht, daß selbst die außergewöhnlich große Zahl der Wachtposten, von denen die Straßen gesäumt waren, einige Schwierigkeiten hatten, die wogende Zuschauermenge im Zaum zu halten.

Als Prinz Konoē einige Tage später seine Ochsen und Wagenführer zurückerbat, antwortete ihm Yoshimitsu beiläufig, dieselben hätten ihm so gut gefallen, daß er sie mit Erlaubnis Seiner Hoheit doch gern behalten würde. Dem armen Prinzen, der zur selben Zeit gerade einen wichtigen Fall vor dem Gericht des Shōgunats ausfocht, um eines seiner Provinzgüter vor einem besitzgierigen Verwalter zu retten, blieb nichts anderes übrig, als vorzugeben, er sei geschmeichelt, daß dem Shōgun seine Ochsen und Wagenführer so sehr gefielen.

Getreu seinem »Gespaltenen-Bambus-Charakter«, wie die Chronisten es schmeichelhaft ausdrückten, bat der Shōgun, der um des eigenen Seelenfriedens und der guten Verdauung willen nie lange gegen jemanden Groll hegte, den Kaiser Goenyu so munter, ihn in seinem neuen Palast zu besuchen, als hätte es zwischen ihnen niemals eine Verstimmung wegen der Dame Azuchi gegeben.

»Der Göttliche Sohn des Himmels kann unmöglich das Haus eines Bürgerlichen betreten, geschweige denn unter demselben Dach mit ihm verweilen!« – »Unvorstellbar!« – »Absolut unschicklich!« empörten sich die Hofschranzen, und eine Gruppe adliger Gelehrter in Sachen Hofetikette und Rangordnung, angeführt vom Fürsten Nijo, diskutierte zwei Jahre lang, bis sich die Herren schließlich auf eine annehmbare Formel einigten: Sie entschieden sich für jene drei Tage, an denen der Kaiserpalast in eine sogenannte Dunkle und Schädliche Richtung blickte, und rieten Seiner Kaiserlichen Majestät, sich an einen Ort mit günstigerer Lage zu begeben, der sich, wie die klugen Herren erklärten, ganz zufällig in der allgemeinen Richtung des Blühenden Palastes im Muromachi-Viertel befinde.

Es folgten endlose Verhandlungen und Beratungen zwischen dem Hof und der Shōgunatsverwaltung über die erschreckend komplizierten Einzelheiten des Protokolls, während sich Yoshimitsu und seine Künstlergefährten den Kopf darüber zerbrachen, wie man angemessene Lustbarkeiten arrangieren könne, um Seine Kaiserliche Majestät während ihres dreitägigen Besuchs standesgemäß zu unterhalten. Wassermusik, Gagaku-Tänze und Streichkonzerte, *kemari*-Spiele und *renga*-Gedicht-Wettbewerbe wurden geplant; am letzten Tag jedoch wünschte Yoshimitsu seinen kaiserlichen Gast mit etwas zu überraschen, das völlig anders geartet war als die archaische und stark chinesisch beeinflußte Hofmusik oder die höfischen Tänze. Yoshimitsu, der inzwischen fest überzeugt war, höchstpersönlich die plebejische und bisher vielgeschmähte Unterhaltungsform des Sarugaku zu einem modernen Theater für die herrschende Klasse umgewandelt zu haben, beschloß, daß Kanami und seine Truppe nun zum erstenmal vor dem Kaiser auftreten sollten.

Umgehend begann der Kanzler Hosokawa den Plan in die Tat umzusetzen. Sobald jedoch die Neuigkeit von dieser Absicht durchsickerte, schritt sofort Herr Shiba ein und erhob heftigste Einwendungen dagegen, daß nur *eine* Schule der populären Unterhaltung vorgestellt wurde. Die Zen-Oberpriester, die geistliche Führer aller Ashikaga-Shōgune und höchst ärgerlich über Hosokawas unablässige Angriffe gegen ihren Mißbrauch religiöser Privilegien waren, schlossen sich säuerlich Herrn Shibas Forderungen an, woraufhin sich die länger etablierten buddhistischen Sekten wie der Kofuku-, der Todai- und der Enryaku-Tempel, bemüßigt sahen, Hosokawa zu unterstützen.

Dieser Streit schien, falls er ungelöst blieb, Folgen zu zeitigen, die weit über seine ursprüngliche Bedeutung hinausgingen. Um die Angelegenheit zu bereinigen, ließ Yoshimitsu sowohl Hosokawa als auch Shiba kommen.

»Es wird viel zuviel Lärm geschlagen. Veranstalten wir doch lieber einen Wettbewerb: Kiami und sein Enkel Zomasu gegen Vater und Sohn Kanzē. Drei Auftritte für jede Schule. Und im Hinblick auf sein Alter gestatten wir Kiami, das Programm des Tages mit ›Okina‹ zu eröffnen.«

Obwohl er nach außen hin die Neutralität wahren mußte, ließ Yoshimitsu Truhen mit glänzender Seide, hauchfeinem Leinen, chinesischem Damast und Brokat füllen und heimlich ins Haus der Kanzē schaffen, denn seine Spione hatten ihm berichtet, Herr Shiba überschütte seinen Favoriten Zomasu ebenfalls mit Geld und edlem Material. Kanami selbst unterzog sich eine Woche lang einer reinigenden Fastenkur, bevor er mit der Arbeit an zwei neuen Stücken begann, denn Yoshimitsu hatte ihn vertraulich gebeten, »Jinen Koji« in sein Programm aufzunehmen, da er persönlich ganz speziell wünschte, daß der Kaiser es zu sehen bekomme. Als Kanami dann »Dame Shizuka in Yoshino« und »Matsukaze-Murasame« geschrieben und komponiert hatte – im zweiten Stück stellten er und Fujiwaka zwei Schwestern dar, die denselben Mann liebten –, waren es immer noch zwei Monate bis zur Aufführung. Sofort machte sich Kanami daran, ein drittes Stück zu verfassen.

»Aber, Meister«, warf Toyodayu schüchtern ein, und wie

immer klang seine Frage eher wie eine Vorausentschuldigung, »ich dachte, Ihr hättet beschlossen, nur zwei neue Stücke aufzuführen, und...«

»Ich weiß«, unterbrach ihn Kanami ungeduldig, »aber vergiß nicht, daß es eine Wettbewerbsaufführung ist. Wir müssen auf alles Unangenehme gefaßt sein. Angenommen, es gießt an jenem Tag in Strömen, dann wirkt ›Matsukaze-Murasame‹ viel zu sentimental und deprimierend. Oder angenommen, unsere Dengaku-Rivalen haben sich zufällig ebenfalls für ein Stück über die Dame Shizuka entschieden. Wie kann ich sicher sein, daß nicht eins unserer Küchenmädchen oder der Lehrling unseres Maskenschnitzers bestochen worden ist, um unser Programm auszuspionieren? Indem ich aber ein oder zwei zusätzliche Stücke vorbereite, kann ich unsere Konkurrenten verwirren und es mir bis zuletzt vorbehalten, die drei den Umständen entsprechend besten Stücke auszuwählen.«

Kumazen, den der Shōgun als »diesen prachtvollen *waki*-Spieler mit den Tausendfüßler-Brauen« bezeichnet hatte, stimmte Kanami rückhaltlos darin zu, daß man unbedingt Vorsichtsmaßregeln ergreifen müsse, und befahl seinen Söhnen: »Hört zu! Bis der kaiserliche Wettbewerb vorüber ist, bleibt ihr beiden ununterbrochen an der Seite des kleinen Meisters; wagt euch nicht zu dicht an Flüsse oder Kanäle heran, und falls ein Unbekannter Fujiwaka fremde Speisen oder scharfe Gewürze schickt, erprobt sie zuerst an einer Katze. Verstanden?«

Suzume, Kumazens Ehefrau, lachte darüber, denn sie fand, ihr Mann gehe entschieden zu weit.

»Ich übertreibe nicht, Frau!« Kumazen hob und senkte die so erstaunlich beweglichen Brauen. »Versetz dich doch mal an die Stelle unserer Konkurrenten! Im Augenblick gibt es niemanden, der so gut schreiben kann wie unser Meister: seine Verse, seine Dialoge, die logische Handlung! Und was die Musik betrifft: Selbst eine vor einer Stunde getötete Makrele würde wieder lebendig werden, wenn Buddha ihr Gelegenheit gäbe, die *kusē*-Musik des Meisters zu hören. Ich weiß, die Leute sagen, wenn Kiami singt, recken sich die Zweige der Hängeglyzinie gen Himmel. Das klingt sehr nett, sehr hübsch; aber nun sag mir mal, was singt er denn, dieser sogenannte Gott der Musikalität? Irgendwelche faden, abgedroschenen Verse, die überhaupt keinen Sinn haben – gekochte Nudeln von gestern. Und dieser berühmte Liebling von Herrn Shiba, Zomasu: Kann er unserem jungen Meister das Wasser reichen? Wenn unser Fujiwaka-dono ein Mond ist, dann ist Zomasu eine Schildkröte. Nein, nein, gewinnen können diese Dengaku-Burschen eigentlich nur, wenn sie entweder den Meister oder den jungen Meister daran hindern, die Bühne zu betreten. Sonst niemals. Also paßt gut auf, bis die Aufführung vorüber ist; haltet die Augen nach allen Richtungen offen!«

Derart von ihrem Ehemann gewarnt, war es Suzume, die Kanami nur wenige Tage vor dem kaiserlichen Besuch berichtete, ein Messerschleifer, der die Kanzē-Küche regelmäßig aufsuchte und ein fanatischer Theaterfreund war, habe zufällig gehört, daß die Dengaku-Truppe ein Stück über die Dame Shizuka probte. Kanami belohnte Suzume für diese Information mit einer Rolle feinem Leinen, strich seine »Dame Shizuka in Yoshino« aus dem Programm und setzte zusätzliche Proben für sein jüngstes Werk »Sotoba Komachi« an.

Der erste Tag des kaiserlichen Besuchs war ein warmer, stiller Frühlingsabend mit hellen, duftigen Wolken, die dahinschmolzen wie eine Handvoll Schnee, wenn sie sich langsam der untergehenden Sonne näherten. Im Blühenden Palast bildeten Kirschblüten Kaskaden von zehn, zwanzig verschiedenen Farbtönen, und der Kaiser und sein über siebzigköpfiges Gefolge wurden von einer duftenden Woge von Blumen und jungen Blättern begrüßt. In bunt bemalten Barken, nach chinesischer Manier mit Drachenköpfen verziert, trieben Musiker auf dem See dahin, und die exquisit livrierten, überall anwesenden Wachen und Diener des Shōgun wandten, wie es der Kanzler ihnen strengstens befohlen hatte, gehorsam den Blick ab, wenn sich die Geheiligte Person näherte. Die kaiserlichen Gäste fanden so großen Genuß am Bankett und dem *renga*-Gedichtwettstreit, daß sie sich erst kurz vor Tagesanbruch zurückzogen. Am zweiten Abend wurden die *Gagaku*-Hoftänze dargeboten, und der junge Kaiser spielte persönlich eine sechssaitige Zither, wodurch er dem Shōgun Gelegenheit gab, seine Kunst auf einer dreizehnpfeifigen Flöte unter Beweis zu stellen.

Der dritte Tag brachte einen bedeckten Himmel von opalisierend grauer Farbe sowie unregelmäßige Windböen, die den sauber gefegten weißen Kies mit Kirschblüten übersäten.

»Es wird regnen, Vater«, stellte Fujiwaka fest, als sie im Palast eintrafen und mit den Vorbereitungen für die Aufführung begannen.

»Es tröpfelt schon«, entgegnete Kanami, der den Arm durch die schneeweißen Shōji des Schauspielerquartiers streckte, die mit Girlanden aus geflochtenen, roten Seidenseilen geschmückt waren.

»Spürst du, Fujiwaka, wie die Trauerweiden ihre scheuen, zartgrünen Finger öffnen? Im Frühlingsregen liegt eine unbeschreiblich sanfte Liebkosung; er senkt sich bei weitem nicht so naß und schwer aufs Herz, wie es der Regen im Winter tun würde.«

Um die Stunde der Ziege, also um etwa zwei Uhr nachmittags, traf, begleitet von seinem Gastgeber, der Kaiser ein. Im Vergleich zu Yoshimitsu wirkte der Kaiser zierlich. Seine Bewegungen waren ruhig und geschmeidig, und eine Geste ging mit traumhafter, kunstvoll betonter Langsamkeit in die nächste über. Sein ausdrucksloses, kleines, weißes, ovales Gesicht wirkte eher wie das eines Priesters oder ein erleuchtetes und resignierendes Wachtelei. Er ließ sich nieder, und an die vierhundert Gäste machten es ihm unter dem flüsternden Rascheln der kostbarsten Seidenstoffe des Landes nach.

Als das Flötensolo die gespannte Stille durchbrach, begannen die Aufführungen des Tages mit Kiami in »Okina«. Der energische, geschmeidige, verklärt wirkende Siebzigjährige sang wie eine alte, sanfte Flöte und tanzte mit einer superben, zurückhaltenden Eleganz. Sein Enkel Zomasu tanzte *senzai*, unmaskiert, in einem außergewöhnlich schönen Kostüm in dunklem Moosgrün, mit Fäden aus Gold und

Silber durchwirkt. Inzwischen siebzehn, galt Zomasu als Fujiwakas Erzrivale, denn er bewies so hervorragende Eigenschaften als Schauspieler und Sänger, daß er ein würdiger Nachfolger Kiamis war, auch wenn seine äußere Erscheinung nicht über ein normal gutes Aussehen hinausging. Größer als Fujiwaka, bewegte er sich mit einer etwas hochhüftig-steifen Haltung, der die Gelassenheit und unbeschreibliche Elastizität Fujiwakas fehlte. Natürlich erhielt »Okina« dank Kiamis exquisitem Gesang und der bewegenden Autorität des reifen Alters begeisterten Applaus.

Der feine Regen hielt weiter an; er näßte den Schieferkies, der die vorkragende Bühne umgab, zwar nicht sichtbar, verlieh der Atmosphäre jedoch einen kaum merklichen Schimmer. Eine warme, nach Blumen duftende Brise und ein minzefrischer, von Regen und nassem Gras gekühlter Lufthauch wehten abwechselnd über die Zuschauer hin.

Für die Krönung aller Theatererfahrung hielt Kanami die Überraschung. Dementsprechend machte er seinen ersten Auftritt bei dieser historischen Gelegenheit hinter der Maske einer alten Frau mit eingesunkenen Augen und eingefallenem Mund, die ihm für diese spezielle Rolle von seinem Freund, dem berühmten Maskenschnitzer Himi, verehrt worden war; dazu trug er eine weiße Hanfperücke und einen zerlumpten Strohumhang. Beim Anblick dieses gefeierten Künstlers, der im besten Mannesalter als Ono no Komachi, einstmals eine legendäre Schönheit und begabte Dichterin, an einem krummen Stock über die Bühne humpelte, hielten die Zuschauer den Atem an. Wie man sehen konnte, flüsterte der Kaiser hinter seinem Sandelholzfächer angeregt mit Fürst Nijo, und die weiß gepuderten Gesichter der Höflinge wirkten noch undurchdringlicher als sonst. Kanami hielt sein Publikum mit jener eigenartigen Erschütterung, die nur ein wahrhaft großer Schauspieler mit überwältigender innerer Spannung hervorrufen kann, fest in der Hand. Und der zündende Dialog zwischen der alten Bettlerin und dem Wanderpriester, den Kumazen perfekt darbot, ließ die Zuschauer voll Mitgefühl keuchen und aufseufzen. Und dennoch gelang es Kanami, wie Fürst Nijo ihm später erzählte, seiner neunundneunzigjährigen Komachi die Reste ihrer einst arroganten Schönheit und den Triumph ihrer längst verlorenen Jugend anmerken zu lassen.

Die Information, die Suzume von dem Messerschleifer erhalten hatte, erwies sich als zuverlässig: Das zweite Stück der Dengaku-Truppe handelte tatsächlich von der Dame Shizuka. Kiamis Krieger in einer von Leidenschaft zerfressenen Maske war aufgrund des Pathos, das er in jede seiner gesprochenen Zeilen legte, ohne jemals sentimental zu werden, über alles Lob erhaben. Zomasu, der des Kriegers große Liebe, die Dame Shizuka, spielte, wirkte als sinnliche und etwas kokette Kurtisane perfekt. Aber das Stück floß zäh und gewunden dahin und kam, bevor es eine dramatische Spannung entwickeln konnte, abrupt zu einem enttäuschenden Ende.

Kanamis Kampflust, gepaart mit einer genießerischen Freude an einem Wettbewerb wie diesem, manifestierte sich in den knappen, scharfen Befehlen, die er in rascher Folge an alle erteilte, während er, die Augen gen Himmel gewandt, ruhelos im Garderobenbereich umherstrich. Nur wenn Hachi in gewissen Abständen hereinkeuchte, um über den Fortlauf der Dengaku-Dame Shizuka zu berichten, blieb Kanami stehen und hörte ihm zu.

Nachdem er mehrere von Hachis Meldungen gehört hatte, sagte er mit breitem Grinsen: »Bereiten wir ihnen eine Überraschung. Setzen wir ihren lahmen Schritten mit ›Jinen Koji‹ nach!«

In »Jinen Koji« gab sich Kanami so übermütig frei wie ein Drahtseiltänzer, der weiß, daß er tatsächlich fliegen kann. Mit der Freiheit eines wahrhaft gigantischen Talents, das eine Überraschung, ein Wunder nach dem anderen präsentiert, handelte er ganz und gar nach seinem eigenen Gesetz, und Fujiwaka verhielt sich als bedauernswertes Waisenmädchen neben ihm so perfekt diszipliniert, daß er nichts tat, was nicht zu seiner Rolle gehörte – ein Phänomen, das die Kenner unter den Zuschauern beinahe ebenso sehr beeindruckte wie Kanamis glanzvoller Stil. Der Erfolg des Stücks übertraf sogar die übertriebenen Erwartungen des Shōgun, denn zum erstenmal zeigte sich ein menschlich erkennbarer Ausdruck auf dem unbewegten Eigesicht des

Kaisers, und als Kanami von der Bühne ging, entdeckte Yoshimitsu zu seiner ungeheuren Genugtuung, daß einige der maskengesichtigen Aristokraten die schmalen, schlaffen Hände aus den schweren Ärmeln zogen und tatsächlich applaudierten.

»Schnell! Schnell!« wisperte Kanami hinter der Jinen-Koji-Maske, sobald er in den Garderobenbereich der Kanzē-Truppe geführt worden war, und kaum hatte man ihm die Maske abgenommen, wandte er sich mit schweißüberströmtem Gesicht voller Besorgnis an Toyodayu.

»Also, wo ist dieser Faulpelz Hachi? Habt ihr ihn nicht nach vorn geschickt?«

»Ja, natürlich ist er draußen; aber, Meister, die Dengaku-Truppe hat noch kaum angefangen. Wir werden ein paar Minuten warten müssen.«

Endlich kam dann Hachi hereingestürzt und stieß heftig keuchend hervor: »Eine Komödie, Meister; eine typische akrobatische Dengaku-Komödie!«

»Könnte gar nicht besser sein!« Kanami sprang auf. »Wir werden mit ›Matsukaze-Murasame‹ folgen.«

»Meister, sie sind nicht schlecht heute«, setzte Hachi, während Kanami angekleidet und eingenäht wurde, seinen Bericht über das fort, was er vom letzten Stück der Dengaku gesehen hatte. »Wirklich, ich habe Zomasu noch nie so gut gesehen. Aber der Dialog zwischen Zomasu und den betrunkenen Mönchen ist ein schamloses Plagiat des Euren in ›Jinen Koji‹. Ich glaube, sie waren zutiefst betroffen, als sie feststellen mußten, daß Ihr ›Jinen Koji‹ wieder auf die Bühne bringt, und dazu auf ausdrücklichen Wunsch des Shōgun! Überall gab es nur hochrote Gesichter, sogar bei unserem Herrn Shiba.«

Die Dengaku-Komödie war vorüber; der enthusiastische Applaus für Zomasus bravourösen Tanzabgang verklang. Meisho befeuchtete seine Flöte für die Erste Stimme in »Matsukaze-Murasame«, und die übrigen Musiker sowie der Chor strichen, während sie auf ihren Einsatz warteten, nervös ihre Instrumente oder glätteten die Falten ihrer Hakamas.

»Meisho«, sagte Kanami, »laß dir Zeit! Ich verlasse mich

darauf, daß du die Dengaku-Komödie vor unserem Auftritt vollkommen aus der Luft wischst. Gestalte deine Musik sehnsüchtig und seelenvoll!«

Meisho rieb sich mit der plumpen Hand, in der er sein Zauberinstrument hielt, die vom Wein rote Nase und sah den Meister mit einem kurzen, verschmitzten Lächeln an. Nachdem die Dengaku-Truppe den Bereich des Auftrittsvorhangs geräumt hatte, durfte die Kanzē-Truppe nach vorn. Bevor er sein Gesicht hinter der Maske einer jungen Frau verbarg, flüsterte Kanami Fujiwaka zu, der hinter ihm stand und die Maskenbänder hielt: »Die Murasame ohne Maske zu spielen, ist schwer, das weiß ich; aber es ist der ausdrückliche Wunsch des Großen Baums, daß du Seiner Kaiserlichen Majestät dein Gesicht zeigst. Fühle im Herzen für Tausende, doch zeige nichts davon auf deinem Gesicht!«

Als Antwort auf den guten Rat des Vaters schloß Fujiwaka kurz die Augen; sein Antlitz wirkte unter der Perücke schon jetzt wie eine Alabastermaske.

Vater und Sohn schritten als die beiden Schwestern Matsukaze und Murasame auf die Bühne, auf der nun jene Aufführung begann, über die noch generationenlang gesprochen werden sollte, weil jeder Anwesende das Wunder, dessen Zeuge er an diesem Nachmittag gewesen war, seinen Kindern und Enkeln weitervermittelte, als sei es ein kostbares Familienerbstück.

Die Handlung selbst war denkbar einfach: Am Strand von Suma am Binnenmeer wird ein Wanderpriester von zwei wunderschönen Schwestern geweckt, die an einem Joch jeweils zwei Eimer auf den Schultern tragen, weil sie sich ihren Lebensunterhalt damit verdienen, daß sie aus Meerwasser Salz gewinnen. Matsukaze bedeutet »Wind in den Kiefern«, Murasame »Vorübergehender Schauer«. Im kalten Mondlicht sprechen sie sehnsüchtig über den herzlosen Dichter-Aristokraten, der sie, nach Suma verbannt, beide geliebt, als niedriggeborene Mädchen aber sofort verlassen hatte, als er begnadigt wurde und in die Hauptstadt zurückkehren durfte.

Kanamis Matsukaze, stärker von Leidenschaft und Haß

gequält als die jüngere Schwester Murasame, kleidet sich in den Hut und den Jagdumhang, die der Dichter zurückgelassen hat, und tanzt wie ein von einem rachsüchtigen Dämon besessener Mensch. Der Priester betet, damit ihre Seele aus dem Fegefeuer befreit werde; der Chor vereinigt sich mit Kumazens – des Priesters – kraftvoller Stimme; und während die Musik sich zum Crescendo des *kusē*-Rhythmus aufschwingt, entfernen sich die beiden Schwestern singend und tanzend von der Bühne.

Als der allein auf der leeren Bühne gebliebene Priester erklärte, daß er nur noch den Wind in den Kiefern und das ersterbende Geräusch eines Regenschauers hören könne, neigten tatsächlich viele Zuschauer den Kopf, um auf den Wind und den Regen zu lauschen, so tief versunken waren sie in den Geist und die Magie dieser Aufführung.

Es dauerte lange, bis sich der Bann, in den das Stück die Zuschauer geschlagen hatte, löste; eine gespannte Stille legte sich über das Theater, bevor das Publikum begeistert jubelte und applaudierte. Und noch ehe die Musiker die Bühne verließen, sah man den Umhang des Shōgun um die Ecke des Gangs flattern, der zur Garderobe der Kanzē-Truppe führte.

»Was war denn los, Fujiwaka?« erkundigte sich Kanami eindringlich, sobald man ihm die Maske von dem in Schweiß gebadeten Gesicht genommen hatte. Alle, die sich in Hörweite befanden, hörten, vom Ton des Meisters überrascht, sofort auf, einander zu gratulieren, und starrten zu Vater und Sohn hinüber.

»Meine Stimme...« Fujiwaka legte die Hand an seinen Hals, und auf dem blassen Gesicht erschien ein furchtsamer Ausdruck. »Nach der Zeile ›Vergessen mußt du, Schwester‹ ist sie ganz einfach weggeblieben. Wenn Meisho mir nicht geholfen hätte, indem er jedesmal, wenn ich nach dir oder dem Chor allein singen mußte, die Tonhöhe wechselte, hätte sogar ein Stubenhocker bemerkt, daß ich falsch singe. Ganz einfach weggeblieben ist sie!« Seine Stimme, jetzt zartes Falsett, dann wieder ein heiseres Krächzen, war offenbar außer Kontrolle geraten. Dicke Tränen in den Augen, biß Fujiwaka sich auf die Lippe.

»Ich erinnere mich, daß ich dasselbe tun mußte, als dein Vater in den Stimmbruch kam«, erklärte Meisho. »Das ist nichts Neues, kleiner Meister; das passiert allen Männern. Darüber braucht man nicht zu weinen.« Mit seinen kurzen, klobigen Fingern, die so gar nicht zur Schönheit der Musik passen wollten, die sie hervorbrachten, schneuzte sich Meisho die rote Nase.

»Nun komm schon, kleiner Meister: keine Tränen, bitte, nach einem so herrlichen Triumph!« Ogame streichelte Fujiwaka den Rücken, als sei er noch immer der kleine Junge aus Yuzaki. Fujiwaka jedoch schrumpfte bei der Berührung seines Tutors und Kindermädchens in sich zusammen und schien unter dem Mitleid der Älteren nur noch unglücklicher zu werden.

Selbst wenn man von des siebzehnjährigen Fujiwaka natürlicher Abneigung und Angst vor dem Überschreiten der Schwelle zum Mannsein absah, war es für den Schauspieler und Favoriten des Shōgun eine grausame Katastrophe, die Privilegien der extremen Jugend, also das, was Kanami die Blume des Augenblicks nannte, zu verlieren.

Solange er sich erinnern konnte, waren die einzigen Vorteile, die man ihn nie vergessen ließ und die er nie außer acht lassen durfte, seine körperliche Schönheit, seine liebliche Stimme und seine luftig-leichte Grazie gewesen. Und nun die Boten der Zerstörung dieser felsenfesten Überzeugung, dieses Mythos, seines einzigen und gesamten Reichtums, gehört haben zu müssen – nicht einfach auf der Bühne, sondern vor Zuschauern, zu denen ein Kaiser und ein Shōgun, *sein* Shōgun, gehörten – entsetzlich! Sein Körper bedeckte sich mit kaltem Schweiß, wenn er daran dachte, wie er es geschafft hatte, sich nichts von der Panik jenes katastrophalen Augenblicks anmerken zu lassen, da er zum erstenmal spürte, wie eine dicke, steife Spinne in seiner Kehle den Strom der Stimme blockierte. Mit einer Mischung aus Entsetzen und Mitleid hatte er seinerzeit zugesehen, wie Kumao seine Blume des Augenblicks verlor und sich in einen linkischen, plumpen Trottel verwandelte.

Zuerst die Stimme, dann das Kinn, der Hals, die Hände, das Haar, der Bart... Was wird der Shōgun sagen, tun, denken, wenn meine Arme und Beine muskulös werden und sich mit Haaren bedecken? Und allein die Vorstellung, daß ich nicht mehr unmaskiert spielen kann und von nun an von meinem weltlichen Makel befreit werden muß, indem ich mich mit Salz bestreuen lasse, bevor ich in »Okina« auftreten darf!

»Keine Sorge; mach nur weiter; laß dir Zeit! Der Weg des Nō währt ein Leben lang«, wiederholte der Vater immer wieder. »Wenn du jetzt den Mut verlierst oder vor dich hinbrütest, bist du ein für allemal erledigt. Mach einfach weiter, als gäbe es außer dem Weg des Nō nur den Tod.«

Er riet Fujiwaka auch, noch einmal ganz von vorn anzufangen. »Wenn du die Ehrfurcht des Anfängers verlierst, beginnst du nachzulassen. Geh also den ganzen Weg bis zu deinen ersten Lektionen zurück: Atmung, Stimmbildung, Haltung, Pose und die einfachste Stellung der Füße.«

Zu seinem großen Erstaunen empfand Fujiwaka nach so vielen Jahren intensiver Bühnenerfahrung das Anfängertraining als genauso hart und knochenbrechend wie in den ersten Tagen seiner Lektionen als Kind. Mit einer Geduld und Entschlossenheit, die genügt hätten, mit einem Seidenfaden einen Stein zu zerschneiden, nahm er von neuem jeden Schritt, jede Phase in Angriff, die er im Laufe der vergangenen zehn Jahre gelernt hatte.

Ogame, der *kyogen*-Komiker, besaß zwar nicht das Recht, sich in *shitē*-Angelegenheiten einzumischen, aber der gute »Vorausdenkende«, der sich an alles erinnerte, was sein kleiner Meister einst in Yuzaki von Kanami gelernt hatte, half Fujiwaka bei der Wiederholung der alten Lektionen, und Kanami drückte voll Dankbarkeit beide Augen zu.

Von nun an legte Tamana jede Nacht unauffällig ein frisches Lendentuch in Fujiwakas Zimmer, entfernte das verschmutzte und wusch es wie die Tücher Kanamis mit eigenen Händen. Außerdem kochte sie jeden Morgen ein Eigelb in einem trockenen Steinguttopf auf kleinem Feuer, bis es schwarz wurde, und gab es ihrem Sohn, um seine wachsenden Knochen und Muskeln zu stärken, nach dem Aufstehen zu essen.

Kanami befahl Fujiwaka, sich an jedem Morgen und jedem Abend, wenn er nicht im Palast sein mußte, ans breite Ufer des Kamo zu stellen und mindestens eine Stunde lang laut zu schreien und zu singen, um seine Stimmbänder zu kräftigen und zu stabilisieren. Also kochte Tamana, bevor die erste Morgenröte den Rand des Higashi-Gebirges berührte, das Eigelb, während Fujiwaka von dem brenzligen Geruch erwachte, der das ganze Gebäude durchzog. Wenn er das Haus verließ, begleitete Tamana ihn bis zum Tor und schickte ihn, damit ihn das Glück begünstige, mit einem sanften Tätscheln der rechten Schulter auf den Weg.

11

»Hosokawa drängt mich seit Jahren«, sagte Yoshimitsu, »und nachdem du nun achtzehn geworden bist und den Stimmbruch hinter dir hast, kann ich es nicht länger aufschieben: Ich werde als dein zeremonieller Vater auftreten und dir deine Stirnlocken abschneiden müssen. Es wird mir schwerfallen, Fujiwaka.«

Es war eine erstickend heiße Nacht. Die Diener mit den großen, runden chinesischen Fächern waren entlassen worden. Draußen auf dem Kies hörte man knirschend die Nachtwachen gehen, deren langsames Tempo mit den großen Pausen zwischen den Schritten bewirkte, daß allen, die sie hörten, vor Nervosität noch heißer wurde. Die hauchdünnen Moskitonetze wurden von der lähmend schweren Luft kaum bewegt, und nicht einmal der Bach, der in seinem künstlichen Bett dem See entgegenströmte, brachte Kühle ans Ohr des Lauschers. Yoshimitsu empfand einen so starken Schmerz über die Trennung, daß er seinen Kopf mit einem ungestümen Aufstöhnen in Fujiwakas Schoß zu bergen versuchte.

Fujiwaka hielt den Fächer eine Sekunde lang still, um dann in einem trägen, gleichmäßigen Rhythmus weiterzufächeln. Der schwere, warme Kopf des Großen Baums auf seinem Oberschenkel war ihm inzwischen so vertraut, so lieb und so unentbehrlich wie der zärtliche, leichte Klaps, den die Mutter ihm jedesmal, wenn er morgens das Haus verließ, auf die rechte Schulter gab. Gewiß, als der Shōgun begann, Fujiwaka seine Gunst zu schenken, war dieser zunächst so überwältigt gewesen von unendlicher Dankbarkeit, aber auch von Furcht vor Yoshimitsus Macht, daß für die Berücksichtigung seiner persönlichen Gefühle gar kein Raum vorhanden war. »Schenk anderen Vergnügen; erwarte keins für dich selbst«, hatte der Vater ihn immer gewarnt, und er hatte sich eifrig und schwer darum bemüht, Yoshimitsu zufriedenzustellen, ja hatte sich dafür geplagt und geschunden, und ohne einen anderen Gedanken als den, sich die Gunst des Shōgun zu erhalten. Tag und Nacht, zu jeder Stunde hatte er sich immer wieder gesagt, es sei eine Schlacht, von der nicht nur sein eigenes, sondern genauso das Schicksal des Kanzē-Nō abhing.

Und nun, angesichts der zeitlichen Grenze für die körperliche Zuneigung des Shōgun, spürte Fujiwaka auf einmal, wie ihm das Herz überfloß von einer zerschmelzenden, anhänglichen Zärtlichkeit für diesen Leoparden von einem jungen Mann, dessen heißer Atem ihm die Knie versengte. Ist dies etwa eine Herzenssache? Habe ich mir gar ein selbstsüchtiges, besitzergreifendes Gefühl gestattet? Ich, ein Unberührbarer, für einen Shōgun? Wenn ich aus dem Nachtdienst bei ihm entlassen bin, werde ich für den Großen Baum dann immer noch ein so besonderer Mensch sein wie jetzt? Wird er mich weiterhin zärtlich lieben, beschützen, führen, lehren – auch ohne den Ansporn durch das leidenschaftliche Fleisch? Aber warum in aller Welt sollte er das, nachdem ich über Nacht zu einem linkischen, groben Wesen auf der Grenze zwischen Knabe und Mann geworden bin, mit Armen und Beinen, die viel zu lang sind, um mich an den Bühnenboden zu nageln!

Ganz krank vor Abscheu vor sich selbst fuhr Fujiwaka mechanisch fort, den Fächer zu bewegen.

»Du! Du überheblicher, widerlicher, gefühlloser Kerl!« zischte Yoshimitsu, allerdings nicht heftig, denn dazu war es viel zu heiß. Er packte den Fächer des Geliebten und schleuderte ihn von sich; und dann sah er im Schein der Öllampe, daß Tränen in Fujiwakas Augen standen und eine nach der anderen herabfielen. Yoshimitsu hatte Fujiwaka immer zum Vorwurf gemacht, daß der Junge kaum jemals weinte; ja Yoshimitsu hatte ihm sogar vorgeworfen, er habe seine Seele und seine Tränen für sein Talent und seine unvergleichliche Schönheit verkauft. Zutiefst gerührt zog Yoshimitsu nun den Jungen in seine Arme, und die unnachahmliche Art, in der Fujiwakas Körper bei seiner Berührung ganz weich und leicht wurde, erzeugte in ihm eine so heftige Leidenschaft und eine so heiße Woge der Erinnerungen, daß er regelrecht sentimental wurde, als er mit tränenerstickter Stimme so aufrichtig, wie es ein Shōgun nur vermochte, sagte: »Ich habe nie einen Menschen so sehr geliebt wie dich. Wenn ich dich zum Mann gemacht habe, werde ich lernen müssen, dich so zu lieben, daß wir beide im nächsten Dasein mit Buddhas Segen zusammenleben dürfen.«

Yoshimitsu zögerte noch immer, bestimmte jedoch endlich nach dreimaligem Hinausschieben im November, daß die Erwachsenen-Zeremonie für Fujiwaka im Blühenden Palast stattzufinden habe. Nur er selbst, Fürst Nijo, Nanami, Kanami und der Leibfriseur des Shōgun durften an dem Ereignis teilnehmen.

An diesem Morgen erbrach Fujiwaka das schwarzverbrannte Eigelb. Tamana streichelte und klopfte ihm den Rücken, dann reinigte sie ihm das Gesicht. Sie errötete, obwohl es sich um ihren eigenen Sohn handelte, wider Willen, als er sie mit seinen Juwelenaugen sehnsüchtig ansah: Fujiwaka war zu einem überwältigenden, blendend schönen und verführerischen jungen Mann geworden.

Yoshimitsu als Vater der Schere und Nanami als Vater des Eboshi-Hutes, einem Symbol der Männlichkeit, saßen Fujiwaka gegenüber, Fürst Nijo und Kanami hinter dem Jungen. Sechs Pagen assistierten, hinter dem Shōgun und Nanami aufgereiht, bei der Zeremonie und blickten überaus zufrieden und selbstgefällig drein, weil Fujiwaka nun endlich ganz offiziell die körperliche Gunst des Shōgun verlor.

Yoshimitsu, dem die Zeremonie vertraut war – Buddha allein wußte, wie viele Pagen er zu Männern gemacht hatte –, agierte, das Adlerprofil ernst und streng, schnell und beinahe mechanisch, bis ein Page ihm eine Schere reichte. Als er das kalte Metall berührte, zuckte er zusammen und starrte auf das Instrument hinab; kaum hatte er den Blick dann zu Fujiwaka gehoben, fuhr er zurück. Er ließ sich sein Zögern, seinen Abscheu deutlich anmerken – eine flüchtige Sekunde zwar nur, aber der Shōgun machte keinen Hehl daraus.

»Komm, Fujiwaka, bringen wir's hinter uns!«

So, wie er es sagte, hätte man glauben können, er spreche vom Köpfen oder vom Selbstmord. Die langen Wimpern tief auf die blassen Wangen gesenkt, glitt Fujiwaka vor und bot ihm seinen geneigten Kopf.

»Hoch, hoch – hoch den Kopf, du Tölpel! Wie soll ich sonst...«

Die herzlosen Pagen bissen sich auf die Lippe, um nicht laut aufzulachen, Fürst Nijo, Nanami und Kanami jedoch verzogen das Gesicht, als müßten sie niesen: Noch nie hatten sie das ganze Ausmaß der Zuneigung des Shōgun zu seinem Schauspielerjungen so deutlich gesehen. Und keiner hatte sich vorstellen können, daß der Shōgun zu einer solchen Zuneigung fähig war.

Mit verzweifelt zugekniffenen Augen hob Fujiwaka den Kopf. Die Nähe von Yoshimitsu, sein Duft, sein raschelnder Ärmel, die Glut seines Körpers nahmen ihm den Atem. Mit den Fingern hob der Shōgun die Stirnlocken an. Die Schere biß ins Haar. Fujiwaka hörte das leise ratschende Geräusch. Damit wir im nächsten Dasein mit Buddhas Segen zusammenleben dürfen, wiederholte Fujiwaka lautlos die Worte Yoshimitsus, und dies war das einzige Mal, daß er es sich gestattete, einzugestehen, daß er, der Unberührbare, den Shōgun liebte.

Nachdem er seine Pflicht erfüllt hatte, wirkte Yoshimitsu erschöpft; er vergaß, die Schere dem zu seiner Linken wartenden Leibfriseur zu reichen, und warf sie statt dessen so achtlos auf ein Tablett zu seiner Rechten, daß sie abprallte und zu Boden fiel. Der arme Friseur mußte hinter dem Shōgun herumkriechen, um sie aufzuheben, bevor er Fujiwaka so frisieren konnte, wie es von einem Erwachsenen verlangt wurde. Während Yoshimitsu mit schmollender Ungeduld zusah, drückte Nanami Fujiwaka den hohen, schwarzlackierten Eboshi-Hut auf den Kopf, damit war die Zeremonie beendet.

Nachdem nun Fujiwakas hohe Stirn entblößt war, wirkten die bläulichen Schatten über seinen Augen noch stärker als zuvor und verliehen seinem Gesicht, das um den Mund herum in letzter Zeit schmaler geworden war, eine ganz leichte Sinnlichkeit. Die purpurne Seide der Hutbänder, die ihm tief in die Wangen schnitt, ließ ihn tapfer und erwachsen aussehen, mit seinem Hals aber, der unendlich zart aus dem goldgelben, lose über dem weiß-mauvefarbenen Gewand getragenen Mantel ragte, und den unsicher niedergeschlagenen Augen wirkte er unbestimmbar, irgendwo zwischen Mann und Knabe verloren. Fürst Nijo, der für Fujiwaka den Erwachsenennamen Motokiyo gewählt hatte, war so bewegt, daß er zu dem jungen Mann sagte: »Motokiyo, ich werde viele Jahre länger leben, so sehr freue ich mich, gesehen zu haben, wie du vom Kalb zum Hirsch herangewachsen bist. Nun lauf allein und weit! Der Wald ist tief!«

Von nun an verbrachte Motokiyo keine Nacht mehr im Palast des Shōgun, und da seine Stimme immer noch nicht ganz gefestigt war, trat er für einige Zeit auch nicht mehr im Blühenden Palast bei den Privatbanketten auf. Nicht lange darauf drangen Gerüchte an Motokiyos Ohr, der Shōgun teile sein Kopfkissen nunmehr wahllos mit jungen Söhnen seiner Palastbeamten oder neuen Pagen. Schon in sehr frühen Jahren waren Not und Leiden für Motokiyo eine unvermeidbare Strafe gewesen, die ihn zum demütigeren Pilger auf dem Weg des Nō gemacht hatten. Den Kummer und die Trauer, die er jetzt darüber empfand, daß er über die körperliche Liebe des Shōgun hinausgewachsen war, heulte und spie er sich vom Herzen, wenn er bei Morgengrauen allein am Ufer des Kamo stand, und er begann gierig und konzentriert von Kanami alles zu lernen, was es über das Schreiben von Theaterstücken, das Komponieren und Choreographieren zu wissen gab.

Während Fujiwaka Motokiyo einen unbarmherzigen Willenskampf gegen den eigenen Körper führte, gewann ein anderer Kampf innerhalb der Shōgunats-Hierarchie zunehmend an Bedeutung. Die Fehde, die seit langer Zeit zwischen den Familien Hosokawa und Shiba schwelte, mußte irgendwann einmal explodieren. Als mehrere Daimyōs mit Yoshimasa Shibas heimlicher Unterstützung eine Anzahl riesiger herrschaftlicher Besitzungen, die dem Kofuku-Tempel gehörten, kurzerhand beschlagnahmten, befahl der Kanzler Shiba, Doki, Togashi und Akamatsu, ihre Armeen auszuschicken, um die Usurpatoren zu bestrafen. Doch diese mächtigen Daimyōs erhoben ihre Standarten statt dessen gegen den Kanzler und jagten in einer dichten Staubwolke, aufgewirbelt von, wie es den entsetzten Einwohnern von Kyoto erschien, mindestens eintausend Reitern, zum Blühenden Palast, um den Shōgun aufzufordern, den Kanzler Hosokawa aus seinem Amt zu entfernen.

Yoshimitsu blieb freilich die Qual dieser schmerzlichen Entscheidung erspart, denn der alte Samurai-Kanzler reichte umgehend von sich aus das Rücktrittsgesuch ein. Gleichzeitig bat er einen befreundeten Priester, die Zeremonie seines Verzichtes auf diese turbulente Welt vorzunehmen. Dann ließ er sich den Kopf kahlscheren und steckte sein großes Herrenhaus in Brand. Die prächtige Rüstung unter dem neuen, mit Tusche gefärbten Priestergewand, ritt er schließlich, von einem starken Reitercorps eigener Soldaten umgeben, zur Hauptstadt hinaus, um vom Hafen Nishinomiya aus zu seiner Provinz auf der Insel Shikoku zu segeln. Der Shōgun aber bestellte Herrn Shiba zum neuen Kanzler.

Trotz des weitverbreiteten Gerüchts jedoch, daß jene Daimyōs, die während Hosokawas Kanzlerschaft stolz durch die inneren Korridore des Palastes geschritten waren, entweder verbannt oder ihrer Besitzungen verlustig gehen würden, lieferte Yoshimitsu nicht den geringsten Anhaltspunkt dafür, daß er die Hand gegen sie erheben würde. Er eliminierte Hosokawas alte Verbündete auch nicht drastisch, als er im folgenden Monat die Ämter und Ränge der Shōgunats-Hierarchie umbesetzte.

Eine derartige Unvoreingenommenheit wäre während der Regierungszeit der beiden früheren Shōgune unvorstellbar gewesen, selbst wenn man Yoshimitsus tiefe Dankbarkeit für Hosokawas langjährige, hervorragende Dienste in Betracht zog. Kein Wunder, daß die Leute hinter ihren vorgehaltenen Fächern Spekulationen darüber anstellten, ob Hosokawa, der gerissene alte Fuchs, seinen Abschied nicht vielleicht mit Yoshimitsus vollem Einverständnis arrangiert hatte, um die persönliche Stellung des Shōgun zu sichern und noch mehr zu stärken. Dies schien gar nicht so weit hergeholt, denn als die Monate ins Land zogen, sah man Dichter und Maler, die zu den Künstlergefährten des Shōgun zählten, zu Hosokawas Inselfestung reisen, um dort an *renga*-Wettbewerben teilzunehmen oder sein Bildnis zu malen. Berühmte Handwerker aus der Hauptstadt bereisten die gefährlichen Straßen und Meere, um Rüstungen, Helme und Sättel für die Hosokawa-Familie herzustellen. Sie brachten dem Shōgun mit Hosokawas Komplimenten oft die schönsten Arbeiten mit nach Hause. Es hieß, diese Handwerker trügen zahlreiche lange Briefe zwischen dem Blühenden Palast und der Insel Shikoku hin und her.

Was nun die Lage der Kanzē-Truppe betraf, so tat der neue Kanzler Shiba zwar wirklich alles, was in seiner Macht stand, um den Dengaku-Leuten zu helfen, den verlorenen Boden in der Hauptstadt von den Kanzē zurückzuerobern, doch Yoshimitsu ordnete in seinem Eifer, Tempel, Klöster und Brücken zu bauen oder zu reparieren, eine immer größere Anzahl von Wohltätigkeitsvorstellungen an, um das nötige Geld für diese Bauvorhaben aufzubringen, und er sorgte dafür, daß die Kanzē-Truppe einen beträchtlichen Anteil daran bestritt. Aus diesem Grund litten sie weder unter einer spürbaren Abnahme der Häufigkeit ihrer Auftritte in der Hauptstadt noch einer Minderung ihres Einkommens.

Im Hinblick auf die Beliebtheit der Kanzē in den Provinzen wäre zu sagen, daß Kanami auch weiterhin von allen Schauspielern am meisten bewundert wurde, und nicht selten wurden die Alten und Kranken sogar auf Holzbahren zu ihm getragen, weil sie glaubten, durch das Genie dieses Künstlers indirekt mit Buddhas gnädigem Wunder gesegnet zu werden.

Die Dengaku-Schauspieler und ihre Schirmherren warteten gespannt auf ein Zeichen dafür, daß Motokiyos Bevorzugung durch den Shōgun nachließ, fanden in dieser Hinsicht jedoch keinen Trost, was auch die folgende Anekdote beweist.

Der Shōgun, immer wieder auf etwas Neues versessen, war damals hellauf begeistert vom Kult des Tee-Probier-Wettbewerbs, einem Kult, den die vor kurzem vom chinesischen Kontinent zurückgekehrten Zen-Priester mitgebracht hat-

ten. Yoshimitsu sammelte zahlreiche schöne Miniaturtee-
dosen aus den seltensten Materialien und machte es sich
zur Gewohnheit, einige davon, die er besonders liebte, an
seinem Sattel zu befestigen oder sie sich über der Rüstung
um die Taille zu binden, wenn er auf einen Feldzug ging
oder auch nur einen gemütlichen Ausritt unternahm. Als
aus der nächsten Umgebung des Shōgun die Nachricht
verbreitet wurde, Motokiyo habe zum Jahresende eine von
des Shōgun liebsten Teedosen zum Geschenk erhalten, rief
Kiamo von der Dengaku-Truppe aus: »Aber, so sagt mir
doch, wie dieser Sarugaku-Affe das nur macht! Schließlich
ist er jetzt schon seit über einem Jahr ein Mann!«

KAPITEL

12 »Das bunte Herbstlaub reicht als Vorwand«, beendete der junge Herrscher die Diskussion. »Sorgt dafür, daß meine Reisekarawane nach Nara der majestätischste Zug wird, den man jemals gesehen hat. In Nara werde ich den Todai- und den Kofuku-Tempel sowie den Kasuga-Schrein besuchen. Und am dritten Tag wünsche ich, daß die Kanzē-Truppe den Kasuga-Göttern ein Programm aus Sarugaku-Nō-Stücken darbietet.«

Mit schadenfrohem Lächeln musterte Yoshimitsu die Gesichter im Audienzsaal: Da die Kanzē so lange und so fleißig im Dienst des Kofuku-Klosters und des Kasuga-Schreins gearbeitet hatten, konnte niemand behaupten, der Shōgun bevorzuge diese Familie. Die Vorbereitungen für den ersten Shōgun-Besuch in der uralten Hauptstadt Nara wurden sofort in Angriff genommen, und die Daimyōs wetteiferten miteinander um die Dienste der besten Handwerker von Kyoto, die ihnen für dieses vermutlich besonders glanzvolle Ereignis neue Sättel, Rüstungen und Helme anfertigen mußten.

Yoshimitsu beabsichtigte, zwei Fliegen mit einer Klappe zu schlagen: Er wollte nach Hosokawas Rücktritt die stagnierende Verbindung mit den altetablierten Tempeln von Nara verbessern und zugleich indirekten Druck auf den Südlichen Hof ausüben, der in Yoshino lauerte, einem Ort, den nur wenige Gebirgszüge von Nara trennten.

Einem deutlichen Wink Yoshimitsus entsprechend, hatte der Kasuga-Schrein seinen eigenen Handwerkern befohlen, eine ausnehmend schöne Rüstung anzufertigen, auf deren Brustpanzer in Gold und Bronze ein Tiger und ein Spatz in Flachrelief eingearbeitet waren. Diese Rüstung sollte Yoshimitsu auf dem Weg nach Nara tragen, sie aber am letzten Tag seines Besuchs als Geschenk beim Abschiedsgebet dem Schrein zurückgeben.

Die Reisekarawane des Shōgun war von den Vorläufern bis zur Nachhut über vier Kilometer lang. Ihr Umfang und ihre Pracht versetzten die Neugierigen, die sich am Straßenrand bis in die Reisfelder und Teepflanzungen hinein drängten, in Ehrfurcht und Staunen, wie Yoshimitsu es beabsichtigt hatte. Als der Shōgun auf seinem blanken Rapphengst vorüberritt, knieten selbst jene Einwohner von Yamato, deren Sympathien eigentlich eher dem Südlichen Hof galten, am Straßenrand nieder, und viele waren von der prächtigen Erscheinung des Shōgun zu Tränen gerührt. Ihre Dankbarkeit dafür, daß es während seiner Regierungszeit schon lange keinen größeren Krieg mehr gegeben hatte, der ihre Wälder und Felder verheerte, war durchaus aufrichtig. Als Yoshimitsu in die alte Hauptstadt Einzug hielt, konnte er feststellen, daß die Würdenträger des Kofuku-Tempels weitaus gastfreundlicher und eifriger darauf bedacht waren, ihm zu gefallen, als er es erwartet hatte, und nichts von ihrem trotzigen Unabhängigkeitsgeist spüren ließen.

Bei der Sarugaku-Nō-Aufführung am letzten Abend des Shōgun-Besuchs stellte Kanami sein neues Stück »Kayoi Komachi« vor, das tragischerweise sein letztes Meisterwerk werden sollte, und Yoshimitsu, inzwischen daran gewöhnt, von Kanami nur das Beste zu erwarten, schlug sich voller Begeisterung aufs Knie und rief: »Bei Buddha, das ist ausgezeichnet!«

Die unverhohlene Begeisterung des Shōgun veranlaßte die Kofuku-Oberpriester, zu denen auch der narbengesichtige oberste Abt des Jozen-Klosters zählte, der Kanzē-Truppe außergewöhnlich reiche und wertvolle Geschenke zu machen.

Auf dem Rückweg reiste Yoshimitsu, gesättigt von dem Bankett, das sich an die Sarugaku-Aufführung angeschlossen hatte, und schwer mit vielen Geschenken beladen, in einem von Ochsen gezogenen Wagen. Das Wetter war schön, ein kühles Glitzern lag in der Luft, und die sich endlos dahinziehende Karawane hielt ein gemächliches Tempo ein. Einige Wagen verlangsamten die Geschwindigkeit allerdings noch mehr, da ihre Fahrgäste eifrig damit beschäftigt waren, Gedichte zu machen und sie mit Hilfe von Fußboten von einem Wagen zum anderen zu schicken. Die Karawane hatte die Kleinstadt Kizu hinter sich gelassen und näherte sich dem gleichnamigen Fluß, als plötzlich vier von den Reitern, die den Wagen des Shōgun bewachten, zu Boden stürzten: In ihren Hälsen und Helmen steckten, vom Aufprall noch heftig zitternd, die Pfeile, die sie so unerwartet durchbohrt hatten. Zwei Fuhrknechte des Ochsenkarrens wälzten sich, in die Brust getroffen, stöhnend vor Schmerz am Boden. Im selben Moment brachen etwa ein Dutzend schwer gepanzerte Reiter aus dem dichten Bambuswald hervor und schwangen unter gräßlichem Geschrei die langen, schweren Schwerter. Weil er mit einem solchen Hinterhalt schon gerechnet hatte, reiste der Shōgun im zweiten Wagen, während im ersten und dritten, die dem mittleren aufs Haar glichen, gepanzerte Samurais saßen, die jetzt überraschend heraussprangen und die Mordbuben im Handumdrehen überwältigten. Sieben von ihnen wurden sofort niedergemacht und getötet, die übrigen, von denen einige stark bluteten, in einer Reihe aufgestellt.

Yoshimitsu hob den Palmblattvorhang seines Wagens, musterte die Reihe der blutverschmierten Krieger, denen man mit groben Stricken die Hände auf den Rücken gefesselt hatte, und gab Befehl, sie alle am Ufer des Kizu zu köpfen. Dann beugte er sich, die Augen zusammengekniffen, auf einmal vor und befahl dem Hauptmann der Leibgarde: »Der sechste von links – fragt ihn nach seinem Namen!«

»Du hast scharfe Augen, verfluchter Usurpator des himmlischen Throns!« schrie der von Yoshimitsu bezeichnete Gefangene, bevor der Posten ihn knebeln konnte. »Ich bin der Enkel von Masamune Kusunoki.«

Am folgenden Morgen trafen Kanami und Motokiyo schon früh in der Halle der Gefährten im Palast ein, wo sich bereits eine größere Anzahl von Künstlern als sonst aufhielt: Die Nachricht, daß die Karawane des Shōgun von Attentätern des Südlichen Hofs überfallen worden war, hatte sich über Nacht in der gesamten Hauptstadt verbreitet.

Kiami saß, von Malern und Kalligraphen umgeben, in einer Ecke und schlürfte, während sich sein kürbisförmiges Gesicht bei jedem geräuschvollen Schluck noch mehr in die Länge zog, eine Tasse Tee. Als er Kanamis Blick begegnete, hielt er ihm einen Sekundenbruchteil stand, bevor er sich demonstrativ abwandte, ohne Kanamis Verbeugung zu erwidern. Kanami beunruhigte das, denn sein älterer Dengaku-Rivale war immer sorgfältig darauf bedacht gewesen, sich seine Feindschaft nicht anmerken zu lassen. Auch Motokiyo bemerkte dieses Verhalten und verneigte sich um so höflicher vor den Freunden Kiamis, die es jedoch alle vorzogen, ihn nicht zu beachten. Etwas erleichtert fühlte sich Kanami, als er Nanami in seiner gewohnten, liebenswürdigen Art hereineilen und mit jedem ein paar Worte wechseln sah. Das Gesicht zu einem freundlichen Lächeln verzogen, richtete sich Kanami noch höher auf, um Nanamis Aufmerksamkeit zu erregen; Nanami jedoch begab sich, ohne Kanami zu bemerken, ans andere Ende des Saales und begann ein angeregtes Gespräch mit einem alten, für seine Landschaftsmalerei berühmten Zen-Priester.

Tee wurde hereingebracht. Motokiyo fand einen kleinen, gefalteten Zettel unter seiner Untertasse. Als er Kanami eine Tasse Tee reichte, blickte er dem Vater in die Augen und schob ihm den Zettel rasch in die geschickt geöffnete Hand. Kanami trank gelassen seinen Tee, dann schlug er einen Gedichtband auf und las den Zettel, den er darin verborgen hatte. Er war mit Nanamis Schrift bedeckt: »Begebt Euch sofort in *sein* inneres Gemach! Nehmt M. mit!«

Motokiyo verließ die Halle, angeblich um weiteren Tee zu bestellen. Kanami folgte ihm. An der letzten Biegung des gedeckten Korridors vor den Privaträumen des Shōgun, wohin niemand gelassen wurde, der nicht eine spezielle Erlaubnis besaß, neigten die Wachen stumm und steif den Kopf und ließen die beiden ungehindert passieren.

»Ich verlange eine Erklärung, Kanami!« rief Yoshimitsu, der dem Diener kaum Zeit zum Schließen der Shōji hinter Vater und Sohn Kanzē ließ. Seine Brauen waren finster zusammengezogen, der Tic, der die rechte Hälfte seines Gesichts heimsuchte, war ausgeprägter als sonst. Er wich Motokiyos Blicken aus. Die Herren Akamatsu, Shiba und Isshiki, die zu Füßen der Plattform des Shōgun saßen, musterten die Schauspieler mit erwartungsvoller Bosheit im Blick.

»Eine Erklärung – wofür, Herr?«

»Bist du ein Kusunoki?« fragte Yoshimitsu rundheraus und sprach diesen Namen aus, als sei er Gift. Motokiyo war wie vom Donner gerührt und wandte seinen Blick vom Shōgun ab und dem Vater zu.

»Nicht im eigentlichen...« Kanami verlagerte sein Gewicht von einem Bein auf das andere, und dieses Unbehagen des Vaters bewirkte, daß der Sohn leichenblaß wurde und einen trockenen Mund bekam.

»Ja oder nein genügt, Kanami«, unterbrach ihn Kanzler Shiba ungeduldig.

»Ja, aber...« Kanami, der beim Sprechen auf der Bühne niemals gezögert hatte, wand sich mit unartikuliertem Gestammel. Motokiyo schluckte krampfhaft: Er, der weit tiefer und gefährdeter im Treibsand der Palastintrigen gelebt hatte als der Vater, begriff sofort die haarsträubenden Folgen, die seines Vaters zögerndes Ja nach sich ziehen konnte.

»Kanami...« Yoshimitsu hob die Hand; er konnte nicht zusehen, wie sein Lieblingskünstler schmählich nach Worten suchte. »Der junge Kusunoki hat geplaudert, bevor er hingerichtet wurde. In dir fließt Kusunoki-Blut, das wissen wir; versuch jetzt nicht, es abzustreiten!«

»Meine Mutter war, wie man mir sagte, die jüngste Schwester Masashige Kusunokis«, erklärte Kanami schlicht, mit freier Stirn und fester Stimme.

Ein derart vernichtendes Geständnis, so beiläufig ausgesprochen, rief bei den hohen Beamten deutliche Verwunderung und bei Yoshimitsu ein freundliches Grinsen hervor.

»Aber«, fuhr Kanami gelassen fort, »als ich geboren wurde, hatte meine Mutter schon lange nichts mehr mit den Kusunoki zu tun. Sie war von ihrem älteren Bruder verstoßen worden, weil sie mit dem rangniederen Gefolgsmann eines Samurai durchgebrannt war.«

Kanzler Shiba wandte den stahlkalten Blick nicht von Kanami, denn in der Tatsache, daß Kanamis Mutter eine verstoßene Kusunoki gewesen war, sah er keinen strafmildernden Grund. Ein Kusunoki war ein Kusunoki, so wie ein Aussätziger ein Aussätziger war. Masashige Kusunoki war einer jener Grundbesitzer gewesen, die auf ihrem Gut lebten und eine große, zur Selbstverteidigung dienende Armee aus Verwandten und Gefolgsleuten unterhielten. Nachdem er jedoch heldenmütig und selbstlos gekämpft und das Leben gelassen hatte, um die Legitimität des Südlichen Kaisers gegen die Ashikaga-Shōgune und ihren Nördlichen »Mario-netten«-Kaiser zu verteidigen, war er zur nationalen Legende geworden, zu einem geheiligten Märtyrer, dem Inbegriff konfuzianischer Tugenden. Jetzt wurde im ganzen Land von ihm gesungen und über ihn geschrieben. Und da der Name Kusunoki als geheiligtes Symbol galt, war es nur dieser Name allein, der zählte. Verstoßen oder nicht, er wog eine Armee von tausend Mann auf.

Kanami, vom gespannten Schweigen in dem großen Raum bedrängt, berichtete weiter: »Wie sich meine Eltern am Leben erhielten, wie ihr Ende aussah, weiß ich nicht. Ich weiß nur, daß sie es sich nicht leisten konnten, den Säugling zu behalten, den sie auf diese Welt gebracht hatten, weshalb sie ihn dem Oberhaupt der Sarugaku-Truppe in Yamato anvertrauen mußten. Die Tatsache, daß sie nichts Besseres tun konnten, als ihn jemandem anzuvertrauen, der zur niedrigsten der sieben niedrigen Kasten gehörte, ist wohl Beweis genug dafür, wie verzweifelt ihre Situation inzwischen gewesen sein muß. Ich kann mich überhaupt nicht an meine Samurai-Eltern erinnern, ich habe weder eine Samurai-Erziehung noch irgendwelche Privilegien genossen. Ich bin nur der Adoptivsohn eines Sarugaku-Schauspielers. Ja ich hätte niemals von meiner Samurai-Abstammung erfahren, hätte nicht einer der Kusunoki-Verwandten, der von Soldaten des Shōgun gejagt wurde, in unserem Haus Zuflucht gesucht. Wie er mir erzählte, hat meine Mutter, kurz bevor sie irgendwo im Osten starb, die Familie Kusunoki durch einen Brief von meiner Existenz in Kenntnis gesetzt. Ich konnte ihm die Zuflucht nicht gut verweigern, aber ich forderte ihn auch nicht auf, mich noch einmal zu besuchen. Sein verächtliches, hochmütiges Verhalten den Mitgliedern meiner Truppe gegenüber machte ihn nicht zum willkommenen Gast. Er blieb auch nur wenige Tage bei uns, und ich habe ihn seitdem nie wiedergesehen. Ich habe niemandem, nicht einmal meinem eigenen Sohn, von meiner Verbindung zu den Kusunoki erzählt. Es mag meine Schuld sein, daß ich zu naiv gewesen bin, doch offen gestanden hielt ich es in Anbetracht dessen, daß ich nichts als ein Schauspieler bin, nicht für wichtig genug, um es jemandem mitzuteilen. Und ich wiederhole: Von dem bißchen Blut in meinen Adern abgesehen, habe ich nicht das geringste mit den Kusunoki zu tun.«

Deutlich erkennbar zufrieden mit Kanamis Erklärung wandte sich Yoshimitsu, der in Kanamis gelassener, beinahe verächtlicher Haltung gegenüber seinen Kusunoki-Verwandten die reine Unschuld sah, der grimmen Reihe seiner Ratgeber zu.

Doch Akamatsu glitt schon behende nach vorn, und seine schmalen Augenschlitze verschwanden fast hinter den hohnlächelnden, schweren Lidern. »Es liegt uns fern, Euren Namen zu beschmutzen, der mit dem Titel ›ami‹ geschmückt ist, indem wir Euch als Spion im Sold des Südlichen Hofs oder als überaus geschickten Boten zwischen dem Südlichen Hof und dem ehemaligen Kanzler Hosokawa bezeichnen, doch die von zuverlässigen Beamten des Shōgunats gesammelten Tatsachen zwingen uns, Euren Fall mit äußerstem Argwohn zu behandeln. Wie lautet denn Eure Erklärung für die Tatsache, daß Ihr ganz zufällig stets dann im Süden auf Tournee unterwegs wart, wenn in der Region eine besondere politische Spannung herrschte oder eine bewaffnete Revolte stattfand?«

»Wenn ich mit meiner Truppe auf Tournee ging – ob nun nach Osten, Westen oder Süden –, habe ich mich niemals nach etwas anderem gerichtet als nach dem Wetter, den anstehenden Festlichkeiten und unserer jeweiligen Beliebtheit. Wenn die Besuche unserer Truppe hier und da zeitlich mit politischen Unruhen zusammenfielen, war das reiner Zufall.«

»Wie ich höre, kennt Ihr Euch auf dem Weg des Schwertes aus und seid außerdem ein geübter Reiter. Wie kommt es, daß Ihr, ein Schauspieler, Euch auf derart martialische Künste versteht?«

»Ich sehe in der Kunst des Schwertfechtens ein unendliches

Reservoir an choreographischer Schönheit und Disziplin; ich lerne aus ihr und verwende sie bei meiner Arbeit. Reiten lernte ich als kleiner Junge von einem wandernden Trickreiter, der meinen Adoptivvater in den Wintermonaten zu besuchen pflegte.«

Auf einmal streckte Yoshimitsu beide Arme hoch über den Kopf und gähnte: nicht etwa, daß er höflich und erstickt gähnte, sondern betont laut und langgezogen. Und noch bevor seine entsetzten Daimyōs wußten, wie sie darauf reagieren sollten, winkte er sie ganz einfach hinaus, und sein Gähnen verwandelte sich in eine finstere Grimasse. Während sie sich beeilten, auf den Knien rückwärts zum Raum hinauszurutschen, entging es den mächtigen Herren nicht, daß der Shōgun Vater und Sohn Kanzē mit einem fast unmerklichen Nicken befahl, noch bei ihm zu bleiben.

»Kanami, wenn du in der Hauptstadt bleibst, wirst du gejagt und zu Tode gehetzt werden«, begann Yoshimitsu flüsternd. »Heute waren sie nicht gut genug; sie konnten keinen einzigen stichhaltigen Beweis gegen dich vorbringen. Damit aber werden sie sich nicht zufriedengeben. Sie sind nicht von deiner Unschuld überzeugt und wollen es auch gar nicht sein. Und bedenke: Keine Familie hat sich mehr Mühe gegeben, das Ashikaga-Shōgunat auszulöschen, als die Kusunoki. Du mußt zugeben, daß das ein etwas seltsames Karma ist, nicht wahr, Kanami?« Yoshimitsu lachte, doch dann fuhr er plötzlich wieder mit strenger Miene fort: »Ich schlage vor, daß du dich auf eine sehr lange Tournee begibst, Kanami. Ich werde dich wissen lassen, wann du wieder in die Hauptstadt zurückkehren kannst.«

»Aber, Herr, gerade die Tatsache, daß ich so viel auf Tournee war, hat doch erst diesen Argwohn geweckt...«

»Wähle deinen Weg wohlüberlegt. Was immer du tust, geh nicht nach Süden! Geh nach Osten! Doch laß mir Motokiyo hier. Beide kann ich euch nicht entbehren. Und vergiß nicht, ihn ›Kayoi Komachi‹ zu lehren, bevor du aufbrichst!«

Kanami warf sich zu Boden, und die riesige Gestalt erbebte unter dem Schluchzen des großen Mannes, während Motokiyo die Stirn auf den schleppenden Saum von seines Vaters Mantel senkte.

KAPITEL

13 Kanami rechnete damit, daß die Tournee, die einem Arbeitsexil gleichkam, etwa ein Jahr dauern würde, vielleicht sogar zwei. Er bestellte neue Masken und Kostüme sowie einen transportablen Bühnenboden aus Brettern, der größer war als die Binsenmatten, die der Maskenschnitzer Himi und Tamana ihm für die Schlammtour vor der Einladung nach Kyoto geschenkt hatten. Außerdem kaufte er kräftige Bambusstangen und lange Baumwollvorhänge zum Abgrenzen des Platzes, auf dem das zahlende Publikum saß, und vergaß auch nicht, ein neues Anschlagbrett und bunte Fahnen zu bestellen, mit denen die Aufführungen der Kanzē-Truppe angekündigt werden sollten.

Danach wählte Kanami seine Tourneetruppe aus. Er nahm dabei äußerste Rücksicht auf Motokiyo und jene, die in Kyoto zurückblieben, denn trotz Kanzler Shibas eifrigem Einsatz für die Dengaku-Gruppen und trotz des Schadens, den das Ansehen der Kanzē durch seine Verbindung zu den Kusunoki erlitten hatte, hoffte er, daß sein Sohn und die restliche Truppe es schaffen würden, das Terrain zu verteidigen, das sie der Dengaku-Schule mit so großer Mühe abgerungen hatten. Er lehrte Motokiyo die schwierigsten Rollen in allen drei Kategorien – Götter, Alte und Frauen –, so weit, wie Motokiyo sie mit seinen knapp einundzwanzig Jahren bewältigen konnte. Kanami, der an einen Aufbruch Ende Februar dachte, glaubte schon jetzt die unruhige, scharfe Luft der Landstraßen zu spüren, und so verliefen seine Proben entsprechend dringlich und intensiv, wobei Peitschenknallen und Verwünschungen keine Seltenheit waren.

In den langen Winternächten nähte Tamana ihrem Mann Kleidung und Unterwäsche für die lange Tournee. Während sie sich von Zeit zu Zeit die Hände an einem kleinen, hölzernen Kohlenbecken wärmte, ermahnte sie Kogame und Kumao, die Kanami auf der Tournee begleiten sollten, schon jetzt um einen wolkenfreien Fudschisan zu beten.

»Als die Truppe meines Vaters in der Provinz Suruga um-
herreiste, war ich dreizehn. An einem Oktobermorgen erwachte ich in einem Reisfeld, in dem ich, nachdem die
Ernte eingebracht war, geschlafen hatte, und sah den Fudschisan direkt vor mir aufragen. Die beiden schönsten Er-
lebnisse in meinem ganzen Leben waren, Meister Kanamis
Frau zu werden und den Fudschisan ganz ohne Nebel- oder
ein Wolkenkleid zu sehen.«

Endlich, als in jedem Garten und an jeder Straßenecke die
Pflaumen- und Pfirsichblüten prangten, verließ die dreißig
Personen starke Tourneetruppe die Hauptstadt, um nach
Nara zu ziehen und anschließend, nachdem sie pflicht-
schuldigst am vierten Februar im Kasuga-Schrein beim Fest
der Zehntausend Steinlaternen aufgetreten war, nach Osten
aufzubrechen.

Als die Truppe im Mai die Provinz Suruga erreicht hatte,
schrieb Kumao nach Hause: »Der Lohn für all die vielen
Gebete: Ich habe den Fudschisan ohne die Spur einer Wolke
gesehen. Vor Tagesanbruch war er so dunkel und bläulich-
lila wie eine junge Aubergine; und dann plötzlich, buchstäblich zwischen zwei Lidschlägen, wurde er, als die ersten
Sonnenstrahlen auf ihn fielen, von oben bis unten fuchsien-
rot. Erst wenn man das mit eigenen Augen gesehen hat,
begreift man, warum die Leute immer sagen: Man kann
nicht in den Himmel kommen, bevor man den Fudschisan
gesehen hat.«

Überall, wo sie hinkamen, wurden sie freudig und herzlich
empfangen, und sobald die Tempel und Schreine der Umgebung hörten, daß die Kanzē-Truppe in der Nähe war, sandten sie umgehend Einladungen.

»Es ist alles so anders als im feuchten, stickigen Kyoto«,
berichtete Kumao eifrig, der, nachdem er von Motokiyo das
Lesen und Schreiben gelernt hatte, auf der Tournee als
Schreiber fungierte. »Hier, an den Hängen des Fudschi, ist
die Luft so trocken, daß Fuzens Handtrommel in der Mitte
gespalten ist und Jumon sich ständig beklagt, er habe nicht
genug Speichel, um das Fohlenfell seiner kleinen Trommel
eine ganze Vorstellung lang feucht und geschmeidig zu
halten. Davon abgesehen ist alles in Ordnung: Wir brauch-

ten keine Vorstellung wegen schlechten Wetters oder eines Unfalls ausfallen zu lassen; es gibt keine Diebe, keinen Hinweis auf Banditen in dieser Gegend, und bisher hatte noch niemand Durchfall wegen des anderen Wassers. Morgen ist der letzte Tag unserer Vorstellungen im Asama-Schrein. Der große Daimyō Imagawa aus Suruga wird uns mit seiner Anwesenheit beehren. Er hat den Meister ausdrücklich gebeten, ›Jinen Koji‹ zu spielen. Da Herr Imagawa der Onkel des Großen Baums ist, muß er gehört haben, wie gern sein junger Neffe den Meister Kanzē in diesem Stück auf der Bühne sah.«

Dank des trockenen, milden Maiwetters traf Kumaos Brief schon binnen vier Tagen bei Motokiyo ein. Am selben Abend stürzte ein junger Handlanger und Kartenverkäufer aus Ominas Tanztruppe, der den Kanzē seit Ominas erstem Besuch in Yuzaki als Sango bekannt war, zur Stalltür des Kanzē-Hauses herein – so restlos erschöpft, daß er sich beim ersten Schluck Wasser beinahe erbrochen hätte. Er schluchzte und schrie abwechselnd Unzusammenhängendes, und es dauerte einige Minuten, bis die Worte, die er hervorstieß, einigermaßen zu verstehen waren.

»Meister Motokiyo! Ich muß den jungen Meister sprechen!« Es war Kumazens robuste, resolute Frau Suzume, von allen »ein Mann mit Perücke« genannt, welche die Sache in die Hand nahm und den Ärmsten geradenwegs zu Motokiyo in den Bühnenraum brachte. »Irgend etwas an ihm ließ mich ahnen...« erklärte Suzume später.

»Was ist los mit dir, Sango? Beruhige dich! Nur mit der Ruhe – ich bin ja hier, ich höre dir zu«, sagte Motokiyo freundlich, nachdem er Suzume und alle anderen gebeten hatte, den Bühnenraum zu verlassen. Sango hatte ihn mit heftigen Gebärden aufgefordert, sie allesamt hinauszuschicken.

»Euer Vater...« Es kostete Sango große Mühe, die beiden Wörter herauszubringen, und dann brach er in herzzerreißendes Wehklagen aus.

»Was denn? Was ist mit meinem Vater?« Wie eine aufgestörte Schlange glitt Motokiyo auf dem blankpolierten Holzfußboden vorwärts.

Sango hob langsam den Blick, und als er Motokiyos geweite-
te, furchtsame Augen sah, bedeckte er sein stoppeliges,
schmutziges Gesicht mit den Händen und schluchzte, daß
es ihn schüttelte. »Der Meister der Kanzē ist nicht mehr!«
Motokiyo blinzelte und strengte die Augen an, als könne er
Sango nicht richtig erkennen; dann legte er den Kopf schief
wie ein Schwerhöriger und fragte leise: »Mein Vater... ist
nicht mehr, hast du gesagt?«
Zerbrochen von der tiefen Erschöpfung und stimmlos geworden, warf Sango sich mit dem Gesicht nach unten flach
auf den Boden.
Nach einem Augenblick fühlloser Erstarrung fragte Motokiyo laut, obwohl sich seine Zunge und sein Mund anfühl-
ten wie Bimsstein: »Willst du mir sagen, Kanami von Kanzē
sei tot?«
Wie die ersten Wassertropfen auf feinem, trockenem Mehl
wollte der Sinn dieser Worte nicht in seinen Verstand ein-
dringen, sondern rollte auf der undurchlässigen Oberfläche
in wilden Kreisen umher.
»Ermordet!« stieß Sango hervor und wand sich unter der
entsetzlichen Erinnerung. »Ich habe gesehen, wie sie beide,
Meister Kanzē und Omina-sama, vor meinen Augen umge-
bracht wurden.«
»Omina-dono? War sie denn auch da?«
»Ja. Wir hatten uns in Mino Meister Kanzēs Truppe angeschlossen und reisten gemeinsam weiter ostwärts. Aber es
muß eine dunkle und schädliche Richtung gewesen sein, in
die wir zogen: Wie sonst könnte man erklären, daß sie beide
mitten in einem Tanz hinterrücks erstochen und ohne
Gebet wie tollwütige Hunde verbrannt wurden?«
»Aber, Sango, bei welchem Tanz? Mein Vater und deine
Herrin treten niemals gemeinsam auf. Außerdem: Wer wür-
de den Künstlergefährten eines Shōgun vor den Augen der
Schreingötter und Zuschauer umbringen?«
»Nicht bei einer öffentlichen Vorstellung im Asama-
Schrein, Meister Motokiyo. Nach drei Tagen Sarugaku-Nō
wurden Euer Vater und meine Herrin gebeten, bei einem
privaten Bankett des Herrn aufzutreten.«
»Welches Herrn?«

»Des alten Herrn Mizuno.« Unwillkürlich erschauerte Sango, als er den Namen des berühmten Kriegers aus der vorigen Generation nannte.

»Und du bist auch mit zu Herrn Mizuno gegangen?«

»Ich bin wie ihr Hund – ich gehe überall hin, wo meine Herrin hingeht. Man hatte die beiden gebeten, allein zu kommen: ein ganz privater Abend. Die Söhne des Herrn sollten die Musik selber machen – das war die Idee. Aber ich mußte die Gewänder, Glocken und Brusttrommel meiner Herrin tragen, und als ich von einem Samurai, der Euren Vater und Omina-sama begrüßte, entlassen wurde, ging ich nicht fort, sondern schlich mich durch den Stallhof ins Gebäude, ein riesiges Herrenhaus, umgeben von einem Landschaftsgarten mit einer hohen, überdachten Mauer rings herum. Als der Mond aufging, näherte ich mich dem Teepavillon am See, aus dem die Musik kam, und setzte mich unter einem Hängeahorn auf einen Stein. Auf den Shōji sah ich Meister Kanzēs tanzenden Schatten, und ich hörte seine berühmte Stimme. Ein Bild, an das ich gewöhnt bin, wie Ihr wißt: große Persönlichkeiten, die trinken, musizieren, Gedichte verfassen und tanzen, während ich draußen auf dem Boden hocke und aus meiner Flasche billigen Wein zeche. Keine Sorgen weit und breit, nur der leichte Nachtwind und ich. Dann hörte ich die Herrin schreien – ein Geräusch, als würde schwere Seide zerreißen. Auf den Schiebewänden ein Durcheinander von Schatten; und dann wurden plötzlich unter furchtbarem Gebrüll zwei Shōji niedergetrampelt. Euer Vater sprang von der Veranda herab und lief in den Garten: aufrecht, aber unsicher, in den Rücken getroffen.

Meine Herrin konnte ich anfangs nicht sehen, aber ich hörte sie schreien. Es war furchtbar, einfach furchtbar! ›Lauf, Kanami-dono, lauf, lauf!‹ Ein Schwerthieb zerschnitt ihren Schrei, und alle Lampen im Pavillon erloschen. Auf dem weißen Kies des Gartenwegs richteten drei Samurai ihre Schwerter auf Euren Vater, der nun ebenfalls gleich einem geborenen Samurai ein langes Schwert hielt. Wie er an das Schwert gekommen ist, weiß ich nicht. Ich hockte in einem dichten Azaleengebüsch und sprach das Gebet ›Namu ami *dabutsu, namu ami dabutsu.‹* Die Samurai hüteten sich, die Stimme zu erheben, und ich merkte, daß sie ungeduldig wurden, doch Euer Vater hielt sie sich vom Leib, indem er sie anstarrte wie der feuerspeiende Dämon, den er so schreckenerregend zu spielen verstand. Eine Zeitlang rührte sich keiner. Zum Schluß war es Euer Vater, der auf den ersten Samurai einschlug. Danach sah ich nichts mehr. Ich bedeckte meine Augen. Alle Schwerter hieben auf Meister Kanzē ein. ›*Namu ami dabutsu, namu ami dabutsu…*‹ Das letzte, was ich sah, waren zwei Rollen aus Strohmatten, die neben dem Weg in Brand gesteckt wurden.«

Als ertrinke er in Sangos Worten, hob Motokiyo beide Arme vor sein Gesicht, und aus seinem verzerrten Mund drangen in rascher Folge rauhe, kurze Laute des Abscheus. Sango war beunruhigt; er fragte sich, ob der junge Meister keine Luft mehr bekomme, doch als er furchtsam vorwärtsrutschte, schlug Motokiyo die riesigen, trockenen, klaren Augen auf, deren Blick Sango sofort innehalten ließ, und er sagte mit ruhiger, leiser Stimme: »Du wirst alles, was du weißt, für dich behalten. Vertraue es keinem Menschen an. Wenn du nicht weißt, wo du bleiben sollst, werde ich dich als Kanzē-Gefolgsmann behalten.«

Für den Fall, daß Sango im Schlaf reden würde, wies er ihm im Korridor vor seinem Zimmer ein Nachtlager an. Doch kaum hatte Sango hinter der Papierwand regelmäßig zu atmen begonnen, da stemmte Motokiyo, die Schultern gestrafft, den Kopf herabhängend, beide Fäuste gegen den Boden. Er knirschte mit den Zähnen, bis ihm der Kopf und die Augen vor Schmerz vibrierten, und dennoch quoll in ihm ein animalischer Verzweiflungsschrei auf, der seiner Kehle entfloh.

Einen Vater zu verlieren, war eine unermeßliche Tragödie, aber einen Kanami zu verlieren, einen Schöpfer, ein unvergleichliches Genie, einen Lehrer, einen Wegweiser, einen Erleuchteten! Kanami – nichts weiter als ein verstümmeltes, blutbesudeltes Bündel, in eine Strohmatte gewickelt? Nie wieder jenes wogende Meer der Erregung erleben, wenn Kanami auf der Bühne seine Gipfelpunkte erreicht? Nie wieder bei seinem hypnotischen Schweigen eiskalte Schauer verspüren? Nie wieder von seiner großen Hand geohrfeigt werden, ihn nie wieder sagen hören: »Gut gemacht, Motokiyo?« Und nun, mit einundzwanzig Jahren, die Verantwortung für die vierzigköpfige Truppe auf den unzureichenden Schultern tragen müssen? »Das Leben hat ein Ende, der Weg der Kunst ist grenzenlos«, hatte Kanami gesagt. Doch er und all seine noch nicht erkennbaren, zukünftigen Erfolge mußten auf der Hälfte des Weges dahingemetzelt werden, und er mußte mich allein lassen, mich, der ich doch kaum begonnen habe...

Es war eine Katastrophe für Motokiyo, zu unermeßlich und entsetzlich, um weinen zu können. Die blutleeren, weißen Handknöchel in die mitternächtlich kalten Bodenbretter gebohrt, saß er wie betäubt da, spürte nur noch den unersetzlichen Verlust.

Der Morgen war kaum angebrochen, als ein Bote des Shōgun unauffällig am Kanzē-Tor erschien, um Motokiyo in den Blühenden Palast zu holen.

Yoshimitsu, ein Tablett mit seinem Frühstück vor sich, ließ sich gerade frisieren.

»Laßt uns allein. Verschwindet!«

Er scheuchte die Pagen und Diener zum Zimmer hinaus. Motokiyo atmete erleichtert den vertrauten Duft des Räucherwerks ein und fiel, unvermittelt von einer Schwäche überkommen, der Länge nach, mit der Stirn auf den Handrücken, zu Boden. Von der Höhe seiner Plattform aus betrachtete Yoshimitsu mit begehrlichem Blick den schlanken, weißen, sehnigen Hals, der wie ein feuchter Lauchstengel wirkte. In seinem Inneren regte sich ein Tier und richtete sich auf. Seit jener Männlichkeits-Zeremonie hatte er Motokiyo nicht mehr allein gesehen, und er war sich dessen bewußt, daß es nicht absolut ehrlich gewesen wäre, zu behaupten, er habe sich nach Motokiyo verzehrt: Es gab Neuentdeckungen und Favoriten, männliche wie weibliche, die ihn durchaus zufriedengestellt hatten. Aber er hatte sich sehr beherrschen müssen, um sie nicht mit Fujiwaka zu vergleichen. Es lag in seiner Gespaltenen-Bambus-Natur, niemals zurückzublicken und über die unvermeidlichen, im Gesetz der Menschen niedergelegten Veränderungen zu lamentieren. Nun, da er zum erstenmal wieder mit Motokiyo allein war, noch dazu in dieser erotisch aufgeladenen, unmittelbaren Nähe der Tragödie des Todes, sehnte er sich mit seinem ganzen Sein, mit Herz, Leib und jeder durch eine Flut von Erinnerungen wiedererweckten Faser seines Wesens, nach diesem Sarugaku-Jungen. Eine ganze Minute lang, oder sogar noch länger, verweilte er regungslos und stumm. Je mehr er sich gegen die verbotene Leidenschaft wehrte, die in ihm wühlte, desto stärker wurde seine Trauer über Kanamis Tod: eine unerklärliche Regung der menschlichen Gefühle. Die heißen Tränen, die seinen lasziven, auf Motokiyo gerichteten Blick wuschen, waren – was immer sie auch so reichlich fließen ließ – ganz und gar aufrichtig.

»Meine Schuld, Fujiwaka; ein unentschuldbares Übersehen der Konsequenzen; ich bin zutiefst erschüttert. ›Geh nach Osten!‹ habe ich Kanami befohlen, ohne ihn davor zu warnen, daß es in jener Region von alten Fanatikern wimmelt. Mein Onkel Imagawa und sein ehemaliger General, der Veteran Mizuno, schlugen jene Schlacht, die dazu beitrug, meinem Vater den Thron des Shōgun zu erhalten, und Mizuno verlor dabei, glaube ich, ein Auge und einige Finger. Er hält mich für einen grünen Jungen und findet die Art, wie ich mit dem Südlichen Hof und seinen Anhängern verfahre, zu lahm. Irgend jemand, der vor Kanami nach Suruga kam, muß ihm den Floh von Kanamis Verbindung mit den Kusunoki ins Ohr gesetzt haben. Ich vermute, daß Mizunos Sohn und seine Schwiegersöhne die Mordtat ausgeführt haben, und falls es ein gewisser Trost für dich sein sollte, Fujiwaka: Kanami hat den jungen Mizuno fürs Leben verstümmelt, bevor er fiel.«

»Mein Vater... verstümmelte Mizuno-samas Sohn!« Welche Folgen würde das nun wieder zeitigen? Motokiyo hatte das Gefühl, daß sich der Boden unter ihm öffnete und ihn verschlang.

»Kein Grund zur Panik! Die offizielle Benachrichtigung, die ich von meinem Onkel Imagawa erhielt, führt das plötzliche Hinscheiden meines berühmten Künstlergefährten auf eine Epidemie zurück. Aus hygienischen Gründen, so erklärt er, habe der Leichnam des Schauspielers mitsamt seiner Habe verbrannt werden müssen. Du und ich, wir beide wissen natürlich genau, daß in der Provinz Suruga nirgendwo eine Epidemie gemeldet wurde. Sosehr ich Kanami auch geliebt habe – bis es mir gelingt, den Nördlichen und Südlichen Hof miteinander zu vereinigen, kann ich es mir nicht leisten, mir die Unterstützung durch Imagawas Familie zu verscherzen. Wir müssen die Behauptung, Kanami sei an einer Seuche gestorben, unbedingt aufrechterhalten. Und was diese *kusē*-Tänzerin angeht: Je weniger über sie gesagt wird, desto besser. Ihre Truppe ist bereits unauffällig auf eine lange Tournee weiter nach Nordosten gegangen – die uneingeschränkte Genehmigung zum Passieren der Grenze hat den Leuten den Entschluß erleichtert.«

Yoshimitsu glitt von seiner Plattform, legte die Handflächen auf den Fußboden und verneigte sich tief und äußerst korrekt. »Fujiwaka, kannst du mir verzeihen?«

Motokiyo, der sich noch tiefer verneigte, protestierte verwirrt gegen das ungewöhnliche Verhalten des Shōgun.

Sofort erhob sich Yoshimitsu. Seine Geste großzügiger Demut machte ihn zufrieden und gerührt. Der unmittelbaren Nähe nachgebend, legte er impulsiv die Hand auf Motokiyos Nacken. »Seit ich dich damals vom Nachtdienst befreit habe...« begann er mit heiserer Stimme, während unbezwingbare Zärtlichkeit sich wie eine Schraube in seine Brust bohrte.

Beider Blicke trafen sich; und es war Motokiyo, der den Blick abwandte und schweren Herzens langsam die Augen schloß.

Yoshimitsu löste die Hand von Motokiyos Nacken, begab sich eilends auf seine Plattform zurück, hieb wie ein Verrückter auf seine damastbezogene Armstütze ein und rief: »Du darfst keine Minute verlieren: Du mußt dich sofort zum neuen Meister erklären! Und eine Frau. Ich werde dir eine Frau suchen. Du mußt an den Fortbestand der Kanzē denken!« Unvermittelt entließ er Motokiyo und klatschte ungeduldig in die Hände, damit die Pagen und Diener mit seiner unterbrochenen Morgentoilette fortfuhren.

KAPITEL

14 Es geschah im Vorfrühling nach Kanamis Tod während einer bei Fackellicht stattfindenden Aufführung im Kofuku-Tempel, zu deren Teilnahme alle vier Sarugaku-Schulen aus Yamato befohlen worden waren. Das Programm begann mit »Okina«, in Anbetracht seines Alters vom Meister der Komparu dargestellt, dann folgte Motokiyo in »Hagoromo«, dem alten Stück eines anonymen Autors mit einem herrlichen Schlußtanz, dem sein Vater zahlreiche Verbesserungen hinzugefügt hatte.

Die Oberpriester des Tempels, mit Kapuzen und wie Mumien in dicke Schichten heiliger Gewänder gewickelt, saßen mit ihren weltlichen Gästen auf den breiten, weißen Steinstufen unter dem großen Südtor. Es hob sich wuchtig und schwärzer als schwarz von einem wunderschönen Himmel ab, den ein Halbmond mit einem hauchzarten, beinahe transparenten Wolkenkranz erhellte.

Die theaterbegeisterten Bewohner der Provinz Yamato, stolz und glücklich, den Sohn ihres geliebten Kanami wieder auf heimatlichem Boden zu sehen, füllten jedes letzte Eckchen, so daß nicht einmal mehr eine Nadel hätte zu Boden fallen können. Viele getreue Kanzē-Anhänger hatten es lautstark bedauert, daß Motokiyo Kanzē als Erwachsener nun gezwungen war, sein Gesicht hinter einer Maske zu verbergen, doch als Motokiyo zum erstenmal die Bühne betrat, entfuhr dem gesamten Publikum unwillkürlich ein aufseufzendes »Ahhh!«, so überirdisch schön war seine Erscheinung. Im flackernden, wogenden Schein der Fackeln, der diesen Aufführungen stets einen ganz besonderen Zauber und Charakter verlieh, wirkte Motokiyos himmlische Jungfer, über deren Maske ein Kopfputz hing, so leicht wie ein Gespinst aus Licht und Schatten, noch faszinierender. Ein Connaisseur, ein Großreeder aus der Hafenstadt Osaka, war so bewegt, daß er laut seufzend zu seinem Gefolge sagte: »Seht euch das an! Der Schimmer der Perlen, die ich in der Südsee kaufe!«

Kumazen, in der *waki*-Rolle des Fischers, welcher der engelhaften Jungfrau den Flügelumhang stiehlt, fand Motokiyo an jenem Abend in ausgezeichneter Form: Seine Stimme war klar und die Art, wie er Momente tiefster Ernsthaftigkeit mit flinken Bravourattacken mischte, meisterhaft. Gerührt vom Kummer der Jungfer, gibt ihr der Fischer den Umhang gegen einen Tanz zurück. Toyodayu als *koken* half Motokiyo in den hauchzarten Mantel mit weiten, bis an die Knöchel reichenden Ärmeln, während der Chor, den bei dieser Aufführung Raiden leitete, dazu sang:

»Die Jungfer legt den Mantel an und tanzt,
Den Regenbogenrock und Flügelumhang...«

Der Tanz des Engels näherte sich dem Höhepunkt, als Toyodayu, der etwas weiter hinten und rechts von den Musikern saß, auf einmal sah, wie Motokiyo die Füße schloß wie die Hände zum Gebet und still stehenblieb. Den linken Arm in dem weiten, federleichten Ärmel hoch über den Kopf gehoben, verharrte er bewegungslos: keine Regung, nicht ein Zucken. Da von Motokiyo unter der Maske, der Perücke und in dem reich verzierten Kostüm höchstens ein schmaler Streifen Haut unmittelbar unterhalb der Maske zu sehen war, vermochte niemand zu erraten, was sich hinter der Maske abspielte.

Toyodayu wußte genau, daß es Pflicht des *koken* war, von einem spielunfähig gewordenen *shite* sofort dessen Rolle zu übernehmen und die Vorstellung zu Ende zu bringen, aber dort, vor seinen Augen, stand Motokiyo als unvergleichlich schöne himmlische Jungfer, nur eben völlig regungslos. Toyodayu zögerte, bis er spürte, wie ihm der Schweiß von der Stirn tropfte. Während Motokiyo so völlig versteinert blieb, erschienen alle, die sich auf der Bühne befanden, die zwanzig oder dreißig Sekunden, die dieses Schweigen und diese Immobilität anhielten, wie eine Stunde, ein Dutzend Stunden, eine Ewigkeit, und zum erstenmal an jenem Abend konnten sie hören, wie die riesigen Stapel brennender Holzscheite unterhalb der feierlichen Reihen zuschauender Priester zischten und knisterten.

Es war der alte Meisho, der diesen schrecklichen Bann des

Schweigens brach: Seine Flöte schickte ein langes, schrilles Flehen in die Luft. Er blies und blies, bis sein Hals dunkelrot und angeschwollen, beinah zu bersten schien. Fuzen respondierte mit explodierend scharfen Schlägen auf seiner Handtrommel. Toyodayu folgte den beiden Musikerveteranen und nickte Raiden zu, der den Chor umgehend weiterführte und Motokiyos Verse sang:

»Ich verließ den Mond, und flog
eilends in den Osten hinab...«

Toyodayu entdeckte, daß Motokiyos Ärmel ganz leicht zu beben begann und sodann gemächlich in langgestrecktem Bogen an den Körper gezogen wurde, während der junge Mann mit seiner unnachahmlichen, schwebenden Gelassenheit den Rest des Tanzes absolvierte, als sei überhaupt nichts Besonderes passiert. Kumazen suchte nach einem Hinweis, einer Erklärung. Nichts. Die Maske der Jungfer war in all ihrer Sanftmut und himmlischen Würde fest versiegelt.

Motokiyo verließ die Bühne als erster. Sobald er den Garderobenraum betreten hatte, ließ er sich stumm, das Gesicht zur Wand, auf dem Boden nieder. Ogame und Kogame eilten herbei, um ihm die Bänder der Maske zu lösen, dabei bemerkte Kogame, als seine Hand Motokiyos Nacken streifte, wie kalt und trocken des Meisters Haut war.

Die Bänder waren gelöst, doch Motokiyo wollte die Maske nicht loslassen; er hielt sie zwei Zentimeter von seinem Gesicht entfernt fest, als fürchte er, der Welt hinter der Maske ins Gesicht zu sehen.

»Meister?« flüsterte Ogame und nahm Motokiyo ganz behutsam und sanft die wertvolle Maske aus den schlaffen Händen.

»Ich weiß nicht, wie das geschehen konnte«, sagte Motokiyo schließlich. Irgend etwas – entweder die keuchende, heisere Stimme oder die undeutlich gesprochenen Worte – bewirkte, daß Kogame den Meister und Freund mit seinen kurzsichtigen Augen musterte, doch Motokiyos perfekte Züge widerstanden wie immer seinem forschenden Blick wie ein Spiegel, der vorwitzige Sonnenstrahlen reflektiert. Kogame konnte nur Motokiyos Profil anstarren, das ihm wie jedesmal nach einem Auftritt mit Maske hagerer erschien als sonst.

Gleich darauf kamen Kumazen und Toyodayu und anschließend die Musiker von der Bühne und blieben, als sie ihren jungen Meister einsam und abweisend mit dem Gesicht zur Wand dasitzen sahen, unentschlossen und hilflos stehen. Nur Meisho, der seit Kanamis Tod nach langen Jahren selbstauferlegter Abstinenz wieder sehr stark zu trinken begonnen hatte, ging schnurstracks auf Motokiyo zu, hockte sich neben ihn und tätschelte ihm den Schenkel.

»Ihr habt mich erschreckt, Ihr habt mich getötet, kleiner Meister. Ich werde nie wieder für Euch spielen können. Ihr habt ein Messer in diesen alten Weinschlauch gestoßen, wahrhaftig!«

»Meisho!« Toyodayu zog den Alten beiseite. »Du darfst den jungen Meister nicht mit einer so furchtbaren Drohung bestrafen. Selbstverständlich wirst du wieder spielen!«

»Ich – meines Meisters Sohn bestrafen? Hüte deine Zunge, Toyo, niemals! Du begreifst nicht. Du hast keine Ohren. Ich habe welche. Ich höre es. Ich spiele es nach der Art des alten Meisters, aber der junge Meister hat seine eigene Art. Da muß ja auf der Bühne irgendwas schiefgehen. Es ist, als würde…«

»Mach dich nicht lächerlich!« fiel Toyodayu dem Alten ins Wort, während er ängstlich Motokiyos versteinertes Profil beobachtete. »Es gibt keine alte und neue Art. Es gibt nur eine Kanzē-Art.«

»Das glaubst du. Ach, ihr gehörlosen Idioten treibt mich in den Suff!« jammerte Meisho und zog unter den Falten seiner Hakama trotzig ein Fläschchen hervor.

Dank Motokiyos faszinierender Ausstrahlung und des Taktes, den seine alten Kollegen bewiesen, war der Zwischenfall an diesem Abend dem größten Teil der Zuschauer entgangen; und jene, die ihn doch bemerkten, schrieben ihn ausschließlich dem tiefen Kummer des jungen Kanzē über den Verlust des großen Vaters zu. Den Mitgliedern der Truppe jedoch war klar, daß der Zwischenfall Motokiyos Maske der Selbstbeherrschung mit einem einzigen Schlag zerschmettert hatte. Schon bald mußten sie zu ihrem Leidwesen mit ansehen, wie ihr Meister eine Wettbewerbsvorstellung in Daimyō Hatakeyamas Herrenhaus schmählich an den alten Rivalen der Kanzē-Truppe, an Zomasu von der Dengaku-Schule verlor; und kurz darauf wurde Motokiyo in einem Schrein außerhalb der Hauptstadt von einer schmutzigen Strohsandale getroffen, als er wieder einmal mitten im Monolog auf unerklärliche Weise erstarrte.

Seine Störung machte sich aber auch bei den Proben der Truppe bemerkbar: Weit häufiger, als daß man es als vorübergehende Phase der Verwirrung bezeichnen konnte, begab er sich in die Mitte des Bühnenraumes im Kanzē-Haus, um dort mit völlig verängstigter, verlorener Miene stehenzubleiben, und jene, die sich in der Nähe befanden, hörten ihn so unregelmäßig atmen, als bekomme er nur noch mühsam Luft. Sowohl die Musiker als auch die Schauspieler waren bemüht, die Hände reglos auf den Instrumenten oder im Schoß, nicht zuzusehen, wie ihr zweiundzwanzigjähriger Meister von einer Art Entsetzen, einen freien Platz zu überqueren, gepackt wurde: er, der doch das Idol der Hauptstadt war und für dessen Wohltätigkeitsvorstellungen die zuständigen Beamten spezielle Sicherheitsmaßnahmen treffen mußten, um mit dem Massenandrang fertig zu werden; er, von dem man überzeugt war, er sei zwei Sterbenden im Traum erschienen und habe ihnen das Leben gerettet.

»Nachdem er plötzlich feststellen mußte, daß er über seine Blume des Augenblicks hinausgewachsen war, hat der arme Junge kaum Zeit gehabt, sich von dem furchtbaren Schock zu erholen, weil dann auch noch sein Vater starb«, sagte Tamana mit ihrer sanften, wohltuenden Stimme zu Toyodayu, der gekommen war, um ihr seine tiefe Besorgnis über den Zustand des jungen Meisters anzuvertrauen. Tamana, deren unauffällige Gegenwart zu Lebzeiten ihres Gatten einer matt brennenden Lampe bei hellem Tageslicht geglichen hatte, überraschte nun alle mit ihrer angesichts von Katastrophen plötzlich zutage tretenden unbezwingbaren Courage und Ruhe, die der Schlichtheit und Güte ihrer Seele entsprangen. Ganz allein mit Ogames Hilfe hatte die Analphabetin nicht nur alles bewältigt, was mit Kanamis Begräbnisriten und Motokiyos Nachfolge als Meister der Kanzē-Truppe zu tun hatte, sondern gleichzeitig auch noch – und das beeindruckte am tiefsten – zwanzig Priester engagiert, um für ihre tapfere, alte Freundin Omina und deren dahingegangene Seele zu beten. Sie hatte Ominas Totentafel auf den Altar der Kanzē-Familie gestellt und opferte an jedem Morgen vor dieser Tafel dieselbe Menge Kerzen, frische Blumen und Gebete wie vor der Tafel ihres verstorbenen Gatten.

»Weißt du nicht mehr, Toyo, wie oft unser verstorbener Meister uns gepredigt hat, daß die entscheidende Phase im Leben eines Schauspielers um das fünfundzwanzigste Lebensjahr beginnt?« fuhr Tamana fort. »Überleg doch mal! Er ist erst zweiundzwanzig, ganz allein, ohne Vater und Meister, und man erwartet von ihm nicht nur, daß er sich vervollkommnet, sondern darüber hinaus auch noch, daß er sich um seine über vierzig Gefolgsleute kümmert – sowohl um ihre Fortschritte in unserer Kunst als um ihr materielles Wohlergehen. Es ist ein erstaunliches Maß an Aufgaben und Pflichten, das man vom Leiter der Truppe verlangt, und auf das seinen Sohn vorzubereiten unser verstorbener Meister zu wenig Zeit hatte. Auch im Verfassen von Theaterstücken hat er ihn nicht genügend unterrichten können, und du weißt ja, welch großes Gewicht diesem Zweig unserer Kunst der verstorbene Meister beimaß. Das ist dem Jungen nur allzu klar. Versetz dich doch mal in seine Lage, Toyo! Würdest du nicht auch vollkommen erledigt sein? Wir können jetzt nur noch abwarten und für ihn beten.«

Nanami, der nach Kanamis Tod einen Schlaganfall erlitten hatte, weil er zwei ganze Tage und Nächte wach geblieben war, um endlose *renga*-Kettengedichte zu verfassen und sehr stark zu trinken, suchte, sobald es ihm wieder besser ging, um eine Audienz beim Shōgun nach.

»Ich habe den Jungen aufgesucht«, erklärte Nanami, der zwanzig Jahre älter wirkte, dessen linke Seite unübersehbar gelähmt war und dessen linker Mundwinkel schlaff herabhing, der aber immer noch ausgesucht vornehm gekleidet und parfümiert war. »Er braucht Zeit. Er ist kein Mensch, der laut um Hilfe ruft, wenn er geschlagen wird. Er muß sich verstecken wie eine Katze und seine Wunden lecken. Ich bin überzeugt, daß er Eure Regierungszeit eines Tages mit ewigem Ruhm krönen wird.«

»Der ewige Ruhm ist mir egal; ich will *jetzt* stolz auf ihn sein können«, fauchte Yoshimitsu gereizt, während er aufrecht inmitten mehrerer Diener stand, die den Shōgun für ein Hofzeremoniell ankleideten. Er haßte es, zur Reglosigkeit gezwungen zu sein, und sei es auch nur für eine Minute. »Ihr habt doch zweifellos gehört, was Shiba und seine Dengaku-Protegés sagen, nicht wahr? Daß Motokiyo erledigt sei; daß er ein flüchtiges Feuerwerk von Wunderkind gewesen sei, das sehr schnell wieder ganz verlösche. Und seht Ihr denn nicht, daß die Dengaku-Schulen sich das durch Kanamis Tod und Motokiyos unerklärliche Abstinenz entstandene Vakuum nach Kräften zunutze machen? Was treibt er nur?«

»Kurz gesagt, Herr, er ist bis hierher gekommen und weiß nun nicht, wohin er von hier aus gehen soll.«

»Würde es etwas nützen, wenn ich ihn zum Gefährten ernenne? Obwohl es mir gar nicht gefallen würde, wenn er sich den Kopf kahlscheren ließe. Ästhetisch. Er ist zu jung.«

»Mit gehorsamstem Respekt möchte ich dem Großen Baum raten, ihn nicht zum Gefährten zu machen – noch nicht. Dürfte ich statt dessen in aller Bescheidenheit eine andere Möglichkeit vorschlagen, wie man ihn aus seiner Niedergeschlagenheit reißen könnte?«

Nanami sprach mühsam und schleppend, und seine einstmals runden, fleischigen Wangen waren zu grauen Höhlen geworden; nur sein auf den Shōgun gerichteter Blick funkelte mit der alten, listigen Lebhaftigkeit. »Holt Inuo, den Sarugaku-Schauspieler in die Hauptstadt! Er führt in der Umgebung des Biwa-Sees einen einsamen und schweren Kampf gegen die Vorherrschaft des Dengaku-Theaters.«

»Was? Inuo aus Omi? Wenn ich mich recht erinnere, habt Ihr ihn selbst als zügellosen, alten Langweiler bezeichnet.« Yoshimitsu knirschte mit den Zähnen, als zwei Diener, die zu seinen Seiten hockten, die lange Schärpe um seine Taille festzogen.

»Was ich einmal zum Großen Baum gesagt habe, trifft auch heute noch zu – bis zu einem gewissen Grad; aber der Große Baum wird sich bestimmt auch daran erinnern, wie oft und mit welch großer Leidenschaft Kanami Inuo als einsam strahlenden Stern zu bezeichnen pflegte, als einen Pilger, unerreicht in den Rollen himmlischer Jungfrauen und edler Damen. Mag sein, daß er zu introvertiert ist, doch niemand kann bestreiten, daß er ein visionärer Riese ist, der Motokiyo in dieser entscheidenden Phase seiner Laufbahn Hilfe und Anregung bieten könnte.«

»Eine weitere Sarugaku-Truppe in der Hauptstadt, eh?« Yoshimitsu kicherte vor sich hin. »Gar nicht schlecht, diese Idee. Im Augenblick scheint es in Kyoto ein Überangebot von Dengaku zu geben. Also gut. Ich werde Daimyō Yamana beauftragen, am Ufer des Kamo eine Bühne errichten zu lassen. Das wird den alten Halunken nicht ruinieren: In seiner Provinz wurde im letzten Monat eine weitere Goldmine gefunden. Und Ihr, Nanami, organisiert eine Wettbewerbs-Vorstellung! Das könnte helfen, Motokiyo aus seinem Schmollwinkel hervorzulocken.«

Yoshimitsu nickte Nanami verabschiedend zu, schob beide Arme in die bereitgehaltenen Ärmel eines höfischen Gewandes und setzte sich auf seinen monströsen chinesischen Stuhl.

Kanzler Shiba wurde gemeldet. Mit den Fingernägeln auf der Armstütze ganz leicht den Rhythmus seines bevorzugten *kusē*-Tanzes trommelnd und mit Augen, die vor boshafter Neugier funkelten, beobachtete der Shōgun, wie Herr Shiba vorwärtsglitt, um ihm den neuesten Bericht über das Schicksal seines Vetters in Kamakura zu bringen, den unauffällig zu beseitigen er dem Kanzler befohlen hatte.

Yoshimitsu hatte die schlauen Tricks, die ihn der Exkanzler Hosokawa gelehrt hatte – Tricks, wie man systematisch potentielle Gefahren für das Shōgunat beseitigt –, mit spektakulärem Erfolg in die Tat umgesetzt. Jedesmal, wenn er argwöhnte, daß einer seiner Verwandten oder Daimyō-Vasallen zu mächtig und reich für seine eigene Sicherheit geworden war, säte er behutsam Streit zwischen den gewöhnlich zahlreichen Familienmitgliedern des ins Auge gefaßten Opfers, nicht selten, indem er sich bei territorialen Zwistigkeiten oder beim Wettlauf um ein begehrtes Amt unübersehbar und ungerechtfertigt auf die Seite einer der Parteien schlug. Wenn die benachteiligte Partei sich dann in Waffen erhob oder offen eine Verschwörung gegen die bevorzugte anzettelte, schickte er blitzschnell starke, aus den Reihen seiner Daimyōs niedrigeren oder mittleren Ranges rekrutierte Heere zu einer Strafexpedition los. Sobald die Revolte, die er selbst provoziert hatte, niedergeschlagen war, beschlagnahmte er das Territorium des Rebellen und teilte es in kleine Lehngüter auf, die er an Leute seiner Wahl weitergab, nicht ohne sich zuvor den fruchtbarsten oder strategisch wertvollsten Teil selbst angeeignet zu haben.

Nachdem er sein Vermögen und seine militärische Macht auf diese Art vervielfacht hatte, konnte Yoshimitsu sich nunmehr frei und ohne Hosokawas ständiges Nörgeln über deren Extravaganz seiner Lieblingsbeschäftigung widmen: dem Bauen, dem Sammeln und dem Entsenden gelehrter Priester auf den Kontinent, damit sie ihm von dort Nachrichten über die letzten Trends in den Künsten und die neuen Zen-Lehren mitbrachten. In jüngster Zeit hatte sich Yoshimitsu überaus eifrig sowohl der Ausübung des Zen-Buddhismus als auch dem Bauen von Zen-Tempeln und Klöstern gewidmet, ein Interesse, das im Hinblick auf die große Zahl seiner Konkubinen eine boshafte Zunge zu der Bemerkung veranlaßte: »Natürlich, irgendwo muß der Große Baum doch seine vielen Bankerte unterbringen!«

Yoshimitsu war achtundzwanzig geworden, und obwohl Yasuko, seine Gemahlin, unfruchtbar war, hatten seine Konkubinen ihm eine mehr als ausreichende Zahl von Söhnen geboren. Er stand ganz zweifellos in der Blüte seiner Männlichkeit und tummelte sich in dieser materiellen, sichtbaren und vergänglichen Welt, wie Fürst Nijo einmal bemerkt hatte, »gleich einem Lachs, der mit der dicksten Fettschicht unter seiner Haut stromaufwärts springt«. Daher war es nicht weiter überraschend, daß er Motokiyos einsamen inneren Kampf, auf dem Weg der Kunst festen Fuß zu fassen, für nichts weiter als launisches Schmollen hielt.

Die Wettbewerbsvorstellung Motokiyo gegen Inuo zugunsten des Wiederaufbaus der Brücke der Zweiten Allee, die vom letzten Herbsttaifun beschädigt worden war, fand Ende Mai auf jenem Teil des Kamo-Ufers statt, der früher als Hinrichtungsplatz gedient hatte.

Obwohl er sechsundzwanzig Jahre älter war als Motokiyo, stattete Inuo dem jungen Kanzē-Meister vor der ersten Vorstellung den üblichen Höflichkeitsbesuch ab. Inuo war ein hochgewachsener, hagerer, unauffällig wirkender Mann mit länglichem, kürbisförmigem Schädel, der durch ein langes Kinn mit dem Grübchen darin noch länger wirkte. Nur seine Augen waren außergewöhnlich. Wie Flecken geschmolzenen Schnees auf einem Granitfelsen, glänzten sie von einer überraschenden Strahlkraft und Reinheit.

»Zerlumpt und staubbedeckt, wie ich bin, da ich aus einer Provinzstadt wie Omi komme«, begann Inuo, der zu dieser konventionellen selbstherabsetzenden Phrase den Kopf neigte, »habe ich Euren Vater als unvergleichliches Genie und kreativen Künstler verehrt und, wann immer er in der Nähe des Sees auf Tournee war, kaum eine seiner Vorstellungen versäumt. Als Sarugaku-Schauspielerkollege habe ich mich dankbar und aus zweiter Hand im Erfolg und landweiten Ruhm der Kanzē-Truppe gesonnt, doch niemals hätte ich mir träumen lassen, daß ich eines Tages in die Hauptstadt geladen würde, um bei einer Wettbewerbsvorstellung gegen einen Kanzē-Meister aufzutreten. Nanamidonos Worten entnehme ich, daß Eures Vaters selbstlose Empfehlung sehr dazu beigetragen hat, den Großen Baum zu bewegen, sich meine Wenigkeit anzusehen. Ich hoffe nur, daß ich mich würdig erweisen werde, die nächsten drei Tage lang eine Bühne mit Euch zu teilen.«

Motokiyo merkte sofort, daß dieser Mann – im Gegensatz zu anderen Schauspielerrivalen, denen er begegnet war – die Worte ernst meinte. Er spürte, wie sich sein Rücken entspannte, und sein Blick richtete sich ohne Nervosität und Mißtrauen auf den Besucher. Aber warum entwaffnet mich dieser Mann so? dachte er. Ist es nicht ein schlechtes Zeichen, daß ich ihm gegenüber keine Kampflust empfinde? Wieder wurde Motokiyo von einer lähmenden Angst vor der Bühne gepackt.

Es war vom ersten Augenblick an offensichtlich, daß Kanami seine Truppe als perfekt gefügtes, auf Hochglanz poliertes Ensemble zurückgelassen hatte – so sehr, daß Inuos Truppe dagegen, so erfahren und ernsthaft engagiert sie auch war, langweilig und ungepflegt wirken mußte. Darüber hinaus trat die teuflisch gut gedrillte Kanzē-Kompanie den Kampf auf der Basis von Kanamis Meisterwerken an, welche das Publikum packten und nicht wieder losließen, während Inuos Stücke selbst in den Augen seiner überzeugten Anhänger, die aus Omi bis in die Hauptstadt gekommen waren, nicht mehr zu sein schienen als eine recht schwache Grundlage für Inuo, zu tanzen und immer weiterzutanzen. Die Kanzē-Ältesten waren fast krank vor Sorge, ihr junger Meister könne gegen Inuo, dessen Kunst gegenüber sein verstorbener Vater niemals mit dem höchsten Lob gespart hatte, wieder einmal die Nerven verlieren. Tamana hatte sich vor dieser wichtigen Aufführung einer zehn Tage währenden vegetarischen Diät unterzogen. Die gesamte Familie Kumazen sprach jeden Morgen im Kiyomizu-Schrein die Hundert-Schritt-Gebete, und es gab nicht einen einzigen Kanzē-Gefolgsmann, der nicht auf die eine oder andere Art betete, Motokiyo möge endlich sein Selbstvertrauen zurückgewinnen. Doch Motokiyo, der auf morbide Weise abergläubisch geworden war, weigerte sich hartnäckig, in einer der Rollen aufzutreten, in denen er einmal steckengeblieben oder auch nur unsicher geworden war, und beschränkte seinen Auftritt während der drei Wettbewerbstage auf nur vier *shitē*-Rollen.

Sobald er jedoch auf der Bühne stand, gewannen ihm seine wahrhaft außergewöhnliche und unzerstörbare Schönheit und Haltung, zusammen mit der Bereitwilligkeit des Publikums, sich von seiner legendären Faszination in Bann schlagen zu lassen, überwältigende Ovationen, obwohl seine tatsächliche schauspielerische Leistung den Ältesten seiner Truppe zögernd und unsicher vorkam. Und ganz zweifellos trug auch Inuo weitgehend dazu bei, daß Motokiyo so mühelos triumphierte: Inuo machte nicht den geringsten Versuch, sich in die Gunst seiner Zuschauer einzuschmeicheln, und gab sich überhaupt keine Mühe, diese höchst gemischte hauptstädtische Öffentlichkeit zu unterhalten. Nicht die allerkleinste Konzession machte er, sondern blieb unerreichbar fern und nach innen gekehrt. So drehte er den Fächer oder den Kopf nicht einmal um fünf Grad, wenn eine solche Bewegung nicht zu seiner trancegleichen inneren Choreographie gehörte.

Für mehr als die Hälfte der Zuschauer war und blieb er unergründlich; nur wenige erfahrene Theaterbesucher – zumeist Gäste des Shōgun und andere Künstler – erkannten, daß sie Zeugen einer Aufführung wurden, wie sie noch niemals zuvor eine gesehen hatten. Diese wenigen begriffen auch, daß er die vollkommene Schlichtheit und Klarheit seiner Kunst nur hatte erreichen können, nachdem er einen Ozean extravertierter Gefühle und Denkübungen ausgeschöpft hatte. Wie eine Perle in einer geschlossenen Muschel war seine Kunst nicht gesellig, nicht offensichtlich: Sie war nur für jene, die das hinter der festen, harten Schale versteckte Juwel sehen konnten.

Die Zuschauer im Parterre, die Ebene Erde, fanden Inuo verständlicherweise im günstigsten Fall monoton, zum großen Teil aber entsetzlich langweilig, und so war es kein Wunder, daß sie einstimmig jubelten, nachdem die Kanzē-Truppe am Ende der drei Aufführungstage zum Sieger erklärt worden war. Als der junge Meister zum üblichen Gratulationsbecher Wein in die Loge des Shōgun gerufen wurde, schrien sie Motokiyos und sogar Kanamis Namen. Doch als der Shōgun Inuo ebenfalls einlud, hörten sie auf zu jubeln und klatschten höflich, aber sehr zögernd Beifall. Die Einwohner von Kyoto waren als eitel und oberflächlich bekannt; so unmittelbar neben der legendären Schönheit des jungen Schauspielers wirkte dieser Inuo eher wie ein Provinzschreiber oder ein Kräuterdoktor, und es war ihm nicht gelungen, die Begeisterung des Publikums zu wecken, sondern er hatte dessen Geschmack geradezu beleidigt.

»Du bist magerer geworden, Motokiyo. Ziemlich anstrengend, ganz oben, eh?« fragte Yoshimitsu leise und reichte Motokiyo einen Becher. Die adlerscharfen Augen leicht zusammengekniffen, musterte er Motokiyo, den er nun schon seit vielen Monaten nicht mehr von Angesicht zu Angesicht gesehen hatte. Und sofort traf ihn die außerordentliche Schönheit des jungen Schauspielers oder vielmehr die Kraft seiner speziellen Wirkung auf seine Sinne mit unverändert großer Gewalt. Verflucht, schalt er sich innerlich, und fügte mit betont freundlicher Ironie laut hinzu: »Ich habe Kanami in ›Matsukaze‹ allerdings noch besser gesehen – was meinst du, Motokiyo? Immerhin bin ich erfreut, daß du endlich aufgehört hast zu schmollen.«
Sich zu Inuo umwendend, betrachtete Yoshimitsu den älteren Asketen mit einem schonungslos taktlosen Blick, als sei er ein Landschaftsgemälde, das zu erwerben ihn ein schiffbrüchiger chinesischer Mönch gebeten habe.

»Inuo, Ihr seid ein einzigartig arroganter Künstler. Ihr kümmert Euch einen Dreck um das, was Eure Zuschauer denken. Ihr schwebt meilenweit über ihren Köpfen, ganz versunken in Eure hohe Vorstellung von einem Ideal. Kanami brachte das Feuer und den Teufel der *kusē*-Musik ins Sarugaku-Theater, und Ihr müßt zugeben, daß seine besten Stücke wie reine Hexerei wirken: so ungeheuer dramatisch, so unterhaltend. Doch Ihr, Inuo, wenn ich Eure Art Kunst mit einem Wort zusammenfassen müßte, würde ich das Wort *yugen* wählen. Wißt Ihr, was das bedeutet?«

»Nein, Herr«, antwortete Inuo mit kindlich freimütigem Lächeln. »Ich bin nur ein Schauspieler.«
Darüber lachte Yoshimitsu und wandte sich an Motokiyo, dessen an den weißen Lippen erkennbare Erregung bei der Erwähnung des Wortes *yugen* er bereits erwartet hatte.
»Erklär du Inuo, was *yugen* ist, Motokiyo!«
»*Yugen* bedeutet wörtlich mystisch und schwermütig und wird häufig in der Dichtkunst verwendet«, begann Moto-

kiyo gehorsam, jedoch mit niedergeschlagenen Augen und unsicherer Stimme. »Es bezeichnet einen überragenden Rang in der Schönheit der Poesie, wie ein Vogel, der aufgehört hat, seine Schwingen zu bewegen, um ohne jedes Zeichen von Anstrengung reglos in der Luft zu schweben. Es bedeutet den Gipfel von Ruhe und Eleganz.«

»Seht Ihr, Inuo, das ist *yugen*. Aber bildet Euch nicht zuviel ein, ich habe nicht gesagt, daß Ihr es besitzt. Ich sagte nur, daß Ihr auf dem Weg zum *yugen* seid gleich einem Wünschelrutengänger auf der Suche nach einer tief verborgenen Quelle.«

Zum Zeichen seiner Unterwerfung unter Yoshimitsus Urteil senkte Inuo die Stirn auf den roten Flanellteppich und antwortete aus dieser Stellung: »Der Große Baum hat den Nagel auf den Kopf getroffen. Bei meiner gesamten Arbeit habe ich nichts anderes vor Augen als diese ideale Schönheit, die über Zeit und Menschen hinausgeht, aber noch nie habe ich sie zu beschreiben vermocht. Ich gleiche wahrhaftig einer Schnecke, die den Fudschisan erklimmt, sich unendlich langsam der unbeschreiblichen Höhe entgegenbewegt und zuweilen nicht einmal weiß, wo sie sich befindet.«

»Wirst du die Höhe jemals erreichen können?« erkundigte sich Yoshimitsu.

»Ich weiß es nicht, Herr.«

»Es kümmert Euch nicht sehr, wenn Ihr es nicht schafft – meint Ihr das? Ihr seid absolut glücklich bei der Verfolgung Eures Ziels; Ihr vernachlässigt Eure Schüler, bemerkt nicht, daß Euer Trommler ein Säufer ist und daß Eure Kostüme und Requisiten, gelinde gesagt, exzentrischer Schund sind. Nanamis Worten entnehme ich, daß Eure Truppe ohne die Unterstützung des Hiei-Schreins schon morgen verhungern würde, weil Ihr Euch keine Minute lang damit aufhaltet, anderswo Protektion zu suchen. Ihr seid ein Träumer, ein Visionär, töricht bis zur Selbstvernichtung. Doch ich gestehe, daß Ihr über etwas verfügt, das mich zutiefst bewegt: eine äußerst seltene Genialität.«

Yoshimitsu wandte sich an Herrn Shiba und befahl ihm, wobei er den Ausdruck atemloser Verwunderung auf dem

Gesicht seines Kanzlers genoß, Inuo zum neuen Künstlergefährten zu ernennen. Ja er ging sogar noch weiter und verlieh Inuo ein chinesisches Schriftzeichen aus seinem eigenen buddhistischen Namen und taufte den neuen Gefährten Doami, »ami« des Weges.

Ein paar Tage später wurde Nanamis elegante Sänfte durch das kleine Tor zum Kanzē-Grundstück hereingetragen. Tamana eilte in die Empfangshalle, um den alten Freund und Wohltäter zu begrüßen, stieß jedoch nach dem ersten Anblick unwillkürlich einen kleinen Schmerzenslaut aus.

»Ach ja, wie Ihr seht, mußte ich für das zügellose Schlemmerleben, das ich all diese Jahre hindurch geführt habe, bezahlen. Und nachdem so viele meiner lieben Freunde bereits von uns gegangen sind, muß ich gestehen, Tamanadono, es tut mir leid, daß mich der Schlaganfall nicht sofort getötet hat.«

Er fragte Kanamis Witwe, ob er ein Gebet für seinen alten Freund sprechen dürfe. Als er Ominas Totentafel ebenfalls auf dem Familienaltar der Kanzē entdeckte, füllten sich seine Augen sofort mit Tränen, und er äußerte mühsam: »Ah, Ihr besitzt einen echten Buddha-Charakter!«

Nachdem er lange vor dem Altar gekniet hatte, bat er, Motokiyo allein in dessen kleinem Zimmer sprechen zu dürfen.

Motokiyo, in einem schlichten, indigoblauen Leinenkimono, wirkte auf rührende Weise wie ein krankes Kind; der bläuliche Schatten der Adern über den großen, flammenförmigen Augen betonte die Blässe und Zartheit seines Gesichts, das seiner kindlichen Rundungen inzwischen beraubt war.

Sobald der vom Protokoll vorgeschriebene Austausch von Begrüßungsworten vorüber war, nahm Motokiyo seinem Besucher den Wind aus den Segeln und erklärte schlicht: »Doami hätte die Wettbewerbsvorstellung gewinnen müssen. Wenn ich das nicht wüßte, wäre ich nicht würdig, Kanamis Sohn zu sein. Schon als ich ihn beim ersten Tanz beobachtete, erkannte ich, daß ich in ihm meinen Meister gefunden hatte, daß er ein edler Elefant ist und ich nichts als ein lahmes Kaninchen bin, weit zurück hinter ihm, der mit

Riesenschritten auf dem Weg zum *yugen* ist. Ihr könnt Euch vorstellen, wie ich mich fühlte, als ich den Umhang des Shōgun in Empfang nehmen mußte, obwohl ich nicht der wahre Sieger war. Nanami-dono, glaubt Ihr mir, wenn ich Euch sagte, daß ich ganz furchtbare Angst habe, die Bühne zu betreten? Meisho meint, ich fühle mich nicht wohl auf dem Weg meines Vaters, und er hat recht. Ich fühle mich nicht wohl. Ohne Kanamis immense, faszinierende Ausstrahlung erscheinen mir seine Stücke heute oft leer und falsch.«

»Ich verstehe vollkommen, was du meinst, und was Meisho gemeint haben muß. Kanami war ein Realist auf *dieser* Seite der Welt. Er war ein äußerst seltenes Genie, ein Phänomen, wie es das vielleicht nur einmal in tausend Jahren gibt, ein Genie, das jeden, vom Fürsten bis zum Holzfäller, sofort in seinen Bann zu schlagen verstand. Er maß seinen Erfolg an der Liebe seiner Zuschauer, der breiten Massen, und nicht nur an einer Handvoll Connaisseure in der Hauptstadt. Denk an die Hauptrollen seiner Stücke! Eine Kurtisane, eine Straßentänzerin, ein Prediger, ein niederer Samurai, und nicht die hochgestellten Persönlichkeiten, denen du beim Lesen der Klassiker in Fürst Nijos Bibliothek begegnet bist. Kanami war am glücklichsten, wenn er seine großen Füße – erinnerst du dich, wie groß die Füße deines Vaters waren, Motokiyo? –, wenn er diese großen, weltlichen Füße auf eine provisorische, transportable Bühne mitten auf einem staubigen, von Menschen wimmelnden Marktplatz setzen und, vor allem, eine Wettbewerbsvorstellung bestreiten konnte. Seine Dramaturgie zielte darauf ab, ›gewinnend‹ zu sein. Nicht mehr, nicht weniger. Seine Blume war die Jugend und die Überraschung. Sein Lohn war Beifall und Bewunderung. Er wußte und hatte sich mit der Tatsache abgefunden, daß ein Schauspieler nicht ohne Zuschauer leben kann, nicht ohne viele, viele Zuschauer. Du aber, Motokiyo – ich habe das Gefühl, daß du versucht bist, dieselben Regenbogenhöhen zu erklimmen wie Doami. Dein Publikum sind nicht die Massen beim Fest irgendeines Schreins. Seit du zwölf Jahre alt warst, bist du mit einer Kultur gefüttert worden, die sich von der deines Vaters grundlegend unterscheidet. Durch Fürst Nijo und seine erlesenen, hochgestellten Kreise hast du die Quintessenz der Kultur des Heian-Hofes mit all ihren elitären Vorurteilen und Sophistereien in dich aufgesogen; darüber hinaus hat auch der Große Baum seine unverwechselbaren Fingerabdrücke bei dir hinterlassen, er, die Verkörperung eines Samurai und der aristokratischen Kultur auf ihrem höchsten erreichbaren Niveau. Selbstverständlich kannst du nicht denselben Weg gehen wie dein Vater. Nimm nur mal die Idee des *yugen*! In Kanamis Augen wäre das *yugen* eine viel zu undramatische Form für seine Art von Theater gewesen, während ihr beide, du und Doami, ganz eindeutig in diese Richtung geht. Das war einer der Gründe, weshalb der Große Baum Inuo an Ort und Stelle zum Gefährten ernannte, denn er hofft, er würde dir eine Hilfe sein und mit dir arbeiten. Der Große Baum hat unerschütterliches Vertrauen zu dir. Er bat mich, dir folgende Nachricht zu überbringen: ›Sag Motokiyo, daß er kommen und mich besuchen kann, wann immer er mag, aber nur, wenn er es will und wenn er dazu bereit ist. Ich werde ihn nicht zwingen. Ich werde warten.‹ Genau das waren seine Worte. Und ich persönlich hoffe, daß ich es noch erleben werde, dich in einem eigenen Stück wieder auf der Bühne zu sehen. Schon bald, Motokiyo!«

KAPITEL
15 Im März des darauffolgenden Jahres wurden Hotan, der achtzehn Jahre alt war und als Kinderschauspieler davon geträumt hatte, Fujiwakas Ersatzmann zu sein und seine Rollen zu Ende zu spielen, in »Shizuka« solche Ovationen zuteil, daß die Kanzē-Truppe ihre erste Wettbewerbsaufführung gegen die Dengaku-Truppe gewann, obwohl Motokiyo nicht daran teilgenommen hatte.

Unmittelbar nach dieser Vorstellung starb Meisho mitten auf der Bühne. Es war ein schneller, gnädiger Tod, denn er brach über seiner alten Flöte zusammen, nachdem er Hotan bei seinem letzten Tanz ganz wunderbar begleitet hatte.

Anfang April erlitt Nanami einen zweiten Schlaganfall, der diesmal tödlich endete. Acht Wochen später starb Fürst Nijo im Regenmonat an einer geschwollenen Leber.

Motokiyo hatte tagtäglich auf der berühmten Steintreppe des Kiyomizu-Schreins die Hundert-Stufen-Gebete verrichtet und war wie gelähmt vor Kummer über den rasch aufeinanderfolgenden Tod dieser drei Männer, die für seinen Vater und ihn soviel getan hatten.

Vielleicht ist dies das Ende einer Ära? Dieser unausgesprochene Gedanke beschäftigte die Mitglieder der Kanzē-Truppe: Kanami war dahingegangen, Nanami und Meisho ebenfalls, nun auch der Fürst, und der junge Meister glich nur noch einem Geist. Er war bei Tage kaum zu sehen und zu hören, lebte zurückgezogen in einem kleinen, niedrigen Zimmerchen, ursprünglich für zwei Küchenmädchen bestimmt, wo er kaum etwas von dem verzehrte, was Tamana ihm auf einem Tablett brachte, sondern ständig buddhistische Litaneien murmelte und zahllose Bücher in Japanisch und Chinesisch studierte. Nie ging er aus, es sei denn, er besuchte Doami in dessen neuem, schönem Haus im selben Viertel. Diese Begegnungen beunruhigten verständlicherweise die Ältesten der Kanzē-Truppe, denn Doami war, obwohl er auch aus dem Sarugaku-Lager stammte, inzwischen ein nicht zu unterschätzender Rivale geworden. Seine Anhängerschaft unter Aristokraten und Daimyōs von erlesenem Geschmack wuchs unauffällig, doch stetig; außerdem fürchteten die Kanzē-Ältesten, die von Doamis Stil nicht besonders begeistert waren, seinen in ihren Augen ungerechtfertigten Einfluß auf den jungen, leicht zu beeindruckenden Meister. Und wieder einmal war es Tanama, die einerseits bei den Ältesten um Nachsicht bat und andererseits, ohne jemandem etwas davon zu sagen, Doami die jeweils ersten Früchte und Blumen der Saison schickte, um ihm für die Hilfe zu danken, die er ihrem Sohn zuteil werden ließ.

Das Ensemble, von seinen Feinden jetzt höhnisch »die kopflose Kanzē-Truppe« genannt, gewann aber weiterhin eine beachtliche Anzahl von Wettbewerbsvorstellungen gegen seine Sarugaku- und Dengaku-Rivalen, hauptsächlich auf Grund seines einmaligen Ensemblespiels, obwohl allen der stumm und verzweifelt ringende Schatten des jungen Meisters stets gegenwärtig war und ihre Gedanken verdunkelte. Da Kanzler Shiba fortgesetzt die Dengaku-Richtung protegierte und Motokiyo in keiner einzigen Aufführung mehr auftrat, war der Kanzē-Truppe fast jede Gelegenheit verwehrt, in den großen Palästen und bei den wichtigsten Wohltätigkeitsvorstellungen der Hauptstadt zu spielen, es sei denn, der Shōgun persönlich bestand darauf, daß die Truppe zu seiner persönlichen Unterhaltung im Blühenden Palast gemeinsam mit Doami und seinen Leuten ein Programm bestritt. Doch da die Kanzē stets Kanamis weitblickende Politik befolgten, niemals die ländlichen Zuschauer zu vernachlässigen, waren sie in den Provinzen ständig sehr stark gefragt, vor allem aber in Yamato, wo sie sich bei wichtigen Anlässen im Kofuku-Tempel oder im Kasuga-Schrein häufig mit ihren Sarugaku-Kollegen zusammentaten.

Motokiyos seltsames Verhalten – sich in seinem nach Norden gehenden Loch von Zimmerchen in Bücher und scheinbar fruchtlose Meditationen zu vergraben – war für seine Mutter verständlicherweise ein schwerer Schlag, denn sie war die einzige, die ihn häufig und aus der Nähe sah, und dennoch durfte sie nicht direkt an seinem Leid teilnehmen. Motokiyo machte es ihr immer wieder klar, daß er über sich selbst nicht zu sprechen, geschweige denn ausgefragt zu werden wünsche. Wenn Tamana auch nur energisch Luft holte oder gar eine so unschuldige Frage stellte wie: »Hättest du nicht Lust, zur Abwechslung mal hinauszugehen und dir das Herbstlaub beim Nazen-Tempel anzusehen?«, hieß Motokiyo sie mit einem finster einschüchternden Blick schweigen. Dann hielt sie mit dem Ausdruck einer erstaunten Taube den Atem an, stieß ihn wieder aus, wobei sie sich bemühte, daß es nicht klang wie der vorwurfsvolle Seufzer einer entnervten Mutter, ergriff mit schüchternem Lächeln sein Tablett oder seine benutzte Bettwäsche und verließ das Zimmer.

Motokiyo, der sich seiner Inaktivität sehr wohl bewußt war, weigerte sich auch, etwas Kostspieliges – oder überhaupt größere Mengen von irgendeiner Speise – zu essen und etwas Neues oder Seidenes zu tragen. Eines Abends servierte Tamana ihrem Sohn, der nun noch weniger zu wiegen schien als seinerzeit als Knabe, eine gebratene Makrele. Er weigerte sich, sie anzurühren.

»Ich verdiene nichts für meinen Unterhalt«, erklärte er. »Bitte, gib sie Ogame, der seinen Lebensunterhalt verdient! Oder Hachi, oder Sango. Nur nicht mir, Mutter.«

»Aber, Motokiyo, das Vorratshaus ist bis unters Dach vollgestopft mit unbezahlbaren Schätzen, die du verdient hast. Und der Große Baum zahlt uns gewissenhaft noch immer die Menge an Korn und Geld, die einem Gefährten zusteht, als wäre Vater noch am Leben.«

»Mutter, bitte!« Wenn er auf diese Art »bitte« sagte, so sanft, so qualvoll und unbeugsam, tat sie alles, was Motokiyo verlangte, ohne eine Frage zu stellen oder ihm zu widersprechen. Und jedesmal, wenn Toyodayu sie drängte, ihren Sohn zur Rede zu stellen und die Wahrheit über dieses nicht enden wollende Sichzurückziehen ans Licht zu bringen, schüttelte sie mit fröhlichem, jedoch sich selbst herabsetzenden Lachen den Kopf.

»Er leidet«, pflegte sie zu erklären, »und er tut mir leid. Aber, Toyo, ich bin nur seine Mutter. Genau wie Zahnschmerzen ist dies *sein* Schmerz; er wird leiden müssen, bis der verfaulte Zahn draußen ist. Und was heißt Wahrheit?

Was kann ich, was kannst du oder irgend jemand tun, wenn es so eindeutig ist, daß es meinem armen Jungen nicht hilft?«

Also fuhr sie fort, Motokiyo Essen, frische Kleidung und Bettwäsche zu bringen und zu ersetzen: gesehen, nur selten gehört, jedoch mit einer traurigen, hoffnungslosen Liebe im Herzen.

Der vierte Jahrestag von Kanamis Tod nahte, und jedes Mitglied der Kanzē-Truppe begann auf seine eigene Art, die Erinnerung an den alten Meister wachzurufen, wobei die Zeit das Gefühl eines schweren Verlustes nicht hatte abschwächen können. Ein unbekannter Reisender aus Yamato erschien im Haus und bat die Witwe, einige Päonien vor den Altar des großen Schauspielers zu legen, die er zwei Tage zuvor in seinem Garten gepflückt und während der Reise in einer langen Bambusvase frisch gehalten hatte. Ogame, der als einziger älterer Gefolgsmann mit der Familie des Meisters zusammenlebte, verbrachte während der Tage vor den Jahresriten noch mehr Zeit mit Gebeten vor dem Altar als gewöhnlich, und eines Tages während der Mittagspause, als die Shōji zwischen dem Altarzimmer und dem angrenzenden Bühnenraum geöffnet waren, sah er nach seinen Gebeten lange und sehnsüchtig in den großen Raum hinüber, in dem noch immer Kanamis Rufe und sein Peitschenknallen widerzuhallen schienen.

Bei dieser Gelegenheit fiel Ogame plötzlich auf, daß der Bühnenboden glänzte wie ein frisch lackiertes Tablett. Und da er von Natur aus neugierig war, inspizierte der alte kyogen-Spieler die Oberfläche des Bodens. Er musterte blinzelnd den strahlenden Glanz, betastete hier und da die ölige Beschaffenheit des Holzes und blieb dann mit verschränkten Armen, das Gesicht zu einer nachdenklichen Grimasse verzogen, regungslos in der Mitte der Bühne stehen, bis die anderen zur Nachmittagsprobe kamen.

Am selben Abend kehrte er, nachdem er in der Küche etwas Reis-und-Hirse-Suppe mit geröstetem Sesam gegessen hatte, in den Altarraum zurück. Als die Tempelglocken Mitternacht läuteten und das ganze Haus längst in tiefem Schlaf lag, öffnete er die Shōji nur bis zur Breite seines vorquellenden Goldfischauges. In der Ferne bellten die Hunde; der Wind erhob sich; ein einsamer Wächter wanderte durch die Straßen und rief: »Hütet euch vor dem Feuer!«

Hinter den Papierwänden entdeckte er den verschwommenen Schimmer einer Lampe, der sich flackernd bis zur Ebene des Fußbodens senkte; dann öffneten sich geräuschlos die Schiebewände, und Ogame sah Motokiyo auf dem Korridorboden knien. Nach einer tiefen Verneigung vor dem Bühnenraum glitt er hinein, holte die Rapssamenöllampe und ein paar weiße Päckchen nach und schloß die Shōji hinter sich mit jener Disziplin und Sparsamkeit der Bewegungen, die ihm angeboren war. Er begab sich in die hinterste Ecke des Zimmers und stellte die Lampe ein Stückchen entfernt von sich ab; dann ergriff er eines der Päckchen, die, wie Ogame nun erkannte, aus einem mit Tofu-Abfall gefüllten Lappen bestanden, schloß die Augen und begann, den Kopf leicht zur Seite gelegt wie ein Hund, der den Pfiff seines Herrn erwartet, auf den Knien den Boden zu putzen.

Es wäre Ogame leichter gefallen, den Schmerz eines Leistenbruchs zu ertragen, als es ihm in diesem Augenblick fiel, ein Aufheulen und Aufschreien zu unterdrücken. Er begriff – Buddha sei gnädig, und *wie* er es begriff! – das ganze Ausmaß der Qual seines kleinen Meisters, den Abgrund von dessen persönlicher Hölle. Als sich damals mit siebzehn Jahren Motokiyos Stimme und sein Körper veränderten, hatte Kanami dem Sohn geraten, zur Ehrfurcht des Anfängers zurückzukehren und noch einmal von vorn anzufangen. Jetzt aber ging der vierundzwanzigjährige Künstler sogar noch weiter zurück, um am heiligen Altar seiner Kunst Buße zu tun.

Offenbar berührte Ogames Kopf den Rahmen der Shōji, als er das Gesicht in den Händen barg.

»Ogame?« fragte Motokiyo flüsternd, ohne mit dem Putzen des Bodens innezuhalten. »Bist du das, Ogame?«

Der *kyogen*-Spieler, der sich mit dem Ärmel übers Gesicht und den kahlen Schädel wischte, durchquerte den Bühnenraum, bis er den Lichtkreis der funzeligen Öllampe erreichte. Als er den Kopf hob und Motokiyo aus so geringer Entfernung sah, erschrak er zutiefst: In dem fahlen Licht wirkte der junge Meister nicht direkt hager oder eingefallen, sondern reduziert, erodiert durch die Dimensionen seiner Zweifel, seiner Unsicherheit, durch den Verlust von Vorstellungskraft und Selbstvertrauen. Seine makellosen Züge waren zwar alle noch erkennbar, doch wer hätte es für möglich gehalten, daß der Verlust des inneren Zusammenhalts dieses lieblichste aller Gesichter in eine leere, stumpfe, tote Maske verwandeln könne?

»Ich wußte, daß du mich eines Nachts erwischen würdest«, murmelte Motokiyo wie ein schmollendes und zugleich erleichtertes Kind, das zugeben muß, seine Schlafmatte genäßt zu haben.

Ogame besaß den gesunden Menschenverstand eines Kindermädchens: Sein kleiner Meister wollte mit ihm reden wie ein Kind. »Oho!« sagte er. »Wie ich sehe, poliert Ihr lieber den Fußboden, als Meister der Kanze zu sein.«

Motokiyo zuckte bei diesem Witzchen zusammen, gleich darauf jedoch verzog sich seine Miene zu einem Lachen, das aber mit herabgezogenen Mundwinkeln und verkniffenen Nasenflügeln sofort zur Jammermiene verkam.

»Wenn du's genau wissen willst, Ogame, ich fühle mich wie eine Wespe, die mit nassen Flügeln auf dem Rücken liegt. Je mehr ich mich anstrenge, um so schneller gehe ich unter. Es ist lediglich das Pflichtgefühl, nichts anderes – die Verantwortung für Mutter, für dich, für alle –, was mich hier festhält, während ich im innersten Herzen weiß, ich müßte ein Einsiedler sein, vollkommen allein, ungebunden, selbstsüchtig, absolut und ausschließlich auf dem Weg des Nō. Das Kanze-Nō war Vaters Nō, nicht meines. Noch nicht. Ich habe keine einzige Zeile geschrieben, keinen Tanz choreographiert, kein einziges Thema, keine einzige Rolle erdacht. Buddha weiß, wie sehr ich mich bemüht habe. Aber hier, Ogame, kann ich es nicht. Hier ist überall mein Vater, und ich bin nichts als sein Überbleibsel. Um zu meinem Nō zu finden, muß ich…«

»Fortgehen, frei sein?« Ogame bot ihm die Worte dar wie einem Hungernden die Schale Suppe.

Mit unvermittelt aufmerksamem, ja forschendem Blick
musterte Motokiyo das Mondgesicht seines alten Tutors
und Kindermädchens, und als er darin nur aufrichtiges
Mitgefühl und Verständnis entdeckte, seufzte er tief auf.
»Wie gern!«

»Dann geht, kleiner Meister, geht! Geht – unter der Bedin-
gung, daß Ihr niemals den Weg Eurer Kunst verlaßt und zu
einem von diesen affektierten, vertrockneten Eremiten
oder stinkfaulen Bettelmönchen auf den Marktplätzen werdet.«

»Ogame!« Errötend vor Zorn, daß sogar seine Lider glühten,
packte Motokiyo Ogames Handgelenk so heftig, daß sich
der klebrige Tofu-Abfall über beider Schoß ergoß. »Ich – und
den Weg verlassen? Wenn du das noch einmal in Hörweite
meines Vaters sagst, bring' ich dich um! Wenn ich den Weg
des Nō überhaupt verlassen könnte, würde ich mich dann
so lange mit dieser Qual herumplagen? Ich werde dir und
dieser wankelmütigen Welt zeigen, was es heißt, einen Weg
zu haben, was es heißt, von ihm besessen zu sein. Ich werd's
euch schon zeigen!«

Ogame hätte am liebsten seinen berühmten dreifachen
Salto geschlagen und vor Freude laut aufgeschrien; aber der
kyogen-Meisterkomiker stöhnte und blickte finster und
zweifelnd drein. »Na schön, Ihr werdet's mir also zeigen –
eh, kleiner Meister? Ich werde auf Euer eigenes ›Jinen Koji‹
und ›Sotoba Komachi‹ warten, bis mein Hals so lang ist wie
der eines Kranichs.« Er war glücklich über das mordlustige
Funkeln, das in Motokiyos Augen bei der Erwähnung von
Kanamis Meisterwerken aufblitzte.

»Offen gestanden, kleiner Meister, verliere ich Euch lieber
eine Weile aus den Augen und habe Euch dann gesund und
kräftig wieder zurück, als zuzusehen, wie Ihr jeden Tag ein
bißchen mehr vermodert. Aber jetzt, nachdem Ihr schon
damit angefangen habt, werde ich Euch helfen, den Fußboden zu polieren.« Ogame sammelte den verstreuten Tofu in
einem Lappen und begann, den Fußboden von der entgegen-
gesetzten Ecke der Bühne aus zu putzen, daher konnte er
nicht sehen, wie Motokiyo die Handflächen aneinanderleg-
te und für Ogame um ein langes Leben betete.

Am Abend nach den religiösen Riten zu Kanamis Todestag ging Motokiyo zu seiner Mutter ins Zimmer, wo sie in ihrem alten Nachtkimono bereits auf der Schlafmatte saß. Längst daran gewöhnt, niemals Fragen zu stellen, hieß sie ihn mit einem etwas verwunderten, jedoch erfreuten Gesichtsausdruck willkommen und sah zu, wie er hinter sie trat und niederkniete. Als Motokiyo ihr mit sanften Bewegungen Schulter und Hals zu massieren begann und hin und wieder behutsam eine Haarsträhne anhob, stieß sie ein überraschtes, leises Kichern aus. Bald aber schon schloß sie die Augen und zeigte ihm ihre Dankbarkeit, indem sie die Muskeln so entspannte, wie es nur jemand kann, der niemals ein schlechtes Gewissen gehabt hat. Sie genoß die Massage außerordentlich, und als Motokiyo seine Hände von ihrem Nacken nahm, wandte sie sich zu ihm um und blickte mit freimütigem Lächeln zu ihm auf.

»Danke, Motokiyo. Das war ein zauberhafter Abschied.«

Motokiyo war sprachlos, aber Tamana hatte sich bereits erhoben und suchte geschäftig die Wäsche und Kleidung zusammen, die sie gereinigt und geflickt hatte.

»Wirst du mich wissen lassen, wo du dich aufhältst?«

Ohne sie anzusehen, schüttelte Motokiyo den Kopf. »Ich kann nicht. Ich weiß selber noch nicht, wo ich hingehen werde.«

»Ich werde für dich beten. Sorge dich nicht um uns! Wir kommen zurecht; wir sind immer zurechtgekommen.«

Rasch, beinahe heftig drehte sie ihn um und schob ihn zum Zimmer hinaus, doch nicht, ohne ihm noch jenen leichten Klaps auf die rechte Schulter zu geben, mit dem sie ihm Glück wünschte.

Zu allen Jahreszeiten und bei jedem Wetter konnten die Holzfäller und Köhler in den Wäldern rings um ein heruntergekommenes, kleines Zen-Kloster in den Vorbergen des Takao-Gebirges bei Tagesanbruch eine schlanke, aufrechte Gestalt sehen, die wie ein Wahnsinniger auf einem schmalen, flachen Stück ebenen Bodens sang und tanzte. Niemals wären die Männer darauf gekommen, daß diese seltsame

Erscheinung Motokiyo von Kanzē war, der Sohn des berühmten Kanami, der einstmals hochgeschätzte Favorit des
großen Shōgun Yoshimitsu und Liebling der gesamten
Hauptstadt.

KAPITEL

16 Es war ein windiger, strahlender Dezembernachmittag des Jahres 1392.

Ein junger Lehrmönch meldete Motokiyo in seiner Zelle, am Klostertor sei ein Besucher, der mit ihm sprechen wolle, ein Samurai in Jagdkleidung.

Kaum war Motokiyo vor das altersschwache Tor mit dem Strohdach getreten, da hörte er Yoshimitsus Stimme, schmollend wie die eines kleinen Kindes: »Hosokawa ist tot!«

Seit über fünf Jahren hatten sie einander weder gesehen noch miteinander Briefe gewechselt. Wenn Motokiyo nun an dem verwitterten Holzpfeiler des Klostertores Halt suchen mußte, so lag das nicht an der kargen Diät und den Härten des Klosterlebens, sondern er war zutiefst bestürzt: Der Shōgun besuchte einen Schauspieler, der vergessen am Rand der turbulenten, großen Welt lebte! Schirmherrschaft – ja; Protektion und Gunst – mit Sicherheit. Doch niemals hätte sich Motokiyo in dem Bewußtsein, als Niedrigster der Niedrigen geboren zu sein, die Vermessenheit erlaubt, auf die Freundschaft des Shōgun zu hoffen, geschweige denn darum zu bitten.

Und dennoch, so unvorstellbar und unwahrscheinlich es auch sein mochte, da stand er vor ihm, der Shōgun Yoshimitsu: inzwischen fünfunddreißig Jahre alt, Hals und Kinnpartie etwas fülliger, und dennoch straff, gespannt, vital, das Profil durch die Zunahme an Macht und Jahren würdevoller und unergründlicher, und ganz ohne den nervösen Tic seiner Jugend.

»Hier ist es zu windig und kalt, um stehenzubleiben. Komm, laß uns ein bißchen gehen, Motokiyo!« Mit raschen Schritten begann Yoshimitsu einen von wucherndem Unkraut und dichtem Bambuswald eingeengten Pfad entlangzugehen, ohne darauf zu achten, daß Motokiyo, so unerwartet herausgerufen, für einen Spaziergang im bitterkalten Wind weder gekleidet noch beschuht war. Etwa ein Dutzend Leibwachen des Shōgun, die in einer

Nische der Klostermauer ihre nervös stampfenden Pferde hielten, nahmen bei seinem Anblick Haltung an. Yoshimitsu bedeutete ihnen lässig, dort zu bleiben, wo sie waren.

»Ich sage dir, Motokiyo, Hosokawas Tod hat mich mehr geschmerzt als der meines eigenen Vaters. Ich habe alles getan, um mich mit seinem Tod abzufinden, aber es ist mir nicht gelungen. Ich habe selbst eine Ecke seines Sarges auf der Schulter getragen; ich habe zwei ganze Tage gefastet und für sein nächstes Leben gebetet, habe Sutras und Litaneien abgeschrieben, bis mir die Augen schwammen, und das getan, was er mir noch auf dem Sterbebett abverlangt hat: Ich habe den Nördlichen und Südlichen Hof vereint.«

Motokiyo, der bewußt darauf verzichtet hatte, zu erfahren, was außerhalb der Klostermauern vorging, blieb unvermittelt stehen. Er wollte seinen Ohren nicht trauen.

»Aber ja! Wußtest du nichts davon? ›Versprich, was du magst, aber hol die Drei Göttlichen Dinge nach Kyoto zurück!‹ hat Hosokawa mir gesagt. Als der erbärmliche Südliche Kaiser Gokameyama nur noch siebzehn Edle und wenig mehr als zwanzig Samurai in seinem Bergversteck hatte, erklärte er sich zu Verhandlungen bereit. Nach überaus anstrengenden Disputen unterzeichneten wir dann das Vereinigungsabkommen. Die Drei Göttlichen Dinge wurden in den Kaiserpalast von Kyoto zurückgebracht gegen die im Abkommen enthaltene Zusicherung, daß die zukünftigen Kaiser Japans abwechselnd aus den Nördlichen und Südlichen Kaiserfamilien gewählt werden – woran wir uns natürlich nicht halten werden. Der alte Südliche Kaiser ist nicht allzu unglücklich darüber, im Daikaku-Tempel ein komfortables Ruhestandsleben führen zu können. Also ist alles geregelt, nur daß es keinen Hosokawa mehr gibt, der mir sagt: ›Gut gemacht, Junge!‹ Nach der Dankesfeier für die Wiedervereinigung habe ich zu Kanzler Shiba gesagt: ›Wenn ich mich in einem Jahr immer noch so niedergeschlagen fühle, habe ich gute Lust, mir den Kopf kahlscheren zu lassen.‹« Yoshimitsu blieb stehen und schlug mit seiner Reitgerte einen vertrockneten Bambuszweig nieder. »Und ich habe ihm befohlen, in Erfahrung zu bringen, wo du dich aufhältst.«

Yoshimitsu sagte nicht: Ich wollte dich wiedersehen. Ein Shōgun pflegte derartige Geständnisse nicht zu machen. Aber die Schlußfolgerung war eindeutig: Der Shōgun hatte seinen unberührbaren Schauspieler aufgesucht.

Motokiyo wurde leichenblaß, ließ sich mitten auf dem Pfad auf ein Knie nieder und hob den abgeschlagenen Bambuszweig auf. Yoshimitsu legte Motokiyo seine Faust in dem gesteppten Jagdhandschuh auf die Schulter, die sich auf gleicher Höhe befand wie die Schwertscheide des Shōgun.

»Hat mir, verflucht noch mal, viel zu lange gedauert. Zum Schluß war es nicht das Kanzleramt, sondern einer von meinen überbezahlten Spionen, der einen Laden in einer kleinen Ortschaft hier in der Nähe ausfindig machte, in dem du Papier, Tusche und Pinsel gekauft hast. Bedeutet das etwa, daß du zu schreiben begonnen hast?«

Zur Bestätigung senkte Motokiyo demütig den Kopf. Yoshimitsu verschlang Motokiyos gestreckten Nacken – seine gertenschlanke Form, seine Blässe und den fadenscheinigen Rand des groben Leinenkragens – mit den Blicken.

Beinah zu Tränen gerührt, ohne es sich erklären zu können warum, stieß Yoshimitsu, der seine Gerte durch die Luft sausen ließ, gereizt hervor: »Aber warum nur, warum dieses Einsiedlerleben, diese Selbstverleugnung, Motokiyo? In der Hauptstadt könntest du doch das beneidenswerte Leben eines gefeierten Schauspielers führen!«

»Ich habe da einen Wahnsinn in mir«, antwortete Motokiyo schlicht, als könne er ihn tatsächlich vor sich sehen, während er, ein Knie noch auf dem Boden und in der Hand den abgestorbenen Zweig, auf die trockene, harte Erde starrte. »Den Wahnsinn, mir einzubilden, daß mein Weg des Nō sich letztlich nicht von Buddhas Weg unterscheidet.« Er hob den Blick zu Yoshimitsu, und sein abgezehrtes, bleiches Gesicht schimmerte von der Glut der Überzeugung. »Schlagt mich, tretet mich, Herr, wenn Ihr dies für unverzeihliche Arroganz haltet, aber ich glaube wirklich, daß ich eine Handvoll Nō-Stücke geschaffen habe, die mein vergängliches Fleisch überleben und außerhalb der Zeit und Welt, wie Ihr und ich sie kennen, weiterbestehen werden. Es war ein langer, unbarmherziger Kampf, seit dem Tod meines Vaters; aber, Großer Baum, ich glaube, daß ich endlich zu meinem eigenen Nō gefunden habe.«

»Arroganz? Außerhalb der Zeit und Welt, wie wir sie kennen?« schnaubte Yoshimitsu verächtlich. »Scheint mir mehr nach einer verdammten Unverschämtheit zu klingen. Aber nun gut, heutzutage kennt niemand mehr seinen Platz; so sieht die Endzeitwelt eben aus, in der wir leben. Sprich weiter: Du hast also Papier und Tusche gekauft und ewige Meisterwerke geschrieben, eh?« Yoshimitsu hatte das Gefühl, wieder achtzehn Jahre alt zu sein – fast so, als wäre es erst gestern gewesen, daß er den Schauspielerjungen geneckt und unter den Achseln gekitzelt hatte.

»Ich habe viele eigene Stücke geschrieben, aber auch damit begonnen, einige Vorlagen meines Vaters umzuschreiben. Obwohl ich ein ehrfurchtsvoller Bewunderer des großen Kanami bin, fand ich doch, daß ich nicht weiterkam, ohne gewisse Charakterzüge seiner Arbeit fallenzulassen. Für diese Pietätlosigkeit meinem Vater gegenüber verdiene ich alle Feuerqualen der Hölle, das weiß ich.«

»Hast du ›Jinen Koji‹ und ›Sotoba Komachi‹ ebenfalls geändert?« erkundigte sich Yoshimitsu, der die neue Kraft, die er aus jedem Wort heraushörte, das Motokiyo sagte, zugleich bewunderte und haßte.

»Kaum. Die beiden strotzen so sehr von Kraft und Geist, daß sie jeden korrigierenden Pinsel zerbrechen würden. Sie entsprechen nicht meinem persönlichen Ideal des Nō-Theaters, doch sind es unzerstörbare Meisterwerke, wenn sie von jemandem wie meinem Vater interpretiert werden.«

»Ich habe voll Nachsicht zugehört, als du anzudeuten wagtest, daß das, was du nunmehr recht anmaßend als Nō bezeichnest, mich, die Ashikaga und Buddha weiß welch andere Dynastien von flüchtigem Ruhm überleben werde –« mit der behandschuhten Faust, die Adleraugen zu einem gefährlichen Lächeln verengt, knuffte er Motokiyo in die Wange – »weil ich überzeugt bin, daß *ich* es war und *meine* Regierung, die überhaupt jemanden wie dich erst ermöglicht haben, und auch, weil ich weiß, daß du genauso an Zeit und Menschheit gefesselt bist wie ich. Hat es jemals große Herrscher und große Schauspieler gegeben *ohne* den Beifall ihres Publikums? Beantworte mir diese Frage! Nun, da ich mir dein hochtrabendes Geschwätz angehört habe, ist mir schon bei weitem wohler. Steh auf, Motokiyo! Du hast mich lange genug vernachlässigt. Du kommst mir in die Hauptstadt zurück! Was? Jetzt sofort natürlich! Für den nächsten März ist ein Besuch in Nara vorgesehen, und ich muß den bewaffneten Kofuku-Mönchen im Ichijo-In etwas bieten. Zeig ihnen deine neuen Nō-Stücke, Meister Kanzē!«

Motokiyo kniete auf dem kalten Holzfußboden vor dem Zimmer seiner Mutter und öffnete die Shōji. Tamana, die heftig pustend das Holzkohlenfeuer anfachte, hob den Blick ihrer vom Rauch geröteten Augen und starrte den Sohn mindestens zehn Sekunden ungläubig an. Obwohl sie auf die Fünfzig zuging und in den letzten Jahren sehr schnell ergraut war, wirkte sie mit ihrem ernsten, kleinen Gesicht und der zierlichen Figur im matten Licht des regnerischen Morgens wie ein hübsches, junges Mädchen, das aus tiefstem Schlaf aufgestört wurde.

Mit einem hörbaren Einziehen der Luft streckte sie den Arm in Richtung des hinter ihr liegenden Altarzimmers aus und bat Motokiyo mit ihrer liebevollen Stimme eindringlich: »Sag deinem Vater, daß du wieder da bist! Sag's ihm! Ich mache inzwischen Tee.«

Sie wollte aufstehen, aber ihr Herz, närrisch vor übergroßer Freude, eilte ihren Knien weit voraus. Sie schwankte, doch Motokiyo, der schon angesichts des grauen Haars seiner Mutter zutiefst bestürzt war, fing sie in seinen Armen auf und verbarg das Gesicht und seine Tränen in ihrem Ärmel. Dann aber drängten sich, benachrichtigt von Sango, der Motokiyo das Tor geöffnet hatte, alle, die zu dieser frühen Stunde im Haus waren, vor der geöffneten Schiebewand. Toyodayu, Raiden, Kumazen, Ogame und die Musikerveteranen, alle auf ihre Art von den Jahren gezeichnet, die sie ohne Kanami und Motokiyo verbracht hatten, schoben sich vorwärts, ins Zimmer hinein, um mit den Augen und der Seele diese unerwartete Erscheinung, ihren lange vermißten jungen Meister, zu verschlingen. Ogame mußte buchstäblich auf allen vieren zu Motokiyo kriechen, denn seine stolzen, federnden Knie, berühmt für zwei- und dreifache Saltos auf der Bühne, hatten beim Anblick seines kleinen Meisters unter ihm nachgegeben. Während Toyodayu in tränenreichem Jubel erschlaffte wie eine eingesalzene Gurke, erging sich Kumazen unter lautem Niesen und Husten in Flüchen auf seine Erkältung, in dem vergeblichen Versuch, die Tränen zu verbergen, die ihm über die Wangen flossen.

Die jüngeren Gefolgsleute, erst während Motokiyos Abwesenheit rekrutiert, beeindruckte mehr die überwältigende heitere Gelassenheit, die der neunundzwanzigjährige Schauspieler ausstrahlte, als die außerordentliche Schönheit seines Gesichts, die für sie, nachdem sie soviel über sie gehört hatten, eher selbstverständlich war. Der berühmte Künstler und Sohn einer Legende schien sich für sie im Schein eines seltsamen Lichts zu bewegen, eines Lichts, in dem alles klarer und sauberer war als in der weiteren Umgebung. Diese unheimliche Eigenschaft, verbunden mit der unnahbaren inneren Ruhe, die er in der Abgeschiedenheit des Klosters gewonnen hatte, war zwingend. Selbst jene wenigen, die Motokiyo beschuldigt hatten, sich feige der Verantwortung entzogen zu haben, akzeptierten kleinlaut und unverzüglich die Tatsache, daß er die absolute Herrschaft über ihr Leben zurückverlangte.

Als alle Gefolgsleute sich im Bühnenraum versammelt hatten, entschuldigte sich Motokiyo mit einfachen, doch aufrichtigen Worten für seine lange Abwesenheit und fuhr dann fort: »Zunächst möchte ich nur sagen: Ich danke euch; bitte verzeiht mir; und lest das!« Er schlug einen langen Schal auseinander und legte vier ungebundene Papierstapel vor sich auf den Boden. »Diese Stücke möchte ich im März im Ichijo-In vorstellen.«

Voll freudiger Erregung, Neugier und zugleich auch Angst, womöglich etwas lesen zu müssen, was eines Sohnes des großen Kanami unwürdig war, starrten die Schauspieler, deren Herzen vor Besorgnis klopften, die kleinen Stapel an, von denen ihre Zukunft abhing.

Motokiyo las ihnen, eins nach dem anderen, alle vier Stücke

vor: ohne innezuhalten, ohne eine Bemerkung hinzuzufügen. Die schweigende Aufmerksamkeit der Männer wirkte so gierig, so lebendig auf Motokiyo, daß er das Gefühl hatte, jedes einzelne Wort werde ihm aus dem Mund gesogen, bevor er es noch ganz ausgesprochen hatte. Nachdem er alle vier Stücke vorgelesen hatte, vibrierte das Schweigen im Bühnenraum wie unter einem unhörbaren, schmetternden Klang.

Toyodayu, dem die Tränen aus den alten Augen rannen und langsam durch ein Netz tiefer Falten rollten, brach dieses Schweigen als erster: »Was habt Ihr erleiden müssen, Meister, um so etwas schreiben zu können...« Er vermochte den Satz nicht zu beenden, sondern sprang auf und verschwand im Nebenzimmer, wo er zu Füßen von Kanamis Altar beinahe hysterisch vor Erleichterung und Dankbarkeit immer wieder schluchzend murmelte: »Das Nō der Kanzē ist gerettet, Meister Kanami. Du kannst stolz auf den jungen Meister sein!«

Nahezu zehn Jahre war Kanami jetzt tot, und die Truppe entsprechend älter geworden: Toyodayus knochige Schultern hingen herab wie ein zerknitterter Papierschirm, doch in den Rollen von Göttern und alten Männern war er noch immer superb, und mit dem zittrigen, dunklen Timbre des Alters sang er womöglich noch besser als zuvor. Bescheiden erzählte er Motokiyo: »Euer Vater pflegte mir immer zu sagen: ›Kopf hoch! In unserer Kunst kann man sich noch verbessern, bis man tot umfällt.‹ Ach ja, ich kann von Glück sagen, daß ich ein Schauspieler bin. Wäre ich Steinmetz oder Bootsführer, ich säße schon längst auf dem Altenteil.« Sein Adoptivsohn Toyojiro füllte auf bewunderswerte Weise die Lücke, die Homan hinterlassen hatte, der bei einem Erdbeben mit fünfzig Jahren im Schlaf von einem herabfallenden Balken erschlagen worden war. Von wuchtiger, kantiger Statur und mit einer entsprechend mächtigen Stimme begabt, verkörperte Toyojiro faszinierend Krieger und Dämonen, auch war er ein hervorragender Chorleiter, doch wirkte er dafür in weiblichen Rollen eher peinlich.

Kumazen, der *waki*-Spieler, war inzwischen zweiundsechzig und noch immer der härteste Trinker der Truppe. Er
hatte an Gewicht und zugleich an Autorität stark zugenom-
men; mit seinen weiß überfrosteten, doch nach wie vor
ausdrucksvollen Tausendfüßlerbrauen wirkte er nunmehr
höchst würdevoll in Rollen von Oberpriestern oder vornehmen Fürsten.

»Wißt Ihr noch, junger Meister, wie oft Euer Vater verzweifelt über mich war?« fragte Kumazen wehmütig lächelnd.
»›Kuma, du bist mit dem Aussehen der Gosse geschlagen.
Leg dir ein neues Gesicht, einen neuen Hals zu. Was soll ich
sonst mit dir anfangen? Du kannst dich nicht mal hinter
einer Maske verstecken!‹ Ach ja, alt und gichtig zu werden,
hat schon seine Vorteile: Ich habe das Aussehen der Gosse
verloren.«

Ogame hingegen, der schon mit dreißig kahl gewesen war,
hatte sich äußerlich kaum verändert. Nur seine vollen,
runden Wangen waren erschlafft und hingen nun auf der
Höhe des Kinns. Trotz seiner vierundsechzig Jahre wagte er
es immer noch, mit einem Salto – seinem Markenzeichen –
auf die Bühne zu springen, nur um hören zu können, wie
sein Publikum in begeisterten Jubel ausbrach und sein Sohn
ihn hinterher verzweifelt anflehte, so etwas nicht noch
einmal zu tun. Als unbestritten bester Komödiant jener
Zeit war Ogame der erste und einzige *kyogen*-Spieler, der
unabhängig von den Nō-Aufführungen aufgefordert wurde,
allein im Palast des Shōgun aufzutreten.

Yoshimitsu erzählte Motokiyo jene Anekdote, die er so
köstlich fand, daß er es niemals müde wurde, sie jedermann
von seinem Masseur bis zum Kaiser immer von neuem
aufzutischen: In einer vornehmen Straße von Kyoto war
Ogame zufällig einem Aristokraten begegnet, der an vielen
Banketten des Shōgun teilgenommen hatte, bei denen Ogame aufgetreten war. Als dieser Edelmann erkannte, daß es
sich nur um den *kyogen*-Komiker handelte, verbarg er sein
Gesicht hinter dem Fächer und schritt schneller aus, während Ogame mit völlig unschuldig-neugieriger Miene hinter ihm hereilte, den Mann aufmerksam von der Seite
musterte, sodann voll Schrecken ebenfalls das Gesicht hin-

ter seinem Fächer verbarg und sich auf Zehenspitzen zur anderen Straßenseite hinüberschlich.

»Ich kann um alles in der Welt nicht begreifen, warum der Große Baum das so komisch findet. Ihr vielleicht, Meister?« fragte Ogame und kratzte sich den kahlen Kopf, der so blitzblank poliert war wie ein Kessel.

Auch Motokiyos Altersgenossen waren zehn Jahre älter geworden. Hotan, inzwischen dreiundzwanzig, hatte bemerkenswerte Fortschritte gemacht, vor allem nach dem schrecklichen Tod seines Vaters Homan. Neben Begabung und Eifer besaß er einen Stil und eine angeborene Eleganz, die Motokiyo jetzt in den Rollen tragischer junger Helden oder vornehmer Damen in Liebesqualen, die er geschrieben hatte, überaus wirksam einsetzte. Außer Hotan gab es als jungen *shitē*-Spieler noch Raido. Er war einige Jahre jünger als Motokiyo und vierter Sohn eines Hauptschauspielers der Hosho-Schule, den Raiden adoptiert hatte, als Ogame der Truppe klarmachte, daß Motokiyo für längere Zeit fort bleiben werde. Intelligent, ehrgeizig und ansehnlich, war der junge Mann mit einer volltönenden Stimme und einer beneidenswerten Geschmeidigkeit des Körpers gesegnet. Weil sie so schnell wie möglich einen jungen *shitē* ausbilden wollten, der irgendwie Motokiyos Platz ausfüllen konnte, hatten die Kanzē-Ältesten beharrlich und erfolgreich daran gearbeitet, gewisse unangenehme Merkmale der Hosho-Schule bei Raido auszumerzen. Bis zu Motokiyos Rückkehr hatte der junge Mann beinah ebenso viele Hauptrollen bekommen wie Hotan; daher war er verständlicherweise nicht ganz so glücklich über Motokiyos Wiederauftauchen wie die übrigen Mitglieder der Truppe. Doch Motokiyo begegnete Raidos stummem Groll mit vorbildlicher Geduld und arbeitete intensiv an seinem unübersehbaren Talent.

Motokiyos alte Freunde Kumao und Kumaya, fünfunddreißig und achtundzwanzig, hatten dank ihres männlich-guten Aussehens, das *waki*-Spieler nicht hinter Masken verstecken müssen, eine so große Beliebtheit beim weiblichen Publikum erlangt, daß Motokiyo von ihrem stolzen Vater erfuhr, nicht weniger als zwei der begehrtesten Kurtisanen aus dem Vergnügungsviertel der Hauptstadt hätten versucht, Selbstmord zu begehen, um ihre Liebe zu den Brüdern zu beweisen, und der gutherzige Kumao habe schließlich eine von ihnen geheiratet. Was Motokiyo nicht von Kumazen erfuhr, war die Tatsache, daß dieser und seine zwei großartigen Söhne bei der herrschenden Knappheit an guten *waki*-Spielern zahllose Angebote bekommen hatten, die führerlose Kanzē-Truppe zu verlassen. Doch keiner der drei, ja nicht einmal Kumazens praktische, kluge Frau Suzume hatte je etwas davon hören wollen. Und als Meister Hosho, Kanamis Adoptivbruder, sie immer wieder drängte, das, wie er es nannte, »sinkende Schiff« zu verlassen, zog Kumazen vor finsterer Empörung die buschigen Brauen zusammen und erteilte dem Hosho-Meister eine Lektion in Truppenloyalität.

Kogame, ein Jahr jünger als Motokiyo, schien seit seinem vierzehnten Lebensjahr in keiner Hinsicht gewachsen zu sein. Er maß einen Meter fünfundfünfzig und war so mager und lebhaft wie eine Mücke. Der zurückhaltende, ernsthafte und ungesellige junge Mann ließ seine eifersüchtig aufgesparte Energie und Fröhlichkeit ausschließlich auf der Bühne explodieren.

Von den weniger wichtigen Mitgliedern der Truppe hatte Sango am stärksten unter der Abwesenheit des Meisters gelitten – jener Helfer der Straßenschauspieler, dem Motokiyo nach Ominas Tod zur relativen Geborgenheit in der Kanzē-Truppe verholfen hatte. Er war im Laufe der Jahre ein wenig schwerfällig im Kopf geworden, stand jeden Morgen vor dem Tor und sog die Luft mit einem jämmerlich heulenden Geräusch wie ein verlassener Hund in die Nase. Motokiyos Rückkehr schien ihm wieder Leben und sogar Verstand einzuflößen.

Hachi, stets pfiffig und fanatisch loyal, hatte während der langen Jahre, in denen die Truppe ohne Motokiyo gezwungen gewesen war, auf Schlammtour zu gehen, mit beispielhafter Gewandtheit und Ehrlichkeit das Einsammeln der Eintrittsgelder besorgt. Nicht nur einmal mußte er sich dabei tapfer gegen Verbrecher wehren, die versucht hatten, ihm die Tageseinnahmen zu rauben.

Als mit den Proben begonnen wurde, mußte Motokiyo erkennen, daß die nahezu religiöse Verehrung der älteren Kanzē-Mitglieder für Kanami kein reiner Segen war: Schon der geringste Unterschied des Vorgehens zwischen Vater und Sohn fiel ihnen auf.

»Warum tritt uns der junge Meister nicht, warum spuckt und schreit er uns nicht an, wie es sein Vater getan hat, eh? Kümmert ihn das alles nicht? Er hat mich heute kein einziges Mal angeschrien – ich habe das Gefühl, gar nicht richtig gearbeitet zu haben«, klagte Kumazen, der sich zu Kanamis Lebzeiten mehr als alle anderen über die Peitsche und die Injurien des Meisters beschwert hatte. Jetzt war er verblüfft, ja sogar verärgert über Motokiyos Arbeitsstil. Ohne den Gebrauch der Peitsche, ohne Temperamentsausbrüche, nur mit einem zerfransten alten Fächer in der Hand erklärte, ermutigte und korrigierte Motokiyo geduldig, und wenn er nicht erreichte, was er wollte, blickte er nur traurig und niedergeschlagen drein, sagte aber kein einziges Wort, und das kränkte die betroffenen Schauspieler mehr als Kanamis laut knallende Peitsche.

Auf Schritt und Tritt mußte Motokiyo gegen den übermächtigen Schatten des Vaters ankämpfen, um seine Schauspieler zu überzeugen, daß sie zwar weiter dem Weg folgen sollten, den Kanami so fruchtbar beschritten hatte, sich jetzt aber dem Willen eines kreativen, auf Neuerung bedachten, fortschrittlichen und möglicherweise ikonoklastischen neuen Meisters zu beugen hatten.

Eines Morgens sprach Motokiyo im Bühnenraum zur gesamten Truppe: »Während der Jahre, die ich im Kloster verbrachte, habe ich gelernt, auf das zu hören, was ich ›die Spiegelung des Rhythmus in der Zeit des Himmels‹ nenne. Das mag vielleicht etwas umständlich klingen, ist aber, wie alle Schöpfungen Buddhas in der Natur, einfach und großartig. Man spürt sie in der Art, wie sich Knospen öffnen, Blüten erblühen und verwelken, oder wenn man beobachtet, wie ein Frosch springt. Es ist eine rhythmische und auf Bewegungen aufgebaute Ordnung, die unsere Welt regiert. Ich nenne sie *jo-ha-kyu*, das bedeutet wörtlich ›Beginn, Durchbruch und Eile‹, oder, wenn euch das lieber ist,

›Ursache, Verbindung und Wirkung‹. Wie alles in der Natur seine eigene *jo-ha-kyu* hat, so sollte auch alles auf der Bühne sie haben: jeder Schritt, den wir ausführen, jedes Wort, das wir äußern. Sogar eure gesamte Schauspielerlaufbahn. Was nun die Aufstellung eines Tagesprogramms betrifft, so habe ich einen Plan ausgearbeitet, der auf der *jo-ha-kyu*-Ordnung basiert, und ich möchte mich in Zukunft streng an diesen Plan halten. Für *jo* – ein Nō über Gott; für *ha* – drei Nō über Krieger, Frauen und Wahnsinn; für *kyu* – ein Nō über Dämonen.

Nun komme ich auf etwas zu sprechen, das einigen von euch, wie ich fürchte, einen Schock versetzen wird, aber vielleicht die beste Möglichkeit ist, euch zu erklären, warum ich meine Arbeit als Nō bezeichne, und nicht mehr als Sarugaku-Nō. Ich habe das Sarugaku-Meisterwerk meines Vaters, ›Matsukaze-Murasame‹, vollkommen umgeschrieben.«

Während des entsetzten, verletzenden Schweigens, das darauf folgte, beobachtete Motokiyo seine Gefolgsleute, und der Blick seiner wunderschönen, leuchtenden Augen wanderte mit der Ruhe eines Baumwipfels, der schläft, von einem Gesicht zum anderen. Niemand regte sich, alle wagten sie kaum zu atmen. Motokiyo ergriff einen der ungebundenen Stapel Papiere und begann sein neues »Matsukaze-Murasame« vorzulesen.

Als er geendet hatte, entwich allen Lungen ein verwundertes, fast ungläubiges Aufstöhnen. Toyodayu und Raiden strichen sich mit offenem Mund nachdenklich das Kinn, während Kumao, Kumaya und Kogame glücklich strahlend ihren von ehrfürchtigem Staunen ergriffenen Vätern zunickten. Es war ganz einfach nicht abzuleugnen: Der Sohn war über seinen großen Vater hinausgewachsen und hatte eine Theaterform herauskristallisiert, die eines neuen Namens würdig war.

Motokiyo neigte, Verzeihung erbittend, den Kopf. »Wir sind alle in der Bewunderung von Vaters ›Matsukaze‹ erzogen worden. Es ist schmerzlich für euch und für mich, zu erleben, daß daran herumverbessert wird, aber Vater schrieb das Stück in der Gegenwart, seine Personen sind reale

Menschen aus dieser Zeit; und nichts verblaßt schneller als das Gegenwärtige und das Realistische, vor allem in einem Stück wie diesem, das so sehr von der Aufrichtigkeit menschlicher Gefühle getragen wird.

Wie ihr sicher festgestellt habt, habe ich nur die *waki*-Rolle, den Wanderpriester, in unserer Welt und Zeit leben lassen, was wir aber auf der Bühne sehen, ereignet sich ausschließlich in seinem Traum. Dadurch konnte ich alles Unwesentliche eliminieren. Ich hatte die Möglichkeit, frei in der Zeit vor- und zurückzugehen und mich ganz auf die Landschaft menschlicher Gefühle zu konzentrieren. Wenn wir träumen, haben wir – darin werdet ihr mir beipflichten – keine Angst vor Extremen, Widersprüchen oder Tabus. Daher kommen wir träumend möglicherweise weit näher an Buddhas Wahrheit heran als im Wachen.

Die beiden niedriggeborenen Schwestern in meinem ›Matsukaze‹ werden nicht mit Sarugaku-Realismus als ländliche Mädchen gespielt, die barfuß und von der Sonne verbrannt ihre Eimer mit Meerwasser füllen, sondern sie sind Traumbilder eines ehrwürdigen Priesters, die *seine* Kultur und *seine* Sensibilität widerspiegeln. Im Nō ferner Zeiten und Räume muß man den Groll der Schwestern auf den treulosen Liebhaber nicht so bitter darstellen wie in der Gegenwart des Sarugaku. Selbst wenn sie in der Raserei unerwiderter Leidenschaft tanzen, liegt der Akzent im zeitlosen Nirgendwo eines Alptraums nicht auf Rache, sondern eher auf dem Pathos ihrer hilflosen Liebe und ihres Kummers. Ich erinnere mich, daß der verstorbene Homan für die Szene, in der Matsukaze die Kiefer für ihren verschwundenen Geliebten hält und sie mit pulsierender Sinnlichkeit streichelt, ungeheuren Beifall vom Publikum bekam. In meinem ›Matsukaze‹ würde ein so kruder Realismus abstoßend und unangebracht wirken. Im kalten Mondlicht eines Traums sollte sogar der Haß des Fleisches mit angemessener Zurückhaltung und Lyrik dargestellt werden.« Motokiyo schlug sich mit dem Fächer in die Handfläche. »Genug geredet! Vater würde jetzt gähnen und sagen: ›Halt endlich den Mund; steh lieber auf und zeig es mir!‹ Also laßt uns jetzt anfangen!«

Der für den März angesetzte Besuch des Shōgun in Nara sollte mit den alljährlich stattfindenden feierlichen Trauerriten über den Tod Buddhas im Kofuku-Tempel beginnen und damit schließen, daß der Shōgun die starke Tempeltruppe bewaffneter Mönche mit einem Bankett und einer Nō-Aufführung der Kanzē-Truppe im Ichijo-In bewirtete. Da sich die Provinz Yamato und Nara, ihre Hauptstadt, seit langer Zeit schon voll Stolz als Wiege der Kanzē-Truppe und des Sarugaku-Nō betrachteten, stiegen die Erwartungen auf Grund von Motokiyos Rückkehr auf die Bühne, noch dazu in einem eigenen Werk, zu solch schwindelnden Höhen, daß sich die Kanzē-Ältesten bei dem Gedanken, wieviel von dieser einen Aufführung abhing, vor Kanamis Altar zu Boden warfen, wann immer ihnen die strapaziösen Proben, die Motokiyo ihnen aufzwang, einen Moment Zeit dazu ließen. Ogame, der Voraussorgende, war buchstäblich krank vor Schlaf- und Appetitlosigkeit. Doami, dem Motokiyo gewissenhaft ein jedes seiner neuen Stücke zur Begutachtung übersandt hatte, lag in seiner Heimatstadt Omi mit einem Nierenleiden darnieder, eilte jedoch schon zwei Tage vor der Aufführung mit einigen seiner älteren Gefolgsleute nach Nara.

»Ohne zu übertreiben, meine Freunde«, sagte er, gelb und eingefallen von seiner Krankheit, »alle, die mit dem Theater zu tun haben, werden anwesend sein, und wie ich höre, wird das Gefolge des Shōgun bei diesem Besuch doppelt so zahlreich ausfallen wie sonst, da viele Höflinge, Daimyōs und Gefährten mit eigenen Augen das sehen wollen, was letztlich auf ein zweites Debüt für Motokiyo-dono hinausläuft. Ich muß gestehen, daß ich so nervös und aufgeregt bin, als handle es sich um meinen eigenen Auftritt.«

Frühmorgens am Tag der Aufführung kam Hachi in seiner übereifrigen, hechelnden Art in den Speisesaal der Ichijo-In-Mönche gestürzt, der den Kanzē-Schauspielern für diesen Tag zugewiesen worden war. Er berichtete von einem unangenehmen Zwischenfall, ausgelöst von einem Teehausbesitzer, einem fanatischen Kanzē-Bewunderer, vor dem Ko-

fuku-Tor. Der aufgebrachte Mann hatte ein großes Bambus-
sieb voll alter, nasser Teeblätter über den Kopf eines Denga-
ku-Schauspielers gestülpt, der seinem Straßenbarbier lautstark bösartigen Klatsch über den Shōgun und den Kanzē-
Meister erzählt hatte.

Kogame, der genauso wie sein Vater Ogame unter dem
Lampenfieber litt, das eigentlich sein Meister hätte haben
müssen, beförderte Hachi mit Fußtritten hinaus: »Verschwinde, und komm ja nicht noch mal mit Neuigkeiten
aus der Stadt hier an, die den Meister aufregen könnten!«

Motokiyo selbst schien jedoch kaum etwas von der Nerven-
belastung des Tages zu spüren. Nachdem er sich jahrelang
streng vegetarisch ernährt hatte, hielt er es nicht für notwendig, die traditionelle Abstinenz vor einer Aufführung
von so großer Bedeutung einzuhalten. Ruhig und heiter saß
er, nachdem er Bühnenboden und Säulen kontrolliert hatte,
am Bühnenrand und betrachtete den bedeckten Himmel,
der die Farbe halb geöffneter Kirschblüten aufwies, bis
Sango sich ihm schüchtern näherte.

»Wird es nicht Zeit für den Meister, sich anzukleiden?«

»Aber Sango, warum so besorgt? Das ist nicht nötig. *Ich* bin
es doch, der diese Prüfung bestehen muß, nicht du.«

Und eine Prüfung sollte es wahrhaftig werden, sogar in
nicht weniger als drei Disziplinen: als Schauspieler, als
Dichter und Komponist der Stücke sowie als deren Choreo-
graph und Regisseur. In jeder dieser Eigenschaften forderte
Motokiyo den Vergleich mit seinem Vater heraus. In Anbetracht der Tatsache, daß die Öffentlichkeit ein katastrophal
kurzes Gedächtnis besitzt, konnte nach seiner langen Abwesenheit nur noch ein überwältigender Triumph seinen
früheren Ruf wiederherstellen. Das wußte er; das wußten
alle. Als er unter dem hochgezogenen Auftrittsvorhang
hindurch die Brücke betrat, schlossen alle, die hinter ihm
standen, die Augen, um ein stummes Gebet zu sprechen.

»Atsumori« gehörte zu den wenigen Nō-Stücken, in denen
der *shitē*-Spieler zunächst unmaskiert auftritt. Als Motokiyo in die Mitte der Bühne trat und sich zu der für die
Götter leer gehaltenen Loge umwandte, keuchten alle Anwesenden unwillkürlich auf: so groß war seine unvermin-

derte Schönheit, so hypnotisch seine Ausstrahlung. Von diesem Augenblick an blieb sogar Yoshimitsu, der gewöhnlich ein relativ unruhiger Zuschauer war, reglos wie ein Grabstein sitzen.

»Atsumori« wurde über Nacht zum Klassiker und für Jahrhunderte ein Maßstab für alle Kriegerstücke nicht nur des Nō-, sondern auch des Bunraku- und des Kabuki-Theaters. Das Stück trug in nicht geringem Maß dazu bei, daß die Japaner eine Neigung entwickelten, besiegte Helden mehr zu verehren als triumphierende. Darüber hinaus unterließ es Motokiyo im Gegensatz zu den Autoren vor ihm auch nicht, die Sinnlosigkeit und Unmenschlichkeit des Krieges zu betonen, und zwar in einer Sprache, die es bisher in der volkstümlichen Unterhaltung noch niemals gegeben hatte, einer Sprache kompromißloser literarischer Vollkommenheit, vielfältig verflochten und komplex. Während Kanamis Stücke sich direkt an die Zuschauer wandten, sofort deren Interesse weckten und dann jedes Mittel und jede Überraschung einsetzten, um sich ihre Aufmerksamkeit zu erhalten, zog Motokiyo das Publikum in eine innere Welt hinein, eine persönliche Welt, so offen und tief, wie die Sensibilität jedes einzelnen Zuschauers es zuließ.

Motokiyo stellte Atsumori, den schön gekleideten, noch nicht zwanzigjährigen General dar, wie er am Vorabend der Schlacht vor dem Hintergrund eines trostlosen Heerlagers auf seiner Flöte spielt. Seine große Jugend wirkte angesichts des ihm fast mit Gewißheit am folgenden Morgen bevorstehenden Untergangs auf das Publikum um so tragischer, die gelassene Heiterkeit seiner Flötenmusik um so herzzerreißender. Als der Geist des jungen Generals dann von seinem eigenen Tod berichtete, saßen sogar die Zuschauer in der Ebenen Erde, normalerweise voll unersättlicher Gier auf blutdürstige, bombastische Krieger, still da und weinten. Aus diesem Grund wurde Motokiyos Abgang auch nicht von brausendem Beifall begleitet: Dafür waren die Herzen zu wund und die Augen zu naß.

Sobald ihm die Maske des Atsumori-Geistes abgenommen worden war, setzte sich Motokiyo zu Hotan und Raido, die in seiner neuen Version von »Matsukaze-Murasame« die beiden Schwestern spielen sollten, und flüsterte ihnen, bis die erste Flöte den Beginn des Stückes ankündigte, allerletzte Anweisungen zu. Kumao, der zum erstenmal in der *waki*-Rolle des Wanderpriesters auftreten sollte, lauschte indessen seinem Vater Kumazen mit derselben faszinierten Aufmerksamkeit wie die beiden jungen *shitē*-Spieler dem Meister.

Die jungen Schauspieler begaben sich auf die Bühne. Motokiyo saß hinter dem Auftrittsvorhang und hörte mit so konzentrierter Einfühlung zu, daß seine Seele, wäre sie farbig gewesen, bestimmt zu sehen gewesen wäre, wie sie über den Freunden und Gefolgsleuten auf der Bühne schwebte. Nach der ersten Hälfte des Stücks verzog er das Gesicht zu einem breiten Lächeln und nickte Sango zu, der hinter ihm hockte. »Es klappt; sie sind gut. Komm, Sango, hilf mir! Jetzt kommt ›Hanjo‹.«

Mit »Hanjo« distanzierte sich Motokiyo abermals von seinen Vorgängern, diesmal in der Kategorie »der Besessene« oder »der Wahnsinn«. Um einen Vorwand für lärmende Schauspielerei oder rasenden Tanz zu haben – worüber das Publikum unfehlbar jubelte –, traten dabei die Protagonisten stets als Personen auf, die eindeutig von einem bösen oder gewalttätigen Geist besessen sind. In Motokiyos Interpretation jedoch waren die Hauptpersonen nicht von externen Elementen besessen, sondern von ihren eigenen, inneren Impulsen, handelte es sich nun um die Rachsucht eines Liebenden, die Trauer um verlorenen Ruhm oder verlorene Jugend oder ganz einfach um ein zu starkes Versenken in die unvergängliche Schönheit der Natur oder ihre Unbeständigkeit.

In »Hanjo« wird eine Kurtisane in einer Provinzstadt wahnsinnig vor Kummer um ihren Geliebten, der sie wegen der Verlockungen der Hauptstadt verlassen hat. Zu ihrem besessenen Tanz hatte Motokiyo eine Musik komponiert, die den Herzschlag ihrer mißhandelten Gefühle atmete: die unregelmäßigen Tempi waren streng berechnet; das hektische Crescendo der drei Trommeln wurde von schroffen, quälend langen Pausen zerrissen. Die Zuschauer fühlten sich von den scharfen Spitzen und der Spannung dieser

Musik körperlich attackiert, und als Motokiyo in schnellem Tanz über die Brücke abtrat, stießen sie unisono einen Seufzer der Erleichterung aus.

Yoshimitsu schlug sich mit einem erstickten Keuchen auf die Brust: »Jetzt brauche ich aber dringend einen *kyogen* und einen Becher kräftigen Wein!«

Und niemand verstand die Sehnsucht des Publikums nach leichter Entspannung besser als der alte Ogame. Nachdem er sich vor Motokiyo ebenso ehrfürchtig verneigt hatte, wie er es vor jedem Auftritt auch vor Kanami getan hatte, schoß er auf die Brücke, gefolgt von Kogame in einem drolligen Affenkostüm. Und sofort blähte sich der fünffarbige Seidenvorhang unter dem Ansturm des fröhlichen Gelächters, das der Auftritt der beiden auslöste, nach innen.

Die Strapazen der beiden anstrengenden Rollen ließen Motokiyos Gesicht abgespannt und blaß erscheinen, doch für seinen letzten Auftritt an diesem Tag legte er noch eine andere Maske an, diesmal die eines weißhaarigen alten Mannes mit zerquältem Gesicht, die des *shitē* in »Last der Liebe«.

Ein paar Augenblicke lang wußten die Zuschauer nicht genau, wer diesen mitleiderregenden alten Pförtner spielte, der sich bis über beide Ohren in eine der kaiserlichen Konkubinen verliebt hat. Doch als diese seine Liebe spöttisch auf die Probe stellt, indem sie ihm befiehlt, ein großes, in Damast gewickeltes Paket aufzuheben, das täuschend leicht aussieht, in Wirklichkeit aber einen Felsblock enthält, wurde es klar, daß nur ein Schauspieler von Motokiyos Kaliber dieses Exemplar eines absterbenden, hageren Baums von altem Mann so herzbewegend darstellen konnte. Im zweiten Teil des Stückes, in dem er als Rachedämon wiederkehrt, verlieh Motokiyo dem sogenannten Dämonenauftritt, den sein Vater und andere Yamato-Kollegen zu ihrer Spezialität gemacht hatten, eine neue Dimension, denn er bot das Bild eines Dämons, der in jedermanns Herz und Seele lauert, das Bild von der ewigen Bosheit und dem verletzten Stolz der Menschen. Als Motokiyos Dämon auf die Bühne stürmte, um die kaiserliche Konkubine zu quälen, deren herzloser kleiner Spaß den alten Mann zum

Selbstmord getrieben hatte, waren die Zuschauer nicht nur angenehm erschrocken, sondern unerwarteterweise auch von tiefem Mitleid erfüllt.

Nach dem Ende der Vorstellung explodierte die aufgestaute Erregung, Bewunderung und Dankbarkeit tausender Zuschauer zu ohrenbetäubendem Beifall. Sogar die vierschrötigen, stahlharten bewaffneten Mönche klatschten in die Hände wie kleine Kinder. Yoshimitsu blähte mit starrem Blick und geballten Fäusten die Nasenflügel und biß sich auf die Lippe; er brachte kaum ein Wort heraus. In seiner Loge wagte niemand einen Muskel zu rühren. Unvermittelt warf er seinen wie Fledermausflügel geschnittenen Umhang ab, legte sein Kurzschwert darauf, klappte seinen Fächer auf und streckte ungeduldig die Hand nach seinen Pagen aus.

»Pinsel! Pinsel!«

Zum Glück hatte einer der Pagen ein Schreibgerät aus Tuschekasten und Pinsel mitgebracht. Mit grimmig verzogenem Gesicht schrieb Yoshimitsu auf die goldüberpuderte Fläche seines Fächers:

> »Worte versagen. Tränen blenden mich.
> Vor langer Zeit in Imakumano und heute hier:
> Du hast mich zweimal erobert.
> Yoshimitsu.«

Motokiyos spektakuläre Rückkehr auf die Bühne an der Spitze der Kanzē-Truppe und dazu der erstaunliche Reichtum seiner neuen Stücke blieben nicht ohne Auswirkungen. Alle Sarugaku-Truppen im Land begannen fleißig Motokiyos neue Stücke zu kopieren und kündigten sie nun einfach als Nō-Theater an. Bald darauf strich dann auch das Publikum das Wort »Sarugaku« aus seinem Vokabular.

Als Doami in die Hauptstadt zurückkehrte, überfiel er jeden, den er traf, mit einem begeisterten Bericht über Motokiyos zweites Debüt im Ichijo-In, bis Perlen von Tränen in seinen Augenwinkeln standen, und setzte jedesmal unweigerlich hinzu: »Motokiyo-dono ist ein Magier des Theaters, wie ich es, sosehr ich mich auch bemühe, niemals sein werde.«

Doamis bescheidene Großzügigkeit gegenüber seinem jungen Rivalen bewirkte, daß Yoshimitsu und andere hochgestellte Gönner Doamis das alternde, einsame Genie nur um so höher schätzten. »Solange ich weitertanzen kann, bis ich eines Tages zu einem Häufchen Asche zusammensinke, werde ich glücklich sein«, pflegte er zu sagen, und so war es auch.

Motokiyos Ruhm erreichte einen Punkt, an dem die Menschen eine übernatürliche Kraft in seiner Kunst zu sehen begannen. Ein wohlhabender Pfandleiher in Fushimi war schwer verletzt worden, doch eines Nachts erschien seinem Küchenmädchen im Traum ein Gott, der erklärte, wenn ihr Herr Motokiyo von Kanzē bitte, vor dem Fushimi-Schrein zehn Stücke aufzuführen, werde sein Leben gerettet werden. Motokiyo gehorchte dem Orakel, und der Pfandleiher wurde prompt gesund. Zur Belohnung schenkte er Motokiyo viele Rollen herrlicher Seide und kostbare Münzen der Sung-Dynastie.

KAPITEL

17 An einem Winterabend gegen Ende desselben Jahres bat Yoshimitsu Motokiyo allein in sein Gemach. Nachdem er Pagen und Diener entlassen hatte, schenkte der Shōgun dem Schauspieler eigenhändig einen großen Becher Wein ein. Er kaute an seinem Lieblingsimbiß, in den Schoten gekochten Erbsen, wobei er die Schoten eine nach der anderen nicht immer sehr zielgenau in die Richtung einer orangefarbenen Lackschale warf. Dabei schwieg er längere Zeit. Der längst vergessene und dennoch vertraute Duft, der in den Räumen des Shōgun herrschte, ließ in Motokiyo Erinnerungen aufsteigen, die eine sanfte Wärme unter seiner Haut erzeugten. Er konnte sich nicht entsinnen, wann er zuletzt so glücklich und zufrieden gewesen war wie gerade jetzt, während er die vom Shōgun weggeworfenen Erbsenschoten aufhob und in die Lackschale tat.

»Ich werde bald siebenunddreißig«, sagte Yoshimitsu schließlich. »Mit vierzig, pflegte Hosokawa zu sagen, sollte ein Mann über alle weltlichen Versuchungen hinaus sein. Ich habe ihnen jetzt dreißig Jahre lang ausgiebig nachgegeben, Motokiyo. Ich habe dem Land Frieden gebracht – unsicheren, unvollständigen Frieden, das gebe ich gern als erster zu, doch alle Bevölkerungsschichten haben dadurch Zeit gehabt, Speck anzusetzen und vor dem Fenster ein paar Trichterwinden zu ziehen. Meine Privatarmee ist größer, gründlicher ausgebildet und besser ausgerüstet als jemals zuvor, und die Shōgun-Erbfolge ist gesichert: Man kann sagen, ich hätte weit schlechter abschneiden können.«

Er schenkte sich und Motokiyo noch einmal ein.

»Du weißt es noch nicht, doch heute morgen ist Kaiser Goenyu gestorben. Er war genauso alt wie ich und erst sechsundzwanzig, als er abdankte und ins Kloster ging. Erinnerst du dich?« Als er an den Kaiser dachte, der sein Erzrivale, Verbündeter und schließlich guter Freund gewesen war, verzog Yoshimitsu den sinnlichen, vollen Mund zu einer Grimasse, die ein halbes Lächeln war. »Mit dem letzten Atemzug befahl er seinem siebzehnjährigen Sohn,

Kaiser Gokomatsu, meinen Rat zu beherzigen, als sei es sein eigener.«

Yoshimitsu rückte die Rapssamenöllampe mehr in die Mitte zwischen sie beide, musterte Motokiyo mit offenem, freundlichem Ernst und strich ihm mit der Rechten, fast ohne ihn zu berühren, über Stirn, Schläfe und Wangenknochen bis zum Kinn hinab, als wolle er sein Bild nachzeichnen. Motokiyo atmete den grünen, wäßrigen Duft der gekochten Erbsen ein, der von den Fingerspitzen des Shōgun ausging, und das Herz schwoll ihm vor so viel Zärtlichkeit. »Auch für dich habe ich einen Rat. Du mußt heiraten, Motokiyo. Und Söhne bekommen, mindestens drei. Ein Haus ist kein Haus, wenn es nicht fortbesteht: Das hat Kanami immer gesagt. Sieh dir Doami an: Er hat keinen Fortbestand. Es ist ihm auch gleichgültig, diesem Toren! Aber du brauchst ihn. *Mir* liegt der Fortbestand deiner Familie und deiner Kunst am Herzen. Vergiß nicht, daß es zur Hälfte auch *mein* Fortbestand ist. Ich habe eine Frau für dich.«

Yukina war außerhalb von Kyoto in einem Nonnenkloster aufgewachsen. Ihre Mutter, Tochter aus verarmter, aber aristokratischer Familie, war bei der Geburt der Tochter gestorben, und die Identität ihres Vaters wurde niemals bekannt. Man vermutete, daß er von niederer Herkunft war, die Wahrheit war freilich mit Yukinas Mutter gestorben. Als Yukina zu einem stillen, wohlgesitteten, hübschen Mädchen von zwölf Jahren herangewachsen war, schickten die Nonnen sie als Dienerin in den Haushalt von Nariko, Yoshimitsus erster Frau; denn wie die meisten Nonnenklöster war auch dieses überbelegt mit vornehmen, doch mittellosen Waisen, und so wurden möglichst viele Mädchen in einem vertretbaren Alter »ausgesondert«, um die Anzahl der hungrigen Mäuler, die gefüttert werden mußten, zu verringern.

Yukina, schweigsam und hübsch anzusehen, wenn auch vielleicht ein bißchen zu verschlossen für ein offenbar gesundes junges Mädchen, wurde nach Narikos frühem Tod zusammen mit anderen Besitztümern wie Kleidern, Möbeln, Sänften, Käfigen mit seltenen Vögeln und Musikin-

strumenten an Yoshimitsus zweite Frau Yasuko weitergegeben. Als Motokiyo, der damals noch Fujiwaka hieß, ebenfalls Mitglied von Yoshimitsus Haushalt wurde, kam Yukina des öfteren in Kontakt mit Fujiwaka, und das in sich
gekehrte, stille Mädchen verliebte sich unsterblich in den
Favoriten des Shōgun. In der so abgeschlossenen, neugierigen Gruppe von Frauen am Hofe konnte das nicht verborgen
bleiben. Eine Zeitlang wurde Yukinas Liebe in Yasukos
Gefolge zum leicht belustigenden Gesprächsthema, als Fujiwaka sich jedoch der Schwärmerei des armen Mädchens
gegenüber ein Jahr ums andere gleichgültig zeigte oder sie
überhaupt nicht wahrnahm, verloren die Frauen das Interesse und hörten bald auf, die Kleine damit zu necken.
Damals war Fujiwaka sechzehn und Yukina vierzehn gewesen.
Viele Jahre später, als Motokiyo wie ein sterbender Elefant
verschwand, ohne eine Spur zu hinterlassen, überraschte
Yukina die wankelmütigen Damen ihrer Umgebung damit,
daß sie sich tiefen Kummer anmerken ließ und es mindestens ein ganzes Jahr niemals versäumte, die Gebete der
Hundert Schritte für Motokiyos Wohlergehen und gesunde
Rückkehr zu sprechen. Die anderen kicherten nervös und
wandten den Blick ab, als sei es sonderbar oder unschicklich, daß Yukinas Pupillen, sobald jemand den jungen
Schauspieler erwähnte, der die Hauptstadt einst so verzaubert hatte, enger zusammenzurücken schienen wie bei den
Augen eines Menschen, der von einem Fuchsdämon besessen ist.
Trotz allem hatte Yukina jedoch in ihrem ganzen Leben
bisher vermutlich nicht mehr als ein paar Dutzend höfliche
Worte mit Motokiyo gewechselt. Und Motokiyo konnte
sich, als der Shōgun ihren Namen erwähnte, so gut wie gar
nicht an sie erinnern. Motokiyo war – in der landläufigen
Bedeutung des Wortes – kein sinnlicher Mann. Genau wie
mit dem Wein, den er ohne das geringste Anzeichen von
Trunkenheit in exzessiven Mengen trinken, aber auch jahrelang meiden konnte, so erging es ihm mit den Freuden des
Fleisches. Nachdem er aus dem Nachtdienst des Shōgun
entlassen worden war, hatten ihm Frauen aller Schichten

zahllose Avancen gemacht, er jedoch hatte sich, ganz wie ihm der Sinn danach stand, wollüstig oder asketisch gezeigt. Yoshimitsus Spione berichteten dem Shōgun, daß Motokiyo nach seiner Entlassung mit keinem anderen Mann mehr das Kopfkissen geteilt habe.

»Sie ist jetzt achtundzwanzig – eine alte Jungfer –, doch ich versichere dir, sie sieht noch immer sehr gut aus. Außerdem liebt sie dich seit vierzehn Jahren. Stell dir vor, Motokiyo: ihr halbes Leben lang! Hartnäckig, stolz und loyal. Ich glaube, sie wird als deine Frau durchhalten können. Da in deinem Leben das Nō an erster Stelle kommt, mußt du eine Frau heiraten, die es erträgt, stets hinter deiner Kunst zurückstehen zu müssen.« Yoshimitsu sagte es ohne Ironie oder Unfreundlichkeit und fuhr mit der Beredsamkeit eines guten Fürsprechers fort: »Ich habe mich bereits mit den Gelehrten des kaiserlichen Astrologieamtes in Verbindung gesetzt und das Datum festgelegt. Die Dame des Nordwärts Gerichteten Palastes –« Yoshimitsu bezeichnete Yasuko mit dem hohen, weiblichen Hofrang, den er dem Kaiser jüngst für seine Ehefrau abgerungen hatte – »wird dem Mädchen eine anständige Mitgift geben. Verschwende bitte keine Zeit. Ich möchte, daß du dich auf das Nō-Theater konzentrierst und seinen Fortbestand sicherst. Und falls sich diese Frau als schmalhüftig und unfruchtbar erweisen sollte, habe ich schon eine andere für dich im Sinn.«

Motokiyo lernte – ebenso wie Tamana und die Mitglieder seiner Truppe – seine Frau erst am Tag der Eheschließung kennen.

»Eine Braut aus dem Himmel!« rief Ogame vor Freude und Stolz, denn selbst als ehemaliger Favorit des Shōgun hätte sich Motokiyo schon überaus geehrt fühlen müssen, wenn der Shōgun eine seiner persönlich deflorierten Mätressen oder, um sich die Kosten einer angemessenen Aussteuer zu ersparen, die Tochter eines reichen Geldverleihers oder Kontinentalhändlers für ihn bestimmt hätte, dessen Finanzen davon abhingen, daß er eine günstige Lizenz vom Shōgunat erhielt. Doch nun hatte der Shōgun für seinen Nō-Meister die Heirat mit einem Mädchen arrangiert, das er selbst niemals berührt hatte, und noch dazu einem Mädchen aus dem exklusiven, geschlossenen Kreis der Frauen, die seiner eigenen Gattin, der Dame des Nordwärts Gerichteten Palastes, dienten – eine Tatsache, die eindeutig die große Wertschätzung des Shōgun für den Schauspieler bewies und dem Haus Kanzē für die Zukunft noch mehr Würde verlieh. Wie die Braut als Mensch war, wie Braut und Bräutigam aufeinander wirken würden, ganz zu schweigen von der Reaktion der Familie des Bräutigams und seiner Truppe – all das war absolut unwichtig im Vergleich zu dem strahlenden Licht der noch nie dagewesenen Gunst des Shōgun.

Der Name der Braut, Yukina, bedeutete »Gras unter Schnee«, und in der Nacht vor dem Hochzeitstag schneite es. Trotz der starken Kälte begrüßte Tamana am folgenden Morgen ihre zukünftige Schwiegertochter vor dem Tor, als die junge Frau aus ihrer Sänfte stieg. Eine vornehm gekleidete und frisierte Brautjungfer, eine von Yukinas älteren Kolleginnen aus dem Nordwärts Gerichteten Palast, hielt Yukina an der weiß gepuderten Hand. Tamana führte die beiden in einen kleinen, vom Speisesaal abgetrennten Raum, in dem der Bräutigam sie ganz allein erwartete.

Die Braut war nach traditionellem Brauch gekleidet: in einen nachschleppenden Mantel aus schimmernder, weißer Seide über einem weißen Crêpe-Kimono. Kopf und Gesicht waren mit einem großen, weißen Schal verhüllt, so daß von ihr, als sie niederkniete und sich tief vor Motokiyo und Tamana verneigte, nichts zu sehen war als ihre eiszapfenschlanken Finger.

Die Brautjungfer entfernte behutsam den Schal vom Kopf der Braut so weit, daß diese aus einer roten Lackschale mit ihrem Mann die drei-drei-und-drei Schlucke gut gewürzten Weins trinken konnte: der wichtigste, bindende Teil der Heiratszeremonie. Nachdem das Gesicht der Braut zu sehen war, konnte Tamana einen kleinen, überraschten Kehllaut nicht unterdrücken: Ihre Schwiegertochter war schöner und würdevoller, als sie gedacht hatte, und wirkte wohl auch älter, als sie tatsächlich war.

Während das Paar mit zeremonieller Feierlichkeit die rote Weinschale tauschte, begegnete Motokiyo ein einziges Mal

Yukinas Blick. Sie zuckte weder zusammen, noch errötete sie, sondern sah ihn mit ihren in kaltem Feuer brennenden Augen gelassen an. Ihre langen, spitz zulaufend geschnittenen, von dichten Wimpern verschatteten Augen waren bezaubernd, wenn auch in ihrer alles verschlingenden, starren Intensität ein wenig beunruhigend.

Nachdem sie die weißen Festgewänder abgelegt und dafür prächtige Kleider in bunten Farben angezogen hatte, wurde die Braut in den improvisierten Bankettsaal geführt, den Bühnenraum, der durch das Entfernen der trennenden Shōji um drei kleinere Zimmer vergrößert worden war. Dort hielten Doami, die Hosho-Meister Komparu und Kongo mit ihren Ältesten und alle männlichen Mitglieder der Kanzē-Truppe vor Bewunderung für das wunderschöne Bild, das Braut und Bräutigam boten, den weinduftenden Atem an. Die Ehefrauen der Kanzē-Mitglieder, die in ihrem schönsten Feststaat Wein und Speisen auftrugen, hielten inne, um ihre junge Herrin neugierig anzustarren – zögernder als ihre Männer: vielleicht, um sich erst eine Meinung zu bilden.

Dank der großen Anzahl zusätzlicher Köche in der Küche und den vielen, von Motokiyos Bewunderern geschickten Fässern mit ausgezeichnetem Wein gestaltete sich die Hochzeitsfeier endlos, üppig, geräuschvoll und von ausgelassenem, gutmütigem Humor bestimmt. Es war ein Fest, in dessen Verlauf die Braut und der Bräutigam kaum Gelegenheit für ein persönliches Gespräch fanden.

Kurz nachdem die Mitternachtsglocken der benachbarten Tempel geläutet hatten, begaben sich Motokiyo und Yukina in ihr Schlafgemach. Auf dem ziemlich kleinen Raum, den die vom Nordwärts Gerichteten Palast bereits vorausgeschickten Besitztümer der Braut – Ankleidespiegel, Schreibkasten, Brauenmalkasten, Kammkasten, Glückspuppen und bemalte Tiere – noch freiließen, lag eine große, mit einer Steppdecke in weißem Seidenbezug bedeckte Schlafmatte ausgebreitet.

Tamana begleitete das Brautpaar bis zu den Shōji ihres Zimmers. Sie hatte in letzter Zeit kaum schlafen können, so große Sorgen hatte sie sich wegen der Tatsache gemacht, daß Yukina aus einer Gesellschaftsschicht kam, deren Angehörige Tamana ihr Leben lang nur als jene kannte, »die über den Wolken wohnen«. Bedrückt hatte sie sich gesagt: »Wenn einer über der eigenen Klasse heiratet, entsteht nichts Gutes aus dieser Verbindung. Ich zittere um meine Enkelkinder...«

»Yukina-dono«, sagte Tamana, bevor sie die Schiebetüren schloß, denn sie brachte es nicht fertig, ihre Schwiegertochter anders anzureden als mit dem umständlichen Höflichkeitstitel, »ich hoffe, Ihr werdet im Haus meines Sohnes viel Glück finden.«

»Bitte, liebt mich und vertraut mir wie Eurer eigenen Tochter«, gab Yukina zurück, während sie auf die Knie fiel und sich ehrfürchtig vor Tamanas Füßen verneigte. »Ich weiß nur wenig vom Leben außerhalb eines Nonnenklosters und dem Palast meines Wohltäters, doch wenn Ihr meine Lehrerin sein wollt, werde ich mir Mühe geben, alles zu lernen und Euch zufriedenzustellen.«

Tamana, schlicht und leicht zu beeindrucken, war darüber zu Tränen gerührt. Sie schloß die Shōji und ging hoffnungsfroh und glücklich davon.

Als Motokiyo Yukina in den Armen hielt, war er unbeschreiblich tief bewegt. Sie war nicht nur seine Ehefrau und eine vollkommen Fremde für ihn, sondern die erste Frau, die er körperlich liebte. Er hatte Frauenrollen gespielt, er hatte Frauenrollen geschrieben, man hatte ihn gelobt, daß er die Frauen weit besser verstehe und auszudrücken vermöge als die Frauen selbst. Aber den Körper einer Frau hatte er nie kennengelernt, niemals ihr tiefes, liebkosendes Inneres erlebt, die schlangengleiche Umklammerung ihrer Glieder, ihre geschmeidige Anschmiegsamkeit; und am überwältigendsten von allem, er hatte in seinem ganzen dreißigjährigen Leben niemals erkannt, wie natürlich es für einen Mann ist, einer Frau Lust zu bereiten – ohne Zwang, ohne Gewalt, ohne Schmerz, ohne Kunstgriffe –, und er verstand auf einmal, warum die Vereinigung von Mann und Frau mit Fruchtbarkeit gesegnet war, denn sie schien ihm in vollkommener Harmonie mit dem von Buddha bestimmten Weg der Dinge zu stehen, zwei individuelle, jedoch einander ergänzende Körper, die sich in natürlicher Perfektion ineinanderfügen.

Als Schauspieler ohnedies dazu erzogen, anderen zu dienen und zu gefallen, liebte Motokiyo die unbekannte Frau. Einmal, und ein zweites Mal erkundete er das ihm unvertraute Terrain und seine verborgenen Schlupfwinkel ausdauernd und mit ebenso großer Freude am Entdecken wie stoischem Durchhaltevermögen, bis die Frau, bebend und gesättigt wie ein Wesen aus einer süßen, dicklichen Flüssigkeit, erschlaffte.

Am folgenden Morgen, als die Erschöpfung der Hochzeitsnacht noch dunkel unter ihren Augen stand, war Yukina so verschlossen und zurückhaltend, wie sie im dunklen Gemach der Liebe beredt und selbstbewußt gewesen war. Die wollüstige Hemmungslosigkeit der vergangenen Nacht war ihr nicht anzusehen, es sei denn an der Art, wie sie Motokiyo mit Blicken verschlang, sobald er in ihre Nähe kam.

Mit der Haltung einer tapferen Puppe begann sie von Tamana weder mit Herablassung oder Verachtung noch mit spürbarer Freude oder Interessiertheit das Funktionieren des Haushalts zu erlernen, des Haushalts eines unberührbaren Schauspielers. Den Dienern und den Frauen der Schauspieler gegenüber gab sie sich höflich und geduldig, und auch Tamana konnte der Schwiegertochter nicht den geringsten Mangel an Respekt und Aufmerksamkeit vorwerfen. Sie erbot sich sogar, Tamana an den Abenden, da Motokiyo zu einer Aufführung in den Palast des Shōgun gerufen wurde, die Schultern und Beine zu massieren. Tagsüber sah man sie, sobald Tamana sie nicht brauchte, entweder auf dem harten Korridorboden vor dem Bühnenraum sitzen und Motokiyo durch einen schmalen Spalt zwischen den Shōji bei der Probe zuschauen, oder seine neuen Werke abschreiben. Sie lebte eindeutig ganz und ausschließlich für Motokiyo und die Nächte mit ihm.

Angesichts der fast erstickenden Ergebenheit eines Menschen, den er nicht vollkommen verstand und dem gegenüber er auch keine ausgesprochene Sympathie empfand, fühlte sich Motokiyo unwillkürlich irgendwie unzulänglich, schuldbewußt, ja sogar illoyal; und vielleicht aus diesem Grund bemühte er sich um so mehr, Yukina bei der körperlichen Vereinigung zu befriedigen. Er war genauso unermüdlich, wie man ihn seit seiner Kindheit gelehrt hatte, den Nachtdienst zu versehen, ob nun bei einem Abt oder einem Shōgun.

Was werden die beiden nur miteinander anfangen und reden, wenn sie alt und auf sich selbst angewiesen sind, fragte sich Tamana oft.

»Wenn Ihr einen Sohn habt, Meister, würdet Ihr mir dann bitte gestatten, sein Tutor und Kindermädchen zu sein, wie mein Vater es bei Euch war? Ich verlasse mich darauf, daß Ihr es mir erlaubt!« Kogame, der die jüngste Tochter des verstorbenen Meisho geheiratet hatte, leider aber nicht mit Kindern gesegnet war, ließ niemals eine Gelegenheit aus, Motokiyo mit dieser drolligen Bitte zu verfolgen, und seine übliche, tief bedrückte Miene dabei brachte Motokiyo jedesmal wieder dazu, in unangebrachtes Gelächter auszubrechen.

»Natürlich, Kogame! Es wird mir eine Freude sein. Doch ob ich mit einem Sohn gesegnet werde und wann, das wird dort oben beschlossen.« Dabei hob Motokiyo lächelnd den Blick gen Himmel.

Der Himmel beschloß, ihn innerhalb von drei Jahren mit zwei Söhnen zu segnen. Der erstgeborene wurde Juro genannt, der zweite Goro. Es war völlig verständlich, daß Tamana in ihre Enkelsöhne vernarrt war und daß Kogame sofort damit begann, ein rührend besitzergreifendes Interesse an dem älteren Knaben zu nehmen: Die große Überraschung aber war, daß auch Motokiyo sich als bewundernder und liebevoller Vater entpuppte.

Kleine Kinder, Hunde und Katzen hatten Motokiyo gegenüber schon immer ein bemerkenswertes Zutrauen bewiesen, und Ogame pflegte zu erklären: »Das kommt daher, daß der kleine Meister keine Nadeln der Spannung in seinen perfekt trainierten Muskeln hat. Er gleicht einer schlafenden Katze, die von der Fensterbank fällt und auf allen vieren auf dem Boden landet.« Die Amme staunte, als sie feststellen mußte, daß der Meister sich nach stundenlanger, konzentrierter Arbeit entweder im Bühnenraum oder in seinem

Studierzimmer ins Quartier der Kinder schlich und einfach dadurch, daß er etwa Juro auf seinem Zeigefinger kauen ließ, das Weinen des Kleinen stillte. Die Kinder ließen es sich bald eindeutig anmerken, daß sie es vorzogen, von den Männern gebadet zu werden statt von der Amme, dem Kindermädchen oder sogar von Tamana, die es nie müde wurde zuzusehen, wie Motokiyo und Kogame die Winzlinge mit so viel Vorsicht und Aufmerksamkeit wuschen, als hantierten sie mit Masken von Miroku oder Himi. Gar nicht selten stießen Motokiyo und Kogame mitten in der Nacht zusammen, wenn sie auf Zehenspitzen zum Kinderzimmer schlichen, weil Juro weinte, während das Mädchen und Goro tief und fest schliefen.

Nachdem sie gesehen hatten, daß sich Yukina recht gleichgültig verhielt und sich über die Unbequemlichkeiten zweier Schwangerschaften so kurz hintereinander sogar ein wenig erbittert zeigte, war niemand erstaunt, als sie die Pflege und dadurch auch die natürliche Freude einer Mutter an ihren Kindern bereitwillig Tamana und der Amme überließ. Sie sah jetzt wesentlich frischer und jünger aus, und ein neuer, sinnlicher Schimmer glänzte unter ihrer Haut. So lebte sie im Grund eher wie ein geehrter Gast im eigenen Haus und machte sich nach zwei Geburten nicht einmal mehr die Mühe, bei Nacht ihre Lustschreie zu dämpfen, die wie ein kriechender Nebel bis in den Korridor hinausdrangen, und Tamana fragte sich, ob eine vornehm geborene Dame, die daran gewöhnt war, in einem großen Haus und umgeben von allgegenwärtigen Dienern zu leben, wohl nicht das Gefühl gewöhnlicher Menschen für Anstand und Scham entwickelte.

Vier Monate nach Goros Geburt brach bei ständiger Septemberhitze und Trockenheit in den übervölkerten Elendsvierteln der Hauptstadt eine Ruhrepidemie aus, die sich mit rasender Geschwindigkeit auch auf die übrige Stadt verbreitete. Dann kam der Oktober, aber die Hitze ließ noch immer nicht nach. Das Klima wurde stickig und feucht. Angesichts der sich stündlich verschlechternden Situation, und da die Herrin des Hauses, Yukina, wie ein harmloser Geist durch den Tag driftete, beschloß Tamana, die Sache selbst in die Hand zu nehmen. Zuerst schickte sie Yukina und die beiden Kinder mit den erfahrenen älteren Dienerinnen nach Omi, wo ihnen Doami mit der für ihn typischen Großzügigkeit im eigenen Haus Unterkunft angeboten hatte. Dann wies sie die zurückbleibenden jüngeren Domestiken an, alles abzukochen, wovon sie aßen, sowie den ganzen Tag über desinfizierende Aufgüsse sieden zu lassen. Ferner sorgte sie dafür, daß kein Außenseiter und nichts Verseuchtes über die Schwelle des Kanzē-Hauses kam.

Nach dem berüchtigt drückenden Sommer von Kyoto traf es dann die älteren Mitglieder der Truppe. Toyodayu und Ippen starben Mitte Oktober im Abstand von zehn Tagen. Toyodayu war zweiundsiebzig, Ippen, der rebellische Trommler, vierundsechzig. Im Dezember schließlich, kurz nachdem die Epidemie für beendet erklärt worden war – Yukina und die Kinder blieben vorsichtshalber noch in Omi –, und während die Hauptstadt freudlos den festlichen Monat des Jahres begrüßte, mußte sich schließlich auch Tamana mit Ruhr und einer Erkältung ins Bett legen, die sich, da verschleppt, zu einer akuten Lungenentzündung entwickelte.

Als sie erkannte, daß auf die erschreckende Austrocknung ihres Körpers und die quälenden Brustschmerzen schon bald der Tod folgen würde, verlangte sie, Motokiyo allein zu sprechen. Ihr Atem roch nach Tod, und in ihren bis auf den Grund der fleischlosen Höhlen eingesunkenen Augen stand nur noch wenig Licht. Mit einer schmerzlich anzusehenden Entschlossenheit flüsterte sie heiser und mit abgerissenen Worten, fast ohne ihre trockenen, weißen Lippen zu bewegen.

»Frag Ogame, wenn ich es nicht... zu Ende bringe. Dein Vater und Omina-san hatten ein Kind. Das hast du wahrscheinlich nicht gewußt. Ich wußte es und war glücklich darüber. Ich wollte den Jungen als einen Kanzē-Sohn aufziehen und sagte das auch, aber du kanntest Omina-san, eine so anständige, gewissenhafte Frau, sie wollte nichts davon hören. Sie wollte keine Wolke über dein Leben bringen, über das Leben des legitimen Sohns und Erben. Sie zog das Kind auf, so gut ihr das unter den schwierigen Umständen möglich war – ständig auf Tournee, umgeben von Tanzmädchen und verliebten Männern. Nach Omina-sans Tod führte ihr Sohn die *kusē*-Tanztruppe eine Zeitlang weiter, machte aber grobe Fehler. Dann stahl er alles, was noch in der Kasse war, und brannte mit der Haupttänzerin durch. Wir hatten nie wieder etwas von ihm gehört, bis er unmittelbar nach dem Beginn der Epidemie hier auftauchte. Er hinterließ ein knapp ein Jahr altes Kind und verschwand sofort wieder... Hör zu, Motokiyo: Das Kind hat das Blut deines Vaters und das von Omina-san in den Adern. Ich liebte sie beide. Sie und du, ihr wart das Licht meines Lebens. Bitte, zieh Ominas Enkel als dein eigenes Kind auf! Ich bat Ogame, das Kind wegen der Seuche zu seinen Verwandten in Yamato zu bringen. Nun, da es wieder ungefährlich ist... bitte, hol den Jungen her... Alles andere wird Ogame... Ich bete für dich...«

Blind und erstickt vor Tränen ergriff Motokiyo, der sie für tot hielt, den Arm seiner Mutter, einen Arm, ausgedörrt wie ein alter Ast. Tamana hob ganz leicht die Lider. »Du bist so allein, Motokiyo – immer. Ich sehe dich noch, wie du im Morgengrauen aus dem Jozen vom Abt nach Hause kamst... So allein, so stark. Armes Kind, du liebst nichts anderes. Nur das Nō.« Das waren ihre letzten Worte.

Drei Tage später wurde eine schlichte Trauerfeier im Haus abgehalten. Was Motokiyo dabei überraschte und zutiefst berührte, war nicht nur die erstaunlich große Zahl der mit seinem Beruf verbundenen Menschen, die teilweise einen langen Weg zurückgelegt hatten, um ihr die letzte Ehre zu erweisen, sondern die beträchtliche Zahl umherziehender Straßenkünstler, die einst in Yuzaki bei ihr Unterschlupf gesucht hatten. Nach dem meteorgleichen Aufstieg Kanamis und der Kanzē-Truppe in der Hauptstadt hatte es dieser »Abschaum der Erde« nicht gewagt, am gepflegten Tor der Kanzē um Obdach zu bitten. Dennoch aber waren sie jetzt gekommen, weinten, klatschten betend in die Hände und brachten Wiesenblumen vom Flußufer, als wäre es die eigene Mutter, die sie verloren hatten.

Es war lange nach Mitternacht, als Motokiyo im eiskalten, zugigen Bühnenraum zum erstenmal Gelegenheit hatte, mit Ogame allein zu sprechen. Nachdem er innerhalb von nur drei Monaten an nicht weniger als sechs Beerdigungen seiner Gefolgsleute und nun auch noch an der seiner Mutter hatte teilnehmen müssen, wäre Motokiyo beim Anblick des alten Ogame, der so frisch und rein wirkte wie eine große, polierte Persimone, am liebsten in Tränen ausgebrochen.

»Buddha sei Dank, Ogame, daß du noch bei uns bist!« seufzte Motokiyo. »Also, dann erzähl mir mal von diesem Kind – meinem Halbneffen!«

Indem er die letzten Worte hinzufügte, ersparte er Ogame peinliche Verlegenheit. Mit einem tiefen Erleichterungsseufzer schlug sich Ogame auf die Brust.

»Meister, ich hörte auf, über das zu richten, was zwischen einem Mann und einer Frau vorgeht, sobald ich den Unterschied zwischen ihnen erkannte. Eure Mutter war eine große Dame. Und Omina-dono! Wer hätte sie nicht geliebt? Sie war eine gute Frau. Habt Ihr jemals erlebt, daß sie Eurer Mutter gegenüber nicht aufrichtige Zuneigung und Hochachtung gezeigt hätte?«

»Ich bin ja vollkommen deiner Meinung, Ogame. Ich habe Omina-dono genauso geliebt wie meine Eltern. Erzähl mir von ihrem Sohn!«

»Ehrlich gesagt, Meister, ein Taugenichts, nicht wert, Eures Vaters Blut in den Adern zu tragen. Besaß er die Begabung seiner Eltern? Das ja – auf eine gewisse Art schon. Er ist so groß und gutaussehend wie Euer Vater... o ja, ein blendend aussehender Bursche. Und das war sein Untergang. Wäre er hier aufgewachsen und zur Disziplin erzogen worden, er wäre vermutlich ein fabelhafter Schauspieler geworden, doch er hat all seine vielversprechenden Gaben durch seine Ausschweifungen verschwendet, und wenn er nicht inzwischen mit irgendeiner schlechten Frau Doppelselbstmord begangen hat, läßt er sich irgendwo von einer Frau aushalten.«

»Wer ist die Mutter dieses Jungen – weißt du das?«

»Das Mädchen, das Omina-dono zu ihrer Nachfolgerin bestimmt hatte. Keine schlechte Tänzerin. Sie war nicht mehr jung, als sie mit dem Burschen durchbrannte. Das ist wohl auch der Grund, warum sie bei der Geburt des Jungen starb. Das Kind befindet sich in Yamato bei der Familie meiner Nichte. Kein Problem, Meister – ich hab' ihnen gesagt, er sei eine Epidemie-Waise. Buddha segne ihre dahingegangene Seele, Eure Mutter hat für alles gesorgt, hat großzügig bezahlt für Amme, Essen, Kleidung und alles sonstige.«

»Bevor ich meine Frau und die Kinder in die Hauptstadt zurückhole«, erwiderte Motokiyo, »möchte ich, daß du den Jungen nach Omi schickst, damit sie alle zusammen heimkehren können. Nachdem die Lage in der Hauptstadt noch so chaotisch ist, wird niemand bemerken oder sich darum kümmern, daß wir auf einmal drei Kinder haben statt zwei. Also, wie heißt der Junge? Und wie alt ist er?«

»Darüber habe ich schon nachgedacht, Meister. Kinder sind aufmerksam; sie entdecken sofort den kleinsten Unterschied und sind gekränkt. Wir müssen behutsam sein und dem Jungen einen Namen geben, der rhythmisch zu dem der beiden anderen paßt. Ich glaube, Saburo würde ganz gut gehen, Meister – was meint Ihr? Und was sein Alter betrifft, so würde ich schätzen, daß zwischen ihm und Goro-dono nicht mehr als ein paar Monate Unterschied bestehen. Das macht ihn zu unserem jüngsten, eh?«

»Saburo? Juro, Goro und Saburo. Klingt gut. Drei kleine Brüder. Der Große Baum sagte zu mir, bevor ich heiratete, ein Haus bleibe ein Haus, solange es Fortbestand besitze. In unserem Beruf muß Fortbestand aber auch Qualität bedeuten. Der beste von den dreien soll das Nō-Theater und den Namen Kanzē weiterführen.«

Ogame war ein gefühlsbetonter Mann. Er wurde rot bis auf den kahlen Schädel hinauf, faltete die pummeligen Hände und flehte Buddhas Segen auf die drei kleinen Kanzē-Kinder herab. Weder Motokiyo noch Ogame konnten ahnen, welch mächtiger Keim von Konflikt und Tragödie damit in die warmen Wiegen der drei Kinder gelegt worden war...

Motokiyo, den seit seiner frühesten Kinderzeit immer eine gewisse Unruhe und Besorgnis beschlichen hatte, wenn bürgerliches menschliches Glück, bürgerliche Ehe und Kinder, bürgerliche Reichtümer und Ehren beschworen wurden, holte tief Luft und blickte weit in die Ferne. Ogame kannte diesen Blick. Es war der Blick des einsamsten und dennoch stärksten Mannes der Welt.

In seinem siebenunddreißigsten Lenz ließ Yoshimitsu sich den Kopf kahlscheren. Obwohl von diesem Schritt überrascht, folgten zahlreiche Männer seiner unterwürfigen Umgebung, darunter eine Reihe hochgestellter Höflinge und Shōgunats-Beamter, umgehend seinem Beispiel, denn es war althergebrachter Brauch, daß sie ihrem Herrn in die Welt des Klosters folgten, wie ja auch Witwen gezwungen waren, nach dem vorzeitigen Tod ihrer Ehemänner in ein Nonnenkloster zu gehen. Schon bald waren die Straßen Kyotos von satirischen Pamphleten und Karikaturen übersät, die sich über die Scharen frisch geschorener glänzender Köpfe mokierten.

Wie bei allem, was Yoshimitsu tat, steckten hinter der scheinbar voreiligen Entscheidung, mit siebenunddreißig Jahren diese vergängliche Welt zu verlassen, lange und intensive Vorbereitungen. Ein Jahr zuvor hatte Yoshimitsu seinen ältesten, damals neunjährigen Sohn Yoshimochi der Erwachsenen-Zeremonie unterzogen und den Knaben zum vierten Ashikaga-Shōgun, sich selbst aber zum Regenten erklärt. Zugleich hatte er sich den höchsten höfischen Rang des Kaiserlichen Premierministers gesichert, denselben Posten, den einst Fürst Nijo so unnachahmlich ausgefüllt hatte, nur um dann anschließend darauf zu verzichten und die tuschegefärbte Kutte sowie den schlichten Priesternamen Dogi anzunehmen. Alle, die den ehemaligen Shōgun kannten, konnten sich gut vorstellen, wie sehr er die dramatische Wirkung der Geste genossen hatte, dem Kaiser den höchsten höfischen Rang zurückzugeben, als sei es ein Stück angeschlagenes Porzellan.

Jene, die Yoshimitsus unaufhaltsamen Aufstieg im Laufe der letzten dreißig Jahre beobachtet hatten, wiesen außerdem bald darauf hin, daß es für einen Mann, der alles getan und besessen hatte, das vernünftigste sei, der schlechten Welt Valet zu sagen und dennoch als Regent seines sehr jungen Sohnes die Zügel der Macht in der Hand zu behalten, um sich auf diese Weise ohne das einschnürende Protokoll seiner ehemaligen Position am Leben, an Kunst und Natur erfreuen zu können.

Mit seiner jugendlichen, straffen Figur, die in verblüffendem Gegensatz zu seinem bläulich geschorenen Kopf und der würdevollen Bekleidung mitsamt den Gebetsperlen stand, unternahm er lange, hochherrschaftlich aufgezogene Reisen mit einem riesigen Gefolge, zu dem seine Frau oder seine Mätressen, eine ausgewählte Anzahl seiner vielen Kinder sowie bevorzugte Künstler und Gelehrte gehörten. Bei den seltenen Gelegenheiten, da der neue Kanzler, ein Sohn des alten Herrn Shiba, es wagte, die Beschwerden einiger Daimyōs vorzutragen, die das Pech gehabt hatten, die Karawane des ehemaligen Shōgun zu beherbergen, was in Anbetracht von Yoshimitsus Liebe zu Pracht und Luxus unweigerlich jedesmal horrende Kosten verursachte, entgegnete Yoshimitsu mit finster zusammengezogenen Brauen und höchst unpriesterlicher Heftigkeit: »Undankbare Schweine! Ist ihnen nicht klar, daß meine Reisen der beste politische Schachzug sind, um Rebellionen und Bauernaufstände in den Provinzen zu verhindern? Ohne den Frieden und die Sicherheit, die ich ihnen gebracht habe, hätten sie nicht so fett werden können, wie sie es geworden sind. Sagt ihnen das!«

Was nun seine Bauwut betraf, so konzentrierte er sich auf Grund seiner neuen Lebensweise auf einen Hort meditativer Ruhe und Gelassenheit: Nicht mehr Blumen und drachenköpfige Boote voll Musikern auf einem See verlangte er jetzt, sondern eine Landschaft aus alten Steinen und würdevollen Kiefern, mit einer Eremitage und einem im Wasser sich spiegelnden Teepavillon. Als er mit den Verhandlungen für den Kauf eines Grundstücks im Kitayama-Viertel der Hauptstadt begann, das mit dem Berg Kinugasa als Hintergrund berühmt war für seine Wälder und seine Ruhe, warteten die Daimyōs voll Unruhe auf Yoshimitsus neue Fron- und Abgabeforderungen. Auch schien weder seine Sammlerwut im Hinblick auf seltene und besonders schöne Kunstobjekte nachzulassen noch seine Liebe zu Theater,

Musik, Tanz, Tee und Räucherwerk sowie zu *renga*-Wett-bewerben.

Und sein Interesse am Nō-Theater wurde noch intensiver – oder, um es negativ auszudrücken, noch intervenierender –, je mehr er sich als erfahrener Kritiker und kreativer Schirm-herr sah. So schien es diesem Autokraten ein kindliches Vergnügen zu bereiten, zu Motokiyo sagen zu können: »Meister Kanzē, deine Einleitungsverse zu diesem Stück sind bei weitem zu hart und maskulin. Vielleicht solltest du dir eine lyrischere und sanftere Tonart zulegen, eh?« Nur um daraufhin festzustellen, daß der Nō-Meister die entspre-chenden Verse in einem Anfall kreativer Inspiration prompt für die nächste Aufführung umschrieb.

Motokiyo wiederum erlaubte es sich zwar niemals, auch nur für eine Sekunde die in den samtenen Pranken des priesterlichen ehemaligen Shōgun verborgene räuberische Grausamkeit zu ignorieren oder gar zu vergessen, daß er selber nichts weiter war als ein Schauspieler, doch wußte er auch, daß er nunmehr als des großen Yoshimitsu Nō-Mei-ster damit rechnen konnte, sämtliche Mittel zu erhalten, um Werke von kompromißloser Qualität zu schaffen und diese Werke überdies von den Männern mit dem besten Geschmack und der höchstentwickelten Kultur dieser Zeit beurteilen lassen zu können. Ob dies ein uneingeschränkter Segen war oder ein Fluch, der ihn unter veränderten Um-ständen vernichten und seine Werke der breiteren, weniger kultivierten Allgemeinheit vorenthalten würde, blieb abzu-warten.

KAPITEL
18
Die Dame Takahashi war es, die Motokiyo als erste warnte.

Die fünfundfünfzigjährige ehemalige Kurtisane stand immer noch sehr in Yoshimitsus Gunst und war vermutlich die einzige Frau, der er vertraute. Da Yoshimitsus Schürzenjägereien nunmehr auf einer weitaus diskreteren Basis vor sich gehen und seine Partnerinnen gewissenhafter ausgewählt werden mußten als zuvor, erwiesen sich Dame Takahashis unerreichter Takt, ihre Menschenkenntnis und ihr großer Bekanntenkreis als sehr nützlich dafür, daß des inzwischen zweiundvierzigjährigen, zum Mönch gewordenen ehemaligen Shōgun Leben, wie sie es ausdrückte, »nicht ohne einen Hauch Freude« verlief.

Sie führte ihm Frauen zu, schlief aber selbst trotz aller das Gegenteil behauptenden Gerüchte nicht mehr mit ihm. Wegen ihrer jungmädchenhaft zarten Haut und der nur angedeuteten Rundlichkeit wußte niemand so recht, was man tatsächlich glauben sollte. Offenbar gelang es ihr auf so brillante Art und Weise, die Mädchen und Frauen zu belehren und abzurichten, bevor sie Yoshimitsus Kopfkissen teilten, daß dieser zu ihr gesagt haben soll: »Ein Jammer, daß du nicht einer von meinen Generalen bist und meine Soldaten bis zur selben Perfektion drillen kannst.«

Und da sie sich trotz ihrer intimen Freundschaft mit Yoshimitsu dessen Frau Yasuko gegenüber stets untadelig korrekt und unterwürfig verhielt, lobte die Herrin des Nordwärts Gerichteten Palastes die Dame Takahashi als eine Frau, die ihren Platz kannte, und bedauerte es, daß Yoshimitsus übrige Mätressen nicht ebenso gut erzogen waren wie die in Ehren gealterte Kurtisane.

Die Dame Takahashi hatte Motokiyo gebeten, sie in ihren Gemächern im Anbau des Nordwärts Gerichteten Palastes aufzusuchen und sie die Gitarrenbegleitung zu Kanamis berühmten »Gesängen von den Westlichen Inseln« zu lehren. Mitten in der Lektion jedoch schenkte sie Motokiyo ein langes, strahlendes Lächeln. Während sie sich die Nagelschützer aus Elfenbein von den Fingern zog, sagte sie: »Nun kann niemand behaupten, Ihr wäret nicht hergekommen, um mich die Musik Eures Vaters zu lehren. Ich werde sofort zur Sache kommen. Gestern lud der Große Baum den jungen Shōgun, ein paar *renga*-Dichter und mich in seine Gemächer ein, mit dem Ziel, Yoshimochi-samas Interesse für etwas anderes als nur die Falkenbeize und das Bogenschießen zu wecken. Ein reizender und vorausschauender väterlicher Einfall, denn wie Ihr wißt, muß sogar ein Shōgun sich in der *renga*-Dichtkunst hervortun, wenn er in den besten Hofkreisen akzeptiert werden will. Yoshimochi-sama ist, wie ich fürchte, ein bedauerlicher Mangel an Charme und Geist eigen, und was seine äußere Erscheinung betrifft, so sieht er – möglicherweise auf Grund seiner schwachen Nieren – gelblich, stumpf und aufgedunsen aus. Dementsprechend ist sein Charakter. Obwohl man mir sagt, daß er ein guter Reiter und Bogenschütze ist, empfinde ich seine Haltung als schlapp und ungraziös. Ich wünschte bei Buddha, er gäbe sich Mühe, diesen Mangel an äußerlichen Vorzügen durch die liebevolle Zuneigung und Loyalität eines guten Sohnes auszugleichen. Aber nein, er läßt sich keine Gelegenheit entgehen, um jede Entscheidung seines Vaters hinter dessen Rücken zu kritisieren und herabzusetzen, von Angesicht zu Angesicht jedoch verhält er sich duckmäuserisch, ja er zittert unübersehbar vor Angst. Wie Ihr Euch vorstellen könnt, reizt das den Großen Baum nur noch mehr, so daß er, glaube ich, zur Mutter des Shōgun einmal gesagt hat: ›Der Sohn, den Ihr mir geboren habt, ist wahrhaft bemerkenswert: Er ist schon jetzt ein Greis, und dabei ist er noch nicht einmal siebzehn.‹ Bemerkungen wie diese werden dem Shōgun natürlich sofort durch Kanzler Shibas tüchtige, doch humorlose Spione zugetragen. An einer solchen Situation sind immer beide Parteien schuldig, da jeder die schlimmste Seite im anderen hervorlockt. Der arme Große Baum, so jugendlich und überschäumend vor Neugier und Begeisterung für alles, empfindet die Aufgabe, einen schwerfälligen, negativ eingestellten Sechzehnjährigen tolerieren zu müssen, der es darauf anlegt, eine unreife Trotzhaltung hervorzukehren, als drückende Last. Aber auch Yoshimochi-sama tut mir leid: Man läßt ihn so ausdauernd spüren, wie unzulänglich und unbeliebt er ist, daß er inzwischen so weit gekommen ist, es gar nicht mehr anders zu versuchen. Bei dieser *renga*-Runde hatte ich den Eindruck, daß er sich, um seinen Vater hinterhältig zu provozieren, die größte Mühe gab, noch beschränkter zu wirken, als er wirklich ist. Als eine fade Verszeile des jungen Shōgun der anderen folgte, war der Große Baum über jedes erträgliche Maß hinaus verärgert. Geduld, das wissen wir, gehört schließlich nicht zu seinen Tugenden. Er begann Yoshimochi-sama mit Euch zu vergleichen, als Ihr in seinem Alter wart, und da nur seine intimsten Freunde anwesend waren, ließ sich der Große Baum so weit hinreißen, daß er sagte: ›Oh, wie trostlos und langweilig ist der Versuch, einer Kröte ohne jeden Sinn für Komik *renga* beibringen zu wollen! Vor allem, wenn ich bedenke, wieviel Freude und Glück es mir bereitet hat, einen so begabten und begeisterten Menschen wie Fujiwaka zu unterrichten.‹ Der Shōgun reagierte nicht; das tut er selten, jedenfalls in Gegenwart seines Vaters. Er wurde nur noch fahler und finsterer. Wir gaben die Kettengedichte auf, Wein wurde serviert, ich spielte die Biwa, sang und hoffte, daß diese unglückseligen Äußerungen bald in Vergessenheit geraten würden. Heute morgen jedoch kam einer der Spione des Großen Baums zu mir, um mir zu berichten, Yoshimochi-sama habe gestern abend mit seinem Gefolge, darunter der Kanzler und andere hohe Shōgunats-Beamte, gespeist und sie mit einer äußerst einseitigen Schilderung des Zwischenfalls unterhalten. Dann habe er hinzugesetzt – und alle hätten vor Lachen gewiehert: ›Mir scheint, um vom Großen Baum geliebt und geschätzt zu werden, muß ich, sein Sohn und Erbe, ein Lustknabe sein und als Unberührbarer wiedergeboren werden.‹ Motokiyo-dono, ich flehe Euch an, seid vorsichtig! Ein schwacher Mensch erträgt keine Kränkung und ist in seiner Bosheit nachtragender als ein starker.«

An diese Warnung der Dame Takahashi wurde Motokiyo mehrere Monate später erinnert, als er und Doami den Befehl erhielten, bei einem Fest, zu dem die ganze Elite der

Hauptstadt erschien, mit ihren Truppen unter den berühmten hängenden Kirschblüten zu spielen. Am ersten Tag schenkte der junge Shōgun in der Loge neben der seines Vaters von dem Augenblick an, da Motokiyo auftrat, der Bühne keine Beachtung mehr. Er plauderte vielmehr und kicherte, trank Wein und tätschelte seine langhaarigen chinesischen Hunde. Dabei unterhielt er sich nicht nur mit seinem Kanzler, dem jungen Herrn Shiba, sondern – schlimmer noch – mit Zomasu aus dem Dengaku-Lager, dem langjährigen Favoriten und Protegé des alten Shiba.

Yoshimitsu, dessen Theatermanieren selbst zuweilen alles andere als untadelig waren, verlor die Beherrschung und befahl dem Shōgun und seinem Gefolge, sobald Motokiyo zum Kostümwechsel die Bühne verließ, entweder das Theater zu verlassen oder den Mund zu halten. Der Shōgun floh, gefolgt von seinen aufgeregt kläffenden Hunden und dem ungeordneten Haufen seines Hofstaats, hastig aus seiner Loge.

Dieser Vorfall bestätigte in aller Öffentlichkeit, was hohe Beamte seit langem beobachtet hatten: daß nämlich der Sohn, der nur sehr wenig von des Vaters Charakter und Eigenschaften besaß und das auch wußte, einen schwärenden Groll gegen den Älteren hegte. War das nicht gerade eine seltene Reaktion für den Sohn eines großen Mannes, so wurde doch in Anbetracht ihrer beider Stellung bereits die kleinste ärgerliche Geste, die geringste Äußerung der Illoyalität des einen oder des anderen zu einer Angelegenheit, die den Staat selbst und dessen Zukunft betraf.

Ein Beispiel dafür, das sogar internationale Bedeutung besaß, waren Yoshimitsus Ming-Schiffe. Mit seiner Begeisterung für alles Neue und Exotische finanzierte Yoshimitsu seit Jahren schon Handelsschiffe, die er zum chinesischen Kontinent schickte. Aus diesem Handel zog er genauso reichen Profit wie seine Mitinvestoren: mächtige Tempel, reiche Daimyōs oder millionenschwere Kaufleute aus Osaka und Sakai. Das bevorzugte Ziel bei seinen Ausflügen war jedesmal, wenn eins seiner Schiffe wohlbehalten aus China zurückkehrte, der Hafen Hyogo. Bei diesen Besuchen nahm Yoshimitsu, wenn er die Abgesandten des großen Ming-

Kaisers mit ihren überwältigenden Geschenken begrüßte, jeweils nur ein paar auserwählte Favoriten aus den Reihen seiner Mätressen, Kinder, Vasallen und Künstlergefährten mit sowie eine Handvoll zweisprachiger Zen-Priester, die ihm als Dolmetscher und Schreiber dienten. Stets lud er die Abgesandten dann ein, ihren Aufenthalt in dem einen oder anderen neu erbauten oder renovierten Tempel der Umgebung zu verbringen, und bewirtete sie verschwenderisch mit Banketten, bei denen Motokiyo auftreten mußte.

Bemerkenswert war, daß Yoshimochi bei derartigen Gelegenheiten niemals zu seinem Gefolge gehörte. Sein Kanzler, der eine politische Frage aus der Tatsache machen wollte, daß der zum Mönch gewordene ehemalige Shōgun persönlich an dem lukrativen Handel mit der Ming-Dynastie beteiligt war, hatte ihn nämlich ermuntert, die »Fremdenfreundlichkeit und Speichelleckerei Yoshimitsus dem Ming-Kaiser gegenüber« öffentlich zu kritisieren. Yoshimitsu amüsierte sich bei diesen Ausflügen jedoch viel zu gut, und er machte viel zu große Gewinne, um sich von der Attacke seines Sohnes ernsthaft provozieren zu lassen.

»Der Junge muß erwachsen werden. Was glaubt er wohl, wie ich ohne das Geld, das ich mit meinen Ming-Schiffen verdiene, den Bau meiner Kitayama-Besitzung voranbringen soll?«

Dabei war er freilich nicht ganz ehrlich, denn ein großer Teil der Unkosten wurde von seinen Daimyō-Vasallen getragen, die ihm Arbeitskräfte und Material zur Verfügung stellen mußten. Der Bau – oder vielmehr die Erschaffung – seiner letzten Heimstatt auf Erden sollte ganze drei Jahre dauern, und Herr Hosokawa allein, der Sohn des verstorbenen Kanzlers, habe dafür, so hieß es, dreitausend Arbeiter aus seiner Provinz, Herr Akamatsu zweitausendachthundert beigesteuert.

Im Nordwesten von Kyoto hatte Yoshimitsu auf einem Grundstück von neununddreißig Morgen – eine beispiellose Größe für die Hauptstadt – Tempel, Pavillons, Teehäuser und Eremitagen errichten lassen. Von allen seinen Kreationen die prächtigste und buchstäblich blendendste war der Kinkaku-ji, der sogenannte Goldene Pavillon, erbaut am Ufer eines Sees, betupft mit Inselchen, die oft nicht mehr waren als ein paar Kiefern und einige sehr eindrucksvolle Felsen. Yoshimitsus kosmopolitischen Geschmack spiegelnd, wies das Gebäude drei Architekturstile auf: das Erdgeschoß, ungestrichen und schlicht, war im reinen Stil des Heian-Hofes gehalten, während der erste Stock in der Bauart der Zen-Samurai und der zweite in ausgesprochen chinesischem Stil erstrahlten, denn die beiden oberen Etagen waren mit purem Blattgold überzogen. Beim Auf- und Untergehen der Sonne funkelte ein goldener Reiher auf dem graziös geschwungenen Dach voll irisierender Lebenskraft, und der Besitzer und Schöpfer dieser Herrlichkeit stellte sich unwillkürlich vor, wie er sich auf den stolzen Schwingen selber gen Himmel schwang.

Yoshimitsu hielt die Zügel der Regierung immer noch fest in der Hand. Frieden und Wohlstand, nur wenig beeinträchtigt von den unvermeidlichen, doch mehr oder weniger beherrschbaren Epidemien, Erdbeben, Taifunen und Hungersnöten, schienen dauerhaft zu sein. Weder die Bauern noch die enteigneten Sympathisanten des Südlichen Hofs hatten sich in letzter Zeit bewaffnet gegen das Shōgunat erhoben; und der vierundzwanzigjährige Kaiser Gokomatsu, der dem Kaiser Goenyu auf den Thron gefolgt war, erwies sich zu Yoshimitsus Genugtuung als durchaus zugänglich – so sehr sogar, daß Seine Kaiserliche Majestät, als die Kaiserinwitwe starb, Yasuko demütig als seine »Vizemutter« akzeptierte.

»Was – eine Bürgerliche nennt sich *Mutter* des Sohnes des Sonnengottes?« Entsetzen und Empörung verbreiteten sich stumm unter den Höflingen; da jedoch die Autorität des ehemaligen Shōgun inzwischen so absolut war, beugte sich auch der unflexibelste aristokratische Experte für Hofetikette vor dieser ausgefallenen kaiserlichen Entscheidung.

Und Yoshimitsus zahlreiche Kinder hatte er außer dem Shōgun-Nachfolger Yoshimochi allesamt erstaunlich geschickt aus dem dynastischen Kampf um irdische Macht herausgehalten: Acht Töchter waren an die Spitze reichlich beschenkter Nonnenklöster und sieben Söhne an verschiedene bedeutende religiöse Institutionen abgeschoben worden. Wenn er von der Höhe des Kitayama aus inmitten von Zimmerleuten und Maurern, die eifrig hämmerten und klopften, die Welt betrachtete, war Yoshimitsu – nicht ohne Berechtigung – vollkommen mit sich zufrieden.

Einen Monat nach dem Zwischenfall unter den hängenden Kirschblüten veranstaltete die Kanzē-Truppe selbst auf einem Platz am Kamo drei Wohltätigkeitsaufführungen. Die Tatsache, daß ohne die Schutzherrschaft eines mächtigen Tempels oder Schreins alle drei Vorstellungen ausverkauft waren, konnte als Beweis für die weitverbreitete Unterstützung gelten, deren sich Motokiyo zu jenem Zeitpunkt in der Hauptstadt erfreute; und Yoshimitsus Anwesenheit sowohl bei der ersten als auch bei der letzten Vorstellung steigerte das Prestige der Veranstaltung ungeheuer.

Motokiyo präsentierte sechs neue Stücke, alle aus seiner eigenen Feder, sowie drei Werke seines Vaters, die er überarbeitet und seiner persönlichen Auffassung angepaßt hatte. Am Ende des dreitägigen Programms war das Publikum berauscht vor Begeisterung. Yoshimitsu, der Yasuko sowie seine priesterlichen Söhne und drei seiner Töchter, die in der Hauptstadt wohnten, mitgebracht hatte, konnte kaum an sich halten vor Freude und Stolz.

»Heute bleibt mir gar nichts anderes mehr übrig, als dich zum Künstlergefährten zu machen, Motokiyo. Nach dieser Aufführung kann ich nicht anders! Es wäre allerdings ein Jammer, dir jetzt schon die Tonsur zu verpassen: Den Schädel kannst du dir später rasieren lassen. Aber heute befördere ich dich zu meinem Gefährten, und ich nenne dich mit der Silbe ›ze‹ aus Kan-ze Zeami.«

In Wirklichkeit hatte Yoshimitsu noch einen zweiten, sehr guten Grund, Motokiyo möglichst schnell zum Gefährten zu ernennen: Nach Kiamis Tod in einem von Buddha gesegneten hohen Alter – wie man vermutete, irgendwo zwischen zweiundneunzig und siebenundneunzig – genoß dessen Enkel Zomasu weiterhin die Protektion des alten Herrn Shiba, des Vaters des gegenwärtigen Kanzlers, und Yoshimochi, der junge Shōgun, hatte Zomasu auf Herrn Shibas

Drängen hin vor kurzem zu seinem Gefährten mit dem Namen Zoami gemacht. Gleichzeitig hatte er Zoamis elfjährigen Sohn Eiso zu seinem Pagen ernannt.

Niemand, nicht einmal Yukina, wußte, daß Zeami seine innersten Gedanken und Geheimnisse über den Weg des Nō niedergeschrieben hatte, geschweige denn, daß der jetzt so berühmte Künstler auf dem Höhepunkt seiner Karriere dies tat, weil er von einer unerklärlichen Angst dazu getrieben wurde. Selbst wenn er unbändig lachte, weil seine drei kleinen Söhne auf ihm herumkrabbelten, saß ihm doch immer eine beunruhigend böse Vorahnung im Nacken. Er betrachtete seine Söhne und dachte an Kanami; konfrontiert mit dem heranwachsenden Leben um ihn herum und der Erinnerung an den Tod, fühlte er sich verfolgt und daher um so dringlicher getrieben, für die zukünftigen Kanzē alles, was er über den Weg des Nō von seinem Vater gelernt oder selbst entdeckt hatte, aufzuzeichnen und zu hinterlassen.

Als er die sieben Kapitel des Teils beendet hatte, der »Über die Weitergabe der Blume« genannt werden sollte, war Juro neun, Goro sieben, und Saburo, den man offiziell als Goros um ein Jahr jüngeren Bruder registriert hatte, obwohl sein eigentliches Geburtsdatum höchstens um ein oder zwei Monate später lag als das von Goro, war sechs.

Fünf Jahre nach Goros Geburt hatte Yukina ein lebhaftes kleines Mädchen zur Welt gebracht, das nach ihrer Großmutter Tamana Tama genannt wurde. Die Jungen waren von der Ankunft der kleinen Schwester begeistert; sie fühlten sich nun ungeheuer wichtig und erwachsen. Die drei Söhne waren vollkommen verschieden, verstanden sich aber gut miteinander und arbeiteten unter Zeamis Leitung bereitwillig und fleißig. Dabei standen ihm Kogame für Juro und Goro, Hotan für Saburo als jeweilige Tutoren und Kindermädchen getreulich zur Seite.

Was die äußere Erscheinung betraf, so war Juro, der älteste, von den dreien am verschwenderischsten ausgestattet: In der Art, wie seine unteren Augenlider sich nach oben schwangen, um zwei große, flammenförmige Augen zu bilden, und dank der wundervoll stolzen, aufrechten Haltung, mit der er seinen kleinen Kopf trug, mußte jeder schon auf den ersten Blick den Vater erkennen. Bei näherem Hinsehen jedoch entdeckte man auch eine gewisse Zerbrechlichkeit und Melancholie, der Fujiwaka trotz seiner zierlichen Gestalt und schweren Kindheit nie nachgegeben hatte. Vielleicht war es ganz einfach die kindliche Art, wie er die Lippen schürzte und das kleine, spitze Kinn nach vorn reckte, doch dies, verbunden mit seiner Neigung, ganz allein dazusitzen und völlig versunken den Horizont oder seinen Handrücken zu betrachten, erregte die Aufmerksamkeit der Erwachsenen. Das hat er von seiner Mutter, dachte Kogame.

Wie seine Mutter war Juro auch körperlich nicht robust: Selbst bei warmem Wetter blieben seine Hände und Füße eisig; außerdem erkältete er sich sehr schnell, und seine Augen glänzten schon bei ganz leichtem Fieber mit beunruhigender Intensität. Kogame, der den Jungen verhätschelte und anbetete, schwor heilige Eide, sein kleiner Meister sei ein Genie, und als Zeami ihn den berühmten Doppeltanz aus Kanamis »Shizuka« lehrte, ließ Kogame seinen siechen Vater Ogame in einer Sänfte zum Kanzē-Haus tragen. Ogame litt seit nahezu zwei Jahren an furchtbar quälenden spasmischen Schmerzen im Darm, gegen die auch wiederholte Thermalkuren und chinesische Medizin nichts ausrichten konnten.

Ogame, wegen dieser Krankheit nur noch halb so groß wie früher und grüngelb im Gesicht, sah zu, wie Juro mit dem unwiderstehlichen Charme frühester Jugend diesen Tanz vorführte, dessen Entstehung Ogame vor so langer Zeit miterlebt hatte. Nachdem er dem Jungen zugesehen hatte, als besäßen seine Augen Zähne und Klauen, um jede Einzelheit als Andenken für sein nächstes Leben zu verschlingen, mußte sich Ogame eine Zeitlang hinlegen, dann flüsterte er Zeami zu: »Der kleine Meister besitzt alles, was mir mein Sohn geschildert hat, und mehr – o ja, noch mehr! Er besitzt Klasse, er besitzt Pathos, er *ist* vornehm. Nun, da ich drei Generationen Kanzē gesehen habe, bin ich bereit zu sterben.«

Zeami, der bei Ogames Begeisterung strahlte und seinem geliebten alten Tutor und Kindermädchen sanft den Rükken massierte, schüttelte den Kopf, als wolle er eine so übertriebene Schmeichelei zurückweisen, verstand aber genau, was Ogame meinte. Seit den Zeiten des Jozen-Klosters hatte er mit Nägeln und Zähnen um eine vornehme Haltung kämpfen müssen, seinem Sohn aber war sie in die Wiege gelegt worden.

Goro, der zweite Junge, war das Kind, das am wenigsten weinte und am häufigsten lachte. Er hatte so gierig an der Brust seiner Amme gesogen, daß diese um ihre Entlassung bat. Als seine Zähne im Gaumen noch kaum zu sehen waren, hatte er einen ganzen, mit Süßbohnenpaste gefüllten Dampfkuchen gegessen und anschließend keine Beschwerden verspürt. Mit zwei Jahren war Goro schon schwerer und größer als sein Bruder Juro. Der kräftige, hochgewachsene Junge mit dem zwerchfellerschütternden, lauten Lachen hatte geschickte, starke Hände, mit denen er jeden Baum erklettern, aber auch erstklassige Katapulte, Bambusflöten und Vogelkäfige basteln konnte, und erklärte bei seiner ersten Unterrichtsstunde, er würde weit lieber die große Trommel schlagen, als »diese weibischen, langsamen Gleitschritte« zu üben. Überschäumend vor körperlichem Wohlbefinden, hielt er die Mutter und Juro für kränklich und schwach, denn – so argumentierte er – wie könnten sie sonst wohl stundenlang ganz einfach dasitzen und auf einen Punkt am Himmel starren?

Da Saburo als Zeamis und Yukinas leiblicher Sohn aufgezogen wurde, hatte man die wenigen Eingeweihten, die wußten, daß er in Wirklichkeit der Enkel des alten Meisters und der berühmten kusē-Tänzerin war, strengstens ermahnt, ihm die Wahrheit vorzuenthalten, zumindest bis er erwachsen war. Und da der Säugling nach dem Ende der Epidemie – also nach einer Abwesenheit von zehn Monaten – von Yukina persönlich mit ihren eigenen beiden Söhnen zusammen nach Kyoto zurückgebracht wurde, dachten alle: Welch ein Glück, daß die Herrin ihren dritten Sohn im sicheren Omi zur Welt gebracht hat!

Als Zeami zum erstenmal Gelegenheit hatte, mit Yukina

über Saburo zu sprechen, entdeckte er zu seiner Bestürzung ein verächtliches kleines Lächeln auf ihren hübschen regelmäßigen Zügen.

»Was immer du von seiner Mutter halten magst«, sagte Zeami eindringlich, »Omina-dono war nicht nur eine große Künstlerin, sondern eine der besten Freundinnen unserer Familie. Ich bitte dich, behandle den Jungen, bis er als ein seines Großvaters würdiger Künstler auf eigenen Beinen stehen kann, mit ebensoviel Liebe und Fürsorge wie deine leiblichen Söhne. Das wirst du doch bestimmt versuchen, nicht wahr?«

Als Zeami seine Frau ansah, wußte er, daß er ebensogut auf eine steinerne Statue hätte einreden können. Er nahm ihre eiskalte Hand in die seine. Diese Berührung erweckte ihr ganzes Wesen zum Leben und brachte es zum Glühen. Als er sie in seine Arme zog, fragte er sich unwillkürlich, ob es keine andere Kommunikationsmöglichkeit mit seiner Frau gebe als die körperliche, und mit kurzem Erschauern dachte er an die Nächte im Jozen-Kloster, in denen er gierigem Fleisch, und *nur* dem Fleisch, gedient hatte.

Von Yukina, die ihren eigenen Kindern gegenüber träge und so sparsam mit Zeichen mütterlicher Zuneigung war, daß es an Zurückweisung und Gleichgültigkeit grenzte, konnte man nicht verlangen, sich Saburo gegenüber anders zu verhalten. Da sich Hotan jedoch sehr liebevoll um ihn kümmerte und ihm das Lesen und Schreiben beibrachte, während Kogames Ehefrau und Kumazens unverheiratete Tochter Sazami täglich ins Haus der Kanzē kamen, um für die Jungen zu kochen, zu nähen und sie zu verwöhnen, durfte Saburo sich einer vollkommen normalen und angenehmen Kindheit erfreuen.

Zwar ähnelte Saburo seinen Brüdern wenig, doch war er ein äußerst gutaussehender und attraktiver Knabe. Sein hochgewachsener, gut proportionierter Körper war gekrönt von einem Kopf, der interessant und katzenhaft wirkte – ein Eindruck, der vielleicht noch verstärkt wurde durch seine großen, auf elegante Art länglichen Ohren sowie die Farbe seiner Augen, die von bläulichem Grau bis zur dunklen Bernsteinfarbe variierte, und die merkwürdige Art, wie sich seine breiten, schmalen, roten Lippen verzogen, wenn er lächelte oder schmollte.

Und da er recht häufig schmollte, kannten die jungen Gefolgsleute, die bei der Familie des Meisters wohnten und zu deren Pflichten es gehörte, mit den Kindern zu spielen und mit ihnen spazierenzugehen, Saburos Krummsäbelgrinsen nur allzu gut und nannten es »das Katzengesicht des kleinen Meisters Saburo«. Auch Hotan war damit gut vertraut, denn Saburo pflegte so lange zu schmollen, ja sogar jegliche Nahrung zu verweigern, bis sein Tutor und Kindermädchen ihm erlaubte, Lektionen derselben Stufe zu lernen wie Goro. Hatte er seinen Willen schließlich durchgesetzt und bekam er eine schwierige Tanzsequenz oder eine knifflige Passage beim Singen zugeteilt, schlug er sich wie ein Besessener damit herum und gab nicht auf, bis er die Aufgabe bewältigt hatte. Manchmal, wenn nach dem Kinderunterricht im Bühnenraum eine allgemeine Probe angesetzt war, mußte ihn Hotan eigenhändig hinaustragen, während der Junge zappelte und strampelte, mit beiden Fäusten auf Hotans Rücken einschlug und schrie: »Aber ich kann's! Laß mich's noch mal versuchen! Ich *kann's*!«

Zeami lobte Saburos Beharrlichkeit in den höchsten Tönen, denn damit wollte er Goro anregen, sich eifriger und fleißiger auf seine Ausbildung zum *shite*-Spieler zu konzentrieren, statt soviel Zeit auf das Üben mit der großen Trommel zu verschwenden. Bei solchen Gelegenheiten wurde Saburo hochrot im Gesicht, blähte die Nasenflügel, und seine kleine Brust schwoll vor Stolz. Es war ein rührender Anblick, der Zeami jedoch zugleich vor der eifersüchtigen und neidischen Natur des Jungen warnte. Jedesmal, wenn er von einer Reise mit Yoshimitsu zurückkehrte, mußte Zeami streng darauf achten, daß er seinen drei Söhnen Geschenke in derselben Größe und vom selben Wert mitbrachte, denn Saburo kontrollierte sofort die Geschenke seiner Brüder und verglich sie mit seinem eigenen.

Mit dem objektiven Blick des professionellen Künstlers erkannte Zeami, daß nur sein Ältester über den Zauber der Ausstrahlung auf der Bühne verfügte, den man nicht lehren und nicht lernen kann, und da er immer zuerst an das Haus und seine Kunst dachte, wäre es heuchlerisch von ihm gewesen, sich einzubilden, daß er alle drei Söhne gleichermaßen liebte. In dem stolzen Blick, mit dem er Juro beobachtete, lag ein weit innigeres Gebet als nur das eines Vaters. Da er jedoch mit äußerster Vorsicht darauf bedacht war, die Wünsche des Herzens vor dem Kopf zu verbergen, zwang sich Zeami außerhalb des Bühnenraums mit größter Disziplin dazu, niemals einen Unterschied zu machen zwischen Saburo, der nicht sein eigenes Kind, und Juro, der auf Grund seiner Geburt und seiner Begabung sein rechtmäßiger Erbe war. Dafür verehrte Saburo Zeami mit einer fast sklavischen Leidenschaft.

Goro neckte ihn und sagte: »Jedesmal, wenn du Vater siehst, bleibt dir der Mund offen stehen, quellen dir die Augen aus dem Kopf, und die Zunge hängt dir einen halben Meter weit aus dem Hals.«

Durften die kleinen Jungen einmal den Erwachsenen bei einer Probe zusehen, spürte Zeami Saburos Blick auf seinem Rücken wie die Spitze eines Schwertes, und der verhaltene Atem des Kindes folgte seinen tanzenden Füßen wie eine Fangschlinge.

Zum erstenmal erhielten alle einen ernstzunehmenden Eindruck vom Ausmaß der Besitzgier des Jungen, als Zeami »Über die Weitergabe der Blume« beendet hatte. Die innersten Geheimnisse eines Hauses und seiner Kunst auf jedem Gebiet, ob Krieg, Kultur, Industrie oder sogar Küche, wurden traditionell vom Vater auf seinen Erben weitergegeben: nur auf *einen* von der jeweils nachfolgenden Generation.

Während der ersten geheimen Lektion zeigte Zeami seinem Erstgeborenen die Abhandlung, die er persönlich mit aller Sorgfalt in Buchform gebunden hatte und die nur Juro allein bekommen sollte, sobald er der dritte Meister der Kanzē wurde.

Der Junge war so stolz darauf, daß er den Brüdern unbedingt erzählen mußte, wie eindrucksvoll das Buch aussah: »Ich soll es ehren und seine Geheimnisse wahren, als sei es aus Vaters und Großvaters Herz und Blut gemacht.«

Beim Abendessen fehlte Saburo. Da Zeami an diesem Abend in dem jüngst vollendeten Westlichen Palast des

Kitayama-Besitzes auftreten mußte, nahmen Kogame, Hotan sowie die Brüder Kumao und Kumaya je drei oder vier
junge Gefolgsleute mit und suchten systematisch die verschiedenen Stadtviertel von Kyoto ab. Doch erst am nächsten Morgen fand Kumayas Gruppe den Jungen fest schla-
fend am Ufer des Kamo. Er war dort hingelaufen, um ins
Wasser zu gehen, und nur die umfangreichen Arbeiten an
den Hochwasserdeichen hatten ihn daran gehindert. Ausgehungert und zutiefst erschöpft hatte er sich auf einem
jungen, weichen Rasenstück zusammengerollt und war eingeschlafen.

Als man Saburo mit von Staub und getrockneten Tränen
verschmiertem Gesicht und rot verquollenen Augen nach
Hause brachte, beschimpfte Yukina ihn hysterisch und
bösartig, hielt aber die ganze Zeit mit verächtlicher Miene
Abstand von dem verschmutzten Kind: »Du unverschäm-
tes kleines Biest! Vergiltst du deinem Vater so die Liebe und
Zuneigung, die er dir bewiesen hat? Juro ist der Älteste und
hat bestimmte Rechte, die dir nicht zustehen, und je eher du
das kapierst, desto besser für uns alle!«

Hotan schwor, er werde nie vergessen, wie sich das Kind bei
dem giftigen Ausbruch der Mutter hoch aufgerichtet und sie
ohne mit der Wimper zu zucken angestarrt hatte. »Es war
nicht das gewohnte Katzengesicht des kleinen Meisters
Saburo. Es hat mir Angst gemacht«, gestand Hotan, als er
Ogame später einen Krankenbesuch abstattete.

Sobald Zeami nach Hause kam, suchte er Saburo in dem
Zimmer auf, das er mit den anderen Jungen teilte. Er hockte
sich nieder, um dem Kind ins Gesicht sehen zu können, und
fragte liebevoll, warum er versucht habe, sich umzubrin-
gen.

»Weil du dein Herz und dein Blut und alle deine Geheimnisse meinem Bruder Juro geschenkt hast.«

Lächelnd, doch tief gerührt legte Zeami dem Jungen die
Hand auf den Kopf. Saburo jedoch schlug Zeamis Hand mit
unerwarteter Heftigkeit beiseite und lief davon. Zeami
leckte sich nachdenklich die Lippen und blieb noch eine
Weile, beunruhigt und erschrocken, im leeren Zimmer zurück. Als er sich dann schließlich erhob, machte er sich

auf die Suche nach Juro und erklärte ihm liebevoll, daß er sich als der Älteste und nächste Meister der Kanzē-Truppe den jüngeren Brüdern gegenüber besonders freundlich, demütig und vorsichtig verhalten müsse, damit sie nicht eifersüchtig auf ihn würden.

Juro wählte ein paar seiner schönsten Spielsachen aus und schenkte sie Saburo, dem er, so gut er es vermochte, behutsam erklärte: »Ich bin der Älteste, darum lehrt man mich und gibt man mir mehr als dir und Goro. So ist es nun mal in einem Haus wie unserem – daran kann man nichts ändern. Also sei mir bitte nicht böse! Du bist und bleibst mein lieber Bruder.«

Saburo freute sich über die Spielsachen; er lief im ganzen Haus herum und zeigte sie jedem, der Zeit hatte, sie zu bewundern. Aber es war nicht nur Hotan allein, dem auffiel, daß Saburo sein Katzengesicht aufsetzte, sobald Yukina mit ihm sprach, und daß er ihr, während sein Blick irgendwo auf ihre weiße Kehle gerichtet war, immer nur mit einem Minimum an Worten und Ausdruck antwortete.

Einen Sohn zu adoptieren war in einem Beruf, in dem der Fortbestand eines individuellen Kunststils von lebenswichtiger Bedeutung war, etwas so weit Verbreitetes, daß es beinah banal wirkte, und in den meisten Fällen waren die Zuneigung und Loyalität, die zwischen einem Vater und seinem Adoptivsohn entstanden, aufrichtig und bindend. Daher gab es keinen logischen Grund dafür, daß Zeami Saburo nicht schon in diesem frühen Alter von seiner Adoption erzählen sollte, vor allem, da der Knabe durch Kanami mit Zeami und seinen Kindern eng verwandt war. Wäre die besitzergreifende Verehrung des Jungen für seinen Adoptivvater und Meister weniger heftig gewesen, hätte Zeami das schon längst getan; wäre Yukina zu mütterlicher Liebe fähig gewesen, die den Schmerz gelindert hätte, der diese Mitteilung Saburo mit Sicherheit verursachen mußte, wäre es ihm vielleicht leichter gefallen. So aber schienen die Monate und Jahreszeiten in Anbetracht der vier sehr schnell heranwachsenden Kinder im Haus wie ein Pfeil dahinzufliegen, und je länger Zeami wartete, desto stärker wurden seine Hemmungen.

Dann starb Ogame an Darmgeschwüren, und sein Tod stürzte Zeami in tiefe, untröstliche Trauer. Mehrere Tage lang war er zu nichts anderem fähig, als vor Ogames Totentafel zu wimmern wie ein kranker Hund. Und kaum war der neunundvierzigtägige Totenritus für den unvergleichbaren *kyogen*-Komiker vorbei, da brach Kumazen, der sich stets seiner unüberwindlichen Gesundheit und seines harten Trinkens gerühmt hatte, wie ein gefällter Baum mit dem Gesicht nach unten zusammen, nachdem er bei einer Aufführung anläßlich des Frühlingsfests im Kofuku-Tempel gerade die Bühne verlassen hatte. Voll böser Ahnungen setzte Zeamis Herzschlag fast aus, als er durch die winzigen Augenlöcher seiner Maske mit ansehen mußte, wie Kumao den nächsten Auftritt in der Rolle bestritt, die bis vor wenigen Minuten noch sein Vater gespielt hatte. Ein Herzanfall. Yoshimitsu betrauerte den Tod dieser ihm so lange vertrauten Künstler tief und übersandte bei beiden, kurz hintereinander stattfindenden Beerdigungen außergewöhnlich großzügige Kondolenzgelder.

Nach dem Dahinscheiden dieser beiden Veteranen, die Kanami, Omina und Saburos Vater noch persönlich gekannt hatten, fühlte sich Zeami noch weniger fähig, den Jungen mit dem Geheimnis seiner Geburt zu konfrontieren. Es war schon Dezember 1407, als der Verwalter von Yoshimitsus Haushalt Zeami die Nachricht schickte, daß er und Doami von der Hiei-Truppe vor dem jungen Kaiser Gokumatsu, der auf dem nun endlich fertiggestellten Kitayama-Besitz Gast sein würde, mehrere Nō-Stücke aufführen sollten.

»Der Sohn des Himmels – und der ehemalige Shōgun – *bittet* um eine Nō-Aufführung!« Das zeigte, eine wie große Bedeutung die volkstümliche Unterhaltung seit den Tagen erlangt hatte, da Kanami nicht einmal gestattet worden wäre, im selben Raum mit dem Angestellten eines Schreines in der Provinz zu sprechen, sondern nur von der anderen Seite einer Schiebewand aus. Yoshimitsu hatte dem Kaiser nur Doami und Zeami vorgeschlagen und damit wieder einmal den unvermeidlichen Aufschrei der Empörung des Dengaku-Lagers und dessen Schirmherren ignoriert, zu denen vor allem sein Sohn Yoshimochi zählte.

Sofort ließen die Angehörigen der Kanzē-Truppe sämtliche Vorbereitungen für die Neujahrsfeiern der Familien stehen und liegen und stürzten sich in die Arbeit. Zeami nahm seine karge Mahlzeit auf einem Tablett in den Bühnenraum mit, den er tagsüber kaum verließ, und schlief nachts im Durchschnitt nicht mehr als fünf Stunden. Als am Abend vor Neujahr alle Tempel der Hauptstadt die traditionellen einhundertundfünf Glockenschläge ertönen ließen, legte Zeami den Schreibpinsel hin und betete, daß ihm das neue Jahr nicht noch weitere, ihm nahestehende Menschen rauben möge.

Als der Senior der Komparu-Truppe Zeami am dritten Tag des neuen Jahres den alljährlichen Höflichkeitsbesuch abstattete, brachte er, auf den Rücken eines seiner Schüler geschnallt, einen schüchternen kleinen Jungen mit.

»Mein vaterloser Enkel Yashao, erst vier Jahre alt«, erklärte der Alte, der zwischen den Worten laut schlürfend warmen, gewürzten Wein trank. Er wirkte gesund und kräftig, obwohl die Komparu-Familie erst vor wenigen Monaten eine Katastrophe getroffen hatte, als sein Sohn und Erbe auf dem Weg zu einer Vorstellung im Izumo-Schrein von einer Horde Bergbanditen ermordet worden war.

Nachdem Meister Komparu viele Jahre zuvor in Kyoto von einem empörten Publikum mit Buhrufen von der Bühne gejagt worden war – das erste und letzte Mal, daß er jemals den Fuß auf eine Bühne der Hauptstadt setzte –, hatte Kanami gesagt: »Der Ärmste hätte nicht versuchen sollen, einen Engel darzustellen. Seht ihn euch an! Er ist gebaut wie ein Bär, der auf den Hinterbeinen steht.« Jetzt, im Alter, hatte Komparu auf alle weiblichen Rollen verzichtet. Er verlieh mit seiner wahrhaft bärenhaften Statur und der rauhen Altersstimme seinen Dämonen und Kriegern so viel Substanz, daß er in der Provinz Yamato tatsächlich an Beliebtheit gewonnen hatte.

»Ein niedliches kleines Kerlchen, Euer Enkel«, sagte Zeami, der feststellte, daß das Kind zu seinem Glück nicht nach dem bärenhaften Großvater geschlagen war, sondern

249

nach seinem straffen Vater mit den ebenmäßigen Zügen, und bot Yashao einen Neujahrskuchen an. Die winzigen, roten Lippen zu einem perfekten Kreis geöffnet, starrte Yashao Zeami mit großen Augen an, bevor er nur sehr zögernd die rechte Hand ausstreckte. Während Zeami und der Großvater mit aufmunterndem Lächeln zusahen, brauchte die kleine Kinderhand fast zwanzig Sekunden, um nach dem angebotenen Kuchen zu greifen. Als dann Yashao lachend und glucksend endlich an dem Kuchen zu knabbern begann, zupfte Meister Komparu seinen Kragen und die Falten seines besten Kimonos zurecht und neigte den struppigen, weißen Kopf vor Zeami.

»Ich bin heute hierher gekommen, um Euch um die größte Gefälligkeit meines Lebens zu bitten. Wie Ihr seht, bin ich alt und werde hinfällig. Da mein Sohn jetzt nicht mehr ist, ruht die Zukunft der Komparu-Truppe auf den Schultern dieses Jungen. Ich werde vielleicht noch sieben oder acht Jahre durchhalten und möchte Euch fragen, Zeami-dono, ob Ihr ihn während dieser Zeit vielleicht ausbilden und durch Euer Vorbild lernen lassen wollt.«

Zeami musterte Yashao, der, als er Zeamis Blick begegnete, ein fröhliches, glockenhelles Lachen anstimmte und ihm die leere, vom Kuchen klebrige Hand zeigte.

Ohne den Blick von dem Jungen zu wenden, nickte Zeami mit freundlichem Lächeln. »Selbstverständlich. Es wird mir ein Vergnügen sein.« Damit klatschte er dreimal in die Hände, woraufhin eine Dienerin kam, die er bat, seine Tochter hereinzuholen.

Tama war eine altkluge, energisch bestimmende Sechsjährige, sehr hübsch, mit den Augen des Vaters und der Lieblichkeit ihrer Mutter. Während ihre Brüder im Bühnenraum arbeiteten, ein Musikinstrument lernten oder in jedem erreichbaren Zimmer des Hauses sangen, ging sie in die Küche, plapperte munter drauflos und schilderte den Anwesenden voll Eifer alles, was ihr Vater getan oder in ihrer Hörweite gesagt hatte. Da zwischen ihnen kein Meister-Schüler-Verhältnis bestand, fühlte sich Zeami Tama gegenüber am entspanntesten und wohlsten, so daß sich eine Art liebevolles Komplizentum zwischen ihnen entwickelte.

»Tama, dies ist Yashao. Er wird von jetzt an bei uns wohnen.«

Tama war begeistert darüber, daß sie jetzt einen Freund hatte, der nicht einmal so alt war wie sie selbst. Aufgeregt bat sie Zeami, daß der Junge in ihrem Zimmer schlafen dürfe, und versicherte eifrig: »Nein, nein, ich werde den Kleinen ganz bestimmt nicht gängeln. Und ich werde auch nicht die ganze Nacht lang auf ihn einreden.«

Die beiden wurden unzertrennlich. Aus einem unerfindlichen Grund fühlte sich Yukina besonders zu dem kleinen Waisenkind hingezogen – so sehr sogar, daß sie die beiden zusammen in Kalligraphie und Komposition unterrichtete.

Eines Abends war Zeami in der fensterlosen Kammer, in der er am besten arbeiten konnte, damit beschäftigt, Tusche zu reiben, als Juro kam, wortlos draußen im kalten Korridor sitzenblieb und um Erlaubnis bat, mit Zeami sprechen zu dürfen. Wie Yukina immer wieder jedem, der ihr zuhören wollte, mit stolzem Halblächeln beteuerte, besaß Juro die Manieren eines geborenen Aristokraten und keineswegs die eines Schauspielers. Jeder, der gesehen hätte, wie er sich nun ins Studierzimmer seines Vaters begab und die Shōji hinter sich schloß, wäre der Meinung gewesen, seine Bewegungen seien Teil eines höfischen Tanzes. Er sprach nicht sofort. Seine von den langen Wimpern der gesenkten Lider beschatteten Augen nahmen ein feuchtes dunkles Aussehen an, das seine ernste, nachdenkliche Miene noch unterstrich.

»Was bedrückt dich, Juro?«

»Beim Abendessen hat Tama etwas gesagt, das…« Juro verschluckte den Rest des Satzes. »Ich fürchte, daß Saburo wieder zum Kamo laufen wird, um sich zu ertränken.«

»Was hat Tama gesagt?«

»Sie hat es von Yashao gehört. Er war erstaunt, daß wir es nicht wußten. Sein Großvater hat ihm gesagt, daß Saburo zwar der Enkel unseres Großvaters Kanami, nicht aber unser richtiger Bruder ist. Ich finde, das ist praktisch dasselbe, und das finden Goro und Tama auch. Aber Saburo ist so still und verschlossen wie damals, als ich ihm von der geheimen Weitergabe erzählt habe, und nun habe ich Angst, daß er wieder davonlaufen wird. Natürlich schlafen wir alle drei im selben Zimmer, aber ich kann nicht die ganze Nacht wach bleiben und auf ihn aufpassen, und du weißt ja, wie fest Goro schläft. Würdest du bitte mit Saburo sprechen, Vater, und ihm sagen, die Tatsache, daß er nicht unser leiblicher Bruder ist, wird für uns überhaupt nichts ändern?«

Zeami ging sofort ins Zimmer der Kinder. Ein Dienstmädchen hatte gerade drei Schlafmatten auf dem Fußboden ausgebreitet, und Goro, schon in seinem Nachtkimono, hastete beim Anblick des Vaters mit hochrotem Gesicht und vor Weinen verquollenen Augen zum Zimmer hinaus. Saburo war noch nicht ausgezogen. Er saß mit dem Gesicht zur Wand, vom Licht der Rapsöllampe abgewandt, in einer Ecke. Zeamis Herz floß über vor Mitleid. Er hatte zuviel Respekt vor dem unendlichen Leid des Jungen, um jetzt auch nur ein einziges Wort zu sagen oder sich ihm zu nähern. Denn durch ein einziges Wort war Saburos Königreich von Spielen, Streichen und Sorglosigkeit in Trümmer gesunken, und nun saß er da, völlig verstört, zerbrochen unter dem überwältigenden Gewicht seines Verlustes. Das Ausmaß seiner Katastrophe entsprach dem Übermaß seiner Bewunderung für den großen Künstler und Meister, von dem er nun wußte, daß er nicht sein Vater war.

Als Saburo Zeamis Nähe spürte, straffte er den Rücken und hob unmerklich den Kopf. Zeami hatte Verständnis dafür, daß der Junge sowohl jedes Mitleid als auch jeglichen Versuch einer Erklärung zurückwies. Die tiefsitzenden Erinnerungen an die eigene Kindheit sagten Zeami, daß Saburo die Kraft finden müsse, diesen furchtbaren Schlag zu überwinden – allein und stolz, ja vielleicht sogar voll Haß gegen den, den er am meisten liebte. Also überließ Zeami den Jungen seiner stummen Verzweiflung und zog sich behutsam aus dem Zimmer zurück.

KAPITEL

19 Der achte März war ein windstiller, warmer Tag mit einer Sonne, die hinter dem silbrigen Wolkenschleier nur wie eine dunstige Scheibe wirkte. Nachdem alle Vorbehalte gegen den Besuch bei einem Bürgerlichen beseitigt waren, indem man behauptete, einer »ungünstigen Richtung« ausweichen zu müssen, machte sich der Kaiser mit einem großen Gefolge von Höflingen, zu dessen nahezu einhundert Personen auch sein privates Hauspersonal gehörte, vom Neunfach Verbotenen Bezirk aus auf den Weg zum Kitayama-Palast.

Die gesamte Auffahrt war von einer duftenden Mauer aus voll erblühten Kirschbäumen mit gefüllten Blüten gesäumt, und der Boden war zum größten Entzücken der kaiserlichen Gäste in ihren Sänften und Kutschen mit Kieseln in fünf verschiedenen Farben bestreut, die ein buntes Wellenmuster bildeten. Am Ende der Auffahrt wurden der Kaiser und sein Gefolge vor Yoshimitsus prächtigem Palast von einem strahlenden, völlig gelassenen Gastgeber in Priesterrobe begrüßt, der sich zur Feier dieser Gelegenheit mit einem golddurchwirkten zeremoniellen kesa-Übergewand und Schnüren von Kristallperlen an den Handgelenken herausgeputzt hatte. Als Seine Kaiserliche Majestät der Sänfte entstieg, stimmte das siebzig Mann starke Orchester das erste Musikstück an, und der zwanzigtägige Besuch begann mit all den köstlichen Segnungen des Frühlings und der großzügigen Gastfreundschaft, die Yoshimitsu den Gästen dank seines enormen persönlichen Reichtums und seiner weitreichenden Macht bieten konnte. Bei jedem Bankett wurden die seltensten Delikatessen der Jahreszeit und die besten Weine aus Hyogo serviert; jede Veranstaltung endete mit dem Verteilen von atemberaubend wertvollen und bezaubernden Geschenken.

Die Tatsache, daß Shōgun Yoshimochi zunächst bei den Festlichkeiten fehlte, war so auffallend, daß seine Anwesenheit am dreizehnten Tag des kaiserlichen Besuchs, an dem Yoshimitsu den jungen Shōgun gemeinsam mit seinen anderen Söhnen und einigen Töchtern offiziell zu einer Nō-Aufführung einlud, obwohl Yoshimochis Abneigung gegen das Nō-Theater inzwischen allgemein bekannt war, mehr Neugier und boshaften Klatsch auslöste, als wenn er nicht erschienen wäre.

Auf Grund seines Alters eröffnete Doami, schon über siebzig, die Aufführung mit dem traditionellen »Okina« und ließ gleich darauf ein neues Stück, »Kinuta«, folgen, das Zeami zu diesem wichtigen Ereignis eigens für seinen älteren Kollegen geschrieben hatte. Doami spielte den Geist einer Frau, die an ihrem allzu leidenschaftlichen Kummer über die Abwesenheit ihres Ehemannes gestorben ist, und beschwor die eheliche Liebe der beiden mit ergreifender Intensität herauf, ohne das sexuelle Verlangen der Frau jedoch zu aufdringlich oder vulgär zu gestalten. Selbst die engstirnigen, anachronistischen Aristokraten, die prädestiniert dazu waren, das plebejische Theater zu verurteilen, waren fasziniert, und schließlich zeigte sogar das glatte, runde Gesicht des jungen Kaisers, ein Wachtelei mit drei winzigen Punkten für Augen und Mund, eine Andeutung von Überraschung und Erstaunen.

»Ich weiß nicht, wie ich erklären soll, was ich empfinde«, seufzte er.

»Ich brach einen Kirschbaum, und fand keine Blüte.
Denn die Blüte war nirgendwo anders
als am Frühlingshimmel«,

antwortete sein Gastgeber mit einem zweihundert Jahre alten Gedicht, und die allen Zwecken gerecht werdende Unergründlichkeit dieser Antwort schien Seine Kaiserliche Majestät von jeglichem Unbehagen zu befreien.

Der Kaiser lächelte dankbar und fügte hinzu, weil er wußte, daß es Yoshimitsu erfreuen würde: »Wenn Ihr wüßtet, wie ungeduldig ich auf den Auftritt des legendären Zeami warte.«

Voll Dankbarkeit für die huldvolle Bemerkung Seiner Kaiserlichen Majestät neigte Yoshimitsu den Kopf.

Zeami war in diesem Frühjahr fünfundvierzig, doch weder

seinem Aussehen noch seiner Vitalität und Technik war das geringste Zeichen von Altern oder Nachlassen der Kräfte anzumerken; so wenig, daß sich die alten Getreuen, wenn er gelegentlich ohne Maske auftrat, ungläubig fragten: »Trägt er vielleicht eine Maske, die nach seinem Aussehen vor zwanzig Jahren geschnitzt wurde?«

Als Yoshimitsu jedoch von ihm verlangte, vor dem Kaiser in mindestens zwei, möglichst aber sogar drei Stücken zu erscheinen, weigerte sich Zeami entschieden, mehr als ein einziges Mal aufzutreten, und er sagte: »Ein Schauspieler erreicht den Höhepunkt seiner Karriere mit ungefähr fünfunddreißig Jahren, und hat er die Altersgrenze von fünfundvierzig überschritten, sollte er sich auf die Kunst des Nichttuns verstehen.«

»Du schlaues Wiesel!« Yoshimitsu versuchte Ärger zu spielen, indem er sich mit seiner Perlenschnur auf den Schenkel schlug, mußte statt dessen aber laut auflachen. »Die Kunst des Nichttuns! Wenn man dieses Stadium erreicht, hat man die höchste aller Höhen erklommen, und das ist dir, verflucht will ich sein, bestens bekannt!«

»Statt dessen, Großer Baum, habe ich keine Mühe gescheut und ›Kiyotsune‹ sowie ›Ein Blumenkorb‹ geschrieben, um meine Söhne zu präsentieren.«

»Ein riskantes Spiel. Ich muß zugeben, daß sie deine Söhne und Kanamis Enkel sind, aber schließlich sind sie ja doch noch Kinder.«

»In *meinen* Stücken aber spielen sie Rollen, die ihnen auf den Leib geschrieben sind, Großer Baum.«

Schließlich hatte Yoshimitsu Zeami widerwillig nachgegeben. Der ehemalige Shōgun war weit davon entfernt gewesen, überzeugt oder gar erfreut zu sein. Aber als Juro — unmaskiert – in der Hauptrolle von »Kiyotsune« erschien, mit einem weißen, militärischen Stirnband über den großen, schräg gestellten Mandelaugen und dem zierlichen, langen, wie eine Rauchsäule aus dem Kostüm aufsteigenden Hals, diesem Kostüm, das an ihm wie eine schwere Bürde wirkte, verspürte Yoshimitsu sofort einen heißen Kloß in der Kehle, und als der Junge mit der klaren, glockenhellen Stimme des Vierzehnjährigen zu sprechen begann, mußte der ehemalige Shōgun krampfhaft schlucken, um seine Tränen zurückzuhalten. Zeamis Verse und Musik waren natürlich superb, ja sogar unwiderstehlich; aber das hatte Yoshimitsu nicht anders von ihm erwartet. Das einzigartige Phänomen war sein Sohn Juro. Ob der Junge sang, tanzte oder sprach, er tat alles mit einer so großen Hingabe und Intensität, daß Yoshimitsu überzeugt war, den jungen Schauspieler zum letztenmal zu sehen. Der Eindruck vom raschen Vergehen der Jugend, des Lebens und dieser Welt, den Juro vermittelte, war erschütternd. Während Yoshimitsu zuhörte, wie Juro als Geist eines jungen Kriegsfürsten singend mit seiner untröstlichen Witwe sprach, ertappte er sich dabei, daß er Juro schon jetzt wie einen alten Freund betrauerte, dem es bestimmt war, beim letzten Ton seines Liedes tot hinzusinken, und er war nicht der einzige Zuschauer, der Juros Auftritt unwillkürlich mit Fujiwakas nicht weniger bemerkenswertem Debüt dreißig Jahre zuvor im Imakumano-Schrein verglich.

Daher war es nicht verwunderlich, daß nach Juros Kiyotsune sogar Kogame mit einem überwältigend komischen Kostüm als Oktopus einige Mühe hatte, das Publikum aus seiner melancholischen Stimmung zu reißen.

In »Ein Blumenkorb« hatte sich Zeami ausschließlich das Ziel gesetzt, unterhaltend zu sein, und das Stück deshalb mit süßen Melodien und lebhaften Tänzen vollgepackt; und dank Hotan, der auf dem Höhepunkt seiner Karriere war, sowie Goro und Saburo in der Blüte extremer Jugend hatte sich Yoshimitsu schon bald davon überzeugt, daß die jüngere Kanzē-Generation nicht einfach »eine Schar unerfahrener Kinder«, sondern durchaus in der Lage war, jene dem Theater eigene Verzauberung zu bewirken, die ihm Zeami versprochen hatte.

Während Kogames zweiter *kyogen*-Farce strahlte Yoshimitsu vor Genugtuung, als er beobachtete, wie Seine Kaiserliche Majestät in dem Bemühen, nicht wie das übrige Publikum laut über Kogames Rolle als Schirmmacher zu lachen, der über seine diebischen Diener schimpft, das Gesicht zu angestrengten Grimassen verzog. Und der beste Beweis für den unendlichen Reichtum an Talent, über den die Kanzē-

Truppe verfügte, war wohl, wie Yoshimitsu fand, die Tatsache, daß der Meister persönlich bisher noch keinen Fuß auf die Bühne gesetzt hatte.

»Besitzt man erst einmal legendären Ruhm, wird einem der Weg von den Erwartungen der Zuschauer geebnet«, behauptete Zoami spitz, der hinter seinem Protektor, dem alten Herrn Shiba, in der Loge neben jener des jungen Shōgun saß. »Man braucht überhaupt nichts selbst zu tun, die ganze Arbeit leisten die Erwartungen, und man kann triumphierend nach Hause gehen.«

Tatsächlich lag kurz vor Zeamis Auftritt eine so spürbare Erregung in der Luft, daß selbst Seine Kaiserliche Majestät das Gefühl hatte, seine Kehle sei so unangenehm eng und trocken geworden, daß er rasch ein paar kandierte Kirschblüten knabbern mußte – allerdings mit äußerster Vorsicht, denn er hatte die schlechten Zähne seiner kaiserlichen Vorfahren geerbt.

Zeami nannte das Stück »Dame Aoi«, doch die *shite*-Rolle war die nicht mehr ganz junge Fürstin Rokujo, die von ihrem Geliebten, Fürst Genji, verlassen wurde, weil er die Dame Aoi heiraten wollte. Ihre Eifersucht und ihr Haß auf das junge Ehepaar brachen wie glühende Lava hervor. Im ersten Teil des Dramas trat Zeami als die zurückgewiesene Fürstin mit einer Maske auf, die »Frau mit starken Gefühlen« genannt wurde. So edel, so stolz und so erschütternd war seine Darstellung, daß er mühelos die bereits hochgespannten Erwartungen der Zuschauer übertraf und von da an niemand mehr von den Qualen der Fürstin unberührt blieb.

Nach einem raschen Kostümwechsel kam Zeami mit einer gehörnten Dämonenmaske zurück, den Rachen weit aufgerissen, mit metallbesetzten Augen, die weit hervorquollen und vor heißer Wut glühten. Zahlreiche Höflinge keuchten auf und bedeckten sich die Augen, während das kaiserliche Hauspersonal vor Entsetzen wie gelähmt erstarrte. Kumao als der Priester, der gerufen wurde, um den bösen Bann zu brechen, mit dem Fürstin Rokujo die Dame Aoi belegt hatte, zeigte sich seiner Aufgabe wunderbarerweise gewachsen. Er forderte den einschüchternden Zorn von Zeamis Dämon mit einer überwältigenden Kraft des Glaubens an die Gnade Buddhas heraus. Alle vermeinten offenen Mundes und voll Schrecken tatsächlich Funken zwischen den Streitern des Bösen und des Guten fliegen zu sehen. Schließlich verließ Zeami zur physischen und psychischen Erleichterung der Zuschauer die Bühne.

»Noch nie hab' ich so große Angst gehabt!« kreischte Seine Kaiserliche Majestät, während Yoshimitsu sich mit der klirrenden Kristallperlenschnur auf die Schenkel schlug – ein höchst unpriesterliches Verhalten – und so zufrieden lachte, als hätte er soeben ein Imperium erobert, was wiederum seinen Daimyōs eine Genugtuung war, die er gezwungen hatte, einen reichlichen Beitrag zur Finanzierung des kaiserlichen Besuchs zu leisten.

Ja, Yoshimitsu war so erfreut von dem Erfolg, den sein Nō-Meister bei den anspruchsvollen aristokratischen Gästen errungen hatte, daß er Zeami benachrichtigen ließ, er wünsche, daß seine drei Söhne auch bei dem anschließenden Bankett in der riesigen Halle des West-Palastes zur Unterhaltung beitrügen. Eintausend Papier- und Steinlaternen brannten; sie hingen an den zahllosen Dachkanten des Palastes, entlang der gewundenen, gedeckten Galerien und verteilt über den gesamten Garten sowie den See. Nachdem die Gäste Platz genommen hatten und Weinbecher die Runde machten, zeigten Goro und Saburo einen lebhaften Tanz, den Zeami in weiser Voraussicht eines solchen Befehls mit ihnen einstudiert hatte. Als sie fertig waren, verneigten sie sich vor dem Kaiser so tief, daß ihre hübsch schwingenden Stirnlocken den Boden streiften, erhoben sich und wandten sich zum Gehen. In diesem Moment hob Ghien, ein ziemlich dunkelhäutiger, eigenwillig aussehender Priester, elegant gekleidet, wie es dem Oberhaupt des Seiren-In-Klosters und einem von Yoshimitsus jüngeren Söhnen zukam, mit befehlsgewohnter Autorität den Zeigefinger und winkte Saburo, sich zu ihm zu setzen, während Goro, durch das viele Licht erhitzt, erregt und benommen, froh war, sich hinter den gold-silbernen Vorhang zurückziehen zu können.

Zu Juros Tänzen spielte Zeami die Flöte und Goro die

Handtrommel. Juro, in einer überaus attraktiven Kombination von Frühlingsfarben gekleidet, bezauberte alle Zuschauer mit der hypnotischen Gelassenheit der Bewegungen, die er von seinem Vater geerbt hatte, wenn er mit seinen schlanken Hüften eine Linie zog, die ungeachtet aller Sprünge und Drehungen stets parallel zum Fußboden verlief. Zeami, dem stolzen Vater, entging es nicht, daß im Hintergrund des Bankettsaals immer wieder verstohlen der Vorhang angehoben wurde, hinter dem das Yasuko, die Herrin des Nordwärts Gerichteten Palastes, mit ihren Hofdamen saß. Nach zwei Tänzen widerfuhr Juro nicht nur die Ehre, aus Yoshimitsus eigener Hand einen Fächer zu empfangen, sondern darüber hinaus sogar die ganz außergewöhnliche Anerkennung, an Yasukos Vorhang gebeten zu werden, um ihre herzlichsten Glückwünsche und einen kostbaren Seidenkimono entgegenzunehmen.

Ebensowenig übersah Zeami, was sich zwischen Ghien und Saburo abspielte. Obwohl Ghien in der Nähe seines Bruders, des jungen Shōgun Yoshimochi saß, ließ es sich der sechzehnjährige Oberabt des Seiren-In-Klosters, der wesentlich älter aussah, nicht nehmen, dem jungen Schauspieler den Arm um die Taille zu legen, ihm die Wange zu streicheln und Saburo sogar mit den eigenen Eßstäbchen zu füttern. Zeami war nicht wenig erschüttert, als er sah, wie Saburo dem wollüstigen jungen Priester mit der subtilen Koketterie einer erfahrenen Kurtisane entgegenkam, wie sein Katzengesicht jetzt verführerisch errötete, um dann wieder sittsam zu protestieren, und mußte unwillkürlich an Saburos leiblichen Vater denken, von dem es hieß, er habe sich mit derartigen Ausschweifungen ruiniert.

Als Zeami, Juro und Goro mit Sangos Hilfe alle Kostüme und Instrumente zusammengepackt hatten und aufbrechen wollten, war Saburo verschwunden. Der Vater sagte nichts dazu, und die beiden Brüder fragten weder wie noch warum. Saburo kam am folgenden Morgen kurz vor seiner Lektion nach Hause. Wie Hachi berichtete, war der kleine Meister von einem Lehrmönch des Seiren-In-Klosters heimgebracht worden. Der Junge schien sich vollkommen wohl zu fühlen, und aus der unverfrorenen Art, mit der er gähnte und die

Arme reckte wie ein junger Baum, schloß die Familie, daß er sogar stolz darauf war, von Yoshimitsus Sohn und dem Bruder des regierenden Shōgun als Gefährte für die Nacht ausgewählt worden zu sein.

Da Zeamis ehemalige Verbindung mit Yoshimitsu weithin bekannt war, sah er sich nicht in der Lage, gegen Saburos wiederholtes Nichterscheinen in dem Schlafzimmer zu protestieren, das er mit seinen Brüdern teilte; außerdem verpaßte Saburo keine Unterrichtsstunde und kam auch niemals zu einer Lektion zu spät. Im Gegenteil: Nachdem er in Ghiens Erwachsenenwelt hineingezogen worden war, arbeitete er mit einem wacheren Sinn für die weltliche Macht und den Ruhm in seinem Beruf und behandelte die älteren Brüder schon bald mit einer Mischung aus leichter Verachtung und herablassender Freundlichkeit. Hotan, der noch immer Saburos Tutor und Kindermädchen war, behielt für sich, was Saburo ihm mit einem listigen Grinsen auf dem Katzengesicht erklärt hatte: »Da ich den Shōgun Yoshimochi selbst nicht bekommen kann, würde ich sagen, daß ich mir mit seinem Bruder den zweitbesten geangelt habe.« Es war wohlbekannt, daß sich der junge Shōgun aus Abneigung gegenüber allem, was seinem Vater Freude bereitet hatte, dem Vergnügen mit jungen Knaben strikt verweigerte.

Ghien hatte Anspruch auf ein erkleckliches Einkommen aus zahlreichen Provinzbesitzungen, Privilegien und Bestallungen des Seiren-In-Klosters, und obwohl er bei weitem nicht so reich war wie sein Vater oder sein älterer Bruder, konnte er es sich leisten, Saburo einige wertvolle Geschenke zu machen, mit denen dieser – immerhin erst ein zwölfjähriger Knabe – vor seinen Brüdern und den Mitgliedern der Truppe ausgiebig prahlte.

Kaum ein Monat war seit dem kaiserlichen Besuch im Kitayama-Palast vergangen, als Yoshimitsu, der selten ernsthaft krank gewesen war und weit jünger wirkte als einundfünfzig Jahre, eines Abends über Fieber klagte. Und noch bevor sein Leibarzt, ein chinesischer Zen-Priester, eintraf, hatte er das Bewußtsein verloren. Trotz aller Anwendungen von Infusionen, Moxensetzen und Nadelstechen des Arztes blieb seine Temperatur besorgniserregend hoch.

Jede in Frage kommende Sutra wurde gelesen, und überall wurden Gebete für seine Gesundheit gesprochen; der Kaiser persönlich zelebrierte eine dreitägige Musik-Bittandacht im Kitayama-Schrein, und die gesamte Bevölkerung hielt den Atem an, während das Murmeln von Gebeten in der gesamten Hauptstadt pausenlos weiterging. Zeami verbrachte im Gegensatz zu anderen Gefährten, die kamen und gingen, die Tage und Nächte während Yoshimitsus Krankheit im Saal der Gefährten im Palast, saß sehr aufrecht da und übertrug ohne Unterlaß die unaussprechliche Intensität seiner Gebete auf seine Perlenschnur, ohne der schiefen Blicke seiner Rivalen und Feinde zu achten, die bei der Aussicht, daß die Tage seiner Überlegenheit jetzt möglicherweise gezählt waren, innerlich frohlockten. Die Tatsache, daß Yoshimitsu, der die heilende Wirkung von Gebeten und Gesängen stets verächtlich geleugnet hatte, persönlich seine Zustimmung dazu gegeben hatte, daß überall im Land in Tempeln und Schreinen öffentlich gebetet wurde, sowie seine persönliche Kenntnis von den Exzessen, in die Yoshimitsu sich ständig gestürzt hatte, ließen Zeami den plötzlichen Zusammenbruch des ehemaligen Shōgun mit Bangen und Zagen betrachten.

An seinem dritten Vormittag im Palast machte Zeami sehr früh Toilette und kam gerade aus dem in einem immergrünen Hain versteckten Reinigungsbezirk zurück, als ihm einer von Yoshimitsus alten Dienern, den er gut kannte, eilig entgegenkam.

»Der große Baum hat das Bewußtsein wiedererlangt, und es scheint ihm heute morgen ein wenig besser zu gehen, obwohl der Arzt sagt...« Unfähig, den Satz zu beenden, verzog sich sein graues, unrasiertes Gesicht zu einer schmerzlichen Grimasse. »Würdet Ihr bitte mitkommen? Der Große Baum murmelt immer wieder Euren Namen, und die Herrin des Nordwärts Gerichteten Palastes hat mich geschickt, Euch zu holen...«

Die äußerlichen Räumlichkeiten in Yoshimitsus Privatflügel waren voll stummer, stumpf blickender Menschen:
Höflinge, Daimyōs, hohe Shōgunats-Beamte, zahllose Prie-
ster und Ärzte, die, als sie Zeami erblickten, ohne weitere
Anzeichen von Verachtung oder Haß resigniert jenem den
Weg freimachten, dessen Namen der Große Baum in seinem
komaähnlichen Schlaf immer wieder gemurmelt hatte. Im
Vorzimmer von Yoshimitsus Schlafraum hockten seine
Mätressen eng beisammen wie Schiffbrüchige, und als Zeami den Raum durchschritt, öffnete eine von Yasukos Hofdamen stumm die Shōji zu Yoshimitsus Krankenzimmer.
Yasuko, die, den Kopf mit weißer Seide verhüllt und in
Nonnentracht gekleidet, neben dem Kopfkissen ihres Mannes saß, hob den Blick, und auch sie sah Zeami zum erstenmal fast so ins Gesicht, als sei er tatsächlich ihresgleichen.
Wie es ihrem Status »über den Wolken« entsprach, verrieten weder ihre freundlichen Augen mit den schweren Lidern noch ihr spröder, kleiner Mund Gefühle oder Gedanken, und als Reaktion auf Zeamis demütige, tiefe Verbeugung hob sie den rechten Ärmel gerade so weit, daß nicht
der kleinste Teil ihrer Hand, sondern nur ihre Perlenschnur
daraus hervorschaute.
Ein einziger Blick auf Yoshimitsu vernichtete alle Hoffnungen, die Zeami vielleicht noch gehegt hatte: Der Kriegsfürst
aus dem windgefegten Osten, der frische Luft so sehr liebte,
lag reglos in dem fauligen Räucherwerkqualm, der die endlosen Gebete und Bemühungen der Medizin und des
menschlichen Willens begleitet hatte, die doch gegen den
Tod so sinnlos, so nutzlos waren. Die Gewißheit, Yoshimitsu zu verlieren, machte Zeami vollkommen hilflos. Hätte
er aufrecht gestanden, er wäre gegen die Shōji gesunken; auf
den Knien liegend, sanken nun seine Schultern bis auf den
Boden, und er barg das Gesicht in beiden Händen.
»Zeami ist hier«, hörte er Yasuko sagen.
Nach einer qualvollen Pause ertönte ein heiseres Flüstern,
kaum vernehmbar, aber klar: »Fujiwaka.«
Yasuko, Zeami gegenüber auf der anderen Seite von Yoshi-
mitsu, bewegte sich auf den Knien ein paar Zentimeter von
Yoshimitsus Kissen zurück, damit Zeami sich dem Kopf

ihres Mannes nähern konnte. Durch das hohe Fieber hatte Yoshimitsu in dieser kurzen Zeit einen sehr großen Teil seines Gewichts verloren, und der anomale Blutandrang ließ sein fast fleischloses Gesicht glühen wie eine ungleichmäßig mit Blut bemalte Laterne aus Ölpapier: ein krasser Kontrast zum Weiß seines Krankengewandes, des Kopfkissens und der kalten Kompresse auf seiner Stirn.

»Ich verbrenne. So heiß. Scheine nur noch zu schlafen. Und niemand sagt mir die Wahrheit, obwohl ich sie doch so dringend brauche.«

Darauf bedacht, nichts von seinem dünnen, glühenden Atem zu verschwenden, sprach Yoshimitsu abgehackt und keuchend, doch keineswegs im Fieberwahn.

»Dieses Stück, Fujiwaka, ›Herbststimme‹ – das stimmt nicht ganz, wie? Ein wunderschöner *kusē*-Tanz, ein superber Chor, und doch fehlt etwas. Trotzdem liebe ich es. Zwei Freunde, die in den herbstlichen Feldern spazierengehen; einer wandert davon, verlockt von der Musik der Herbstinsekten; der andere findet ihn tot.

›Wind und Mond, Freunde von alters her.
Wahn im Herzen, ging er zu weit,
um niemals zurückzukehren.‹

Du mußt weiter daran arbeiten, bis du die gewohnte Vollkommenheit erreichst.«

Mit einer so großen Anstrengung, daß der chinesische Arzt zu Yoshimitsus Füßen mit einer vorwurfsvollen Geste reagierte, drehte Yoshimitsu, der die tief eingesunkenen Augen zum erstenmal geöffnet hatte, den Kopf so weit, daß er Zeami ansehen konnte. Sein Blick, aus der Wurzel seines Lebensrestes heraufdringend, war trüb wie dicke Gelatine.

»Was wird aus dir und deinem Nō, wenn ich nicht mehr bin?«

Zeami wußte nicht, daß Yoshimitsu damit zum erstenmal laut die Gewißheit seines Todes eingestand; er war zu sehr von Trauer erfüllt, um zu bemerken, wie Yasuko plötzlich erstarrte. Und noch ehe Zeami Luft holen konnte, fuhr Yoshimitsu mit kurzen, abgehackten Worten fort:

»Verflucht albern... nicht wahr... mich um dich zu sorgen... der in der ewigen... Welt des Nō lebt... Aber das
schwache, hilflose... menschliche Herz... Gib mir... eine
Illusion... daß du mich gebraucht hast... daß du... mich
immer noch brauchst...«

Auf einmal begannen Yoshimitsus zitternde Hände auf der
weißen Leinendecke umherzutasten.

Eilig rutschte Zeami näher. »Was suchst du, Großer
Baum?«

»Meine Perlen, vom Ming-Kaiser... Meine Perlen...«

Yasuko fand sie und drückte sie Yoshimitsu in die Hand.
Mit einem erstaunlichen Aufflammen von Energie warf
Yoshimitsu Zeami die Perlenschnur zu.

»Behalt sie, Fujiwaka, aber verkauf sie, wenn du Geld
brauchst!«

Dann stieß er einen langen Seufzer aus, der ihn seiner
letzten Kraft beraubte. Trotz Yasukos Gegenwart konnte
Zeami sich nicht enthalten, Yoshimitsus heiße Hand zu
umklammern, die in der seinen lag wie angeschmiedet.
Ganz kurz, aber sehr heftig drückte Yoshimitsu Zeamis
Hand.

»Deine kalte Hand, Fujiwaka. Geh noch nicht. Ein Shōgun... schläft nicht... allein...«

Seine Hand erschlaffte. Der Arzt glitt rasch an der Schlafmatte entlang nach oben, zu Yoshimitsus Kopf, und flüsterte Zeami etwas zu, das dieser wegen des ausländischen
Akzents jedoch nicht verstand, worauf der Arzt Yoshimitsus Hand mit dieser merkwürdigen, typisch chinesischen,
keineswegs beleidigenden Entschiedenheit aus Zeamis
Hand löste, Zeami beiseite schob und Yoshimitsu betrachtete, der in einen allem Irdischen unzugänglichen Schlaf
gefallen war.

Sobald Yoshimitsu wieder im Koma lag, kehrte Yasukos
Autorität zurück. Weder feindselig noch von der engen
Verbindung zwischen ihrem Mann und dem Schauspieler
gekränkt, deren Zeuge sie eben geworden war – denn der
unmittelbar bevorstehende Tod löschte sämtliche Gefühle
dieser flüchtigen Welt –, nickte sie Zeami freundlich zu: Ihr
könnt Euch entfernen.

Zeami verneigte sich vor Yoshimitsu und Yasuko und glitt rückwärts zum Zimmer hinaus; und jeder Meter, um den er sich auf den Knien entfernte, führte ihm Yoshimitsus Tod und seine Liebe zu dem Sterbenden deutlicher vor Augen. Noch drei weitere Tage blieb Yoshimitsu im Koma liegen, und als sein Fieber unvermittelt sank, war er tot.

Erst nachdem der Tod des dritten Ashikaga-Shōgun bekanntgemacht worden war, kehrte Zeami nach Hause zurück. Nach einem langen, einsamen Gebet vor dem Altar befahl er seine Familie und seine Truppe alle zusammen in den Bühnenraum.

»Gestern noch standen wir auf dem Gipfel des Glücks«, begann er. Seine blutunterlaufenen, tief in den Schädel gesunkenen Augen waren frei von Tränen und verrieten die tödliche Ruhe jener Trauer, die jede Trauer übersteigt. »Und heute beginnt für uns der Weg bergab. Ich biete euch keinen falschen Trost; ich sage nicht, eines Tages wird sich unser Schicksal vielleicht wieder wenden, wir werden uns eines neuen Ruhmes und Wohlstands erfreuen können und einen anderen Schirmherrn und Zuschauer mit dem Auge und dem Herzen des Großen Baumes finden. O nein, darauf würde ich mich nicht verlassen. Von nun an verlasse ich mich auf gar nichts mehr, es sei denn auf euch. Wenn ihr nicht den Glauben an das Kanzē-Nō und an mich verliert, wird das Nō-Theater niemals durch Gefahren von außen untergehen, sondern noch viele Shōgunate und weitere Generationen überleben. Die Integrität unseres Weges ist unsere Rettung. Denkt immer an das, was mein Vater zu pflegen sagte: Vergeßt niemals die Ehrfurcht des Anfängers! Wir alle bleiben auf ewig Anfänger.«

Lächelnd fixierte Zeami jedes Gesicht, das Kraft in ihm suchte. Er empfand eine freudige Erregung – in diesem Augenblick schon fast ein Märtyrer.

KAPITEL

20 Sobald Yoshimitsus Beerdigung vorüber und die religiösen Formalitäten der üblichen neunundvierzig Tage absolviert waren, zog der Shōgun Yoshimochi vom Blühenden Palast im Muromachi-Bezirk in seines Vaters Kitayama-Palast um. Als Kaiser Gokomatsu, der Yoshimitsu aufrichtig zugetan und dankbar war, Yoshimochi seinen beispiellosen Entschluß kundtat, Yoshimitsu posthum den Ehrentitel »Abgedankter Kaiser-Vater« zu verleihen, lehnte der Shōgun dies mit unhöflich kurzen Worten ab.

»Mein Vater war schließlich nichts weiter als ein ganz einfacher Untertan und Bürgerlicher. Als Shōgun, dessen Pflicht es ist, die himmlische Würde Seiner Kaiserlichen Majestät zu wahren, ist es mir unmöglich, eine so unverdiente Ehre, die für die Geschichte Eures Hofs peinlich sein könnte, zu akzeptieren.«

Gleichzeitig gab Yoshimochi seine Absicht bekannt, sich von der elitären Einstellung, die seinem Vater so sehr am Herzen gelegen hatte, zu distanzieren und statt dessen den militaristischen Charakter des Shōgunats zu fördern, ein Entschluß, dem eine Gruppe von Daimyōs, die unter Yoshimitsus überkultivierter Regierung nicht gerade brilliert hatten, begeisterten Beifall zollten.

Yoshimochi, engstirnig und mißtrauisch, erklärte auch sofort jeden offiziellen Handel zwischen China und Japan für beendet und forderte den Abgesandten des Ming-Kaisers unfreundlich auf, das Land zu verlassen.

Angesichts der Tatsache, daß der neue Shōgun einen geradezu zwanghaften Haß gegen alles hegte, was sein Vater geliebt hatte, war es kein Wunder, daß ganze Monate und Jahreszeiten vergingen, ohne daß die Kanzē- und die Hiei-Truppe auch nur einen einzigen Befehl zum Auftreten im Kitayama-Palast erhielten. Auch sämtliche großen Paläste, Daimyō-Häuser, Tempel und Schreine der Hauptstadt verschlossen den Nō-Truppen ihre Tore, wohingegen die Dengaku-Truppen, wie zu erwarten, eine spektakuläre Wiederauferstehung feierten. Von jenem schicksalhaften Jahr 1408 an wehten bei jeder Wohltätigkeits-Aufführung die Denga-ku-Banner am Ufer des Kamo. Zeami sah sich gezwungen, in die Vororte und Provinzen auszuweichen. Doami verkaufte sein Haus in Kyoto und kehrte endgültig in seine Heimatstadt Omi am Biwa-See zurück.

Die jüngeren Mitglieder der Truppe, die noch keine ausgedehnte Provinztournee erlebt hatten, waren fasziniert von dem geschäftigen Eifer, mit dem die transportable Bühne repariert und die Kostüme und Kulissen verpackt wurden, die Älteren aber, die noch das Leben im Dorf Yuzaki und die endlosen Schlammtouren kennengelernt hatten, teilten diese Begeisterung nicht. Sie hatten das Glück gehabt, Zeugen jener dramatischen Begegnung zwischen Yoshimitsu und Vater und Sohn Kanzē im Imakumano-Schrein gewesen zu sein, und hatten erlebt, wie die Truppe dadurch über Nacht aus einem Haufen von Leibeigenen des Kofuku-Tempels zum größten Theaterensemble der Hauptstadt aufstieg. Nun aber, da sie sowohl ihre schwer erkämpfte Unabhängigkeit von der religiösen Macht als auch Yoshimitsus Schirmherrschaft verloren hatten, erschienen ihnen sämtliche Ehren, die den Kanzē in Kyoto zuteil geworden waren, nur noch wie etwas, von dem man in einem Märchen liest.

Mit Toyojiro, der, wie sein verstorbener Vater Toyodayu, die einschmeichelndsten und reizendsten Manieren besaß, begann Zeami eine Runde von Bettelbesuchen bei alten Yamato-Gönnern. Zum Glück hatte die seit Kanamis Tagen stets neu genährte Beliebtheit der Kanzē-Truppe noch nichts von ihrer Anziehungskraft auf die Bewohner der Provinz Yamato verloren, und obwohl die anderen drei Nō-Truppen in Yamato weit davon entfernt waren, über das jetzt viel häufigere Auftreten der Kanzē in dieser Gegend erfreut zu sein, wagten sie doch nicht zu bestreiten, daß die Kanzē das Recht hatten, um eine Anzahl saisonbedingter Aufführungen im Kofuku-Tempel und im Kasuga-Schrein zu bitten.

Obwohl das Einkommen der Familie durch den Verlust der lukrativen Aufführungen in der Hauptstadt und der großzügigen Geschenke, die Yoshimitsu zu schicken pflegte, mehr als halbiert war, nahm die Anzahl der Vorstellungen durch die Tourneen zu, so daß die jüngere Generation reichlich Gelegenheit hatte, wichtige Rollen vor einem echten Publikum zu erproben, was in der Hauptstadt mit ihren scharfäugigen, anspruchsvollen Zuschauern keineswegs ratsam gewesen wäre.

Ungeachtet – oder vielmehr trotz – der unzulänglichen, unzivilisierten und zuweilen ausgesprochen demütigenden Umstände auf der Tournee bestand Zeami darauf, den höchsten künstlerischen Standard und eine eiserne professionelle Disziplin zu bewahren. »Die einzige Möglichkeit, einen Sturm des Unglücks zu überstehen«, erklärte er seiner Truppe, »ist es, sich in granitharten Stein zu verwandeln und sich immer tiefer in sich selbst und seine Kunst zu versenken.« Wo immer sie auch sein mochten, übernahm er die tägliche Unterrichtung der Truppe in Tanz, Gesang und Gebärdenspiel persönlich, probte alte und neue Stücke, falls nötig auch im Freien – in der Ecke des Vorhofs eines Schreins oder sogar auf einem ebenen, freien Fleck Erde außerhalb einer Ortschaft, beobachtet und verlacht von neugierigen Kindern –, und wenn alle anderen in ihren bitter benötigten Schlaf gefallen waren, verfügte er immer noch über genug Energie, um weiter am »Spiegel der Blume«, der Fortsetzung von »Über die Weitergabe der Blume«, zu arbeiten. Selbst wenn die Truppe gezwungen war, die Nacht in einem verlassenen Tempel zu verbringen, weil es in der Umgebung weder eine Herberge noch einen gastfreundlichen Gönner gab, fuhr er mit dem Schreiben fort, solange ihm eine Lampe, ein Pinsel und etwas Papier zur Verfügung standen. In diesem sowohl künstlerischen als auch seelischen Vakuum, in das ihn Yoshimitsus früher Tod gestürzt hatte, war das Schreiben für ihn die einzige Möglichkeit, den von Entsetzen erfüllten Blick von der Gegenwart zu lösen, in unendlicher Dankbarkeit zurückzublicken auf die Jahre zwischen dem Tag, an dem er Yoshimitsu kennengelernt, und dem Tag, an dem er ihn verloren hatte, und all die geheimsten Gedanken niederzulegen, die ihm während jener glücklichen und fruchtbaren Jahre gekommen waren.

Als Yashao mit elf Jahren zum erstenmal auf eine Tournee mitgenommen wurde, schrieb er seiner von ihm schmerzlich vermißten Freundin Tama: »Onkel Zeami ist überall, fleißiger und ausdauernder als wir alle, obwohl er kaum Nahrung und Schlaf zu brauchen scheint. Er klagt niemals und ist stets ruhig und heiter. Wenn es nicht anders geht, schläft er genau wie wir auf einer Handvoll Stroh auf der harten Erde – er, der verwöhnteste und am höchsten bewunderte Künstler der Hauptstadt! Er hat sogar damit begonnen, Juro im Verfassen von Theaterstücken zu unterrichten, was mich, wie Du Dir wohl vorstellen kannst, unendlich neidisch macht. Ich sehne mich so sehr danach, eines Tages genauso gute Stücke schreiben zu können wie Onkel Zeami. In Obama, wo ich zum erstenmal das dunkle, wilde Nördliche Meer sah, wurden Jippen und Toyojiro krank, weil sie verdorbene Krebse gegessen hatten. Deswegen mußte Goro die große Trommel schlagen, Juro übernahm Toyos Rolle, und wir alle, mit Onkel Zeami an der Spitze, gaben eine der besten Vorstellungen der ganzen Tournee – obwohl sie leider eher verschwendet war, denn es kamen nur wenige Zuschauer, und die waren zum größten Teil Fischer und Arbeiter aus der Seidenspinnerei, die zum erstenmal eine Nō-Aufführung erlebten.«

Als Juro in den Stimmbruch kam, veranstaltete Zeami die Mündigkeitszeremonie für ihn. Da die Kanzē-Truppe in der Hauptstadt keinen einflußreichen Schirmherrn mehr hatte, akzeptierte Zeami, als sie in einer nahen Ortschaft auftraten, voll Dankbarkeit das Angebot Herrn Mitsumasa Kitabatakes, die Feier in seiner befestigten Burg in Ise abzuhalten. Der hochkultivierte Kriegsherr übernahm nicht nur die Rolle des Vaters der Schere, sondern verlieh Juro den Erwachsenennamen Motomasa, indem er ihm ein chinesisches Schriftzeichen seines eigenen Namens gewährte.
»Ist es gut für unseren zukünftigen Meister, sich so eindeutig mit einem der prominentesten Daimyōs des Südens zu identifizieren?«
»Die Kitabatakes haben sich ruhig verhalten, solange der

Große Baum lebte, doch nun…?« flüsterten Kogame und Toyojiro besorgt miteinander.

Aber die Truppe hatte so selten Gelegenheit zum Feiern und Fröhlichsein, daß keiner der beiden alten Schauspieler es übers Herz brachte, ein Wort der Warnung zu äußern…

Also wurde Juro in Motomasa umbenannt. Er war nunmehr ein erwachsener Mann von siebzehn Jahren, dessen Fortschritte im Verfassen von Dramen eine besondere Genugtuung für Zeami darstellten, denn er war überzeugt, daß er, so begabt er als Schauspieler auch sein mochte, seine Truppe auf dem Weg des Nō nur weiterführen könne, wenn er darüber hinaus zu kreativem Schreiben befähigt sei.

Auch Goro wurden mit siebzehn die Stirnlocken abgeschnitten; er wurde Motoyoshi genannt. Saburo dagegen bat auf Ghiens Drängen hin immer wieder darum, seine Großjährigkeitsfeier aufzuschieben. Er empfing seinen Erwachsenennamen Motoshige erst, als er fast zwanzig war, ein Alter, in dem die knabenhaften Stirnlocken in krassem Kontrast zu seinem auffallend schönen und gut entwickelten Körper standen.

Doch selbst nach Saburo-Motoshiges Männlichkeitszeremonie befolgte Ghien nicht den üblichen Brauch, den Favoriten ganz aus seinem Nachtdienst zu entlassen, und so kam der Junge, sobald sich die Truppe in der Hauptstadt auf ihre nächste Tournee vorbereitete, zwar weniger ostentativ, aber noch immer häufig genug erst in den frühen Morgenstunden nach Hause. Und da Saburo-Motoshige inzwischen nicht mehr das Zimmer im Haupthaus mit seinen Brüdern teilte, sondern einen Raum in der Nähe der Ställe bewohnte, den die Stallburschen verlassen hatten, nachdem Zeami die Kutschen und den größten Teil der Pferde hatte verkaufen müssen, weil sie für ihn zu kostspielig waren, erfuhr kaum jemand, was er außerhalb der Arbeitsstunden trieb. So war er zwar noch immer ein ehrgeiziges und fleißiges Mitglied der Truppe, jedoch mehr oder weniger zum Außenseiter geworden, denn sein Verhältnis zu Ghien hatte sich zu einer weit tiefergehenden und festeren Bindung entwickelt, als es das oberflächliche Interesse eines Höhergestellten an einem Untergebenen gewesen wäre.

Hotan waren bereits seit einiger Zeit eine wachsende Zahl von Kleidern, Schuhwerk und Zubehör in Saburo-Motoshiges Schrank aufgefallen, die weit luxuriöser und im Stil auffallender waren als jene, die Zeami jetzt für Juro-Motomasa und Goro-Motoyoshi erschwingen konnte. Und da Saburo-Motoshige inzwischen auch häufig Verpflegung und Unterkunft auf Ghiens Kosten erhielt, war es nicht übertrieben zu sagen, daß er eine Art privilegierte Unabhängigkeit erworben hatte, die dem jungen Mann ein schadenfrohes Gefühl der Überlegenheit zu verleihen schien, vor allem über Yukina, die er bei den wenigen Gelegenheiten, da er ihr im Haus begegnete, zu behandeln begann, als sei sie die Frau eines Herbergswirts.

Andererseits verhielt er sich, je reifer er als Mann und Künstler wurde, Zeami als seinem Lehrer gegenüber immer respektvoller, gefügiger und sogar ehrfürchtiger. Er arbeitete mit der Hartnäckigkeit eines Raubtiers, das seine langen Fänge tief ins Fleisch seiner Beute schlägt. Er schmollte weniger und probte, den katzenhaft sinnlichen Mund verzerrt und die Stirn schweißbedeckt, bis Zeami zustimmend nickte und ihn lobte: »Das wär's, Motoshige. Gut gemacht!«

Als Künstlerkollegen, die denselben Weg beschritten, schienen Zeami und Saburo-Motoshige nach außen hin in entwicklungsfähiger Harmonie miteinander auszukommen; was jedoch ihre Vater-Sohn-Verbindung betraf, so spürten jene wenigen, die in Saburo-Motoshiges Katzenaugen lesen konnten, sehr deutlich, mit welch heftigem Groll er immer noch darüber zürnte, daß er nicht Zeamis leiblicher Sohn war, und daß er Zeami die Alleinschuld daran zuschrieb.

Im Jahre 1418, zehn Jahre nach Yoshimitsus Tod, verstarb seine Witwe Yasuko im Kitayama-Palast. Zum Beweis dessen, daß ihn die dazwischenliegende Dekade alles andere als die einem Sohn anstehenden Tugenden der Pietät und Barmherzigkeit gelehrt hatte, zog Shōgun Yoshimochi aus dem Palast aus und befahl, die gesamte Anlage bis auf den Goldenen Pavillon sowie einige andere Gebäude sofort abzureißen. Kostbare Hölzer, Dächer, architektonische Verzierungen und Steine wurden stückweise an die verschiedenen Tempel, Schreine und Vasallen verschenkt, die gerade in seiner Gunst standen, und schon bald war der einstmals so prächtige Kitayama-Bezirk buchstäblich ausgelöscht worden. Nur noch der Goldene Pavillon funkelte in der hellen Sonne und schimmerte ohne Wärme unter dem kalten Mond.

Das Dengaku-Monopol blieb weiterhin in der Hauptstadt bestehen, während die Nō-Truppen so vollkommen von allem ausgeschlossen wurden, daß die eingeschworenen Nō-Anhänger der Hauptstadt, die Zeami und seine Söhne sehen wollten, gezwungen waren, einen Ausflug zu machen, sobald die Truppe Gelegenheit hatte, in Ortschaften aufzutreten, die nicht allzu weit außerhalb von Kyotos Toren lagen.

Im selben Jahr feierte Yashao, inzwischen sechzehn, seine Erwachsenenzeremonie. Da der junge Mann, der nunmehr Ujinobu hieß, am folgenden Tag schon nach Yamato zurückkehren mußte, wo er offiziell zum dreizehnten Meister der Komparu-Truppe ernannt werden sollte, wurde Ujinobus und Tamas Verlöbnis noch am selben Abend bekanntgegeben.

Ujinobu wurde von allen geliebt. Sogar Yukina konnte nicht verbergen, wie sehr ihr dieser sanfte Träumer am Herzen lag, hinter dessen Fürst-Genji-Schönheit – schmale, schräg gestellte Augen unter sanft gewölbten Lidern, eine kleine, wohlgeformte Nase und ein ebensolcher Mund, alle in einem perfekt ovalen Gesicht – sich eine wache, interessierte und phantasievolle Intelligenz verbarg.

»Ein Schlaumeier, der eine Ente nicht von einer Gans unterscheiden kann!« neckte Tama ihn, die zwei Jahre älter als ihr Verlobter war, ein Puppengesicht hatte und genauso praktisch, dominierend und energisch war, wie seine Ehefrau, so behauptete sie vollkommen zu recht, unbedingt sein mußte. »Es kann nicht zwei Poeten in einem Haus geben; sonst haben wir schließlich nur noch Spinnweben und Bücher, aber keinen Reis für unsere Kinder.«

Wie sehr Zeami Ujinobu zugetan war, bewies die Tatsache,

daß er persönlich den Vorschlag gemacht hatte, seine heißgeliebte einzige Tochter dem rivalisierenden Haus Komparu abzutreten, denn da Tama für ihren Vater wusch und
flickte, ihn kämmte, für ihn packte, zwischen ihren Eltern
vermittelte, wann immer es ein kniffliges Problem zu lösen
gab, all seine Stücke kopierte und der einzige Mensch im
Haus war, dem es irgendwie gelang, Yukina aus ihrer Melancholie zu reißen, würde der Vater sie schmerzlichst
vermissen.

Tama würde Ujinobu ganz zweifellos eine prachtvolle Frau
werden, denn sie vereinigte in sich Tamanas Mut und Fleiß
mit der großen Bildung und Kultur, die ihr die Eltern einge-
pflanzt hatten. Der alte Meister Komparu war in Tama
vernarrt, seit sie ihn mit ihrem Babyspeichel besprüht hatte, weil sie ihm mit schriller Stimme ins Ohr schrie: »Bär!
Großer, großer Bär!« Er war so außer sich vor Freude, als sei
er selbst der glückliche Bräutigam.

»Ich weiß noch, wie Tama mich einmal naßgemacht hat,
und es kommt mir vor, als sei das erst gestern gewesen. Ach
ja, die Zeit fliegt dahin!« Überschwenglich fuhr er fort:
»Jedes Jahr dem Grab näher, schwerer beladen mit Erinnerungen. Erinnert Ihr Euch noch an Eure eigene Erwachsenenzeremonie, Zeami-dono? Damals lebte Kanami-dono
noch, und der Große Baum selbst war Vater der Schere.«

So taktvoll wie Sand in gekochtem Reis, schien der alte
Komparu das schmerzliche Schweigen, das seine Reminis-
zenzen bei den Zuhörern auslösten, gar nicht zu bemerken.
Während er die von Alter und Wein schwach gewordenen
Augen zusammenkniff, wirkte er ganz und gar wohlmei-
nend.

»Saburo-Motoshige, wo bist du? Bevor ich sterbe, muß ich
dir noch von deiner Großmutter Omina-dono erzählen.
Welch eine Tänzerin, welch eine Frau!«

»Er ist nicht da«, stieß Goro-Motoyoshi hervor. »Er hat
mich gebeten, ihn bei Euch und Ujinobu zu entschuldigen...«

»Bruder Motoshige hat heute morgen sehr gute Nachrichten vom Seiren-In-Kloster bekommen«, warf Tama ein.
»Ghien-sama ist zum neuen Oberhaupt der Tendai-Sekte
ernannt worden.«

an Mann gegen die Shōgunats-Soldaten. Als das Blutvergie-
ßen in der Hauptstadt endete, waren die Verluste auf der
Seite des Shōgun nicht weniger groß als bei den Rebellen.
Spätere Ereignisse sollten jedoch mit haarsträubender Ge-
nauigkeit belegen, daß dieser neue Shōgun kein Mann war,
der zu vernünftigen politischen Kompromissen neigte, und
auch humane Erwägungen waren ihm fremd: Yoshinori
befahl seinen Kommandeuren umgehend, so viele von den
fliehenden Horden halb verhungerter, barfüßiger Bauern
niederzumetzeln, wie es nur irgend möglich war.
Und ausgerechnet dann starb, wie um Öl in die Flammen zu
gießen, der Kaiser Shoko im frühen Alter von achtundzwanzig Jahren, ohne einen direkten Erben zu hinterlassen. Als
sein müder, dreiundfünfzigjähriger Vater, der abgedankte
Kaiser Gokomatsu, den zehnjährigen Neffen des Verstorbenen auf den Kaiserthron setzte, brachen die Folgen mit
alptraumhafter Brachialgewalt über das Reich herein: Der
Kaiserliche Fürst Ogura der Südlichen Linie, der gehofft
hatte, bei dieser Gelegenheit würde die Klausel des Vertrags
von 1392 über die wechselnde Nachfolge endlich beachtet
werden, war so empört, daß er sofort seine Standarte entroll-
te und eine erstaunlich starke Armee aufstellte: aus bewaffneten, mit dem Ashikaga-Shōgunat nicht mehr zufriedenen
Mönchen sowie aus einfachen Söldnern, die sich Geld und
Schlachtenruhm erhofften.
Fürst Ogura und seine Mannen marschierten südwärts, um
sich mit den Truppen des Daimyōs Kitabatake von Ise zu
vereinen, desselben Herrn Mitsumasa Kitabatake, der bei
Juro-Motomasas Erwachsenenzeremonie Vater der Schere
gewesen war. Und gleich darauf eilten auch andere unbot-
mäßige Daimyōs und Grundherren mit eigenen Milizen zu
den Fahnen, mit soviel Waffen, Proviant und Männern, wie
sie nur entbehren konnten.
Sofort befahl Shōgun Yoshinori der unendlich reichen und
mächtigen Doki-Familie, die Aufständischen zu vernichten. Doch selbst mit den starken Hilfstruppen der Shōgu-
nats-Armee mußte die Familie Doki sechs Monate lang
kämpfen, bis es ihr gelang, die Festung der Aufständischen
zu erobern. Als seine Burg fiel, beging Mitsumasa Kitabata-

Ehrfurcht des Anfängers vergessen! Das Leben endet; unser Weg ist ohne Ende. Du bleibst auf ewig ein Anfänger.«

»Es ist so lange her, daß ich mich nicht mehr genau erinnern kann, wann ich zum erstenmal auf der Bühne stand, aber sagen wir, ich war acht Jahre alt; dann stehe ich jetzt seit fünfzig Jahren auf der Bühne«, sagte Zeami, ohne jemanden speziell anzusprechen, als er sich vom Familienaltar abwandte, an dem er gerade ein langes Gebet für eine sichere Reise auf den Straßen gesprochen hatte. Von seiner jüngst angenommenen Gewohnheit abgehend, Juro-Motomasa möglichst viel Erfahrungen bei der Leitung der Truppe auf einer Tournee sammeln zu lassen, hatte Zeami beschlossen, die Kanzē-Tournee in der Region des Biwa-Sees selbst zu leiten, um Doamis Grab zu besuchen und im Hiei-Schrein eine Gedenkvorstellung für ihn zu geben.

Yukina, die hinter Zeami saß, blieb stumm, mit unbewegtem Gesicht; nur der Blick ihrer wunderschönen Mandelaugen wanderte weiter wie verschüttetes Wasser, suchte ganz zweifellos die Erinnerung an bessere Tage als Ehefrau des damals berühmtesten Schauspielers, oder vielleicht auch Antwort auf die Frage, welch bitteres Ende sie auf Grund seines schwindenden Glücks mit ihm zu teilen verurteilt war.

Juro-Motomasa war als Sohn viel zu feinfühlig, um nicht mit dem Vater zu leiden und die grausame Ironie zu erkennen, die darin lag, daß seine Karriere ihn nach fünfzig Jahren übermenschlicher Hingabe und zahlloser Ehren wieder genau dorthin zurückgeführt hatte, wo alles begonnen hatte: auf die Schlammtour. Zeami ließ den Kopf hängen und heftete den Blick auf die Reisehandschuhe und Beinschützer, die sauber gefaltet auf seinem Schoß lagen.

»Fünfzig Jahre!« Goro-Motoyoshi stieß unwillkürlich einen Ruf des Erstaunens aus. »Mehr als das Doppelte meines Lebens!«

»Allerdings.« Zeami lächelte seinem jüngeren Sohn liebevoll zu. »Euer Großvater sagte immer: ›Verliert niemals die Ehrfurcht des Anfängers!‹ Im Laufe der Zeit mag ich selbst

Motomasa, und ich würde vorschlagen, daß du vorerst einmal keine Tournee mehr in den südlichen Provinzen unternimmst. Ganz zweifellos ist dir aufgefallen, daß Motoshige euch in letzter Zeit auf keine einzige Tournee in jene Regionen begleitet hat. Und er hat recht. Man kann nicht vorsichtig genug sein.«

Nachdem er den Rat des Vaters vernommen hatte, verneigte sich Juro-Motomasa, wie es sich gehörte. Aber wie immer hinderte sein bezauberndes Lächeln Zeami an jeder weiteren Bemerkung.

Nur wenige Tage nach Zeamis erfolglosem Gespräch mit Juro-Motomasa erschien Hotan, ein gefühlsbetonter, einfacher Mann aus Osaka, der sowohl Zeami als auch seinem jungen Meister Saburo-Motoshige aufrichtig ergeben war, außergewöhnlich früh am Tag, um mit Zeami allein zu sprechen. Da Saburo-Motoshiges Truppe ständig an Zahl zunahm, war Hotan mit seinem Können, seiner Erfahrung und seiner unendlichen Geduld für den neuen Meister unentbehrlich, vor allem bei der Auswahl und Ausbildung zahlreicher talentierter, ehrgeiziger junger Schauspieler aus den Provinztruppen, die bei ihm aufgenommen werden sollten. Und für Zeami war er ein unentbehrliches Bindeglied zwischen dem Haupt- und dem Nebenhaus, weil Saburo-Motoshige, der zu Lektionen und Proben neuer Stücke erschien, wann immer die Haupthaus-Truppe in der Stadt war, inzwischen so sehr von seiner neuen Machtposition eingenommen, dem Vater und den Brüdern gegenüber so aalglatt höflich, so undurchdringlich formell geworden war, daß es praktisch unmöglich wurde, zu erraten, was er wirklich dachte und für die Zukunft plante.

»Ich bin gekommen, um jetzt schon um Verzeihung dafür zu bitten, daß es meinem jungen Meister nicht möglich sein wird, heute zu den Lektionen zu erscheinen, Meister.«

Nach einer ehrfürchtigen Verneigung wischte sich Hotan mit einem indigoblauen Tuch ausgiebig den kahlen Schädel, obwohl es ein typischer Tag im November, dem Frostmonat, war. Dann holte er Luft und ließ jede Förmlichkeit fallen.

»Meister! Motoshige-dono ist vorhin mit einem blauen

es sämtlicher Knochen beraubt. Auf der Holzplatte vor dem Zuber lag eine Persimonie, doch weder eine Münze noch ein Reiskorn.

»Meister, wir dürfen nicht zu spät kommen!« warnte Kogame, der umgekehrt war, um Zeami zur Eile zu bewegen. Sie befanden sich auf dem Weg zur Tempelkanzlei, wo sie Geld und Reis für ihre zwei Tage währende Vorstellung abholen sollten. »Buddha sei gnädig!« Offenen Mundes umklammerte Kogame Zeamis Arm. »Es ist das Schneckenungeheuer!«

»Warte hier! Es dauert nicht lange«, entgegnete Zeami energisch und kehrte um. Er hockte sich vor der alten Bettlerin nieder und sagte freundlich: »Erinnerst du dich an den Sarugaku-Jungen, der dich bat, darum zu beten, daß er mit seinem Vater und seiner Truppe in die Hauptstadt gelangen werde? Es ist schon viele Jahre her. Ich schenkte dir damals meinen Talisman aus dem Kasuga-Schrein.«

»Ich habe ihn hier.«

Die winzigen Hände mit den tiefen Runzeln tasteten in ihren Lumpen umher und zogen ein Stück Holz heraus, das mit einem kräftigen Band an ihrem Hals befestigt war. Die heiligen Worte auf dem Talisman waren inzwischen völlig verwischt. »Seid ihr tatsächlich bis in die Hauptstadt gekommen?«

»O ja. Ich danke dir!«

»Bitte, komm wieder, wenn die Sonne untergegangen ist! Hierher. Wirst du es tun?« lispelte sie. Dadurch, daß sie keine Zähne mehr hatte, war ihre Stimme viel sanfter geworden.

»Selbstverständlich.«

Auf dem ganzen Weg zur Tempelkanzlei hörte Kogame keine Sekunde auf, den Meister zu schelten.

»Nichts als Sentimentalität, Meister! Ich wette, sie wimmelt von Läusen und Flöhen, trägt Buddha weiß was für unheilbare Krankheiten an sich und stinkt unerträglich. Ihr hättet Euch wirklich nicht so weit nähern sollen. Bedenkt doch, was für ein böses Omen sie für Euch sein könnte! Heute abend werdet Ihr mir alles geben, was Ihr am Körper tragt; und ich werde nachsehen, ob Läuse drin sind!«

mals nach anderen Frauen Ausschau hielt. Als sich die Nachricht von Kikyos Schwangerschaft im Geschäftsviertel von Kyoto verbreitete, zweifelte niemand in der Hauptstadt daran, daß Saburo-Motoshige und seine Frau Kikyo ein vollkommen glückliches Ehe- und Familienleben führten.

»Zuerst müssen wir vom Kies herunter«, flüsterte sie. »Die Räder sind zu klein; deswegen wird dir das Ziehen schwerfallen und für meine kranken Knochen schmerzhaft sein. Nimm den Fußpfad an den Zedern entlang! Genau nach Norden, am Glockenturm vorbei. Dann auf dem Weg an den Kiefern entlang bis dahin, wo er steinig wird. Das ist der Platz, an den du mich bringen sollst. Ich kenne hier jeden Quadratzentimeter. Weil ich seit Vaters Tod hier festsitze. Vater? Er war genauso wenig mein Vater, wie du mein Bruder bist, und dennoch hätte ich es, während er lebte, nicht nötig gehabt, ganz einfach dazusitzen und zu betteln. Ach, riechst du den Duft der schwarzen Bäume?«

Sie hob ihr erbarmungswürdiges, altes Gesicht und drehte es, den zahnlosen Mund geöffnet wie eine Höhle, ganz langsam hin und her mit einem Ausdruck, der an Ekstase grenzte, und tatsächlich schienen die Bäume auf einmal einen kräftigeren, saftig-grüneren Duft zu verströmen.

»Du ziehst meinen Zuber, wie es noch nie jemand getan hat, schöner Mann. Es ist, als führen wir durch einen Moosgarten: sanft und lautlos. Niemals wirbelst du Staub auf, triffst einen Stein oder läßt deine Sandalen klatschen, wenn du gehst. Ich möchte wetten, du kannst wunderbar tanzen. Warum du nicht in der Hauptstadt geblieben bist, wo du mit Bewunderung überschüttet wurdest, werde ich nie verstehen. Jedoch da bist du nun wieder, abermals auf der Schlammtour. Zum Unglück für dich; aber für mich bist du Buddhas letzte Barmherzigkeit – das bist du, wirklich.«

Sie kicherte vor sich hin. So ekelerregend sie auch aussehen mochte – wie ein zerkautes und wieder ausgespienes Stück Fleisch –, so war sie doch ansteckend fröhlich, lebhaft, und ihre Stimme hatte sich trotz des Lispelns fast gar nicht verändert, seit Zeami sie zum letztenmal vernommen hatte.

»Ist dies der Ort, an den du wolltest? Wir können nicht weitergehen. Unmittelbar vor uns ist ein Abgrund«, sagte Zeami.

Der Pfad durch die Kiefern endete abrupt oberhalb einer Schuttablagerung, die sich zu einem steilen Abgrund hinabsenkte, an dessen Fuß Zeami rauschendes Wasser hörte. In

das gegenwärtige Oberhaupt der Familie sich in letzter Zeit nicht mit den Kitabatake oder anderen erklärten Feinden des Shōgun eingelassen hatte.

»Die junge Dame«, berichtete Kogame weiter, »erschien heute abend ganz überraschend nur in Begleitung ihrer Amme und der beiden Söhne ihrer Amme, außerdem mit sehr wenig Gepäck in Kyoto. Wir haben keine Tournee in den Süden unternommen, ohne in Ochi Station zu machen, und wurden ·durch zahlreiche Aufführungen im Schloß geehrt. Herr Ochi war Motomasa-dono besonders gewogen und lud ihn häufig zum Essen mit der Familie und zu der Betrachtung von Blumen oder Herbstlaub gewidmeten Picknicks ein, und mir fiel auf, wie hochgestimmt und glücklich mein junger Meister immer in Ochi war, doch niemals hätte ich...«

»Sag mir die Wahrheit, Kogame!« fiel Zeami ihm ins Wort. »Hat Motomasa jemals als Spion entweder für die Kitabatake oder die Ochi gearbeitet? An seinen Theaterstücken erkennt man, daß seine künstlerischen Gefühle die noble Niederlage verherrlichen, daß sein Mitgefühl stets dem Verlierer gehört. Aus diesem wirren, kindischen Idealismus heraus könnte er sich freiwillig dazu erboten haben, gewisse Informationen zwischen der Hauptstadt und den Anhängern des Südlichen Hofes hin und her zu tragen.«

»Nein, nein, nein! Ich bin ganz sicher, daß etwas so... etwas so...« Heftig verneinend schüttelte Kogame Kopf und Arme, sank dann aber plötzlich in sich zusammen. »Doch woher soll ich wissen, was er getan hat, wenn ich nicht bei ihm war? Und ich weiß natürlich, daß es entsprechende Gerüchte gibt. Ja, Motoshige-dono persönlich hat mich in diesem Zusammenhang ausgefragt...«

»Was – Motoshige?«

»Ja. Ich hatte das Gefühl, daß er geheime Informationen über meinen jungen Meister besaß.«

Nach einer langen Schweigepause gab Zeami so trocken und unbeteiligt wie ein Mensch, der auf das Schlimmste und mehr gefaßt ist, zurück: »Das Mädchen hat ihr Zuhause verlassen, um mit Motomasa zusammen zu sein. Und wie du sagst, lieben die beiden sich. So weit haben sich die

Dinge entwickelt. Ich kenne Motomasa. Ich werde ihn nicht aufhalten können.«

Als Juro-Motomasa das Mädchen Akiko zu Zeami brachte, mußte dieser an die Dame Takahashi denken, Yoshimitsus große Favoritin, die legendäre Kurtisane aus Kyoto und des Shōgun einzige Mätresse, der nahezu jedermann auch nach seinem Tod noch sehr viel Respekt und Bewunderung entgegenbrachte, bis sie im Alter von sechsundsechzig Jahren starb.

Akiko, die zweiundzwanzigjährige Tochter eines Samurais und Grundbesitzers aus der Provinz, war natürlich weit weniger welterfahren als Yoshimitsus brillante Mätresse, besaß aber die gleiche angeborene Geradheit, die ihr Haltung, Fröhlichkeit und Charakterstärke verlieh. Zeami sah, daß Juro-Motomasa in ihrer Gegenwart sichtlich aufblühte und seine Schüchternheit verlor, und hatte Verständnis dafür, daß der vielgelobte junge Nō-Meister sein Herz an diese junge Frau verloren hatte. Als Vater konnte er für den äußerst willkommenen guten Einfluß, den Akiko offensichtlich auf seinen introvertierten Sohn ausübte, nur dankbar sein.

»Junge Dame, Ihr habt Euch des Verbrechens schuldig gemacht, Schande über Eure Eltern und Eure Geburt zu bringen; doch da nun nicht mehr rückgängig gemacht werden kann, was Ihr getan habt, wollen wir wenigstens Eure Mädchenehre schützen. Ihr werdet sofort heiraten«, entschied Zeami.

Die beiden Liebenden faßten sich an den Händen und vergossen Tränen der Freude. Akiko bewies den Mut einer Samurai-Tochter, indem sie Zeami erklärte, sie werde, um die Kanzē vor eventuellen Schwierigkeiten mit dem Shōgun zu bewahren und ihrer Familie Peinlichkeiten zu ersparen, umgehend den älteren Sohn ihres Kindermädchens nach Ochi zurückschicken und ihren Vater bitten lassen, sie zu enterben.

Rokuemon Ochi schickte stehenden Fußes ebenfalls einen Kurier mit einem Schreiben, durch das er seine Tochter auf

»Großen? Oder mittleren?«

»Großen.«

»Das dachte ich mir.« Sie lachte erfreut und lispelte glücklich weiter: »Natürlich hat so etwas wie Ruhm, Reichtum und Gunst niemals Bestand – nicht in unserer flüchtigen Welt. Aber, mein alter Freund, falls es ein Trost für dich ist, möchte ich dir eine Weisheit Buddhas sagen, denn eine Sterbende braucht nicht mehr zu lügen oder jemandem zu schmeicheln: Du bist ein großer Mann. Du hast dir, seit ich dich zum letztenmal sah, das ewige Leben verdient, das weiß ich. In dir spüre ich die Ruhe, die Heiterkeit und die Demut eines Menschen, der viel gelitten hat, um zu diesem Ziel zu gelangen. Mein Vater – der sogenannte – pflegte bei den seltenen Gelegenheiten, da er nicht betrunken war, zu singen: ›Heilige und Bettler werden in dasselbe ewige Wasser des Himmels getaucht. He-ho! He-ho! Ti-ti-ti!‹ Und ich sage dir, du bist der einzige Mann, den ich kenne, der sowohl den Heiligen als auch den Bettler in sich hat, die beide ins ewige Wasser getaucht werden. Du wirst wieder und wieder und wieder leben. Ich werde mit dem Talisman hinübergehen, den du mir geschenkt hast, und auf der anderen Seite der Welt für dich beten, auf daß wir uns drüben wiedersehen.«

Sie stieß ihren Zuber mit aller Kraft vorwärts, bis sich der Strick in Zeamis Händen straffte. Im hellen Mondlicht sah er, wie sich ihr kleiner Kopf vor dem Dunkel des Abgrunds abzeichnete. Dann rief sie mit ekstatischer Inbrunst: »Lebwohl!«

Zeami schloß die Augen, ließ den Strick los und betete, die Kristallperlen in Händen, die einst dem dritten Ashikaga-Shōgun gehört hatten, für die sterbende Bettlerin: *»Namu ami dabutsu, namu ami dabutsu, namu ami dabutsu, namu ami dabutsu…«*

Auf dem Rückweg entzündete er seine Laterne nicht, denn der Mond leuchtete ihm mit seinem weichen Licht wie ein alter Freund.

jedoch damit verbrachte, nur noch zu ruhen und unter-
schwellig erotische Bildergeschichten zu lesen, die Sazami
in der Stadt für sie kaufen und wieder verkaufen mußte –
über die Frau eines Daimyō, die mit dem Mörder ihres
Mannes durchbrannte, oder eine Prinzessin, die von einer
verliebten Schlange entführt wurde –, war keineswegs eine
besitzergreifende Mutter, denn sie hatte ihre Söhne, wie sie
wohl wußte, längst schon an das alles verschlingende Nō-
Theater verloren, und außerdem wußte sie, daß sie mit
Akiko sehr gut auskommen würde, und sei es einzig aus
dem Grund, daß diese ebenfalls unter ihrem Stand geheiratet hatte.

Als sein Haar die normale Länge erreicht hatte, stattete
Yoshinori dem Kaiser seinen ersten formellen Besuch ab
und wurde damit nun auch offiziell zum Oberhaupt des
Ashikaga-Shōgunats.
Die andauernden Feiern seiner offiziellen Amtseinsetzung
fanden allnächtlich im Muromachi-Palast statt, und für den
dritten Mai befahl Yoshinori eine Nō-Aufführung auf dem
Platz für Reiterspiele innerhalb des Palastgeländes. Dem
Geschmack des neuen Shōgun entsprechend, sollten die
Schauspieler prächtig gesattelte und geschmückte Pferde
reiten, kostbare, vom Shōgun zur Verfügung gestellte Rü-
stungen und Waffen tragen, und die Vorstellung war als
Wettstreit zwischen der Kanzē- und der Hosho-Truppe gedacht. Für die Kanzē war es die erste vom Shōgun befohlene
Aufführung seit einundzwanzig Jahren.
Yoshimitsu hatte in seinem ganzen Leben kein einziges Mal
eine sogenannte Pferde-und-Rüstungs-Vorstellung verlangt, die bei den früheren Ashikaga-Shōgunen und ihren
Generalen als unendlich aufregend und spannend galten,
und Zeami sann wehmütig über den schnellen Wandel des
Geschmacks bei den Schirmherrn der Künste nach.
Da ein wunderschönes Maiwetter herrschte und alle, die
reich und bedeutend waren, unbedingt in die Nähe des
neuen Shōgun gelangen wollten, der in der Laienwelt bisher
so wenig bekannt gewesen war, drängte sich auf dem

Ashikaga-Shōgun. Der jugendliche neue Shōgun stürzte sich prompt in einen Wirbel von Ausschweifungen – Knaben und Frauen, hemmungsloses Trinken und wildes Glücksspiel –, und da seine Konstitution schon seinen Kindermädchen und seinen Ärzten Sorgen bereitet hatte, starb er im Alter von neunzehn Jahren an einer Leberinfektion und anderen unaussprechlichen Krankheiten.

Weil kein weiterer Sohn zur Verfügung stand, kehrte Yoshimochi widerwillig und vollkommen demoralisiert zurück, um das Shōgunat wieder zu übernehmen, doch legte er Tonsur und Mönchskutte nicht ab. Mit dem Herzen war er freilich nicht mehr bei den Regierungsgeschäften. Den Muromachi-Palast, der längst nicht mehr so üppig blühte wie zu den Zeiten seines Vaters, verließ er kaum. Selten befahl er eine Dengaku-Aufführung, und auch Bogenschützenwettkämpfe, Falkenbeizen und andere Freiluftvergnügungen, die ihm früher soviel Freude bereitet hatten, veranstaltete er nur noch ab und zu.

»Als der Große Baum noch lebte, spürte ich das Pulsieren von Inspiration in der Luft und roch frisch geschnittene Bambussprossen. Jetzt spüre ich Verfall und rieche Moder«, seufzte Kogame und steckte als Vorbereitung für eine weitere lange Tournee gewissenhaft eine saubere Reihe von schon eingefädelten Nadeln in seinen alten Nähbeutel. Er, der seine beiden jungen Meister, Juro-Motomasa und Goro-Motoyoshi, vor jedem Auftritt einzunähen pflegte, brüstete sich damit, er habe in weniger als einem Monat Seidenfäden so lang wie die Strecke von Kyoto nach Nara verbraucht.

Zeami hob den Blick vom letzten Teil seiner Abhandlung über die vertrauliche Weitergabe, »Über Musik und Stimme«, den er aus Geheimhaltungsgründen persönlich mit einem starken Seidenfaden zusammenheftete. Kogame musterte seinen sechzigjährigen Meister und Freund verstohlen und bedauerte bereits, den verstorbenen Großen Baum erwähnt zu haben. Nach Yoshimitsus Tod war Zeamis Haar zwar sehr schnell weiß geworden, jedoch noch immer voll und kräftig. Sein Gesicht, umrahmt von dieser schimmernden, weißen Masse, hatte mit den Jahren zwar den feinen Schleier bläulicher Adern oberhalb der Lider und damit

der in krassem Gegensatz zu dem höflichen, jedoch keineswegs aus dem Rahmen fallenden Beifall für Saburo-Motoshige stand, so beunruhigt, daß er sich nach der Aufführung die größte Mühe gab, alle drei Söhne gleichermaßen zu loben. Ein Schauspieler jedoch hat ein fast pathologisch sensibles Gespür für die Stärke des Beifalls, den er bekommt, und Zeami konnte nur wenig tun, um das zerbrochene Porzellan von Saburo-Motoshiges Stolz zu kitten.

Weder Zeami noch Juro-Motomasa noch Meister Hosho, sondern nur Saburo-Motoshige wurde nach der Vorstellung in die Loge des Shōgun geladen, und Zeami, der bei den Schauspielern und Palastdienern stand, beobachtete bedrückt, wie sein jüngster Sohn den Weinbecher Yoshinoris empfing. Seit Zeami ihn zuletzt als Ghien, den Abt, gesehen hatte, hatte Shōgun Yoshinori Gewicht zugelegt und die bemüht trotzige Haltung eines Mannes angenommen, der mit der Größe eines Amtes zu kämpfen hat, das zu übernehmen er nur dem Zufall des Loses verdankt. Außerdem stellte Zeami voll Besorgnis fest, daß Yoshinori jedesmal, wenn er sich zur Andeutung eines Lächelns gezwungen sah, die Winkel seines schmalen Mundes nach unten bog, was seiner Miene nicht etwa einen Ausdruck von Heiterkeit oder Liebenswürdigkeit, sondern von reptilienhafter Grausamkeit verlieh.

Genau zehn Tage später, am dreizehnten Mai, lieferte ein Bote am Tor der Kanzēs einen persönlichen Befehl des Shōgun ab, durch den es sowohl Zeami als auch Juro-Motomasa strengstens untersagt wurde, den Sento-Palast des abgedankten Kaisers zu betreten. Da sie jedoch nichts weiter waren als Schauspieler, wäre es ohnehin unvorstellbar gewesen, daß Zeami oder Juro-Motomasa nach Belieben im Sento-Palast aus und ein gingen; so etwas war absolut undenkbar. Deswegen wußte Zeami auch nicht, wie er dieses unbefolgbare Verbot auslegen sollte. Er fragte sich, wieso ein solcher Befehl überhaupt notwendig geworden sein sollte, erzählte aber niemandem davon, nicht einmal Juro-Motomasa, sondern wartete auf eine Erklärung.

Zwei Tage lang nach der Ablieferung des Befehls erschien weder Saburo-Motoshige noch jemand von seiner Truppe

Erschreckens den Kopf in beiden Armen. »Oh, oh, Motomasa-dono würde mich umbringen, wenn er erführe, daß ich es Euch gesagt habe. Ich hätte meinen großen Mund halten sollen. Meine Mutter hat immer gesagt, mein großer Mund würde noch einmal mein Untergang sein.«

»Ach was, Kogame! Du hast mich neugierig gemacht. Sprich weiter: Motomasa hat ein Stück geschrieben?«

»Würdet Ihr nachsichtig mit meinem kleinen Meister sein, wenn ich Euch davon erzähle? Versprecht Ihr das, Meister?«

»Selbstverständlich. Also, sprich!«

»Motomasa-dono hatte schon oft versucht, ein Stück zu schreiben, war aber nie mit dem Ergebnis zufrieden. Dann aber arbeitete er nach unserer letzten Herbsttournee in den Süden an einem Besessenen-Stück, was ja nicht die einfachste Kategorie ist. Er arbeitete wie ein Fanatiker daran, und als er es fertig hatte, war er wie ein Kätzchen, das auf einem Ball tanzt, so aufgeregt, so erleichtert, daß er es sich endlich von der Seele geschrieben hatte. Nun ja, Meister, es war wirklich alles meine Schuld, ausschließlich meine Schuld. Ich war es, der das Stück abschrieb, und ich war so stolz darauf, daß ich Motomasa-dono und die Truppe ermunterte, es zu proben, wann immer wir im letzten Frühjahr in der Ise-Region wegen eines Unwetters festsaßen. Und schließlich führten wir es in Ochi auf.«

»Wie lief es?«

»Ganz gut. Nicht, was ich als durchschlagenden Erfolg bezeichnen würde...« Kogames verstohlener Blick begegnete dem Blick Zeamis. »Nun ja, es war eine Katastrophe! Die Zuschauer fanden es unmöglich. Deswegen hat Motomasa-dono Euch auch sein Stück nicht zeigen mögen, und niemand von uns soll darüber sprechen. Aber es verfolgt mich, dieses Stück. Ich muß ständig darüber nachdenken. Kumao weint, wenn er es nur erwähnt. Es hat weder ein glückliches Ende noch eine religiöse Heilsbotschaft, damit die Zuschauer in der Provinz getröstet nach Hause gehen können. Einige forderten sogar ihr Geld zurück und beschwerten sich. Ein Nō-Stück, sagten sie, solle Freude und Frieden verbreiten, sogar in der Besessenen- und Wahnsinnigenkategorie.«

gegangen war: Er hatte nicht nur den ausdrücklichen Wunsch des abgedankten Kaisers ignoriert, sondern Seiner Abgedankten Kaiserlichen Majestät auch noch den eigenen Favoriten und Protegé aufgezwungen.

»Als das geschah, konnte ich nicht still bleiben«, berichtete Hotan, bestürzt über den Verlauf der Ereignisse, die es ihm unmöglich zu machen drohten, sich beiden Meistern gegenüber loyal zu verhalten. »Ich habe meinen jungen Meister zur Rede gestellt. ›Ihr könnt‹, drang ich in ihn, ›Ihr *könnt* Euren eigenen Vater und älteren Bruder, den wahren Meister der Kanzē-Truppe, nicht einfach beiseite schieben und selbst im Sento-Palast auftreten. Ich flehe Euch an, bittet den Shōgun, Euren Vater und Eure Brüder ebenfalls vor dem abgedankten Kaiser auftreten zu lassen!‹ Aber die Antwort meines jungen Meisters lautete: ›Nein, das kann ich leider nicht. Ich wage es nicht. Du kennst den Shōgun nicht so gut wie ich. Wenn ich das täte, würde ich die Zukunft der gesamten Kanzē-Truppe gefährden. Laß es, Hotan! Es gibt nichts, was du oder ich oder irgend jemand ändern könnte.‹ Genau das sagte Motoshige zu mir. Glaubt mir, Meister, ich habe weder geschlafen noch gegessen, seit…« Hotan warf sich zu Boden und weinte, den Kopf auf den alten Holzfußboden gepreßt.

»Hotan«, gab Zeami freundlich zurück, doch sein Gesicht glich einer in Bronze gegossenen Maske, »im Grunde neige ich dazu, Motoshige zuzustimmen. Wer sind wir, daß wir den Geschmack und die Launen eines Shōgun in Frage stellen dürften? Außerdem war Motomasas Verhalten als Meister einer Truppe töricht und egoistisch, und ich kann seinen Mangel an Urteilsvermögen nur beklagen. Nun aber ist es längst zu spät: Er hat eine Ochi-Tochter geheiratet, und sie erwartet ein Kind von ihm. Ich bin wahrlich nicht so eitel, daß mir mein eigener oder der persönliche Ruhm meiner Söhne mehr am Herzen liegt als das Wohl des Kanzē-Nō-Theaters ingesamt. Solange Motoshige und seine Nebenhaus-Truppe sich der Gunst des Shōgun erfreuen und Vorstellungen bieten, die dem Namen Kanzē Ehre machen, dürfen wir uns nicht beklagen.«

Am zweiten Tag des folgenden Neujahrs spielte Saburo-

zeichen eines neu erwachenden Interesses für die lange vernachlässigte Kanzē-Truppe. Daimyōs und Prälaten fürchteten sich, nachdem die Luft geschwängert war vom Geruch des Shōgun-Krankenzimmers, nicht mehr vor dem Mißfallen des Herrschers.

Kurz nachdem Zeami den Meistertitel der Kanzē an Juro-Motomasa weitergegeben hatte, bot der Daigo-Tempel, in dem Kanami mit Zeami – damals noch ein Kind – zum erstenmal in der Hauptstadt aufgetreten war, dem neuen Kanzē-Meister die große Ehre an, Musikmeister des Tempels zu werden. Obwohl eher kärglich bezahlt, war es ein Posten von großem Prestige und sicherte der Kanzē-Truppe, was noch weit wichtiger war, in jedem Jahr mehrere Aufführungen, bei denen sie sich dem Urteil der Kenner von Kyoto zeigen konnte.

Als Zeami beschloß, bei der Einführungsvorstellung des neuen Musikmeisters auch »Der Fluß Sumida« aufzuführen, das Stück, das auf der Tournee so schlecht abgeschnitten hatte, und überdies selbst darin aufzutreten, war der junge Autor verständlicherweise besorgt.

»Man hat uns in der Hauptstadt jetzt schon seit Ewigkeiten nicht mehr gesehen, Vater. Können wir uns das Risiko, meinen ›Fluß Sumida‹ aufzuführen, denn wirklich leisten? Doch sicher nicht bei dieser wichtigen Vorstellung.«

»Motomasa!« Zeami legte dem Sohn die Hand auf die Schulter; ein körperlicher Kontakt zwischen Vater und Sohn war etwas so Ungewohntes, daß Motomasa erschrocken zu Zeami aufblickte. »Dein Großvater hat uns gelehrt: Hat man die Gunst der großen, kultivierten Persönlichkeiten der Hauptstadt verloren, spielt man in den entfernten, barbarischen Provinzen; dort überlebt und wartet man, denn solange das Haus bestehen bleibt, wird es auch wieder einen ruhmvollen Tag in der Hauptstadt geben. Ich jedoch teile diese Meinung nicht mehr. Natürlich stimmt es, daß unsere Kunst nur existiert, wenn man uns sieht: Wir sind die Sklaven unserer Zuschauer. Gleichzeitig aber müssen wir ihnen stets einen Schritt voraus sein. Wir müssen sie fesseln, nicht langweilen. Du erzählst die Geschichte einer Mutter, deren Kind entführt wird, ohne den konventionellen glücklichen Schluß: Der Sohn stirbt, die Mutter wird wahnsinnig. Sehr bedrückend und traurig, aber das ist die Wahrheit oft. Außerdem erzählst du sie mit einer so wunderbar dramatischen Lyrik, daß ich selbst ganz begeistert bin. Das Publikum zu schockieren, Motomasa, ist eine Blume unserer Kunst; heißt es nicht auch, der Stich einer bestimmten Biene könne die Toten wiederbeleben? Ohne dieses Stück wird unser undankbares, launenhaftes Publikum uns fallenlassen wie einen abgedroschenen Gassenhauer – unbarmherzig und ohne Respekt. Ich mag mich des Hochmuts und des Stolzes schuldig machen, und es könnte sein, daß wir aus diesem Grund eines Tages hungern müssen. Nun gut, hungern wir. Immer noch besser, als unter dem Einfluß der Vulgären in die Mittelmäßigkeit abzusinken. Wir müssen dieses Risiko eingehen. Wir werden der Hauptstadt dein Stück zeigen.«

Zu Juro-Motomasas Einführungs-Vorstellung kamen nicht nur zahlreiche alte Kanzē-Anhänger geströmt, sondern auch solche, die zu jung waren, um Zeami anders als vom Hörensagen zu kennen. Elegante Kutschen blockierten die Tempeltore, Sänftenträger wetteiferten miteinander, um ihre Herren so dicht wie möglich an der Tempelbühne abzusetzen. Bald darauf konnte man sie sehen, wie sie auf die nahen Bäume kletterten, um wenigstens einen kurzen Blick zu erhaschen: »Damit ich sagen kann, auch ich habe Zeami einmal gesehen.«
Zeami wollte in allen Stücken als *koken* seinem Sohn assistieren und nur im fünften und letzten, dem »Fluß Sumida«, persönlich in der Rolle der wahnsinnig gewordenen Mutter auftreten.
Als Zeami nach wenigen Schritten auf der Auftrittsbrücke innehielt, nahm das sensible Instrument im Innern dieses Schauspielers, der sein Leben lang auf der Bühne gestanden hatte, sofort das mitfühlende Aufkeuchen tief im Publikum wahr, und er hätte vor Glück am liebsten geweint. Jetzt wußte er, daß er wieder in der Hauptstadt war; jetzt wußte er, daß er vor einem Publikum stand, das empfindsam genug

jüngsten Stücken mitsamt einigen, während der Proben eigenhändig hinzugefügten Sprech- und Tanzanweisungen gestohlen und mitgenommen. Saburo-Motoshige nahm den Abtrünnigen auf, schickte jedoch Hotan zu Zeami, um sich für das Verhalten des jungen Mannes zu entschuldigen und sämtliche gestohlenen Manuskripte zurückzugeben – freilich nicht, ohne sie zuvor kopieren zu lassen. Anschließend ließ Saburo-Motoshige diese Stücke, ohne Zeami oder Juro-Motomasa zu informieren, in den großen Palästen und Herrenhäusern der Hauptstadt, in die er mit seiner Truppe jetzt häufig geladen wurde, aufführen.

Tama und Yukina waren entrüstet über Saburo-Motoshiges Verhalten und drängten Zeami und Juro-Motomasa immer wieder, endlich Schritte zu unternehmen, um Saburo-Motoshige den Diebstahl ihrer neuen Werke unmöglich zu machen. Aber die beiden lachten nur und taten die Empörung der beiden Frauen als typisch weiblich und kurzsichtig ab. Zeami, der in jungen Jahren so unvermittelt aus extremer Armut zu extremem Luxus aufgestiegen war, schien überhaupt kein Gefühl, überhaupt keinen Sinn für materiellen Besitz entwickelt zu haben und verblüffte die Menschen immer wieder mit seiner absoluten Gleichgültigkeit dem gegenüber, was er einnahm, ausgab oder verschenkte. Und Juro-Motomasa hatte diesen Charakterzug von ihm geerbt.

Kaum ein Monat war seit Saburo-Motoshiges Neujahrsvorstellung im Sento-Palast vergangen, und Juro-Motomasa hatte noch immer nicht das Gefühl hilfloser Isolation vergessen, das ihn an jenem Tag gequält hatte, als er zu Hause saß und den ganzen Nachmittag den Schneefall beobachtete, da schickte ihm der Beamte des Kofuku-Tempels, der für die Fackelaufführung verantwortlich war, einen Kurier mit einer Nachricht: Er habe die Ehre, das Haupthaus Kanzē davon zu unterrichten, es sei der ausdrückliche Wunsch des Shōgun, daß in Zukunft das Nebenhaus Kanzē die Fackelaufführung im Kofuku-Tempel bestreite, so daß die Teilnahme des Haupthauses nicht mehr erforderlich sei.

äußerte. Was er bewirkt, indem er etwas tut, ist überwältigend, das wissen wir alle; doch was er da bewirkte, indem er nichts tat, übersteigt jedes Vorstellungsvermögen. Meiroku sagt, er kann sich um der Liebe Buddhas willen nicht erinnern, warum er sich gerade da veranlaßt fühlte, mit seinem Flötenspiel einzusetzen, aber er tat es, und er tat es, wie er es noch niemals zuvor getan hatte. Ein solcher Klang, ein solches Flehen entströmte seinem Instrument, daß Onkel Zeami dann endlich weitersprach: ›Wenn Ihr mir sagt, daß es für meinen Sohn ist…‹ Und als er das sagte, brachen achthundert Herzen und schmolzen dahin wie Salz im Wasser.«

Nach dieser Aufführung konnten alle feststellen, daß Saburo-Motoshige sich tagelang mürrischer und nachdenklicher als sonst verhielt, und daß sein Blick bei der Arbeit kaum einmal von Zeami und Juro-Motomasa wich.

Dann überreichte er an einem drückend heißen, trockenen Nachmittag im Juni Zeami mit breitem Lächeln einen Brief. Er mußte ihn auf dem ganzen Weg seit dem Seiren-In-Kloster fest an sich gepreßt haben, denn das Papier war feucht und schlaff. Der Brief war von Ghien persönlich geschrieben worden, der Zeami lakonisch bat, ihm vier Musiker, einen achtköpfigen Chor sowie Hotan, Goro-Motoyoshi, Kumao, Kumaya und Kogame für eine eintägige Wohltätigkeitsvorstellung zugunsten eines neu zu errichtenden Schreins für verstorbene Kinder zur Verfügung zu stellen, die der Abt für Saburo-Motoshige veranstaltete.

Zeami war nicht überrascht, daß er und Juro-Motomasa auf der Liste fehlten. Nach einer angedeuteten Verbeugung vor dem Brief, den er ehrfürchtig in beiden Händen hielt, sah Zeami seinen jüngsten Sohn lächelnd an. »Ich bin erfreut, Motoshige! Warte nur einen Moment, dann kannst du meine Antwort an Ghien sofort mitnehmen. Hast du dir schon Gedanken über das Programm gemacht?«

»›Jinen Koji‹«, antwortete Saburo-Motoshige sofort, als hätte der Titel dieses Meisterwerks aus der Feder seines Großvaters ungeduldig hinter seinen messerschmal gebogenen Lippen gewartet. »Und außerdem möchte ich mich an ›Kayoi Komachi‹ und ›Dame Shizuka in Joshino‹ versuchen.«

zu erleiden. So etwas hatte er nicht erwartet – nicht auf diese Art, nicht einmal auf Befehl des Shōgun. Nicht vom Kofuku-Tempel! Die Plötzlichkeit, die Beiläufigkeit dieser Entlassung nach drei Generationen ergebenen Dienstes bereiteten ihm einen viel tieferen Schmerz als seinen Söhnen. Doch als er den qualerfüllten Blick hob und sah, daß die beiden Brüder außer sich waren vor Mitgefühl mit ihm, weitete er die verkrampfte Brust, um frische Luft in die Lungen zu lassen, und schenkte ihnen ein tapferes, strahlendes Lächeln.

»Nun, Motomasa; nun, Motoyoshi! Zählen wir lieber das Gute, das uns noch bleibt. Wir sind zusammen, haben ein Dach über dem Kopf, sind gesund und lernen jeden Tag dazu. Und vergiß nicht, Motomasa, daß du noch immer der Musikmeister des Daigo-Tempels bist!«

Auf den Tag genau drei Monate später setzte Shōgun Yoshinori Juro-Motomasa als Musikmeister des Daigo-Tempels ab und übertrug den Titel auf Saburo-Motoshige.

Sobald der Priester des Daigo-Tempels gegangen war, der hinter dem verstaubten Reisestrohhut flüsternd seinem persönlichen Schock und seinem Bedauern darüber Ausdruck verliehen hatte, daß der Tempel die Dienste des Kanzē-Haupthauses verlor, versagten Juro-Motomasa die Knie. Seine zitternden Finger streiften über die Wand aus Lehm und Stroh, als er langsam in sich zusammensank, und in seinem Kopf dröhnte es wirr wie ein Gong, der mit zu großer Kraft geschlagen wird. Ihm war nur noch das Gefühl einer ungeheuren Katastrophe bewußt, sonst nichts.

Zwei weiche, kühle Hände legten sich um seinen Kopf, und die klaren, lieben Augen seiner Frau blickten offen in die seinen. So unbeherrscht zog er sie in seine Arme, daß der Entlassungsbrief des Daigo-Tempels zwischen ihren Körpern zerknitterte.

»Sie haben mich... rausgeschmissen...«

»Das dachte ich mir.« Akiko hielt ihn fest umfangen, während die Ungeheuerlichkeit dieser Tatsache, sobald er sie ausgesprochen hatte, mit neuer Gewalt über Juro-Motomasa hereinbrach und die Tochter des Samurai spürte, wie sich ein Drachen der Kraft in ihr regte, als ihr Mann, der Künst-

freundlichen Empfang. Ghien war, wie es hieß, überaus zufrieden. Am Tag darauf wurde Hotan ins Seiren-In-Kloster bestellt, um von Ghien ein Geschenk und einige anerkennende Worte für die rückhaltlose Mitarbeit der Kanzē-Familie entgegenzunehmen.

»Es war die erste Gelegenheit, bei der ich Ghien-sama aus so großer Nähe sah«, berichtete Hotan, der sich voll Unbehagen über den vorzeitig kahl gewordenen Schädel strich. »Er hat etwas ungeheuer Beängstigendes an sich, Meister. Seine Gewalttätigkeit und die Grausamkeit, mit der er seine Untergebenen behandelt, sind, wie ich hörte, erschreckend. Vor wenigen Monaten erst berichtete mir Motoshige-dono lachend, als wäre es ein köstlicher Witz, daß man einem jungen Lehrmönch, der kaum vierzehn Jahre alt war und vergessen hatte, Ghien-samas geliebte chinesische Katze zu füttern, einen Nagel durch die rechte Hand getrieben habe. Ich nehme an, wenn er ein bißchen zuviel getrunken hat, kann niemand ihn mehr im Zaum halten. Wie es heißt, ist er den wenigen Menschen gegenüber, die er mag, loyal und zwanghaft großzügig. Aber Buddha gnade allen jenen, gegen die er eine Abneigung faßt! Ich bete darum, daß mein junger Meister nicht der nächste sein wird, dem die Wange mit einer rotglühenden Zange gebrandmarkt wird – die übliche Strafe, zu der Ghien-sama seine Untergebenen verurteilt, wenn er gerade Lust dazu verspürt. Ich habe für Motoshige-dono gesorgt, seit er ein Säugling war. Ich kenne ihn besser als alle anderen, und mir gefällt nicht, was ich zwischen den beiden vorgehen sah. Es ist so bedrückend, schließt alles andere so vollständig aus, als hegten die zwei einen unendlichen Haß auf die gesamte übrige Welt, und ich habe überhaupt keine Freude und keinen Frohsinn dort entdecken können – ganz und gar nicht wie zwei junge Männer. Als ich heute vormittag Ghien-samas schmale Schlangenaugen betrachtete und seine graue Gesichtsfarbe, die vom Mangel an frischer Luft kommt, dachte ich unwillkürlich, daß ich nicht in seinen Diensten stehen, geschweige denn sein Feind sein möchte.«

Zeami hatte Hotans Worte nicht vergessen, als die Nachricht von Shōgun Yoshimochis Tod verbreitet wurde. Yo-

293

Juro-Motomasa, in Kyoto als verhätschelter ältester Sohn des damals berühmtesten lebenden Schauspielers geboren, konnte nicht wissen, was es für seinen Vater bedeutete, die Hauptstadt zu verlassen. Er würde niemals ermessen können, nach welch leidenschaftlichem Sehnen, nach welch unaussprechlich harten Kämpfen sein Großvater und sein Vater fünfzig Jahre zuvor in die Hauptstadt gekommen waren, als hätten sie ihre Fingernägel Zoll um Zoll in die Erde gekrallt, die das Dorf Yuzaki vom prächtigen Kyoto trennte. Nicht vor dem Publikum der Hauptstadt auftreten zu können bedeutete für Zeami, den Bühnenkünstler, den langsamen Tod, denn *was* er auf der Bühne war, das entstand weitgehend als Kreation seiner Zuschauer, darum war es für ihn auch unendlich wichtig, *wer* ihn sah.

»Ich werde nicht mitkommen nach Ochi«, flüsterte er angestrengt, sobald er wieder zu Atem gekommen war. »Ich lasse mich nicht aus der Hauptstadt verjagen; ich lasse mir nicht von einer verliebten Frau vorschreiben, was ich zu tun, wohin ich zu gehen habe. Lieber würde ich an deiner Stelle von Wasser und Salz leben, vor den Herrenhäusern der großen Daimyōs auf einem Bett aus Pferdedung schlafen und um die Chance zu einem Auftritt betteln. Ich bin nicht stolz, ich bin nicht wichtig; wichtig ist nur das Nō-Theater. Ohne von den Zuschauern der Hauptstadt gesehen zu werden, wirst du nie und nimmer so gut werden, wie du sein könntest.«

»Aber Vater«, klagte Juro-Motomasa, dem die Argumente des Vaters unrealistisch und sentimental vorkamen, »von ein paar Alten aus der Zeit des großen Baums abgesehen – welcher Daimyō würde es heute noch riskieren, uns in der Hauptstadt zu einer Aufführung aufzufordern? Ich bin verantwortlich für die Existenz von nahezu vierzig Männern, Frauen und Kindern.«

»Und was ist mit der Existenz der Arbeitsqualität deiner Männer? Außerdem, keine Macht dauert ewig. Wenn du die Zeit des Weiblichen aussitzt, kannst du weiterhin auf Tournee gehen und so oft wie möglich hierher zurückkehren, damit ihr alle wieder in Form gebracht werden, neue Stücke mit mir einstudieren, unsere Rivalen beobachten und in

KAPITEL

22

»Wie bitte? Ghien-sama?«

Yukinas Hand zitterte so heftig, daß sie die schmale Zange, die sie hielt, auf die glühende Holzkohle im Kohlebecken fallen ließ. Voller Entsetzen starrte sie darauf hinab, war aber zu benommen von der Nachricht, um die Zange schnell wieder herauszuholen.

»Jawohl, der neue Shōgun ist Ghien-sama«, bestätigte Zeami mit tonloser Stimme. »Die noch lebenden Brüder und Halbbrüder des Verstorbenen – Hoson-sama vom Ninna-Tempel, Yoshiaki-sama vom Daikaku-Tempel, Eiry-sama vom Sotoku-Tempel und Ghien-sama – haben im Iwashimizu-Schrein Lose gezogen. Das sechste Ashikaga-Shōgunat fiel an Ghien-sama.«

Zeami hatte die Neuigkeit gerade von Kakuami, dem Teemeister-Gefährten des verstorbenen Shōgun, erfahren, der zu ihm gekommen war. »Ich bin erledigt«, hatte Kakuami gejammert. »Einmal war dieser finstere junge Priester bei meinem Teespiel so betrunken und lüstern, daß ich ihn bat, sich zu entfernen. Damals wäre ich nie auf den Gedanken gekommen, er könnte...«

Kakuamis Worte noch in den Ohren, beobachtete auch Zeami hilflos, wie die Eisenzange allmählich glühend rot wurde, und stellte sich vor, wie Ghien sie lachend an die rosige Wange eines jungen Pagen preßte, der vielleicht vergessen hatte, eine seiner Nachtigallen zu füttern.

»Buddha sei uns gnädig!« Yukinas Seufzer vibrierte so angstvoll wie der einer Verfolgten.

Es hatte nie einen großen Gedankenaustausch zwischen den Eheleuten gegeben, vor allem seit sich Zeami, nachdem er Juro-Motomasa zum Meister ernannt hatte, den Kopf hatte kahlscheren lassen. Yukina war seinem Beispiel ohne Protest, aber auch ohne Begeisterung gefolgt, hatte sich das lange Haar abgeschnitten und umhüllte nun ihr schmales, trockenes, doch immer noch hübsches Gesicht mit weißer Seide. Als sie an diesem Abend jedoch, da Juro-Motomasa mit der Truppe in Osaka war, um vor einer Salzkaufmanns-

chen, die wir verkaufen können, damit Motomasa und die Truppe unterwegs gut versorgt und vor allem ausreichend auf die Geburt seines Kindes vorbereitet sind. Doch nun, Motomasa, mußt du mit der Truppe sprechen.«

Juro-Motomasa saß, den Mitgliedern seiner Truppe zugewandt, ein kleines Stück vor dem Vater und dem jüngeren Bruder. Mindestens viermal hob er den Kopf und atmete ein, um zum Sprechen anzusetzen, doch jedesmal, wenn er dem Blick seiner Gefolgsleute begegnete, ließ er langsam den Kopf wieder sinken. Schließlich war es dann Zeami, der sie von der bevorstehenden Veränderung unterrichtete.

Diese prachtvollen alten Kämpen, loyal und selbstlos bis zum letzten Blutstropfen – Toyojiro, Kogame, Kumaya, Kumao, Meiroku, Jippen und andere –, hörten die schlimme Nachricht, regten aber keinen Muskel, zuckten nicht einmal mit der Wimper. Sie wollten ihren Meistern zeigen, daß sie, komme was wolle, überall hingehen, alles tun, alles aufgeben würden; und sie wollten den jungen Gefolgsleuten, von denen einige schon insgeheim die Alternativen erwogen, die ihnen freistanden, klarmachen, daß der Weg des Nō auch der Weg der Treue war.

Zeami lächelte, nickte vor sich hin und sagte leise: »Das ist alles. Ich danke euch.«

Rokuemon Ochi erwies sich als Mann mit Herz, als wahrer, ritterlicher Samurai: Kaum hörte er von der Bitte seiner Tochter, da schickte er, die Tatsache, daß er sie vor über einem Jahr enterbt hatte, vollkommen ignorierend, acht Berittene und vier Ochsenkarren in die Hauptstadt, um ihr bei der Reise zu helfen. Außerdem schrieb er einen überaus freundlichen Brief an Zeami und Yukina, in dem er ihnen mitteilte, er werde sich freuen, wenn sie nach Ochi zu Besuch kommen würden, sobald ihr und sein Enkelkind geboren sei.

Eine bittere Enttäuschung dagegen war der Abfall einiger älterer Mitglieder der Truppe: Raido, der mit sechzehn Jahren als Raidens Adoptivsohn aus der Hosho-Truppe zu den Kanzē gekommen und unter der Leitung der alten

Kanzē-Mitglieder zu einem hervorragenden *shitē*-Spieler geworden war, erklärte, er werde sich der Nebenhaustruppe anschließen und seine Söhne Raiman und Raizen mitnehmen, um deren Ausbildung sich sowohl Zeami als auch Juro-Motomasa mit unendlicher Hingabe gekümmert hatten. Die beiden Jungen weinten bitterlich, als sie sich von ihren Lehrmeistern verabschiedeten, und entschuldigten sich für das, was sogar in ihren Augen eine gemeine Desertion sein mußte.

Zum Glück wußten weder Zeami noch Juro-Motomasa schon etwas von dem tragischen Ereignis, das Raido veranlaßte, ausgerechnet zu diesem Zeitpunkt fahnenflüchtig zu werden: Einige Tage zuvor war Hotan an einer einfachen, jedoch verschleppten und durch die harte Arbeit verschlimmerten Erkältung gestorben, und Saburo-Motoshige hatte sofort darauf Raido angeworben.

Außerdem gingen zwei *waki*-Schüler von Kumao sowie fünf von den jüngeren Mitgliedern. Die übrigen neunzehn und ihre Familien jedoch begannen sofort mit den Reisevorbereitungen, bei denen ihnen Kumazens verwitwete Tochter Sazami half, die sich entschlossen hatte, im Haus der Kanzē zu bleiben, »um mich um den Meister meines Vaters und meiner Brüder zu kümmern, bis ich tot umfalle wie eine Küchenfliege«.

Kogame befand sich in einem schmerzlichen Dilemma: Für ihn war ein Leben ohne Zeami oder Juro-Motomasa unvollständig. Schließlich beendete Zeami die Qual seines lieben alten Freundes und sagte energisch: »Ich habe ja noch Motoyoshi. Außerdem kommen Tama und Ujinobu recht oft aus Yamato herauf. Ich finde, du solltest mit Motomasa gehen.«

Er unterließ es, seine Frau Yukina zu erwähnen, die seit dem letzten Winter immer schwächer geworden war. Die Ärmste litt unter dem Unglück der Kanzē, ohne auf eine feste, innere Überzeugung zurückgreifen oder sich mit der Kunst trösten zu können. Um sie nicht allzu sehr aufzuregen, mußte Zeami ihr die Lüge auftischen, Juro-Motomasa sei auf eine lange Tournee gegangen und habe Akiko mitgenommen.

nommen und in Ehren gehalten. Als er jetzt verstummte, spürte er, wie seine Zähne vor eiskaltem Abscheu knirschten. Und auch die übervertrauliche Anmaßung, mit der dieser junge Schauspieler von seinem Shōgun und Schirmherrn sprach, fand Zeami äußerst bedenklich. Was dagegen die gönnerhafte Art betraf, mit der Saburo-Motoshige seinen gutmütigen Bruder ausnutzte, so war das nichts Neues, und Zeami regte sich nicht weiter darüber auf.

Am selben Nachmittag legte Zeami, da es der erste Februar war und der neue Shōgun gerade den Muromachi-Palast bezogen hatte, eine Auswahl kostbarer Gewänder an – allesamt Geschenke von Yoshimitsu –, die früher von Tamana und Ogame und jetzt von Sango so sorgfältig gepflegt wurden, daß sie so gut wie neu aussahen. Während der ganzen fünfzehnjährigen Regierungszeit des Shōgun Yoshimochi hatte Zeami kein einziges Mal an der an jedem Monatsersten stattfindenden Versammlung der Gefährten teilgenommen. Und als er jetzt die weite, niedrige Künstlerhalle betrat, beschlich ihn – und wohl alle Gefährten aus Yoshimitsus Epoche – ein bedrückendes, furchtsames Gefühl. Jene, die von Yoshimochi, dem leiblichen Bruder des neuen Shōgun, zu Gefährten gemacht worden waren, blickten eindeutig hoffnungsfroh und erwartungsvoll drein, denn sie hatten das Gefühl, mit der Fortsetzung der Protektion oder wenigstens einigen Aufträgen rechnen zu können. Jene aber, denen es unter Shōgun Yoshimitsu gutgegangen war, der seinen Sohn in die von Räucherwerk erfüllte Abgeschiedenheit des Seiren-In-Klosters verbannt hatte, mußten auf alles, von Nichtbeachtung bis zu eindeutiger Verfolgung, gefaßt sein.

»Ah, Zeami-dono, Ihr seid vermutlich der einzige unter uns Geistern aus der Vergangenheit, dem eine Schicksalswende zum Besseren bevorsteht. Ihr könnt von Glück sagen, einen Sohn zu haben, der von dem neuen Shōgun so sehr geliebt wird«, seufzte Hatoami, der sich während Yoshimochis Regierungszeit möglichst weit von der Hauptstadt entfernt aufgehalten und für wohlhabende, unabhängig eingestellte Daimyōs auf den Inseln Kyushu und Shikoku gearbeitet hatte.

KAPITEL

24 Im August, dem Monat, in dem die Ahnen in die Welt der Lebenden zurückkehrten, kamen Ujinobu und Tama getreulich in die Hauptstadt, um auf dem Familienaltar als Spezialitäten aus Yamato ein paar Kuchen zu opfern. Als sie ihre staubverkrusteten Sandalen und Beinschützer ablegten, zuckte Tama zusammen, weil sie entdeckte, wie wenig Schuhwerk nur noch auf dem Boden vor der Tür stand. Ujinobu jedoch seufzte dankbar: »Welch eine Erleichterung – so herrlich kühl im Haus. Ist es nicht wie in einem tiefen Brunnen?«

Zu seiner Bestürzung funkelte Tama ihren Ehemann mit ihren schönen, dunklen Augen an, in denen jetzt Tränen standen, und lief ins Haus, wo ihr die stehende Luft im Halbdunkel modrig und feucht vorkam. Yukina lag, in weißes Leinen gekleidet und den Kopf mit weißer Seide verhüllt, wie eine aus brüchigem altem Bein geschnitzte Statue auf ihrer Schlafmatte. Mit einem keuchenden Freudenschrei versuchte sie, sich aufzurichten, um ihre Tochter zu begrüßen, schaffte es aber nur, mit den knochigen Armen hektisch in der Luft herumzufuchteln. Sazami, bis dahin unsichtbar in einer dunklen Ecke, kam herbeigestürzt und half ihrer Herrin liebevoll, sich aufzurichten, während Tama stumm vor ihrer Mutter kniete und die Symptome von Yukinas Dahinwelken betrachtete. Mit zitternden Fingern umklammerte sie kraftlos Tamas Arm, und in atemloser Eile, um dem Husten zuvorzukommen, der ständig in ihrer Brust zu lauern schien, erklärte sie: »Motoshige will vierter Kanzē-Meister werden. Er stiehlt alles von Motomasa. Aber sieh ihn dir an: Dieser schreckliche Junge hat bereits alles, und zwar reichlich. Zweifellos habt ihr gehört, daß Kikyo ihm wieder einen Sohn geboren hat. Einen zweiten Sohn! Wie ich höre, hat der Shōgun Seide, Leinen und chinesische Medizin geschickt, um der Schlampe zu gratulieren, die er als seine ›Milchschwester‹ bezeichnet. Und wenn man sich dann vorstellt, daß unsere arme Akiko ihr Kind im sechsten Monat verloren hat!

Förderer Herr Shiba der erste gewesen war, der unter dem neuen Shōgun sein Amt verloren hatte, ebenfalls nicht hinausgerufen worden war.

»Wir beiden, Ihr und ich, haben eine bessere Welt erlebt«, fuhr Zoami fort. »Unbestechlicher Geschmack, kreative Wißbegier und so viel Unterstützung! Eine Ära, die meinen Großvater, Euren Vater, Euch und mich und Doami hervorgebracht hat. Spätere Generationen werden sich voll ehrfürchtigem Staunen fragen: Wie war so etwas möglich? Und wenn ich meinen Blick auf die gegenwärtige Generation richte, sehe ich nur Euren ältesten Sohn und Erben. Ehrlich gesagt, Zeami-dono, mein Sohn Eio ist ein tüchtiger reproduzierender Künstler, doch leider endet damit mein Vaterstolz, während ich überzeugt bin, daß Euer Juro-Motomasa eines Tages Eure Größe, Eure Tiefe und Euer Mysterium erreichen wird. An Eurem Jüngsten entdecke ich zuviel glitzernde Oberflächlichkeit für meinen Geschmack. Dennoch wünsche ich ihm alles Gute. Wir werden noch viel von ihm und seinem Glitzerstil zu sehen bekommen. Aber so geht es nun mal im Leben: Die Hälfte ist Begabung und harte Arbeit, die Hälfte Glück und Gunst des rechten Augenblicks. Sich einen regierenden Shōgun an Land zu ziehen, ist etwas anderes, als jeden Morgen ein Ei auszubrüten. Wir wissen das, nicht wahr, Zeami-dono?«

Erschöpft von seinem Monolog, vollführte der keuchende Raconteur eine tiefe, elegante Verbeugung vor Zeami und ging vorsichtig gemessenen Schrittes davon. In Erinnerung an die vielen unendlich bewegenden und dynamischen Bühnenabgänge, die er in seiner Blütezeit von Zoami gesehen hatte, blickte Zeami, ein weder nachtragender noch stolzer Mann, der das Genie seines Rivalen so oft in Wort und Schrift gepriesen hatte, dem alten Künstler mit Tränen in den Augen nach und dachte bei sich: geschworene Feinde auf dem Höhepunkt unserer Laufbahn, und nun Kameraden angesichts des Henkers...

Als er nach Hause kam, wagte ihn niemand zu fragen, ob Ghien ihn empfangen habe. Zeami schüttelte den Staub von seinen Füßen, betete vor dem Altar seiner Ahnen und begann ungeduldig, seine Idee für ein neues Stück über eine

Hauses eingeweiht habe, solange Motomasa, mein legitimer Erbe, noch aktiv und kreativ arbeitet und auftritt.«

»Glaubst du, er läßt sich von dieser Logik beeindrucken, Vater?« fragte der junge Mann in flehendem Ton.

»Ich fürchte nein. Ich werde zweifellos einen weiteren Brief bekommen, der dann auf ein Ultimatum hinauslaufen wird.« Zeami, hoch aufgerichtet und in seinem abgetragenen, weichen, verschossenen indigoblauen Kimono gelassen und kühl wirkend, lächelte Ujinobu so aufmunternd zu, als sei es der junge Mann, der in einer bösen Klemme steckte. »Laß nur, Ujinobu! Reden wir lieber von unserer Arbeit, die soviel wichtiger und erfreulicher ist! Motoyoshi hat sich heldenhaft verhalten, anders kann ich es nicht ausdrücken. Für Yukina ist er ein großer Trost, und für mich eine wertvolle Hilfe. Sieh her, das sind die Kopien, die er für dich von meinen beiden neuen Dämonenstücken angefertigt hat. Sie werden den Geschmack eurer Zuschauer in Yamato treffen. Und diese beiden Abhandlungen, Ujinobu, sind ausschließlich für deine Augen bestimmt.«

Zeami legte zwei schmale Bände vor seinen Schwiegersohn hin, dessen Gesicht so deutlich sein aufrichtiges, gütiges und großzügiges Wesen zum Ausdruck brachte.

»›Sechs Grundsätze für das Verfassen von Theaterstücken‹ und ›Perle und Blume‹. Ich habe sie speziell im Hinblick auf die Erfordernisse und Traditionen deiner Schule geschrieben.«

Einen Augenblick lang starrte Ujinobu nur ungläubig auf die beiden Abhandlungen der geheimen Weitergabe, die Zeami zum erstenmal für einen anderen als Juro-Motomasa geschrieben hatte; dann stürzte er sich mit ungeduldiger Hast auf sie, drückte sie an seine Brust, rutschte mehrere Meter weit zurück, berührte mit der Stirn den Fußboden und dankte Zeami ein übers andere Mal, bis er vor seligem Schluchzen beinahe erstickte.

Als Zeami sah, daß er diesen guten Jungen mit so wenig so glücklich machen konnte, war er nun seinerseits so gerührt, daß er keine Worte mehr fand.

Der vier Tage während Besuch der jungen Komparu, die allen Mitgliedern des so arg geschrumpften Haushalts so-

»Zu deiner Hochzeit?« Zeami war sprachlos. »Du meinst, in drei Tagen? Aber mit wem? Und wo?«

»Um deine Fragen in der Reihenfolge zu beantworten, in der du sie gestellt hast –« Saburo-Motoshige lächelte nachsichtig, und Zeami dachte unwillkürlich, wie bezaubernd und verführerisch das Lächeln seines Sohnes unter anderen Umständen hätte sein können –, »jawohl, in drei Tagen, am zehnten. Ein Tag des Himmlischen Friedens. Ich hätte euch das natürlich früher mitteilen sollen, aber du weißt ja, durch den Umzug des Shōgun in seine neue Residenz, seine komplette neue Garderobe für die Laienwelt und seine Reise nach dem Hafen Sakai... Der Shōgun war es sogar, der diese Verbindung gestiftet hat. Er hatte nämlich eine Amme, die einen Weinhändler heiratete und diesem eine Tochter namens Kikyo gebar. Und diese Kikyo, sozusagen des Shōgun Milchschwester, hat nun die Ehre, meine Frau und mit deinem Segen deine Schwiegertochter zu werden. Ihr Vater ist recht begütert; er ist außerdem noch Geldverleiher und hat uns ein Haus gekauft, in dem die Hochzeitsfeier – ganz schlicht, nur die engsten Familienmitglieder – stattfinden wird.«

Sango, der niemals einen Besuch für Zeami anmeldete, ohne anschließend zu lauschen, schnalzte in Gedanken mißbilligend mit der Zunge, während er unbequem hinter den Shōji kauerte. Natürlich! dachte er. Nun, da er Shōgun geworden ist, hat der geile Priester es eilig, seinen Favoriten zu verheiraten...

Yukina reagierte auf die Nachricht ganz ähnlich wie Sango, nur daß ihre Miene sogar noch ironischer war. Zeami tadelte sie nicht, denn im Moment machte er sich die größten Sorgen über die unmittelbar bevorstehende Gefahr für die Einheit der Kanzē-Truppe. Es war durchaus normal, daß die jüngeren Söhne des Hauses hinausgingen und ein Nebenhaus gründeten, das aber stets mit dem Haupthaus verbunden blieb. Zeami kannte dafür zahlreiche Beispiele in anderen Berufen, wo beide Häuser in beneidenswerter Harmonie und Zusammenarbeit nebeneinander lebten. Jedoch nur selten erfreute sich ein Nebenhaus der Gunst eines fanatischen und skrupellosen Shōgun. Wenn der Familienfirstbal-

bemerkt, Motoyoshi, daß Vater sich in seinem Alter immer noch verändert, daß er wächst und sich weiter und schneller entwickelt als irgendein anderer Mann unserer Zeit? Im Hinblick· auf *yugen* übertreffen seine neuen Stücke alles, was er jemals geschrieben hat. Nachdem er mir ›Izutsu‹ zeigte, sagte er – wie ich fand, eher bedrückt: ›Wird es in zwanzig, fünfzig Jahren noch einen Menschen geben, der ein solches Stück versteht?‹ Vater ist natürlich viel zu bescheiden und selbstkritisch. Wer vermöchte in einem Stück wie ›Izutsu‹ nicht eine ewige Wahrheit zu sehen – eh, Motoyoshi?«

»Sehr viele, fürchte ich«, entgegnete Goro-Motoyoshi und lächelte entschuldigend, weil er die Begeisterung des jungen Komparu-Meisters, den er liebte wie einen leiblichen Bruder, nicht teilte. »So unglaublich es dir vorkommen mag, Ujinobu, es gibt sehr viele, die Vaters Meisterwerke zu anspruchsvoll, zu hochtrabend, fast unverständlich finden. Ganz zweifellos ist das Niveau des größten Teils der Theaterfreunde in der Hauptstadt seit dem Tod des Großen Baums sehr tief gesunken. Heutzutage wollen die Leute Nō-Stücke mit hübschen, jungen Mädchen sehen, die nicht die geringste Ahnung haben, wozu sie da herumschreien und mit den Füßen stampfen. Wie kannst du erwarten, daß Menschen, die von solch grellen, vulgären Aufführungen begeistert sind, die mattem Silber gleichenden Feinheiten von, sagen wir, ›Izutsu‹ beurteilen können? Es besteht ein unendlicher Unterschied zwischen dem Mond und einer Schildkröte, die herzzerreißende Tatsache jedoch ist, daß wir uns im Zeitalter der Schildkröten befinden… Nun, da ich mit Vater allein und so eng zusammenlebe, wird mir allmählich klar, wie es sein muß, als Mond unter lauter Schildkröten zu leben, und ich muß gestehen, daß es mir jeden Tag schwerer fällt, den hohen Ansprüchen und strengen Maßstäben eines so dämonischen Genies zu genügen.«

Tama, die ihren freimütig forschenden Blick nicht von dem Bruder gewandt hatte, unterbrach ihn mit der für sie natürlichen Direktheit des jüngsten Kindes der Familie: »Du hast dich verändert, Bruder Motoyoshi. Kommt das daher, daß es dir viel schwerer fällt, Kindermädchen für Vater und Mutter

Dankbarkeit für alles Ausdruck, was sie für ihn getan hatten, sowie auch seinem Bedauern darüber, daß er als dritter Sohn nunmehr gezwungen sei, unter einem anderen Dach zu leben.

Zeami äußerte darauf in wunderschön gewählten Worten seine väterliche Freude darüber, daß sein jüngster Sohn eine so ehrenwerte Frau geheiratet habe, und mit bewegter Stimme fügte er hinzu: »Wie es in unserem Beruf üblich ist, mache ich dir ein sogenanntes ›Teilung-der-Wurzel‹-Geschenk: Ich überlasse dir Hotan mitsamt seinen acht jungen Schülern, die Teil deines Hauses werden und einen Nebenzweig der Kanzē-Truppe bilden sollen. Ich hoffe und bete, daß wir alle harmonisch auf dem Weg des Nō zusammenarbeiten werden wie Kinder vor dem Antlitz Buddhas.«

Anschließend bat er einen Diener, die Pakete hereinzuholen, die er in der Eingangshalle zurückgelassen hatte.

Als die beiden mit prächtigen Schnüren aus violetter Seide zugebundenen Schachteln aus leichtem Paulownienholz hereingetragen wurden, strich Zeami liebevoll über die perlmuttglänzende Oberfläche und sagte: »Kanami, mein Vater, war ein getreuer und liebevoller Freund zahlreicher Meisterschnitzer seiner Zeit, die er zu vielen ihrer besten Arbeiten inspirierte, so daß unser Haus das große Glück hat, eine einmalige Sammlung dieser Werke zu besitzen. Zur Feier deines neuen Lebens möchte ich nun dir, Motoshige, eine ›Alter-Mann‹-Maske von Miroku und eine ›Gepeinigte-Frau‹-Maske mit goldbestäubten Augen von Himi schenken. Masken sind lebendig, mein Sohn; lausche auf ihre Seelen!«

Saburo-Motoshige errötete, als wäre in seinem Schädel rote Farbe explodiert. Ungläubig und beinah mißtrauisch sah er zuerst Zeami und dann die Maskenschachteln an, die unersetzliche, historische Meisterwerke enthielten.

Selbst Yukina, die beim Ausdruck ihrer Gefühle so schwerfällig war wie ein Wurm im Winterschlaf unterm Schnee, schloß unwillkürlich die Augen und betete um ein winziges Zeichen kindlicher Zuneigung und Freundlichkeit, um eine letzte Gefühlsregung von Saburo-Motoshige.

Aber das Rot der Erregung war schon wieder aus Saburo-

Motoshiges Antlitz gewichen, als er sich sehr formell verneigte, um Zeami *und* der Kanzē-Truppe für *ihr* kostbares Geschenk zu danken.

Yukina öffnete die tief eingesunkenen Augen und musterte Saburo-Motoshige mit neu erwachter Abneigung.

Armer Junge, dachte Zeami. Du hast deine Sensibilität zu lange und erfolgreich abgetötet; nun hast du die Fähigkeit verloren, mit ihr zu singen und andere Menschen zu erreichen. Für einen Künstler ist das Austrocknen der Quelle seiner Sensibilität ein Verlust, der weit tragischer ist als der Verlust des Vaters.

Yoshinori-Ghiens Regierung wurde schon bald auf eine erste, schwere Probe gestellt, als die traditionell aufsässigen Gruppen der Transportarbeiter und Postpferdehalter in Omi die dortigen Bauern in einen verzweifelten Aufstand führten. Mit dem Schrei: »Verbrennt unsere Schuldbriefe!« oder: »Gebt uns unser beschlagnahmtes Vieh zurück!« plünderten und zerstörten sie die Lagerhäuser der Weinhändler und brandschatzten die Schreine und Tempel, die sich mit ihren einschüchternden Truppen bewaffneter Mönche jeher als die unbarmherzigsten, gierigsten Geldverleiher erwiesen hatten.

Die Unruhen unter der Landbevölkerung verbreiteten sich wie ein Waldbrand auf Yamashina, Harima, Tamba, Settsu und einige sogar noch weiter entfernte Provinzen. Es gelang Yoshinoris drei führenden Beratern – Nachfahren der Shiba, Hosokawa und Hatakeyama, die sich während seiner Regierungszeit abwechseln sollten – nicht, ihn zu einer vernünftigen, gnädigen Handlungsweise zu bewegen, damit er den Bauern einen Teil ihrer Forderungen erfüllte. Statt dessen schickte er mit fanatischem Starrsinn ganze Armeen aus, um die Unruhen niederzuschlagen. Gewiß, die Soldaten des Shōgun waren brutal, aber die Bauern schlugen mit gleicher Brutalität zurück: Und schließlich stürmten Tausende von ihnen, außer sich vor Hunger und Verzweiflung und häufig auch betrunken von geplündertem Wein, in die Hauptstadt und kämpften in den Straßen von Kyoto Mann

»Der Tendai-Sekte!« In seiner Naivität übertreibend wie üblich, hob Meister Komparu Zeami jubelnd seinen Weinbecher entgegen. »Das ist allerdings eine freudige Nachricht! Hoffen wir, daß Ghien-sama mit der Zunahme an Reichtum und Macht, die ihm aus seiner neuen Position erwächst, Euch zu einem Befehl von ganz oben verhelfen wird, damit Ihr wieder in der Hauptstadt auftreten könnt!«

»Das wäre schön...« Zeami trank einen Schluck von dem Wein, der kalt geworden war. Er machte sich keinerlei Illusionen, was Unterstützung durch Ghien betraf, dafür kannte er Saburo-Motoshige viel zu gut.

Ujinobus Brief aus Yamato, in dem er seinen ersten Besuch in der Kanzlei des Kofuku-Tempels als neues Oberhaupt der Komparu-Schule in allen Einzelheiten schilderte, fiel zeitlich zusammen mit der unerwarteten Ankunft eines Flötenspielers der Hiei-Truppe, der ihnen die Nachricht von Doamis Tod brachte. Doami war in Maske und Kostüm auf der Bühne zusammengebrochen; und die Leute am See sprachen noch Jahre und Generationen danach von dem Abend, an dem Doami starb, denn damals waren purpurfarbene und rote Wolken tief über den See dahingejagt, und obwohl es Oktober war, hatte es ausgesehen, als regneten Blüten vom Himmel. Höchstwahrscheinlich ein Regenbogen oder ein Dunst, der das Licht der untergehenden Sonne reflektierte, doch für die Bewohner von Omi, die seit langem von Doamis Kunst fasziniert waren, mußten es purpurne Wolken und ein Blütenregen sein.

Doami: ein einsames Genie und der loyalste aller Freunde, der nicht ein einziges Mal versäumt hatte, am Jahrestag von Kanamis Tod von zwei Priestern Gebete singen zu lassen; der einzige Künstler außer Kanami, zu dem Zeami als Mentor aufgeblickt hatte. Wiederum war ein Fels verschwunden, auf dessen Hilfe für den Fortbestand des Nō-Theaters sich Zeami verlassen hatte. Zeami betete die ganze Nacht. Und als der Morgen anbrach, kehrte er, die Zähne wie für eine Schlacht zusammengebissen, fest entschlossen an seine Schreibarbeit zurück, während ihm Kanamis Befehl in den Ohren klang: »Arbeiten! Verzweifelt und zielbewußt arbeiten, arbeiten, arbeiten! Und niemals die

ke Harakiri. Sein Kopf sowie die Köpfe seiner Generale wurden nach Kyoto gebracht und dort an der Kreuzung der Vierten Straße auf Lanzenspitzen zur Schau gestellt. Das Ergebnis der Kämpfe jedoch war weit entfernt von jenem entscheidenden Sieg, den Yoshinori erwartet hatte, denn Fürst Ogura selbst hatte entfliehen können, und andere Daimyōs des ehemaligen Südlichen Hofes hörten, massiv unterstützt von zahlreichen Bauern, niemals auf, die in der Gegend stationierten Shōgunats-Truppen in Atem zu halten. Yoshinori tobte, und sein Mißtrauen und Haß gegen jeden, der auch nur entfernt mit der Sache des Südens verbunden war oder mit ihr sympathisierte, erreichten paranoide Ausmaße.

Hachi, das Faktotum der Kanzē-Truppe, der zugab, daß er sich mittlerweile irgendwo zwischen fünfundsiebzig Jahren und dem Tod befinden müsse, ging zur Kreuzung der Vierten Straße, um für die Seele des Herrn Kitabatake heimlich zu beten. Doch als er zurückkam, war er in Panik.

»Was glaubt Ihr, Meister, wen ich dort angetroffen habe?« keuchte er, als er auf den Knien in Zeamis Studierzimmer rutschte. »Meister Motomasa, wie er unter dem aufgespießten Kopf von Herrn Kitabatake betete! Ich selbst bin ja nur noch ein altes Nichts, aber der junge Meister fällt auf, wo immer er auftaucht, sein Gesicht ist in der ganzen Hauptstadt bekannt, und überall um uns herum waren Neugierige! ›Er hat mir meinen Erwachsenennamen gegeben‹, erklärte er mir, ›und mir immer wieder geholfen. Ich käme mir gemeiner vor als ein Hund, wenn ich nicht herkäme, um meinen tapferen, alten Wohltäter zu betrauern.‹ Es hat mich große Mühe gekostet, ihn von dort wegzubringen. Um Himmels willen, Meister: Bittet ihn, daß er sich vorsichtiger verhält!«

An jenem Abend erklärte Zeami seinem Sohn Juro-Motomasa zum erstenmal die genauen Umstände von Kanamis Tod: »Wenn unsere Blutsverwandtschaft mit Masashige Kusunoki, dem legendären Helden der Sache des Südens, von unseren Feinden unter *diesem* Shōgun ausgeschlachtet werden sollte, wären die Folgen für die Kanzē-Truppe und das Nō-Theater katastrophal. Du mußt auf der Hut sein,

einen großen Teil meiner jugendlichen Begeisterung verloren haben, aber selbst jetzt empfinde ich beim Anblick der Bühne eine ebenso tiefe Erregung und Angst wie damals, auch wenn sie jetzt statt der prächtigen Bühne des Shōgun nur noch ein steiniges Flußufer ist. Die Straße, die wir Schauspieler entlang ziehen, ist wie der Kreis des Lebens eine endlose Kette von Ursache und Wirkung. Kanami hat immer gesagt, er hätte das Leben und die Menschen nicht halb so gut verstehen gelernt und wäre niemals ein so großer Künstler geworden, wenn es nicht die vielen Begegnungen auf der Schlammtour gegeben hätte.«

Kogame erschien vor dem Altarraum, um zu melden, die Ochsen seien angespannt, und alle seien abmarschbereit. Zeami nickte; dann wandte er sich noch einmal zum Familienaltar um, murmelte ein letztes, kurzes Gebet, bei dem er die Kristallperlen rieb, die Yoshimitsu ihm geschenkt hatte. Und vor seinen Augen stieg, wie immer, wenn er sich auf Tournee begab, das Bild des Schneckenmädchens mit seinen Lidern auf, die schimmerten wie Glühwürmchen, als sie vor fast einem halben Jahrhundert darum betete, er möge die blühende Hauptstadt Kyoto erreichen.

Zeami war bereits mindestens sechs Schritte an der Bettlerin vorbeigegangen, als er unvermittelt stehenblieb. Kogame wandte sich zu ihm um und sagte etwas, Zeami aber hörte ihn nicht. Genauso erschrocken und fasziniert wie mit elf Jahren wandte Zeami vorsichtig den Kopf. Da war er, der Zuber, auf zwei abgefahrenen, kleinen Rädern. Natürlich nicht mehr derselbe wie damals, mit rot-weißen Streifen bemalt, sondern ein harzgeschwärzter, niedriger, runder Zuber, in dem eine runzlige, verkrümmte alte Frau in verdreckten Lumpen hockte, der das schüttere weiße Haar in fettigen, ungleich langen Strähnen um den Kopf hing. Ihre geschrumpften, zerfurchten Schenkel lagen frei, um das Mitleid der Pilger und Passanten zu erregen. Ihre blinden Augen waren tiefer in die Höhlen gesunken, und da ihr alle Zähne ausgefallen waren, wirkte die untere Hälfte ihres Gesichts von den Wangenknochen bis zum Kinn, als wäre

Auge und Blutergüssen am Hals nach Hause gekommen. Ihr kennt doch meinen jungen Meister: Nie spricht er ein Wort zu uns über das, was im Palast vorgeht. Aber nach allem, was ich gehört habe, als er mit Kikyo-sama sprach, war es der Shōgun selbst, der Motoshige-dono letzte Nacht über die Verbindung der Kanzē mit den Kusunoki verhört hat. Da die Befragung in der Abgeschlossenheit der Privatgemächer des Shōgun stattfand, kann man nicht wissen, ob es sich um eine ganz persönliche Art des Shōgun zur Erhöhung seiner Lust handelte, oder ob sein angeborenes Mißtrauen diese außergewöhnliche Gewalttätigkeit auslöste. Aber wie dem auch sei, ich hielt es für besser, Euch zu warnen – und Meister Motomasa.«

Nachdem Hotan gegangen war, nicht ohne Zeami zu bitten, seinen Besuch Saburo-Motoshige gegenüber nicht zu erwähnen, blickte Zeami lange in den regnerischen Morgen hinaus. Warum hat Hotan seiner Warnung »und Meister Motomasa« hinzugefügt? Haben sie etwas gegen meinen unvorsichtigen Sohn in der Hand? Was hat dieser dumme Junge unten im Süden getrieben? Nun, da er zum erstenmal unmittelbar mit einer Gefahr konfrontiert war, machte Zeami sich bittere Vorwürfe, weil er seinen Sohn nicht schon früher gewarnt hatte.

Wie sich herausstellte, war die Gewalttätigkeit des Shōgun gegen Saburo-Motoshige lediglich ein Zeichen seiner seltsamen Art, seine Zuneigung zu bekunden, und kein Zeichen für begründetes Mißtrauen. Saburo-Motoshige lachte und witzelte über sein blaues Auge und lieferte Kikyo, die inzwischen im fünften Monat schwanger war, einen wunderbaren Grund, ihren angebeteten Gatten zu verwöhnen. Sowohl ihre Mutter als auch Saburo-Motoshige selbst hatten sie vor ihrer Eheschließung auf das Verhältnis ihres Mannes mit dem Shōgun vorbereitet, welches, wie sie alle betonten, weder enden werde noch von ihr gestört werden dürfe, und Kikyo hatte bereitwillig ihre Zustimmung erteilt. Und Saburo-Motoshige, den die reiche Mitgift seiner Frau sowie die Tatsache, daß sie die Situation so einfach akzeptierte, keineswegs unbeeindruckt ließ, erwies sich als ein liebevoller und fürsorglicher Gatte, der außerdem nie-

Zeami schwieg; er wirkte ernst und fest entschlossen.

Nachdem er persönlich seine Sachen gepackt und sich vergewissert hatte, daß alle Masken sorgfältig eingewickelt und in ihre Schachteln gelegt worden waren, nahm Zeami für den Fall, daß er erst nach Einbruch der Dunkelheit zurückkehren würde, eine Ölpapierlaterne mit und machte sich auf den Weg.

Der Tempel mit seinen zahlreichen Nebengebäuden lag auf einem dicht bewaldeten Berg. Die Pilger, die wegen des verheißenen langen Lebens und Wohlstands herbeige-strömt kamen, kletterten den steilen, gewundenen Pfad stets noch am selben Tag wieder hinab, um möglichst, bevor es dunkel wurde, die Ortschaft am Fuß des Berges erreichen und ihre müden Glieder im Wasser der berühm-ten heißen Schwefelquelle baden zu können. Als Zeami den weiten, mit weißem Kies belegten Platz vor dem Hauptsaal des Tempels überquerte, hatte sich dieser bereits vom leb-haften Getriebe des Tages geleert. Ein schmaler Rand der untergehenden Sonne warf geisterhaft in die Länge gezoge-ne Schatten von Stupas, Steinlaternen, vorübergehenden Mönchen und einem einsamen Höker mit einer Warenlast, die doppelt so groß war wie er.

Im langgezogenen Schatten des großen Tempeltors hockte das Schneckenmädchen wie ein gedrungener Pilz, der au-ßerhalb der Saison gesprossen und wieder verrottet ist. Schon aus einiger Entfernung schien die Blinde Zeamis Kommen zu spüren, denn sie begann ungeduldig den Kopf zu wiegen.

»An meinem Zuber sind zwei Seile befestigt«, sagte sie ohne jede Begrüßung und ohne jeden Versuch, sich zu vergewissern, daß die Schritte, die sich so schwerelos über den Kies näherten, auch wirklich Zeami gehörten. »Nimm sie und zieh mich dorthin, wo ich es dir sage. Wirst du es tun? Ich bitte dich!«

Im Ton ihrer Worte lag eine Dringlichkeit, als hätte sie etwas überwältigend Wichtiges zu erledigen. Gehorsam ergriff Zeami die zerfransten, verdreckten Seile, die hinter dem Zuber, der in Wirklichkeit nur ein grob abgesägtes, halbiertes Faß war, auf dem Boden lagen.

KAPITEL

23 »Meister, es ist streng vertraulich. Darf ich eintreten?«

Es war Kogame, der dies einige Zeit nach dem Läuten der Stunde der Ratte, gegen Mitternacht also, vor Zeamis Studierzimmer flüsternd fragte.

»Du solltest im Dezember nicht um diese Zeit auf der Straße sein. Das gibt nur Ungelegenheiten... Was ist denn los?« Zeami ließ den Pinsel sinken und starrte Kogame an, den er noch nie so bedrückt und angsterfüllt gesehen hatte.

»Es geht um meinen jungen Meister.« Kogame stieß einen so tiefen Seufzer aus, daß er buchstäblich einschrumpfte.

Zeami schloß müde die Augen.

»Was Euch mein Vater war, bin ich für Meister Motomasa. Wenn ich also sage, daß mein junger Meister unüberlegt emotional ist und so verantwortungslos, unrealistisch und selbstzerstörerisch wie ein dicker Schneeball auf einem dünnen Bambuszweig, soll das beileibe keine Kritik sein: Nein, ich sage dies mit all der Zuneigung und Ergebenheit, zu der dieser bescheidene Diener fähig ist.« Kogame wirkte zutiefst verzweifelt, als er fortfuhr: »Der junge Meister kam vor ein paar Stunden mit Akiko-sama in mein Haus.«

»Akiko? Wer ist das?«

»Die beiden haben einander versprochen, Meister.« Hastig, als fürchte er, Zeami werde ihn schlagen, bedeckte Kogame sein Gesicht mit beiden Händen.

»Antworte, Kogame! Wer ist dieses Mädchen?«

»Akiko-sama, die dritte und einzig überlebende Tochter von Rokuemon Ochi, dem Oberhaupt der Ochi-Familie in Ise.« Kogame ließ den Kopf hängen.

Zeami verarbeitete diese Nachricht mit zusammengebissenen Zähnen. Seine Schuld, seine Nachlässigkeit: die vielen ausgedehnten und häufigen Tourneen im Süden! Und war »Der Fluß Sumida« nicht zuerst in Ochi aufgeführt worden? Die Ochi-Familie besaß seit vielen Generationen ein befestigtes Dorf mitsamt den umliegenden fruchtbaren Feldern und kämpfte stets tapfer für die Sache des Südens, obwohl

dem matten Licht, das jetzt noch herrschte, konnte er nicht
erkennen, wie tief dieser Abgrund war, doch das Wasser
schien in unergründlicher Tiefe zu schäumen. Der Felsen
auf der anderen Seite der Schlucht, der, dicht mit nadelspit-
zen Kiefern bewachsen, nahezu senkrecht abzufallen
schien, verriet Zeami, daß die Verhältnisse auf dieser Seite
ähnlich sein mußten. Er packte die Stricke des Zubers fester
und musterte die alte Bettlerin voll Unbehagen – nicht so
sehr aus Angst als aus einer gewissen Vorahnung heraus.

Sie schwieg sehr lange, reglos wie ein moosbedeckter Stein,
und Zeami hatte das unheimliche Gefühl, sie sei zu bewegt,
zu glücklich, um etwas zu sagen.

»Der Mond, mein alter Freund, wird heute nacht voll sein«,
sagte sie schließlich.

Zeami wußte nicht, ob sie mit dem »alten Freund« ihn oder
den Mond meinte.

»Ich weiß, du wirst mich verstehen. Ich schäme mich so
sehr für meine Gestalt, daß ich mich nicht mal vor dem
Mond zeigen mag. Wirklich. Wirklich«, lispelte sie so ernsthaft, daß Zeami von einem tieferen Mitleiden, einer tieferen Verzweiflung bewegt wurde, als wenn sie geweint und
an ihre Brust geschlagen hätte. Und so war er auch nicht im
geringsten schockiert, als sie ihn ganz ruhig fragte: »Wirst
du mir helfen zu sterben?« Hilflos richtete Zeami den Blick
gen Himmel. Hinter dem schwarzen Dickicht der Kiefern
war ein riesiger Mond aufgegangen.

»Seit vielen Jahren schon habe ich um den Tod durch
Verhungern oder Erfrieren gebetet, aber die Menschen sind
barmherzig: Sie haben mir zu essen gegeben und in mancher
Weise geholfen. Nun aber hat Buddha mir dich gesandt.
Bedenke, was für eine Erleichterung es für mich sein wird,
diesen Körper abzustreifen! Denk bitte an mein nächstes
Leben! Stell dir vor, welch funkelnde Augen und kräftige
Beine mir dort gegeben werden!« Sie sprach voller Begeiste-
rung.

Zeami konnte sich eines Lächelns nicht erwehren. »Was
soll ich tun?«

»Sorge dafür, daß ich tief falle und nicht an Steinen oder
Sträuchern hängen bleibe. Sollten mir einige davon den Weg

versperren – würdest du sie bitte entfernen? Aber sei vorsichtig: Der Boden fällt unversehens senkrecht ab. Geh nicht zu dicht an den Abgrund heran!«

Auf allen vieren kroch Zeami vorwärts, und es gelang ihm im Mondlicht, eine ganze Menge von Steinen aus der geraden Linie zu räumen, die er als den kürzesten Weg zum Abgrund erkannt hatte.

Kaum war das geschafft, da hörte er die Alte abermals lispeln. »Bring mir Steine – ungefähr zehn, so groß wie der Kopf eines Säuglings.«

Längst nicht mehr vom Gestank der alten Bettlerin abgestoßen, reichte Zeami ihr insgesamt sieben Steine.

»Fünf... sechs... sieben!« Sie zählte sie wie ein Kind beim Spielen. »Oh, das ist ein großer! Den werd' ich auf den Schoß nehmen, wenn ich falle.«

Dann drückte sie Zeami ein ungefähr ein Meter langes, altes Strohseil in die Hand.

»Etwas Besseres konnte ich nicht kriegen. Du mußt dieses Seil an die Stricke meines Zubers knoten, damit du selbst nicht zu dicht an den Abgrund herantreten mußt. Halt einfach fest, bis ich dir sage: ›Lebwohl! Laß los!‹«

Der Mond stieg höher und löste sich von den Spitzen der Kiefern. In diesem klaren Mondlicht, kühl und still, das alles leichter machte, tat Zeami, was von ihm verlangt wurde. Als er den Zuber der Alten an den Beginn einer Schräge, ungefähr einen Meter vom eigentlichen Rand des Abgrunds entfernt, gebracht hatte und alles bereit war, blickte das Schneckenmädchen still vor sich hin. Für Zeami schien es, als freue sie sich am Mondschein, der ihre Stirn badete, und als messe sie am fernen Rauschen des Wassers die Tiefe des Abgrunds, in den sie hinabstürzen wollte.

Zeami, bedrückt und dennoch nicht in trauriger Stimmung, stand hinter ihr und betrachtete nachdenklich die Rückseite ihres winzigen, runden Kopfes, als sie ihn überraschte, weil sie plötzlich, ohne sich umzudrehen, mit freundlicher, lauter Stimme sagte: »Aber sag mir, schöner Mann, weil ich es immer noch nicht verstehe: Habt ihr, als ihr in die Hauptstadt kamt, denn überhaupt keinen Erfolg gehabt?«

»O doch!«

Grund der Schande enterbte, die sie über die Familie gebracht hatte, indem sie mit einem Schauspieler durchbrannte. Rokuemon Ochi belegte den jungen Schauspieler, der der Familie Ochi ihre Freundschaft so schlecht gedankt hatte, daß er ihr die einzige Tochter stahl, allerdings nicht mit den erwarteten Schmähungen, wie etwa »unberührbar«, »Renegat« oder »Flußuferbettler«, und das unverzeihliche Verhalten des jungen Paares hinderte Akikos Mutter auch nicht daran, ihr ein großes Paket mit Kleidern, einem Spiegel, Kämmen und einem neuen Talisman aus einem Schrein in Ochi zu schicken.

Über diesen stillschweigenden Beweis ihrer ungebrochenen Liebe sowohl zu Akiko als auch zu Juro-Motomasa – ein Verhalten einem Schauspieler gegenüber, wie es beim Landadel bisher noch nie jemand erlebt hatte – war Zeami so gerührt, daß er, bis ihm die Finger vom Drehen der Kristallperlen brannten, darum betete, daß diese Vereinigung den jungen Liebenden nur Glück und den beiden Familien nicht allzu viele Probleme bringen möge.

Seiner Frau brachte Zeami die Nachricht persönlich, und Yukina lauschte mit fest an die Brust gepreßten Händen, um einen Hustenanfall zu unterdrücken. In dem Moment jedoch, da Zeami erklärte, wer und was Juro-Motomasas Verlobte war, ließ Yukina die Hände in den Schoß sinken, und der Hustenreiz war wie weggeblasen.

»Also keine Weinhändlerstochter – das freut mich sehr!« Ihr triumphierendes Grinsen stand im krassen Gegensatz zu der rein weißen Seide, die ihren Kopf umhüllte, so irdisch, so rachsüchtig, daß Zeami sich für sie schämte und den Blick abwandte. In jüngster Zeit schien Yukina nur aus ihrer Gleichgültigkeit zu erwachen, wenn der Name ihres Adoptivsohnes genannt wurde. Ja ihr Abscheu vor Saburo-Motoshige war in ihrer leidvollen Einsamkeit so unvernünftig heftig geworden, daß sie jedes Mädchen aus der Samurai-Klasse als Schwiegertochter akzeptiert hätte, das ihr Gelegenheit bot, Saburo-Motoshige zu kränken, indem sie seine Frau Kikyo durch den Vergleich ihrer Herkunft demütigte.

Yukina, die aussah wie eine makellose Nonne, ihre Zeit

KAPITEL

21 Fünfzehn Jahre nach Yoshimitsus Tod zeigte der Zustand von Stabilität und Wohlstand, in dem er das Land zurückgelassen hatte, Anzeichen rapider Auflösung. Als Kaiser Gokomatsu von der Nördlichen Linie abdankte, setzte er sich über die berühmte und bitter umstrittene Klausel des Einigungsvertrages von 1392 hinweg, die bestimmte, daß die kaiserliche Thronfolge zwischen der Nördlichen und der Südlichen Linie abwechseln sollte, und machte seinen eigenen Sohn im Kleinkindalter zum Nachfolger.

Wäre Yoshimochi eine Führernatur gewesen, begabt mit dem politischen Weitblick und dem Gefühl für den jeweils richtigen Zeitpunkt wie sein Vater, hätte sich die unvermeidliche Unzufriedenheit bei den restlichen Sympathisanten der Südlichen Linie nicht zu offener Feindseligkeit entwickeln können.

Yoshimitsu mit seiner beharrlich gepflegten und nahezu aufrichtigen Freundschaft zu Kaiser Gokomatsu und seinem Hof hätte Seine Kaiserliche Majestät außerdem überredet, den unglücklichen Südlichen Cousin mit ein paar wirksamen Konzessionen zu beschwichtigen. Darüber hinaus hätte Yoshimitsu, als unzufriedene Elemente innerhalb des Shōgunats zu den Südlichen Rebellen desertierten, unverzüglich eine starke Armee mobilisiert. Yoshimochi dagegen zögerte und tat überhaupt nichts, und als er dann schließlich doch etwas unternahm, wurde seine schlecht vorbereitete Armee trotz ihrer zahlenmäßigen Überlegenheit schmählich geschlagen. Die Rebellion im Süden zog sich unentschieden dahin, mit mehreren Waffenstillstandspausen, in denen beide Seiten nach Hause zurückkehrten, um die Ernte einzubringen, ihre Waffen und ihre Kampfmoral zu reparieren oder sogar die Seiten zu wechseln.

Verstimmt über das gräßliche Durcheinander und über seine Nierenbeschwerden, die immer schlimmer wurden, ließ Yoshimochi sich völlig überraschend den Kopf kahlscheren und machte seinen einzigen Sohn Yoshikado zum fünften

Reiterspielplatz eine dichte, bunt gekleidete Menge. Zeami hatte sich für »Die Schlacht im Ichino-Tal« entschieden, ein angemessenes Stück, in dem seine drei Söhne die Hauptrollen spielen sollten, er selbst aber erst kurz vor dem Ende auftreten wollte.

Wegen der Pferde, die unruhig waren und in den unpassendsten Momenten wieherten, und wegen der schweren, sperrigen Rüstungen, die keine nuancierten Bewegungen zuließen, waren die Bedingungen alles andere als geeignet, die Truppe möglichst vorteilhaft wirken zu lassen. Außerdem war das Gefolge des neuen Shōgun, wie Zeami als erster entdeckte, keineswegs jene kultivierte, urteilsfähige Elite, die Yoshimitsu um sich zu versammeln pflegte. Yoshinori, der keine ihm intellektuell und kulturell überlegenen Ratgeber neben sich duldete, umgab sich mit katzbuckelnden Liebedienern mittelmäßiger Güte und Begabung, die das Offensichtliche und Spektakuläre natürlich dem Angedeuteten und tief Empfundenen vorzogen. Auf sie wäre die Schönheit des *yugen* verschwendet gewesen wie Samenkörner, die auf kahlen Fels fallen.

Dennoch erhielten dank der prächtigen Umgebung und der Erregung beim Anblick der Schauspieler, die zu Pferde auftraten und abgingen, sowohl die Kanzē als auch die Hosho lauten Beifall, und mit Rücksicht auf den festlichen Anlaß der Aufführung wurde der Wettstreit der beiden Truppen als unentschieden erklärt.

Ein Schauspieler jedoch überragte alle anderen und wurde mit rückhaltlosen Ovationen belohnt. Das war Juro-Motomasa, dessen ganz besondere Ausdrucksfähigkeit und Lyrik beim Spiel durch den Lärm und den Pomp, die Pferde, Rüstungen, Banner und alles andere noch intensiver als gewöhnlich wirkten.

Das hingerissene Publikum konnte jedoch nicht wissen, wie schnell und unfehlbar es den schönen Schauspieler mit seinem Beifall zum Märtyrer machen würde. Speziell um Saburo-Motoshiges Schirmherrn auf gar keinen Fall zu verärgern, hatte Zeami dem jungen Mann bewußt eine ebenso wichtige Rolle gegeben wie Juro-Motomasa, und so fühlte er sich jetzt beim ganz persönlichen Triumph seines Ältesten,

möglicherweise etwas vom harten Kristallglanz seiner Augen verloren, dafür jedoch eine stille Kraft gewonnen, die auf die Menschen gleichzeitig abweisend und herzzerreißend schön wirkte.

»Ture, die Zeit des Weiblichen, scheint unser Geschick fest in der Hand zu halten. Allmählich zweifle ich daran, daß es in meinem Leben je noch einmal eine Zeit des Männlichen geben wird, und das ist der Grund, warum ich so intensiv an der geheimen Weitergabe für Juro-Motomasa arbeite. Ich muß ihn für den schlimmsten Fall rüsten.«

»Den schlimmsten? Ach Meister, bevor Ihr so finster und verzweifelt sprecht, solltet Ihr sehen, wie uns die Menschen im Süden, von den großen Daimyōs und Grundherren bis zu den bescheidensten Teepflückern, mit offenen Armen willkommen heißen und uns nicht gehen lassen, ohne uns mit Gaben und Lebensmitteln aus ihrem fruchtbaren Gebiet zu überhäufen. Ehrlich, Meister, Ihr solltet von Zeit zu Zeit den Pinsel hinlegen und uns auf einer Tournee begleiten. Dann werdet Ihr sehen, was ich meine!«

»Nein, nein, ich möchte, daß Juro-Motomasa die Truppe führt – das heißt, natürlich nicht, wenn wir unsere traditionellen Pflichtvorstellungen im Kofuku- und im Kasuga-Tempel geben. Der Junge muß unseren Mitgliedern und dem Publikum gegenüber seine Position als zukünftiger Meister festigen. Außerdem neige ich mehr und mehr dazu, mir den Kopf kahlscheren zu lassen und dieser irdischen Welt zu entsagen.«

»Dann habt Ihr vor, schon bald als Meister abzudanken?« Kogame rutschte so hastig vorwärts, daß er das kleine Holzkohlenbecken, in das sie sich teilten, schmerzhaft gegen Zeamis Kniescheibe stieß. Zeami zuckte zusammen, verzieh Kogame aber mit freundlichem Lächeln.

»Das würde ich wirklich sehr gern tun. Doch ich muß warten, bis Juro-Motomasa ein Stück geschrieben hat, das so gut ist, daß sein Großvater es zwischen seine großen Hände genommen und gesagt hätte: ›Das müssen wir proben!‹«

»Oh, aber das hat er schon getan!« platzte Kogame heraus. Dann barg er mit der übertriebenen *kyogen*-Geste tiefsten

im Haus der Kanzē; am Morgen des dritten Tages jedoch kam Hotan, der sich vor Verlegenheit buchstäblich wand und Zeami nicht ins Gesicht sehen konnte.

Zeamis Befürchtungen wegen Juro-Motomasas einzigartigem Erfolg bei der Pferde-und-Rüstungs-Aufführung erwiesen sich als zutreffend. Shōgun Yoshinori war alles andere als erfreut gewesen, bemerken zu müssen, daß Juro-Motomasa seinen Favoriten in den Schatten stellte, vor allem angesichts der jüngsten Berichte seiner Spione, der unverschämte junge Schauspieler habe heimlich ein Ochi-Mädchen geheiratet. Doch diese Verärgerung hatte sich zu rasender Wut gesteigert, als der abgedankte Kaiser Gokomatsu, vor Begeisterung darüber, daß die Kanzē-Truppe nach zwanzigjährigem Ausschluß vom Unterhaltungsprogramm des Shōgun endlich wieder im Muromachi-Palast aufgetreten war, einen Boten zum Shōgun schickte, um ihm mitzuteilen, Seine Abgedankte Kaiserliche Majestät würde sich sehr freuen, eine Vorstellung der Kanzē-Truppe im Sento-Palast zu sehen. Yoshinori antwortete sofort, Saburo-Motoshige von der Kanzē-Truppe werde die Einladung des Abgedankten Kaisers voll Dankbarkeit annehmen, woraufhin Gokomatsu Yoshinori wie ein Elefant im Porzellanladen berichtigte: O nein, er meine die *richtige* Kanzē-Truppe, »Ihr wißt schon, Zeami und Juro-Motomasa, die ich einmal im Kitayama-Palast Eures verstorbenen Vaters so sehr bewundert habe«.

Shōgun Yoshinoris Entschlossenheit, den eigenen Favoriten in den Sento-Palast zu schleusen, war inzwischen so hysterisch und zielstrebig geworden, als stehe sein eigenes Prestige auf dem Spiel. Nachdem er Zeami und seinem Ältesten verboten hatte, den Sento-Palast zu betreten, wovon er auch den Polizeipräsidenten unterrichten ließ, schickte er einen Boten zum abgedankten Kaiser, um ihn zu bitten, die Kanzē-Truppe des Haupthauses nicht zu empfangen. Er ging sogar so weit, ganz offiziell eine alljährliche Nō-Aufführung durch Saburo-Motoshige und sein Kanzē-Nebenhaus im Sento-Palast anzukündigen, die vom Schatzamt des Shōgunats finanziert werden sollte.

Selbst Zeami war entsetzt darüber, wie weit der Shōgun

Natürlich bat Zeami Juro-Motomasa bei nächster Gelegenheit, ihm das Stück, »Der Fluß Sumida«, zu zeigen. Juro-Motomasa regte kaum einen Muskel, während er darauf wartete, daß der Vater mit dem Lesen des Manuskripts fertig wurde. Als Zeami den Blick vom letzten Wort hob und ihn auf das Gesicht seines Sohnes richtete, holte Juro-Motomasa ganz tief Luft.

»Motomasa...« Zeami brachte kein weiteres Wort heraus. Eilig verließ er das Zimmer, legte das Manuskript seines Sohnes vor Kanamis Totentafel und kniete vor dem Altar nieder. Als Juro-Motomasa dem Vater ängstlich in den Altarraum folgte, betete Zeami immer noch, und als der Vater sich schließlich zu seinem Sohn umdrehte, sagte er schlicht: »Dein Stück ist ein Meisterwerk. Dies ist einer der glücklichsten Augenblicke meines Lebens. Ich danke dir, und ich danke meinem Vater dafür.«

Das Stück, das in Ochi nach nur einer Vorstellung abgesetzt werden mußte! Juro-Motomasa war zu verblüfft, um auf das Urteil seines Vaters zu reagieren.

»Nun kann ich dich zum dritten Kanzē-Meister ernennen, und zwar so schnell, wie es nur eben geht. Ich will nicht, daß du durchmachen mußt, was ich durchgemacht habe. Ich möchte, daß du Meister wirst, solange ich noch lebe, gesund bin und helfen kann.«

Angesichts dieses Erbes, das auf ihn wartete, strafften sich Juro-Motomasas Züge sofort; unwillkürlich blickte er zu der vom Räucherwerk geschwärzten Totentafel seines Großvaters Kanami empor. Und Zeami betrachtete den Altar und seinen Sohn, überwältigt weniger von familiärem Stolz als von immensem Sendungsbewußtsein.

Das schwindende Interesse des kränkelnden Shōgun am Dengaku-Theater schwächte dessen bisher dominierenden Einfluß in der Hauptstadt. Außerdem war Zoami, zeit seines Lebens ein vergnügungssüchtiger und herzhafter Esser und Trinker, inzwischen durch Gicht behindert und litt an einer Krankheit, die seine Kräuterärzte als »gezuckerten Urin« bezeichneten. Infolgedessen gab es bald wieder An-

Motoshiges Nebenhaus-Truppe, verstärkt durch einige zu dieser Gelegenheit von der Kongo-Schule ausgeborgte *wa-ki*-Spieler, vor dem abgedankten Kaiser. Es war ein sonniger, doch unbeständiger, kalter Tag, an dem immer wieder dicke Schneeflocken durch die windige Luft jagten.

Wie jedes Jahr kamen Ujinobu und Tama, um Zeami ihren Neujahrsbesuch abzustatten. Sie waren erschrocken, als sie die Atmosphäre schwindenden Mutes und wachsender Unruhe bei den jüngeren Gefolgsleuten spürten und von Yukina hörten, daß Juro-Motomasa in der letzten Zeit elf Mitglieder verloren hatte, zumeist an die Nebenhaus-Truppe, die inzwischen dreiundzwanzig Gefolgsleute zählte, während das Haupthaus noch über neunundzwanzig verfügte. Und auch der Tod Hachis, dieses unentbehrlichen Faktotums, war für die ohnehin stark reduzierte Truppe ein trauriger Verlust.

»Früher zählten wir nahezu fünfzig – erinnerst du dich, Tama? Damals, als der Große Baum noch lebte«, sagte Yukina zu ihrer Tochter. »Aber kann man's den jungen Mitgliedern übelnehmen, daß sie uns verlassen? Motoshige wird immer stärker. Habt ihr gehört, daß diese Kikyo einen Sohn zur Welt gebracht hat? Und es heißt, daß sie schon wieder schwanger ist. Ich würde mich wahrhaftig nicht wundern, wenn sie, wie eine Wildkatze, alle vier Monate einen Sohn wirft.«

Yukina hustete qualvoll, und Tama streichelte der Mutter zärtlich den Rücken. »Komm, Mutter«, sagte sie sanft, »laß uns nicht über Bruder Motoshige sprechen. Das macht die Schmerzen in deiner Brust nur schlimmer.«

Während die älteren Mitglieder, die mehr oder weniger mit Zeami aufgewachsen waren, keinerlei Anzeichen schwankender Gesinnung zeigten, hatten sich jene, die nichts anderes kannten als endlose Tourneen in der Provinz, verständlicherweise von den immensen politischen und wirtschaftlichen Vorteilen verlocken lassen, die Saburo-Motoshiges Truppe inzwischen zu bieten hatte. Bis vor kurzem war mit dem Namen Kanzē ausschließlich das Haupthaus bezeichnet worden, doch da das Nebenhaus sich jetzt kostbare Materialien leisten und alle Dienste sofort bezahlen konnte, begannen selbst die in langen Jahren erprobten Kostümbildner und Instrumentenbauer lieber die Nebenhaus-Truppe zu beliefern.

Auf Grund der Nachsicht dem jüngsten Familienmitglied gegenüber konnte Tama es sich leisten, ihre Eltern, die Brüder und die Ältesten der Truppe zu schelten, weil sie am Neujahrstag solche Leichenbittermienen aufsetzten, doch hinter jedem Wort und jeder Geste gezwungener Fröhlichkeit lauerte der unausgesprochene Gedanke, daß in diesem selben Moment statt ihrer Saburo-Motoshiges Truppe vor dem abgedankten Kaiser auftrat.

Seit dem Zwischenfall mit dem blauen Auge war Saburo-Motoshige überhaupt nicht mehr im Haus der Kanzē erschienen. Und selbst als Kikyo einen gesunden, großen Knaben gebar, waren es nur Kikyo und ihre Mutter, die zu den Großeltern kamen, um ihnen das Kind zu zeigen. Dennoch fuhr Saburo-Motoshige fort, Hotan zu schicken, um Probleme der Regie oder Choreographie zu klären, Rat bei der Interpretation zu erbitten und vor allem, um Einzelheiten über eventuell entstandene neue Stücke in Erfahrung zu bringen. Der große Nachteil, unter dem das Nebenhaus litt, war die Tatsache, daß Saburo-Motoshige kein kreativer Künstler war: Er konnte weder schreiben noch komponieren und besaß kein Talent für die Choreographie. Infolgedessen waren es zumeist Stücke von Kanami und Zeami, die seine Truppe aufführte – Stücke, die Saburo-Motoshige – ein unschätzbares Privileg – persönlich von Zeami gelernt hatte. Mit unerhörter Unverfrorenheit benutzte er seine unbestreitbare Blutsverwandtschaft mit den Kanzē, um diese Stücke aufzuführen, ohne Zeami oder Juro-Motomasa, das offizielle Oberhaupt des Hauses Kanzē, um Erlaubnis zu bitten, wie es die anderen Nō-Truppen in Yamato, Settsu, dem Biwa-See-Distrikt und anderswo gewissenhaft taten, und bezahlte auch nicht für das Aufführungsrecht, obwohl ihm die zunehmenden Geldschwierigkeiten des Haupthauses bestimmt nicht entgangen sein konnten.

Ein junges Mitglied, das zu Saburo-Motoshige übergelaufen war, hatte eine Anzahl von Zeamis und Juro-Motomasas

war, um unmittelbar auf die enorme innere Spannung eines Schauspielers zu reagieren. Von diesem Augenblick an ging er das ungeheure Risiko ein – ein größeres Risiko vielleicht als die Aufführung des Stückes selbst –, den Zuschauern zuzutrauen, daß sie sich in seine Darstellung hineinzufühlen vermochten.

Die Handlung von »Der Fluß Sumida« ist einfach: Der Sohn einer Frau in Kyoto ist von einem Sklavenhändler entführt worden. Außer sich vor Schmerz reist die Mutter auf der Suche nach ihrem kleinen Sohn gen Osten. Ein Bootsführer auf dem Sumida erbarmt sich ihrer und bringt sie ans andere Ufer, wo sie auf eine Gruppe Dorfbewohner trifft, die an der Stelle beten, an der an diesem Tag vor einem Jahr ein krankes, von seinem Entführer zurückgelassenes Kind gestorben ist. Als die Mutter zu ihnen tritt, sieht sie im Traum ihren Sohn, der in ihre Gebete einstimmt; einen Augenblick darauf jedoch ist von dem Jungen nichts mehr zu hören oder zu sehen. Nur das Gras wiegt sich auf dem Erdhügel, unter dem, wie sie weiß, ihr Sohn begraben liegt. Ujinobu, der den weiten Weg von Yamato gekommen war, um die Aufführung zu sehen, berichtete Tama später von einem Moment in diesem Stück, den er, wie er behauptete, sein Leben lang nicht wieder vergessen würde: »Die Mutter bricht weinend zusammen. Der Bootsführer will sie überreden, die Glocke zu läuten und für ihren verstorbenen Sohn zu beten. An dieser Stelle hätte Onkel Zeami antworten müssen: ›Wenn Ihr mir sagt, daß es für meinen Sohn ist…‹ Aber im Gegenteil zu dem, was geprobt worden war, verhielt er sich absolut reglos und still, eine Minute, zwei Minuten, Buddha weiß, wie lange. Kumao wartet. Der Chor, die Musiker, die *koken*, alle starren sie in die Luft und warten, warten. Jedoch kein Laut. Auch nicht die Andeutung einer Bewegung. Und ich schwöre dir, Tama, daß des Onkels Traurige-Frau-Maske während der unerträglichen Spannung dieser langen Pause vor unseren Augen ihren Ausdruck veränderte. Die Besessene wurde zur Gebrochenen; ich sah genau, wie die Raserei ihrer Verzweiflung sich in einen tiefen, unheilbaren Schmerz verwandelte, ohne daß Onkel Zeami einen Muskel regte oder ein einziges Wort

Juro-Motomasa fühlte sich elend. Er schaffte es gerade noch, eine kurze Bestätigung zu Papier zu bringen und sie dem Kofuku-Boten zu überreichen, ohne sich allzuviel von seinem Entsetzen anmerken zu lassen. Bevor er in den Bühnenraum zurückkehrte, wo Zeami sein jüngstes Stück probte, das er speziell für diese Fackelaufführung geschrieben hatte, verbarg er den Brief in den Falten seiner Schärpe. Juro-Motomasa brachte es nicht fertig, den Vater anzusehen, der auf einem kleinen, alten Hocker saß: aufmerksam, fröhlich und so unendlich bereit, sich überraschen zu lassen wie ein kleiner Junge, der zum erstenmal einem Zauberkünstler zusieht.

Juro-Motomasa, geschlagen mit einem so verletzlichen Herzen, litt unendliche Gewissensqualen: Bin ich nicht der Grund für alle Demütigungen und die grausame Zurückstellung, die mein Vater und die Truppe erdulden müssen? Er liebte seine Frau und das neue Leben, das sie unter dem Herzen trug, mehr als sein eigenes, doch dieser gelassene und doch so lebendige alte Mann vor ihm, sein Vater, der Meister und das einzigartige Genie – war er nicht mehr als nur ein einziges Leben, mehr als eine einzige Generation, eine einzige Welt?

Nach der Probe zeigte Juro-Motomasa das Schreiben heimlich Goro-Motoyoshi, und als er sah, daß sich die Züge des jüngeren Bruders, der sonst immer so fröhlich und entspannt war, verkrampften und sein Gesicht die Farbe verlor, wußte er, daß er den Brief sofort Zeami zeigen mußte, dem letzten Menschen auf der Welt, dem er eine so furchtbare Nachricht bringen wollte.

Zeami las das Schreiben zweimal. Dann sagte er, den Blick in die Ferne gerichtet, ungläubig: »Der Kofuku-Tempel auch!«

Für ihn, der als des Tempels Eigentum geboren und groß geworden war, hatten die unzähligen Giebel und Türme des Kofuku in guten wie in schlechten Zeiten immer einen sicheren Hort bedeutet, der die Sonne und den warmen Regen der Wohltätigkeit über die Familie ausschüttete. Wie froh aber war er nun, daß weder Kanami noch Tamana am Leben waren, um diesen letzten, grausamsten Schlag mit

Beide Stücke waren ebenfalls von Kanami. Die Bedeutung war nicht zu verkennen: Saburo-Motoshige verleugnete nicht nur Zeami, den Schauspieler, sondern darüber hinaus Zeami, den Bühnenautor. Zeami wandte den Blick von Saburo-Motoshiges triumphierendem Katzengesicht ab und erwiderte nicht, wie er es hätte tun können: Aber Motoshige, du bist noch nicht bereit für »Kayoi Komachi«! Warte noch mindestens fünf, sechs Jahre! Was hätte es für einen Sinn gehabt, ihm das zu sagen? Ein derartiger Rat von Zeami hätte lediglich bewirkt, daß Saburo-Motoshige nur um so fester entschlossen gewesen wäre, das Stück aufzuführen, und zwar sofort.

Zeami probte mit Saburo-Motoshige, Goro-Motoyoshi und den anderen für die Vorstellung, bei der außer »Jinen Koji« und »Dame Shizuka« drei alte, anonyme, von Kanami und Zeami adaptierte Stücke aufgeführt werden sollten – nicht jedoch »Kayoi Komachi«, denn mitten während der ersten Probe hatte Saburo-Motoshige selbst zugeben müssen, daß er diesem Stück noch nicht ganz gewachsen war.

Am Tag von Saburo-Motoshiges Vorstellung zeigte Juro-Motomasa seinem Vater in dem Haus, in dem fast alle Männer sowie die übliche Geschäftigkeit fehlten, das Manuskript seines ersten Kriegerstücks. Er beobachtete Zeami, während dieser schweigend las, den langen, schlanken Hals in einer Pose, die man nur als »Schwan mit einer Lilie im Schnabel« hätte beschreiben können, ganz leicht auf eine Schulter geneigt, und als Zeami auf eine Passage deutete und dazu bemerkte: »Hier versuchst du einen Fisch zu fangen, indem du auf einen Baum kletterst«, lachte Juro-Motomasa und akzeptierte sowohl diese als auch jede andere Kritik mit bezaubernder Bescheidenheit. Keiner von beiden erwähnte die Vorstellung, die zur selben Zeit ohne sie stattfand.

Saburo-Motoshiges erste Wohltätigkeitsvorstellung war gut besucht von all jenen, die völlig ausgehungert schienen nach dem Kanzē-Nō-Theater. Und obwohl sie enttäuscht waren, auf Zeami und Juro-Motomasa verzichten zu müssen, bereiteten sie den jüngeren Kanzē-Brüdern Saburo-Motoshige und Goro-Motoyoshi einen herzlichen und

ler, jammerte: »Was sollen wir jetzt tun? Wie soll ich das bloß Vater beibringen? Und der Truppe? Was habe ich denen getan, daß sie...«

»Still, still! Hör zu, Mann: Es gibt doch hier nichts mehr, was dich hält, nicht wahr? Könnten wir nicht nach Ochi gehen, uns dort niederlassen, Kinder bekommen, arbeiten und von dort aus auf Tournee gehen? Du verlierst doch nichts, wenn du die Hauptstadt verläßt, die dich nicht haben will. Und deine Eltern und Motoyoshi würden sich dort auch wohler fühlen.« Jedes Wort, das Akiko sprach, entsprang der spontanen Güte ihres Herzens und ihrer Liebe.

Die Tatsache, daß der Verlust seiner letzten offiziellen Stellung in der Hauptstadt in den Augen seiner Frau kein schmähliches Ende seiner Laufbahn oder seines glücklichen Familienlebens bedeutete, sondern ihm sogar die Chance bot, der bösartigen Verfolgung durch den Shōgun zu entkommen und einen neuen Anfang zu machen, verlieh Juro-Motomasa endlich die Kraft, dem Vater gegenüberzutreten.

Zeami und Goro-Motoyoshi fütterten die Karpfen in dem kleinen Teich ihres Gartens. Die kostbaren, farbenfrohen Karpfen hatte Yoshimitsu Zeami mit der scherzhaften Bemerkung geschenkt: »Sorge gut für sie, Motokiyo. Deine Kunst mag die Zeit nicht überstehen, aber die Karpfen, die ich dir schenke, werden fünfhundert Jahre oder noch länger leben.«

Zu Juro-Motomasas tiefstem Schmerz verlor sein neunundsechzigjähriger Vater zum erstenmal die Beherrschung – nicht so sehr wegen des Entlassungsschreibens aus dem Daigo-Tempel als wegen Juro-Motomasas Absicht, mit seiner Familie und der Truppe nach Ochi zu gehen.

»Nein, nein, nein!« schluchzte Zeami und hämmerte mit der Faust kraftlos auf den Fußboden der Veranda. Noch nie zuvor hatte Juro-Motomasa erlebt, daß sein Vater so vollständig zusammenbrach. Mit schneeweißem Gesicht und fahlen Lippen, erschauernd wie ein nasser Hund, konnte Juro-Motomasa den entsetzten Blick nicht von dem Vater abwenden, der wie eine zersprungene Flöte schluchzte.

shimochis Gleichgültigkeit gegen Politik und die Welt im allgemeinen waren, als seine Gesundheit immer schwächer wurde, beinahe zu zwanghaftem Widerwillen geworden. Vermutlich aus Boshaftigkeit den hohen Beamten gegenüber, die ihn gedrängt hatten, festzusetzen, welcher von seinen Brüdern sein Nachfolger werden sollte, hielt Shōgun Yoshimochi den Mund und starb, ohne die Frage der Nachfolge zu regeln.

Kontakt mit allem bleiben könnt, was in Kyoto geschieht, ohne daß auf eurem Nō das Moos zu wachsen beginnt. Erkennst du denn nicht, wie einfach und vernünftig das ist, was dir dein alter Vater rät, Motomasa?«

Zeamis Frage traf seinen Sohn bis ins Mark. Sekundenlang starrte er ausdruckslos in Zeamis traurige, flehende Augen. Dann sank er langsam, die Hände auf dem warmen Sand unter der Veranda, zu Zeamis Füßen zusammen.

»Bitte, Vater, laß mich gehen! Ich halte es nicht mehr aus, in der Hauptstadt dieses Shōgun. Nenne mich schwach, nenne mich einen Verräter, einen Deserteur, einen verachtenswerten Sohn, der seine Frau ebensosehr liebt wie seine von Buddha geschenkte Berufung! Aber ich kann nicht leben, geschweige denn arbeiten, solange ich das Objekt eines so brutalen Hasses und einer so unbarmherzigen Verfolgung bin. Nein, dazu fehlt mir einfach die Kraft. Bitte, verzeih mir! Ich schaffe es wirklich nicht mehr...« Juro-Motomasa weinte bitterlich, erleichtert darüber, daß er endlich die Wahrheit ausgesprochen hatte, aber zutiefst zerrissen von Schuldgefühlen.

»Geh du nur, Bruder! Ich werde bleiben«, meldete sich Goro-Motoyoshi unvermittelt zu Wort, das knabenhaft runde Gesicht vor Kummer verzerrt. »Jawohl, ich möchte hierbleiben, mich um Vater und Mutter kümmern, das Haus bewachen, Vater beim Schreiben helfen und auf eure Rückkehr warten, bis unser Schicksal eines Tages vielleicht eine neue Wende erfährt...«

Als Goro-Motoyoshi verstummte, entstand eine lange Schweigepause, während der Zeami allmählich die aufrechte Haltung und den gewohnten langsamen Rhythmus des Herzens zurückgewann. Nachdem er sich die Augen getrocknet und die Nase geschneuzt hatte, war er wieder vollkommen ruhig und bereit, auch das Schlimmste zu akzeptieren.

»Motomasa«, begann er heiser, »du schreibst alle Abhandlungen über die geheime Weitergabe ab, die nur für deine Augen bestimmt sind, und verpackst sie sorgfältig, damit du sie mitnehmen kannst. Und du, Motoyoshi, hilfst mir, alle chinesischen Vasen und Räucherstäbchen herauszusu-

gilde aufzutreten, einander an der kargen Wärme des Holz-
kohlebeckens gegenübersaßen, während die alles durchdringende, feuchte Kälte von Kyoto an ihren Rücken nagte,
war er dankbar dafür, daß sie bei ihm war, daß er einem
anderen Menschen gegenüber wenigstens eine überflüssige
Frage äußern konnte, und sei es auch nur, um seine
schlimmsten Befürchtungen bestätigt zu sehen.

»Warum sollten ausgerechnet *wir* Buddhas Gnade benöti-
gen?«

»Das weißt du genau: Weil Motoshige uns haßt. Dich haßt
er, weil du nicht sein leiblicher Vater bist. Und mich haßt
er, weil ich die Mutter deiner beiden Söhne bin, die zwischen ihm und dem Recht stehen, Kanzē-Meister zu sein.«

»Aber Yukina, du kannst sagen, was du willst, ich habe ihn
stets als meinen Sohn akzeptiert, als einen Kanzē-Sohn.«

»Als Kanzē-Sohn, ja – als deinen Sohn dem Namen nach
und als ein Werkzeug, um den Fortbestand des Kanzē-Nō-
Theaters zu sichern. Für dich zählt immer und ewig nur das
Nō, nichts anderes. Aber warte nur ab, bald wird er dich
sogar als Lehrer und Künstlerkollegen hassen. Er ist rachsüchtig; er wird seinen Schirmherrn überreden, uns alle in
den Ruin zu treiben. Du wirst schon sehen! Du wirst schon
sehen!«

»Ich gebe ja zu, daß der Junge mißgünstig ist. Aber das wäre
vielleicht zu ändern gewesen, wenn du dich ihm gegenüber
ein wenig liebevoller gezeigt hättest, Yukina.« Zeami gab
sich die größte Mühe, keinen Vorwurf anklingen zu lassen,
dennoch erstarrte Yukinas Miene und verwandelte sich in
eine Maske aus hellem Sand. Daraufhin fuhr Zeami rasch
fort: »Aber wir wollen nicht gleich das Schlimmste vermu-
ten. Alles, was günstig für Motoshige ist, wird sich letztlich
auch vorteilhaft für uns auswirken. Ich bin überzeugt…«

O nein, Zeami war durchaus nicht überzeugt. Er selbst
wußte besser als jeder andere, was es bedeutete, Favorit
eines regierenden Shōgun zu sein, in welch überwältigender
Macht und Glorie man sich in einer derartigen Situation
sonnen konnte, und wie verzweifelt man danach trachtete,
diese Gunst ausschließlich für sich selbst zu behalten.
Zeami war überzeugt, daß Saburo-Motoshige seine privile-

gierte Stellung ausnahmslos zum eigenen Wohl nutzen würde.

Während die Kanzē-Truppe in Osaka war, hielt sich Saburo-Motoshige ganz von der Familie fern, da er, wie Sango erzählte, der überall in der Stadt Gerüchte sammelte, tatkräftig dabei half, die eigene und die Habe seines Schirmherrn vom Seiren-In-Kloster in den Muromachi-Palast zu schaffen, wo Ghien ihm ein Gemach im Privatflügel des Shōgun zugewiesen hatte. Doch nicht nur Sango, sondern jeder Berufskollege oder Händler, der das Kanzē-Haus betrat, brachte ein bißchen Klatsch über den berühmt gewordenen jungen Schauspieler mit, der schon so lange in der Gunst des neuen Shōgun stand, und trat ihn mit einschmeichelnden Glückwünschen breit.

Am Tag nach der Rückkehr der Truppe aus Osaka erschien Saburo-Motoshige pünktlich wie immer. Aber er war nicht mehr der Sohn der Familie, der nach einer Nacht im Kloster heimkehrte, sondern ein stolzer junger Künstler, der am Unterricht seines Lehrers teilnahm, nachdem er im Palast des Shōgun erwacht war und gefrühstückt hatte. Auch bei dem kleinsten Nicken, dem flüchtigsten Blick, der kürzesten Begrüßung, die man mit Saburo-Motoshige tauschte, stand nun hinter dem schönen, kostbar gekleideten, hochgewachsenen jungen Mann mit dem katzenhaften Lächeln der Schatten des Shōgun.

Zeami versicherte ihm bei erster Gelegenheit, wie erfreut er über die Nachricht von Ghiens Nachfolge gewesen sei; dann fuhr er mit väterlicher Fürsorge fort: »Dein gütiger Schirmherr wäre sicher geschmeichelt und erfreut, wenn du ein eigenes Stück schreiben würdest, Motoshige. Wie wär's, wenn du dich einmal ernsthaft...«

»Er ist geschmeichelt und erfreut genug«, fiel ihm Saburo-Motoshige ins Wort. »Ich hab's nicht nötig, rumzulaufen und in Gedichten und Theaterstücken sein Lob zu singen. Wo ist Motoyoshi, Vater? Wir geben heute abend ein Schneebetrachtungsbankett, und ich möchte, daß Motoyoshi die große Trommel für mich schlägt.«

Zeami hatte es nie gewagt, Kanami einfach zu unterbrechen, sondern jede Äußerung seines Vaters dankbar aufge-

Nachdem Juro-Motomasa mit seiner Truppe nach Ochi aufgebrochen war, schlichen Sango und Sazami nur noch flüsternd und auf Zehenspitzen von einem Zimmer ins andere, so einschüchternd wirkte die höhlengleiche Stille, die das große, leere Haus füllte, auf sie.

Zeami zwang sich schweigend zu einem Lächeln, das pergamentsteif ausfiel. Er war keineswegs sicher, ob er die Gunst, in der sein Sohn beim neuen Shōgun stand, begrüßen oder beklagen sollte, doch eines wenigstens beruhigte ihn ein wenig: Im Augenblick war von der Entfremdung zwischen ihm und Saburo-Motoshige bei den Gefährten, die als erste von entsprechenden Gerüchten in der Hauptstadt erfuhren, offensichtlich noch nichts bekannt.

Die Stunden vergingen recht angenehm. Zeami hörte vielen von Yoshimitsus alten Gefährten zu, die sich gegenseitig berichteten, wie sie es mit Hilfe ihrer Kunst und ihres Wissens geschafft hatten, die vergangenen fünfzehn Jahre zu überstehen; doch es entging Zeami genausowenig wie allen anderen, daß immer wieder Pagen hereinkamen und auf bestimmte Gefährten zutraten, die dann mit ernster, freudiger oder ängstlicher Miene zu zweit, zu dritt oder auch ganz allein zur Halle hinauseilten. Weder Zeami noch irgendein anderer von Yoshimitsus alten Gefährten wurde hinausgerufen. Als das anfängliche Gedränge und die Geschäftigkeit in der Künstlerhalle allmählich nachließen, verabschiedete sich Zeami von den alten Bekannten, trug seinen Namen ein und wandte sich zum Gehen. In diesem Moment begrüßte ihn ein gebrechlicher alter Mann mit aschgrauem Gesicht. Aber die Stimme war unverwechselbar: Es war Zoami vom Dengaku-Theater.

»Genau wie der Klang der Glocken im Kiyomizu-Schrein bleibt nichts konstant auf dieser Welt – am allerwenigsten Macht und Ruhm, nicht wahr, Zeami-dono? Ihr seht unglaublich jung aus, alterslos! Ich? Ich bezahle teuer für das allzu gute Leben, das ich geführt habe. Meine Füße und Knie – wenn Ihr wüßtet, wie sehr sie schmerzen: ein Schwarm Bienen, die mich Tag und Nacht stechen. Doch Buddha sei Dank sind meine Hände noch in Ordnung, und ich kann noch schnitzen. Gestattet, daß ich noch vor meinem Tod für Euch eine ›Nicht-so-junge-Frau‹-Maske schnitze!«

Zoami, der früher so viele Menschen so lange mit seiner intelligenten, boshaften Geschwätzigkeit amüsieren konnte, hätte nicht freundlicher sein können. Zeami war erfreut und stellte fest, daß der langjährige Rivale der Kanzē, dessen

Dabei war sie so vorsichtig! Im Gegensatz zu dir ist sie weder vom Baum gefallen noch im Schneesturm auf Pilgerfahrt gegangen. Es gibt einfach keine Gerechtigkeit auf dieser Welt, und wir werden durch Motoshiges bösen Fluch langsam, aber sicher vernichtet.«

»Mutter, bitte! Sprich bitte, solange wir hier sind, nicht von Bruder Motoshige; nicht einmal denken solltest du an ihn. Das regt dich nur auf.«

»*Bruder* Motoshige!« Yukinas abgezehrtes Gesicht, ein schönes, weißes Wrack, verzog sich zu einer häßlichen Grimasse.

»Bitte, liebste Mutter, laß uns von etwas anderem reden!« Tama bat Yukina, sich wieder hinzulegen, und rieb ihr behutsam die Beine, die selbst in der Augusthitze kalt und knochentrocken wirkten. Sazami in der dunklen Ecke des Zimmers, dessen Läden ständig geschlossen waren, um die Sonne und den Lärm der Zikaden nicht hereinzulassen, nieste und wischte sich die Nase sowie die tränennassen Augen mit einem raschelnden Stück grobem Papier.

Im Bühnenraum saß Ujinobu und lauschte Zeami.

»Ich würde nicht sagen, daß es ein höfliches Schreiben war – o nein, ganz und gar nicht; aber als Shōgun hätte er einen ausdrücklichen Befehl daraus machen können. Das hat er nicht getan, noch nicht...«

»Aber Vater!« Ujinobu, der Zeami, seit er mit Tama verheiratet war, Vater nannte, wurde krebsrot vor Empörung. »Es ist unerhört, daß sich der Shōgun in eine so rein künstlerische Entscheidung einmischt.«

»Als Motomasa sich mit seiner Truppe an den tröstlichen Busen der Familie seiner Frau absetzte, wußte ich, daß so etwas geschehen würde. Motomasa hat den Shōgun praktisch zum Eingreifen provoziert.«

Eingeschüchtert von Zeamis ungeschmälerter Bitterkeit über Juro-Motomasas Flucht nach Ochi, verhielt sich Ujinobu stumm.

»Ich habe ihm mit ausgesucht höflichen, demütigen Worten geantwortet, daß ich es unmöglich in Betracht ziehen könne, den Meistertitel der Kanzë-Truppe auf jemanden zu übertragen, den ich bisher noch in kein Geheimnis des

Frau niederzuschreiben, die einst eine legendäre Schönheit und Liebling der feinen Gesellschaft gewesen, nunmehr jedoch vom Alter zerstört war. Er vergaß darüber den demütigenden Besuch im Muromachi-Palast, wahrscheinlich den letzten, den er dort abgestattet hatte...

Ghien unterzog sich den Riten für die Rückkehr in die Welt, legte sein mit Tusche gefärbtes Priestergewand ab, änderte seinen Namen in Yoshinori und begann seine Regierungszeit, da seine Haare einige Zeit brauchten, um wieder zu wachsen, mit einem grauen Seidentuch um den Kopf.

Für Zeami brachte der Monat Mai stets die Erinnerung an die erste Begegnung mit Yoshimitsu im Imakumano-Schrein zurück. Die Augen vor dem leuchtenden, jungen Grün ein wenig zusammengezogen, das in seinem bescheidenen Garten sproß, summte Zeami, auf der Veranda sitzend, eine Melodie, die er am Vormittag komponiert hatte. Da kam Sango hereingestürzt, um zu melden, daß Saburo-Motoshige eingetroffen sei, der nicht mit Juro-Motomasas Truppe auf Tournee in die Ise-Region gegangen war, da der Shōgun ihn in Kyoto um sich haben wollte.

»Ach, hier bist du, Vater!« stellte Saburo-Motoshige fest, als er hereingefegt kam, und seine Stimme klang in dem leeren, stillen Haus ein wenig zu munter und zu unbeschwert.

»Wie ich hörte, fühlt Mutter sich gar nicht wohl.« Sein katzenhaftes Lächeln erinnerte Zeami an den kleinen Jungen, der jedesmal, wenn jemand auch nur berichtete: »Hachi ist über einen Stein gestolpert«, sofort fragte: »Hat er sich beide Beine gebrochen?«

»Nur die übliche Erkältung beim Wechsel der Jahreszeiten«, antwortete Zeami gleichmütig. »Nimm dir ein Kissen, Motoshige!«

Saburo-Motoshige holte sich eins und setzte sich erst darauf, nachdem er es hin und her gewendet hatte, um nachzusehen, welche Seite weniger verschlissen war.

»Könnt ihr beiden, du und Mutter, am zehnten zu meiner kleinen Hochzeitsfeier kommen?«

viel Freude und Lachen gebracht hatten, ging nur allzu schnell vorüber. Alle zusammen, sogar Yukina, die sich auf Sazamis Arm stützte, brachten sie bis zum Tor, während Zeami und Goro-Motoyoshi das junge Paar noch einige Straßen weit begleiteten. Eine strenge Tradition und der Moralkodex seines Berufs verlangten von Ujinobu, nicht einmal zu der eigenen Frau etwas von dem Geschenk der Abhandlungen über die geheime Weitergabe zu erzählen. Aber Tama war nicht dumm und kannte sich aus in der Welt des Nō-Theaters: Aus der freudigen Erregung ihres Mannes, dem ununterdrückbaren Lächeln auf seinem Gesicht und den endlosen Stunden, in denen ihr Vater Ujinobu unterrichtet hatte, während der alte Sango den Bühnenraum bewachte, erriet sie, was Zeami ihrem Ehemann anvertraut hatte.

Als sie sich von Zeami verabschiedete, flüsterte sie ihm mit augenzwinkernder Vertraulichkeit zu: »Du bist so gut zu uns, Vater! Um deinetwillen werde ich auch ganz brav sein und mir Mühe geben, das nächste Kind nicht zu verlieren.«

»Ja, es ist sicherlich klüger, nicht auf einen Mispelbaum zu klettern, oder im Schneesturm eine Pilgerfahrt zum Hase-Tempel zu machen.«

»Ach, aber ich habe diese Pilgerfahrt für dich und Mutter gemacht!«

»Mir wäre es lieber, du würdest ruhig zu Hause bleiben und mir meinen ersten leiblichen Enkel schenken – obwohl er genau genommen ein Komparu-Enkel sein würde.«

»Wenn ich kann, Vater, werde ich dir nicht nur einen, sondern zwei, drei, ja vier Enkel schenken, das verspreche ich dir.«

Tama lachte, als sie ihm zum Abschied winkte, und hielt vier ausgestreckte Finger empor, doch als sie mit Goro-Motoyoshi weiterging, der darauf bestand, sie noch bis zum Südtor der Hauptstadt zu begleiten, strömten ihr Tränen über die Wangen. Immer wieder wandte sie sich zurück, um Zeami zu winken.

Sobald der Vater aus ihrem Blickfeld verschwunden war, stieß Ujinobu hervor, als habe er an nichts anderes denken können: »Wie unglaublich dieser Mann doch ist! Hast du

ken in zwei rivalisierende Teile zerlegt wird, fliegen zahllose Splitter des Unfriedens und des Neides herum, die das Haus schwächen, ja sogar zerstören können.

Die Braut war ein Jahr älter als Saburo-Motoshige, unscheinbar, gutmütig, tüchtig und realistisch: ein typisches Kind des Kaufmannsviertels von Kyoto. Sie war außer sich vor Freude und Dankbarkeit dafür, daß sie einen so hübschen, vornehmen jungen Ehemann ergattert hatte, und das war ein kleiner Ausgleich für ihre schlechten Zähne und ihre für den Geschäftsbezirk typische Aufdringlichkeit in Stimme und Manieren. Daß ihr Vater Weinhändler und überdies ein gerissener, erfolgreicher Geldverleiher war, erklärte den überraschenden Luxus im Haus der Neuvermählten, der Stadtvilla eines ehemaligen, im Exil lebenden Provinzgouverneurs, die günstig zu kaufen gewesen war. Was Yukina, die trotz eines leichten Fiebers und ständigen Hustens an der Hochzeit teilnahm, am tiefsten beeindruckte, war der reichliche Gebrauch von Strohmatten, Tatamis genannt, auf allen Fußböden. Diesen ganz neuen, modernen Luxus mitsamt der wärmenden Bequemlichkeit, die er bot, gab es in ihrem eigenen weitläufigen Haus nicht.

Da die Kanzē-Truppe noch auf Tournee war, nahmen an der Hochzeitsfeier nach der Trauzeremonie sehr wenige Gäste teil: von der Seite des Bräutigams nur Zeami und Yukina, alle übrigen waren Angehörige der Braut, einfache, geschwätzige Städter, deren Gespräche sich um Geld, den Postenwechsel unter dem neuen Shōgun sowie Gerüchte über eine Hungersnot und Unruhen unter der Landbevölkerung in den Reis anbauenden Provinzen drehten – Themen, die durchweg mit ihren Geschäften zu tun hatten. Es wurden weder Tanz noch Musik geboten, Speisen und Wein jedoch waren erstklassig und reichlich.

Während des ganzen Abends legte Saburo-Motoshige, der ein wenig blaß und müde wirkte, den Eltern, den Schwiegerverwandten und seiner Frau gegenüber ein tadelloses Verhalten an den Tag, und als er sich am Ende des Festmahls tief vor Zeami und Yukina verneigte, verlieh er seiner

zu spielen, als du gedacht hast? Wird dir die Zeit lang, ohne die Schauspielerei? Hast du das Gefühl, daß Vaters Besessenheit – die dämonische Genialität, wie du sie nennst – dich daran hindert, du selbst zu sein? Ist es das?«

Goro-Motoyoshi lachte über Tamas unbeherrschte Offenheit, anders jedoch als in den alten Zeiten fiel sein Lachen ziemlich lahm aus. »Nein, nein, das ist es ganz und gar nicht.« Er biß sich auf die Lippe und schritt eine Weile schweigend dahin, bevor er sich entschloß, weiterzusprechen. »Ich bin seit einiger Zeit häufig mit dem Zen-Eremiten Ikkyu zusammen.«

»Aha! Dacht' ich's mir doch, daß etwas im Busch ist! Und was kann dir dieser berüchtigte Exzentriker geben?« Tama war die Verbindung ihres beeinflußbaren, netten Bruders mit dem verschrobenen Zen-Mystiker, der, wie es gerüchteweise hieß, ein unehelicher Sohn des abgedankten Kaisers Gokomatsu sein sollte, überhaupt nicht geheuer.

»Nichts Besonderes. Er hilft mir nur, die konventionelle Ethik aus der Sicht einer ganz neuen Freiheit zu betrachten und mich Buddhas Wahrheit zu nähern.«

Die Art, wie er daraufhin völlig unangebracht in ein lautes, hohles Lachen ausbrach, hinderte selbst Tama mit ihrer unbezähmbaren Neugier daran, weiter in den Bruder zu dringen.

Im Oktober blieb bei Tama die allmonatliche Unreinheit aus, und als sich der November dem Ende zuneigte, ohne daß sie ihre Periode bekam, stellte sie allmählich an sich auch andere Anzeichen für eine Schwangerschaft fest. Ujinobu war überglücklich, aber auch sehr darum besorgt, daß seine übermütige Ehefrau nicht noch einmal aus Unvorsichtigkeit eine Fehlgeburt erlitt. Er betete in den Schreinen von Nara, die für den Schutz werdender Mütter bekannt waren, und opferte dort Früchte und Korn des Herbstes. Und das wortlose Lächeln, das Ehemann und Ehefrau tauschten, erstrahlte aus dem tieferen, gelasseneren Bewußtsein ihrer Liebe.

Tama ließ sich von einer alten Hebamme, die in der Nähe

wohnte, gerade den Bauch fest in eine lange, breite Baumwollschärpe wickeln, als völlig unerwartet Sango im Haus der Komparu erschien und eine hastig hingekritzelte Nachricht ihres Vaters brachte. Am elften November, schrieb Zeami, habe Goro-Motoyoshi das Haus seiner Eltern verlassen und sich aus dieser Welt verabschiedet, um Zen-Wandermönch zu werden.

Zeami hatte nicht hinzugefügt: Komm bitte sofort! Doch Sangos flehende Blicke sprachen Bände. Ujinobu hatte in drei Tagen einige Vorstellungen in Otsu am Biwa-See zu geben, und das bedeutete, daß Tama die Reise in die Hauptstadt nur in Begleitung von Sango unternehmen konnte, der zwar noch immer eine kräftigere Konstitution besaß, inzwischen aber auf einem Auge blind und beunruhigend vergeßlich war. Überdies würde die Fußreise bei ihrem gegenwärtigen Zustand bedeuten, daß sie eine Nacht und zwei ganze Tage lang unterwegs sein würden.

»Ich habe in die Komparu-Familie hineingeheiratet. Ich trage ein Komparu-Kind. Wenn ich das Kind durch irgendeinen Unfall oder eine Unvorsichtigkeit unterwegs verlieren würde, wie könnten deine Ahnen mir dann verzeihen? Als ich heiratete, mußte ich aufhören, die Tochter der Kanzē zu sein. Wirklich, es ist nicht fair, dir gegenüber...« Tama weinte mit kurzen, flachen Atemzügen, denn ihr Leib fühlte sich in der Schwangerschaftsbinde sonderbar eingeschnürt und kostbar an.

»Aber *natürlich* mußt du augenblicklich gehen!« gab Ujinobu sofort zurück. »Nachdem ich meine Eltern in so jungen Jahren verloren habe, war dein Vater genauso sehr mein Vater wie deiner, und Motoyoshi war mir wie ein leiblicher Bruder. Außerdem versetze ich mich nun, da du mein Kind trägst, unwillkürlich an die Stelle deines Vaters...« Ujinobu schluckte seine Tränen und strich mit dem Finger behutsam über Tamas straffen Schwangerschafts-Obi, unter dem das Herz seines Kindes und des Enkelkindes schlug, das Tama ihrem Vater im August versprochen hatte.

Ujinobu begleitete Tama und Sango bis dorthin, wo die große Straße zur Hauptstadt die Gemeindegrenze von Nara verließ, und sah ihnen nach, bis die beiden Reisenden im

Morgendunst des November, des Frostmonats, verschwanden.

»Der Meister ist in Eurem alten Zimmer, wo ich bereits Eure Schlafmatte ausgerollt habe, kleine Herrin«, flüsterte Sazami, die Tama in der Eingangshalle half, Schuhwerk sowie Hand- und Beinschützer abzulegen, so leise, als könne das Haus, in dem nunmehr nur noch der alte Meister und die kranke Herrin wohnten, keine laute Stimme mehr vertragen.

Tama begab sich geradenwegs in ihr altes Zimmer. Zeami saß am Rand der Schlafmatte, die kaum eine Handbreit Raum in dem winzigen Zimmer freiließ, und blickte auf die geschlossenen Shōji aus Papier, als könne er dahinter den nächtlichen Garten sehen. Eine Öllampe brannte flackernd. Zeami wandte Tama zwar den Kopf, nicht aber den Körper zu.

»Ich hab' es deiner Mutter noch nicht gesagt«, erklärte Zeami, ohne den Blick zu heben. Wieder drehte er sich den Shōji zu.

Tama ließ sich am anderen Rand der Schlafmatte nieder. »Vater, bist du…«

»Weil ich mir dachte, daß du kommst, habe ich einen Kamelienzweig für dein Zimmer geschnitten. Doch als mir klar wurde, daß diese Pflanze Unglück bringt, wußte ich nicht mehr, was ich damit anfangen sollte. Der Große Baum hat die Kamelien geliebt, und wenn sie blühten, mußten spezielle Bedienstete den ganzen Tag lang die vertrockneten Blüten herauspflücken, damit er nicht sehen mußte, wie sie tot auf dem Boden lagen. Die Kamelie stirbt in voller Blüte. Ohne das geringste Anzeichen von Welken, nicht einmal Blatt für Blatt, sinkt die gesamte Blüte auf einmal zu Boden.«

Ganz langsam wandte er sich auf den Knien herum und sah Tama an, die über sein hageres, bleiches Gesicht und seine von schlaflosen Nächten übermüdeten Augen erschrak. Tama haßte in diesem Moment ihren Bruder: ein Feigling, ein Undankbarer, ein verächtlicher Sohn, dieses, meines Vaters, unwürdig, ach so unwürdig!

»Ich wußte, daß es nichts Gutes bedeutet«, sagte sie, »als er mir gestand, daß er diesen exzentrischen Zen-Einsiedler Ikkyu besucht habe. Ein Kind kommt auf die Welt, um seine Eltern zu versorgen, wenn sie alt sind, und nicht, um sie zu verlassen und nach seinem eigenen Geschmack zu leben. Nicht mal ein Hund würde so etwas tun. Ich kann nicht glauben, daß er es getan hat; ich kann nicht!« Sie brach in verzweifeltes Schluchzen aus. »Ich habe mich so sehr auf Bruder Motoyoshi verlassen, er war so standfest, so liebenswürdig und unkompliziert. Wer hätte jemals gedacht, daß er sich so schnell entmutigen läßt und einfach alles von sich wirft!« Tama wimmerte, dann schneuzte sie sich geräuschvoll die Nase.

»Er hat mir das hier hinterlassen. Außerordentlich gut geschrieben und durchdacht.«

Mit einer Stimme, die vom Verschlucken so vieler ungeweinter Tränen rauh war, reichte Zeami ihr einen dicken Stoß grob mit grüner Seide zusammengehefteter Papierblätter. »Was mir mein Vater sagte.« Tama erkannte den freien, geraden Pinselstrich ihres Bruders.

»Du hättest auch niemals vermutet, daß er jede kleinste Bemerkung und Überlegung, die ich im Laufe der Jahre gemacht habe, so gewissenhaft und genau notieren würde, nicht wahr? Die Geschichte unserer Kunst; unsere Hausregeln; die in den großen Tempeln und Palästen zu berücksichtigende Etikette; Anekdoten über die berühmten Schauspieler meiner und der Generation meines Vaters; eine penible Dokumentation von Kostümen, Masken und Musikinstrumenten. In einunddreißig Kapiteln hat er alle wesentlichen Aspekte unseres Berufs niedergelegt. Eine bewundernswerte Leistung. Seit seiner Kindheit hat seine große musikalische Begabung die Lehrer und ihn selbst hinters Licht geführt, und doch besaß er, wie Ogame und ich oft festgestellt haben, schon damals ein Volumen und eine Palette, die an seinen Großvater erinnerten. Mit der Zeit wäre er zu einem bewegenden Schauspieler von großer Bandbreite herangereift. Darum ist es um so unentschuldbarer, daß er den Weg des Nō verlassen hat, und um so tragischer, daß dieser Junge die eigenen Möglichkeiten nicht erkannt hat.«

Während er sprach, glühte heißer Zorn in seinem Blick, den er trotz tagelanger Bemühungen zu vergeben und zu akzeptieren nicht hatte bezähmen können.

Seine Tochter, die in mancher Hinsicht weit mutiger war als ihre Brüder, klappte Goro-Motoyoshis Buch zu und warf es heftig auf den Boden.

»Diese drei Abschiedsgedichte, die Bruder Motoyoshi dir und Mutter auf der letzten Seite gewidmet hat: überaus rührend, sehr gut gereimt. Aber, Vater, wenn er dich wirklich so sehr liebt, wie er behauptet, warum hat er dann dich und Bruder Motomasa allein gelassen bei eurem Kampf ums Überleben, während er selbst leicht und sorglos auf und davon fliegt wie ein Wandervogel? Unsere liebe, arme Mutter – zuerst hat sie ihm unter Schmerzen das Leben geschenkt, und nun muß sie unter dieser unmenschlichen Undankbarkeit leiden.«

»Eins muß ich zugeben, Tama: Dein Bruder war ein bezaubernder Knabe, aber schwach – ach, so schwach!«

Daß Zeami von seinem Sohn schon jetzt in der Vergangenheit sprach, ließ Tama unwillkürlich erschauern.

»Und so phantasielos«, fuhr Zeami fort. »Wieso hätte er sonst bei einer so leicht zugänglichen Religion Hilfe gesucht? Der Weg Buddhas ist nicht anders als der Weg des Nō. Letztlich führen sie alle zum selben Ziel. Er hätte die endgültige Erleuchtung finden können, indem er auf dem Weg seiner Kunst weitergegangen wäre; aber nein, er hat sich für den leichteren, konventionell bequem bereiteten Weg des Zen entschieden. Nachdem es mir nicht gelungen ist, in ihm das Gefühl für den unersetzlichen Wert unseres Weges zu wecken, nicht einmal ein Zehntel der Begeisterung und Liebe, die ich selbst für diesen Weg empfunden habe, Tama, verdiene ich es vermutlich, von meinem Sohn verlassen worden zu sein und mich schlaflos um die Zukunft unseres Weges zu sorgen.«

Goro-Motoyoshis bevorzugte Trommelschlegel in der Hand, die er zusammen mit »Was mir mein Vater sagte« zurückgelassen hatte, starrte Zeami in die dunkle Nacht hinaus. Das Schweigen, das zwischen Vater und Tochter entstand, lastete schwer, beinah erstickend.

KAPITEL

25 Nach der brutalen Niederschlagung des Bauernaufstandes gleich zu Beginn seiner Regierungszeit verfolgte Shōgun Yoshinori auch weiterhin eine Politik wahrhaft besessener Unterdrückung. Als in der Ostregion eine schwere Hungersnot herrschte, hörte Yoshinori gerüchteweise, daß die mächtige Gilde der Reishändler in jenem Gebiet die Land- und Seewege zu den anderen Provinzen sperrte, um den Preis der Reisvorräte in ihren Lagerhäusern in die Höhe zu treiben. Obwohl es wirklich nur ein Gerücht war, explodierte er in einem für ihn charakteristischen Ausbruch blinder Wut, ließ sämtliche führenden Reishändler der Region ohne Rücksicht darauf, ob die Anschuldigungen gegen sie zu Recht erhoben worden waren, verhaften und unmittelbar darauf ohne ordentliche Gerichtsverhandlung köpfen.

Als mehrere Daimyōs bei einer ähnlichen Gelegenheit um etwas mehr Milde und einen fairen Prozeß baten, zahlte der Shōgun es ihnen heim, indem er die Gerichtsverfahren und Vorschriften des Shōgunats mit einer nie dagewesenen Strenge verschärfte und zugleich ein Gesetz erließ, das es Beamten und Daimyōs unter Androhung sofortiger Entlassung oder Beschlagnahme ihres Eigentums verbot, sich in die Rechtsprechung des Shōgunats einzumischen oder sie zu kritisieren.

Die absolute Macht seines Amtes als Shōgun bewirkte nicht nur, daß er noch weniger Kritik vertragen konnte als zuvor, sondern verschlimmerte auch sein Mißtrauen und seinen Jähzorn in so starkem Maße, daß er einem Mann glich, der an einem sehr weit fortgeschrittenen Fall von Paranoia leidet. Er hatte wenig Vertrauen zu den Beamten innerhalb des Shōgunats, vertraute aber noch weit weniger den Daimyōs, deren Territorien nicht in unmittelbarer Nachbarschaft der Hauptstadt lagen. Je reicher und mächtiger diese Daimyōs waren, desto zweifelhafter erschien Yoshinori ihre Loyalität. Seine Beschuldigungen auf bloßes Hörensagen gründend, vernichtete er so langgediente Vasallen wie die Familien Doki und Isshiki und schikanierte die großen Tempel der Südprovinzen immer wieder mit der Behauptung, ihre Kriegermönche usurpierten die Macht der Shōgunatsarmee.

Seine Verfolgungswut beschränkte sich jedoch nicht allein auf wirtschaftliche, rechtliche und militärische Angelegenheiten: Als er sah, auf welch tiefes Niveau das moralische Verhalten der Aristokraten gesunken war, fühlte Yoshinori sich plötzlich bemüßigt, den Neunfach Verbotenen Bezirk vom Odium der Ausschweifungen zu befreien. Fast vierzig von jenen, »die über den Wolken wohnen«, schickte er, weil man sie ihm als unmoralisch oder unzüchtig oder ganz einfach als vergnügungssüchtig geschildert hatte, ins Exil oder ins Kloster. Schließlich erstreckte sich sein fanatischer antihedonistischer Feldzug auch auf andere Kreise der Gesellschaft, und die Zahl jener, die – vom höchsten Beamten bis zum kaum dreizehnjährigen Pagen – verhaftet oder unter Hausarrest gestellt wurden, erreichte geradezu erschütternde Ausmaße.

Was allgemein jedoch als besonders widersinnig empfunden wurde, obwohl niemand diesen Gedanken öffentlich aussprach, war die Tatsache, daß Yoshinori als selbstgerechter Moralapostel wütete, während sein eigenes Verhalten alles andere als musterhaft war: Nachdem er in der Blüte seiner Mannesjahre die Priesterwürde abgelegt hatte, ließ er der Fleischeslust hemmungslos die Zügel schießen und hielt sich neben seiner fortgesetzten engen Verbindung mit Saburo-Motoshige eine beträchtliche Anzahl von Mätressen und Pagen, ohne jedoch seine Ehefrau zu vernachlässigen, die Tochter Fürst Hinos, die er geheiratet hatte, kurz nachdem er Saburo-Motoshiges Hochzeit arrangiert hatte. Es war zum Beispiel kein Geheimnis, daß Yoshinori, als er seinen loyalen und fleißigen Daimyō Yoshitsugu Isshiki hinterhältig in den Selbstmord trieb, dies einfach nur tat, weil er eine plötzliche, heftige Zuneigung zu Isshikis Frau gefaßt hatte, die nach dem Tod ihres Mannes widerwillig eine von des Shōguns Mätressen wurde und wenige Jahre darauf ebenfalls Selbstmord beging.

Zeami war sich völlig klar über Yoshinoris unausgeglichenen Charakter, als ihm vom Meister des Shōgun-Haushalts ein Schreiben überbracht wurde, in dem angefragt wurde, ob Zeami nunmehr bereit sei, den Vorschlag des Shōgun in Erwägung zu ziehen und seinen dritten Sohn Saburo-Motoshige zum vierten Kanzē-Meister zu machen. Und wieder antwortete Zeami, wenn auch mit noch gewundeneren und unterwürfigeren Formulierungen als das erstemal, daß das Haus Kanzē untergehen werde, wenn sein Oberhaupt nicht im Besitz aller Geheimnisse der Nō-Kunst sowie des höchsten erreichbaren Grades von *yugen* sei, und daß nach seiner bescheidenen, rein professionellen Meinung sein Erbe Juro-Motomasa der einzige sei, der diesen Anforderungen genüge.

Da es nach Goro-Motoyoshis Abfall niemanden mehr gab, mit dem er über das Nō-Theater sprechen konnte, und da er nun, während Juro-Motomasa mit seiner Truppe im Exil in Ochi lebte, auch keine Gelegenheit mehr hatte, seine eigenen neuen Werke auf der Bühne zu sehen, arbeitete Zeami, noch intensiver von dem Gefühl getrieben, eine Mission erfüllen zu müssen, bevor das Verhängnis zuschlug, an einer weiteren Abhandlung der geheimen Weitergabe mit dem Titel »Die Blume des Dahinter-und-Abermals«, die er seinem Schwiegersohn Ujinobu geben wollte, der sein ruhiges Blut und seine unerschütterliche Treue zum Schwiegervater während all der schnell aufeinanderfolgenden Katastrophen mehr als ausreichend bewiesen hatte. Zeami war sich inzwischen auch tragischerweise darüber klargeworden, wie schwach Juro-Motomasas Charakter war.

Während die Mauer der Isolation um ihn herum immer höher wuchs, quälten ihn im Wachen und Schlafen tausend Gedanken über die Kunst des Nō – so sehr, daß er, wenn einer der seltenen Besucher kam und ihm das Neueste über die Verhältnisse beim Theater erzählte, zutiefst deprimiert war, weder essen noch schlafen konnte und nur noch klagte: »Soll ich für meine Langlebigkeit bestraft werden?«

Iwato, zum Beispiel, jener Schauspieler, der Doami als Oberhaupt der Hiei-Truppe nachgefolgt war, hatte, wie man Zeami berichtete, in der Rolle eines einfachen Bootsführers die Griffe der Ruder mit golddurchwirktem Brokat umwikkelt. Dieser vulgäre Einfall hatte die Kenner unter den Zuschauern so tief empört, daß sie sofort nach Hause gingen. Ein anderer Besucher erzählte Zeami, derselbe Iwato habe sich zum Gespött gemacht, weil er in der Rolle einer Prinzessin den Obi locker und asymmetrisch getragen habe, wie es sein alter Meister Doami mit außerordentlichem Effekt zu tun pflegte. Ohne Doamis Kunst und hohen Rang hatte Iwato aber nur schlampig und lächerlich gewirkt.

Ungefähr zu dieser Zeit hörte Zeami auch, der Shōgun habe, begleitet von seinem Gefolge und Saburo-Motoshige, einer der Vorstellungen beigewohnt und sich dabei auch noch amüsiert, wie sie in letzter Zeit in der Hauptstadt Mode geworden waren: weibliche Nō-Stücke, zumeist Kanamis und Zeamis Arbeiten nachempfunden, ausschließlich von jungen Frauen aufgeführt, die sich im allgemeinen aus wandernden Geschichtenerzählerinnen oder Tanzpriesterinnen rekrutierten, also Frauen, die sich in vieler Hinsicht kaum von Prostituierten unterschieden.

Als Zeami davon erfuhr, konnte er nicht untätig herumsitzen. Er schrieb sofort »Die Regeln des Weges«, eine leidenschaftliche Predigt und Ermahnung an alle gegenwärtigen und zukünftigen Kanzē-Gefolgsleute. Zusammen mit zwei Dämonenstücken, die er niemals für die Kenner der Hauptstadt und schon gar nicht auf dem Höhepunkt der Kanzē-Truppe geschrieben hätte, schickte er die Abhandlung an Juro-Motomasa in Ochi. Aber Tourneen waren auf Grund der sporadischen, doch weit verbreiteten Bauernaufstände im Süden zunehmend gefährlich und immer weniger lukrativ geworden. Obwohl Juro-Motomasa sehr darauf bedacht war, den Vater nicht zu beunruhigen, ahnte Zeami, weil er zwischen den Zeilen zu lesen verstand und ihm immer wieder Berichte zu Ohren kamen, daß die Kanzē-Schauspieler häufig Landarbeit verrichteten, um die kärglichen Einnahmen bei ihren Aufführungen zu ergänzen. Zeami hielt es für seine Pflicht, zugunsten der ums Überleben kämpfenden Truppe ein bißchen Fronarbeit auf sich zu nehmen und diese Dämonenstücke zu schreiben…

Während des ganzen Juni wurden die Zollschranken zwischen den Südprovinzen und der Hauptstadt von aufständischen Postpferdhaltern besetzt gehalten, so daß Kumayas jüngster Sohn Kumaji den Juro-Motomasa am letzten Maitag zu Zeami auf den Weg geschickt hatte, die Hauptstadt erst Ende Juni erreichte – mit einer Nachricht, die das dumpfe, mutlose Haus in einen Freudentaumel stürzte: Akiko hatte einen gesunden Jungen zur Welt gebracht.

Als Zeami zum Familienaltar eilte, um die frohe Botschaft weiterzugeben, stolperte er vor wilder Freude fast über die eigenen Füße. Ein Junge! Ein Enkel! Ein Erbe, der den Weg des Nō fortsetzen würde! Der stolze Großvater nahm ein chinesisches Schriftzeichen aus seinem eigenen Kindernamen Fujiwaka und nannte den Neugeborenen Fujimaru.

Yukina, die es geschafft hatte, noch einen weiteren Kyoto-Winter zu überstehen, siechte jetzt sehr schnell dahin. Sie bat, man möge eine Handvoll ihrer weißen Haare abschneiden und sie dem Jungen schicken, den sie, wie sie fürchtete, auf dieser Seite der Welt nicht mehr kennenlernen werde.

Am folgenden Abend traf Ujinobus Gefolgsmann mit ebendieser Freudenbotschaft ein, die der Schwiegersohn von einem wandernden Geschichtenerzähler erfahren hatte. Es war so charakteristisch für Ujinobu, daß er, da er nicht wußte, ob Juro-Motomasa in diesen unsicheren Zeiten die Möglichkeit hatte, Zeami die Nachricht mitzuteilen, sofort einen eigenen Boten nach Kyoto schickte. Dieser brachte auch einen fröhlichen Brief von Tama mit, die sich inzwischen im letzten Monat ihrer Schwangerschaft befand: Es gehe ihr ganz außerordentlich gut, sie füge sich geduldig dem Befehl ihres Mannes und bleibe still und ruhig zu Hause.

Am Tag des Sternfestes, am siebten Juni, kam derselbe Bote von Ujinobu, der erst zehn Tage zuvor dagewesen war, abermals in die Küche gestürzt, in der Sazami für ihre Herrin, deren eingeschrumpfter Magen keine feste Nahrung mehr vertrug, Pfeilwurzgelee kühlte.

»Ein Junge und ein Mädchen!« rief der junge Mann laut. Tama hatte Zwillinge geboren, die, wie es der überglückliche Ujinobu beschrieb, »zwei perfekten Äffchen, jedoch gesegnet mit den großen, leuchtenden Augen ihrer Mutter«, glichen. Tama, berichtete ihr Ehemann weiter, sei erschöpft und vollkommen verblüfft darüber, auf einen Schlag Mutter von zwei Kindern geworden zu sein, befinde sich im übrigen aber bei prächtiger Gesundheit.

Nach dem Geschenk eines Enkelsohns von Akiko und nun auch noch von Zwillingen durch Tama gab es für Zeami, für den der Satz: »Erwarte immer nur das Schlimmste« in den letzten Jahren zur lebensnotwendigen Einstellung geworden war, sogar gewisse Augenblicke, in denen er hoffte, für das Haus Kanzē werde möglicherweise jetzt endlich die Zeit des Männlichen zurückkehren.

Am zweiten August, kurz ehe die Glocken die Stunde des Tigers schlugen, also gegen vier Uhr morgens, hämmerte ein berittener Bote, ein Ochi-Vasall, ans Tor der Kanzē. Er überbrachte eine von Rokuemon Ochi persönlich geschriebene Nachricht, die Zeamis gesamte Hoffnungen zerstörte. In der Nacht zuvor war Juro-Motomasa in einer Herberge des Fischerdorfes Anotsu in Ise gestorben. Nach einer Aufführung im dortigen Tempel hatte er ganz plötzlich angefangen, sich zu erbrechen, und war innerhalb weniger Stunden nach unvorstellbaren Qualen gestorben, ohne Akiko und seinen neugeborenen Sohn noch einmal gesehen zu haben. Er war siebenunddreißig Jahre alt geworden.

War es Selbstmord, oder war er, wie andere behaupteten, von einem Mietling eines in der Umgebung stationierten Generals des Shōgun vergiftet worden, der Juro-Motomasa nicht verzeihen konnte, daß er angeblich für die Kitabatakes spioniert und später in die Ochi-Familie eingeheiratet hatte? Rokuemon Ochi, aus Vorsicht darauf bedacht, keine politisch verfängliche Bemerkung zu machen, hatte sich darauf beschränkt, möglichst wenig über die Umstände von Juro-Motomasas unerklärlichem, plötzlichem Tod zu schreiben, und bat Zeami und Yukina nur, es zu gestatten, daß seine Tochter Akiko, die nach der Tragödie in einen Zustand betäubter Starre gefallen sei, mit ihrem Sohn in Ochi bleibe. Darüber hinaus gab er sein Ehrenwort, daß er alles tun werde, was in seiner Macht stehe, um Toyojiro, Jippen und einige andere, die sich entschlossen hatten zu bleiben und in Ochi das Nō-Theater der Kanzē zu lehren, zu unterstützen und zu beschützen.

Es war die letzte Augustwoche, und die Nächte summten bereits von der Musik herbstlicher Insekten, als die übrigen Mitglieder der Kanzē-Truppe mit ihren Familien aus Ochi zurückkehrten – zu benommen von den immer schneller treffenden Unglücksschlägen, um das ganze Ausmaß ihrer Situation zu begreifen. Vor allem Kogame bot einen mitleiderregenden, veränderten Anblick: Mit Augen, so stumpf wie die eines toten Fisches, umklammerte er die kleine Urne mit Juro-Motomasas Asche. Das schwarze Tuch, in das sie gewickelt war, hatte einen schmutzigen Schimmer angenommen, so unablässig hatten seine Hände es auf der langen Reise gestreichelt.

Als Zeami ihm die Urne abnehmen wollte, preßte Kogame sie mit qualverzerrtem Gesicht nur noch fester an die eingefallene Brust. Zeami legte dem alten Freund die ausgestreckte Hand auf die Schulter, und dann weinten die beiden alten Männer gemeinsam, während sie sich dieselbe bittere Frage stellten: Wenn Buddha gnädig ist, warum hat er dann nicht statt dessen mein Leben genommen?

Dies war jedoch zum Glück das einzige Mal, daß die Truppe mit ansehen mußte, wie Zeami die Selbstbeherrschung verlor. Als die jungen Komparu nach ihrer langen Reise in Kyoto eintrafen, konnten sie an Zeami kein äußeres Zeichen der Trauer feststellen. Die einzige auffallende Veränderung, die Tama an ihrem Vater entdeckte, war die Tatsache, daß er inzwischen aufgehört hatte, sich den Kopf kahlzurasieren, und nunmehr kräftiges, glattes weißes Haar sein Gesicht umrahmte, das durch diesen schweren Verlust in seinem Leben zur Maske geworden war, eisern in ihrer Weigerung, sich erforschen oder zu Tränen provozieren zu lassen.

Nach außen hin schien seine größte Sorge der Frage zu gelten, was er mit den nun heimatlosen Mitgliedern der Truppe und ihren Familien, insgesamt dreiundzwanzig Personen, anfangen sollte. Für Zeami, Yukina und die letzten beiden Diener war das Haus mehr als groß genug; um alle Flüchtlinge aus Ochi für längere Zeit aufzunehmen, reichte der Raum allerdings nicht. Außerdem waren sie, da sie kein anderes Einkommen hatten als das, was ihre Frauen mit gelegentlichem Nähen und Kochen für die wohlhabenderen Familien des Viertels verdienten, nahezu vollständig von Zeami abhängig, der sie mit seinem bescheidenen Einkommen nicht ewig kleiden und ernähren konnte. Zeami bat Ujinobu, einige von den Schauspielern in seine Truppe zu übernehmen. Zum Glück ging es der Komparu-Truppe mit dem jungen Ujinobu als Oberhaupt weit besser als zu den Zeiten seines bärenhaften Großvaters. Ujinobu stimmte sofort zu – nicht nur, weil er sich freute, Zeami helfen zu können, sondern weil die Kanzē-Schauspieler ganz ohne Frage die am besten ausgebildeten und diszipliniertesten ihres Berufsstandes waren.

Außerdem bat Zeami den Schwiegersohn, ihm bei der Bestandsaufnahme der zahllosen kostbaren Geschenke zu helfen, mit denen Yoshimitsu und andere Bewunderer Zeami früher überschüttet hatten, und mit ihm gemeinsam zu bestimmen, welche davon verkauft werden sollten, um den Rest der Truppe zu unterhalten, bis er für sie wenigstens nach und nach eine andere Anstellung gefunden hatte.

»Ich hoffe, daß ihre Lage sich bessert, bevor ich anfangen muß, meine Kostüm- und Maskensammlung zu verkaufen«, sagte Zeami mit mattem Lächeln. »Aber nun, da das Kanzē-Haupthaus keinen Erben mehr hat, frage ich mich wirklich, welchen praktischen Nutzen die Sachen noch haben…«

»Aber Vater, du hast schließlich immer noch Fujimaru in Ochi! Der ist doch eindeutig dein Erbe!«

»Ujinobu«, Zeami sah ihn mit großen Augen offen und tiefernst an, »glaubst du wirklich, daß ein Kind, selbst wenn Motomasas Blut in seinen Adern fließt, ein Kind, das im günstigsten Fall von tüchtigen, jedoch nicht wirklich begeisterten Lehrern erzogen wird, den Fortbestand der Kanzē sichern kann? Nein, nein, nein! Nun, da Akiko den Jungen bei sich in Ochi behalten will, habe ich keinen direkten Erben mehr. Die Kanzē-Linie von Kanami, Zeami und Motomasa ist am Ende.«

Zeami blickte mit steinerner Miene vor sich hin und verstummte. Es hätte eines weit härteren Herzens bedurft, als Ujinobu es besaß, jetzt nicht den Blick von dem bedauernswerten Vater zu wenden, den ein so schmerzlicher Verlust betroffen hatte.

In der Nacht vor der Totengedenkfeier für Juro-Motomasa in der neunundvierzigsten Nacht folgte Yukina, die schon seit einiger Zeit immer wieder das Bewußtsein verloren hatte, dem älteren Sohn in die jenseitige Welt, ohne von dessen Tod erfahren zu haben. Die ganze Nacht saß Zeami neben ihr und beobachtete, wie der Tod die Spuren ihrer irdischen Qualen, der grausamen Einsamkeit, des Stolzes und der unerwiderten Liebe der Reihe nach löschte. Was blieb, war ein wunderschönes Antlitz. Yukina war die einzige Frau gewesen, die er je gehabt hatte, die Mutter seiner Kinder und seine Ehefrau, die er jedoch, wie er wohl wußte, alles andere als glücklich gemacht hatte. Er war nach dem Willen Buddhas einzig mit dem Nō-Theater und seinen Aufgaben verheiratet gewesen, die keine Konzessionen an das menschliche Glück zuließen.

Die doppelte Beisetzung, von zwei Priestern nur in Anwesenheit der drei Familienmitglieder, der Truppe und einiger Außenstehender vorgenommen, war ein unendlich trostloses Ritual. Saburo-Motoshige, seine Familie und seine Truppe glänzten durch Abwesenheit. Alle übrigen Anhänger aus der Hauptstadt des gegenwärtigen Shōgun wagten es nach vier Jahren der Gewaltherrschaft nicht mehr, in aller Öffentlichkeit den Tod eines Schauspielers zu betrauern, der dem Tyrannen so offen getrotzt hatte.

»Bruder Motoshige hätte wenigstens Raido schicken können«, meinte Tama, als sie sich mit Zeami und Ujinobu nach der Beerdigung zu einem frugalen Mahl niedersetzte. Weder Zeami noch Ujinobu reagierte auf ihre Bemerkung; beide fuhren wortlos fort, eingelegte Auberginen zu kauen, wobei sie sich fragten, warum jeder Bissen so laut in ihrem Schädel dröhnte.

»Wenn die Wände Ohren hätten, würde ich für folgende

Frage mit Sicherheit verhaftet und auf die Insel Sado verbannt werden«, fuhr Tama drohenden Tones fort.

»Nicht, Tama – bitte, sprich diese Frage nicht aus!« Ujinobu stellte hastig seine Eßschale mit Weizen aufs Tablett zurück.

»In Yamato glaubt keiner daran, daß Bruder Motomasa an einer ganz gewöhnlichen Lebensmittelvergiftung gestorben ist.« Tamas Miene war sonderbar starr, und ihre schneeweißen Lippen bebten, als müsse sie sich erbrechen.

»In Yamato, Tama, würden die Leute glauben, ein Dämon habe ihn getötet; dort geschieht nie etwas ohne Dämonen.« Zeami stieß ein kurzes, ersticktes Lachen aus; dann sah er sie mit hartem, durchdringendem Ausdruck an und setzte hinzu: »Nehmen wir an, es war ein Dämon, Tama. Der Große Baum hat mir viele Dinge beigebracht, und eines davon war, daß man die Wahrheit, genau wie die Lüge, mit Vorsicht anwenden soll. Er riet mir, jedesmal, wenn ich keine Antwort wisse oder es besser sei, keine direkte Antwort zu geben, folgenden Vers zu zitieren:

Ich brach einen Kirschbaum und fand keine Blüte.
Denn die Blüte war nirgendwo anders
als am Frühlingshimmel.

Ujinobu hat recht. Es hat keinen Sinn. Motomasa ist tot.«
»Glaubst du, mein Vater ist ganz und gar herzlos?« fragte Tama, als sie an jenem Abend neben Ujinobu lag. »Seit unserer Ankunft hier habe ich nicht gesehen, daß er auch nur eine einzige Träne vergossen hat.«
»Es gibt ein Leid, das mit Tränen nichts zu tun hat, Tama«, erwiderte Ujinobu und hob liebevoll eine Haarsträhne an, die feucht an Tamas Stirn klebte, unterließ es jedoch, die Fortsetzung seines Gedankens auszusprechen: Und es gibt einen Verlust, der gleichbedeutend ist mit Untergang.
Obwohl sich in allen Räumen die Flüchtlinge aus Ochi drängten, herrschte in dem Trauerhaus mit seiner freudlosen Zukunft eine merkwürdige Stille. Sogar die Kinder lachten nur selten, und die leeren, fragenden Blicke der Erwachsenen huschten durch die Dunkelheit wie unsicht-

bare Mücken, während sich jeder die Frage stellte: Kann der Meister schlafen? Ißt er auch? Wird er jemals über diese Schläge hinwegkommen?

Am Morgen ihrer Abreise nach Yamato brach sogar die tapfere Tama zusammen: »Bitte, Vater – weine oder trete oder fluche oder tu irgendwas! Oder sag mir wenigstens, wie ich dir helfen, was ich für dich tun kann!«

Zeami sah zu, wie seine Tochter weinte – mit frei zu ihm erhobenem Gesicht wie ein Kind, während sie ihm fest in die Augen blickte.

»Nein, Tama, es gibt nichts mehr, was du für mich tun könntest. Jung oder alt, der Tod trifft uns alle immer ganz wahllos. Nachdem ich siebzig geworden bin, hätte ich inzwischen lernen müssen, eine so banale Tatsache zu akzeptieren. Es wird Monate dauern, bevor ich aus dieser kraftlosen, senilen Starre wieder erwache. Und erst dann werde ich in der Lage sein, mich im Luxus meiner Tränen zu baden.«

Lächelnd tätschelte er die Schulter des einzigen Kindes, das ihm nun noch verblieben war. Tama trocknete ihre Tränen, lächelte unglücklich und versprach, so bald wie möglich in die Hauptstadt zurückzukehren, um dem Vater seine Komparu-Enkel zu zeigen.

Als Ujinobu sich verabschiedete, sagte Zeami mit einer Eindringlichkeit, die er nur einem Menschen gegenüber an den Tag legte, der sich ganz derselben Kunst verschrieben hatte, flüsternd zu ihm: »Ich habe bereits an einem neuen Band zu arbeiten begonnen, in dem ich meine letzten, quälendsten Gedanken niederlegen werde, damit die Menschen auch hundert Generationen nach mir noch wissen werden, was es bedeutet, einen Weg zu besitzen und von einem Weg besessen zu sein.«

Die Worte entströmten Zeamis Mund wie ein Brandstrahl, den ein Feuerschlucker ausstößt. Brennend heiß getroffen von ihrer Glut, verharrte Ujinobu regungslos.

KAPITEL
26

Nur wenige Monate nach der Beisetzung von Juro-Motomasas Asche weigerten sich die Bauern auf den Besitzungen des Kofuku-Tempels nach einer besonders schlechten Ernte, eine Sondersteuer zu entrichten, die der Tempel über die ohnehin schon ruinösen jährlichen Steuern hinaus von ihnen verlangte. Zwei Grundbesitzer mit einer eigenen Militärtruppe, die seit Generationen sowohl das Privilegium als auch die Pflicht ausübten, den Grundbesitz des Kofuku-Tempels und deren Pächter auszubeuten und zu beschützen, stellten sich mit ihren Soldaten hinter die aufständischen Bauern: die Familien Ochi und Hashio. Mit ihren gut ausgebildeten Soldaten und dank der wirksamen Unterstützung durch ein ganzes Netz einheimischer Bauern besiegten sie die bewaffneten Mönche des Tempels bei jedem Scharmützel und beraubten sie ihrer Waffen, ihres Schuhwerks und sogar ihrer Gebetsperlenschnüre. Yoshinori sandte umgehend einige seiner Elitetruppen aus, doch die Rebellen, die auf vertrautem Boden kämpften, führten die Generale mit waghalsigen Hinterhalten an der Nase herum und entnervten sie unausgesetzt mit nächtlichen Überfällen. Um allem die Krone aufzusetzen, errangen sie einen überwältigenden Sieg über die Streitkräfte des Shōgun, indem sie ihren Oberkommandierenden, einen Herrn Akamatsu, schwer verwundeten und über vierhundert Mann des Shōgunatsheeres töteten, das daraufhin zu einem schmählichen Rückzug in die Hauptstadt gezwungen war.

In seinem wilden, tödlichen Zorn schlug Yoshinori blindlings nach allen Himmelsrichtungen um sich und verschonte auch nicht einen siebzigjährigen Schauspieler, der lediglich durch junge und schon durchschnittene Ehebande mit den Ochis verbunden war. Yoshinori erteilte den Befehl, Zeami umgehend auf die Insel Sado zu verbannen, die weit draußen im Nördlichen Meer lag, zwischen dem Festland und dem Nirgendwo.

Getreu seiner Politik, alles Erdenkliche zu tun, um den

Lieblingsschauspieler seines Vaters zu demütigen und ihm zu schaden, hieß Yoshinori seinen Samurai-Boten den Verbannungsbefehl breitbeinig in der Eingangshalle des Kanzē-Hauses stehend und mit lauter Stimme zu verlesen, woraufhin Zeami, überstürzt von einer Lektion abgerufen, gezwungen war, sich vor ihm zu Boden zu werfen und sich das, was angesichts seines Alters einem lebenslänglichen Urteil gleichkam, vor seinen von Entsetzen gepackten Gefolgsleuten mitsamt ihren Frauen und Kindern anzuhören.

Kaum jedoch hatte der Samurai die Verlesung des Befehls beendet und begonnen, das Papier aufzurollen, da sprang Kumao, der sechs Jahre älter war als Zeami und in allen guten und schlechten Zeiten ihres gemeinsamen Lebens für das Nō ein tapferer und ergebener Freund, auf die Füße und ging, den großen, weißhaarigen Kopf gesenkt, mit einem Gesicht, dessen Trinkerröte auf einmal einer Blässe wie der einer Frühlingszwiebel gewichen war, auf den Boten des Shōgun los. Mit einem gleichzeitig ausgestoßenen, unartikulierten Schrei versuchten Kogame und Kumaya den *waki*-Spieler zurückzuhalten, kamen aber zu spät; und so war es Zeami, der, als er erkannte, was geschah, mit lauter, messerscharfer Stimme sagte: »Ja, Kumao, vielen Dank! Bitte hol mir jetzt Pinsel und Tusche!«

Der Samurai wich, die Rechte am Schwert, unwillkürlich einen Schritt zurück, hatte in der Enge der Eingangshalle, in der er mit dem Ellbogen bereits an eine Wand stieß, die Waffe jedoch noch nicht gezogen, als Kumao unvermittelt erstarrte, mit gegen den Samurai erhobenen Fäusten hin und her schwankte, zusammenbrach und unmittelbar vor Zeamis Knien schwer auf dem Boden aufschlug.

Die Zeugen jener Szene waren nicht verantwortlich für das Gerücht, das später in der Hauptstadt kursierte: daß nämlich der sechsundsiebzigjährige *waki*-Spieler den Boten des Shōgun angegriffen habe und von diesem mit dem Schwert niedergemacht worden sei. In Wirklichkeit starb Kumao am Schlagfluß, für den er, genau wie sein Vater Kumazen, von jeher anfällig gewesen war: Als der Samurai endlich das Schwert gezogen hatte, lag Kumao bereits leblos mit weit geöffneten Augen am Boden.

Es war Kumaji, der hellwache und vernünftige Neffe des Toten, der Zeami, wie gewünscht, Pinsel und Tusche brachte, damit dieser den Empfang des Verbannungsbefehls quittieren konnte. Mit einer besonders tiefen Verneigung, bei der er mit der Stirn beinah Kumaos sehr schnell erkaltende Hand berührte, antwortete Zeami, als sei nichts geschehen, obwohl seine bebenden Lippen weiß wie Kalk waren: »Ich werde augenblicklich mit den Vorbereitungen für die Reise zur Insel Sado beginnen und Eure weiteren Instruktionen erwarten.«

Der Samurai, ein ehrenhaft wirkender Mann mittleren Alters, räusperte sich verlegen, steckte das Schwert wieder in die Scheide und zog sich hastig aus dem Haus zurück. Alle Anwesenden, sogar die Kinder, folgten dem Beispiel ihres Meisters und verneigten sich tief vor dem Rücken des davoneilenden Shōgun-Boten.

Zeami schloß dem alten Freund so sanft die Lider, als versuche er Schmetterlinge zu fangen; dann jedoch brach seine Selbstbeherrschung vollkommen zusammen, und er begann, mit dem Gesicht auf Kumaos Leichnam haltlos zu weinen.

Als jene, die von der Truppe des Kanzē-Haupthauses noch übrig waren, von Kumaos Einäscherung zurückkamen, begann Zeami mit Kogames Hilfe die Vorbereitungen auf seine Verbannung damit, daß er seine Papiere ordnete.

Die Gefolgsleute, die im Bühnenraum saßen, murmelten immer wieder vor sich hin: »Das wird Buddha niemals zulassen!« – »Meister Kanami, dann Meister Motomasa; und nun…«

Der leichte Sprühregen, der sie auf dem Rückweg vom Einäscherungsplatz durchnäßt hatte, verwandelte sich in einen steten Landregen, und das algengrüne Halbdunkel in dem unbeleuchteten Raum wurde so undurchdringlich, daß anfangs niemand wußte, wer gesprochen hatte, bis jemand voller Empörung zischte: »O nein, das nehme ich nicht so einfach hin! Ich werde Motoshige-dono aufsuchen!« Es war Kumaya. »Er muß den Shōgun bitten, seinen Vater zu verschonen. Irgendwo muß er doch einen Tropfen menschlichen Blutes in den Adern haben!«

Kumaya sprang auf und rief seinem älteren Sohn Kumabei den Befehl zu, ihm einen Regenumhang aus Stroh und eine Laterne zu bringen.

Zeami hörte von Kumayas Besuch bei Saburo-Motoshige erst, als Kogame ihm zum Abendessen auf einem Tablett Weizen-Hirse-Brei mit einer Prise Seetang brachte.

»Was? Er ist zu Motoshige gegangen? Hat der Kerl den Verstand verloren?«

Im Handumdrehen war Zeami aufgesprungen und wäre schnurstracks zum Haus hinausmarschiert, hätte Kogame nicht darauf bestanden, dem Meister zuvor noch das inzwischen schulterlange weiße Haar zu kämmen und zu frisieren, und ihm ein paar Tropfen Kamelienöl auf den Handflächen zu verreiben. Als er, bereits in einem schweren Regenumhang aus Stroh und gefolgt von Kogame, durchs Haus ging, sprangen alle auf. Von seiner Miene eingeschüchtert, wagte ihm jedoch niemand eine Frage zu stellen, und so herrschte Totenstille, bis die beiden Gestalten den Blicken entschwanden.

Zeami durchmaß die drei Straßen und die wenigen Nebengassen, die sein Haus von dem seines Adoptivsohnes trennten, in einem Tempo, das Kogame zwang, mit der Ölpapierlaterne in der Hand in einen leichten Trab zu fallen, um mit dem alten Meister Schritt halten zu können. Die Tatsache, daß Zeami und Kogame so unvermittelt auf Saburo-Motoshiges Schwelle auftauchten, löste zuerst verblüfftes Schweigen und dann drinnen im Haus hastiges Umherhuschen aus. Rasch legte Zeami die durchnäßten, schmutzigen Schuhe ab und schlüpfte dafür in ein Paar Zori, die Kogame in seinen Ärmeln für ihn trockengehalten hatte. Als er sich aufrichtete, stand er Saburo-Motoshige gegenüber, der im selben Moment, dichtauf gefolgt von Raido, in die Eingangshalle herausgeeilt kam. Und auch Kumaya erschien hinter den beiden, zutiefst erstaunt, den Meister zu sehen.

»Ich hoffe, du hast Kumayas idiotische Bitte nicht ernst genommen, Motoshige. Es wäre das letzte, um was ich dich bitten würde. Aber gehen wir doch lieber hinein! Hier draußen können wir uns nicht unterhalten.«

Was Saburo-Motoshige und seine Männer vollkommen aus der Fassung brachte und sie veranlaßte, vor Zeami in unterwürfigem Gehorsam den Kopf zu neigen, war die unerhörte Eleganz und Kraft dieses Mannes, der wußte, daß er nichts zu gewinnen und nichts mehr zu verlieren hatte. Kumaya, der sich auf einen demütigen und unproduktiven Streit mit Saburo-Motoshige eingelassen hatte, war weit davon entfernt, sich darüber zu ärgern, daß ihn sein Meister in aller Öffentlichkeit tadelte. Er war so dankbar für Zeamis Erscheinen und die magische Wirkung, die er auf Saburo-Motoshige und seine Männer ausübte, daß er, den Ort und die Umstände vergessend, ein strahlendes Lächeln zu Kogame hinüberwarf, der nicht von Zeamis Seite wich und die Truppe des Nebenhauses mit dem grollenden Mißtrauen eines Wachhundes musterte.

Saburo-Motoshige ging voraus in einen großen, mit Tatamis ausgelegten Raum, in dem auf hohen Gestellen zahlreiche Öllampen brannten; und Raido, der als Veteran der Truppe sämtliche Pflichten des verstorbenen Hotan übernommen und Saburo-Motoshiges Vertrauen gewonnen hatte, indem er nicht aufhörte, sowohl Zeami als auch Juro-Motomasa zu verunglimpfen, war außer sich vor Wut darüber, daß die gesamte Truppe des Nebenhauses ihnen in den Raum folgte und Zeami anstarrte wie eine Herde hypnotisierter Kühe.

Vollkommen selbstverständlich ließ sich Zeami auf dem Platz des Gastgebers, das heißt mit dem Rücken zur Nordwand, nieder, rechts und links neben sich Kogame und Kumaya, so daß die anderen, selbst Saburo-Motoshige, gezwungen waren, dicht aneinandergedrängt ihm gegenüber Platz zu nehmen.

»Ich untersage es jedem einzelnen aus dem Haus Kanzē, ob aus dem Haupt- oder dem Nebenhaus, jemals, sei es jetzt oder wenn ich im Exil lebe, den Versuch zu machen, eine Begnadigung für mich zu erwirken. Vor allem dir, Motoshige. Nachdem ich unter seiner Verfolgung so sehr gelitten habe, wie du seine Gunst genossen hast, kenne ich den

Charakter des Shōgun vermutlich ebensogut wie du. Jeder Versuch, seine öffentlich ausgesprochene Entscheidung rückgängig zu machen, wird ihn nur zu für das Haus Kanzē noch weit schlimmeren Repressalien provozieren. Ich möchte meine Tage allein dort beenden, wo nur Möwen und windzerzauste Fichten mich betrauern werden. Ich weiß Kumayas mutigen Entschluß, dich aufzufordern, für meine Freiheit zu bitten, sehr wohl zu würdigen, aber ich bitte dich und alle anderen, statt dessen das Nō-Theater zu retten, ausschließlich an den Fortbestand des Nō zu denken.«

Eine Zeitlang musterte er Saburo-Motoshige aufmerksam, doch ohne jeden Ausdruck auf dem ruhigen, müden, schönen Gesicht.

»Bevor ich in die Verbannung gehe, bin ich bereit, dich in die Lehre zu nehmen und dich zum vierten Meister der Kanzē zu machen.«

Den lautlosen Schock tiefster Überraschung ignorierend, den wohl jeder Anwesende jetzt empfand, den Blick fest auf Saburo-Motoshige gerichtet, befeuchtete sich Zeami bedächtig die Lippen, und es gab niemanden im Raum, dessen Blick nicht seiner Zungenspitze gefolgt wäre.

»Aber ich werde Zeit dazu brauchen, ich werde Zeit brauchen, Motoshige. Ich werde mindestens sechs Monate lang mit dir und der gesamten Truppe arbeiten müssen, noch besser acht. Bei deiner Einführungsvorstellung werde ich dann als dein *koken* assistieren. Bitte den Shōgun, das Datum meiner Verbannung zu verschieben. Der Shōgun hat mich zweimal gebeten, dich zum Meister der Kanzē zu machen, und zweimal habe ich mich geweigert, weil damals mein ältester Sohn und Erbe noch lebte, der, von meiner väterlichen Zuneigung ganz abgesehen, eine angeborene Genialität besaß, mit der nicht viele Generationen unserer Geschichte gesegnet sind. Saburo-Motoshige, ich habe stets bedauert, daß nur so wenig Poesie in dir steckt. Du besitzt keinen Funken jener Empfindsamkeit, die sich im Kontakt mit Natur und Menschen danach sehnt, deren Schönheit, Qual und Liebe Ausdruck zu verleihen, und hast ein schäbiges, kaltes Herz, das keine Musik und keine Lyrik

so leicht erobern können. Aber du bist gesegnet mit einigen anderen von Buddhas wunderbaren Gaben: Du verfügst über einen immensen körperlichen Reiz, über Virtuosität und Zähigkeit. Du bist eine großartige Führernatur; du kannst imitieren, verarbeiten und bewahren. Was ich jedoch vor allem an dir schätze, ist deine vollkommene Hingabe an deinen Beruf und deinen persönlichen Erfolg. Auch wenn ich mich der Sünde der Anmaßung schuldig mache, wage ich doch zu behaupten, daß das Nō-Theater inzwischen an einen Punkt gelangt ist, an dem es nicht mehr der Kreativität und Neugestaltung bedarf. Das ist geschafft. Wenn ich einen Aufschub von acht Monaten erhalte, bevor man mich in einem Verbrecherkarren nach Sado schafft, werde ich all meine letzten Anweisungen darüber niedergelegt haben, wie die über einhundert Nō-Stücke, die gegenwärtig unser Repertoire ausmachen, aufzuführen sind, mit jedem winzigsten Detail, von der Ausrichtung der Bühne und Position jedes Kulissenteils bis zu der Farbe und dem Material des Perückenbandes für eine Nebenrolle in dem am wenigsten gespielten Stück. Mit anderen Worten, Motoshige, was wir jetzt brauchen, ist dein Talent, für den Fortbestand und den Erfolg zu sorgen, und Erfolg wirst du in jedem Sinn des Wortes haben: Du wirst die Wurzel einer langen Reihe zukünftiger Kanzē sein.«
Saburo-Motoshige reagierte mit keinem Wort, keinem Laut auf Zeamis Angebot, sondern ließ plötzlich den Kopf auf die Brust sinken und preßte die Hände so fest auf die Tatami, daß sie zitterten. Über vieles, was Zeami gesagt hatte, ärgerte er sich maßlos: über den herablassenden Ton, über die klare Analyse seiner Unzulänglichkeiten, über den demütigenden Vergleich mit Juro-Motomasa, der jetzt durch seinen Tod unangreifbar geworden war. Und dennoch verstummte jeder Aufschrei seines verletzten Stolzes vor der überwältigenden Tatsache, daß kein anderer als Saburo-Motoshige, der kleine Waisenjunge, der durch die Hintertür ins Haus der Kanzē geschmuggelt worden war, von Zeami persönlich öffentlich und mit dem Meister als seinem *koken*-Gehilfen zum vierten Kanzē-Meister proklamiert werden sollte!

Bei der Erinnerung daran, wie sehr er sich als Junge gewünscht hatte, lieber tot auf dem Grund des Kamo zu liegen, als sich Juro-Motomasas prahlerisches Gerede anhören zu müssen, er habe von Zeami »das Herz und Blut von Großvater und Vater« empfangen, empfand er das ihm völlig unbekannte Bedürfnis, Tränen zu vergießen. Der unglückliche Junge Saburo war zu Motoshige herangewachsen, dem Mann, der zu Tränen nicht fähig war. In diesem Augenblick aber war er so nahe wie niemals zuvor daran, trockene Tränen zu weinen, weil er endlich einen gewissen bitteren Frieden mit Zeami geschlossen und einen heißen, köstlichen Triumph über Juro-Motomasa errungen hatte.

Für den Shōgun Yoshinori war Motoshiges Erfolg ein persönlicher Triumph über seinen Vater, denn indem er der direkten Linie von Kanami und Zeami ein Ende gesetzt hatte, die von ihrer engen Verbindung mit Yoshimitsus großer Regierungszeit und Persönlichkeit gefärbt war, war es Yoshinori gelungen, sich einen Kanzē-Nō-Meister eigener Wahl und seines Geschmacks zu sichern, der als Bestandteil seiner Regierungszeit in die Geschichte eingehen würde.

Er war entschlossen, Saburo-Motoshiges Einführungsvorstellung mit dem Glanz einmaliger Glorie und unvergleichlicher Pracht zu schmücken. Er wählte persönlich die blütenreichsten, duftendsten Tage des einundzwanzigsten, zweiundzwanzigsten und dreiundzwanzigsten April und befahl dem Kanzler Hosokawa, die dreitägige Wohltätigkeitsvorstellung unter der Ägide des Ghion-Schreins auf dem Tadasu-Platz am Ufer des Kamo zu organisieren. Er bestimmte, es müßten nicht weniger als zweiundsechzig Logen aus feinsten Materialien für die große Anzahl der zu erwartenden Würdenträger errichtet werden. Und ganz nebenbei fügte der Shōgun dann eine Anweisung für den Hauptmann seiner Polizei hinzu, Zeami müsse die Hauptstadt, komme was wolle, bis zum letzten Apriltag verlassen haben. Damit ließ er Zeami nur knapp fünf Monate Zeit, um die Arbeit eines ganzen Lebens an Saburo-Motoshige weiterzugeben.

Zeami begann sofort damit, die verbliebenen Haupthaus-

Schauspieler zu überreden, sich Saburo-Motoshige anzuschließen. Er führte als Argument an, wenn sie aus fehlgeleiteter Treue zu ihm und ihrem verstorbenen Meister Juro-Motomasa arbeitslos blieben und sich Saburo-Motoshige gegenüber feindselig verhielten, dienten sie damit weder sich selbst noch dem Kanzē-Nō. Es war keine leichte Aufgabe; Kumaya zum Beispiel blieb unerschütterlich bei seiner Weigerung, für Saburo-Motoshige oder auch nur mit ihm zusammen zu arbeiten.

»Vergeßt nicht, Meister, daß ich dieses unglückselige Gespräch mit Motoshige-dono hatte, und nie werde ich, niemals sein eisiges Schweigen, seine weißen Augen und seinen häßlich verzogenen Mund vergessen. Nennt mich einen sentimentalen Esel, Meister, aber es *gibt* so etwas wie den Weg von Meister und Gefolgsmann. Würde ich jetzt anders handeln und ein reicheres Leben in größerer Sicherheit unter einem Meister wählen, den ich fürchte und verachte, ich hätte keinen Funken Selbstachtung mehr für mich übrig. Nein, ich möchte nach Yamato zurückkehren und Euren Schwiegersohn bitten, mich, meine Familie und meine Gefolgsleute aufzunehmen.«

»Das verstehe ich, Kumaya. Ujinobu ist ein ehrenhafter junger Mann mit einer immensen kreativen Begabung, und wenn du dich ihm anschließt, wird das seine Truppe ungeheuer stärken. Was nun Motoshige betrifft, so haßt er mich ganz zweifellos und ist für mich der Feind, der indirekt meine beiden Söhne vernichtet hat. Doch sieh du in ihm meinen einzigen lebensfähigen Nachfolger, das einzige Kind, das es geschafft hat, auf dem Weg des Nō zu bleiben und mir meinen Herzenswunsch zu erfüllen. Ein Haus bleibt nur so lange ein Haus, wie es Fortbestand hat. Ich habe meine beiden Söhne geliebt, und sie haben mich geliebt. Aber dann, Kumaya, was haben sie dann getan? Motoyoshi wich vom Weg ab und überließ seinen alten Vater dem, was er als ›dämonische Besessenheit‹ bezeichnete. Motomasa zerbrach unter dem feindseligen Druck des Shōgun wie eine Eierschale, verließ die Hauptstadt und mich, verließ dann anschließend auch diese Welt. Ich bin weder aus Stein noch aus Eisen; als Vater weine ich, bis ich keine Tränen mehr habe, über den Verlust meiner Söhne; als Oberhaupt des Hauses Kanzē aber kann ich ihnen nie, niemals verzeihen. Bis zu dem Tag, an dem ich nur noch eine Handvoll Asche bin, werde ich ihren Verrat und ihre Feigheit verfluchen. Wenn ich also sage, daß ich Motoshige mehr schätze als meine eigenen, geliebten Söhne – verstehst du mich dann?«

»O ja, Meister, o ja!« antwortete Kumaya atemlos, und sein Ausdruck sprach von einem Kummer, der sein Begriffsvermögen überstieg. »Ich verstehe Euch, aber ich weiß nicht, ob ich Mitleid mit Euch oder Entsetzen vor Euch empfinden soll…«

Kogame gehörte auch zu den Angehörigen der Truppe, die zum erstenmal im Leben einem Befehl des Meisters widersprachen.

»Ich tauge nicht mehr zum *kyogen*-Komiker. Ich kann nicht lachen, ich kann andere nicht zum Lachen bringen, und ich will es auch nicht mehr. Ich bin neunundsechzig. Das bißchen, wozu ich noch tauge, Meister, das laßt mich bitte ausschließlich Euch geben! Nehmt mich mit nach Sado! Ich werde im Winter Holz hacken, damit Ihr es warm habt. Ich werde fischen und Strohsandalen flechten und den Moskitos befehlen, daß sie Euch in Ruhe lassen.«

Zeami lachte, ein Geräusch, als werde eine Handvoll trockenes Laub von einem plötzlichen Windstoß aufgestört. Kogame hatte das seltsame Talent seines Vaters Ogame geerbt, der es immer wieder geschafft hatte, Fujiwaka Hunger, Schmerz, Angst, eigentlich alles vergessen zu lassen, einfach, indem er ihn zum Lachen brachte.

Mit einem trotzigen Seitenblick auf Zeami schloß Kogame: »Nun gut. Dann komme ich also mit nach Sado.«

Zeami forderte Saburo-Motoshige auf, mit seiner Truppe an jedem Morgen zur Stunde des Drachens, also um acht Uhr morgens, ins Haupthaus zu kommen, denn im Dezember ging die Sonne noch ziemlich spät auf. Am ersten Arbeitstag erschien Saburo-Motoshige vor allen anderen, gefolgt von einem jungen Diener, dessen einzige Aufgabe es in den

Augen Sazamis, die ihnen nachspionierte, zu sein schien, Saburo-Motoshiges achtlos abgeworfene Zori aufzuheben und sie auf dem Boden der Eingangshalle ordentlich auszurichten, um dann für den gesamten Rest des Tages auf seinen Herrn zu warten. Saburo-Motoshige betete lange vor dem Familienaltar und entzündete vor den Totentafeln von Kanami, Omina, Tamana und Juro-Motomasa zahlreiche Räucherstäbchen, und als die Mitglieder der Truppe sich im Bühnenraum versammelt hatten, legte er beide Hände auf den Boden und verneigte sich vor ihnen.

»Viele von euch haben meinen älteren Bruder Motomasa als ihren Meister verehrt und gehofft, bis ans Ende ihres Lebens für ihn arbeiten zu dürfen. Ich begreife daher, was ihr heute empfindet, wenn ich hier als der nächste Kanzē-Meister sitze. Da es jedoch der Wunsch meines Vaters ist, bitte ich euch zum Wohl des Kanzē-Nō-Theaters, versucht das Unerträgliche zu ertragen, versucht mir zu helfen und mit mir zusammenzuarbeiten!«

Gleich darauf begann dann jene Arbeit, die Zeamis liebevoller, jedoch unerbittlicher Abschied von jedem einzelnen Mitglied der Kanzē-Truppe werden sollte. Seine größte Sorge war die Kürze der ihm verbliebenen Zeit.

Als er sah, daß Saburo-Motoshige außer in seinen bevorzugten Krieger- und Dämonenrollen, in denen ihm sein erhabener Schirmherr und andere Bewunderer begeistert applaudierten, keine großen Fortschritte gemacht hatte, erklärte Zeami ihm rundheraus: »Ob du nun Angst davor hast, deine tief verborgenen Gefühle auszudrücken, oder ob du ganz einfach keine Gefühle hast, wollen wir dahingestellt sein lassen. Indem du dich schamlos auf deine körperliche Anziehungskraft und technische Virtuosität verläßt, bist du in Krieger- und Dämonenrollen durchaus gut. Aber um Kanzē-Meister zu sein, mußt du Frauen, Besessene und Alte spielen können, denn nur in diesen Rollen lebt die ewige Seele, lebt das *yugen* meines Nō. Sei unbesorgt, ich kann und werde dich so schulen, daß du es lernst, auch jene Rollen überzeugend zu spielen, die dir deinem Wesen nach nicht liegen. Wie? Indem du die makellos reinen äußeren Formen imitierst, die große Künstler vor dir vervollkommnet haben. Du wirst mich, jede Bewegung, jede Pose, die ich mache, mit äußerster Exaktheit kopieren – und ich *meine* exakt.«

Tatsächlich erwies sich die Lektion als wahrhaft übermenschlich anstrengend und ermüdend. Sobald Saburo-Motoshige auch nur um einen unendlich geringen Bruchteil von dem abwich, was Zeami als einzig korrekte Form kannte oder empfand oder auch bestimmte, schoß der Ziehvater, einen gefalteten Fächer in der Hand, mit einem Tempo auf ihn zu, das seine Ärmel wie eine Fledermaus flattern ließ.

»Hier, nicht dort – merkst du den Unterschied?«

Saburo-Motoshige zuckte unter der leichtesten Berührung von Zeamis Fächer zusammen, als habe man ihm einen Nagel in den Körper getrieben, und fragte sich, warum in aller Welt Zeami ihn im Kreuz korrigierte, um eine bestimmte Wirkung im Winkel zwischen Hals und rechter Schulter zu erzielen.

»Noch einmal! Da ich schließlich noch lebend vor dir stehe – warum siehst du mir nicht zu, beobachtest mich, merkst dir alles, bis du mit den Blicken mein Lebensblut aufsaugst? Verschwende vor allem keine Zeit! Schnell, sofort alles noch mal von vorn!«

Damit überließ Zeami das Zentrum der Bühne mit raschen Schritten dem Adoptivsohn und ließ sich, weil er vergaß, daß er sein abgenutztes Kissen zuvor mit einem Tritt aus dem Weg befördert hatte, auf dem kahlen Bühnenboden nieder. Sein Blick wich keine Sekunde von Saburo-Motoshige, alle Gefühle und die Quintessenz der Bewegungen, um die sich sein Schüler bemühte, spiegelten sich auf dem Antlitz des Alten so lebhaft wie die von einer Brise bewegten Wellen auf stillem Wasser.

Während er Saburo-Motoshige persönlich allein unterrichtete, ließ Zeami die jüngeren Mitglieder von den Alten ausbilden, und nach einem hastig eingenommenen, einsamen Mittagsmahl rief er Tag für Tag die ganze Truppe zusammen, um mit den Männern jedes einzelne Stück des Kanzē-Repertoires in der Reihenfolge der vier Jahreszeiten zu proben, wobei er stets mit Saburo-Motoshige in der *shitē*-

Rolle begann und die Rolle sodann von anderen *shitē*-Spielern wiederholen ließ.

Sein Konzentrationsvermögen war phänomenal und ließ während der langen Probenstunden niemals nach. An einem unerträglich kalten Abend im Januar beschwerte sich Zeami, das rhythmisch wiederholte Geräusch von Raimans stampfenden Füßen erzeuge nicht die erforderliche Klangfülle und Präzision. Niemand sonst fand das Geräusch auf irgendeine Weise unzureichend, Zeami jedoch bestand darauf, daß unverzüglich die Bodenbretter des Bühnenraums entfernt wurden. Es war nahezu Mitternacht, als sie schließlich entdeckten, daß zwei der vier riesigen Tonurnen, die zur Schallverstärkung an Stricken unter dem Bühnenboden aufgehängt waren, unwirksam geworden waren: die eine, weil eine zu Eis gefrorene tote Ratte in ihr lag, die andere wegen eines großen Sprungs.

Saburo-Motoshige verlor sehr schnell viel Gewicht, obwohl er einen schier unersättlichen Appetit an den Tag legte und von Kikyo, die ihm zu Sazamis größter Empörung täglich Mittagessen und Tee brachte, hemmungslos gemästet wurde. Und da Yoshinori kein Mensch war, der seinem Favoriten wegen so etwas Unwichtigem wie Theaterlektionen die geringste Vernachlässigung durchgehen ließ, wagte es Saburo-Motoshige auch nicht, den Veranstaltungen des Shōgun fernzubleiben, und verbrachte weiterhin zahlreiche Nächte im Muromachi-Palast. Zu seiner Ehre mußte man jedoch sagen, daß er am Morgen darauf niemals eine Lektion versäumte oder etwa auch nur zu spät kam. Obwohl sich unter seinen Augen die Anstrengungen der fast ohne Schlaf verbrachten Nächte abzeichneten, konzentrierte er sich völlig auf Zeami und arbeitete mit einer so spürbar von den Drüsen gesteuerten Intensität, daß Kogame hinter der vorgehaltenen Hand feststellte: »Wie ein Hund, der eine läufige Hündin wittert.«

Je näher die Einführungsvorstellung und damit Zeamis Verbannungsdatum rückten, desto größere Anforderungen stellte der Meister an alle Schauspieler, vor allem natürlich an Saburo-Motoshige. Hin und wieder verlangte Zeami allerdings auch etwas von ihm, das seine gegenwärtigen

Fähigkeiten eindeutig überstieg, doch Saburo-Motoshige beklagte sich nicht. Er versuchte es, vor tiefer Erschöpfung und Verzweiflung beinahe zusammenbrechend, immer wieder, bis Zeami ihn mit den grausam endgültigen Worten unterbrach: »Genug. Jetzt weißt du, daß du es nicht kannst. Genau das wollte ich dich heute lehren.«

Zuweilen grenzte Zeamis Lehrmethode an eine Folter: Als er einmal eine sich steigernde Sequenz probte, getanzt von einer von Dämonen besessenen Frau zur einzigen Begleitung der großen Trommel, war Zeami nicht mit der Spannung zwischen Saburo-Motoshige und Roppen, dem einunddreißigjährigen Trommler, zufrieden, dessen Vater Jippen sich dafür entschieden hatte, in Ochi zu bleiben.

»Ich wünsche hier ein Duell auf Leben und Tod zwischen euch beiden zu hören, und was bekomme ich aufgetischt? Ein Wiegenlied! Wenn ich dafür bezahlt hätte, würde ich mein Geld zurückfordern.«

Er ließ einen Wandschirm zwischen Saburo-Motoshige und Roppen aufstellen und befahl ihnen, zu spielen, als sei jeder Trommelschlag und jeder Tanzschritt ein geschleuderter Dolch. »Du mußt spüren, wie Roppens Aggression sich hinter dem Wandschirm aufbaut«, erklärte er Saburo-Motoshige. »Und genauso, wie du spürst, daß er dich mit seinem nächsten Trommelschlag attackiert, springst du, drehst dich, fällst du, schlägst mit den Ärmeln, tust du einfach alles innerhalb der Grenzen der Choreographie, aber indem du das tust, überlistest du ihn und rettest dein Leben. Und jetzt versuchst du's noch mal von vorn!«

Nach kurzer Zeit schon vergossen der Tänzer und der durch den Wandschirm getrennte Trommler Ströme von Schweiß und rangen vor schier unerträglicher Spannung nach Luft, aber sie lieferten eine Vorstellung, die dramatisch wie musikalisch so faszinierend war, daß alle Anwesenden, nachdem Roppen als letzte Attacke einen schrillen Schrei ausgestoßen und ein wahres Gewitter von Trommelschlägen produziert hatte, das Saburo-Motoshige wild durch die Luft hatte fliegen lassen, um dann auf dem Boden kniend zusammenzusinken – daß daraufhin alle Anwesenden aufkeuchten, nicht nur Zeami, der ruhig zu Saburo-Motoshige sagte:

»Möglicherweise können wir morgen auf dem Erreichten aufbauen.«

Doch auch die anderen Spieler entgingen den aufmerksamen Blicken des Meisters nicht: Einmal ließ Zeami die gesamte Probe abbrechen, nur weil er fand, daß Raiden als *koken* nicht »unsichtbar« genug im Bühnenhintergrund saß. Und selbst den *waki*- und *kyogen*-Spielern gegenüber, die sich traditionell einer gewissen Selbständigkeit im Agieren und in der Regie erfreuten, enthielt sich Zeami nicht einer gewissen Kritik, obwohl er streng darauf bedacht war, seine häufig ätzende Kritik auf dem Umweg über die entsprechenden Vorgesetzten anzubringen. Die armen *waki*- und *kyogen*-Schauspieler hatten so große Angst vor dem scharfen Blick des alten Meisters, daß man sie immer wieder sah, wie sie, die Talismane an ihrem Hals umklammernd, Gebete murmelten, bevor sie den Bühnenraum betraten.

KAPITEL

27 Seit Ogame seinem Schützling Fujiwaka so glaubhaft die Endzeitwelt geschildert hatte, war die Welt über sechzig Jahre älter geworden und ihrem wirklichen Ende nähergerückt. Wenn die Menschen um sich blickten, sahen sie voll Entsetzen, daß ihre Welt durch natürliche und von Menschen ausgelöste Katastrophen verheert wurde, die mit jedem Jahr häufiger und heftiger aufzutreten schienen, und zwar mit immer weniger Aussicht oder auch nur Hoffnung auf Rettung.

Aus diesem Grund mußte die Tatsache, daß Zeami – aus der Gunst des Shōgun verstoßen und seit so langer Zeit aus der Öffentlichkeit verschwunden, daß viele ihn für tot hielten – auf einmal wieder auftreten sollte, bei den Einwohnern von Kyoto, die traditionell das Alter und seine göttlichen Kräfte verehrten und mit den besiegten Helden sympathisierten, und sei es auch nur als *koken* seines jüngsten Sohnes, mit Sicherheit eine überwältigende, nahezu abergläubische Sehnsucht nach den alten Zeiten wecken.

Straßenküchen am Kamo begannen Klöße zu verkaufen, die nach Zeami und Saburo-Motoshige benannt waren; Wimpel und Banner warben, im böigen Frühlingswind flatternd, der die fallenden Kirschblüten in Wolken die Straßen entlangschickte, für die Einführungsvorstellung des vierten Kanzē-Meisters; eine große Anzahl von Schauspielern, nicht nur aus der Hauptstadt, sondern auch aus den Provinzen, bezahlten Bestechungsgelder, nur um sich einen Platz in der Ebenen Erde zu sichern; viele von Yoshimitsus Künstlergefährten, längst in Ungnade gefallen, alt und weit im ganzen Land verstreut, schafften es irgendwie, dennoch in die Hauptstadt zu gelangen, um ihren alten Kollegen zum letztenmal auf der Bühne zu sehen; die wohlhabenden, vom Theater besessenen Kaufleute aus Osaka, Omi und sogar Shikoku mieteten sich für alle drei Aufführungstage Zimmer in den besten Herbergen unweit des Tadasu-Platzes; Kurtisanen baten ihre reichen Freier unter Einsatz ihrer größten Verführungskünste, sie ins Theater mitzunehmen, damit sie Zeami und seinen wunderschönen Sohn sehen konnten; und selbst unter den Aristokraten, Prälaten und hochgestellten Samurais, die sich gezwungen sahen, in ihren für einen exorbitanten Preis gemieteten Logen dem Favoriten des Shōgun zu applaudieren, befanden sich viele, die dieser Vorstellung hauptsächlich deswegen beiwohnten, weil sie hofften, ein letztes Mal das legendäre Symbol der Blütezeit des Ashikaga-Shōgunats zu sehen und ihre Augen an Zeamis von Buddha geschenkter, gottähnlicher Genialität zu weiden.

Die von der gesamten Hauptstadt voll Spannung erwartete Vorstellung begann am einundzwanzigsten April, einem Tag, so frisch und sonnig wie ein vollkommener Tag im Mai. Auf Grund der begeisterten Unterstützung des Shōgun und als Zentralfigur des dreitägigen Ereignisses erhielt Saburo-Motoshige, in atemberaubend schönen, neuen Kostümen und den besten Masken und Fächern aus Zeamis einzigartiger Sammlung, einen ohrenbetäubenden, natürlich gesteuerten Applaus von den Zuschauern. Darüber hinaus widerfuhr ihm die bisher noch nie dagewesene Ehre, schon vor der Aufführung den Umhang des Shōgun zu empfangen, der ihm von einem Pagen auf die Bühne gebracht wurde. Was jedoch den Beifall verebben und die Jubelrufe verstummen ließ, war die Tatsache, daß Zeami ganz unauffällig in schlichtem schwarzem Kimono und Hakama, mit einem einfachen Fächer in den Falten seiner Schärpe auftrat. Er tat nichts weiter, als den vier Musikern auf die Auftrittsbrücke zu folgen, sich im Hintergrund der Bühne niederzulassen und während der gesamten Vorstellung »unsichtbar« zu bleiben, bis und falls sein Eingreifen erforderlich war.

Nur das. Und doch bewirkte er mit dem weißen Haar, das im Stil eines Bergmönchs geschnitten und gebunden war und sein unzerstörbar schönes Antlitz wie ein Heiligenschein umgab, daß sich bei jedem Zuschauer, der sich noch an die Tage von Fujiwaka oder Motokiyo erinnerte, die Kehle zusammenzog. Seine »unsichtbare« Gegenwart schien die Schauspieler, den Chor und die Musiker, vor allem aber die jüngeren Mitglieder der Truppe, die auf die fünfmonatige Schulung mit begierigem Eifer reagiert und dadurch eine reiche Ernte eingebracht hatten, unendlich zu befeuern. Zeami, der unauffällig hinter ihnen saß, spürte genau, wie sein Herz mit Fühlern der Liebe und des Gebets nach ihnen griff, und bald schon entstand zwischen dem Meister und seinen Schülern eine beflügelnde Verbindung, die sich natürlich auch auf die Zuschauer übertrug.

Der neue Kanzē-Meister erstaunte die urteilsfähigeren Zuschauer durch die enormen Fortschritte, die er in einer so kurzen Zeit gemacht hatte, und Zeami stellte mit besonderer Genugtuung fest, daß Saburo-Motoshige trotz des begeisterten Empfangs durch seine Bewunderer nicht auf seine alten Tricks und übertriebenen Reaktionen zurückgriff.

Ujinobu, der ohne Tama zur Aufführung gekommen war, weil die Zwillinge gerade die Windpocken hinter sich hatten, war sprachlos über die Veränderung, die mit Saburo-Motoshige vor sich gegangen war.

»Ich fühlte mich immer zutiefst beeindruckt, zugleich aber auch etwas abgestoßen von seiner koketten Oberflächenpolitur, die viel zuviel grelles Licht auf sich zog«, sagte er zu Zeami, als sie nach der Vorstellung des ersten Tages gemeinsam nach Hause gingen. »Doch heute sah ich ein völlig verwandeltes Tier. Seine animalische Magie ist noch immer vorhanden, aber zurückhaltend und daher um so aufregender. Ich möchte bezweifeln, daß er innerlich tatsächlich so tief empfindet, auf der Bühne aber vermittelt er durchaus diesen Eindruck. Was hast du mit ihm angestellt, Vater? Ich bin sprachlos.«

Zeami lächelte nachsichtig über Ujinobus jugendliche Übertreibung, wußte aber, daß sehr viel Wahrheit in seinen Worten lag.

Für den dritten und letzten Tag hatte Saburo-Motoshige den Shōgun darum gebeten, Zeami in wenigstens einem einzigen kurzen Stück seiner Wahl auftreten zu lassen, und Yoshinori hatte seine Einwilligung sehr widerwillig gegeben.

»Ich habe diese teuren Aufführungen nicht für ihn arrangiert, weißt du. Er hat dir nur gegeben, was dir rechtmäßig zusteht, hat dich das eine oder andere gelehrt, und nun kann er nach Sado verschwinden. Warum willst du ihm auf einmal einen Gefallen tun? Was steckt dahinter – eh, Motoshige?« Ohne zu lächeln zog Yoshinori beide Mundwinkel nach unten, doch Saburo-Motoshige wußte, wie er mit derartigen Fragen des Shōgun umgehen mußte.

»Nur meine ganz persönliche Neugier«, antwortete Saburo-Motoshige mit einem kurzen, ironischen Auflachen. »Er hat mich all diese Monate immer nur angeschrien und runtergeputzt, deswegen möchte ich jetzt mit eigenen Augen sehen, was *er* heute noch zustande bringt. Schließlich hat er seit fast dreißig Jahren nicht mehr in der Hauptstadt auf der Bühne gestanden, und ich will wissen, ob er noch immer so gut ist, wie er behauptet. Das ist alles.«

Jetzt war Shōgun Yoshinori selbst neugierig geworden. Immerhin war dem Alten inzwischen nichts mehr geblieben, und binnen kurzem würde er auf ein paar salzverkrusteten Felsen verfaulen können.

»Na schön, von mir aus«, erklärte er. »In wenigen Tagen ist das ohnehin nicht mehr von Bedeutung.«

Während der beiden ersten Aufführungstage hatte es ausgesehen, als würde die Ebene Erde aus allen Nähten platzen, und selbst die Logen waren so dicht besetzt, daß die Aristokraten und Damen in ihren weiten, schleppenden Gewändern einige Unbequemlichkeiten in Kauf nehmen mußten. Am dritten Tag aber, als verlautete, daß Zeami möglicherweise selbst auftreten würde, geschah tatsächlich das Unmögliche: Durch List und pure physische Gewalt verschafften sich noch ein paar hundert Personen mehr Zutritt zu dem bereits überbesetzten Theater.

Zeami entschied sich für »Obasute«.

Da Yoshinori die Genehmigung erst zwei Tage vor der Aufführung erteilt hatte, und da es bei den bereits festliegenden Stücken unendlich viele Dinge gab, um die er sich persönlich kümmern mußte, konnte Zeami keine einzige Minute Zeit mehr für Proben zu »Obasute« erübrigen, weder mit Kumatoyo, Kumaos bestem Schüler, in der Rolle des Wanderers noch mit den Musikern und dem Chor. Alles, wozu die kurze Zeitspanne noch reichte, waren immer wieder unterbrochene, hastige Anweisungen hier und da.

»Kumatoyo, wenn ich mich an der Blickfangsäule umgedreht habe, wie es dein Meister Kumao auf der Kofuku-Bühne tat... Erinnerst du dich?«

»Ja, Meister. Ich sehe ihn noch heute vor mir. Er war großartig.«

»Raiman, wenn ich am Schluß ganz allein bin, paß auf, daß du den Chor nicht allzu schnell einsetzen läßt. Ich bin so alt, daß ich aus ›Die alte Frau allein‹ mehr herausholen kann als damals, als ich die Rolle das letzte Mal spielte.«

»Ich verstehe, Meister.«

Dann betraten sie die Bühne.

In nicht allzu ferner Vergangenheit pflegten in den kahlen Gebirgsregionen des Ostens arme Männer mit großen Familien ihre nutzlos gewordenen alten Mütter auf einen Berg zu tragen und sie dort sich selbst zu überlassen, wo sie entweder verhungerten, erfroren oder von Raubvögeln und anderen Tieren gefressen wurden. Deswegen wurde der Berg Obasute-Yama genannt: der Großmutter-Aussetz-Berg. Ein Mann aus Kyoto besucht diesen Berg mit dem grausamen Ruf in einer Vollmondnacht und begegnet dort einer alten, ganz in Weiß gekleideten Frau: zweifellos dem Geist einer dieser alten, ausgesetzten Mütter. Ohne Groll oder Bitterkeit erzählt sie dem Wanderer von ihrer abgrundtiefen Einsamkeit, doch nach einer Weile beginnt sie, dankbar und erfreut über die pünktliche Wiederkehr ihres alten Freundes, des Mondes, zu tanzen und Buddhas Worte zu rezitieren. Als die Nacht dem Morgengrauen weicht, ist der Wanderer verschwunden; der Mond ebenfalls. Nur die alte Frau bleibt auf dem Obasute-Yama zurück.

Ein solches Nō konnte man weder lernen noch lehren. Weit über das Niveau hinaus, auf dem man über Technik, Musikalität oder Ausstrahlung diskutiert, muß der Schauspieler die Fähigkeit besitzen, unerschütterlich in die Tiefe seiner eigenen Einsamkeit, auf die Zerstörungen zu blicken, die die Zeit ihm zugefügt hat, und seine Bereitschaft zum Tod zu prüfen. Was Zeamis letzten Auftritt in »Obasute« von jedem Auftritt seiner großen Vorgänger in irgendeiner Rolle unterschied, war etwas, das man am besten wohl als schicksalsbedingte Reinheit bezeichnete.

Ujinobu hatte es als Angehöriger einer Konkurrenz-Truppe diskreterweise unterlassen, während der Aufführung den Garderobenbereich zu betreten, und lieber von der Ebenen Erde aus zugesehen. Welch einen Eindruck Zeami in »Obasute« auf ihn gemacht hatte, kann man nur teilweise den Worten entnehmen, die er mehrere Jahrzehnte später äußerte, als er selbst schon von der Nation als großer Bühnenautor und Dichter und einer der berühmtesten Schauspieler seiner Zeit gefeiert wurde: »Niemand, der auch nur einen Funken Empfindsamkeit besaß, blieb noch derselbe, nachdem er Zeami in ›Obasute‹ gesehen hatte. Ich jedenfalls mit Sicherheit nicht. Es gab darin eine Zeile, die von der alten Frau gesprochen wird: ›Zu beschämt, um mich von meinem beständigen Freund, dem Mond, betrachten zu lassen.‹ Die Art, wie Zeamis alte Frau beinah, jedoch nicht ganz, ihren Fächer dem Mond oben entgegenhob, bevor sie sich in unendlichem Elend niederkauerte, jagt mir selbst jetzt noch einen eiskalten Schauer über den Rücken, wenn ich daran denke. Dies war keine Theateraufführung mehr – es war *seine* Auffassung vom Leben und dem menschlichen Herzen. Es war das einzige Mal in meinem Leben, daß ich die schicksalsbedingte Reinheit der sogenannten unvergleichlichen Vollendung erlebt habe – so deutlich sichtbar wie ein Leuchtturm auf dem nächsten Berg. Seitdem arbeite ich mich demütig und freudig Zoll um Zoll darauf zu, allerdings ohne die Hoffnung, diese Vollendung je zu erreichen.«

Als die einsame Gestalt der alten Frau erstarrte und der letzte, langgezogene Ton des Chors in tödlichem Schweigen erstarb, war Saburo-Motoshige, der zwischen dem Auftrittsvorhang und der Säule stand und zusah, am ganzen Körper naß von Schweiß, obwohl es kein sehr warmer Tag war und er keinen Muskel gerührt hatte.

So verzerrt und finster seine persönlichen Gefühle auch gewesen sein mochten, fachlich hatte er immer klar urteilen können: Er wäre nie von der festen Überzeugung gewichen, daß Zeami das wirklich größte, phänomenalste Genie des Theaters war.

Damit jedoch war er mit seinem gesunden Menschenverstand am Ende – leider. Seine aufrichtige, ehrfürchtige

Bewunderung für Zeami, den Künstler, fand nicht einmal nach »Obasute« Eingang in sein Herz, in dem, wenn er nur den Mut und die Demut besessen hätte, es zuzugeben, eine gewisse Art Liebe nistete: mit Sicherheit nicht die vorbehaltlose, eifrige Liebe, die das Kind Saburo dem, den es für seinen Vater hielt, vor so langer Zeit entgegengebracht hatte, doch etwas ebenso Überwältigendes, eine auf tragische Weise deformierte Abart jener alten Liebe. Während seine kleinliche Seele mit der hingerissenen Sensibilität des Künstlers Saburo-Motoshige kämpfte, strömte ihm öliger Schweiß aus den Poren, wie der Volksmund es »einer von Spiegeln umgebenen Kröte« nachsagte.

Shōgun Yoshinori war entsetzt: Er wollte es sich nicht eingestehen, aber er war zutiefst bewegt. Während der ganzen Vorstellung saß der Mann, der Zeami in wenigen Tagen zu *seinem* Obasute-Berg schicken würde, reglos, mit völlig entrücktem Ausdruck in den walfischartigen Augen da und vergaß zum erstenmal den Schatten seines Vaters Yoshimitsu hinter dem Schauspieler. Noch lange nach Zeamis Abgang starrte und starrte der Shōgun auf die Stelle der leeren Bühne, wo die alte Frau im kalten Mondlicht gestanden hatte.

Er kam zu sich, als die Zuschauer in hysterischen Applaus ausbrachen und Zeamis Namen schrien. Dann dachte er an Yoshimitsu und war froh, daß er Zeamis Verbannungsbefehl bereits unterschrieben und besiegelt hatte. Er streckte die rechte Hand aus und knurrte böse, als ein Page länger als nur wenige Sekunden brauchte, um ihm einen Becher Wein zu reichen.

Zeami durchschritt den fünffarbigen Vorhang. Er atmete so ruhig, als habe er eben nur gelesen. Und dann, als Kogame hinter ihm kniete, um ihm beim Ablegen der Maske der alten Frau zu helfen, brach draußen, hinter der dünnen Trennwand, ein wildes Getöse los, das leise anfing, sich aber schnell zu schrillen, kreischenden Höhen steigerte. Mit einer selbstverständlichen Vertraulichkeit, als wären sie lange verloren geglaubte Verwandte des Schauspielers, den sie liebten, schrien die Leute in der Ebenen Erde. Sie riefen ihn nicht nur mit allen dreien seiner Namen – Fujiwaka! Motokiyo! Zeami! –, sondern taten dasselbe mit Kanami, Juro-Motomasa und Saburo-Motoshige. Anschließend begannen sie dann, von ihrer eigenen, ohrenbetäubenden Eloquenz mitgerissen, von Zeami eine Zugabe zu verlangen.

»Wir haben so lange auf dich gewartet, Zeami! Eine Zugabe! Eine Zugabe!«

Zeami lauschte, und auf seinem Gesicht erblühte ein Lächeln. Nein, nicht etwas so Zahmes, Dezentes wie ein Lächeln, sondern das breite Grinsen einer Bestie, die Beute wittert. Kogame musterte seinen Meister besorgt.

Zeami war geboren als Schauspieler und würde auch als solcher sterben. Das Vergnügen und der Beifall des Publikums bedeuteten für ihn, was warmes Blut für einen Blutegel ist. Seine alten Schauspielerknochen und -sehnen, die dies so lange hatten entbehren müssen, schwollen vor schwindelnder Ekstase, während das Getöse in der Ebenen Erde immer aufdringlicher wurde. Die immer wiederkehrenden Hungersnöte, Seuchen, Brände, Aufstände, Plünderungen und Kriege hatten das Leben der Menschen in einen ununterbrochenen Kampf verwandelt. Jetzt wollten sie träumen, in eine andere Welt entführt werden. Sie wollten die Bestätigung von Zeami, daß es wirklich einen Buddha gab, wirklich mehr als dieses Leben, dieses unbarmherzige Gefängnis.

Zeami neigte den Kopf und lauschte mit geschlossenen Augen. Sein Grinsen wurde verwegener. Kogame rutschte näher an ihn heran und riß die kurzsichtigen Augen weit auf, um nur ja keinen Wink des Meisters zu übersehen, und dann ruhten die Blicke aller Schauspieler im Raum, auch die Saburo-Motoshiges, gespannt auf dem Alten.

»Der Reiher?« fragte Zeami und zwinkerte Kogame kaum wahrnehmbar zu.

»Meister!«

Kogame fuhr herum, rief seinen Schülern kurze, mysteriöse Anweisungen zu und winkte den erschrockenen jungen Gehilfen, den Vorhang zu heben. Sein rasanter Auftritt ließ die schrille Kakophonie der Zuschauer abrupt abbrechen, und eine erwartungsgespannte Stille trat ein.

Kogame verneigte sich, mit dramatischer Ehrfurcht den Bühnenboden berührend, und verkündete dann mit durchdringender *kyogen*-Stimme, sein Meister werde dem gewogenen Publikum noch einen Abschiedstanz zeigen: »Der weiße Reiher«.

Mit seinem unnachahmlichen Sinn für den richtigen Zeitpunkt vollführte Kogame daraufhin eine zweite, übertrieben tiefe Verbeugung vor der Loge des Shōgun. Und wie *ein* Mann warfen sämtliche Zuschauer, sogar die Höflinge und Oberpriester in der Nähe der Shōgun-Loge, Fächer und Arme in die Luft und dankten mit ihren Jubelrufen und ihrem Applaus für das, was sie für die persönliche Wahl des Shōgun hielten. Nachdem alle Blicke auf ihn gerichtet waren, blieb Yoshinori nichts anderes übrig, als unentschlossen zu nicken, die Ovation entgegenzunehmen und sitzenzubleiben. Überdies hatte er noch niemals Gelegenheit gehabt, diesen berühmten Tanz eines heiligen Vogels zu sehen, der einer strikten Tradition entsprechend nur von Knaben vor der Pubertät oder Männern über siebzig Jahren – in beiden Fällen ohne Maske – getanzt werden durfte. Wenn ich ihn denn schon mal sehen muß, kann ich ihn auch gleich heute von... nun ja, von *diesem da* sehen, dachte er und musterte verärgert die Zuschauer in der Ebenen Erde, die sich vor Lachen bogen, als Kogame, um Zeami Zeit zum Kostümwechsel zu geben, eine kurze *kyogen*-Nummer einlegte.

Im Garderobenbereich stieß Toyosaburo, als Zeami »Der Reiher« sagte, erschrocken hervor: »Aber die Reiherperükke, Meister, und das Kostüm!«

Gelassen deutete Zeami auf einen der Körbe, die an der Wand aufgestapelt waren. »In dem roten. Ich habe Kogame angewiesen, sie einzupacken – für alle Fälle.«

Er suchte Saburo-Motoshiges Blick und schenkte ihm ein kleines, belustigtes Lächeln, bevor sich die jungen Brüder Raiman und Raizen auf ihn stürzten, um ihm aus dem »Obasute«-Kostüm zu helfen.

Zum erstenmal versuchte Saburo-Motoshige nicht, Zeamis Lächeln zu deuten: Er war zu überhaupt keiner Reaktion mehr fähig. Resigniert und unendlich erschöpft, wie er war, trocknete er sich die schweißüberströmte Stirn, versuchte, niemandem im Weg zu stehen, und sah den anderen zu, wie sie mit hektischer Geschäftigkeit hantierten.

Sie streiften Zeami ein voluminöses und dennoch nahezu schwereloses Kostüm aus hauchdünner weißer Seide mit weiten, knöchellangen Ärmeln über und befestigten auf seinem Kopf über dem unmaskierten Antlitz sehr behutsam eine gefächerte weiße Federperücke, gekrönt von zwei silberweißen Schwingen.

Als Fujiwaka hatte er den »Weißen Reiher« für Yoshimitsu bei jenen ganz speziellen, privaten Zusammenkünften getanzt, bei denen Fürst Nijo den jungen Knaben bewunderte, der auf fast lautlosen, kleinen Füßen tanzte, während nur die geröteten Wangen dieser sonst vollkommen weißen Feenerscheinung ein wenig Farbe verliehen. Und wirklich, sein Reiher war von überirdischer, ätherischer Schönheit gewesen – nur nicht heilig; nicht ganz; noch nicht.

Als der siebzigjährige Zeami zur filigranen Begleitung einer einzigen Flöte auf die Auftrittsbrücke glitt, zog sich wohl jede Brust mit einem Aufkeuchen frommer Ehrfurcht zusammen; und es gab viele, die fest davon überzeugt waren, gesehen zu haben, daß Zeami, als er zur Bühnenmitte schritt und seine flügelgleichen Ärmel ausbreitete, von einem geisterhaft strahlenden, unheimlich stillen Licht umgeben war.

Der Tanz dauerte nicht lange: Dafür war die physische Konzentration, die von dem Tänzer verlangt wurde, bei weitem zu groß. Und im Gegensatz zu seiner »Obasute«-Darstellung beabsichtigte Zeami, die Zuschauer mit kindlicher Begeisterung von den Sitzen zu reißen. Während er das ganze Theater auf seinen Zauberschwingen zu Höhen emportrug, in denen selbst seine Berufskollegen im Publikum vergaßen, die enormen technischen Schwierigkeiten zu analysieren, die jede seiner hauchleichten Bewegungen enthielt, tanzte er federleicht, losgelöst von jeglicher Erdenschwere.

Die Melodie von Meirokus Flöte schraubte sich höher; die beiden Handtrommeln wurden schneller. Und dann begann der weiße Reiher zu fliegen! Die Zuschauer sahen die nachschleppenden Enden von Zeamis Kostüm tatsächlich in der Luft. Und dann, gerade als sie erwarteten, daß sie zu Boden sanken, öffnete und schloß Zeami nur ganz leicht den Mund, und der himmlische Vogel schien in weitem Bogen – wie eine vom Wind getragene Schneeflocke – höher zu schweben, bis er, nachdem er die halbe Bühne durchmessen hatte, völlig lautlos auf einem Zeh landete. Gleich darauf war er verschwunden.

Niemand vermochte sich später zu erklären, wie es möglich gewesen war, einen Menschen fliegen zu sehen. Von der logischen Skepsis jener, die Zeami nicht hatten fliegen sehen, schließlich entnervt, wiederholten jene, die es trotzdem gesehen hatten, hartnäckig nur immer wieder: »Aber ich sage euch, er *ist* geflogen. Und wirklich, das war das geringste der Wunder, die er uns damals vorgeführt hat.«

Der Shōgun beugte sich vor, die Knie fest gegen das Holz der Logenwand gepreßt, den Blick auf jene Stelle geheftet, an der das weiße, ätherisch schwebende Wesen zuletzt gesehen worden war. Die Woge der stöhnenden, aufheulenden Begeisterung zerrte an seinen Nerven und jagte ihm fast echte Angst ein. Erregt die Scheide seines Schwertes umklammernd, sprang er auf und verließ, damit ihn das Publikum nicht mehr sehen konnte, kurzerhand die Loge. Dabei versuchte er, soviel Geringschätzung und Nonchalance an den Tag zu legen, wie er es vermochte, erreichte damit aber lediglich, daß es aussah, als werde er von dem sich ständig steigernden, jubelnden Lärm des Publikums zum Theater hinausgejagt.

Am Tag nach dieser Aufführung wirkte der Shōgun noch immer tief aufgewühlt und war zu allen, die sich in seine Nähe wagten, äußerst ungnädig, sogar zu Saburo-Motoshige, der ihm als der neue Kanzē-Meister einen Höflichkeitsbesuch abstattete, um sich bei ihm zu bedanken.

Obwohl er es niemals zugegeben hätte, war ihm bei dem Gedanken daran, daß er Zeami in die Verbannung schickte, ein schlechter Geschmack in den Mund gestiegen. Jawohl, verflucht, er ist ein Genie, ein Gigant! Eben eine eindeutige Gefahr, die man nicht frei herumlaufen lassen kann.

Saburo-Motoshige konnte er im Zaum halten, benutzen,

beherrschen, das wußte er; diesen Mann dagegen niemals. Der war zu groß, zu frei! Der Gedanke, daß Yoshimitsu, sein Vater, es gekonnt hatte und er, Yoshinori, vermutlich in die Geschichte eingehen würde als der Shōgun, der Zeami in die Verbannung geschickt hatte, erbitterte ihn so sehr, daß er ohne jeden Grund äußerst heftig husten mußte.

Und als boshaften letzten Einfall befahl der Shōgun Saburo-Motoshige, Zeami mitzuteilen, es dürfe ihn niemand, nicht einmal seine Tochter, zum Hafen von Obama begleiten, wo er das Schiff zu seiner Verbannungsinsel besteigen sollte, und Kogames Bitte, seinem Meister auf die Insel Sado folgen zu dürfen, sei abgelehnt. (Sieben Jahre später wurde Shōgun Yoshinori von seinem eigenen Daimyō-Vasallen Akamatsu bei einem Bankett in der Villa des letzteren in Kyoto kaltblütig ermordet.)

Während der vier Tage zwischen der Aufführung und dem Tag seiner Deportation wirkte Zeami besonders heiter und hörte nicht auf, den jungen Schülern Unterricht zu erteilen. Am letzten Tag ging er mit Saburo-Motoshige ins Lagerhaus, einen weiß gestrichenen Anbau des Hauptgebäudes mit kleinen Öffnungen unter dem schwarzen Ziegeldach, die für die Lüftung sorgten.

»Das gehört jetzt alles dir, Motoshige. Pflege dein Erbe sorgfältig! Vor allen Dingen die Masken. Und das Haus. Es hat einen weit besseren und größeren Bühnenraum als das deine. Es wurde vom Großen Baum persönlich entworfen, als er uns in die Hauptstadt holte. Da sich die Zahl deiner Gefolgsleute vermehrt, wirst du hier weit besser arbeiten können.« Indem er ihm den Schlüsselbund überreichte, setzte er noch hinzu: »Motoshige, ich liebe dich als den einzigen Sohn, der in der Lage ist, den Fortbestand des Hauses zu sichern. Dafür bin ich dir dankbar und wünsche dir alles Gute. Ein gewöhnlicher Mann, der auf mein Leben zurückblickt, würde vermutlich entsetzt seine Augen bedecken und sagen: ›Was für ein Leben!‹ Dasselbe könnten die Menschen eines Tages auch zu dir sagen. Aber was macht das schon? Für dich bedeutet wie für mich das Nō-

Theater das Leben. Ach ja, übrigens: Sei bitte freundlich zu Kogame! Und zu seiner Frau. Sie ist die jüngste Tochter des alten Meisho. Du bist natürlich zu jung, um Meisho gekannt zu haben. Doch was war das für ein Flötenspieler, dieser Meisho! Er war zwar niemals wirklich nüchtern, aber sobald er die Flöte an die Lippen setzte...«

Zeami lachte vor sich hin, und einen Sekundenbruchteil lang wirkte er wie der glücklichste Mensch der Welt.

ANHANG

Personen

Die Ashikaga-Shōgune

Takauji	1304–1358
Yoshiakira	1329–1367
Yoshimitsu	1357–1408
Yoshimochi	1385–1428
Yoshikado	1405–1424
Yoshinori	1393–1441

Das Haus Kanzē

Kiyotsugu Kanami	erster Meister der Kanzē-Truppe; Künstlergefährte des Shōgun
Tamana	seine Ehefrau
Fujiwaka Motokiyo Zeami	Kanamis und Tamanas Sohn; zweiter Meister der Kanzē-Truppe; Künstlergefährte des Shōgun
Yukina	Zeamis Ehefrau
Juro Motomasa	Zeamis und Yukinas ältester Sohn; dritter Meister der Kanzē-Truppe
Goro Motoyoshi	Zeamis und Yukinas zweiter Sohn
Saburo Motoshige Onami	Zeamis Halbneffe und Adoptivsohn; vierter Meister der Kanzē-Truppe
Tamana Tama	Zeamis und Yukinas Tochter

Die wichtigsten Mitglieder der Kanzē-Truppe

Toyodayu	⎫ drei Generationen von
Toyojiro	⎬ *shitē*-Spielern
Toyosaburo	⎭ (Hauptdarstellern)
Homan	*shitē*-Spieler

Hotan	Homans Sohn; *shitē*-Spieler
Raiden	*shite*-Spieler
Raido	Raidens Adoptivsohn
Raiman und Raizen	Raidos Söhne
Kumazen	*waki*-Spieler (Darsteller von Nebenrollen)
Suzume	Kumazens Ehefrau
Kumao	Kumazens ältester Sohn
Kumaya	Kumazens zweiter Sohn
Sazami	Kumazens Tochter
Ogame	*kyogen*-Spieler; Fujiwakas Tutor und Kindermädchen
Kogame	Ogames Sohn; *kyogen*-Spieler; Juro Motomasas Tutor und Kindermädchen
Meisho	Flötist
Meiroku	Meishos Schüler
Ippen	Spieler der großen Trommel
Jippen	Ippens Schüler; Spieler der großen Trommel
Fuzen	Spieler der Handtrommel
Jumon	Spieler der kleinen Trommel
Hachi	Bühnenarbeiter und Kassierer

Begriffserklärungen

Biwa	eine Art Laute
Bodhisattva	Anwärter auf künftige Buddhaschaft
Daimyō	aus dem Kriegeradel hervorgegangener Regionalherrscher
Getas	Holzsandalen
Hakama	Art Pluderhose
Nō	lyrisch-melodramatische Theaterform; im Nō wird mit traditionell festgelegten Masken gespielt, während das Kabuki nur Schminkmasken kennt.
Obi	ein schärpenartiger Gürtel
Samurai	ritterlicher Lehnsmann eines Daimyō
Sen	kleine Währungseinheit
Shōgun	Reichsfeldherr, Oberhaupt des Lehnsstaates
Shōji	Schiebetür
Tatami	Bodenmatte aus Reisstroh
Tofu	Sojabohnenquark
Zori	Strohsandalen

ANMERKUNGEN DER AUTORIN

Im heutigen Japan bestehen die Aufführungen bei einer der fünf Nō-Schulen – Kanzē, Komparu, Hosho, Kongo und Kita – in großen Städten oder bei traditionellen Festen noch immer zur Hälfte oder zum größten Teil aus Stücken, die von Zeami, seinem Vater Kanami oder seinem ältesten Sohn Motomasa geschrieben wurden. Noch nach sechshundert Jahren werden Bücher über die Abhandlungen verfaßt, die Zeami geschrieben und unter strengster Geheimhaltung an seinen Sohn und seinen Schwiegersohn weitergegeben hat, Bücher, die Zeamis Gedanken zu ergründen suchen und immer wieder neue Dimensionen darin entdecken.

William Butler Yeats und Bertolt Brecht schrieben eigene Nō-Stücke, und Benjamin Brittens Oper »Curlew River« basiert auf Motomasas »Der Fluß Sumida«. Nicht nur Arthur Waleys Übersetzungen bekannter Nō-Stücke tragen dazu bei, daß Zeamis Werke westlichen Lesern zugänglich gemacht wurden, auch Yukio Mishimas moderne Nō-Stücke, die sich auf Zeamis Meisterwerke wie etwa »Dame Aoi« und »Last der Liebe« stützen, werden nicht nur auf japanisch, sondern auf englisch, französisch und in anderen westlichen Sprachen aufgeführt.

Dennoch ist über Zeami und seine Familie zuverlässig kaum mehr bekannt als über Shakespeare, dem Zeami um zwei Jahrhunderte vorausging. Deshalb mußte ich, nachdem ich die relativ mageren Fakten über das Leben von Kanami, Zeami, seinen Söhnen und den Ashikaga-Shōgunen, mit denen ihr Geschick so eng verbunden war, studiert und dabei die Theorien der Experten berücksichtigt hatte, immer noch zahlreiche Personen und Ereignisse sowie große Teile der Hintergrundgeschichte erfinden, die man natürlich alle als historische Fiktion betrachten sollte: mit der Betonung auf Fiktion.

Die krasseste Erfindung ist dabei der vierte Kanzē-Meister Saburo-Motoshige, der spätere Onami. Ich habe ihn zu einem unehelichen Enkel von Kanami und Omina gemacht, zu welch letzterer Rolle mich die berühmte Tänzerin inspiriert hat, von der Kanami den *kusē*-Tanz und die *kusē*-Musik gelernt haben soll. Andernfalls hätte ich in dramaturgischer Hinsicht ebensowenig den bitteren Haß des Saburo-Motoshige auf Zeami als auch die fanatische Verfolgung Zeamis durch den Shōgun Yoshinori begründen können.

Etwas weniger Freiheit habe ich mir mit Zeamis Ehefrau herausgenommen, über die so gut wie gar nichts bekannt ist. Es existiert nur ein von Zeami auf der Verbannungsinsel Sado geschriebener Brief, in dem er Ujinobu Komparu dafür dankt, daß er sich so liebevoll um seine, Zeamis, alternde Ehefrau kümmert.

Das Folgende ist zwar nur ein relativ unwichtiger Punkt, doch da es sicher jemandem auffallen wird, der Motoyoshis gewissenhafte Aufzeichnungen der Lektionen seines Vaters Zeami gelesen hat, möchte ich doch anmerken, daß das Stück, über das gesagt wurde: »An einem ruhigen, stillen Abend seufzte mein Vater: ›Wer wird in einer späteren Welt fähig sein, ein solches Stück zu schätzen?‹«, nicht, wie es behauptet habe, »Izutsu« war, sondern »Kinuta«.

Darüber hinaus gibt es noch einige andere Dinge, bei denen ich wegen der dramaturgisch überzeugenden und verständlichen Wirkung, die sie in diesem Roman hoffentlich ausüben, bewußt von den vermuteten oder anerkannten Tatsachen abgewichen bin.

Nun aber kommt das größte Problem von allen: die Tatsache, daß die Hauptpersonen des Romans ständig ihre Namen ändern – ein japanischer Brauch jener Zeit, der für die Leser, die daran gewöhnt sind, von der Geburt bis zum Tod denselben Namen zu tragen, verwirrend und höchst ärgerlich sein muß.

Nehmen wir zum Beispiel Zeami: In meinem Buch heißt er als Kind Fujiwaka und als Erwachsener Motokiyo, um dann als Künstlergefährte des Shōgun Zeami zu werden. Außerdem glaubt man, daß er als Säugling Oniyasha genannt wurde und im Alter von sechzig Jahren den Namen zum letztenmal gewechselt und den eines Buddhistenmönchs angenommen hat. Ich habe seine Namen auf Fujiwaka-

Motokiyo-Zeami reduziert, denn so ärgerlich es auch sein mag: Jeder Namenswechsel bedeutet im Leben des Mannes einen neuen Status, eine neue Entwicklungsphase. Übrigens könnte auch ästhetisch gesehen nur ein kleiner Junge einen Namen wie Fujiwaka tragen, der wörtlich »junge Glyzinie« bedeutet und wohl kaum passend für einen erwachsenen Mann wäre, dem dagegen Motokiyo, zusammengesetzt aus zwei chinesischen Schriftzeichen, »Reinheit« und »Originalität«, überaus gut ansteht. Gleich seinem Vater Kanami vom Shōgun zum Künstlergefährten gemacht (»kan« von Kanzē mit dem Ehrentitel »ami« verbunden), kombinierte Zeami das »ze« von Kanzē mit dem »ami«. Diese Namensänderungen waren ein so integrierter Teil ihres Berufs, daß ich sie, nur um eine leichtere Identifizierung zu ermöglichen, nicht einfach in den Papierkorb werfen konnte.

Bei Zeamis drei Söhnen, die altersmäßig dicht aufeinander folgen und unter demselben Dach aufwachsen, ist es schon in ihrer Jugend schwer genug, sie nicht zu verwechseln: Juro, Goro und Saburo. Doch da sie mehr oder weniger gleichzeitig erwachsen wurden, wird es absolut verwirrend, sich ihre neuen Namen zu merken. Wenn aber alle drei Namen – Motomasa, Motoyoshi und Motoshige – mit der von des Vaters Namen Motokiyo abgeleiteten Silbe »moto« beginnen, wird es absolut frustrierend, sich all diese verschiedenen Namen zu merken. Nach monatelangem Zögern beschloß ich daher, für die drei Knaben nach der Männlichkeitszeremonie die Kinder- und Erwachsenennamen gemeinsam zu benutzen: in der Hoffnung, daß sich der Leser wenigstens an einen dieser Namen erinnert.

EIJI YOSHIKAWA

Musashi

Auf dem Schlachtfeld von Sekigahara bringen sich
zwei junge Kämpfer in Sicherheit: Matahachi, der
den Verlockungen weltlicher Freuden nicht
widerstehen kann, und Musashi, der größte
Samurai des 17. Jahrhunderts, ein Vorbild an
Kampfesmut, Selbstdisziplin und künstlerischer
Sensibilität.

Ihren Lebensweg, der sie zu schönen
Frauen und aufregenden Abenteuern mit
gefährlichen Feinden führt, zeichnet
Eiji Yoshikawa in diesem Roman nach.

Knaur

LISA SEE

Auf dem goldenen Berg

Als Lisa ein kleines Mädchen war, verbrachte sie
die Sommertage am liebsten in dem weitläufigen
Antiquitätenladen, den ihre Familie im Herzen von
Chinatown in Los Angeles betrieb. Es war schön
kühl und dunkel dort, aber noch schöner waren die
vielen unglaublichen Geschichten, die ihre
Großmutter erzählte. Es waren keine erfundenen
Geschichten, aber sie hatten etwas Märchenhaftes,
die Erzählungen aus der Vergangenheit der
chinesischen Einwandererfamilie See.

Das Bild, das aus diesen poetischen Geschichten
und fünfjährigen Recherchen der Autorin entstand,
ist weit mehr als das Porträt einer Familie – es ist
ein Spiegel der Erfahrungen, die chinesische
Einwanderer in Amerika machte.

»Faszinierend – eine beneidenswert
unterhaltsame Familiengeschichte.«

Amy Tan

Knaur

ANTHONY HYDE

Der Mann aus Shanghai

Nick Lamp peilt in Taipeh ein großes Geschäft an.
Alles hängt von Cao Dai ab, einem zwielichtigen
Wirtschaftsboß, dessen Laufbahn in den dreißiger
Jahren in der Unterwelt Shanghais begann und der
nun in der hochtechnisierten Wirtschaft Taiwans
eine Schlüsselrolle spielt. Doch noch ehe Nick mit
Cao ins Gespräch kommt, wird dieser getötet, und
Nicks Traum vom großen Geld verwandelt sich in
einen Alptraum . . .

»Hyde ist ein Meister der Spannung
und aufregender Action-Szenen.«

The Wall Street Journal

Knaur

MARK SALZMAN

Eisen und Seide

Begegnungen mit China

Mark Salzman ging nach seinem Sinologiestudium
in Yale für zwei Jahre nach China, wo er
an einer Universität Englisch unterrichtete.

In »Eisen und Seide« gibt Salzman seine Eindrücke
wieder – unbefangen, lebendig, mit Sinn für Humor,
aber auch mit großer Wärme.

»Ein liebenswertes Buch für Leser, die den
chinesischen Menschen entdecken möchten.«

Neue Ruhr Zeitung

Knaur

JUNG CHANG

Wilde Schwäne

Die Geschichte einer Familie

Drei Frauen in China
von der Kaiserzeit bis heute

Das bewegende, ungemein farbige und – trotz aller
grausamen historischen Details – spannend und
unterhaltsam zu lesende Porträt einer Familie im
China unseres Jahrhunderts, von der Kaiserzeit bis
zu den Ereignissen am Platz des Himmlischen
Friedens.

Knaur